Kirsten Winkelmann

Alles aus Berechnung

Roman

Über die Autorin

Kirsten Winkelmann ist gelernte Finanzbeamtin. Neben ihrem Beruf und ihrer schriftstellerischen Tätigkeit ist sie in der evangelisch-freikirchlichen Gemeinde ihres Heimatortes aktiv. Kirsten Winkelmann ist verheiratet und Mutter von vier Kindern. Sie lebt mit ihrer Familie in Norddeutschland.

Kirsten Winkelmann

Alles aus Berechnung

Roman

2. Taschenbuchauflage 2008
Best.-Nr. 816 170
ISBN 978-3-86591-170-4
Umschlaggestaltung: spoon, Olaf Johannson/Immanuel Grapentin
Illustration: Connie Heyes, Illustration Source/Picture Press
Satz: Typostudio Rücker
Druck und Verarbeitung: GGP Media GmbH, Pößneck
Printed in Germany

Kapitel 1

„Neeeein, lass los! Das gehört mir! Gib her! Gib heeeeer!", gellte eine Mädchenstimme hinter einer der Türen, die im Diakonie-Krankenhaus Rotenburg an der Wümme die Geräusche aus den Krankenzimmern vom Flur fernzuhalten versuchten. „Gar nicht, den hast du mir geschenkt. Geschenkt ist geschenkt und wiederholen ist gestohlen!" Es war Peter, der mit seinen acht Jahren auch ohne Studium in der Lage war, juristische Volksweisheiten zum Besten zu geben.

Madita seufzte. *Wie bin ich nur auf die Idee gekommen, Kinderärztin zu werden?*, fragte sie sich zum hundertsten Mal und öffnete die Tür. „Was ist hier los?"

Maditas forsche Art hatte schon immer Eindruck auf Kinder gemacht. Peter und Annika blickten erschrocken drein. Annika stammelte: „Na, der Flummi ... der ist mir doch runtergefallen ... und jetzt hat Peter den ... aber das ist doch meiner ..."

„Gar nicht, den hat sie mir geschenkt", fiel Peter ihr ins Wort. „Und wiederholen ist ..."

„... gestohlen", beendete Madita unaufgefordert seinen Satz. „Ja, ja, ich weiß."

Madita hatte wenig Lust, sich mit den Eigentumsverhältnissen eines Gummibällchens auseinander zu setzen, und beschloss daher, der Streiterei ein jähes Ende zu bereiten. „Wenn ihr euch nicht einigen könnt, muss ich das Ding wohl einziehen. Es ist sowieso unangebracht, mit so etwas Unberechenbarem hier herumzuwerfen. Ihr könntet schließlich die Blumenvasen treffen. Also her damit!" Mit diesen Worten ging sie auf Peter zu und streckte fordernd ihre Hand aus.

„Aber ...", begann dieser.

„Nichts aber! Du tust gefälligst, was ich dir sage. Wird's bald?!" Madita schlug den Ton an, der am vielversprechendsten war, wenn es darum ging, ihren Forderungen Nachdruck zu verleihen. Auch in diesem Fall verfehlte er seine Wirkung nicht. Peter rückte den Ball ohne weitere Verzögerungen heraus.

„Danke. Und jetzt schlaft, ihr seid schließlich krank. Oder lest von mir aus was. Aber haltet euren Rand!" Um weitere Diskussionen zu vermeiden, verließ Madita schnurstracks das Zimmer. Draußen lächelte sie zufrieden, flüsterte: „Das wäre geschafft!", und ging ihrer Wege.

Zurück blieben zwei verdatterte Achtjährige, die sich plötzlich gar nicht mehr uneinig waren.

„Die ist aber doof“, fand Annika.

„Ja, oberdoof“, stimmte Peter ihr zu. „Und außerdem darf die uns den Flummi gar nicht so einfach wegnehmen. Das ist nämlich Diebstahl.“ Man merkte gleich, dass Peters Vater Anwalt war. „Ich werde Papa fragen, ob wir sie verklagen können.“

Annika schien nicht übermäßig beeindruckt. „Und was machen wir bis dahin?“

„Na, lesen“, grinste Peter und holte das Comic-Heft wieder hervor, das er zugunsten des Flummis beiseite gepackt hatte.

❦

„Die Schnecken waren auch schon mal besser“, mäkelte Madita. Sie saß mit Bertram in einem kleinen Nobelrestaurant und aß ihre Vorspeise. Wie immer war es nicht gerade leicht, sie zufrieden zu stellen.

„Die Soße ist zu dünn. Und zu lasch. Wie ist denn die Haifischflossensuppe?“ Madita lief es schon bei dem Gedanken eiskalt den Rücken herunter. Sie konnte dieses „Knorpelwasser“ – wie sie es nannte – beim besten Willen nicht ausstehen.

„Ganz gut.“ Bertram war auffällig einsilbig. Sonst war er doch auch nicht auf den Mund gefallen.

„Hast du was?“, fragte Madita.

„Nein.“ Bertram schüttelte gedankenverloren den Kopf. „Eigentlich nicht.“

Madita kannte ihn besser. „Und uneigentlich?“

„Madita!“ Er nahm ihre Hände in die seinen. „Ich weiß nicht, wie ich das sagen soll ...“

Madita war erstaunt. „Sagen? Was sagen?“

Bertram räusperte sich verlegen. „Weißt du, was für ein Tag heute ist?“

„Heute ist Freitag, der 3. Mai!“

„Ich weiß, welches Datum wir heute haben“, seufzte Bertram, „aber fällt dir zu diesem Datum denn gar nichts ein?“

Madita dachte einen Augenblick nach. „Heute vor einem Jahr hast du bei uns im Krankenhaus angefangen. Möchtest du etwa dein Jubiläum mit mir feiern?“

„Nein, nicht mein Jubiläum, sondern unser Jubiläum. Heute vor einem Jahr haben wir uns nämlich zum ersten Mal gesehen.“

„Oh!“, nickte Madita.

„Und das war wirklich der beste Tag in meinem ganzen Leben", fuhr Bertram fort. „Überhaupt bist du einfach das Beste, was mir jemals passiert ist." Bertram sah sie liebevoll an. „Du bist fantastisch, Schneckchen, weißt du das?"

Madita schmunzelte und zuckte mit den Schultern. Aber natürlich wusste sie das!

Derweil hatte Bertram begonnen, ungläubig den Kopf zu schütteln. „Ich hätte nie gedacht, dass ich eine Frau wie dich ..." Er hielt inne und grinste. „Hast du bemerkt, dass dich der Dicke am Tisch da hinten –", er deutete dezent nach links, „– pausenlos anstarrt?"

Madita hatte es bemerkt. Es machte ihr Spaß, die Blicke der Männerwelt auf sich zu ziehen. Heute Abend hatte sie sich besonders viel Mühe gegeben. Ihre hellblonden Haare, die sonst leicht gewellt auf ihre Schultern fielen, waren zu einer lockeren, aber dennoch elegant wirkenden Hochfrisur zusammengesteckt. Sie trug große, goldene Ohrringe, die mit Perlen und Saphiren besetzt waren. Getreu ihrem Wahlspruch „weniger ist mehr" hatte sie ansonsten vollständig auf Schmuck verzichtet. Auch ihr Make-up war dezent; sie hatte nur einen blauen Lidschatten aufgelegt, der hervorragend zu ihren Augen passte. Nur ihre Lippen wirkten ein wenig farblos. Darauf angesprochen hätte sie sicher stundenlang darüber lamentiert, dass „doch endlich mal Lippenstifte auf den Markt kommen könnten, die auch ein Fünf-Gänge-Menü verkraften". Das war eben Madita. Ihre Freude am Essen ließ sie sich von nichts und niemandem verderben.

Glücklicherweise hatte dieses Faible noch keinen allzu negativen Einfluss auf ihre Figur gehabt. Man durfte sie noch als schlank bezeichnen, auch wenn ihre Körperformen überaus weiblich waren. Heute Abend hatte sie ihre wirkungsvolle Figur durch einen schwarzen Body zur Geltung gebracht, über dem sie eine durchsichtige Bluse trug, die nicht geknöpft, dafür aber am Bauch zusammengeknotet war. Der Body verschwand in einem hautengen, schwarzen Rock, der kurz über den Knien endete. Dazu trug sie nicht gerade unauffällige Pumps, die ihre Körpergröße von 178 auf 186 cm hatten anwachsen lassen und ihre langen Beine noch endloser wirken ließen.

Madita lächelte. „Natürlich. Und hast du bemerkt, dass sein kleines Frauchen das gar nicht gut findet? Bestimmt bleibt ihr gleich der nächste Bissen in ihrem faltigen Hals stecken!"

„Madita!", entgegnete Bertram gespielt vorwurfsvoll. „Sei doch nicht immer so fies."

„Schon gut, schon gut, im Grunde meines Herzens hab ich ja Mitleid mit den Armen, Kranken ...“ Madita machte eine Pause, in der sie so tat, als müsse sie überlegen, wie diese Aufzählung weiterzugehen hätte, und fuhr dann wie aus der Pistole geschossen fort, „... Dummen und Hässlichen!“ Madita grinste frech. „Aber was wolltest du mir eigentlich sagen?“

„Na ja, ich wollte dir sagen ...“, Bertram zögerte, „... wie viel du mir bedeutest. Du bist eine der wenigen Frauen, die nicht nur schön, sondern auch intelligent sind. Zu allem Überfluss bist du auch noch gebildet und selbstbewusst. So etwas findet sich nicht alle Tage. Ich meine ... Also, was ich eigentlich sagen will ... Ich ... ich möchte dich einfach für immer an meiner Seite haben und ... ach, Schneckchen ...“ Er zog eine kleine schwarze Schmuckschatulle aus der Innentasche seines Sakkos. „Willst du meine Frau werden?“

Maditas Augen waren bei diesem Teil des Gespräches immer größer geworden. Jetzt schluckte sie erst einmal und blickte dann sprachlos auf die kleine Schachtel. Bertram öffnete sein Präsent. Zum Vorschein kam ein Diamantring, der Maditas Atem zum Stocken brachte. Und das zu Recht.

Bertram hatte – wie immer – einen erlesenen Geschmack bewiesen und noch dazu ein Vermögen investiert. Der Ring bestach gleichermaßen durch zeitlose Eleganz und modische Aktualität. Der Diamant von mindestens einem Karat entfaltete seine außerordentliche Wirkung nicht nur durch seinen Glanz und seine Vollkommenheit, sondern auch dadurch, dass er optisch weder durch besondere Verzierungen noch durch eine Einfassung gestört wurde. Er war ganz einfach zwischen die beiden Enden eines reifförmig gebogenen schlichten Platinbandes gespannt, das ebenso dick war wie der Diamant selbst.

Madita konnte der Versuchung, die faszinierende Konstruktion des Ringes auf seine Haltbarkeit hin zu überprüfen, nicht widerstehen. Sie nahm ihn aus der Schachtel und betrachtete ihn dabei eingehend. Dann lächelte sie verschmitzt und presste den Nagel ihres rechten Daumens fest gegen den Stein. Er bewegte sich nicht. Jetzt erst war Madita zufrieden und wandte sich wieder Bertram zu.

„Also wirklich, Schatz, da hast du dich ja ganz schön ins Zeug gelegt. Investierst du jetzt lieber in mich als in Aktien?“ Noch nicht einmal jetzt konnte Madita ihre zynische Zunge zügeln.

„Madita“, antwortete Bertram ernst, „ich denke, du schuldest mir eine vernünftige Antwort!“

„Ist die wirklich notwendig? Du kennst mich doch. Einen Schatz könnte ich niemals zurückweisen." Madita lächelte, doch wirkte dieses Lächeln unsicherer als sonst.

Dieses Mal war sie angesichts ihrer eigenen Doppeldeutigkeit selbst ein wenig nachdenklich geworden. Meinte sie nicht eher den Ring als den Mann? Sie sah in Bertrams grüne Augen. Mit ihm hatte sie doch eigentlich das große Los gezogen. Er war reich und erfolgreich, hatte ein hervorragendes Benehmen und ein souveränes Auftreten. Darüber hinaus sah er auch noch sehr gut aus. Er war schlank und hochgewachsen, hatte hellbraune, stufig geschnittene Haare und ein männliches, markantes Gesicht. Nett und humorvoll war er obendrein. Was also wollte sie mehr?

„Ist das ein Ja?", fragte Bertram ungläubig. Irgendwie konnte er wohl nicht so recht glauben, dass es so einfach sein würde.

„Na ja, zumindest ist es kein Nein. Du hast mich ja noch nicht wissen lassen, wie du dir eine Ehe mit mir vorstellst. Was erwartest du von mir?"

„Was ich von dir erwarte? Na, dass du mir eine gute Ehefrau bist. Dass du mir treu bist ... dass du zu mir hältst ... dass du die Kinder gut versorgst ..."

„Welche Kinder?", fiel ihm Madita ins Wort.

„Na ja, ich meine die, die wir vielleicht mal irgendwann kriegen", entgegnete Bertram zaghaft.

„Wir kriegen aber keine", brauste Madita auf. „Ich jedenfalls nicht. Erstens nehm ich die Pille und zweitens konnte ich Kinder noch nie leiden. Das dürfte dir in den zehn Monaten, die wir zusammen sind, doch wohl nicht entgangen sein, oder? Kinder sind eine Plage. Sie schreien, stinken und nerven. Außerdem kosten sie Unmengen von Geld!"

Bertram war da anderer Ansicht. „So kannst du das aber auch nicht sagen. Klar kosten Kinder Geld. Und sie nerven natürlich auch manchmal. Aber es gibt doch auch den anderen Aspekt. Kinder machen Freude."

„Mir nicht."

„Aber das kannst du doch gar nicht beurteilen." Bertram klang jetzt ein wenig genervt.

„Und ob ich das kann. Ich hab schließlich ständig Dutzende von Kindern um mich herum!"

„Aber Madita! Mit fremden Kindern ist das doch ganz anders als mit eigenen. Außerdem habe ich den Eindruck, dass du ganz gut mit den Kids fertig wirst."

„Genau, und damit wären wir auch beim eigentlichen Thema. Ich bin eine gute Ärztin und komme in meinem Job hervorragend zurecht. Und so soll es auch bleiben. Ich würde nicht im Traum daran denken, meine Karriere an den Nagel zu hängen, nur um weitere potenzielle Patienten zu produzieren. Nein, nein, mein Lieber. Ich bin zufrieden, so wie es ist. Sollen doch die einfach strukturierten Frauen Hausmütterchen spielen!"

Madita hatte sich mal wieder ganz schön in Rage geredet. Ihre Augen blitzten und ihre Wangen glühten. Wohingegen ihre Schnecken mittlerweile abgekühlt waren.

Bertram fand, dass sie hinreißend aussah, wenn sie sich so aufregte. „Aber Schatz", lenkte er ein, „wer sagt denn, dass du ganz allein für die Kinder sorgen sollst? Ich bin doch auch noch da!"

„Erstens bleibt die Kindererziehung sowieso immer an den Frauen hängen und zweitens scheinst du mich noch immer nicht verstanden zu haben. Ich möchte mich weder 24 Stunden noch 24 Minuten am Tag mit Kindern herumschlagen. Deshalb werde ich auch gar nicht erst welche bekommen. Basta!"

❦

„Und er hat dir wirklich einen Heiratsantrag gemacht?", fragte Mareile ungläubig. „Hast du aber Glück! Ein Chefarzt aus gut betuchtem Elternhaus ist ja schon nicht schlecht. Aber wenn er dann auch noch so gut aussieht wie Bertram, ist das wirklich ein Sechser im Lotto. Du hast doch sicher Ja gesagt, oder?"

„Na ja ..." Madita war angesichts der Kinderschar, die wild um sie herumtobte, etwas einsilbig geworden. Das Schicksal ihrer Schwester, die sich mit vier Kindern auf einmal abplagen musste, war maßgeblich an ihrer Abneigung gegen Kinder beteiligt. Aber wie sollte sie Mareile das erklären? „Bisher noch nicht."

„Wieso denn nicht?"

„Weil er Kinder will und ich nicht."

„Aber Madita!" Mareile schüttelte missbilligend den Kopf. „Kinder sind doch was Schönes! Außerdem wirst du nächstes Jahr 30. Deine biologische Uhr tickt und tickt. Wenn du noch Kinder haben willst, solltest du sie bald bekommen."

„Ich will ja keine", stellte Madita klar und hielt ihre Kaffeetasse hoch, um sie vor Cori zu schützen, die gerade kreischend auf ihre Mama zulief. Sie war wie immer auf der Flucht vor

Benni, Michi und Tobi, ihren drei großen Brüdern. Eigentlich hießen die vier ja Benjamin, Michael, Tobias und Corinna. Madita hatte die Kosenamen auch noch nie gemocht, aber sehr zu ihrem Leidwesen hatte nicht einmal ihre Eigenschaft als Tante und Patentante dazu geführt, dass ihr ein Mitspracherecht in Sachen Namensgebung eingeräumt worden war. Na, immerhin bestanden gute Aussichten, dass keine weiteren „Neffis" und/oder „Nichtis" auf sie zukommen würden. Die Familienplanung der Koslowskis schien abgeschlossen zu sein, nachdem vor knapp drei Jahren endlich das heißersehnte Mädchen zur Welt gekommen war. Madita war nach Coris Geburt richtig erleichtert gewesen. In ihren schlimmsten Alpträumen hatte sie Mareile bereits dabei beobachtet, wie sie vor ihrer Tür stand – mit einem dutzend Jungen im Schlepptau.

„Jede Frau will Kinder, die einen früher, die anderen später." Mareile hielt inne. „Und manche zu spät!"

Sie hatte jetzt diesen belehrenden Gesichtsausdruck, den Madita überhaut nicht an ihr leiden konnte. Vielleicht lag es daran, dass sie sie dann immer so stark an ihre Mutter erinnerte. Obwohl rein optisch eigentlich gar keine Ähnlichkeit zwischen Mareile und ihrer Mutter bestand. Eher ähnelten Madita und Mareile einander. Mareile war ungefähr genauso groß wie Madita und sie hatte auch die gleiche Haarfarbe. Ihre Haare waren allerdings glatt und zu einem Pagenkopf geschnitten. Früher hatte sie sogar die gleiche Figur wie Madita gehabt, doch nach vier Kindern war sie – wie sie es selbst formulierte – „ein wenig aus dem Leim gegangen". Sie war nicht direkt fett, aber schon ein bisschen übergewichtig. Und sie verwendete allerhand Energien darauf, gegen diesen Zustand anzukämpfen. Diäten gehörten zu ihrem Leben, auch wenn sie ihr manchmal die letzte Kraft und Lebensfreude raubten und fast immer erfolglos blieben.

„Da muss ich dir natürlich zustimmen. Nur wenige Frauen haben schließlich das Vorrecht, durch ihre ältere Schwester so eindrucksvoll über die Nachteile des Mutterdaseins informiert zu werden." Der ironische Unterton in Maditas Worten war nicht zu überhören. Das wiederum konnte Mareile nicht ausstehen.

„Was soll das denn heißen?", entgegnete sie spitz. „Wie du weißt, bin ich gern Mutter."

„Und wie du weißt, bin ich nicht die Einzige, die der Meinung ist, dass man deine Kinder ganz einfach nicht ertragen kann, einzeln nicht und schon gar nicht im Viererpack!", sagte Madita scharf. „Vielleicht fängst du ja bald mal mit der Erziehung an, dann würde sich auch dein nervöser Magen wieder beruhigen, du glückliche Mutter."

„Na toll, und so was muss ich mir jetzt von einer anhören, die nun wirklich keine Ahnung hat." Mareiles Stimme klang weinerlich. Gleich würde sie losheulen, das wusste Madita. Trotzdem konnte sie nicht anders. Sie musste ganz einfach das letzte Wort haben.

„Ich hab vielleicht keine eigenen Kinder. Trotzdem hab ich im Krankenhaus schon ganz schön viele kennen gelernt. Und die waren allesamt wohlerzogener als deine!"

Mareile stand auf. „Du bist so gemein", krächzte sie und verließ den Raum.

Madita atmete einmal tief durch. *Warum muss ich bloß immer sagen, was ich denke? Kann ich denn nie meinen Mund halten?*, dachte sie. *Und was habe ich jetzt davon? Mareile ist verschwunden und ich sitze hier allein mit den Rangen.*

In diesem Moment kam auch schon der fünfjährige Tobi angerannt. „Tante Madita, spielst du Fangen mit mir? Benni und Michi lassen mich nicht mitspielen!"

„Nein."

„Och, bitte ... bitte, bitte, bitte."

„Nei-en !" Madita klang jetzt ganz schön gereizt. „Spiel doch mit Cori. Oder mal von mir aus ein Bild!"

„Mit Cori will ich nicht spielen, die ist viel zu klein. Und malen ist ..." Michis Worte wurden jetzt von einem sirenenartigen Geplärr übertönt, das aus Coris Richtung kam. Madita sprang mit einem gequälten Gesichtsausdruck auf und lief auf den Flur. Dort saß Cori am Boden und heulte. „Nun wein doch nicht, Cori. Was ist denn passiert?", versuchte Madita zu trösten.

Cori deutete auf Benni und Michi, die betreten ein paar Meter entfernt standen. „Die ... ham mich ... um-me-meißt!", erklärte sie schluchzend.

Madita verstand nur Bahnhof. „Was haben sie?"

Nun öffnete sich eine Tür und Mareile erschien wieder auf der Bildfläche. Sie schob Madita unsanft zur Seite. „Bemüh dich nicht. Trösten können sowieso nur Mütter." Dann wandte sie sich ihrem Nesthäkchen zu. „Sie haben dich umgeschmissen? Wo tut's denn weh?"

Angespornt von dem Mitleid, das ihr nun entgegengebracht wurde, legte Cori mit ihrem Geschrei noch mal so richtig los – natürlich unter Zugabe einiger Dezibel an Lautstärke. „Da!", rief sie weinerlich und deutete auf ihren rechten Ellenbogen. „Pute mal.“

Mareile lächelte und begann, gegen den Ellenbogen zu pusten.

Madita verdrehte die Augen. Ihr Verhalten von vorhin tat ihr jetzt überhaupt nicht mehr Leid. Sie drehte sich um, ging zur Garderobe, nahm ihren Mantel und verließ wortlos das Haus.

Kapitel 2

Als sie nach einem längeren Spaziergang zum Anwesen ihrer Eltern zurückkehrte, war es halb vier. An dem silbergrauen Mercedes der S-Klasse, der jetzt im Hof stand, konnte sie erkennen, dass auch ihre Eltern wieder eingetroffen waren. Heute, am 5. Mai, war der Geburtstag ihres Vaters und so hatten Maria Freifrau und Welf Freiherr von Eschenberg ihre beiden Töchter und ihre vier Enkelkinder zu sich nach Meitze, einem kleinen Ort in der Gemeinde Wedemark, nördlich von Hannover, gebeten. Madita und Mareile waren allerdings recht überrascht gewesen, als sie bei ihrer fast zeitgleichen Ankunft um die Mittagszeit von Fabiola, der „guten Seele“ des Hauses, erfahren hatten, dass ihre Eltern überraschend noch einmal weggefahren waren.

Madita läutete. Nach kurzer Zeit öffnete Fabiola die Tür. Sie lächelte wissend. „Na, Fräulein Madita, hast du dich schon wieder mit deiner Schwester gestritten?“

Madita grinste und antwortete mit einer Gegenfrage. „Hat sie sich schon wieder bei dir ausgeheult?“

Fabiola durfte sich solche Bemerkungen erlauben. Ihr konnte man einfach nicht böse sein. Fabiola war schon seit mehr als dreißig Jahren im Dienst des Barons und der Baronin von Eschenberg. Zuerst war sie Kindermädchen gewesen, später Haushälterin. Sie war das klassische Mädchen für alles und aus der Familie schon lange nicht mehr wegzudenken. Besonders für Mareile und Madita war sie unentbehrlich geworden. Sie hatte Windeln gewechselt, Nasen geputzt, Tränen getrocknet und immer ein offenes Ohr gehabt – all die „primitiven“ Tätigkeiten, für die sich Maria von Eschenberg niemals hergegeben hätte. Ihr war nur wichtig gewesen, dass die Kinder in hübschen Kleidchen artig dabei saßen, wenn sie eine ihrer diversen Partys feierte. In den ersten Jahren hatten Mareile und Madita brav ihre Rolle gespielt, schon um die Liebe ihrer Mutter zu gewinnen. Später jedoch war es immer wieder zu Zwischenfällen gekommen, so dass Maria ihre Kinder auch in dieser Hinsicht in Ruhe gelassen hatte.

„Dein Vater ist in der Bibliothek. Er wartet schon auf dich."

Madita durchquerte den riesigen, großzügig mit Antiquitäten ausgestatteten Flur und klopfte an eine der schweren Eichentüren.

„Ja, bitte", sagte eine sympathische Männerstimme, die Madita sofort als die ihres Vaters identifizierte.

Sie öffnete die Tür und steckte ihren Kopf hindurch. Dann fragte sie unterwürfig: „Entschuldigen Sie bitte, ich gehöre zum Begrüßungskommitee und habe meinen Einsatz verpasst. Können Sie mir sagen, wer hier Geburtstag haben soll?" Sie grinste frech und trat ein.

Ein breites Lächeln bildete sich auf dem Gesicht ihres Vaters. Er stand auf und kam mit geöffneten Armen auf sie zu. „Madita, wie schön!"

„Hallo Papa, herzlichen Glückwunsch!"

Madita kuschelte sich in die kräftigen Arme ihres Vaters und fühlte sich mindestens zwanzig Jahre zurückversetzt. Ihr Vater war ein Bär von einem Mann, fast zwei Meter groß und bestimmt 130 kg schwer. Seinen nicht unerheblichen Bierbauch hatte er wahrscheinlich dem gleichnamigen Getränk zu verdanken. Welf Freiherr von Eschenberg liebte Bier, in fast jeder Herstellungsart und in allen Lebenslagen. Seiner Frau missfiel dies natürlich und so trank er meistens heimlich.

„Na, mein kleines Mädchen, wie geht es dir?", fragte er in zärtlichem Tonfall. „Was macht die Karriere?"

„Ich bin ganz zufrieden", antwortete Madita und strich ihrem Vater in alter Gewohnheit über den üppigen Schnauzer. Als kleines Mädchen hatte sie immer versucht, ihm den Bart auszureden, aber heute fand sie, dass er gut zu ihm passte. Er hatte die gleiche Farbe wie seine Haare, rotblond, mit einem mittlerweile nicht mehr ganz unerheblichen Anteil Grau. Er gehörte genauso zu ihm wie der aus der Mode gekommene Seitenscheitel, der wegen seiner dicken Haare immer unordentlich wirkte.

„Und du?", fragte Madita weiter, „wie läuft die Firma?" Madita sprach von der Firma KaWoKa, die einst ihr Großvater gegründet hatte und die für den Reichtum der von Eschenbergs maßgeblich war. Karl Wolters, Marias Vater, war selbst in ärmlichen Verhältnissen aufgewachsen und hatte schon als kleiner

Junge den Entschluss gefasst, einmal ein reicher Mann zu werden. 1931 hatte er mit dem Betrieb einer Kaffeerösterei begonnen, die dank seines Fleißes und seiner Geschäftstüchtigkeit schnell den Markt erobert und schon bald für den erhofften Reichtum gesorgt hatte. Bis heute war „Karl Wolters Kaffee“ einer der wenigen Familienbetriebe, die in diesem Wirtschaftszweig für sich allein existieren konnten.

Welf Freiherr von Eschenberg war nach seiner Hochzeit in den Betrieb seines Schwiegervaters eingestiegen, hatte aber nie wichtige Aufgaben übernehmen dürfen. Erst als Karl Wolters vor 15 Jahren verstorben war und den Betrieb seiner einzigen Tochter Maria vererbt hatte, war Maditas Vater ganz plötzlich zum Geschäftsführer aufgestiegen. Seitdem hatte es in der ohnehin schlechten Ehe ihrer Eltern noch mehr gekriselt.

„Na ja“, begann Welf von Eschenberg, brach seinen Satz dann aber abrupt ab, als sich die Tür öffnete und seine Frau den Raum betrat.

Maria Freifrau von Eschenberg war mit ihren 57 Jahren noch immer eine atemberaubende Erscheinung. Sie war nicht besonders groß, strahlte dafür aber eine Vornehmheit aus, die ihresgleichen suchte. Sie trug ein ausgesprochen elegantes, schwarzblaues Kostüm, das zwar modern war, aber auch zu ihrem Alter passte. Ihre glatten, schwarz-grau melierten Haare hatte sie wie immer zu einem strengen Dutt zusammengefasst. Obwohl man sie als schön bezeichnen konnte, empfanden die meisten Menschen ihre Gegenwart als unangenehm, was wohl daran lag, dass sie fast nie lächelte. Stattdessen lag ein bitterer Zug um ihren Mund.

Maria würdigte ihren Mann keines Blickes und wandte sich ihrer Tochter zu. „Willkommen, mein Kind“, sagte sie mit ihrer dunklen, etwas rauchigen Stimme, die ihr noch zusätzliche Würde verlieh, „hattest du eine angenehme Reise?“

„Ja, Mutter, hatte ich. Ich war nur sehr erstaunt, euch hier nicht anzutreffen. Wohin musstet ihr denn so dringend fahren?“

„Nun, darüber unterhalten wir uns später. Jetzt ist erst einmal der Kaffeetisch gedeckt. Wie ich dich kenne, willst du doch sicher nicht Fabiolas Frankfurter Kranz verpassen, oder?“

Höre ich da schon wieder Provokation in deinen Worten, Mutter?, dachte Madita ärgerlich. *Könntest du mein Essverhalten nicht wenigstens fünf Minuten lang außer Acht lassen?* Ihrem Vater zuliebe biss sie sich jedoch auf die Zunge und verzichtete auf die schnippische Antwort, die sie natürlich längst parat hatte. Was hätte es auch genützt? Es hatte bereits so viele Streitereien gegeben, waren schon so viele verletzende Dinge gesagt worden und so viele Tränen geflossen, dass es einfach keinen Sinn mehr hatte. Madita und Mareile hatten mittlerweile begriffen, dass sie die Anerkennung ihrer Mutter ganz einfach nicht bekommen konnten.

Madita folgte ihrer Mutter, die wie immer nach irgendeinem edlen Parfum duftete, ins Esszimmer und ließ sich an der hübsch gedeckten Kaffeetafel nieder, die mit einem Käsekuchen und jeder Menge Butterkuchen bestückt war. Auch Mareile und die Kinder saßen schon da.

Mareile sah ziemlich genervt aus. Das lag wohl daran, dass sie alle Hände voll zu tun hatte, vier gierige Mäuler davon abzuhalten, über den Kuchen herzufallen. Sie war sichtlich erleichtert, als mit dem Erscheinen der restlichen Familienmitglieder das Ende dieser Tortur in Sicht kam.

Madita lächelte ihrer Schwester freundlich zu. Schon die erste kurze Begegnung mit ihrer Mutter hatte sie daran erinnert, dass sie und ihre Schwester Leidensgenossen und Verbündete waren.

Mareile erwiderte das Lächeln. Sie kannte Madita und fasste das Lächeln als Entschuldigung auf. Sie war ohnehin ein harmoniebedürftiger Mensch und alles andere als nachtragend.

Als alle saßen, betätigte Maria von Eschenberg eine kleine, messingfarbene Klingel. Daraufhin öffnete sich eine Tür und Fabiola erschien. Unter lauten „Ahs“ und „Ohs“ trug sie strahlend ihren berühmten Frankfurter Kranz herein. Da sie ausgesprochen korpulent war und nicht einmal 1,60 m groß, hatte sie es schwer, den gewichtigen Tortenteller mit ihren kurzen Armen von ihrer üppigen Oberweite fern zu halten.

Madita grinste ein wenig. Sie kannte Fotos, auf denen Fabiola noch jung gewesen war. Diese Fotos hatten eine rassige, schwarzhaarige Schönheit mit kaffeebrauner Haut gezeigt. Trotzdem war ihr die heutige quadratisch-praktische Fabiola sehr viel lieber. Sie war freundlich und gemütlich, und allein darauf kam es doch an.

Fabiola schnitt jetzt den Frankfurter Kranz an und begann, ihn zu verteilen. Das erste Riesenstück ging an das Geburtstagskind, das zweite, nicht minder große, erhielt Madita. Dann kamen Mareile und die Kinder an die Reihe.

Zuletzt fragte Fabiola: „Und Sie, Frau Baronin, darf ich auch Ihnen ein Stück Torte reichen?“

Alle blickten gespannt auf Maria. „Nein danke, Fabiola, ich werde mich mit etwas Kalorienärmerem begnügen. Vielleicht geben Sie mir ein Stück Butterkuchen."

Und Fabiola gab ihr ein Stück Butterkuchen. Dass es sich dabei um ein kleines, schrumpeliges Randstück handelte, war zwar verdächtig. Fabiola hielt Marias prüfendem Blick aber fabelhaft stand. Auch lächelte sie ihrer Arbeitgeberin so freundlich und unschuldig zu, dass diese keine Möglichkeit hatte, ihr irgendeine böse Absicht zu unterstellen. Alle anderen aber verbuchten lächelnd ein Eins-zu-null für Fabiola und freuten sich, dass sie endlich gelernt hatte, Marias unterschwellige Gemeinheiten geschickt zu parieren.

Früher hatte Fabiola unter Marias dauernden Abfälligkeiten unwahrscheinlich gelitten. Maria hatte die Auswahl der Gerichte bemängelt, die Kosten der Zutaten, die Dauer der Zubereitung. Die Suppe war ihr zu scharf gewesen, der Rotkohl zu lasch, der Fisch zu fettig. Damals war Fabiola nur wegen Mareile und Madita, die so sehr an ihr hingen, bei den von Eschenbergs geblieben. Heute war sie gelassener geworden, wusste um ihre Stellung und ihre Unentbehrlichkeit und konnte auch mal austeilen, ohne dass es ihr nachzuweisen war.

„Madita, nun erzähl uns doch ein bisschen von deiner Arbeit im Krankenhaus", unterbrach Maria ungeduldig das gefräßige Schweigen, das sie wie immer überhaupt nicht leiden konnte.

„Ach, Mutter, da gibt es doch gar nicht viel zu erzählen", antwortete Madita ausweichend. Sie sprach nicht gern über ihre Arbeit, wusste sie doch, dass ihre Mutter ohnehin der Meinung war, Frauen müssten „einen Doktor heiraten, aber keinen machen". Im Übrigen wollte sich Madita viel lieber auf ihren Kuchen konzentrieren.

Aber Maria ließ nicht locker. „Bist du immer noch Assistenzärztin?"

„Mhm", nickte Madita und schob sich genussvoll die nächste Gabel voll in den Mund.

„Und besteht die Möglichkeit, dass du in naher Zukunft zur Oberärztin befördert wirst?"

„Weiß nicht." Madita blieb konsequent einsilbig.

Maria hatte nun eingesehen, dass ihre Fragen bei Madita auf taube Ohren stießen, und wandte sich daher ihrer älteren Tochter zu. „Und wie geht es dir, Mareile?"

„Ganz gut."

Nun wurde es Maria aber doch langsam zu bunt. Also versuchte sie es mit Provokation. „Was macht denn die Familienplanung? Bist du auf dem Weg zum halben Dutzend inzwischen noch weiter vorangekommen?“

Mareile, die schon den Mund geöffnet hatte, um sich ein Stück Kuchen einzuverleiben, hielt mitten in der Bewegung inne, ließ ihre Gabel wieder sinken und sah ihre Mutter kalt und beinahe hasserfüllt an. Dann aber glätteten sich ihre Gesichtszüge und sie antwortete lächelnd: „Nein, noch nicht. Heiner ist zur Zeit viel unterwegs. Deshalb mussten wir unsere Kinder-Produktion etwas drosseln. Aber wir werden dir selbstverständlich sofort Bescheid sagen, wenn wir wieder einen Treffer gelandet haben.“

Mareiles Worte waren nicht einmal gelogen. Heiner Koslowski war im Außendienst tätig. Er hatte gerade erst den Arbeitgeber gewechselt und vertrieb jetzt nicht mehr Kopierer, sondern Schokolade. Im Moment düste er von einem Lehrgang zum nächsten. Maria allerdings wusste nichts von alledem. Das war auch kein Wunder, denn sie hatte sich noch nie für Heiner interessiert. Sie lud ihn auch nicht ein, wenn jemand aus der Familie Geburtstag hatte. Stattdessen tat sie so, als gäbe es ihn überhaupt nicht. Jetzt murmelte sie nur „Aha“ und damit war das Gespräch beendet.

Madita grinste. Sie musste daran denken, wie alles angefangen hatte. Mareile war 18 gewesen, als sie sich in ihren Heiner verliebt hatte. Sie hatte ihn auf einer der vielen Feten kennen gelernt, auf denen sie gar nicht hätte sein dürfen. Maria hatte ihren Töchtern immer alle Veranstaltungen verboten, die sie für nicht standesgemäß hielt. Da war natürlich nichts Interessantes mehr übrig geblieben. Also hatten sich Mareile und Madita nachts heimlich davongeschlichen. Heiner war damals bereits 24 gewesen und hatte mit der eigenen Wohnung und dem eigenen Auto mächtigen Eindruck gemacht. Mit seiner fröhlichen und unkomplizierten Art hatte er schnell das Herz der eher schüchternen Mareile erobert.

Vier Jahre hatten sich die beiden nur heimlich treffen können. Dann hatte sich die Situation zugespitzt, weil Maria Anstalten gemacht hatte, Mareile mit irgendeinem stinkreichen Typen zu verkuppeln. Die „zufälligen“ Begegnungen mit Thomas, dem Erben einer großen Möbelhauskette, waren irgendwann so auffällig geworden, dass es Mareile nicht mehr ausgehalten hatte. Eines Tages hatte sie sich einfach aus dem Staub gemacht, ohne Ankündigung, ohne Begründung. Einige Monate später war sie zu Besuch gekommen und hatte einen Ring am Finger und einen dicken Bauch präsentiert.

Das Verhältnis zu ihren Eltern hatte sich dann oberflächlich wieder eingerenkt. Maria hatte sich dazu durchgerungen, ihre Enkel – die sie, wenn Mareile nicht zugegen war, auch die „kleinen Bastarde“ nannte – zu akzeptieren. Heiner hingegen war ein für alle Mal unten durch und sollte das Haus derer von Eschenberg niemals betreten.

„Gibst du mir bitte die Milch, Papa?“, fragte Madita und schenkte sich die dritte Tasse Kaffee ein. Sie vermied es, dabei zu ihrer Mutter hinüberzusehen, denn sonst hätte sie deren missbilligenden Blick ertragen müssen.

Maria ernährte sich geradezu fanatisch gesund. Sie aß nur Vollkornbrot, trank ausschließlich grünen Tee und Wasser, schwor auf Rohkost und mied Fleisch sowie jede Art von Süßigkeiten.

Welf sah Maria an, deren Blick er aufgefangen hatte.

„Ist schon gut, ich kann sie mir selbst nehmen.“ Madita erhob sich, lehnte sich quer über den Tisch und griff nach der Milch. Auf dem Rückweg schnappte sie sich noch schnell ein riesiges Stück von Fabiolas herrlichem Butterkuchen. Während sie es genussvoll in sich hineinmampfte, herrschte ansonsten betretenes Schweigen.

Irgendwann stand Maria plötzlich auf. „Es geht mir nicht so gut, Kinder. Ich werde mich ein bisschen hinlegen. Wir sehen uns ja beim Abendessen.“ Dann verließ sie das Esszimmer.

Mit ihrem Verschwinden ging so etwas wie ein allgemeines Aufatmen durch den Raum. Sofort begannen die vier Kinder, die bis dahin fast still gewesen waren, zu kichern, zu lärmen und zu streiten. Sekunden später steckte auch schon Fabiola ihren Kopf durch die Tür. Sie hatte wie immer darauf gelauert, dass Maria endlich das Feld räumen würde. Nun war Fabiola an der Reihe, Zeit mit „ihren Mädchen“ zu verbringen. Natürlich wurde sie sofort eifrig herbeigewunken. Sie hatte gar keine Hemmungen, sich auf Marias Platz zu setzen und alles Versäumte nachzuholen, indem sie Unmengen von Kuchen auf ihren Teller häufte und sofort losplapperte wie ein Wasserfall. Und natürlich gab sie dabei auch den neuesten Dorfklatsch zum Besten.

„Also, wenn man dich so hört“, mischte sich Madita irgendwann ein, „dann kann man wirklich von Glück sagen, dass es über die von Eschenbergs nicht so viel zu berichten gibt. Sonst würde man sich über uns auch noch das Maul zerreißen.“

Fabiola, die gerade so richtig in Fahrt war, lächelte vielsagend. „Wenn du dich da man nicht täuschst ...“, deutete sie an.

„Was soll das denn heißen?“, erschrak Madita.

Im gleichen Moment glitt Welf von Eschenberg die Kuchengabel aus der Hand, was ein lautes Klirren verursachte.

„Entschuldigung“, murmelte er fahrig und stand auf. „Ich glaub, ich sehe besser mal nach eurer Mutter.“ Dann verließ er eilig den Raum.

Als sich die Tür wieder geschlossen hatte, sahen sich Madita und Mareile verständnislos an.

„Was war das denn eben?“, fragte Mareile. „Ihm ist doch sonst egal, wie es Mutter geht.“

„Ja, sonst isst er auch immer den Kuchen auf“, bemerkte Madita und deutete auf seinen noch halb gefüllten Teller.

Dann wandten sich beide zeitgleich Fabiola zu. „Hat sein Verhalten irgendetwas mit deiner Andeutung zu tun?“, fragte Mareile.

Jetzt stand Fabiola auf, ohne ihren Kuchen zu Ende gegessen zu haben. „Ach, das hab ich nicht so gemeint“, murmelte sie und begann geschäftig den Tisch abzuräumen. Und noch bevor die beiden Schwestern nachhaken konnten, war sie mit der ersten Fuhre in der Küche verschwunden. Seltsamerweise ließ sie sich danach nicht wieder blicken.

So blieben Mareile und Madita verwirrt und etwas beunruhigt zurück. Allerdings hielt dieser Zustand nicht lange an, denn schon bald wurden sie wieder von den vier Kindern mit Beschlag belegt. Benni musste davon abgehalten werden, sein sechstes Stück Kranzkuchen zu verschlingen, während Cori ermahnt werden musste, auch den Butterkuchen zu essen, von dem sie sorgfältig jeden Krümel Zucker heruntergeleckt hatte. Als das erledigt war, scheuchten Mareile und Madita die vier Kinder zum Spielen nach draußen. Aber auch dort hatten sie alle Hände voll zu tun, um die Verwüstung der Gartenanlage auf erträglichem Niveau zu halten.

❦

Als Fabiola zum Abendessen rief, war Madita nicht nur total genervt, sondern auch ziemlich überanstrengt und müde. Sie beschloss, sich auf gar keinen Fall auf irgendwelche Diskussionen oder Streitereien einzulassen.

Ihre Eltern saßen bereits am Tisch, als Madita und Mareile mit den Kindern das Esszimmer betraten. Madita stellte erfreut fest, dass es nach Hirschbraten duftete und Fabiola sich bestimmt wieder selbst übertroffen hatte.

Als sie sich setzte, warf ihre Mutter ihr einen freundlichen Blick zu, während ihr Vater wegschaute. Das war außergewöhnlich, sozusagen verkehrte Welt. Freundlichkeiten waren sonst nur von ihrem Vater zu erwarten, während ihre Mutter höchstens missbilligende Blicke verteilte. Jetzt war Madita wirklich beunruhigt. Sie warf ihrer Schwester einen fragenden Blick zu, aber Mareile schüttelte nur ganz leicht den Kopf. Sie wusste auch nicht, was hier los war. Madita blieb also nichts anderes übrig als abzuwarten.

Zunächst herrschte eisiges Schweigen. Niemand sagte ein Wort. Die Kinder schienen die Spannung in der Atmosphäre zu spüren und verhielten sich ebenfalls ruhig. Dann betrat Fabiola mit ihrem Braten den Raum.

Rehrücken, dachte Madita verträumt. Sie sog den kräftigen Duft tief ins sich hinein und fing innerlich schon an zu essen, noch bevor das Gemüse auf dem Tisch stand.

„Mama, was ist das denn?“, fragte Cori ihre Mutter.

„Das ist ein niedliches Rehlein, mein Kind, so eins wie Bambi“, antwortete Maria für ihre Tochter. „Man hat es abgeschlachtet, gehäutet und dann in den Backofen gesteckt. Du musst so etwas nicht essen, wenn du nicht willst.“

Cori sah schockiert erst auf den Braten, dann auf ihre Mutter. Dann füllten sich ihre Augen mit Tränen. „Ich will aber nicht, dass wir Bammi essen, Mama.“ Jetzt fing sie an, lauthals loszuheulen. „Ich ... will ... nach ... Hause.“

Mareile sah ihre Mutter strafend an und kümmerte sich dann um ihre Tochter. Doch das Kind war untröstlich und so blieb Mareile nichts anderes übrig, als mit den Kindern zu Fabiola in die Küche zu wechseln.

In der Zwischenzeit hatten sich die anderen bereits bedient. Während Madita ihren Teller so voll beladen hatte, dass die Soße am Rand hinunterzulaufen drohte, begnügte sich Maria mit zwei Kartoffeln, ein paar Erbsen und ein wenig Broccoli – ohne Soße, versteht sich.

Als Mareile mit den Kindern gegangen war, fragte Maria: „Bist du eigentlich immer noch mit deinem Kollegen befreundet?“

„Du meinst Bertram. Ja, das bin ich.“

„Und?“, hakte Maria nach.

„Was und?“ Im Moment hatte Madita wirklich keine Lust, über Bertram ausgefragt zu werden. Sie wusste ja selbst noch nicht, wie es weitergehen würde. „Wenn es etwas zu berichten gibt, werdet ihr es schon rechtzeitig erfahren. Reicht das?“

„Nein. Ich möchte von dir wissen, ob du diesen Bertram zu ehelichen gedenkst.“

„Das weiß ich doch jetzt noch nicht. Außerdem ist das doch wohl meine Sache, oder?“

„Nein“, entgegnete Maria wieder, „nicht wirklich.“

Jetzt wurde es Madita aber zu bunt. Sie vergaß all ihre Vorsätze und zischte: „Heute ist Vaters Geburtstag. Ich habe vor, mir den Bauch vollzuschlagen und dann wieder abzudampfen. Ich habe nicht vor, mir in mein Leben hineinreden zu lassen. Wenn du das nicht respektieren kannst, gehe ich sofort. Also?“

„Madita“, sagte jetzt Welf von Eschenberg leise, „bitte reg dich nicht auf.“

Madita sah ihren Vater erstaunt an. Es war nicht seine Art, sich in Auseinandersetzungen zwischen ihr und ihrer Mutter einzumischen.

Welf von Eschenberg sah sie gequält an. „Wir müssen dir etwas sagen, Madita.“

„Was denn, Papa?“, fragte Madita, die jetzt endgültig beunruhigt war. „Ist irgendetwas passiert?“

„Das kann man wohl sagen“, sagte Maria und lachte bitter. „Dein Vater hat es geschafft, die Firma deines Großvaters in den Ruin zu treiben.“

Madita konnte nicht glauben, was ihre Mutter da sagte. Ihres Wissens war KaWoKa eines der florierendsten Unternehmen, die es gab. Noch nie hatte ihr gegenüber jemand erwähnt, dass KaWoKa ernsthafte Probleme hatte. „Was sagst du da? Ruin? Was soll das heißen?“

„Das heißt, dass wir pleite sind. KaWoKa geht in Konkurs. Und dein Vater landet im Gefängnis.“ Maria hatte sich noch nie die Mühe gemacht, Hiobsbotschaften vorsichtig weiterzugeben.

Madita sah ihren Vater voller Entsetzen an. „Stimmt das?“

Welf Freiherr von Eschenberg nickte nur.

„Auch das mit dem Gefängnis?“, flüsterte sie ungläubig.

Er nickte wieder. „Ich habe versucht, die Probleme der Firma vor deiner Mutter und unseren Gläubigern zu verbergen. Dadurch habe ich alles nur noch schlimmer gemacht. Wenn das rauskommt, ist alles aus.“

„Kommt es denn raus?"

„Wenn ich innerhalb der nächsten zwei Wochen keine zwanzig Millionen auftreibe, ja."

Madita schluckte. Zwanzig Millionen waren auch für ihre Begriffe allerhand Geld. „Und jetzt?" Madita sah ihren Vater erwartungsvoll an. Sie war nicht auf den Kopf gefallen. Es musste doch einen Grund dafür geben, dass sie eingeweiht wurde.

Welf von Eschenberg sah betreten auf seinen Teller.

„Sag es ihr", zischte Maria, „sonst tu ich es."

„Madita", sagte Welf und sah seine Tochter flehend an, „ich würde nie etwas Derartiges von dir verlangen, wenn es eine andere Möglichkeit gäbe." Er hielt inne und stieß einen abgrundtiefen Seufzer aus.

Madita atmete einmal tief durch. Was um Himmels willen würde er denn nun von ihr verlangen?

An dieser Stelle mischte sich wieder einmal Maria in das Gespräch ein. „Madita, es gibt jemanden, der uns helfen kann. Sagt dir Röspli irgendetwas?"

„Ja, die Firma ist eine unserer stärksten Konkurrenten, nicht wahr?"

„So ist es", nickte Maria. „Aber das könnte man ändern. Röspli hat uns eine Fusion mit KaWoKa angeboten. Und das zu äußerst erfreulichen Konditionen. Damit wären all unsere Probleme auf einen Schlag gelöst. Niemand würde je etwas von unseren Schwierigkeiten erfahren. Dein Vater könnte sich zur Ruhe setzen, der Name KaWoKa bliebe erhalten, wir würden jeden Monat genug Geld bekommen, um unseren Lebensstandard zu erhalten, und alles wäre in bester Ordnung."

Madita nickte. „Und jetzt wirst du mir sagen, wo der Haken ist."

„Nein. Das ist Aufgabe deines Vaters. Er hat uns in diese Katastrophe hineinmanövriert, er soll uns auch wieder herausholen." Mit diesen Worten blickte Maria zu ihrem Mann hinüber und warf ihm einen auffordernden, ja fast befehlenden Blick zu.

Welf von Eschenberg mochte auch jetzt seiner Tochter nicht in die Augen sehen. Er senkte den Blick und sagte: „Jochen Spließgard, das ist der Inhaber der Firma Röspli, verlangt für sein großzügiges Angebot nicht nur KaWoKa, sondern auch ... nun ja ... dich."

„Mich?", fragte Madita verwirrt. „Wie darf ich das denn verstehen?"

„Er verlangt, dass du einen seiner beiden Söhne heiratest."

„Wie bitte?“, brauste Madita auf. „Ich hör wohl nicht richtig. Sind wir hier im Mittelalter? Oder werden Frauen in Deutschland neuerdings wieder verschachert? Ich glaub, ich bin im falschen Film. Soll er seinem Sohn doch ein Frauchen aus Thailand oder Russland kaufen. Das wäre außerdem viel billiger.“ Madita hatte rote Wangen und fuchtelte wie wild mit den Armen herum, während sie sich aufregte. „Das ... das ist doch illegal! Ihr habt doch wohl nicht Ja gesagt, oder?“ Madita blickte von ihrer Mutter zu ihrem Vater und wieder zurück zu ihrer Mutter. „Antwortet mir!“

„Madita“, begann Maria, „du verstehst das alles noch nicht ganz. Sein Angebot ist so, wie wir es dir geschildert haben. Er wird es nicht mehr ändern, ganz sicher nicht. Wir können es nur annehmen oder ablehnen. Mehr nicht.“

„Dann lehnt es halt ab! Ihr werdet doch wohl nicht von mir verlangen, irgend so einen Idioten zu heiraten, nur weil euch Kohle fehlt. Das kann nicht euer Ernst sein! Wofür haltet ihr mich?“ Madita schüttelte verständnislos den Kopf. Was war nur in ihre Eltern gefahren? „Papa“, begann sie und sah ihn fast flehend an, „ich bin doch keine ... Nutte!“

Bei diesen Worten fing Welf von Eschenberg leise an zu weinen. Immer wieder schüttelte er den Kopf. Dann presste er mühsam hervor: „Es tut mir Leid, mein Kind. Du hast Recht, ich hätte dir diesen Vorschlag niemals unterbreiten dürfen.“

Madita war geschockt. Sie hatte ihren Vater noch nie weinen sehen. Eine Welle von Mitleid schwappte über sie hinweg. Dann streichelte sie ihrem Vater über die Schulter und sagte leise, in hilflosem Tonfall: „Papa.“ Dann noch einmal: „Papa ... was soll ich denn machen?“

Welf nahm die Hand seiner Tochter, die noch immer auf seiner Schulter lag, und drückte sie ganz fest. Dann riss er sich zusammen, sah Madita in die Augen und sagte: „Mein Kind, mein liebes Kind, bitte verzeih mir. Wir werden diese Idee ganz einfach vergessen und eine andere Lösung finden. Es gibt immer eine andere Lösung.“

Madita nickte erleichtert. „Ja, wir werden eine andere Lösung finden.“

„Nein, werden wir nicht“, mischte sich jetzt wieder Maria ein und lachte bitter. „Wir werden keine andere Lösung finden, weil es keine andere Lösung gibt. Und das weiß dein Vater auch. Wir sind bereits alles durchgegangen. Es ist ganz einfach: Wenn du diese Ehe nicht eingehst, ist alles aus. Verstehst du das? Dein

Vater geht ins Gefängnis. Wir werden alles verlieren. Unseren Ruf, die Firma, das Haus hier, einfach alles. Du musst ihn ganz einfach heiraten. Du musst!"

„Ich muss gar nichts, Mutter", erwiderte Madita. „Absolut gar nichts. Ich bin erwachsen und vollkommen unabhängig. Und was noch viel wichtiger ist: Ich hab mit eurem Schlamassel nichts zu tun. Warum soll ich ausbaden, was ihr verbockt habt? Früher war ich dir noch nicht einmal gut genug, irgendetwas über die Firma zu erfahren, geschweige denn in irgendwelche Entscheidungen einbezogen zu werden. Und jetzt soll plötzlich alles auf meinen Schultern lasten? Nein danke!"

Madita schob jetzt ihren Stuhl zurück und ging in Richtung Tür. Kurz bevor sie dort ankam, drehte sie sich noch einmal um, schüttelte den Kopf und sagte: „Ihr macht es euch wirklich ganz schön einfach."

„Sie hat Recht, Maria", begann Welf von Eschenberg, als sich die Tür hinter seiner Tochter geschlossen hatte. „So etwas können wir nicht von ihr verlangen. Wirklich nicht."

„Ach tatsächlich? Dann sag mir eine bessere Lösung." Maria sah ihren Mann erwartungsvoll an und ließ ein paar Sekunden verstreichen. Dann sagte sie triumphierend: „Aber natürlich weißt du keine! Wie hätte es auch anders sein sollen. Aber das eine sag ich dir, mein Lieber. Du wirst deine Tochter dazu bringen, diesen Kerl zu heiraten. Ich werde nicht zulassen, dass du mir alles nimmst, was ich besitze, hast du das verstanden?" Sie hielt inne. Dann schlug sie einen noch strengeren Tonfall an und sagte: „Welf! Sieh mich gefälligst an, wenn ich mit dir rede!"

„Ja", flüsterte Welf leise und senkte erneut den Kopf. „Ich werde noch einmal mit ihr reden."

Daraufhin erhob sich Welf langsam und bewegte sich in Zeitlupentempo auf die Tür zu. Er ging leicht gebeugt, so als wäre er nicht 58, sondern schon 85. Maria rollte mit den Augen, schüttelte den Kopf und fasste sich leidend an die Stirn.

❦

Madita war vom Esszimmer aus schnurstracks in die Bibliothek gegangen. Sie hatte sich wahllos irgendein Buch aus einem der Regale gefischt und angefangen zu lesen. Sie brauchte immer ein Buch, um sich abzureagieren. Irgendwie half es ihr schon, es nur in der Hand zu halten und mechanisch Satz für Satz zu überfliegen, auch wenn es ihr gar nicht gelang, den Inhalt in sich aufzunehmen. Bei dieser Tätigkeit konnte sie am besten noch einmal über alles nachdenken.

So war es auch heute. Der unbefangene Betrachter hätte wohl angenommen, Madita sei in Shakespeares „Macbeth“ vertieft, aber in Wirklichkeit kreisten ihre Gedanken nur um den Vorschlag ihrer Eltern. Je mehr sie darüber nachdachte, umso klarer wurde ihr, dass sie richtig reagiert hatte. Sie würde sich niemals dafür hergeben, irgendeinen Mann zu heiraten, nur weil er die Firma ihrer Eltern retten konnte. Niemals. Wie hatte man ihr so etwas überhaupt vorschlagen können? Das gehörte doch wirklich nicht ins Deutschland des dritten Jahrtausends. Und überhaupt, wer war der Mann, der ihren Eltern ein derartiges Angebot gemacht hatte? Was hatte er nur davon? Er konnte doch nicht normal sein!

Madita war noch in ihre Gedanken vertieft, als es an der Tür klopfte und ihr Vater eintrat. Er hatte sofort gewusst, wo er Madita finden würde. Er kannte sie wirklich gut, fast noch besser, als Mareile und Fabiola sie kannten. Und natürlich hundertmal besser als seine Frau.

Madita machte sich nicht die Mühe aufzublicken. „Na, hat Mutter dich losgeschickt, damit du mich umstimmst?“, fragte sie lächelnd.

Ihr Vater nahm sich einen Stuhl, setzte sich neben sie und sagte dann: „Du hast es wie immer erfasst.“

Madita nickte. „Und was ist mit dir? Willst du, dass ich diesen komischen Typen heirate?“

Welf Freiherr von Eschenberg seufzte. „Ich weiß es nicht, Madita. Ich weiß es wirklich nicht. Was ich weiß, ist, dass ich dich sehr lieb habe und auf keinen Fall will, dass du unglücklich wirst. Aber ich weiß auch, dass mir das Wasser bis zum Halse steht.“ Er hielt inne und schien nachzudenken. Dann fügte er hinzu: „... was ich mir allerdings selbst zuzuschreiben habe.“

„Wie konnte es überhaupt dazu kommen, Papa?“

„Tja, das habe ich mich auch so manches Mal gefragt. Irgendwie war ich schon immer ein miserabler Geschäftsmann – das sagt jedenfalls deine Mutter. Und wahrscheinlich hat sie damit auch Recht.“

„Ja, das hat sie wohl“, nickte Madita. „Du warst schon immer viel zu gutmütig, einfach zu nett für diese Welt.“

„Nett? Ich fürchte, ich bin weit weniger nett, als du denkst. Weil deine Mutter immer so unzufrieden mit den Firmenergebnissen war, hab ich irgendwann angefangen, die Bücher zu manipulieren. Erst nur ein bisschen, dann immer mehr. Irgendwann konnte ich nicht mehr aufhören. Und ob du's glaubst oder nicht, es hat mir sogar Spaß gemacht. Endlich konnte ich genau das tun, was ich in meinem BWL-Studium gelernt hatte. Und endlich gab es etwas, was ich wirklich gut konnte. Viele Jahre lang ist niemand dahintergekommen, nicht einmal unser Steuerberater. Alle dachten, mit der Firma ginge es wieder bergauf, aber in Wirklichkeit wurde es immer schlimmer. Es wurde auch immer schwieriger für mich, das Geld aufzutreiben, um unsere Gläubiger zu befriedigen. Im Moment belaufen sich unsere fälligen Schulden auf –"

„Zwanzig Millionen", fiel ihm Madita ins Wort.

Welf von Eschenberg nickte. „Genau. Aber das ist noch nicht das Schlimmste. Vor ein paar Wochen hat ein ehemaliger Zulieferer von uns, der jetzt mit Röspli zusammenarbeitet, versehentlich eine Rechnung bekommen, die eigentlich für eine Briefkastenfirma bestimmt war. Er konnte eins und eins zusammenzählen und ist damit zu Spließgard gegangen. Tja, und der hat uns dann großzügigerweise", Welf von Eschenberg lachte bitter auf, „seine Hilfe angeboten. Und wenn wir die nicht annehmen, geht er mit seinem Wissen zur Polizei. Dann wandere ich wegen Konkursbetrugs ins Gefängnis."

„Aber eins verstehe ich immer noch nicht: Was hat dieser Spließgard davon, wenn er mit einer bankrotten Firma fusioniert? Und was mir noch schleierhafter ist: Was hat er davon, wenn ich in seine Familie einheirate? Findet sein Sohn sonst keine Frau?"

Welf von Eschenberg seufzte. „Das ist eine lange Geschichte."

Madita machte es sich demonstrativ in ihrem Sessel bequem und sagte: „Ich liebe lange Geschichten, Papa, das weißt du doch."

Ihr Vater nickte. „Was ich dir jetzt erzähle, Madita, weiß ich selbst erst seit einigen Wochen. Und es hat mir über so manches die Augen geöffnet, insbesondere über die Beziehung zwischen mir und deiner Mutter."

Bei diesen Worten richtete sich Madita in ihrem Sessel wieder auf. Die Geschichte schien vielversprechend zu werden.

Baron von Eschenberg atmete noch einmal tief durch und begann dann mit seinem Bericht. „Als deine Mutter eine junge Frau war, so Anfang zwanzig, besuchte sie deinen Großvater regelmäßig im Betrieb. Dabei fiel sie einem kleinen Büroangestellten namens Jochen auf. Er setzte alles in Bewegung, um sie für sich zu gewinnen. Er schickte ihr Blumen, stand jeden Abend vor ihrem Haus, lud sie zum Essen ein und so weiter. Erst beachtete Maria ihn gar nicht, aber wegen seiner Hartnäckigkeit ließ sie sich dann doch noch überreden, mit ihm auszugehen. Es wurde Liebe daraus. Sie waren fünf Jahre lang ein Paar. In dieser Zeit versuchten deine Großeltern immer wieder, die beiden auseinander zu bringen. Jochen habe keine kaufmännische Ausbildung, sagten sie. Er sei nicht fähig, die Firma weiterzuführen. Er sei ein Niemand. Deine Mutter blieb davon nicht unberührt. Obwohl Jochen sie immer wieder bat, ihn zu heiraten, vertröstete sie ihn. Irgendwann stellten deine Großeltern deiner Mutter einen jungen Mann vor, den sie für den perfekten Schwiegersohn hielten. Er hatte Betriebswirtschaft studiert und hervorragend abgeschlossen. Deine Mutter verliebte sich sofort in seinen wohlklingenden Namen und die gesellschaftliche Stellung, die damit verbunden war. Du kannst dir sicher denken, wie der junge Mann hieß."

Madita nickte. „Welf von Eschenberg."

„So ist es. Ich war sofort hin und weg von der Schönheit deiner Mutter und bat sie schon ein paar Tage später, mich zu heiraten. Deine Mutter willigte ein. Sie schrieb Jochen einen Brief, in dem sie ihn bat, sie zu verstehen. Sie habe an die Firma ihrer Eltern zu denken. Er, Jochen, wäre schließlich niemals in der Lage, diese zu führen. Ein persönliches Gespräch haben die beiden nicht mehr gehabt. Seitdem hat sie Jochen nicht mehr wiedergesehen."

„Weiß sie denn, was aus ihm geworden ist?", fragte Madita neugierig.

Ihr Vater nickte. „Er hat die Trennung nie verwinden können. Er kündigte. Fortan war sein Leben davon bestimmt, sich an deiner Mutter zu rächen. Er musste ihr beweisen, dass er der bessere Ehemann gewesen wäre. Also studierte er Betriebswirtschaft – wie ich. Hass motiviert, das kann ich dir sagen. Er schloss innerhalb kürzester Zeit mit ‚sehr gut' ab. Dann gründete er in Berlin eine Kaffeerösterei – Röspli! Er ist jetzt am Ziel seiner Träume. Irgendwie glaubt er wohl, Genugtuung zu erlangen, wenn er Marias Tochter zwingt, seinen Sohn zu heiraten. Eine stellvertretende Heirat sozusagen."

„Das klingt verrückt, aber irgendwie auch wieder logisch."

„Ja, logisch für ein krankes Hirn."

„Du hast Recht, Papa. Er muss wirklich krank sein. Aber irgendwie fällt es mir auch schwer, ihn deswegen zu hassen.

Wenn die Geschichte so stimmt, wie du sie mir erzählt hast, hat Mutter viel Mitschuld daran. Hat sie ihn denn wirklich noch geliebt, als sie dich geheiratet hat? Und dich nicht?"

Welf von Eschenberg senkte den Kopf. Dann sagte er leise: „Kannst du dir diese Frage nicht selbst beantworten?"

Madita hatte ihre Mutter in ihrem ganzen Leben noch nie ein freundliches Wort zu ihrem Vater sagen hören. Keine freundlichen Blicke, kein einziger Kuss, nur Kälte und Verachtung. Und ein Mann, der alles tat, um die Liebe seiner Frau zu gewinnen. „Ist Mutter denn von Anfang an so zu dir gewesen?"

Maditas Vater schüttelte den Kopf. „Nein, nicht ganz so. Zu Anfang hat sie mich mit Respekt behandelt – nicht mit Liebe, aber immerhin mit Achtung. Aber irgendwann hat sie dann wohl gemerkt, dass ich die Erwartungen ihres Vaters in Bezug auf die Firma nicht erfüllen konnte. Je mehr sich mein fehlendes kaufmännisches Geschick herauskristallisierte, desto unzufriedener wurde sie. Nach dem Tod deines Großvaters vor 15 Jahren, als ich die Firma übernahm und sie mit der Zeit immer schlechter lief, wurde es unerträglich. Sie hatte nur noch Hass und Verachtung für mich übrig. Das Schlimme für mich war, dass ich den Grund dafür niemals herausfand. Ich dachte immer, sie hätte mich am Anfang geliebt und ich müsste nur versuchen, ihre Achtung durch Erfolg zurückzugewinnen. Erst heute weiß ich, warum sie mich geheiratet hat." Er hielt inne. Ein bitterer Zug bildete sich um seine Mundwinkel. „Da ist es doch sehr angenehm, wenn ich jetzt die besondere Chance erhalte, mir auch noch meine Tochter von diesem Jochen wegnehmen zu lassen."

„Wie kommt es überhaupt, dass er zwei Söhne hat? Ich denke, er hat zeit seines Lebens Mutter hinterhergetrauert?"

„Das hat er auch", entgegnete Maditas Vater. „Aber wie du weißt, war er besessen davon, es ihr heimzuzahlen. Um das Kapital für seine Konkurrenzfirma zusammenzukriegen, hat er Hannah Wagner geheiratet, die unscheinbare Tochter eines reichen Unternehmers. Und die hat ihm dann die beiden Söhne geboren, Johannes und Samuel."

„Das ist ja wirklich unglaublich", sagte Madita kopfschüttelnd. „Dann hat er doch irgendwie genau das Gleiche gemacht wie Mutter! Und diese Hannah, ist die denn mit ihm glücklich geworden?"

Welf von Eschenberg schüttelte den Kopf. „Natürlich nicht. Sie ist eine verbitterte Frau, die von ihrem Mann ungefähr so behandelt wird, wie ich von deiner Mutter!"

Madita wurde langsam so einiges klar. „Und was ist mit den Söhnen? Sind die normal?"

Welf lächelte ein wenig. „Ich weiß es nicht."

„Welchen von beiden soll ich überhaupt heiraten?"

„Samuel, den jüngeren. Aber ich weiß nicht viel über ihn, nur, dass er Anfang dreißig ist. Wer weiß, vielleicht findest du ihn hinreißend! Schließlich hat er einen tüchtigen, gut aussehenden Vater und erbt einmal ein riesiges Vermögen. Du könntest ihn dir ja wenigstens mal ansehen."

Madita schüttelte vehement den Kopf. „Nein, Papa. Ich kann das nicht tun, wirklich nicht. Ich würde ihn selbst dann nicht heiraten, wenn ich ihn ‚hinreißend' finden würde. Für so etwas kann ich mich einfach nicht hergeben. Das musst du verstehen."

Ihr Vater nickte. „Ich verstehe es, mein Kind. Und ich akzeptiere deine Entscheidung." Er umarmte Madita und stand auf. „Bleibst du noch bis morgen?"

Madita schüttelte den Kopf. „Ich muss morgen arbeiten. Aber ich rufe euch an." Sie stand auf und ging mit ihrem Vater zur Tür. „Wenn du nichts dagegen hast, fahr ich sofort. Ich hab kein Interesse daran, noch einmal Mutter zu begegnen."

„Ich bring dich raus", entgegnete ihr Vater.

Als sie hinaustrat, war sie angenehm davon überrascht, dass sich das Wetter im Vergleich zu vorhin wesentlich gebessert hatte. Es herrschte jetzt richtiges Frühlingswetter. Der Himmel war strahlend blau, die Sonne schien aus vollen Rohren und die Vögel zwitscherten um die Wette.

Madita schlüpfte in ihren Mantel, öffnete die Fahrertür ihres Cabrios und ließ sich genussvoll in die hellgrauen Vollledersitze fallen. Sie drehte den Zündschlüssel, öffnete per Knopfdruck das Verdeck und schnallte sich an.

„Grüß Mareile und Fabiola von mir", sagte sie zum Abschied, winkte noch einmal und fuhr mit quietschenden Reifen davon.

Kapitel 3

Am nächsten Morgen betrat Madita das Krankenhaus mit recht gemischten Gefühlen. Sie würde sicherlich Bertram dort treffen und wusste nicht so recht, wie sie ihm begegnen sollte. Nachdem sie am Freitag aus dem Restaurant gerannt war, hatte sie nicht mehr mit ihm gesprochen. Das war recht ungewöhnlich. Schließlich war es Bertram, der immer alle Versöhnungsversuche einleitete. Und bisher hatte sie auf seinen Anruf nie sehr lange warten müssen. Ob er dieses Mal ernsthaft böse auf sie war? Und wenn ja, machte es ihr dann überhaupt etwas aus? Wollte sie ihn denn heiraten? Liebte sie ihn?

Liebe, dachte Madita, *was ist das überhaupt? Eine Ehe ist doch ohnehin nicht mehr als eine Zweckgemeinschaft! Und Bertram ist wirklich ein guter Fang. Er ist intelligent, sieht gut aus, ist wohlerzogen und nett. Wenn er sich das mit den Kindern aus dem Kopf schlägt, werde ich es mir überlegen.*

Maditas Arbeitstag war ein typischer Montag. Ihre Kolleginnen und Kollegen hatten die schlechteste Laune, die man sich nur vorstellen konnte. Zum Glück ließen ihre jungen Patienten heute fast alles widerspruchslos über sich ergehen. Sie machten den Eindruck, als wären sie noch ganz benommen von den vielen Besuchen am Sonntag.

Bertram bekam sie den ganzen Tag über nicht zu Gesicht. Sie wunderte sich darüber, mochte aber nicht nachfragen, weil sonst jeder mitbekommen hätte, dass sie sich gestritten hatten.

Als Madita um 19 Uhr endlich Feierabend machen konnte, fuhr sie ohne Umwege in ihre hübsche Zweizimmerwohnung, die sich im Ortskern der beschaulichen Kleinstadt Achim befand.

Sie beschloss, den Abend besonders nett ausklingen zu lassen, ließ sich eine Pizza kommen, zog den Telefonstecker aus der Dose und machte es sich mit einem Glas Wein auf dem Sofa bequem. Da sie sich von irgendeinem seltsamen Lärm aus dem Treppenhaus gestört fühlte, schaltete sie per Fernbedienung ihre Stereoanlage ein. Im Radio liefen gerade die 20-Uhr-Nachrichten und so entschied sie sich für ihre Lieblings-CD, die sich wie immer noch im Player befand – Giacomo Aragall, „Seine großen Erfolge“. Als das erste Stück anlief, die Arie „Che gelida manina“ aus La Bohème, lehnte sie sich zufrieden zurück, nahm einen Schluck Wein und atmete erst einmal tief durch. Dann schloss sie die Augen und lauschte der herrlichen Musik. Als sich das Stück seinem Höhepunkt näherte, schlich sich ein zufriedenes Lächeln auf ihr Gesicht. Sie drehte die Lautstärke höher, sang den italienischen Text mit und fuchtelte mit den Armen in der Luft herum. *Vielleicht hätte ich doch Dirigentin werden sollen,* dachte sie schelmisch.

Als das Stück vorbei war, hatte sie sich ein wenig entspannt und fühlte sich nun in der Lage, sich voll auf ihr Abendessen zu konzentrieren. Sie öffnete erwartungsvoll die Pappverpackung und betrachtete verzückt ihre extra große Thunfisch-Zwiebel-Pizza. Wie herrlich würzig und appetitanregend sie duftete! Gab es irgendetwas Schöneres auf der Welt?

Sie nahm Messer und Gabel zur Hand und zerschnitt die Pizza in sechs ungefähr gleich große Tortenstücke. Dann legte sie ihr Besteck wieder zur Seite und nahm eines dieser Stücke in die Hand. Jetzt lief ihr das Wasser regelrecht im Munde zusammen. Sie öffnete den Mund und wollte gerade hineinbeißen, als es an der Tür klingelte.

Madita schloss abrupt wieder ihren Mund und rollte mit den Augen. Sie hasste es, wenn sie beim Essen gestört wurde. Einen Augenblick überlegte sie, ob es etwas geben könnte, wofür es sich lohnen würde, eine Pizza zu verschieben. Dann überwog aber doch die Neugier. Mit einem mitleiderregenden Seufzer legte sie das Pizzastück zurück in die Pappschachtel, ging zur Tür, nahm den Hörer der Gegensprechanlage und fragte: „Wer stört?“ Als sie keine Antwort bekam, schickte sie ein genervtes: „Hallo, wer ist denn da?“, hinterher. Doch auch jetzt antwortete niemand. Madita murmelte: „Klingelstreiche, oder was? Euch werd ich's zeigen!“, und nahm einen Regenschirm aus dem Ständer, um nach draußen zu stürmen und die vermeintlichen Übeltäter das Fürchten zu lehren.

Als sie jedoch die Tür öffnete, sah sie sich einem Meer von roten Rosen gegenüber und prallte zurück, so als wäre sie gegen eine Mauer gelaufen. Es mussten Hunderte von Rosen sein, die da vor ihrer Tür lagen. Madita wurde von dem intensiven süßlichen Geruch, der jetzt zu ihrer Nase vordrang, fast erschlagen. Sie liebte Rosen, aber das hier war nun doch ein bisschen zu viel des Guten.

„Bertram?“, fragte sie zögernd und sah die Treppe hinauf, dann rief sie noch einmal lauter: „Bertram?“

Eine Antwort bekam sie nicht. Dafür bewegten sich die Rosen plötzlich und kurz darauf tauchte ein verlegen grinsender Bertram aus dem Blumenmeer auf. Es war schon ein komischer Anblick, wie er dort von Rosen bedeckt auf dem Fußboden saß.

Madita sah ihren Freund entgeistert an. „Was machst du denn da?“, fragte sie.

„Na, mich entschuldigen, was denkst du denn?“, entgegnete Bertram. „Und dir mitteilen, dass ich ab sofort keine Kinder mehr haben möchte.“ Dann sah er sie fragend an. „Heiratest du mich jetzt?“

Jetzt musste Madita doch ein wenig lächeln. „Jetzt komm erst mal rein, du Rosenkavalier. Wir können darüber reden, wenn ich meine Pizza aufgegessen habe. Du hast doch hoffentlich schon gegessen?"

Bertram nickte eifrig und folgte seiner Angebeteten ins Wohnzimmer. Madita bot ihm von ihrem Wein an und drückte ihm eine ärztliche Fachzeitschrift in die Hand, damit er ihr nicht beim Essen zusah. Dann schob sich Madita genussvoll ein Stück nach dem anderen in den Mund.

Erst als kein einziger Krümel von der Pizza mehr übrig war, wandte sie sich wieder ihrem Freund zu. „Wo warst du eigentlich heute?", fragte sie.

„Ich hab mir kurzfristig Urlaub genommen. Zum Glück konnte ich mit Thomas tauschen. Nach unserem Streit am Freitag musste ich erst einmal Abstand gewinnen und über alles nachdenken. Also bin ich zu meinen Eltern in den Schwarzwald gefahren. Ich bin erst heute Mittag zurückgekommen."

„Und was hat das Nachdenken ergeben?", wollte Madita halbherzig wissen.

„Das Nachdenken hat ergeben, dass ich ohne dich nicht leben kann, Schneckchen. Ich liebe dich von ganzem Herzen und kann problemlos auf eine Familie verzichten, wenn ich nur dich habe. Bitte heirate mich!"

Madita überlegte einen Moment lang. *Wenn ich Bertram nehme,* dachte sie, *kann wenigstens keiner mehr von mir verlangen, dass ich diesen Spließgard heirate.* Reichlich unzeremoniell sagte sie: „Okay, von mir aus lass uns heiraten."

Bertram sprang begeistert auf. „Wirklich?", fragte er. „Und wann?"

„Am besten so schnell wie möglich", entgegnete Madita, die daraufhin von ihrem Freund hochgerissen und durch die Luft gewirbelt wurde. Dann bedeckte er ihr Gesicht über und über mit Küssen.

„Du machst mich so glücklich, mein Schatz", sagte er atemlos, „so wahnsinnig glücklich."

Den Rest des Abends verbrachte Bertram damit, seinen Terminkalender zu wälzen, um ein geeignetes Datum zu finden. Dabei schwärmte er ununterbrochen davon, wie schön Madita im Brautkleid aussehen würde und dass alle seine Freunde ihn furchtbar beneiden würden. Ein rauschendes Fest würden sie feiern, zu dem mindestens dreihundert Gäste eingeladen werden müssten. Im August könnte die Hochzeit stattfinden, oder doch erst im September? Sollten sie die Kollegen auch einladen?

Bertram war so sehr in all das vertieft, dass er nicht bemerkte, wie still Madita war. Sie sah wirklich nicht wie eine glückliche Braut aus, eher wie ein Häufchen Elend. Irgendwann konnte sie es nicht mehr ertragen und versuchte, das Thema zu wechseln. „Wie geht es eigentlich deinen Eltern?“, fragte sie.

„Ganz gut“, antwortete Bertram. „Und es wird ihnen ganz bestimmt noch besser gehen, wenn sie erfahren, dass du ihre Schwiegertochter wirst!“ Dann fügte er lächelnd hinzu: „Auch wenn sie nicht so genau wissen, ob du wirklich die gute Partie bist, für die sie dich immer gehalten haben.“

Madita runzelte die Stirn. „Wie bitte?“, fragte sie misstrauisch. „Wieso bin ich keine gute Partie?“

„Ach, vergiss es, natürlich bist du eine gute Partie, die beste sogar“, entgegnete Bertram.

„Das bin ich allerdings. Aber trotzdem möchte ich gerne wissen, wie du das eben gemeint hast.“

„Ich ... na ja ... ich meinte“, stotterte Bertram, dem die Tragweite seiner Bemerkung jetzt langsam bewusst wurde. „Also, ich hab das wirklich nur so dahingesagt. Es hat nichts zu bedeuten, wirklich nicht. Bitte vergiss es einfach.“

„Ich denke überhaupt nicht daran“, entgegnete Madita und sah ihren Verlobten prüfend an. „Raus damit! Wieso wissen deine Eltern nicht, ob ich eine gute Partie bin?“

„Ach, Madita, sei doch nicht immer so hartnäckig. Ich hab wirklich nicht vor, irgendwelche Gerüchte weiterzuerzählen. Lass es einfach gut sein.“

„Spuck's aus!“, zischte Madita. „Sonst unterhalten wir uns morgen noch darüber, das weißt du doch.“

„Also bitte“, begann Bertram genervt, „mein Vater hat gerüchteweise gehört, KaWoKa stünde kurz vor der Pleite. Er hat's mir am Wochenende erzählt. Aber jetzt sei nicht sauer auf mich. Ich weiß selbst, dass es nur ein Gerücht ist und dass die meisten solcher Gerüchte jeglicher Grundlage entbehren. Und jetzt lass uns die Sache einfach vergessen, okay?“

„Vergessen? Das ist doch wohl die Höhe“, brauste Madita auf. „Was wird denn bei euch zu Hause sonst noch so über mich geredet?“

„Meine Eltern reden immer in den allerhöchsten Tönen von dir. Sie finden dich klasse und das weißt du auch. Mein Vater war selbst der Meinung, dass es sich nur um ein dummes Gerücht handelt.“ Bertram blickte jetzt direkt in Maditas Augen. Er erwartete, dass sie ihn wie immer wütend anfunkeln würden, musste aber feststellen, dass sie ihm irgendwie auswichen. Er stutzte, zögerte und fragte dann forschend: „Mehr ist es doch auch nicht, oder?"

„Natürlich nicht", erwiderte Madita. Gleichzeitig beschloss sie, nun doch besser das Thema zu wechseln. „Aber erzähl doch noch mal, wen wir jetzt alles zur Hochzeit einladen wollen."

Das ließ sich Bertram natürlich nicht zweimal sagen. Er bat Madita um Papier und Kugelschreiber und begann mit seiner Liste. Zwei Stunden später – es war bereits kurz vor Mitternacht – standen 150 Namen darauf und Madita war so gelangweilt wie noch nie in ihrem Leben. Und noch immer war kein Ende der Tortur in Sicht. Im Gegenteil, Bertram kam immer mehr in Fahrt. Also bat Madita ihn zum wiederholten Male, den Rest doch auf später zu verschieben.

„Klar, mein Schatz, kein Problem", entgegnete Bertram. „Sag mir nur noch eben, ob wir Sandra und Peter mit oder ohne die Kinder einladen. Wenn wir bei Kassners die Kinder mit dazunehmen, müssen wir sie bei Sandra und Peter doch auch mit einladen, oder? Wir könnten sie aber auch bei beiden weglassen." Bertram kam jetzt ein Gedanke und er runzelte die Stirn. „Aber wenn wir Kassners einladen, müssen wir auch Fahlbergs einladen, und die haben fünf Kinder. Außerdem haben wir mit denen sehr viel mehr Kontakt als mit Röggeners. Und die stehen auch schon auf meiner Liste." Bertram fing jetzt an, hektisch in seinen Unterlagen zu blättern. „Oder etwa doch nicht? Vielleicht hätten wir nach dem Alphabet vorgehen sollen. Lass uns doch –"

„Nein!", fiel Madita Bertram vehement ins Wort und gähnte schon wieder. „Kommt überhaupt nicht in Frage. Wir machen jetzt überhaupt nichts mehr. Ich will nur noch schlafen. Bitte fahr jetzt. Ich brauche wirklich meinen Schönheitsschlaf."

„Na gut, Schneckchen, ich nehm die Liste mit nach Hause und tippe sie in meinen PC. Das macht die Sache einfacher. Morgen zeig ich sie dir dann."

Madita nickte müde, stand auf und ging zur Wohnungstür. Bertram folgte ihr, blätterte dabei aber weiter in seiner Liste. Madita öffnete die Tür, küsste ihn flüchtig auf die Wange und wartete darauf, dass er hinausgehen würde. Er machte jedoch keine Anstalten und so blieb ihr nichts anderes übrig, als ihn sanft, aber entschieden nach draußen zu schieben.

Dann ging sie schnurstracks ins Bett und löschte das Licht. Sie wollte nur noch schlafen. Doch so sehr sie sich auch bemühte, der Schlaf wollte sich einfach nicht einstellen. Zu viele

Gedanken stürmten auf sie ein. War es wirklich ein offenes Geheimnis, dass KaWoKa den Bach runterging? Und was wäre, wenn alle Welt das erführe? Würde Bertram sie dann überhaupt noch heiraten wollen? Und was wäre der Name der von Eschenbergs dann überhaupt noch wert? Würden nicht alle mit dem Finger auf sie zeigen? Ihr Großvater jedenfalls würde sich im Grabe herumdrehen, so viel war sicher. Armer Großvater, er hatte so hart geschuftet, um die Firma aufzubauen. Und er war so ein bewundernswerter Mann gewesen. Und ihre Eltern? Was würde aus denen werden?

Ihre Mutter tat ihr nicht besonders Leid, aber ihr Vater. Welf Freiherr von Eschenberg im Gefängnis, das war wirklich unvorstellbar. Sollte sie vielleicht doch ...? *Aber nein, Madita!* Sie schüttelte vehement den Kopf. *Was für eine Schnapsidee. Das kann doch wirklich niemand von dir verlangen.*

Gegen 2:00 Uhr schlief Madita dann doch endlich ein. Aber es war kein erholsamer Schlaf. Immer wieder wälzte sie sich von der einen auf die andere Seite. Und mit Beginn der Traumphase wurde alles noch viel schlimmer. Wahre Alpträume suchten sie heim. Sie sah ihren Vater, wie er in Handschellen und Fußketten in einen Gerichtssaal gezerrt wurde. Die ganze Familie schrie und weinte, als das Urteil „Lebenslänglich" über ihn verhängt wurde. Hunderte von Journalisten filmten und knipsten, als er von Polizisten aus dem Gerichtssaal geführt wurde. Dann hörte sie ihn rufen. „Madita!", rief er und streckte beide Hände durch die Gitterstäbe nach draußen, „Madita! Hol mich hier raus. Hol mich hier raus!"

Schweißgebadet wachte sie auf und saß sofort senkrecht in ihrem Bett. Nur langsam begriff sie, dass es ein Traum gewesen war. Aber der Eindruck war noch so stark, dass sie ihr Gesicht in ihren Händen vergrub und leise zu weinen begann.

Das konnte doch alles nicht wahr sein. Warum sollte sie plötzlich für alles verantwortlich sein? Das war wirklich nicht fair. Noch einmal machte sie sich klar, dass sie dieses intrigante Spiel nicht mitspielen würde. Das beruhigte sie ein wenig. Sie warf sich zurück in ihr Kissen und konnte dieses Mal schneller wieder einschlafen. Leider wurde sie schon kurze Zeit später durch das Geplärr ihres Weckers aus ihrer Tiefschlafphase gerissen. Es war 6:30 Uhr – Zeit für die Arbeit. Vollkommen gerädert quälte sie sich aus dem Bett, duschte kalt, trank drei Tassen Kaffee und schleppte sich dann schlecht gelaunt ins Krankenhaus.

Als Bertram abends um 20:00 Uhr bei ihr anrief, entschuldigte sie sich mit heftigen Kopfschmerzen und vertröstete ihn auf Mittwoch. Dann aß sie – entgegen ihrer sonstigen Feinschmeckergewohnheiten – zwei Käsebrote und beschloss, ohne weitere Verzögerungen das Bett aufzusuchen.

Am besten stöpselte sie das Telefon aus. Doch gerade als sie den Stecker aus der Telefondose ziehen wollte, läutete es. *Auch das noch,* dachte sie. *Ich werde auf gar keinen Fall rangehen.* Sie setzte sich aufs Sofa und ließ es ein paar Mal klingeln. *Wer kann das bloß sein?*

Zu ihrer Verwunderung klingelte es immer weiter und weiter. Sie wurde langsam nervös. Wer wollte denn so dringend mit ihr sprechen? Als es endlich aufhörte, atmete sie erleichtert auf und erhob sich, um einen weiteren Versuch zu starten, den Stecker aus der Dose zu ziehen. Doch gerade in dem Moment, in dem sie den Stecker berührte, läutete es erneut. Sie rollte mit den Augen und nahm den Hörer ab.

„Von Eschenberg“, sagte sie in unfreundlichem Tonfall.

Am anderen Ende räusperte sich eine Frauenstimme.

„Wer ist denn da?“, fragte Madita ungeduldig. „Vielleicht melden Sie sich mal?“

„Guten Abend, mein Kind, hier spricht deine Mutter“, sagte Baronin von Eschenberg am anderen Ende der Leitung.

Madita fiel beinahe der Telefonhörer aus der Hand. In all den Jahren, die sie in dieser Wohnung zugebracht hatte, hatte ihre Mutter sie nicht ein einziges Mal angerufen.

„Mutter?“, fragte sie ungläubig. „Sag bloß, du kennst meine Telefonnummer?“

„Dein Vater hat sie mir gegeben, Liebes“, entgegnete ihre Mutter. „Du weißt ja, ich telefoniere nicht besonders gern.“

„Du telefonierst nicht gern mit mir, wolltest du wohl sagen“, korrigierte Madita.

„Jedenfalls habe ich heute eine Ausnahme gemacht“, fuhr Maria von Eschenberg fort, ohne weiter auf Maditas Seitenhieb einzugehen. Dann hielt sie inne, um Madita die Gelegenheit zu geben, nach dem Grund ihres Anrufs zu fragen.

Madita jedoch dachte gar nicht daran, es ihrer Mutter leicht zu machen. Sie kannte den Grund ihres Anrufs ohnehin schon.

Maria räusperte sich erneut. Als Madita noch immer kein Wort sagte, fuhr sie notgedrungen fort. „Vielleicht kannst du dir ja denken, dass ich noch einmal über die Sache mit KaWoKa mit dir reden wollte.“

„Mmh“, entgegnete Madita einsilbig.

„Ich hatte gehofft, du würdest über unsere Bitte noch einmal nachdenken."

„Das habe ich auch, Mutter", antwortete Madita. „Aber je mehr ich darüber nachdenke, desto sicherer bin ich mir, dass ich so etwas niemals tun könnte. Niemals."

„Madita, Kind, das kann ganz einfach nicht dein letztes Wort sein. Lass uns doch an deinen Vater denken."

„Wir wollen an Papa denken? Das kann doch wohl nicht dein Ernst sein", sagte Madita und spürte, wie ihr das Blut in die Wangen schoss. „Das klingt ja gerade so, als hättest du das schon mal gemacht. Du, die gar nicht weiß, wie es ist, wenn man an jemand anderen als sich selbst denkt."

„Madita", beschwichtigte ihre Mutter sie, „bitte lass uns jetzt nicht streiten. Nicht schon wieder. Ich ...", Maria von Eschenberg zögerte. „Der Grund meines Anrufs ist auch nur ...", wieder hielt sie inne. Dann atmete sie tief durch und sagte: „Madita, ich bitte dich, uns zu helfen. Ich flehe dich an. Uns steht das Wasser wirklich bis zum Hals. Wir wissen weder ein noch aus. Bitte hilf uns. Ich weiß, was ich da verlange. Und ich weiß auch, dass ich dir keine gute Mutter gewesen bin. Aber ich bin trotzdem noch deine Mutter. Und ich brauche deine Hilfe. Bitte überleg es dir noch mal."

Madita schwieg. Sie war direkt beeindruckt. Noch niemals zuvor hatte sich ihre Mutter dazu herabgelassen, sie um etwas zu bitten. Befehle und Anweisungen waren mehr ihr Metier. Es musste ihr wirklich schwer gefallen sein, diesen Schritt zu tun. Sie seufzte. „Okay, Mutter, ich denk noch mal darüber nach. Ich ruf dich in ein paar Tagen an."

„Gut", antwortete Maria. „Danke." Dann legte sie auf.

Madita stand noch ein paar Sekunden einfach nur so da, bevor sie ebenfalls den Telefonhörer auflegte. Sie machte sich jetzt gar nicht mehr die Mühe, den Stecker aus der Dose zu ziehen. Sie würde heute Abend sowieso wieder nicht einschlafen können.

❦

Auch in den folgenden Tagen kam Madita nicht zur Ruhe.

Am Mittwoch ackerte sie halbherzig mit Bertram die Einladungsliste durch (die anschließend tatsächlich auf 270 Personen angewachsen war), am Donnerstag spielte sie wie immer Tennis und am Freitag ging sie mit Bertram direkt von der Arbeit aus zur Geburtstagsfeier eines Kollegen.

Als sie spät nachts ein bisschen angeheitert in ihre Wohnung zurückkehrte, erwartete sie eine unangenehme Überraschung. Das Bett war nicht gemacht, das Geschirr war nicht abgewaschen und ihre schmutzige Wäsche lag noch genauso im Badezimmer, wie sie sie frühmorgens zurückgelassen hatte. Auf dem Wohnzimmertisch lag ein kleiner Zettel, auf dem stand: „Sie können mich mal, Fräulein von und zu!"

Madita schüttelte den Kopf. „Dieses unverschämte Pack."

Maditas prall gefüllter Terminkalender und ihre tief greifende Abneigung gegen jede Art von Hausarbeit machten es erforderlich, eine Haushaltshilfe zu beschäftigen, die normalerweise täglich bei ihr erschien, für sie putzte, ihre Wäsche wusch und manchmal auch für sie kochte. So war es nicht sehr verwunderlich, dass Madita mit ihren 29 Jahren weder wusste, wie man Spiegeleier brät, noch was es mit der Sortierung von Wäsche auf sich hatte. Dafür konnte sie hervorragend beurteilen, wann eine Bluse exzellent und wann nur mittelmäßig gebügelt war. Und so war es dazu gekommen, dass sie in den vier Jahren, in denen sie allein lebte, immerhin siebenmal die Beschäftigte wechseln musste.

„Tja", sagte Madita immer zu Fabiola, „ich hab halt noch niemanden gefunden, der dir auch nur annähernd das Wasser reichen könnte."

Und Fabiola entgegnete dann immer augenzwinkernd: „Falsch, Fräulein Madita, du hast nur noch niemanden gefunden, der so geduldig ist wie ich."

Doch auch heute war Madita uneinsichtig. „Blöde Kuh, diese Ingeborg", sagte sie zu sich selbst. „Was kann ich dazu, wenn sie nicht in der Lage ist, einen einfachen Fettfleck aus meiner Lieblingsbluse zu entfernen?"

Sie warf den Zettel in den Mülleimer und ließ sich angezogen, wie sie war, auf ihr Bett fallen. Innerhalb von Sekunden war sie eingeschlafen.

Doch auch dieser Schlaf sollte nicht von langer Dauer sein. Gegen 5:30 Uhr klingelte wieder einmal das Telefon.

Zuerst reagierte Madita überhaupt nicht. Stattdessen baute sie das Klingeln irgendwie in ihren Traum ein. Erst als es minutenlang mit kleineren Unterbrechungen geklingelt hatte, kam sie langsam zu sich. Sie sah auf ihren Radiowecker: 5:36 Uhr!

Das darf doch wohl nicht wahr sein, dachte sie benommen und drückte sich ihr Kissen aufs Ohr. Es klingelte jedoch immer weiter und so schälte sie sich widerwillig aus ihrem Bett. Da sie sich entschloss, das Licht besser nicht anzumachen, musste sie sich in vollkommener Dunkelheit den Weg ins Wohnzimmer ertasten. Als sie das Telefon endlich gefunden hatte, nahm sie den Hörer ab und sagte so unwirsch sie konnte: „Hallo?“

„Na endlich“, antwortete eine Frauenstimme, die Madita bekannt vorkam. „Ich dachte, du würdest überhaupt nicht mehr rangehen.“

„Mareile“, sagte Madita aufbrausend, „bist du nicht ganz dicht? Weißt du, wie spät es ist?“

„Und ob ich das weiß“, entgegnete Mareile leise, „aber es ist etwas passiert. Papa liegt im Krankenhaus. Er hatte einen Herzinfarkt. Ich dachte, du würdest vielleicht herkommen wollen.“

Madita war wie vor den Kopf geschlagen und schlagartig vollkommen wach. „Ist das wahr?“, schrie sie ins Telefon. „Aber wie kann das sein, er hatte doch noch nie Herzprobleme!“ Sie musste sich erst einmal setzen. „Kommt er durch?“

„Die Ärzte sagen, es sieht ganz gut aus. Aber mir wäre wohler, wenn du hier wärst. Kannst du das einrichten?“

„Natürlich komme ich. Aber ich glaub, ich kann noch nicht wieder fahren. Ich werde mir ein Taxi rufen. In spätestens zwei Stunden bin ich bei euch. Wo liegt Papa denn?“

„Sie haben ihn in die Medizinische Hochschule Hannover gebracht, Station 2a, Zimmer 17. Bitte beeil dich. Ich warte dort auf dich.“ Dann legte Mareile auf.

Madita blieb noch ein paar Sekunden zittrig auf der Couch sitzen. Ihr war durchaus klar, was den Herzinfarkt ausgelöst haben musste. Was sollte sie jetzt nur tun?

Sie machte den Deckenfluter an, angelte nach dem Telefonbuch und rief in der Taxizentrale an. Anschließend hüpfte sie kurz unter die Dusche und tauschte das enge, schwarze Kleid, das sie noch immer trug, gegen Jeans und Pullover. Dann warf sie eilig ein paar Sachen in ihre Tasche, schlüpfte in ihre warme Lammfelljacke und stürmte nach draußen. Das Taxi war noch nicht da und so musste sie ein paar Minuten draußen in der Kälte ausharren. Sie fror und kuschelte sich eng in ihre Jacke ein.

Papa, dachte sie nur, *du darfst nicht sterben. Bitte halte durch.*

Als das Taxi endlich um die Ecke bog, winkte sie kurz. Der Wagen hielt neben ihr an und Madita stieg ein. „Nach Hannover, in die MHH, aber bitte auf dem kürzesten Weg!“, sagte sie knapp.

Der Taxifahrer sah sie überrascht an. „Sie wollen mit dem Taxi nach Hannover fahren? Ist das Ihr Ernst?"

„Sehe ich so aus, als würde ich scherzen?", entgegnete Madita in genervtem Tonfall. „Wollen Sie jetzt Geld verdienen oder Maulaffen feilhalten?"

Der Taxifahrer drehte sich pikiert zum Steuer um, murmelte irgendetwas in seinen Bart und fuhr los. Fortan versuchte er nicht mehr, irgendein Gespräch mit seinem Fahrgast zu beginnen. Das konnte Madita nur recht sein. So konnte sie ungestört über ihr Problem nachdenken. Sollte sie diesen Röspli-Erben doch heiraten? Man könnte ja die Modalitäten vertraglich regeln. Vielleicht wäre damit wirklich allen geholfen? Vielleicht war er gar nicht so übel? Vielleicht, vielleicht, vielleicht ...

Eine gute Stunde später hielt ihr Taxi vor dem MHH-Gebäude. Sie drückte dem Fahrer großzügig ein Bündel Scheine in die Hand und stieg aus. Dann stürmte sie durch die Notaufnahme in das Krankenhaus, verzichtete auf den Aufzug und rannte die Treppen hinauf zur Intensivstation. Als sie vor Zimmer 17 stand, atmete sie noch ein paar Mal tief durch und öffnete dann leise die Tür.

Drinnen saß Mareile mit sorgenvollem Blick am Bett ihres Vaters. Baron von Eschenberg sah wirklich beängstigend aus. Er hatte seine Augen geschlossen, war kalkweiß und atmete schwer. Er hing am Tropf und wurde über eine Sonde ernährt. Überall standen medizinische Geräte herum, die ihn überwachten. Und obwohl Madita dieses Drumherum nur allzu gut kannte, löste es jetzt, wo es um ihren Vater ging, regelrechte Beklemmungen bei ihr aus. Sie zog besorgt die Stirn in Falten, nickte ihrer Schwester zur Begrüßung zu und kam dann, ohne auch nur das leiseste Geräusch von sich zu geben, langsam näher.

Als sie neben dem Bett ihres Vaters stand, nahm sie behutsam und wie in Zeitlupentempo seine Hand. Dann flüsterte sie: „Papa." Dann noch einmal eindringlicher: „Papa." Aber Welf von Eschenberg reagierte nicht.

Madita strich ihm liebevoll über das Haar, das in den letzten paar Tagen noch weißer geworden zu sein schien. Aber ihr Vater reagierte noch immer nicht.

„Kann er uns hören?", fragte Madita und wandte sich ihrer Schwester zu.

„Ich glaube nicht", entgegnete Mareile und schüttelte den Kopf. Sie sah wirklich sehr mitgenommen aus.

Madita griff nach einem Stuhl und musste sich erst einmal setzen. Das hier war einfach zu viel für sie. Sie konnte keinen klaren Gedanken fassen. Es war, als würde ein einziges Durcheinander in ihrem Kopf herrschen. War sie schuld am Zustand ihres Vaters? Hatte sie ihn nicht im Stich gelassen? Was war, wenn er das hier nicht überstehen würde? Würde sie sich dann jemals verzeihen können? Nein, nein, nein! Er durfte einfach nicht sterben! Der Gedanke an all die Liebe, die er ihr geschenkt hatte, überwältigte sie. Sie vergrub ihr Gesicht in ihren Händen und begann leise zu weinen. Das hier war ein einziger Alptraum. Warum fühlte sie sich nur so hilflos? Sie war es doch gewohnt, mit Kranken zu arbeiten, hatte doch sonst keine Probleme, mit Krankheit und Leid umzugehen. Aber das hier war etwas anderes. Noch nie zuvor hatte sie einen Menschen, der ihr nahe stand, so gesehen. Zum ersten Mal in ihrem Leben stand sie auf der anderen Seite.

Mareile stand auf und ging zu Madita herüber. Sie stellte sich hinter sie und schlang ihre Arme von hinten um Maditas Schultern. Dann drückte sie sie ganz fest. Madita war noch nie so dankbar für Trost gewesen. Sie lehnte ihren Kopf an Mareile und verlor jetzt gänzlich ihre Fassung. Hemmungslos weinte und schluchzte sie all die Angst und Traurigkeit heraus, die jetzt Besitz von ihr ergriffen hatten.

Den ganzen Tag verbrachten die beiden Schwestern am Bett ihres Vaters. Sie sprachen wenig, saßen nur einfach so da und ließen ihren Vater spüren, dass er nicht allein war. Ihre Mutter ließ sich nicht blicken.

Die Krankenschwestern versuchten mehrfach, sie nach Hause zu schicken, hatten aber keinen Erfolg. Um elf Uhr abends bat der diensthabende Arzt sie um ein Gespräch. Er machte ihnen Mut, dass ihr Vater durchkommen und am nächsten Tag vielleicht auch schon wieder ansprechbar sein würde. Dann bat er sie, die Nacht zu Hause zu verbringen. „Sie wollen doch nicht in einem dieser Betten hier liegen, wenn es Ihrem Vater schon längst wieder besser geht, oder? Im Moment können Sie Ihrem Vater sowieso nicht helfen. Was er jetzt am dringendsten braucht, ist Ruhe."

Madita versuchte zu protestieren und auf ihren Beruf zu verweisen, hatte dann aber doch keine Kraft mehr, sich mit dem Kollegen anzulegen.

Also fuhr Mareile zu Mann und Kindern nach Hause, während sich Madita ein Taxi zum Anwesen ihrer Eltern nahm.

Als sie dort läutete, öffnete Fabiola im Nachthemd die Tür. „Oh, Fräulein Madita, sag schnell, wie es ihm geht!“, rief sie und zog Madita in den Flur.

„Es gibt noch nichts Neues, Fabiola“, entgegnete Madita müde. „Wir müssen abwarten. Die Ärzte haben uns Mut gemacht, aber ...“ Sie zögerte und sprach es dann doch aus: „... ich weiß aus Erfahrung, dass das nicht sehr viel zu bedeuten hat.“ Dann seufzte sie tief. „Morgen wissen wir mehr.“

Fabiola nickte verständnisvoll. „Ich hab dein Zimmer schon hergerichtet. Du solltest jetzt ein bisschen schlafen.“

Aber Madita war da anderer Meinung. „Wo ist Mutter?“, fragte sie scharf. „Warum war sie nicht im Krankenhaus?“

„Ihr wart doch dort“, ertönte jetzt die Stimme ihrer Mutter von oben auf der Galerie. „Dann war meine Anwesenheit doch wohl entbehrlich.“

Madita sah hasserfüllt nach oben. „Machst du Witze? Willst du Papa etwa auch dann allein lassen, wenn es um sein Leben geht?“

„Nun mach bitte nicht so ein Drama daraus, Madita. Du weißt selbst, dass meine Anwesenheit nicht gerade zu seiner Genesung beiträgt. Außerdem bin ich ja auch nicht verantwortlich für dieses ganze Dilemma.“

„Ach tatsächlich?“, zischte Madita. „Und wer ist deiner Meinung nach für dieses ‚Dilemma‘ verantwortlich?“

„Nun, mein liebes Kind, die Frage musst du dir schon selbst beantworten“, entgegnete Maria von Eschenberg und wandte sich huldvoll ab.

Madita kochte vor Wut. „Das ist mal wieder typisch“, murmelte sie. „Sie sucht immer das Weite, wenn's gerade interessant wird.“

„Nun reg dich nicht auf, Fräulein Madita“, beschwichtigte Fabiola. „Das nützt doch jetzt niemandem etwas.“

Madita atmete einmal tief durch und ließ sich dann widerwillig von Fabiola in ihr Zimmer führen. Dann zog sie sich um und legte sich umgehend in ihr Bett. Überraschenderweise konnte sie tatsächlich sofort einschlafen.

❦

Am nächsten Morgen wurde sie davon geweckt, dass Sonnenstrahlen auf ihr Gesicht fielen. Sie blinzelte und räkelte sich wohlig. Dann fragte sie sich, welcher Tag wohl gerade war und wo sie sich befand. Als es ihr einfiel, erstarrte sie und sprang dann mit einem Satz aus dem Bett. Erschrocken blickte sie auf ihre Uhr. Es war 8:30 Uhr. Sie konnte doch wohl nicht so lange geschlafen und dabei ihren Vater vergessen haben! Hektisch schlüpfte sie in die Jeans und den Pullover vom Vortag, band ihre Haare zu einem schlichten Pferdeschwanz zusammen und rannte die Treppe hinunter.

Am Fuß der Treppe stieß sie beinahe mit Fabiola zusammen, rief ihr atemlos zu: „Ich nehm den SL", zerrte den Schlüssel vom Schlüsselbrett und stürmte nach draußen. Sie warf sich in den schnittigen, knallgelben Roadster und fuhr mit quietschenden Reifen davon.

Auf der Autobahn fuhr sie zeitweise an die 200 Stundenkilometer, im Gegensatz zu sonst hatte sie dieses Mal aber nicht sehr viel Freude an ihrem Lieblingsauto und der herrlichen Geschwindigkeit. Sie war gedanklich bereits im Krankenhaus. Was würde sie dort wohl erwarten? Aus Erfahrung wusste sie, dass die erste Nacht nach einem Herzinfarkt oft entscheidend war. Würde ihr Vater überleben?

Schon nach 20 Minuten war sie auf dem Parkplatz der Klinik. Auch dieses Mal rannte sie die Treppen zur Station 2 hinauf, lief durch den Gang und stand bald vor der Tür von Zimmer 17. Sie klopfte leise und trat dann ängstlich ein. Mareile saß auch heute schon am Bett ihres Vaters. Sie sah vollkommen entspannt aus. Welf von Eschenberg lag mit halb aufgestelltem Rückenteil in seinem Bett und wandte ihr sein Gesicht zu. Er lächelte vorsichtig.

Ein breites, liebevolles Lächeln bildete sich auf Maditas Gesicht. Man konnte sehen, wie sie erleichtert aufatmete. Sie näherte sich dem Bett ihres Vaters, setzte sich auf die Bettkante und umarmte ihn vorsichtig.

Welf von Eschenberg konnte noch nicht viel sprechen, war aber über den Berg. Er freute sich sichtlich über die Anwesenheit seiner beiden Töchter. Madita blieb noch ein paar Stunden und fuhr dann mit Mareile zurück in die Wedemark zu ihrem Elternhaus.

Fabiola hatte „vorsichtshalber" ein feudales Viergängemenü vorbereitet und so konnte Madita endlich mal wieder entspannt ihrer Lieblingsbeschäftigung, dem Essen, nachgehen. Leider nahm Maria von Eschenberg an der Mahlzeit teil und so war die Stimmung wie immer nicht die beste. Sie hatte auf die Nachricht, dass es ihrem Mann besser gehe, lediglich mit einem kühlen „Na, das ist ja sehr erfreulich“ reagiert und damit Maditas Blut einmal mehr in Wallung gebracht.

Gleich im Anschluss an den Nachtisch zogen sich Madita und Mareile in Maditas Zimmer zurück, um sich ungestört zu unterhalten. Es gab ja auch so viel zu besprechen.

Madita erfuhr, dass ihr Vater den Infarkt im Schlaf erlitten hatte. Da Welf und Maria getrennte Schlafräume hatten, wurde er erst Stunden später entdeckt. Auf diese Weise waren sehr viel schwerere Folgen eingetreten.

Mareile erzählte Madita auch, dass der Arzt sie am Morgen zur Seite genommen und sie eindringlich vor einem weiteren Infarkt gewarnt hatte. „Er hat gesagt, dass Papa den nächsten Infarkt wahrscheinlich nicht überleben wird, Madita.“

Madita schluckte und antwortete nicht.

„Du“, begann Mareile vorsichtig, „darf ich dich was fragen?“

„Sicher“, nickte Madita und sah ihre Schwester fragend an.

„Mutter hat so komische Andeutungen gemacht.“ Mareile zögerte. „Es klang so, als hättest du ... irgendetwas mit Papas Infarkt zu tun.“

Madita fing schon wieder an, ärgerlich zu werden. „Hat sie das so gesagt?“

Mareile zuckte mit den Schultern. „Du kennst sie ja. Sie versteht sich auf komische Andeutungen. Weißt du denn, was sie meint?“

Madita lachte bitter. „Das weiß ich allerdings.“ Dann erzählte sie ihrer Schwester bis ins Detail die ganze Geschichte, angefangen bei der früheren Beziehung von Maria und Jochen bis zu dem „Angebot“ der Heirat.

Mareile war daraufhin wirklich geschockt. Wie Madita sah sie ihre Mutter nun plötzlich in einem völlig neuen Licht. Sie begann zu verstehen. „Du ziehst doch nicht ernsthaft in Betracht, auf dieses Angebot einzugehen, oder?“

Madita presste ihre Lippen aufeinander. „Zuerst war klar für mich, dass ich so etwas niemals tun würde. Aber jetzt“, sie zögerte einen Moment, „jetzt bin ich mir da nicht mehr so sicher.“ Sie stieß einen abgrundtiefen Seufzer aus. Dann sagte sie leise: „Vielleicht hängt Papas Leben davon ab.“

Mareile schüttelte missbilligend den Kopf. „Papa ist auf dem Weg der Besserung. Und meiner Meinung nach hängt dein Leben davon ab.“

„Na ja, andererseits ist die Idee vielleicht auch gar nicht so übel. Der Erbe von Röspli ist auf jeden Fall noch eine sehr viel bessere Partie als ein Bertram Warneke. Und ob ich den heiraten will, weiß ich sowieso nicht so genau. Bertram Freiherr von Eschenberg, ist das nicht furchtbar?"

„Aber Madita, wenn du nicht so genau weißt, ob du Bertram heiraten möchtest, dann ist das doch okay. Dann ist er halt noch nicht der Richtige. Du bist doch auch noch jung. Wegen Geld solltest du dich jedenfalls nicht verschwenden lassen."

„Geld? Wer redet denn von Geld? Davon hab ich selbst genug. Aber hier geht es doch um viel mehr, um Großvaters Betrieb, um unseren Ruf, unseren guten Namen. Aber das kannst du sicher nicht verstehen. Du hast es ja nicht einmal für nötig befunden, ihn zu behalten. Koslowski gegen von Eschenberg. Ein wirklich toller Tausch!"

„Mag sein, dass ich nicht mehr reich bin und auch keinen hochgestochenen Namen mehr führe. Aber dafür bin ich wenigstens glücklich. Ich bin mit einem Mann verheiratet, den ich wirklich trotz all der Jahre immer noch liebe. Und das ist mehr wert als alles andere. Und, Madita", Mareile hatte jetzt wieder diesen belehrenden Gesichtsausdruck, „das kannst du auch eines Tages haben."

„Hör bloß auf", entgegnete Madita. „Wenn du auf diese Weise glücklich sein kannst, dann ist es ja gut. Aber für mich ist das nichts. Ich für meinen Teil habe nicht vor, mich überhaupt jemals zu verlieben. Männer sind doch Schlappschwänze. Du klimperst ein bisschen mit den Augen und schon machen sie, was du willst. Nein, danke." Madita hatte sich ganz schön in Rage geredet. „Und weißt du, was ich finde?", fuhr sie fort. „Männer sind überhaupt nur aus einem einzigen Grund auf der Welt: um von Frauen gelenkt zu werden. Jawohl! Und wenn das bei dir und deinem Heiner anders ist, dann – so Leid es mir tut – machst du irgendetwas falsch." Madita lehnte sich zufrieden in ihrem Sessel zurück. Sie hatte das Leben vollends durchschaut.

Mareile dagegen schüttelte den Kopf. „Warte es ab, Schwesterchen. Irgendwann wirst auch du einen treffen, der dich knackt. Du weißt doch: Jedes Töpfchen findet sein Deckelchen!"

Madita quittierte Mareiles Sprüchlein mit einem Augenrollen. „Das glaubst du doch wohl selber nicht. In was soll ich mich denn deiner Meinung nach vergucken? In eine tolle Figur? Die hab ich selber! In hübsche blaue Augen? Verzichte! In Geld? Uninteressant!" Madita sah ihre Schwester triumphierend an.

Mareile seufzte. „Vielleicht hast du Recht. Vielleicht bist du einfach zu schön, zu reich und zu schlau, um dich verlieben zu können." Sie hielt inne. „Du bist wirklich zu bedauern."

„Spar dir dein Mitleid", konterte Madita. „Ich vermisse nichts, rein gar nichts."

Kapitel 4

Die Sonne berührte gerade den Meeresspiegel, als er sie leidenschaftlich in seine Arme zog.

„Susanne", flüsterte er atemlos und näherte sich mit seinem Mund dem ihren.

Eine Sekunde lang schien es, als würde sie ihrem Verlangen nachgeben und einfach die Welt um sich herum vergessen. Jede Faser ihres Herzens sehnte sich danach, eins mit Michael zu sein, ihren Körper mit dem seinen verschmelzen zu lassen.

Dann aber rief sie „Nein!", und riss sich von ihm los. Sie drehte sich um und begann zu laufen. Sie stolperte, fiel hin, richtete sich wieder auf und rannte weiter. Weg von ihm, immer weiter weg von dem Mann, der ihr alles bedeutete. Es darf nicht sein, hämmerte es in ihrem Kopf. Der Chefarzt eines bedeutenden Krankenhauses und eine Krankenschwester im ersten Lehrjahr? Das konnte niemals gut gehen! Aber wie konnte sie ihr Herz nur zum Schweigen bringen, wie –

Es klopfte. Erschrocken klappte Madita das Romanheft zu und ließ es unter ihrem Kopfkissen verschwinden. Dann räusperte sie sich kurz. „Ja, bitte?", sagte sie laut.

Die Tür öffnete sich und Maria von Eschenberg trat ein.

„Darf ich einen Moment deiner kostbaren Zeit in Anspruch nehmen?", fragte sie unterkühlt wie immer.

„Sicher", nickte Madita und tastete unauffällig nach ihrem Romanheft. Es guckte doch wohl nicht unter dem Kissen hervor?

„Jetzt, wo es deinem Vater schon wieder so gut geht, möchte ich noch einmal auf unser Telefonat von vor zwei Wochen zurückkommen. Hast du dir die ganze Sache noch einmal überlegt?"

„Das habe ich, Mutter. Aber ich kann dir noch keine endgültige Antwort geben. Erst muss ich mehr über die gesamten Umstände erfahren."

Marias Gesichtsausdruck erhellte sich. „Das verstehe ich natürlich", entgegnete sie eifrig. „Was möchtest du wissen?"

„Na ja, zum Beispiel, wie ich mir diesen Samuel vorzustellen habe und was genau von mir erwartet wird."

„Jochen ...", Baronin von Eschenberg zögerte, „äh, Herr Spließgard verlangt, dass du den Namen deines Ehemannes annimmst und mit ihm in einem Haus lebst, genauer gesagt in seinem Haus." Sie hielt inne. Als sie allerdings mitbekam, dass Madita Luft holte, um aufzubrausen, beeilte sie sich hinzuzufügen: „Aber das ist auch schon alles. Nicht mehr und nicht weniger wird von dir verlangt. Man hat mir versichert, dass du einen Schlafraum für dich allein bekommen wirst und dass er dich in keinster Weise belästigen wird. Du musst noch nicht einmal mit ihm reden, wenn du nicht willst. So lautet die Abmachung."

„Ich soll Spließgard heißen?", fragte Madita entgeistert. „Was für ein entsetzlicher Name. Und was für eine Demütigung!"

Ihre Mutter seufzte. „Wem sagst du das!"

„Und gerade deswegen wird er darauf bestehen, nicht wahr?"

Maria von Eschenberg nickte. „Der Name ist ganz sicher nicht verhandelbar."

Madita stieß einen abgrundtiefen Seufzer aus. „Und wo befindet sich das Haus?"

„Das weiß ich selbst nicht", entgegnete ihre Mutter. „Aber Jochen Spließgard hat gerade angerufen und auf unsere Entscheidung gedrängt. Er schlägt ein Treffen vor. Wenn es dir recht ist, laden wir die ganze Familie für Sonntagnachmittag zum Tee ein. Dann könntest du Samuel Spließgard kennen lernen und alle Fragen stellen, die du hast. Was hältst du davon?"

„Ich weiß nicht, Mutter", entgegnete Madita unentschlossen. „Ich würde am Sonntag lieber noch einmal Vater besuchen. Du weißt doch, am Montag muss ich wieder arbeiten."

„Bitte, Madita, hör dir das Ganze doch wenigstens einmal an! Du warst doch bisher jeden Tag im Krankenhaus. Sonntag fährt doch ohnehin Mareile mit ihrer ganzen Brut hin." Maria von Eschenberg griff nach Maditas Hand. „Bitte!"

„Okay, okay", sagte Madita schnell, denn sie fand Berührungen durch ihre Mutter äußerst irritierend. Sie entzog ihrer Mutter die Hand und sagte: „Dann lad sie halt ein."

Die drei Tage bis Sonntag vergingen wie im Flug. Madita besuchte noch zweimal für ein paar Stunden ihren Vater und ließ sich ansonsten weiter von Fabiola verwöhnen. Sie hatte bestimmt schon zwei Kilo zugenommen, aber das störte sie nicht besonders. Die missbilligenden Blicke ihrer Mutter ignorierte sie geflissentlich.

Am Samstagabend lud Mareile ihre Schwester zum Abschluss ihres Aufenthaltes noch einmal zum Essen ein. Sie holte sie mit ihrem alten Polo ab, fuhr mit ihr nach Hannover und führte sie in ein Chinarestaurant. Das war zwar nicht besonders exklusiv, aber da Madita wusste, dass sich Mareile nichts anderes hätte leisten können, nahm sie das Gewöhnliche ausnahmsweise in Kauf.

Nachdem die beiden ihre Frühlingsrollen verspeist hatten, wurde das Hauptgericht gebracht. Beide hatten gebackene Ente bestellt. Während sich allerdings Madita mit Heißhunger auf ihren Teil des Vogels stürzte, stocherte Mareile nur auf ihrem Teller herum.

„Schmeckt's dir nicht?", fragte Madita, als sie zum zweiten Mal nachnahm und zufällig gerade nichts mehr im Mund hatte.

„Doch", entgegnete ihre Schwester. „Aber mir ist nicht so ganz klar, warum es dir noch schmeckt."

Madita blickte auf. „Wieso?", fragte sie kauend.

„Na, wegen morgen. Mir ist da zu Ohren gekommen, wer morgen bei euch eingeladen ist."

„Tatsächlich? Hat Fabiola dich etwa extra angerufen?", wollte Madita wissen.

Mareile grinste, denn Madita hatte wie immer den Nagel auf den Kopf getroffen. „Du sagst es."

„Ich will mich nur mit den Fakten vertraut machen. Außerdem bin ich neugierig geworden. Ich möchte vor allem diesen Jochen Spließgard mal kennen lernen. Und natürlich seinen Sohn Samuel, der bereit ist, irgendeine wildfremde Frau zu ehelichen, nur um die Rachegelüste seines Vaters zu befriedigen."

Mareile sah ihre Schwester prüfend an. „Ich hoffe wirklich, dass du dich nicht zu diesem Wahnsinn breitschlagen lässt."

„Das lass mal meine Sorge sein. Ich weiß schon, was ich tue. Der Vertrag ist so, wie Mutter ihn mir wiedergegeben hat, sowieso nicht tragbar." Madita dachte einen Moment lang nach. Dann fügte sie hinzu: „Auch wenn er ansonsten eigentlich gar nicht so übel klingt."

„Was soll daran nicht übel sein?", regte sich Mareile auf.

„Na ja, das Positive ist, dass ich nicht verpflichtet bin, die Ehe zu vollziehen. Ich muss aber mit meinem ‚Gatten' in einem Haus wohnen. Das könnte ich vielleicht auch noch ertragen, aber wer garantiert mir dann, dass dieser Typ nicht über mich herfällt?"

„Keiner garantiert dir für irgendetwas, wenn du eine Ehe aus bloßer Berechnung eingehst, Madita. Bitte sei nicht so dumm", beschwor Mareile ihre Schwester. „Du wirst deines Lebens nicht mehr froh, wenn du so etwas tust."

„Nun mach aber mal halblang, Schwesterchen", wiegelte Madita ab. „Du tust ja gerade so, als hätte ich das Ganze arrangiert. Erinnere dich bitte, ich bin hier das Opferlamm! Ich soll die Familienehre retten, die Mutter und Papa aufs Spiel gesetzt haben. Sei doch froh, dass das alles nicht auf deinen Schultern ruht!"

Mareile seufzte. „Das bin ich auch, Madita. Wirklich! Ich würde nicht in deiner Haut stecken wollen. Aber die Familienehre – so wichtig sie auch ist – sollte nicht dazu missbraucht werden, dein Leben zu zerstören!"

„Danke für den Ratschlag, große Schwester", entgegnete Madita, die sich über die belehrende Art ihrer Schwester mal wieder ordentlich geärgert hatte und darum zum Gegenangriff überging. „Aber wir wissen ja auch, wohin dich deine Prioritäten gebracht haben."

Madita hatte mal wieder heftiger reagiert, als sie es eigentlich gewollt hatte. Und ihre Worte verfehlten ihre Wirkung nicht. Mareile schluckte und wandte sich ihrer Ente zu. Und so verlief der Rest der Mahlzeit schweigend.

Auch auf der Rückfahrt sprachen die beiden nur das Nötigste miteinander. Madita versuchte ein paar Mal, die Harmonie mit ein paar versöhnlichen Gesten wiederherzustellen, aber Mareile ging dieses Mal nicht darauf ein. Sie war zu verletzt. Vor dem Anwesen der von Eschenbergs hielt sie an, ließ Madita aussteigen, murmelte: „Dann bis später", und brauste davon.

Madita blieb nachdenklich zurück. Dieses Mal war sie wohl doch zu weit gegangen.

❦

Der Sonntag stand ganz unter dem Einfluss des bevorstehenden Ereignisses. Fabiola legte sich mächtig mit Kranzkuchen und einer Schwarzwälder Kirschtorte ins Zeug und Madita verbrachte den halben Tag mit ihrer Schönheitspflege. Wenn sie neue Leute kennen lernte, wollte sie auf jeden Fall bewundert werden, auch wenn es sich – wie in diesem Fall – sozusagen um

Feinde handelte. Gleichzeitig wollte sie sich aber auch dem Anlass entsprechend kleiden und ein wenig ihren Protest und ihren Gemütszustand zum Ausdruck bringen. So zog sie ein schwarzes T- Shirt mit Rundhalsausschnitt an und schlüpfte in eine hautenge, edle schwarze Lederhose, die sie erst in der vorangegangenen Woche erstanden hatte. Sie steckte sich die Haare hoch, ließ aber links und rechts eine Strähne heraushängen, die sie dann mit dem Curler so stark bearbeitete, dass sie beinahe Korkenzieherform erhielten. Auf auffällige Ohrringe verzichtete sie heute ganz. Stattdessen begnügte sie sich mit kleinen goldenen Steckern. Zusätzlich lieh sie sich von ihrer Mutter eine lange goldene Kette mit einem großen, filigran gearbeiteten Anhänger aus, der aus dem 19. Jahrhundert stammte und auf ihrem schwarzen Shirt wirkungsvoll zur Geltung kam. Bertrams Brillantring wollte sie zuerst abnehmen, entschied sich dann aber doch, ihn anzubehalten, so als wollte sie sich selbst versichern, dass sie noch keine endgültige Entscheidung getroffen hatte.

Als sie sich anschließend im Spiegel betrachtete, lächelte sie sich zufrieden zu. Das schwarze Outfit machte schlank und ihre hellen Haare hoben sich angenehm davon ab. Sie sah einfach gut aus.

Je näher die Kaffeezeit rückte, desto angespannter waren Madita und ihre Mutter. Beide liefen wie Falschgeld im Haus herum. Gegen halb vier klingelte es an der Tür. Madita und ihre Mutter setzten sich ins Kaminzimmer und warteten darauf, dass die Gäste von Fabiola hereingeführt wurden.

Nachdem sich die Tür geöffnet und Fabiola die Familie Spließgard angekündigt hatte, trat zunächst Jochen Spließgard ein. Er war schon eine imposante Erscheinung. Madita wusste nicht, wie alt er war, schätzte ihn aber auf das ungefähre Alter ihrer Mutter. Er war an die 1,90 Meter groß und hatte eine drahtige, fast athletische Figur. Seine Haare waren nicht nur grau, sondern beinahe weiß. Er trug einen ungefähr zwei Zentimeter langen Stoppelhaarschnitt, der eigentlich überhaupt nicht zu seinem Alter passte, ihm aber trotzdem hervorragend stand.

Madita staunte. Jochen Spließgard war wirklich genau das Gegenteil von ihrem Vater. Während Welf von Eschenberg sich eher gehen ließ und bequeme, legere Kleidung bevorzugte, sah Jochen Spließgard so aus, als wären Fitnessstudios sein zweites Zuhause. Er trug einen edlen Designeranzug und – das bemerkte Madita sofort – eine der teuren Breitling-Uhren. Seine strengen, asketischen Gesichtszüge verrieten eine ganze Menge über seine Selbstdisziplin. Sein hoch erhobenes Haupt und sein aufrechter, zackiger Gang machten deutlich, dass man es hier mit einem Mann zu tun hatte, der bekam, was er wollte, und auf dem Weg dahin keine Zeit zu verlieren hatte. Madita wusste sofort, dass sie ihn nicht ausstehen konnte.

Jochen Spließgard näherte sich ihrer Mutter, nahm ihre Hand, deutete einen Handkuss an und schenkte ihr ein überhebliches Lächeln. „Du siehst noch immer hinreißend aus, meine Liebe. Die Jahre haben dir nichts anhaben können."

Madita beobachtete ihre Mutter ganz genau. Sie war neugierig, wie diese reagieren würde. So entging es ihr nicht, dass Maria von Eschenberg ein wenig von ihrer vornehmen Haltung verloren hatte, während Jochen auf sie zugegangen war. Sie schluckte jetzt, riss sich dann aber zusammen und entgegnete tapfer, wenn auch leiser als sonst: „Dasselbe könnte man auch von dir behaupten, Jochen. Willkommen in meinem Haus."

Jochen Spließgard nickte würdevoll und wandte sich dann Madita zu. „Sie müssen Marias Tochter sein. Sie haben viel von der Schönheit Ihrer Mutter geerbt."

„Ja", entgegnete sie und strahlte ihn an, wobei auch das Funkeln in ihren Augen nicht zu übersehen war. „Aber seien Sie vorsichtig. Ich habe auch ihre scharfe Zunge geerbt."

Jochen Spließgard lachte erfreut auf. Der Tag versprach interessant zu werden.

Erst jetzt bemerkte Madita den jungen Mann, der hinter Jochen Spließgard den Raum betreten hatte. *Wow*, dachte sie erfreut und erstaunt zugleich. *Vielleicht ist die Idee mit der Hochzeit doch gar nicht so übel.*

Der junge Mann sah seinem Vater verblüffend ähnlich. Er war noch ein bisschen größer als er, hatte aber die gleiche kräftige Statur, war ebenso gut gekleidet und hatte die gleichen durchdringenden grau-blauen Augen. Auch die schmale Nase und die hohen Wangenknochen hatte er von seinem Vater geerbt. Sehr zu Maditas Erleichterung fehlte ihm allerdings dieser harte, strenge Gesichtsausdruck, den sie bei Jochen Spließgard so unangenehm fand. Auch trug er seine braunen, glatten Haare nicht so auffällig wie sein Vater, sondern in einem schlichten, modernen Herrenhaarschnitt. Madita fand ihn gut aussehend, sogar ausgesprochen gut aussehend.

Als er Madita sah, weiteten sich seine Augen. Er musterte sie von Kopf bis Fuß und schien ebenso angenehm überrascht zu sein wie sie. Er konnte seinen Blick kaum von ihr losreißen, sah auch zu ihr herüber, während er Maria von Eschenberg begrüßte. Dabei vergaß er sogar, sich vorzustellen.

Dann wandte er sich umgehend Madita zu. „Sind Sie etwa Madita?“, fragte er und quittierte ihr nickendes Lächeln mit einem Kopfschütteln. „Dann hab ich wohl einen schweren Fehler begangen“, sagte er.

Madita zog die Stirn in Falten. Wie hatte sie das denn nun zu verstehen?

Jochen Spließgard, der ihre Verwirrung bemerkte, kam ein paar Schritte auf sie zu und sagte: „Darf ich Ihnen meinen Sohn Johannes vorstellen, Madita?“

Madita sah ihn entgeistert an. *Johannes?*, dachte sie. *Und wo ist dann –*

Doch noch bevor sie den Gedanken zu Ende denken konnte, betraten zwei weitere Personen den Raum. Und nun wurde Madita so einiges klar. Sie schloss die Augen. Das durfte doch wohl nicht wahr sein. Das war schlimmer als in ihren schlimmsten Albträumen.

Da kam eine kleine, schmächtige Frau zur Tür herein, die einen Mann am Arm neben sich herführte. Der Mann – wenn man ihn denn so nennen konnte – erinnerte sie zunächst mehr an einen Orang-Utan als an alles andere. Er trug einen dunkelbraunen, viel zu langen Vollbart und hatte eine dunkle Sonnenbrille auf. Seine leicht gewellten, dichten Haare waren zu lang, als dass man noch eine Frisur daraus hätte erkennen können. Der Mann war ungefähr so groß wie Jochen Spließgard, hatte auch eine ähnliche Statur mit breiten Schultern. Er hatte zwar keinen Bauch, war aber längst nicht so durchtrainiert wie die anderen beiden. Er trug ein schlichtes blaues Jeanshemd und eine unauffällige Jeans. Außerdem hatte er weiße Turnschuhe an. Sehr viel mehr war nicht von ihm zu erkennen.

Madita sagte gar nichts mehr und auch Maria war sprachlos. Sie sah zu ihrer Tochter herüber und zuckte hilflos mit den Schultern. Auf das hier war auch sie nicht vorbereitet gewesen.

Jochen war dem Blick der beiden gefolgt und lächelte genüsslich. Er deutete auf die Frau. „Meine Frau Hannah“, sagte er dann.

Madita hatte nicht gerade eine Schönheit erwartet, aber diese Frau hier fand sofort ihr tiefstes Mitleid. Sie war das Paradebeispiel einer grauen Maus; so unscheinbar, dass sie schon beinahe wieder die Blicke auf sich zog. Ihr hageres Gesicht und ihre traurigen Augen erzählten Geschichten von Demütigung und Einsamkeit. Ihre dünnen, braunen Haare hingen in Form eines Pagenkopfes ebenso traurig und schlaff von ihrem Kopf herunter. Dies war eine Frau, die schon lange keinen Wert mehr auf ihr Äußeres legte. Sie steckte in einem cremefarbenen Kleid mit Faltenrock und kitschigen, goldenen Knöpfen, das zwar teuer, aber gleichzeitig auch geschmacklos und altbacken wirkte. Zudem war es ihr zu groß. Außer ihrem Trauring trug sie keinerlei Schmuck.

Als ihr Name erwähnt wurde, bewegte sie sich – natürlich zusammen mit ihrem Sohn, der wie eine Klette an ihr zu hängen schien – weiter auf Madita zu und streckte ihr dann artig die rechte Hand entgegen. Madita packte beherzt zu, erschauderte aber erneut, als sie feststellen musste, dass sie keinerlei Gegendruck zu spüren bekam. Und sie hasste nichts mehr als ein solches Händeschütteln.

„Und das hier ist mein Sohn Samuel“, sagte Jochen Spließgard und deutete auf den Mann, der Maditas Eindruck nach nur aus Haaren bestand. „Er ist leider blind.“

Madita wunderte sich mittlerweile über gar nichts mehr. Sie wäre auch nicht erstaunt gewesen, wenn sie die Ehre gehabt hätte, Tarzan persönlich kennen zu lernen. Auf jeden Fall war sie nicht mehr in der Lage, irgendetwas zu erwidern, und so herrschte betretenes Schweigen, das Maria dadurch zu überbrücken versuchte, dass sie die versammelte Gesellschaft an den Kaffeetisch bat.

Hannah Spließgard führte ihren Sohn zum Tisch und half ihm dabei, Platz zu nehmen. Dann setzte sie sich neben ihn. Madita nahm am anderen Ende der Kaffeetafel Platz, dicht gefolgt von Johannes Spließgard, der wie selbstverständlich den Platz an ihrer Seite einnahm. Jochen Spließgard ließ sich ebenfalls neben ihr nieder und so ergab es sich, dass sich der einzige noch freie Stuhl neben ihm befand. Dort musste sich dann widerwillig, aber gezwungenermaßen Maria hinsetzen.

Als Fabiola Kaffee und Tee eingeschenkt und Kuchen aufgetan hatte, hatte Madita die Gelegenheit, Hannah Spließgard dabei zu beobachten, wie sie ihrem Sohn von dem Kuchen eine Gabel nach der anderen in den Mund steckte. Zwischendurch führte sie ihm die Kaffeetasse an den Mund. Sie fütterte ihn wie ein kleines Kind und er ließ es widerspruchslos geschehen. Madita schüttelte fassungslos den Kopf. Wo war sie hier bloß gelandet?

Johannes Spließgard war ihrem Blick gefolgt und versuchte nun, ein Gespräch anzufangen. „Was machen Sie beruflich, Madita?"

„Ich bin Kinderärztin", entgegnete Madita. „Und Sie?", fragte sie höflich zurück.

„Ich bekleide eine Führungsposition bei Röspli", sagte er und richtete sich auf seinem Stuhl zu seiner vollen Größe auf.

„Aha", nickte Madita. „Und was machen Sie so in Ihrer Freizeit?"

„Nun ja, mein Beruf nimmt mich natürlich stark in Anspruch. Aber in meiner Freizeit segle ich gern. Wir besitzen ein halbes Dutzend Jachten und so hab ich immer die freie Auswahl. Es gibt wirklich nichts Schöneres, als sich bei sonnigem Wetter den Wind um die Ohren wehen zu lassen."

Er zögerte einen Moment lang. Dann lächelte er ihr vielsagend zu, hob die Augenbrauen und ergänzte: „Oder sagen wir mal so: Es gibt zumindest nicht vieles, was noch schöner wäre."

Madita hatte die Anzüglichkeit seiner Bemerkung begriffen und lächelte zurück. Sie flirtete einfach zu gern mit gut aussehenden jungen Männern. „Segeln ist eine meiner Lieblingssportarten", sagte sie und warf ihm damit den Ball wieder zu.

„Tatsächlich?", fragte Johannes Spließgard. „Dann wäre es doch toll, wenn Sie mich mal begleiten würden. Unsere Queen Mary würde gut zu Ihnen passen. Sie ist ein aufregendes, edles Boot." Wieder lächelte er ihr bedeutungsvoll zu.

Madita wollte gerade begeistert zustimmen, als sich Jochen Spließgard in das Gespräch einmischte. „Das ist ja wirklich eine tolle Idee, Johannes, aber du wirst mir zustimmen, dass die Baroness von Eschenberg im Moment leider – wie soll ich sagen – abgelenkt ist."

Schlagartig schien Johannes Spließgard der Zweck ihres Besuches wieder in den Sinn zu kommen und das Lächeln erstarb auf seinem Gesicht.

Auch Madita war auf den Boden der Tatsachen zurückbefördert worden. „Wie recht Sie haben", entgegnete sie und sah Jochen Spließgard herausfordernd in die Augen. „Ich hätte fast vergessen, dass dies ein Geschäftsessen ist."

„Aber nicht doch, meine Liebe", antwortete er und lächelte süffisant. „Es ist ein privates und äußerst erfreuliches Zusammentreffen. Gibt es denn etwas Schöneres als den Entschluss zweier Menschen, zu heiraten und den Rest ihres Lebens miteinander zu verbringen? Hm?"

Jetzt wurde es Madita aber doch langsam zu bunt. Was bildete sich der Typ eigentlich ein? „Sehr verehrter Herr Spließgard", antwortete sie, „Ihnen ist wohl entfallen, dass ich Ihrem kranken Vorschlag noch lange nicht zugestimmt habe. Wir sind hier, damit Sie mich von Ihrem Angebot überzeugen – nicht, damit Sie mich zum Narren halten. Also lassen Sie uns doch einfach Klartext miteinander reden." Sie atmete noch einmal tief durch. „Was genau bieten Sie uns an?"

Jochen Spließgard grinste breit. Man merkte, dass Madita ihm gefiel. Sie sprach seine Sprache.

„Also gut", sagte er. „Röspli wird zu den bereits schriftlich niedergelegten Bedingungen, die Ihren Eltern im Einzelnen bekannt sind, mit der Firma KaWoKa fusionieren, wenn Sie sich bereit erklären, meinen Sohn Samuel zu heiraten, seinen Namen anzunehmen und mit ihm in seinem Haus in der Nähe von Neuruppin zu leben."

„Neuruppin?", rief Madita entsetzt. „Dunkeldeutschland?"

„Aber, Kind", beschwichtigte Maria, „Neuruppin ist immerhin die Geburtsstadt Theodor Fontanes."

Madita rollte mit den Augen. Als ob ihr das irgendwie half!

Währenddessen quittierte Jochen Spließgard Maditas Ausruf mit einem Grinsen, ging aber nicht weiter darauf ein. Stattdessen fuhr er fort: „Sie werden dort ein eigenes Zimmer bekommen, aber ansonsten nach den Regeln leben, die mein Sohn aufstellt."

„Nach seinen Regeln?", fragte Madita misstrauisch. „Was soll das heißen?"

Jochen Spließgard lächelte. „Nicht, was Sie denken", entgegnete er. „Sie sind nicht verpflichtet, irgendetwas für ihn zu tun, müssen nicht mit ihm sprechen und auch nicht", diese Worte betonte er ganz besonders, „mit ihm schlafen. Sie müssen lediglich respektieren, dass es sein Haus ist und dort auch weiterhin seine Regeln gelten. In der Praxis bedeutet das: Wenn Sie Besuch einladen wollen, müssen Sie das vorher mit ihm abstimmen. Sie sind nicht berechtigt, irgendwelche Möbel zu verrücken, Dienstboten einzustellen oder die Musik zu sehr aufzudrehen. Das ist doch fair, oder?"

Madita schluckte. Vor ihrem geistigen Auge tauchte eine kleine Einzelzelle auf, in der sie däumchendrehend die Zeit totzuschlagen versuchte. Dieser Gedanke allerdings erinnerte sie an die Zelle, in der sie im Traum ihren Vater gesehen hatte. Sie saß wirklich in der Zwickmühle. Was sollte sie nur tun?

„Und was treib ich dann so den ganzen Tag?“, fragte sie fast ein bisschen weinerlich.

„Oh“, entgegnete Jochen Spließgard. „Darüber machen Sie sich mal keine Sorgen. Sie haben selbstverständlich die Möglichkeit, Ihrer Arbeit nachzugehen. Ich habe bereits in die Wege geleitet, dass Sie zum ersten Juli als Assistenzärztin in der Ruppiner Klinik anfangen können.“

Madita staunte und ihr Blick erhellte sich ein wenig. Sie hatte schon seit längerem mit dem Gedanken gespielt, das Krankenhaus zu wechseln. Je mehr Arbeitsstellen man vorweisen konnte, desto besser war das für den Lebenslauf. „Schon zum ersten Juli?“, fragte sie. „So schnell kann ich ja gar nicht aus meinem alten Vertrag heraus.“

Johannes Spließgard lachte auf. „Aber natürlich können Sie das! Ich habe bereits mit dem Diakonie-Krankenhaus gesprochen. Sie werden zum 31.5. aus Ihrem Vertrag entlassen.“

Madita begriff langsam, dass sie es mit einem sehr mächtigen Mann zu tun hatte. „Sie haben sich sicher versprochen“, sagte sie. „Der 31.5. ist bereits nächsten Freitag.“

„Ich verspreche mich nie, Madita“, entgegnete er. „Sie waren es doch, die Tacheles mit mir reden wollte. Wenn Sie zustimmen, endet Ihr Vertrag am 31.5. Morgen ist Ihr letzter Arbeitstag, ab Dienstag haben Sie Urlaub. Die standesamtliche Hochzeit wird am Freitag stattfinden, dem 31. Mai. Bis dahin haben Sie Zeit, um mit Ihrem alten Leben abzuschließen. Am Sonnabend werden Sie dann in Ihrem neuen Zuhause einziehen.“

Madita war direkt sprachlos. Sie fühlte sich vollkommen überrannt. „Ich brauche Zeit, um mich zu entscheiden“, sagte sie hilflos.

„Das interessiert mich nicht“, entgegnete Jochen Spließgard. „Ich habe mich nämlich schon lange genug von Ihrer Mutter hinhalten lassen. Damit ist nun Schluss. Ich erwarte heute Ihre Antwort. Sie können annehmen oder ablehnen.“

Madita erhob sich. Sie machte sich nicht die Mühe, die Gesetze der Höflichkeit zu wahren. „Ich möchte dich allein sprechen, Mutter“, sagte sie.

Maria nickte und verließ mit Madita den Raum. Madita bewegte sich schnurstracks auf die Bibliothek zu. Ihre Mutter folgte ihr. Erst als Madita die Tür der Bibliothek hinter ihnen geschlossen hatte, wurde wieder gesprochen.

„Das darf alles nicht wahr sein, Mutter“, begann Madita und schüttelte fassungslos den Kopf. „Dieser Jochen Spließgard ist ein Kretin. Ein aufgeblasenes Arschloch, einer dieser Neureichen, die glauben, ihnen gehöre die Welt. Ich kann nicht fassen, dass er uns in der Hand hat." Sie schüttelte noch einmal den Kopf. „Ich glaub's einfach nicht."

„Wirst du es tun, Madita?", fragte Maria von Eschenberg leise.

Madita blickte auf und sah ihre Mutter prüfend an. „Ist das wirklich deine einzige Sorge?", fragte sie. Dann ging sie durch den Raum und ließ sich auf den Lieblingssessel ihres Vaters fallen. Etwa eine Minute lang sagte sie überhaupt nichts. „Hast du es gewusst?", fragte sie dann.

„Was gewusst?"

„Na, dass er mich so unter Druck setzen würde."

Baronin von Eschenberg seufzte. Sie durchquerte ebenfalls den Raum, stellte sich ans Fenster und sah hinaus.

„Ich will ehrlich mit dir sein, Madita", sagte sie, zögerte dann aber, bevor sie weitersprach. „Ich habe es zwar nicht gewusst, aber doch geahnt." Wieder zögerte sie. „Ich kenne Jochen Spließgard. Ich weiß, was in ihm vorgeht. Und Hass ist ein starkes Motiv." Sie seufzte wieder. „Hass ist stärker als Liebe."

Madita schüttelte den Kopf. „Aber ich verstehe es trotzdem nicht. Warum diesen Blinden, diesen ...", sie suchte nach Worten, „... diese Witzfigur? Warum lässt er mich nicht den Älteren heiraten? Der ist doch auch noch unverheiratet. Und den würde ich vielleicht sogar freiwillig nehmen!"

„Ganz einfach", entgegnete ihre Mutter, „weil er mich damit nicht ausreichend demütigen würde. Er will uns ja keinen Gefallen tun. Er will, dass ich die Entscheidung von damals zutiefst bereue." Maria von Eschenberg schloss gequält die Augen. Dann sagte sie leise: „Er kann ja auch nicht ahnen, wie lange ich das schon tue."

Madita schwieg betroffen. Sie erahnte immer mehr von dem Leben, das ihre Mutter geführt hatte.

„Aber soll ich mir das wirklich antun, Mutter?", fragte sie dann. „Sieh mich doch an. Ich soll einen Blinden heiraten? Ich? Das ist ja fast so, als würde man einem Maulwurf Blumen schenken!"

„Du musst ihm die Blumen ja nicht schenken, Madita. Das hast du doch gehört."

„Ich weiß, Mutter. Aber was ist, wenn sie dort in Neuruppin einfach ... verwelken?"

„Genau das ist es wohl auch, worauf Jochen spekuliert", entgegnete Maria von Eschenberg. „Aber er kennt dich nicht. Und das ist unser Vorteil. Er wird sich die Zähne an uns ausbeißen!" In Marias Stimme schlich sich jetzt ein Anflug von Begeisterung. Kämpferisch fuhr sie fort: „Sein Sohn ist harmlos, das hast du selbst gesehen. Und du, du bist stark, das bist du immer gewesen. Du bist ihm doch haushoch überlegen. Heirate ihn einfach. Und tu es mit Würde. Nach ein paar Wochen hast du ihn so weit, dass er seinen Vater anflehen wird, dich gehen zu lassen. Und dann gewinnen wir am Ende doch noch. Bitte, Madita", beschwor Maria sie, „tu es. Lass uns nicht im Stich! Wenn du ablehnst, ist alles verloren. Alles!"

Madita nickte. Das klang akzeptabel. Sie würde es diesen Spließgards schon zeigen. „Also gut, Mutter", sagte sie. „Ich werde es tun. Aber nur unter einer Bedingung."

„Was immer du möchtest", entgegnete Maria von Eschenberg erleichtert. Sie würde sogar ihre gesamte Schmuckkollektion hergeben, wenn Madita nur bei ihrer Entscheidung blieb.

„Du wirst mir bei deinem guten Namen und bei allem, was dir heilig ist, etwas schwören", sagte Madita und lächelte erfreut. Manchmal hatte sie wirklich richtig gute Ideen. „Ich verlange, dass du ab sofort Vater anders behandelst, und zwar ganz anders. Du wirst ihm Respekt und Achtung entgegenbringen, ihm keine Befehle mehr erteilen, ihn nie mehr gängeln und herumkommandieren. Ich will, dass du freundlich zu ihm bist, und zwar richtig freundlich."

Maria von Eschenberg schluckte. Das war schlimmer als die Schmuckkollektion. Aber auch sie hatte schließlich keine Wahl. „Ich schwöre", sagte sie feierlich. „Ich schwöre es."

Kapitel 5

Als Madita an diesem Abend in dem Wagen ihrer Eltern saß und nach Achim zurückfuhr, dachte sie noch einmal über alles nach. Sie schüttelte über sich selbst den Kopf. Hatte sie diesem Wahnsinn wirklich zugestimmt? Sie war doch zufrieden mit ihrem Leben gewesen. Alles lief doch so hervorragend. Und jetzt sollte das alles von heute auf morgen zu Ende sein? Hatte sie noch alle Tassen im Schrank? Und war sie sicher, dass sie die Situation wirklich im Griff hatte?

Sie würde einen Mann heiraten, den sie nicht nur nicht kannte, sondern geradezu abstoßend fand. Einen Mann, mit dem sie noch kein einziges Wort gewechselt hatte.

Nachdem sie mit ihrer Mutter zur Kaffeetafel zurückgekehrt war und mit erhobenem Haupt die Annahme des Angebotes verkündet hatte, hatte sie weiterhin ungeniert mit Johannes Spließgard geflirtet, so als gäbe es die Abmachung überhaupt nicht. Ihren zukünftigen Ehegatten dagegen hatte sie keines Blickes gewürdigt, es noch nicht einmal für nötig befunden, sich von ihm zu verabschieden. Was hätte das auch gebracht? Dieses Muttersöhnchen, dieser Orang-Utan schien ja nichts zu sagen zu haben.

Und jetzt saß sie tatsächlich im Auto, um zum letzten Mal in ihre bisherige Heimat zu fahren und ihr altes Leben zum Abschluss zu bringen. Aber wie um Himmels willen sollte dieser Abschluss aussehen?

Erst jetzt wurde Madita die Tragweite ihrer Entscheidung so richtig bewusst. Den Abschied vom Krankenhaus würde sie schon verkraften, aber was sollte sie Bertram nur erzählen? Bertram! Den hatte sie in dem ganzen Durcheinander fast vergessen. Sie hatte in den vergangenen zwei Wochen zwar ein paarmal mit ihm telefoniert, aber natürlich fast nur über den Gesundheitszustand ihres Vaters mit ihm gesprochen. Und jetzt sollte sie so mir nichts dir nichts mit ihm Schluss machen? Das hatte er nun wirklich nicht verdient. Außerdem waren sie verlobt, er würde sie doch nicht einfach gehen lassen. Aber was sollte sie ihm sagen?

Die Wahrheit? Unmöglich! Niemand durfte die Wahrheit erfahren, niemand. Die wäre ein gefundenes Fressen für die Klatschpresse. Und dann würde sich die halbe Welt das Maul darüber zerreißen. Nein, die Wahrheit konnte sie niemandem erzählen. Niemandem! Wer würde sie auch verstehen? Wo doch noch nicht einmal Mareile auf ihrer Seite war!

Was sollte sie Bertram dann erzählen? Dass sie sich über Nacht in irgend so einen dahergelaufenen Firmenerben verknallt hatte und jetzt unbedingt sofort heiraten musste? Das würde er ihr nicht abnehmen. Da kannte er sie und ihre unromantische, nüchterne Art doch besser. Und sobald er erfahren würde, um welche Firma es sich dabei handelte, würde er den Braten womöglich riechen. Schließlich hatte er bereits Wind von den Gerüchten um KaWoKa gekriegt. Nein, dumm war er leider wirklich nicht!

Aber du bist auch nicht dumm, Madita, versuchte sie sich zu ermutigen. *Also denk nach, denk nach!*

Vielleicht konnte sie ihn ja glauben machen, dass sie kalte Füße bekommen hätte und eine kleine Auszeit bräuchte, um sich über ihre Gefühle klar zu werden? Das würde er ihr vielleicht abkaufen. Sie müsste nur an die Tiefe seiner Gefühle appellieren. Wahre Liebe würde doch jede Trennung verkraften und dadurch nur noch tiefer werden. Genau! Dann würde er ihr auch zustimmen, dass sie sich über einen gewissen Zeitraum hinweg nicht sehen könnten und dass sie sich von sich aus melden würde.

Bertram dürfte weder ihre Telefonnummer noch ihre Adresse bekommen. Und dann würde sie einfach verschwinden. Nach ein paar Wochen oder höchstens Monaten wäre das Thema Samuel Spließgard sowieso erledigt und dann könnte sie ihre Beziehung zu Bertram ja wieder aufnehmen.

Das war es! So würde sie vorgehen!

Erleichtert, fast fröhlich legte sie die letzten Kilometer bis nach Achim zurück. Sie würde das Kind schon schaukeln. Bisher hatte sie noch jedes Problem irgendwie in den Griff gekriegt!

Am Montagmorgen begab sie sich zuallererst zur Krankenhausleitung und sprach mündlich ihre sofortige Kündigung zum 31. Mai aus. Zu ihrer Verwunderung wurde sie tatsächlich problemlos akzeptiert. Ihr Chef drückte zwar sein Bedauern aus, eine so tüchtige Kraft zu verlieren, machte aber auch deutlich, dass er ihrer Zukunft keine Steine in den Weg legen wollte.

Madita ging noch einen Tag lang gewissenhaft ihrer Arbeit nach und fuhr dann nach Hause. Sie hatte es nicht für nötig befunden, sich von ihren Kollegen zu verabschieden. Sie würden schon noch früh genug von ihrer Kündigung erfahren und auf diese Weise musste sie wenigstens nichts erklären.

Abends um acht stand erwartungsgemäß Bertram vor der Tür. Madita bat ihn herein, wich aber seinen Umarmungen und Küssen aus und konfrontierte ihn ohne große Umschweife mit ihrem „Problem". Das Gespräch verlief ungefähr so, wie sie es sich vorgestellt hatte. Bertram war zunächst schockiert und flehte sie an, die Hochzeit stattfinden zu lassen. Als sie aber hart blieb und sogar mit einer endgültigen Trennung drohte, begann er einzulenken. Dann drückte sich Madita noch ein paar Tränen heraus, um an Glaubwürdigkeit zu gewinnen, und schon war Bertram mit allem einverstanden. Er versprach, sie ein paar Wochen lang völlig in Ruhe zu lassen und auf Nachricht von ihr zu warten. Dann ging er mit gesenktem Kopf und wie ein begossener Pudel nach Hause. Es war einfacher gewesen, als sie erwartet hatte.

Am nächsten Tag kümmerte sich Madita um ihre Wohnung. Sie kündigte fristlos, zahlte die Miete für drei weitere Monate im Voraus und hinterließ für Endreinigung und Renovierung einen großzügigen Geldbetrag. Dann regelte sie ihre Bankgeschäfte, stellte bei der Post einen Nachsendeantrag, bei dem sie die Adresse ihres Elternhauses angab, und meldete sich beim Einwohnermeldeamt um. Auch dort gab sie als neue Adresse das Haus ihrer Eltern an. Sie wollte auf jeden Fall verhindern, dass ihre Spur nach Neuruppin verfolgt werden konnte. Anschließend telefonierte sie sich die Finger wund, um eine Umzugsfirma zu finden, die bereits am nächsten Morgen mit dem Einpacken beginnen konnte. Sie hatte erst Erfolg, als sie eine kräftige Zusatzprämie in Aussicht stellte.

Am Mittwoch standen die Leute der Umzugsfirma dann bereits um halb acht auf der Matte. Madita war den ganzen Tag damit beschäftigt, sie zu beaufsichtigen und den Inhalt der jeweiligen Kartons zu bestimmen. Sie unterschied sorgfältig nach den Sachen, die sie bei ihren Eltern unterstellen wollte, und nach den wenigen, die sie mit in ihr neues Domizil nehmen würde. Da sie den Ordnungssinn und die Sorgfältigkeit ihres Vaters geerbt hatte, war sie problemlos in der Lage, das in der kurzen Zeit vernünftig und sinnvoll zu managen. Abends fiel Madita dann völlig erledigt in ihr Bett.

Am Donnerstag wurden die letzten Möbel auseinander gebaut und in den Möbelwagen geräumt. Madita gab ihren Schlüssel ab und auf ging es in Richtung Hannover. Madita fuhr den Mercedes SL ihrer Eltern, einer der Möbelpacker das Cabrio. Gegen Mittag kam der gesamte Tross in der Wedemark an. Fabiola hatte für die ganze Gesellschaft ein leckeres Mittagessen gekocht, das die Stimmung bei allen Beteiligten ganz gewaltig anhob.

Anschließend ging es ans Auspacken. Da die Villa der von Eschenbergs seit dem Auszug der beiden Töchter sehr viele unbenutzte Zimmer hatte, fanden Maditas Möbel problemlos darin Platz. Der klägliche Rest wurde in den Mercedes-Geländewagen ihrer Eltern geräumt, mit dem ihre Mutter sie am Samstag nach Neuruppin bringen wollte.

Als alle Arbeit getan war, zog die Umzugsfirma wieder ab

und Madita konnte sich endlich ihrem Vater widmen, der bereits zwei Tage zuvor aus dem Krankenhaus entlassen worden war, aber noch strenge Bettruhe verordnet bekommen hatte.

Welf von Eschenberg, der gerade dabei war, ein Buch zu lesen, fing an zu strahlen, als er seine Tochter erblickte. Sehr zu Maditas Freude sah er schon wieder ganz gut aus, fast wie vor dem Infarkt. Sofort legte er sein Buch zur Seite. Madita eilte an sein Bett und setzte sich zu ihm. Dann drückte sie ihn ganz fest.

„Madita, mein Sonnenschein, wie schön, dich zu sehen", sagte er.

„Hallo, Papa", entgegnete Madita zärtlich, „ich freue mich auch, dich zu sehen. Wie fühlst du dich?"

„Hervorragend, mein Schatz, wirklich ganz hervorragend. Fast wie neu geboren. Aber was machst du hier? Musst du denn nicht arbeiten, dass du mich schon wieder besuchen kommst?"

Madita sah ihn erstaunt an. Sie hatte ihre Mutter noch nicht zu Gesicht bekommen. Hatte sie ihrem Vater nichts von der bevorstehenden Hochzeit erzählt? „Aber Papa, weißt du denn nicht, warum ich hier bin?"

In diesem Moment öffnete sich die Tür und Maria von Eschenberg trat ein. „Nein, das weiß dein Vater noch gar nicht", sagte sie.

Madita wollte ihr gerade gehörig die Meinung sagen, weil sie ganz offensichtlich an der Tür gelauscht hatte, doch ihre Mutter kam ihr zuvor. Sie nahm Welfs Hand und sagte freundlich: „Ich wollte dich noch ein wenig schonen, mein Schatz, schließlich bist du gerade erst aus dem Krankenhaus entlassen worden."

Madita fiel bei dieser Szene beinahe von der Bettkante. Mund und Nase standen ihr offen. Sie wusste zwar sofort, welchem Umstand die Änderung in dem Verhalten ihrer Mutter zu verdanken war, konnte es aber trotzdem nicht so recht fassen. Zu groß war der Unterschied zu früher.

Ihr Vater bemerkte ihre Verwunderung und strahlte sie an. „Deine Mutter ist wie ausgewechselt, seit ich wieder da bin. Sie muss wohl doch ein bisschen Angst um mich gehabt haben." Dann sah er glücklich zu Maria herüber. „Nicht wahr, Liebling?"

Maria nickte. „So ist es, Welf."

Madita war noch immer sprachlos. Ihre Mutter hatte also Wort gehalten. Tja – und dasselbe wurde nun auch von ihr erwartet.

„Warum bist du denn nun hier, Madita-Schätzchen?", fragte ihr Vater.

„Sie wird heiraten, Welf", antwortete ihre Mutter für sie. „Sie wird diesen Spließgard heiraten und dadurch deine und meine Zukunft retten."

Welf von Eschenberg schluckte. Das Lächeln erstarb auf seinem Gesicht. „Wann?", fragte er dann und sah dabei überaus besorgt aus.

„Morgen", entgegnete Madita tapfer. „Aber du musst dir keine Sorgen um mich machen, Papa. Ich tue es nicht nur für euch, sondern auch für mich, für unseren guten Namen, für KaWoKa und für Großvater. Ich habe mich aus freien Stücken dazu entschlossen. Glaub mir", sie sah ihrem Vater in die Augen, „es ist die beste Lösung, die einzige Lösung."

Welf von Eschenberg schloss für einen Moment die Augen. Dann sah er seine Tochter fragend an. „Ist es das wirklich wert?"

Madita nickte entschlossen. „Ja, Papa, das ist es."

Ihr Vater sah sie liebevoll an. Dann legte er seine Hand auf Maditas Wange. „Mein Kind", sagte er dann, „mein liebes, liebes Kind. Wenn du das wirklich tun willst, dann tu es. Aber ich möchte, dass du eins weißt: Ich bin immer für dich da. Immer. Wenn es zu schlimm für dich wird, wenn du es nicht mehr aushalten kannst, dann komm einfach nach Hause. Unsere Tür steht dir immer offen, egal, was das finanziell für uns bedeutet. Verstehst du das?" Er sah sie eindringlich an. „Und versprichst du mir, das auch in Anspruch zu nehmen?"

Madita kuschelte ihr Gesicht in seine kräftige Hand. „Ich verstehe, Papa. Und ich verspreche es dir."

In der darauf folgenden Nacht schlief Madita wieder einmal außerordentlich schlecht. Stundenlang wälzte sie sich von der einen auf die andere Seite. Als sie endlich eindöste, wurde sie von Alpträumen heimgesucht.

Sie sah sich selbst, wie sie in einem wunderschönen, cremefarbenen Brautkleid eine alte Dorfkirche betrat und dann von ihrem Vater zum Altar geführt wurde. Am Altar stand ihr Bräutigam. Sie sah ihn nur von hinten, konnte aber erkennen, dass er dunkle Haare hatte und einen weißen Arztkittel trug. Die Orgel spielte den Hochzeitsmarsch, als sie langsam an den Sitzbänken vorbeischritt. Erhaben lächelte sie den Gästen zu, die ihren Anblick mit lauten „Ahs" und „Ohs" quittierten.

Als sie zu den vorderen Bänken gelangte, sah sie ihre Mutter und ihre Schwester dort sitzen. Ihre Mutter strahlte sie an, aber Mareile weinte nur leise in ihr Taschentuch. In der ersten Reihe saß Bertram. Sie fing gerade an sich zu fragen, wen sie denn nun wohl heiraten würde, als sich der Mann am Altar plötzlich umdrehte und die hässliche Fratze eines Orang-Utans sichtbar wurde. Der Affe hatte ein breites, furchterregendes Maul und eine riesige, platte Nase. Seine Augen waren durchdringend und hatten eine ungesunde, grünlich-milchige Farbe. Er grinste breit, dann ging sein Grinsen in ein hämisches, hohl klingendes Lachen über, das Madita kalte Schauer über den Rücken jagte.

Madita drehte sich um, hob ihr Kleid an und versuchte zu fliehen. Aber es ging nicht. Der Orang-Utan hatte den Zipfel ihres Kleides zu fassen gekriegt und hielt ihn fest. Madita fiel hin, schrie und zappelte wie wild. Aber je mehr sie um ihre Freiheit kämpfte, desto stärker zog der Affe sie zu sich heran. Sie schrie lauter, rief nach ihrer Mutter. Aber Maria von Eschenberg lächelte ihr nur aufmunternd zu.

Als Madita sich das nächste Mal zu dem Orang-Utan umsah, fletschte er die Zähne. Sie war jetzt so dicht an ihm dran, dass sie seinen stinkenden Atem riechen konnte, und sah, wie Speichel rechts und links aus seinem Maul floss. Und noch immer wurde sie dichter und dichter an ihn herangezogen. Bald bestand der Orang-Utan nur noch aus seinem Maul und diesem unerträglichen, widerlichen Geruch. Madita bäumte sich noch einmal mit aller Kraft auf, schrie, so laut sie konnte, und – wachte auf.

Es dauerte ein paar Sekunden, bis ihr klar wurde, wo sie sich befand und dass das alles nur ein Traum gewesen war. War ihre Entscheidung wirklich richtig? Noch hatte sie die Möglichkeit, ihre Tasche zu packen und einfach klammheimlich das Haus zu verlassen. Sie stand auf, ging zum Fenster und sah hinaus. Ihr Cabrio parkte noch immer draußen im Hof. Sollte sie ...?

Aber dann schüttelte sie den Kopf, so heftig, als wollte sie alle Zweifel dabei herausschütteln. „Es geht nicht anders, Madita“, sagte sie laut und ging zu ihrem Bett zurück. „Es wird schon nicht so schlimm werden“, versuchte sie sich selbst aufzumuntern. Dann schloss sie erneut die Augen. Kurze Zeit später war sie eingeschlafen.

Am nächsten Morgen wurde sie gegen acht Uhr von ihrer Mutter geweckt. Sie stand auf, duschte und schlüpfte dann in ihr rotes Seidenkostüm, das sie für diesen Zweck schon beiseite gelegt hatte. Es war ein besonders edles Stück, das sie erst vor ein paar Monaten erworben und noch nie zuvor getragen hatte. Es bestand aus einem tief ausgeschnittenen Blazer und einem recht kurzen Rock. In Verbindung mit der roten Farbe wirkte es aufregend bis ansatzweise anrüchig. Entgegen ihrer sonstigen Gewohnheit lieh sich Madita einen Lippenstift von ihrer Mutter aus, der die gleiche knallige Farbe besaß. Dann steckte sie sich ihre Haare hoch, bemühte sich aber gar nicht erst um eine elegante Frisur, sondern benutzte eine rote, mehrzackige Klammer, mit der sie die Haare locker zusammensteckte. Dann legte Madita ihre Lieblingsohrringe an, die Hänger, bei denen ein etwa zwei Zentimeter großer, in Gold eingefasster Rubin tropfenförmig an einer ebenso langen goldenen Kette hing. Zum Schluss zog sie die hohen Pumps an, die sie sich extra zu dem Kostüm gekauft hatte und die ebenfalls knallrot waren.

Anschließend musterte sie sich zufrieden im Spiegel. Sie fand sich chic. Dass sie ein bisschen verrucht aussah, störte sie kein bisschen. Im Gegenteil. Sie nickte sich selbst aufmunternd zu. Ja, die Kleidung entsprach dem Anlass.

Dann schritt sie hoch erhobenen Hauptes die Treppe hinab, um unten zu frühstücken. Ihre Mutter saß bereits am gedeckten Esstisch und war in ihre Zeitung vertieft. Madita musste lächeln, als sie feststellte, dass ihre Mutter ein graues, hochgeschlossenes Kostüm trug, das zwar elegant, aber ziemlich zugeknöpft wirkte.

Als sich Madita mit einem „Guten Morgen, Mutter" bemerkbar machte, blickte die Baronin von Eschenberg von ihrer Zeitung auf und wollte ihrer Tochter ebenfalls einen guten Morgen wünschen. Doch dann stutzte sie und die Worte blieben ihr regelrecht im Halse stecken. Sie runzelte die Stirn und holte Luft, um einen vernichtenden Kommentar zu Maditas Outfit abzugeben.

Madita jedoch, die darauf vorbereitet war, warf ihr einen derart warnenden, ja drohenden Blick zu, dass sie sich auf die Zunge biss und den Kommentar herunterschluckte. Stattdessen presste sie ein „Setz dich doch" heraus. Madita kam ihrer Aufforderung nach und die beiden Frauen begannen zu frühstücken. Während der gesamten Mahlzeit wurde kein weiteres Wort gesprochen.

Als das Frühstück beendet war, begaben sie sich nach draußen. Es war 9:30 Uhr – Zeit, zum Standesamt zu fahren. Die Hochzeit sollte um 10:15 Uhr stattfinden. Um 10:00 Uhr hatten sie sich mit den Spließgards vor dem Rathaus verabredet.

Madita holte den silbergrauen Mercedes aus der Garage und ihre Mutter nahm auf der Beifahrerseite Platz. Dann fuhren sie in Richtung Mellendorf, wo sie schon eine knappe Viertelstunde später ankamen. Von den Spließgards war dort noch niemand zu sehen. Sie parkten das Auto und platzierten sich direkt vor dem Eingang des Rathausgebäudes.

Kurz nach ihnen waren drei weitere Autos angekommen, aus denen ebenfalls eine Hochzeitsgesellschaft ausstieg. Mindestens zwölf Personen gehörten dazu, Braut und Bräutigam natürlich und dann noch ein paar Leute, bei denen es sich wahrscheinlich um die Eltern, Großeltern und Geschwister handelte. Alle näherten sich plaudernd, scherzend und lachend dem Rathausgebäude. Die Braut war ausgesprochen hübsch und trug ein elegantes cremefarbenes Kostüm mit flottem Hut. Der Bräutigam war mindestens 30 Zentimeter größer als sie und wirkte ein bisschen linkisch, aber trotzdem nicht unsympathisch.

Madita beobachtete das bunte Treiben ganz genau, sie war irgendwie fasziniert. Sie musste immer und immer wieder die Braut ansehen, starrte sie regelrecht an. Sie bemerkte es selbst, konnte aber nichts dagegen tun. Es war wie ein Bann. *Sie sieht so gelöst aus,* dachte sie, *so glücklich. Erwartungsfroh und glücklich.*

Und dann ließ sie den Gedanken einfach zu. *Warum tue ich etwas, das mich nicht glücklich macht?* Dann nahm sie ihre Hand vor den Mund, so als müsste sie verhindern, gleich in Tränen auszubrechen.

Ihre Mutter hatte ihren Blick verfolgt und auch ihre Reaktion bemerkt. „Jetzt reiß dich aber zusammen, Madita“, zischte sie ihr zu. Dann zeigte sie nach links. „Sieh mal da, die Spließgards kommen!“

Madita nahm die Hand vom Mund und atmete noch einmal tief durch. Dann wandte sie sich in die Richtung, in die ihre Mutter gedeutet hatte, und sah einen dunkelblauen BMW auf dem Parkplatz halten. Auf der Fahrerseite stieg Jochen Spließgard aus. Er war auch heute äußerst edel gekleidet, mit dunklem Anzug, dunklem Hemd und dunkler Krawatte. Er sah sich um, erblickte Madita und ihre Mutter und winkte ihnen lächelnd, ja unverschämt fröhlich zu.

Arschloch, dachte Madita nur.

Auf der Beifahrerseite verließ Hannah Spließgard das Auto. Sie trug ein hellgraues Kostüm, das dieses Mal zwar besser passte, in Maditas Augen darum aber noch lange nicht besser aussah. *Es ist so schlicht und stinknormal, dass es förmlich danach geschrien haben muss, von einer grauen Maus wie Hannah Spließgard erworben zu werden.*

Nachdem die schmächtige Frau das Auto verlassen hatte, öffnete sie die hintere Tür, steckte den Kopf hinein und schien mit dem weiteren Insassen zu sprechen, den Madita anhand der Silhouette für Samuel Spließgard hielt. *Was er wohl heute anhat?*, fragte sich Madita, kurz bevor ihr Bräutigam mit Hilfe seiner Mutter unbeholfen aus dem Auto stieg. *Auch das noch,* dachte Madita, als die Antwort zum Vorschein kam. Samuel Spließgard hatte sich gegenüber ihrem ersten Treffen überhaupt nicht, aber auch wirklich kein kleines bisschen verändert. Er sah immer noch aus wie ein Orang-Utan und hatte auch immer noch die blaue Jeans und das Jeanshemd an. *Zieht der sich nie um?*, fragte sich Madita und schüttelte sich ein bisschen. Dann sah sie dabei zu, wie Hannah Spließgard ihren jüngsten Spross am Arm fasste und in Maditas Richtung schob.

Muttersöhnchen, dachte Madita und suchte das Auto nach weiteren Insassen ab. Sehr zu ihrer Enttäuschung war niemand mehr darin. Wo war Johannes? Er würde die Hochzeit seines Bruders doch wohl nicht versäumen?

Madita fing gerade an sich darüber zu ärgern, als ein schwarzer Jaguar mit quietschenden Reifen neben dem BMW hielt. Die Fahrertür öffnete sich und Johannes Spließgard hüpfte schwungvoll aus dem Wagen. Er trug eine schwarze Anzughose, ein zartgelbes Hemd, eine dunkle Krawatte mit zartgelber Musterung und eine schicke, ebenfalls schwarze Weste. Genau wie sein Bruder hatte er eine Sonnenbrille auf der Nase, aber zum Glück kein so hässliches, unmodernes Ding wie Samuel Spließgard, sondern eines dieser coolen transparenten Teile.

Madita atmete auf. Jochen, Hannah und Samuel Spließgard waren jetzt bei Madita und ihrer Mutter angelangt. Jochen reichte den beiden die Hand. „Ich freue mich, dass es tatsächlich so aussieht, als würden unsere beiden Familien nun die Verbindung erfahren, die ihnen schon immer vorherbestimmt war", sagte er und lächelte Maria vielsagend zu.

Die sagte gar nichts, erwiderte das Lächeln auch nicht, sondern wich seinem Blick aus und sah in eine andere Richtung. Auch heute schien sie ihr sonst so zynisches Mundwerk beim Anblick von Jochen Spließgard im Stich zu lassen.

Ganz anders Madita. Sie wartete schon ungeduldig auf den Schlagabtausch. „Verbindungen, lieber zukünftiger Schwiegervater", lächelte sie, „erfordern doch etwas mehr als einen Behördengang. Meinst du nicht auch?"

Jochen Spließgard lächelte zurück. Es schien ihn nicht zu stören, dass Madita ihn geduzt hatte. „Aber nicht doch, liebe Fast-Schwiegertochter", entgegnete er. „In Deutschland ist das, was auf dem Papier steht, alles, was zählt. Glaub mir, das wirst du schon noch feststellen."

„Wir werden sehen", sagte Madita nur und reichte Johannes, der inzwischen ebenfalls bei der kleinen Gesellschaft angelangt war, die Hand. Er hatte einen warmen, festen Händedruck und hielt ihre Hand einige Sekunden länger, als es erforderlich gewesen wäre. Dann sah er ihr tief in die Augen. Madita spürte, wie ihr das Blut in die Wangen schoss.

„Sie sehen wieder hinreißend aus, Madita", sagte er. Dann fügte er hinzu: „Allerdings nicht unbedingt wie eine Braut."

„Das bin ich auch nicht", entgegnete Madita. „Ich bin rein geschäftlich hier." Dann wandte sie sich Jochen Spließgard zu. „Und ich möchte meinen Teil der Vereinbarung nun gerne erfüllen. Es ist kurz nach zehn. Wollen wir hineingehen?"

„Nichts lieber als das", nickte Jochen Spließgard und streckte die rechte Hand aus. „Nach euch."

Madita und ihre Mutter wandten sich dem Haupteingang zu und gingen voran, ohne Hannah oder Samuel Spließgard zu begrüßen.

Als alle das Gebäude betreten hatten, klopfte Jochen Spließgard an eine der Türen. Er ging hinein, schien ein paar Worte mit jemandem zu wechseln und winkte die anderen dann hinter sich her.

Madita trat als Erste ein. Das Trauzimmer war nicht sehr groß und wirkte eher wie ein Büro. Das Mobiliar war noch recht neu und machte einen ziemlich sterilen Eindruck. Trotzdem hatte Madita den Geruch von Aktenstaub in der Nase.

Der Standesbeamte begrüßte zunächst Madita. Er war klein und schmächtig, trug Schnurrbart und Brille und hatte einen billigen grauen Anzug an. *Ein typischer Beamter eben,* dachte Madita. Der Mann wies ihr den rechten der beiden am Tisch stehenden Stühle zu. Madita setzte sich. Das musste sie auch, denn sie hatte beim Anblick des Raumes irgendwie weiche Knie bekommen.

Er hat Recht, dachte sie und fing an zu schwitzen. *In Deutschland zählt nur, was auf dem Papier steht. Und das hier ist ganz schön endgültig.*

Hannah Spließgard führte ihren Sohn zu dem Platz neben Madita. Madita sah unbeteiligt weg. Sie wollte sich den Anblick möglichst lange ersparen.

Als alle Platz genommen hatten, ergriff der Standesbeamte das Wort. Er begrüßte das Brautpaar und die übrigen Anwesenden und erkundigte sich dann bei Madita, wer als Trauzeuge eingesetzt werden sollte. Wie aus der Pistole geschossen meldete sich Jochen Spließgard zu Wort und benannte Maria von Eschenberg und sich selbst. Der Standesbeamte schien über diese Einmischung erstaunt zu sein und sah Madita fragend an.

Madita nickte. „Eine passendere Wahl könnte man nicht treffen", sagte sie und schenkte Jochen Spließgard ein gönnerhaftes Lächeln.

Der Standesbeamte war nun zufrieden und begann mit seinen einleitenden Worten. Er sprach über Geschichte und Bedeutung der Ehe und Madita begriff schon sehr bald, dass er einen längeren Vortrag geplant hatte. Offensichtlich waren für diesen Vormittag keine weiteren Eheschließungen vorgesehen.

Madita war genervt. Sie wollte das hier endlich hinter sich bringen und nicht dazu gezwungen werden, ihre Entscheidung zum hundertsten Male zu überdenken. Aber ihr blieb mal wieder nichts erspart. Während der Beamte rhetorisch zur Höchstform auflief, versuchte Madita, an etwas anderes zu denken. Aber ihr Gegenüber sprach von Liebe und Treue und da wollte ihr das einfach nicht gelingen. Sie sah zu Johannes herüber und fing seinen Blick auf. Er hatte sie scheinbar die ganze Zeit über angestarrt und warf ihr nun vielsagende Blicke zu. Madita lächelte ihn an, bemerkte dann aber, dass der Standesbeamte die Stirn runzelte und sie zu beobachten schien. Ihr blieb daher nichts anderes übrig, als auch ihm freundlich zuzulächeln und seinem prüfenden Blick standzuhalten. Das beinhaltete nur leider, dass sie seiner Rede weiter zuhören musste.

„... und so könnte man die Vermutung anstellen, dass der Begriff der Ehe auch vom Begriff der Ehrlichkeit abgeleitet worden ist. Ehrlichkeit ist in der Ehe nicht nur erforderlich, sondern auch lebensnotwendig. Sie ist Grundlage und Grundvoraussetzung für die Ehe selbst und für ihr Gelingen. Ohne Ehrlichkeit, liebes Brautpaar, bräuchten Sie hier nicht zu sitzen. Ohne Ehrlichkeit wäre ..."

Madita wischte sich verstohlen den Schweiß von der Stirn. *Er soll endlich aufhören,* dachte sie gequält. Ihr wurde irgendwie schwindelig und sie musste sich am Tisch festhalten. Lange würde sie es in diesem Raum nicht mehr aushalten können. Sie atmete immer schwerer. Aber gerade in dem Moment, in dem sie das Gefühl hatte, aufspringen und hinauslaufen zu müssen, war der Vortrag beendet.

Madita schloss kurz die Augen und atmete auf.

„... und so frage ich Sie, Madita Theresa Freifrau von Eschenberg, ob Sie diesen Mann, Samuel Spließgard, zu Ihrem angetrauten Ehemann nehmen wollen. Wenn ja, dann antworten Sie mit: Ja, ich will."

Madita sah den Standesbeamten nur entgeistert an.

„Madita, du musst antworten", sagte ihre Mutter leise, aber eindringlich.

Madita schien aufzuwachen, richtete sich auf ihrem Stuhl auf, sah dem Beamten in die Augen und sagte mit fester Stimme: „Ja, das will ich."

Der Beamte nickte. „Und Sie, Samuel Spließgard, wollen Sie diese Frau, Madita Theresa Freifrau von Eschenberg, zu Ihrer angetrauten Ehefrau nehmen, dann antworten sie mit: Ja, ich will."

Madita sah gespannt nach links. Würde er wirklich Ja sagen?

„Ja, ich will", sagte Samuel Spließgard leise, aber mit fester Stimme. Madita staunte ein bisschen. Sie hatte irgendwie nicht geglaubt, dass der Orang-Utan sprechen konnte. Seltsamerweise hörte er sich auch gar nicht so an, wie er aussah. Seine Stimme war durchaus angenehm, dunkel und warm, fast sympathisch.

„Vielen Dank", lächelte der Standesbeamte und schob ein Blatt Papier zu Madita herüber. „Dann müssen Sie noch unterschreiben, denn die Ehe wird erst durch Ihre Unterschrift wirksam. Aber bitte beachten Sie, dass Ihre volle Unterschrift erforderlich ist. Und unterschreiben Sie mit Ihrem Mädchennamen!"

Madita nickte. Ohne zu zögern nahm sie den Kugelschreiber, der ihr angeboten wurde, und setzte ihre Unterschrift unter das Dokument. Dann schob sie den Zettel nach links und legte den Kugelschreiber darauf. Sie brachte es einfach nicht über sich, ihn Samuel Spließgard in die Hand zu geben.

Hannah Spließgard stand auf, nahm den Kugelschreiber, drückte ihn ihrem Sohn in die Hand und führte seine Hand an die Stelle, an der er zu unterschreiben hatte. Unbeholfen krakelte er seinen Vor- und Nachnamen auf das Dokument.

Er hat ja gar nicht gesehen, was er unterschreibt, dachte Madita. *Ob das später mal reicht, um die Ehe anzufechten?*

Der Standesbeamte lächelte wieder. „Wenn Sie Ringe tauschen möchten, ist jetzt die Gelegenheit dazu."

Madita holte Luft, um dies zu verneinen, kam aber nicht dazu, denn im gleichen Moment drückte Jochen Spließgard ihr etwas in die Hand. Verwundert sah sich Madita an, was sie bekommen hatte. In ihrer Hand lag ein schlichter, abgerundeter Goldring. Entgeistert nahm sie ihn hoch und sah sich die Gravur an. „Madita", stand da.

Bleibt mir denn hier gar nichts erspart?, dachte sie gequält. Dann lächelte sie tapfer, nahm mit spitzen Fingern die nicht unerheblich behaarte rechte Hand ihres frisch angetrauten Ehemannes und steckte mühsam den Ring darauf.

Dann sah sie, wie Jochen Spließgard seinem Sohn ebenfalls etwas in die Hand drückte und ihr dann auffordernd zunickte.

Madita warf ihm einen vernichtenden Blick zu, streckte aber gehorsam ihre rechte Hand nach links aus. Dann lächelte sie dem Standesbeamten zu, nur um nicht zum Orang-Utan hinübersehen zu müssen. Sie spürte, wie er ihre Hand ergriff, die Fingerkuppen abtastete und dann zielsicher einen Ring auf ihren Ringfinger steckte. Schnell zog sie ihre Hand zu sich zurück.

Jetzt ist es geschafft, dachte sie erleichtert.

Erwartungsvoll sah sie den Standesbeamten an. Er würde jetzt sicher die Runde aufheben. Doch nein – er lächelte versonnen und sagte dann aufmunternd in Richtung des Bräutigams: „Sie dürfen die Braut jetzt küssen!"

Madita fuhr der Schreck wie ein Blitz bis in die Fußnägel. *Was zu viel ist, ist zu viel*, dachte sie, kniff die Augen zusammen und warf Jochen Spließgard den bösesten Blick zu, den sie im Repertoire hatte. Dann sah sie den Standesbeamten an, lächelte süßlich und sagte: „Aber nicht doch. Das heben wir uns gerne für heute Nacht auf." Dann stand sie einfach auf. „Sind wir jetzt verheiratet?", fragte sie.

Der Standesbeamte nickte nur verdattert.

„Gut", sagte Madita. „Dann können wir ja gehen." Sie ließ die anderen einfach sitzen und verließ hoch erhobenen Hauptes den Raum.

Sie hörte noch, wie der Standesbeamte etwas von „Familienstammbuch vergessen" hinter ihr herrief, aber sie ging trotzdem schnurstracks nach draußen. Sie brauchte jetzt dringend frische Luft.

Draußen atmete sie einmal tief durch und begab sich dann

zum Auto. Ein paar Sekunden später kamen auch die anderen aus dem Gebäude, zuerst ihre Mutter, dann die Spließgards.

Madita wandte sich um. Sie wollte niemanden mehr sehen, schon gar nicht den Orang-Utan. Sie öffnete das Auto und stieg ein. Als ein paar Sekunden später ihre Mutter auf der Beifahrerseite Platz nahm, ließ sie wortlos den Motor an und fuhr los. Sie fuhr geradewegs nach Hause, und das in einem Affenzahn, so als müsste sie ihre Aggressionen durch die Geschwindigkeit abbauen. Weder Madita noch ihre Mutter sprachen auch nur ein einziges Wort.

Als sie zu Hause ankamen, parkte Madita den Mercedes mit quietschenden Reifen direkt vor dem Eingangsportal, stieg aus, klingelte und stürmte, nachdem Fabiola geöffnet hatte, die Treppe nach oben in ihr Zimmer. Dann ließ sie sich auf ihr Bett fallen und begann, hemmungslos zu weinen.

Erst nach ungefähr einer halben Stunde begann der Strom ihrer Tränen langsam zu versiegen. Irgendwann hörte Madita auch auf zu schluchzen, doch blieb sie noch geraume Zeit regungslos auf ihrem Bett liegen. *Madita Theresa Spließgard,* musste sie immer wieder denken. *Was hast du bloß getan, Madita? Bist du von allen guten Geistern verlassen?*

Sie setzte sich auf ihrem Bett auf. Erst jetzt fiel ihr Blick zum ersten Mal auf den Ring, den sie an ihrer rechten Hand trug. Er korrespondierte in Form und Farbe mit dem Ring, den sie dem Orang-Utan aufgesteckt hatte, war aber wesentlich kleiner und rundherum mit mittelgroßen Brillanten besetzt. Eigentlich war er ganz hübsch, aber das tröstete sie im Moment wenig. Missmutig nahm sie ihn vom Finger und sah in ihn hinein. Die Zahl 750 war darin zu lesen. „750-er Gold", sagte sie laut. „Mit Brillanten besetzt. Du hast wirklich weder Kosten noch Mühen gescheut, Jochen." Dann las sie weiter. „31.5.00. Samuel."

„Samuel", sagte sie. Dann noch einmal: „Samuel." Sie schüttelte den Kopf, warf den Ring mit einer Drehung nach oben in die Luft und fing ihn dann gekonnt wieder auf. „Du hübsche kleine Handfessel du! Was mach ich denn jetzt mit dir?" Dann warf sie ihn noch einmal in die Luft und streckte wieder ihre Hand aus, um ihn aufzufangen. Dieses Mal fiel er allerdings nicht hinein, sondern knapp daran vorbei auf den Fußboden. Dann rollte er unter ihren Kleiderschrank. Mit gespielter Entrüstung sagte sie: „Na, so was!" Dann zuckte sie mit den Schultern, wischte sich die letzten Tränen aus dem Gesicht, stand auf und verließ ihr Zimmer.

Kapitel 6

Am nächsten Morgen stand Madita schon um sieben Uhr auf. Sie duschte und widmete sich dann intensiv ihrer Schönheitspflege. Schließlich wollte sie heute, wo sie ihr neues Domizil bezog, ganz besonders gut aussehen. Sie schlüpfte in einen engen roten Seidenpulli, einen schwarzen Minirock und hochhackige schwarze Pumps.

Anschließend räumte sie mit Fabiola die restlichen Sachen in den Geländewagen. Oder besser gesagt, Fabiola räumte, während Madita die entsprechenden Anweisungen erteilte. In ihrem Aufzug konnte sie ohnehin nichts anpacken.

Ab halb neun frühstückte sie dann ausgiebig mit ihren Eltern. Leider stand diese „Henkersmahlzeit", wie Madita sie scherzhaft nannte, ganz im Zeichen der bevorstehenden Ereignisse. Baron von Eschenberg saß wie ein Häufchen Elend vor der festlich gedeckten Tafel und aß wie ein Spatz. Madita versuchte ein paar Mal, ihn aufzumuntern, scheiterte aber kläglich. Sie selbst aß umso mehr, das aber auch mehr zum Trost als aus Hunger.

Als alle fertig waren, verabschiedete sich Madita unter Tränen von ihrem Vater und von Fabiola. Dann ging sie mit ihrer Mutter nach draußen und nahm auf dem Rücksitz des Geländewagens Platz. Stefan, der Fahrer und Gärtner der von Eschenbergs, saß bereits auf dem Fahrersitz und fuhr umgehend los, als Maria von Eschenberg das Startzeichen gab.

Madita seufzte und lehnte sich auf ihrem Platz zurück. Dann fiel ihr Blick auf den Korb, der zu ihren Füßen stand. Er gehörte nicht zu ihrem Gepäck.

„Ist das dein Korb, Mutter?", fragte sie.

Freifrau von Eschenberg schüttelte den Kopf. „Fabiola hat ihn dort hingestellt. Ich dachte, er gehört dir."

Madita nahm das kleine dunkelblau karierte Deckchen vom Korb und sah hinein. Dann lächelte sie erfreut. Es waren lauter Plastikdosen und mit Alufolie umwickelte Pakete darin. Sie nahm ein paar der Dosen heraus und sah hinein. Da kamen selbst gebackene Kekse, ein kleiner Kuchen, Frikadellen, Würstchen, Kartoffelsalat und noch vieles mehr zum Vorschein. Auch eine Thermoskanne mit Kaffee lag darin.

Fabiola, dachte sie liebevoll. *Du bist wirklich eine treue Seele.*

Ihr lief schon das Wasser im Munde zusammen, als ihre Mutter mit einem süffisanten Lächeln bemerkte: „Na, dann ist der Tag wohl gerettet, wie?"

Madita würdigte ihre Mutter keines Blickes. „Das würde ich so nicht sagen. Diesen Tag kann sicher niemand retten. Nicht einmal Fabiola."

„Das mag schon sein. Aber du solltest das Ganze nicht so negativ sehen. Immerhin hast du die Hochzeitsnacht glimpflich überstanden, oder?"

Jetzt sah Madita doch zu ihrer Mutter hinüber. „Eigentlich", begann sie, „hatte ich nie in meinem Leben den Wunsch nach einer Hochzeitsnacht, die ‚glimpflich' abgeht. Das hatte ich mir schon etwas anders vorgestellt."

„Du hast freiwillig geheiratet, Madita. Niemand hat dich gezwungen. Niemand. Genauso wenig, wie mich jemand gezwungen hat, deinen Vater zu heiraten."

„Das ist doch wohl etwas völlig anderes", brauste Madita auf.

„Ist es das wirklich, mein Kind?", fragte Maria von Eschenberg. „Als ich deinen Vater geheiratet habe, habe ich nicht an mich, sondern an unsere Firma und das Wohl meiner Eltern gedacht. Und genauso hast du gestern gehandelt."

Madita schwieg betroffen. Verachtete sie ihre Mutter nicht für das, was sie ihrem Vater angetan hatte? Und jetzt sollte sie auf die gleiche Art und Weise gehandelt haben?

„Nein, Mutter." Sie schüttelte vehement den Kopf. „Das ist nicht zu vergleichen. Du hast Vater belogen, du hast ihn gedemütigt und sein Leben zerstört. So etwas habe ich nicht getan und werde es auch nicht tun. Ich habe lediglich einen Vertrag erfüllt. Einen Vertrag, von dem alle Parteien wissen, dass es lediglich ein Vertrag ist. Ich bin nicht wie du! Und ich will es auch nicht sein."

„Du willst nicht so sein wie ich, das weiß ich wohl. Aber seltsamerweise tust du unablässig das Gleiche wie ich. Das müsste dir doch schon mal aufgefallen sein!"

„Auch auf die Gefahr hin, dass ich mich wiederhole: Meine Hochzeit ist mit deiner nicht zu vergleichen. Ich habe nicht den Mann verraten, den ich liebe."

„Ach ja? Und was ist mit deinem komischen Bertram? Hast du ihm nicht die große Liebe vorgegaukelt und ihn dann einfach fallen lassen? Hm?"

Madita merkte, wie sie langsam, aber sicher in Erklärungsnot geriet. „Das hab ich vielleicht. Aber es ist trotzdem nicht das Gleiche", versuchte sie sich herauszuwinden. „Ich ... ich habe ihn nicht wirklich geliebt."

Ihre Mutter lachte bitter auf. „Das glaub ich dir sogar. Und das ist ja auch das Schlimme." Dann schien sie einen Moment lang nachzudenken. „Aber wenn du ihn geliebt hättest, Madita, hättest du dann anders gehandelt?"

Madita schwieg. Sie wusste die Antwort nicht. Sie wusste sie wirklich nicht.

„Ach Kind, lass uns nicht darüber streiten. Uns beiden ist es nun einmal bestimmt, so zu heiraten, wie es für die Familie am besten ist. Das müssen wir einfach akzeptieren." Maria von Eschenberg hatte einen versöhnlichen Tonfall angenommen. „Außerdem kannst du dich noch glücklich schätzen. Im Gegensatz zu mir musst du nicht auch noch mit dem Mann ins Bett gehen und seine Kinder großziehen." Sie hielt urplötzlich inne. Erst jetzt wurde ihr klar, was sie da gerade gesagt hatte.

„Du", Madita zitterte vor Wut, als sie diese Worte sagte, „hast uns nicht großgezogen, *Mutter*." Dabei betonte sie das Wort ‚Mutter' so, als wäre es extra in Anführungsstriche gesetzt. „Und vergiss eines nicht: Deine Heirat war nicht das Beste für die Familie. Sie hat weder dir noch der Firma, noch deinen Eltern gedient. Sie war ein Fehler, ein einziger Fehler. Und du hast ihn gemacht." Sie sah ihre Mutter verächtlich an. „Du allein."

„Vielleicht hast du Recht", entgegnete ihre Mutter. Und Madita sah die Verachtung in ihren Augen. „Dann pass bloß auf, dass du nicht in meine Fußstapfen trittst, Tochter."

„Das werde ich. Verlass dich drauf." Madita musste auch dieses Mal das letzte Wort haben. Und es sollte das letzte auf der gesamten Fahrt werden.

Maria von Eschenberg widmete sich von nun an dem Buch, das sie mitgebracht hatte, und Madita begann, den Inhalt des Korbes zu vernichten, den sie von Fabiola bekommen hatte. Sie wusste, wie sehr ihre Mutter es hasste, wenn sie alles Mögliche in sich hineinstopfte, und so hörte sie erst wieder auf, als wirklich gar nichts mehr ging.

Zu diesem Zeitpunkt waren sie bereits viereinhalb Stunden unterwegs gewesen und hatten beinahe Neuruppin erreicht. Der Fahrer musste sich jetzt ganz auf die Wegbeschreibung verlassen, die Maria von Eschenberg von Jochen Spließgard erhalten hatte. Leider war sie nicht sehr einfach nachzuvollziehen, weil sie zumeist kleinere, nicht ausgeschilderte Straßen und später auch bloße Feldwege enthielt. Mehr als einmal hatten sie sich verfahren und mussten umdrehen. Madita begann sich gerade zu fragen, in welche Abgeschiedenheit sie nun ziehen würde, als am Ende eines holprigen, unbefestigten Waldweges ein kleines Häuschen zum Vorschein kam.

„Das wird es wohl sein", sagte der Fahrer.

Madita sagte gar nichts, aber ihre Augen weiteten sich merklich. Sie näherten sich der Rückseite eines alten Fachwerkhauses, das mehr wie ein verwunschenes Hexenhäuschen als wie ihr zukünftiges Zuhause aussah. Es war ziemlich verwittert und hinter den Büschen und Bäumen nur mit Mühe überhaupt zu erkennen. Die Eichenbalken waren bestimmt hundert Jahre nicht gestrichen worden und die Steine fehlten zum Teil sogar. Von den weißen Fenstern war der Großteil der Farbe bereits abgeblättert und das Dach war mit Moos nur so übersät.

„Nein", sagte Madita und schüttelte den Kopf. „Hier wohnt bestimmt niemand. Wir haben uns sicher wieder verfahren."

„Halten Sie hier", befahl Baronin von Eschenberg. „Ich muss dich enttäuschen, Madita. Das hier ist es ganz sicher."

Madita sah ihre Mutter fassungslos an. Was hatte sie ihr sonst noch verschwiegen?

Maria von Eschenberg stieg aus dem Wagen und steuerte ohne zu zögern auf einen schmalen, seitlich am Haus vorbeiführenden Weg zu. Madita sah ihr entgeistert nach. Sie war den Tränen nahe. Eine Zeit lang rührte sie sich nicht. Doch als ihre Mutter aus ihrem Blickfeld verschwand, gab sie sich einen Ruck und stieg ebenfalls aus dem Wagen. Dann stöckelte sie mit ihren hochhackigen Pumps unbeholfen hinter ihrer Mutter her.

Der Weg schien nur sehr selten begangen zu werden. Er war stark bewachsen und Madita musste immer wieder Äste und Sträucher zur Seite biegen, um durchzukommen. Mehr als einmal schrie sie auf, weil sie umgeknickt war oder irgendwelche Dornen ihre nackten Beine zerstochen hatten. Nach ein paar Metern lichtete sich der Wald und der Weg wurde besser. Madita hatte die ganze Zeit nur auf ihre Füße geachtet und gar nicht bemerkt, dass sie das Haus bereits hinter sich gelassen hatte. Jetzt sah sie auf – und staunte.

Direkt vor ihr gab es jetzt keine Bäume und Sträucher mehr. Das Gelände fiel ziemlich abrupt ab und in etwa 20 Meter Entfernung lag ein wunderschöner, von Bäumen umrahmter See mit einem kleinen Sandstrand. Der See war nicht gerade klein, jedenfalls konnte sie das andere Ende nur mit Mühe in der Ferne erkennen. Vom Strand aus ragte ein Holzsteg ungefähr 15 Meter ins Wasser hinein. An dem Steg lag ein hübsches, altes Segelboot, das noch vollständig aus Holz gefertigt war. Es schien nicht mehr so ganz seetüchtig zu sein, aber gerade das machte seinen besonderen Reiz aus. Es war jetzt absolut windstill und der blaue, nur gelegentlich mit Schleierwolken durchzogene Himmel spiegelte sich auf dem Wasser.

Madita atmete einmal tief durch und genoss den Anblick. Sie sah nichts als unberührte Natur vor sich, nicht einmal Hochspannungsmasten oder Überlandleitungen konnte sie entdecken. Das war wirklich die vollkommene Idylle, fast wie aus einem Gemälde von Caspar David Friedrich. Vielleicht konnte man es hier doch aushalten!

Sie drehte sich um. Jetzt konnte sie die Vorderfront des Hauses sehen. Und wieder staunte sie. Von dieser Seite war das Haus überhaupt nicht wiederzuerkennen. Es war vollständig renoviert und sah direkt edel aus. Die Eichenbalken waren dunkelbraun gestrichen und die roten Backsteine sahen aus wie neu. Die weißen Sprossenfenster hatten erst vor kurzem Pinsel und Farbe gesehen. Auch die roten Dachziegel sahen aus wie geleckt und glänzten in der Sonne. Von dieser Seite sah das Haus auch gar nicht mehr so klein aus, was vielleicht auch daran lag, dass es direkt an den Hang gebaut war. Zu der großzügigen Haupteingangstür führte im Bogen eine Holztreppe, an die sich eine breite, überdachte Veranda anschloss. Auf der Veranda hing eine dieser Hollywoodschaukeln, wie man sie aus amerikanischen Filmen kennt.

Ihre Mutter war nicht mehr zu sehen. Also erklomm Madita die steile Treppe. Als sie oben angelangt war, sah sie sich misstrauisch um. Dann ging sie zur Tür und suchte nach einer Klingel. Sie fand jedoch keine. Auch ein Türschild war nicht zu entdecken.

Sie murmelte: „Bin ich denn hier im Wilden Westen?“, und klopfte dann beherzt an die Tür.

Schon nach wenigen Sekunden öffnete sich diese und Hannah Spließgard stand vor ihr. Sie trug eine schwarze Stoffhose und eine schlichte grüne Bluse. Schmuck hatte sie keinen angelegt und auch ansonsten wirkte sie genauso müde, langweilig und traurig wie bei den früheren Begegnungen. Sie sagte kein Wort und sah Madita auch nur für den Bruchteil einer Sekunde in die Augen. Dann nickte sie ihr zur Begrüßung einmal kurz zu, trat einen Schritt zur Seite und signalisierte ihr hereinzukommen.

Zögernd betrat Madita das Haus und schloss die Tür hinter sich.

Vor ihr wurde ein kleiner, schlauchförmiger Flur sichtbar, der lediglich durch ein kleines Oberlicht in der Haustür beleuchtet wurde und dementsprechend ziemlich dunkel war. Von dem Flur gingen mehrere Türen ab, die sehr alt zu sein schienen und möglicherweise noch aus der Zeit stammten, in der auch das Haus gebaut worden war. Ein Stück weiter hinten führte eine alte Holztreppe nach oben in den ersten Stock. Die Wände waren mit Raufasertapeten versehen und in einem dunklen Beigeton gestrichen. Bilder hingen nirgends.

Hannah Spließgard setzte sich jetzt in Bewegung. Sie ging Madita voraus und öffnete die zweite Tür auf der rechten Seite. Dahinter kam ein rechteckiger Raum zum Vorschein, bei dem es sich wahrscheinlich um das Wohnzimmer handelte. Maditas Blick fiel zuerst auf die riesige, der Tür gegenüberliegende Fensterfront, die aus drei Elementen bestand und das Zimmer angenehm erhellte. Links daneben befand sich noch ein weiteres, ziemlich kleines Fenster. Mitten im Raum stand eine schwarze, moderne Wildledersitzgruppe mit einem ebenso modernen Glastisch. Auf der Rundecke hatten Jochen und Johannes Spließgard sowie Maria von Eschenberg bereits Platz genommen. Auf dem dazugehörenden Zweisitzer saß noch niemand.

Madita sah sich interessiert um. Links neben der Tür stand eine schlichte, schwarze Anrichte, auf der sich ein schnurloses Telefon befand. An der linken Wand entdeckte sie eine sündhaft teure Stereoanlage mit bombastisch aussehenden Lautsprechern. Nur wenige Meter vor der Anlage stand ein alter, abgewetzter Lehnsessel. Er war mit hässlichem, schreiend buntem Blümchenstoff bezogen und wollte so gar nicht zu der übrigen Einrichtung passen. Allerdings sah Madita sofort, dass er in Liegestellung gebracht werden konnte und außerdem einen ziemlich bequemen Eindruck machte.

Jochen Spließgard erhob sich jetzt, reichte Madita die Hand und bot ihr den Platz direkt neben Johannes an. Madita begrüßte ihren Schwager höflich, aber reserviert und setzte sich. Hannah Spließgard verließ den Raum wieder.

Zunächst sprach niemand ein Wort und Madita hatte die Gelegenheit, den Raum weiter unter die Lupe zu nehmen. Direkt rechts neben der Tür begann eine moderne Regalwand, die fast bis an die Fensterfront reichte. Die Regale waren mit Büchern nur so vollgestopft. Da standen sicher an die 500 Exemplare.

Nach ein paar Minuten kam Hannah Spließgard mit einem Tablett wieder herein. Ohne ein Wort zu sagen deckte sie den

Tisch mit Kuchengedecken und ging dann wieder hinaus. Sekunden später betrat sie erneut das Wohnzimmer. Dieses Mal brachte sie Tee, Kandis und – sehr zu Maditas Freude, die den Inhalt von Fabiolas Korb schon fast vollständig verdaut hatte – Mandelkuchen. Sie schenkte allen Anwesenden Tee ein, befüllte die Teller mit Kuchen und setzte sich dann neben ihren Mann auf die Rundecke.

Jochen Spließgard räusperte sich kurz. Dann sagte er: „Ich freue mich sehr, dich hier begrüßen zu dürfen, Madita. Und ich hoffe, dass du dich in deinem neuen Zuhause sehr wohl fühlen wirst. Bevor ich dir dein Zimmer zeige, sollten wir in Ruhe einen Tee miteinander trinken. Deine Mutter hat mir bereits verraten, dass du strikter Teetrinker bist. Wir haben einen sehr leckeren grünen Tee direkt aus Sri Lanka für dich mitgebracht."

Madita fehlte die Kraft, ihren Schwiegervater durch eine zynische Bemerkung über den absichtlich herbeigeführten Irrtum aufzuklären, und so lächelte sie nur müde zurück und widmete sich ihrem Kuchen. Den grünen Tee rührte sie nicht an.

Nach einer Weile fragte sie an Jochen gerichtet: „Wie weit ist Neuruppin eigentlich von dieser Einöde entfernt?"

Maditas Schwiegervater holte Luft, um zu antworten, doch kam ihm sein Ältester zuvor. „Das müssen ungefähr acht Kilometer sein", sagte Johannes.

„Ach ja?", fragte Madita zynisch. „Luftlinie? Straßen scheint es hier ja keine zu geben."

„Du wirst den Geländewagen hier behalten, mein Kind", mischte sich jetzt Maria von Eschenberg in das Gespräch ein.

„Aha", sagte Madita und lachte bitter auf, „dann bin ich ja beruhigt. Es scheint wirklich schon alles im Vorfeld geregelt worden zu sein, nicht wahr, Mutter?"

„Aber ja. Wir wollten ja nicht, dass dir irgendetwas fehlt."

„Wie lieb von dir, Mutter", entgegnete Madita spitz. „Für was haben ‚wir' denn sonst noch so gesorgt?" Madita erwartete keine Antwort und so fuhr sie fort: „Kann ich jetzt vielleicht mein Zimmer sehen?"

Sofort sprang Johannes Spließgard auf. „Komm mit, ich zeige es Ihnen, äh, ich meine dir."

Madita erhob sich würdevoll, hauchte: „Ihr entschuldigt mich für einen Moment", und folgte ihrem Schwager auf den Flur.

Als sie die Tür hinter sich geschlossen hatte, fragte sie: „Habe ich Ihnen das Du angeboten, Johannes?"

„Nein“, entgegnete dieser und lächelte frech, „aber wenn man plötzlich mit der schönsten Frau der Welt verwandt ist, ist es einfach schwer, Distanz zu halten.“

Madita lächelte zurück. Johannes Spließgard begann, ihr immer mehr zu gefallen. Er war nicht nur gut aussehend, sondern auch schlagfertig. Und er wusste ihre Gesellschaft angemessen zu würdigen. „Aber wenn diese Frau mit einem Orang-Utan verheiratet ist, sollte man sich doch zurückhalten.“

Johannes lachte auf. „Da mach dir man keine Sorgen, Schwägerin. Dieser Orang-Utan ist harmlos.“ Dann durchquerte er den Flur und begann, vorsichtig die dunkle, steile Treppe hinaufzuklettern. „Folgen Sie mir unauffällig, schöne Frau. Aber seien Sie vorsichtig.“

Madita schüttelte verständnislos den Kopf. „Gibt's hier keine Beleuchtung? Das ist ja lebensgefährlich.“

„Nein“, entgegnete Johannes, „du weißt doch, der Orang-Utan sieht sowieso nichts.“

„Ach ja“, murmelte Madita. „Das hätte ich beinahe vergessen.“

Oben führte die Treppe auf einen kleinen Flur, der noch dunkler war als der Flur im Erdgeschoss. Hätte nicht eine der drei Türen einen Spalt offen gestanden, hätte Madita nicht einmal ihre Hand vor Augen sehen können. Johannes nahm ihre Hand und zog sie ein paar Schritte nach rechts, auf die nicht ganz geschlossene Tür zu. Er öffnete sie und ein großes, helles Zimmer kam zum Vorschein.

„Ist das mein Zimmer?“, fragte Madita. Als Johannes nickte, atmete sie erleichtert auf. Sie hatte mit dem Schlimmsten gerechnet und war nun angenehm überrascht. Der Raum lebte von den beiden großen Fenstern, die der Tür gegenüber lagen und von denen aus sie auf den wunderschönen See blicken konnte. Eine solche Aussicht hatte sie selbst in ihren teuersten Urlauben niemals unverbaut genießen können.

Der Raum war rechteckig und großzügig. Er war ausgesprochen geschmackvoll eingerichtet. Die Wand, in der sich auch die Tür befand, wurde auf der linken Seite in mindestens vier Metern Breite von einem modernen Kleiderschrank aus Buchenholz eingenommen, der an der Vorderfront mit riesigen Spiegeln versehen war. Madita lächelte erfreut, begann aber im gleichen Moment, sich ein wenig zu ärgern. Warum hatte sie nur einen Teil ihrer Garderobe zu Hause gelassen, wo sie doch nun zum ersten Mal in ihrem Leben einen Schrank nutzen konnte, der das volle Sortiment ihrer Kleidungsstücke fassen konnte?

Na egal, dachte sie. *Ich werde den Rest bei nächster Gelegenheit herholen.*

Hinten links stand ein breites Futonbett, das ebenfalls aus Buchenholz hergestellt und über Eck aufgebaut war. Die Ecke selbst wurde durch ein Regal in gleicher Farbe ausgefüllt, das sich direkt an das Bett anschloss und einem Radiowecker aus Edelstahl und einer hübschen Tiffany-Nachttischlampe Platz bot. Die überbreite Bettdecke und das Kissen waren mit hellblauer Seidenbettwäsche bezogen.

Madita musste unwillkürlich an Bertram denken. Er hatte Seidenbettwäsche immer geliebt. Ob Johannes ...? Sie verbot sich den Gedanken. Das ging doch nun wirklich ein bisschen zu weit. War sie sich des Ernstes der Lage nicht mehr bewusst?

Unter dem linken der beiden Fenster stand ein geräumiger, fast wuchtig wirkender Schreibtisch, natürlich aus Buchenholz, der mit einer edelstahlfarbenen Halogen-Schreibtischlampe ausgestattet war. Davor stand einer dieser typischen Bürostühle. Und rechts daneben befand sich ein gemütlicher Sessel aus schwarzem Veloursleder. Madita lächelte. Den hatte sie unten im Wohnzimmer bereits vermisst.

„Und was ist hinter dieser Tür?“, fragte sie und deutete auf die geschlossene Tür, die sich direkt an den Sessel anschloss.

„Sieh doch nach“, entgegnete Johannes.

Das ließ sich Madita natürlich nicht zweimal sagen. Sie öffnete die Tür und fand sich in einem riesigen, todschicken Badezimmer wieder. Badewanne, Toilette, Duschwanne und Waschbecken waren in Zartgrün gehalten, die Armaturen hatten eine dunkelgrüne Farbe. Die Kacheln und Bodenfliesen waren beige und hatten einen altrömischen Touch.

„Wow“, staunte sie. „Ist das etwa auch für mich?“

Johannes Spließgard lächelte gönnerhaft. „Ja, mein Vater hat es extra für dich hier einbauen lassen. Er hat wirklich weder Kosten noch Mühen gescheut, um deinen Aufenthalt hier so angenehm wie möglich zu machen.“

Madita warf ihm einen herausfordernden Blick zu. „Er hat weder Kosten noch Mühen gescheut, mich hierher zu bringen, da hast du Recht. Aber auf eins kannst du dich verlassen. Es wird ihn auch noch allerhand Mühen kosten, mich hier zu behalten.“ Madita lächelte zufrieden. Was für ein hübsches Wortspiel hatte sie da mal wieder gebraucht.

Johannes Spließgard sagte gar nichts. Er sah sie nur auf eine seltsame Art und Weise an.

Madita bemerkte seinen Gesichtsausdruck. „Was ist?", fragte sie irritiert.

Er schüttelte den Kopf. „Nichts..." Er zögerte. „Es ist nur ..." Wieder hielt er inne. „Mein Vater hatte mich gefragt, ob ... ich ... an Samuels Stelle ... aber ich wollte ja nicht ... und ... ich hab mich nur gerade gefragt, ob... diese Entscheidung richtig war."

Er sah Madita an. Einen Moment lang schien es, als würde er Anstalten machen, sie zu küssen. Aber dann drehte er sich abrupt zur Seite und machte ein paar Schritte auf die Tür zu. Er drehte Madita den Rücken zu, als er murmelte: „Vielleicht hätte ich nicht zulassen dürfen, dass eine Frau wie du hier verschwendet wird. Aber ich konnte ja nicht ahnen ..." Wieder schüttelte er den Kopf und drehte sich um.

Madita hielt seinem Blick stand. Sie witterte plötzlich eine Chance. „Wenn es dir Leid tut, dann tu etwas dagegen." Sie nahm seine Hand und hauchte mit einem unwiderstehlichen Augenaufschlag: „Bitte!"

Johannes Spließgard sah sie gequält an. Madita konnte spüren, wie das Verlangen in ihm wuchs, sie in den Arm zu nehmen. Aber er beherrschte sich. „Das kann ich nicht, Madita." Er schüttelte wiederum den Kopf. „Du kennst meinen Vater nicht." Dann entzog er ihr seine Hand. „Lass uns wieder runtergehen."

Madita zuckte mit den Schultern. *Einen Versuch war's wert,* dachte sie und folgte ihm. Im Flur deutete sie auf die Tür, die der Treppe gegenüberlag. „Wohnt er da?"

Ihr Schwager antwortete nicht gleich. Er schien noch immer ein wenig benommen zu sein. „Ja", entgegnete er dann.

„Und welches Badezimmer benutzt er?"

„Du musst dir keine Sorgen machen, Madita. Das Bad, das du gesehen hast, ist nur für dich allein bestimmt. Mein Bruder", er betonte das Wort auf abfällige Art und Weise, „benutzt das Bad im Erdgeschoss."

„Und was ist hinter dieser Tür?", fragte sie und deutete auf die Tür, die links von der Treppe lag, ihrem Zimmer gegenüber.

„Oh, diese Tür ist abgeschlossen. Dahinter befindet sich ein Raum, der nicht genutzt wird."

„Nicht genutzt? Warum nicht?"

„Na ja, erstens weil der Raum nicht benötigt wird und zweitens, weil er nach hinten raus geht. Das Haus ist von hinten nicht renoviert worden, damit niemand auf die Idee kommt, dass es bewohnt ist. Auf diese Weise wollte Vater Diebe und Neugierige abhalten."

Madita nickte. Sie hatte sich so etwas schon gedacht. „Dann werden die hinteren Räume im Erdgeschoss wohl auch nicht genutzt?"

„So ist es."

„Und?", fragte Madita, während beide auf das Wohnzimmer zusteuerten.

„Was und?"

„Hat es etwas genützt?"

„Keine Ahnung", entgegnete Johannes. „Ich spreche nicht viel mit ... deinem Mann. Frag ihn doch selbst."

Madita schüttelte den Kopf. „Das geht leider nicht. Ich habe nämlich auch nicht vor, viel mit ihm zu sprechen."

Johannes seufzte. „Das ist gut", sagte er und öffnete die Tür, „dann wirst du hervorragend mit ihm auskommen."

Kapitel 7

Am nächsten Morgen wachte Madita erst gegen 10:00 Uhr auf. Sie hatte hervorragend in ihrem neuen Bett geschlafen und war von der Sonne geweckt worden. Sie stand auf, räkelte sich und ging dann zum Fenster. Der Himmel war strahlend blau und sie konnte nicht eine einzige Wolke entdecken. Und der See lag genauso ruhig da wie am Tag zuvor. Madita lächelte. Dies versprach ein recht angenehmer Urlaub zu werden.

Sie betrat ihr herrliches Badezimmer und duschte erst einmal. Dann öffnete sie gut gelaunt ihren Kleiderschrank, den sie am Abend zuvor noch eingeräumt hatte. Spontan griff sie zu ihrem hübschesten und teuersten Sommerkleid. Sie hatte es während eines Urlaubs an der Cote d'Azur in einer Edelboutique erworben. Es war fast knöchellang, hatte ein herrlich leuchtendes Blau als Grundfarbe und war mit bunten Blumen bedruckt. Der Schalkragen betonte ihre üppige Oberweite und ließ Männerherzen für gewöhnlich höher schlagen.

Freudig zog sie das Kleid aus dem Schrank, hielt dann aber irritiert inne. Für wen würde sie das Kleid heute überhaupt anziehen? Wer sollte sie darin bewundern? Sie legte ihre Stirn in Falten. Sie konnte diesen Orang-Utan wirklich nicht besonders leiden. Aber das hätte sie nicht daran gehindert, ihm ein wenig den Kopf zu verdrehen. Doch er war ja blind, unfähig, ihre Schönheit überhaupt wahrzunehmen. Sie seufzte. Das war wirklich schlimmer als alles andere. Was für eine furchtbare Verschwendung ihrer Ressourcen! Ihre Laune verschlechterte sich abrupt. Missmutig klatschte sie das Kleid zurück in den Schrank und griff sich eine kurze Hose und ein T-Shirt.

Dann tastete sie sich durch den Flur, die Treppe hinunter und ins Erdgeschoss. Unten angelangt öffnete sie die Tür neben dem Wohnzimmer und steckte vorsichtig den Kopf hinein. Die Küche war nicht besonders groß, dafür aber umso besser ausgestattet. Die Schränke waren aus hellem Birkenholz, die Arbeitsplatte aus schwarz-weiß meliertem Marmor. Und natürlich gab es auch eine bombastische Dunstabzugshaube aus Edelstahl.

Madita atmete erleichtert auf, als sie feststellte, dass der Orang-Utan nicht anwesend war. Sie konnte also frühstücken. Jochen Spließgard hatte ihr am Abend zuvor noch alles gezeigt und ihr gesagt, sie solle sich ganz wie zu Hause fühlen. Und genau das hatte sie auch vor.

Sie öffnete ein paar Schränke und Schubladen und fand ein Frühstücksbrett sowie Besteck. Beides legte sie auf den kleinen Tisch, der ganz offensichtlich nur für eine Person ausgelegt war, notfalls aber auch für zwei reichte. Dann begann sie, den Kühlschrank zu inspizieren und fand Brot und Marmelade, aber weder Butter noch Nutella.

Ein Frühstück ohne Nutella? Das war nicht möglich. Sie suchte weiter, öffnete eine Schranktür nach der anderen und ließ sie dann offen stehen. Nichts! Frustriert beschloss sie, sich erst einmal einen Kaffee zu kochen.

Aber wo war die Kaffeemaschine? Sie blickte entsetzt auf die offenen Schränke. Es gab keine! Kein Kaffee und kein Nutella? Na, das konnte ja heiter werden!

Sie setzte sich missmutig an den Tisch, aß zwei Marmeladenbrote und trank ein Glas Milch. Dann stand sie wieder auf und verließ den Raum.

Anschließend holte sie aus ihrem Zimmer noch einen ihrer Liebesromane, nahm sich aus dem Wohnzimmer eine schicke Wolldecke mit und ging hinaus zum See. An dem kleinen Sandstrand breitete sie die Decke aus, machte es sich genussvoll darauf bequem und ließ sich erst einmal eine halbe Stunde lang die Sonne auf den Pelz scheinen. Dann las sie ein bisschen, schlief zwischendurch ein, las wieder ein bisschen und fühlte sich ziemlich wohl.

Gegen drei verspürte sie heftigen Durst und ging wieder zum Haus. Als sie an der Treppe angelangt war, nahm sie beschwingt zwei Treppenstufen auf einmal, riss dann die Haustür auf und stürmte durch den Flur direkt in die Küche.

Doch dann prallte sie zurück, so als wäre sie gegen eine Wand gelaufen. Samuel Spließgard war in der Küche! Er stand mit dem Rücken zu ihr und wusch gerade irgendwelches Geschirr ab. Er schien sie nicht zu bemerken, jedenfalls reagierte er in keinster Weise auf ihr Eintreten.

Als sich Madita vom ersten Schreck erholt hatte, fiel ihr auf, dass alle Schranktüren wieder verschlossen waren. Auch der Tisch war abgeräumt. Madita lächelte. *Na also,* dachte sie. *Das fängt doch ganz gut an.*

Als Nächstes bemerkte sie, dass der Orang-Utan auch heute seine dunkle Sonnenbrille trug und wieder Jeans und Jeanshemd anhatte. Angewidert zog sie die Nase kraus. Wenn er sich niemals umzog, musste er doch stinken! Aber sie nahm nichts Unangenehmes wahr, stattdessen roch es ... irgendwie ... appetitanregend. Das war es! Es roch würzig, so als hätte es gerade etwas Leckeres zu essen gegeben, gebackenes Hühnchen vielleicht oder auch Spaghetti Bolognese.

Bei dem Gedanken lief Madita das Wasser im Munde zusammen. Jetzt fiel ihr auch wieder ein, warum sie gekommen war. Durst, sie hatte fürchterlichen Durst. Aber das war jetzt nicht mehr alles. Sie hatte plötzlich auch richtig großen Hunger!

Aber was jetzt? Sie konnte diesen Orang-Utan doch wohl nicht um etwas zu essen bitten! Sie hatte doch noch nicht einmal vor, überhaupt mit ihm zu sprechen! Aber wie sollte sie an etwas zu essen kommen? Im Wohnzimmer stand ein Telefon, aber welcher Pizzabringdienst würde in diese Einöde fahren?

Sie ging wieder zum Kühlschrank und öffnete ihn, beobachtete aber weiterhin den Orang-Utan. Er stand noch immer an der Spüle und wusch seelenruhig sein Geschirr ab. Madita schüttelte den Kopf. Irgendetwas an seinem Verhalten kam ihr seltsam vor. Aber was war es? Sie starrte ihn jetzt regelrecht an. Er tat doch gar nichts Besonderes. Aber genau! Er tat wirklich nichts Besonderes. Er wusch einfach das Geschirr ab, aber er wusch es so ab, wie es jeder Mensch abwaschen würde. Er machte jetzt gar nicht mehr diesen unbeholfenen Eindruck, den sie bei ihrer letzten Begegnung so abstoßend gefunden hatte. Eigentlich machte er noch nicht einmal den Eindruck, als wäre er blind!

Während Madita weiter schweigend vor dem Kühlschrank

stand und zu Samuel Spließgard herüberblickte, beendete dieser seinen Abwasch und zog den Stöpsel aus dem Becken. Dann schüttelte er das Wasser von seinen Händen, drehte sich um und ging ohne zu zögern oder zu tasten in Richtung der Tür. Neben der Tür befand sich die Heizung, die nicht die klassische Form aufwies, sondern einen großen Handtuchhalter darstellte, wie er gewöhnlich in Badezimmern verwendet wird. Daran hingen ein Handtuch und ein Geschirrtuch. Samuel Spließgard blieb direkt davor stehen, griff zielsicher nach dem Handtuch, trocknete seine Hände ab, nahm dann ebenso zielsicher das Geschirrtuch und ging damit zurück zur Spüle. Dann begann er, das Geschirr abzutrocknen. Jedes Teil, das fertig war, brachte er zwischendurch an seinen Platz in dem jeweiligen Schrank.

Madita konnte ihren Blick kaum abwenden. Sie war wirklich erstaunt. Nicht ein einziges Mal tastete er nach den Schränken, nicht ein einziges Mal öffnete er die falsche Schranktür. War er am Ende gar nicht blind? Hatte man sie hereingelegt?

Irritiert wandte Madita ihre Aufmerksamkeit dem Kühlschrank zu. In der Tür fand sie eine Flasche Apfelsaft und eine Flasche Wasser. Sie nahm beide heraus und stellte sie auf die Arbeitsplatte. Dann schloss sie die Kühlschranktür wieder, nahm ein Glas aus dem Schrank, schenkte sich beides je zur Hälfte ein und begann zu trinken. Aber auch während sie all das tat, beobachtete sie aus den Augenwinkeln den Orang-Utan. Er musste sie doch hören. Warum reagierte er nicht auf sie?

Madita musste sich noch zweimal nachschenken, bevor ihr Durst einigermaßen gestillt war. Aber jetzt meldete sich der Hunger wieder! Sie öffnete erneut den Kühlschrank. Da lag noch das Brot von heute Morgen. Butter war noch immer keine da, aber sie fand ein bisschen Wurst und Käse. Aber das war irgendwie nicht das, worauf sie Appetit hatte. Wonach zum Donnerwetter roch es denn hier bloß so gut? Ihr Blick wanderte in der Küche umher. Auf dem Herd stand ein kleiner Topf. Was da wohl drin war? Sollte sie ihn vielleicht doch fragen?

Nein! Madita schüttelte den Kopf. Das hatte sie nun wirklich nicht nötig.

Also wandte sie sich um, verließ die Küche wieder und schloss die Tür hinter sich. Dann blieb sie unentschlossen auf dem Flur stehen. Ihr war nicht so ganz klar, wohin sie jetzt gehen sollte. Sie entschied sich für ihr Zimmer und ging langsam nach oben. Was sollte sie jetzt machen? Lesen? Das Buch lag noch draußen am See. Schlafen? Das hatte sie doch schon getan. Und dann war da ja auch noch dieses Knurren in der Magengegend. Sollte sie vielleicht nach Neuruppin fahren und dort essen gehen? Vielleicht. Aber würde sie den Weg dorthin überhaupt finden?

Jetzt lief ihr ein kalter Schauer über den Rücken. Nein, den würde sie ganz bestimmt nicht finden! Sie würde sich hoffnungslos in dieser Einöde verfahren. Und das bedeutete, dass sie hier eingesperrt war, mit einem Mann, den sie nicht kannte, der ihr unheimlich war. Der vielleicht blind war, aber vielleicht auch nicht. Oder vielleicht auch taub. Oder sogar beides? Madita merkte, wie angesichts solcher Gedanken tatsächlich so etwas wie Panik in ihr hochkroch.

Jetzt ist aber Schluss!, rief sie sich gedanklich zur Ordnung. *Du bist doch kein Kindergartenkind, Madita, sondern eine erwachsene Frau! Und mit Männern bist du noch immer fertig geworden!*

Sie setzte sich auf den Fußboden und rückte dicht an die Tür heran. Dann hielt sie ihr Ohr an das Türblatt und begann zu lauschen. Ein paar Minuten vergingen.

„Du kannst doch nicht ewig dort unten in der Küche bleiben", murmelte sie ungeduldig. „Irgendwann musst du dich doch wieder in dein Zimmer verkriechen!"

Und tatsächlich, nach ungefähr einer halben Stunde hörte sie Schritte auf dem Flur. Eine Tür wurde geöffnet und wieder geschlossen. Dann war Stille.

Madita öffnete so leise wie sie nur konnte ihre Zimmertür und schlich sich auf den Flur, dann die Treppe hinab bis in die Küche. Mehrmals sah sie sich dabei vorsichtig um. Aber die Luft war rein.

Als sie die Küche betrat, sah sie zuerst auf den Herd. Doch was für eine Enttäuschung. Der Herd war leer! Wo war der Topf von vorhin? Ihr Blick fiel auf den Kühlschrank. Ein Glück! Da war er! Madita nahm den Topf heraus, stellte ihn auf die Arbeitsplatte und sah hinein. Es schien Suppe darin zu sein, helle Suppe.

Na ja, dachte sie, *besser als gar nichts.* Sie nahm sich hastig einen tiefen Teller aus dem Regal, füllte mit einer Kelle einen Teil der Suppe hinein und stellte den Teller dann in die Mikrowelle. Die Bedienung war ziemlich idiotensicher und so konnte sich Madita zweieinhalb Minuten später gierig auf ihre Beute stürzen.

Im erwärmten Zustand sah die Suppe richtig lecker aus. Sie roch auch prima und Madita wusste jetzt, was ihre Nase vorhin in abgeschwächter Form wahrgenommen hatte. Sie nahm den ersten Löffel, pustete vorsichtig und kostete dann.

Hmmm! Käsecremesuppe, dachte sie hocherfreut. *Sahnig und kräftig, fast besser, als Fabiola sie kocht. Woher er die wohl hat?*

Sie genoss ihre Mahlzeit in vollen Zügen und nahm dann noch einmal nach. Der Nachschlag sah allerdings recht mager aus, weil der Topf nicht mehr allzu viel hergab. Trotzdem, die Suppe war ziemlich gehaltvoll gewesen, und so war Madita jetzt satt. Sie atmete erleichtert auf. Vielleicht war sie doch nicht dem Hungertod geweiht!

Ihren Teller und den Topf ließ sie auch dieses Mal einfach auf dem Tisch stehen. Der Orang-Utan schien ja ganz gerne abzuwaschen.

Gut gelaunt begab sich Madita wieder nach draußen und genoss noch ein wenig das Wetter. Gegen Abend ging sie wieder hinein, machte noch einen Abstecher in die Küche, nahm sich eine Banane und einen Apfel aus dem Obstkorb mit, der auf der Arbeitsplatte stand, und ging auf ihr Zimmer. Dort verbrachte sie den Rest des Abends, las noch ein wenig in ihrem Roman und ging dann früh schlafen.

Am nächsten Morgen wachte sie bereits um halb acht auf. Sie sah aus dem Fenster und war enttäuscht, als es draußen in Strömen regnete. Alles war grau in grau und der See wirkte nur noch halb so schön wie am Vortag.

Na, klasse, dachte sie. *Und wie schlag ich jetzt die Zeit tot?*

Sie beschloss, keine Trübsal zu blasen, sondern das Beste aus dem Tag zu machen. Als sie im Anschluss an ihre Morgentoilette vor ihrem Kleiderschrank stand, wusste sie wieder nicht, was sie anziehen sollte. Sie seufzte. *Ich kann doch jetzt nicht jeden Tag rumlaufen wie ein Hausmütterchen,* dachte sie. Aber dann griff sie achselzuckend doch wieder zu einer einfachen Jeans und einem leichten, hellblauen Baumwollpullover.

Anschließend machte sie sich auf den Weg in die Küche. Als sie diese betrat, saß der Orang-Utan bereits am Frühstückstisch. Madita sah auf den kleinen Esstisch und staunte. Da stand ein Korb mit frischen, verführerisch duftenden Körnerbrötchen. Daneben stand die Butter, die sie gestern vermisst hatte. Außerdem entdeckte sie drei Gläser mit unterschiedlichen Sorten Marmelade, dazu Honig und Sirup. Sogar gekochte Eier und Orangensaft standen auf dem Tisch. Und da! Da stand doch tatsächlich ihr heißgeliebtes Nutella! Madita lief das Wasser im Munde zusammen.

Samuel Spließgard sagte auch heute kein einziges Wort und machte auch nicht den Eindruck, als hätte er sie bemerkt. Der Tisch war nur für eine Person gedeckt und so wusste Madita nicht so recht, wie sie sich verhalten sollte. Ein paar Sekunden stand sie einfach nur so da. Dann aber rang sie sich zu einem „Guten Morgen“ durch.

„Guten Morgen“, entgegnete der Orang-Utan ebenso wortkarg. Und soweit Madita das hinter Bart und Sonnenbrille erkennen konnte, verzog er dabei auch keine Miene.

Taub ist er jedenfalls nicht, dachte Madita. Er trug auch heute eine Jeans und ein blaues Jeanshemd, aber das fiel Madita kaum mehr auf.

Madita beschloss, sich die Brötchen auf keinen Fall durch die Lappen gehen zu lassen, und öffnete den Schrank mit den Frühstücksbrettern. Sie nahm eins heraus und legte es wortlos auf den Tisch. Dann öffnete sie die Schublade mit dem Besteck, musste aber feststellen, dass keine Messer mehr darin waren.

„Es sind keine Messer mehr in der Schublade“, sagte sie dann unsicher.

„Das ist richtig“, entgegnete der Orang-Utan mit seiner warmen, dunklen Stimme und biss von seinem Honigbrötchen ab.

Madita wartete ein paar Sekunden. Als es immer wahrscheinlicher wurde, dass Samuel Spließgard nicht vorhatte, mehr dazu zu sagen, fügte sie ungeduldig hinzu: „Ich hätte aber gerne eins.“

Der Orang-Utan nickte und deutete auf die Spüle. „Sie sind alle dreckig, du kannst dir eins abwaschen.“

Madita glaubte, nicht richtig zu hören. „Wie bitte?“

„Alle Messer sind schmutzig“, sagte er ruhig, so als würde er mit einem kleinen Kind sprechen. „Wenn du eins haben möchtest, musst du dir eins sauber machen.“

„Wie wär’s, wenn du mir eins sauber machst?“, schlug sie vor.

„Nein“, entgegnete Samuel Spließgard schlicht und ergreifend.

„Nein?“, wiederholte Madita ungläubig. „Warum nicht?“

„Weil ich gerade frühstücke“, entgegnete er so ruhig und freundlich, dass er damit Maditas Blut in Wallung brachte.

„Aber ich habe die Messer nicht dreckig gemacht“, argumentierte Madita in scharfem Tonfall.

„Das mag schon sein“, sagte der Orang-Utan auf immer noch ausgesprochen freundliche Art und Weise. „Aber wenn ich mich nicht täusche, hast du anderes Geschirr gebraucht und das habe ich für dich abgewaschen. Da ist es doch nicht zu viel verlangt, dass du jetzt auch mal für mich abwäschst."

Madita öffnete den Mund und schloss ihn dann wieder. Sie war direkt sprachlos. Außerdem war sie sich für weitere Diskussionen um ein Messer nun doch zu schade. Wortlos ging sie zur Spüle, nahm mit spitzen Fingern ein Messer heraus, hielt es unter den Wasserhahn, trocknete es an ihrer Jeans ab und brachte es dann zum Tisch. Jetzt fiel ihr allerdings auf, dass in der Küche kein zweiter Stuhl vorhanden war, auf den sie sich hätte setzen können.

„Ich habe keinen Stuhl", zischte sie ihrem Gegenüber zu.

„Nein?", fragte dieser. „Dann nimm dir doch den Klapphocker. Er steht da vorne." Er deutete auf eine kleine Nische zwischen dem Kühlschrank und der Wand.

Madita kochte innerlich vor Wut, aber es blieb ihr nichts anderes übrig, als sich in Bewegung zu setzen und den Hocker zu holen. Dann nahm sie sich ein Brötchen, schnitt es auf, bestrich es großzügig mit Butter und Nutella und begann zu essen. Madita hatte den Eindruck, noch nie ein so leckeres Brötchen gegessen zu haben. Wenn die unangenehme Gesellschaft nicht gewesen wäre, hätte sie ihr Frühstück direkt genossen.

Andererseits hatte sie die Gelegenheit, ihren „Ehemann" endlich mal eingehend zu beobachten. Und das war natürlich nicht uninteressant. Sehr zu Maditas Überraschung waren seine Tischmanieren gar nicht so furchtbar, wie sie es erwartet hätte. Während er eine zweite Brötchenhälfte mit Honig bestrich und sie dann aufaß, schmatzte er nicht, schmierte nicht herum und ließ auch nicht die Hälfte fallen. Es blieb noch nicht einmal etwas an seinem Bart hängen. Man konnte sogar sagen, dass er Geschicklichkeit bewies.

Komisch, dachte Madita, *er sieht auf einmal gar nicht mehr so aus, als hätte er es nötig, gefüttert zu werden.* Sie schüttelte innerlich den Kopf. Was war hier bloß los? Wie passte das alles zusammen? War er denn nun blind oder nicht?

Sie beschloss, es herauszufinden. Als sie ihr zweites Brötchen beschmierte, verzichtete sie auf ihr geliebtes Nutella und nahm den Honig. Das Glas stellte sie dann aber nicht zurück auf den Tisch, sondern behielt es in ihrer linken Hand, während sie das Brötchen aß.

Und sie hatte Glück. Samuel Spließgard nahm sich ein weiteres Brötchen, schnitt es auf, bestrich es mit Butter und griff dann an die Stelle, an der zuvor der Honig gestanden hatte. Und natürlich griff er ins Leere. Einen Moment lang zögerte er. Dann bewegte er seine Hand langsam und vorsichtig nach rechts. Madita beobachtete das voller Faszination. Seine große, behaarte, aber trotzdem gepflegt wirkende Hand gelangte an das Glas mit der Erdbeermarmelade, streifte es für den Bruchteil einer Sekunde und schob sich dann weiter nach rechts, vorbei an der Pfirsich- und der Kirschmarmelade. Als er, ohne etwas anderes berührt zu haben, an den Rand des Tisches gelangt war, hielt er inne. Er schien irritiert zu sein.

Madita staunte. Hatte er die verschiedenen Gläser tatsächlich schon mit einer derart kurzen Berührung erkannt?

Jetzt streckte ihr Gegenüber die linke Hand aus und fuhr links über den Tisch, vorbei am Sirup und an ihrem Nutella. Als auch dieser Versuch keinen Erfolg brachte, zog er seine Hand zu sich zurück. Wieder zögerte er, so als wüsste er nicht, was jetzt zu tun sei.

Madita lächelte. *Na*, dachte sie hämisch, *jetzt weißt du wohl nicht mehr weiter, Blindfisch!*

Im gleichen Moment jedoch griff der Orang-Utan zielsicher nach links, nahm das Nutella vom Tisch und bestrich damit seine Brötchenhälfte. Doch anstatt das Glas anschließend wieder auf den Tisch zu stellen, behielt er es in seiner linken Hand, während er weiteraß.

Maditas Lächeln wich blankem Entsetzen. War das jetzt Zufall oder hatte er gerade ein Eins-zu-null erzielt? Sie wusste es nicht. Auf jeden Fall wurde ihr dieser Mensch langsam unheimlich. Und auf jeden Fall musste sie etwas gegen die Hilflosigkeit und Abhängigkeit unternehmen, in der sie sich hier befand.

Sie aß wortlos ihr Honigbrötchen zu Ende und verkniff sich schweren Herzens ein weiteres. Was hatte es auch für einen Sinn? Das Nutella stand ihr ja ohnehin nicht zur Verfügung. Und ein Brötchen ohne Nutella, das war wie Schwimmen ohne Wasser und wie Sommer ohne Sonne. Natürlich hätte sie ihn um das Nutella bitten können, aber das ging doch nun wirklich zu weit. Lieber würde sie verhungern.

Also stand sie auf und verließ ohne ein weiteres Wort, dafür aber hoch erhobenen Hauptes die Küche. Als sie die Tür hinter sich geschlossen hatte, atmete sie auf. Das war überstanden!

Dann lief sie nach oben, holte die Telefonnummer von Johannes, die er ihr am Samstag noch heimlich zugesteckt hatte, und ging wieder hinunter, dieses Mal ins Wohnzimmer. Sie nahm das schnurlose Telefon, das auf der Anrichte stand, mit zur Couchgarnitur, ließ sich auf das lange Ende der Rundecke fallen und wählte die Nummer, die mit „dienstlich" gekennzeichnet war.

„Firma Röspli, das Büro von Johannes Spließgard, mein Name ist Friederike Leutheusser, was kann ich für Sie tun?", sagte eine resolute Frauenstimme am anderen Ende der Leitung.

Madita war verdattert. Sie hatte erwartet, direkt mit Johannes verbunden zu sein. „Äh", sie räusperte sich, um ein paar Sekunden zu gewinnen. Sie musste erst darüber nachdenken, ob sie der Sekretärin ihren Namen sagen durfte. „Könnten Sie mich bitte mit Herrn Spließgard verbinden?"

„Haben Sie denn einen Termin?"

„Nein, habe ich nicht. Aber Herr Spließgard möchte sicher trotzdem mit mir sprechen."

„Das bezweifle ich nicht", entgegnete Frau Leutheusser mit einem amüsierten Unterton, den Madita nicht so recht einordnen konnte. „Wie ist denn Ihr Name?"

„Madita ist mein Name."

„Aha, und weiter?"

Neugierige Ziege, dachte Madita und sagte: „Einfach Madita, Herr Spließgard weiß dann schon Bescheid. Würden Sie mich jetzt bitte verbinden?"

„Einen Moment bitte, ich frage nach."

Es klickte ein paar Mal in der Leitung, dann war Johannes dran. „Madita", flüsterte er ins Telefon, „bist du das?"

„Ja", flüsterte sie zurück. Schon im gleichen Moment wurde ihr aber bewusst, dass sie das eigentlich gar nicht nötig hatte, und so fuhr sie in normaler Lautstärke fort: „Wer denn sonst? Was hast du bloß für einen Drachen als Sekretärin?"

Johannes lachte amüsiert auf. „Sie ist vielleicht ein Drachen", flüsterte er weiter, „aber ein ausgesprochen tüchtiger. Außerdem hält sie mir viele unliebsame Anrufe vom Hals, und das ist heutzutage mehr wert als alles andere."

„Mich hat sie dir scheinbar nicht vom Hals gehalten", sagte Madita.

„Nein, aber dein Anruf ist auch nicht unliebsam, schöne Schwägerin. Trotzdem solltest du nur im äußersten Notfall hier anrufen. Wir wollen doch beide nicht, dass irgendjemand Wind von unserer Geschäftsverbindung bekommt, oder?"

„Nein, das wollen wir nicht. Aber das hier ist ein Notfall. Ich muss nämlich unbedingt mal raus, weiß aber nicht, wie ich zur Stadt komme. Kannst du mir vielleicht den Weg beschreiben?"

„Sicher, das ist ganz einfach. Am besten, du nimmst nicht den

Weg, auf dem du gekommen bist, sondern den, der rechts vom Haus beginnt und parallel am See entlangführt. Darauf fährst du immer geradeaus, bis du auf eine Hauptstraße zukommst. Dort biegst du rechts ab. Dann bist du auch schon auf der Straße, die direkt nach Neuruppin führt."

„Danke", sagte Madita, „und dann hätte ich ganz gern noch gewusst, wann die Angestellten kommen. Es ist nämlich schon Montag und ich hab noch immer keinen gesehen."

Es herrschte Schweigen am anderen Ende der Leitung.

„Bist du noch da?", fragte Madita.

„Sicher", entgegnete Johannes, der jetzt aus seiner Lethargie aufzuwachen schien. „Also, die Lebensmittel werden mittwochs angeliefert."

„Mittwochs, aha. Und wie gebe ich meine Bestellung auf?"

„Du musst sie telefonisch durchgeben, der Laden heißt Freikauf oder so ähnlich. Du findest ihn bestimmt im Telefonbuch."

„Gut, und wann kommen die anderen?"

„Welche anderen denn?"

„Na, die, die waschen, putzen und vielleicht auch mal kochen!"

Johannes ließ sich mit seiner Antwort Zeit. „Die gibt es nicht, Madita. Hat mein Vater dir das nicht gesagt?"

Madita lachte. „Was soll das heißen, die gibt es nicht? Irgendjemand muss doch die Arbeit machen, oder?"

„Samuel hat immer alles alleine gemacht. Er wollte nie Fremde im Haus haben."

„Ach nein? Jetzt hat er aber eine im Haus."

„Ich weiß, aber das war ja auch nicht seine Idee."

„Natürlich nicht, aber er hat schließlich zugestimmt, oder etwa nicht?"

„Schon", entgegnete Johannes ausweichend.

Madita hatte sich mit Halbwahrheiten noch nie zufrieden gegeben und so ließ sie wie immer nicht locker. „Was heißt das, ‚schon'?"

„Na ja, das heißt, dass er sich mit Händen und Füßen gegen Vaters Plan gewehrt hat, aber schließlich doch zustimmen musste."

„Musste? Warum musste?"

„Na, weil Vater ihn unter Druck gesetzt hat."

„Womit?"

„Sag mal, bist du immer so hartnäckig, Madita? Das ist ja schlimm."

„Womit, Johannes?“, entgegnete Madita. „Ich will jetzt endlich mal wissen, mit wem ich es hier überhaupt zu tun habe. Das ist doch verständlich, oder etwa nicht?“

„Ich weiß das nicht so genau“, versuchte Johannes ihr wiederum auszuweichen. „Das war eine Sache zwischen Samuel und meinem Vater.“

„Dann sag mir das, was du weißt.“

Johannes seufzte. „Also, er hat wohl gedroht, ihm das Haus wegzunehmen und ihn in irgend so eine Behindertenanstalt zu stecken.“

„Dann gehört das Haus deinem Vater?“

„Na klar. Mein Vater achtet sehr genau darauf, dass er alle Fäden in der Hand behält, darauf kannst du dich verlassen.“

Madita zögerte, dann fragte sie provokativ: „Gilt das auch für dich?“

„Jetzt gehst du aber zu weit, Madita“, brauste Johannes auf. „Was gibt dir das Recht, solche Fragen zu stellen?“

„Ich weiß nicht“, grinste Madita. „Vielleicht die Tatsache, dass ich in eure Familie eingeheiratet habe?“

„Du magst zwar eingeheiratet haben, Madita“, entgegnete Johannes scharf, „aber du solltest nicht vergessen, dass du den Blindfisch der Familie geheiratet hast und nicht den ... den ...“, er suchte ganz offensichtlich nach einem passenden Wort.

„... Goldfisch?“, kam ihm Madita zu Hilfe.

„Genau!“, freute sich Johannes.

„Da hast du natürlich Recht, Schwager. Aber du solltest nicht vergessen, dass ich keine Wahl hatte.“ Sie hielt inne und schlug einen ernsten Ton an. „Und dass du an diesem Dilemma nicht ganz unschuldig bist. Aber wenn du deinen Fehler irgendwann korrigieren willst, ruf mich einfach an.“ Damit legte sie auf.

Puuhh, dachte sie. *Ob das so geschickt war?* Aber dann zuckte sie mit den Schultern, holte ihre Sachen und stieg dann in den Geländewagen. Dann fuhr sie los, den Weg entlang, den Johannes ihr beschrieben hatte.

Er führte tatsächlich zum Ziel. Nach ungefähr einer halben Stunde war sie in Neuruppin. *Was für ein Kaff*, dachte sie nur, während sie durch die Fußgängerzone bummelte und sich durch ein paar Einkäufe von ihrem Schicksal abzulenken versuchte. Zu ihren Errungenschaften gehörte bald auch eine dieser tollen Kaffeemaschinen, mit der man den Kaffee richtiggehend aufbrühen konnte. Madita erwarb auch eine Kaffeetasse, Kondensmilch und gleich zehn Packungen Kaffeepulver. Wenigstens die Grundnahrungsmittel mussten schließlich gesichert sein.

Mittags machte sie sich auf die Suche nach einem Restaurant, fand aber nichts Vernünftiges, und so blieb ihr nichts anderes übrig, als bei einem drittklassigen Italiener einzukehren. Am Nachmittag ging sie noch ein bisschen weiter durch die Stadt, aß gegen sechs ein Fischbrötchen und machte sich dann auf den Heimweg.

Am See angekommen, parkte sie ihr Auto, schlich sich ins Haus und begab sich schnurstracks auf ihr Zimmer. Dort verkroch sie sich dann für den Rest des Abends. Sie las ein bisschen, probierte ihre Kaffeemaschine aus, suchte sich dafür einen hübschen Platz in ihrem Badezimmer und ging dann wiederum früh schlafen.

❦

Auch am nächsten Tag tat sie alles, um dem Orang-Utan gar nicht erst zu begegnen. Sofort nach dem Aufstehen fuhr sie wieder nach Neuruppin, kaufte sich dort eine Lokalzeitung, suchte sich ein nettes Café und frühstückte ausgiebig. Dann bummelte sie wieder durch die Stadt. Als sie an einem Handy-Shop vorbeikam, witterte sie eine Gelegenheit, ihre Unabhängigkeit noch weiter zu verbessern und erwarb ein Prepaid-Paket im Sonderangebot. Abends ging sie dann chinesisch essen und fuhr anschließend zurück zum See.

Als sie sich in ihr Zimmer geschlichen hatte, packte sie sofort ihr Handy aus und las sich die Gebrauchsanweisung durch. Sie fühlte sich mittlerweile total vereinsamt und freute sich, nun wenigstens auf diese Weise mal mit jemandem reden zu können. Das Telefon im Wohnzimmer wollte sie nicht so gerne benutzen, weil sie befürchtete, den Orang-Utan dort zu treffen.

Zuerst rief sie zu Hause an, erreichte aber niemanden. Dann fing sie an, darüber nachzudenken, wen sie sonst noch anrufen könnte. Mareile? Nein, die würde ihr doch nur Vorwürfe machen, dass sie sich auf diesen Wahnsinn eingelassen hatte. Ihre Freundinnen Bettina oder Agnes, die sie schon seit Schulzeiten kannte? Nein, die würden fragen, was sie so machte – und was sollte sie dann sagen? Bertram vielleicht? Auch diese ziemlich blöde Idee verwarf sie umgehend. Sie war doch gerade froh, dass zur Zeit Funkstille herrschte. Madita grübelte weiter, musste aber entsetzt feststellen, dass ihr absolut niemand einfiel. Sie wählte noch einmal ihre Eltern an, hatte aber auch dieses Mal keinen Erfolg.

Das darf doch wohl nicht wahr sein!, dachte sie. *Jetzt hab ich mir ein Handy gekauft und finde niemanden, den ich anrufen kann? Früher hab ich mich vor Anrufen doch kaum retten können!*

Zum ersten Mal in ihrem Leben fühlte sie sich einsam, richtig einsam. Und das Schlimmste daran war, dass sie sich nicht nur so fühlte. Nein, sie war es tatsächlich! Sie war entsetzlich, fürchterlich, schrecklich einsam! Was sollte sie denn jetzt nur tun? Sie musste doch mal mit jemandem reden! Und überhaupt, wie sollte sie unter diesen Umständen die nächsten vier Wochen bis zu ihrem Dienstantritt überstehen?

Was wie ein netter Urlaub geklungen hatte, erschien ihr nun wie ein dunkles, furchteinflößendes Loch. Sie konnte doch nicht jeden Tag durch Neuruppin schlendern, oder? Sie hatte doch schon jetzt keine Lust mehr auf dieses Kaff!

„Jetzt bleib aber ruhig, Madita“, sagte sie zu sich selbst. „Steigere dich bloß nicht so da rein! Du wirst dich schon beschäftigen. Außerdem sind es ja keine vier Wochen mehr, sondern nur noch drei Wochen und fünf Tage.“

Das half ein bisschen. Es tat gut, jemanden ein Machtwort sprechen zu hören, auch wenn man es selbst war. Sie musste sich nur ein bisschen zusammenreißen.

Nein, dachte sie und schüttelte entschlossen den Kopf. *Ich werde mich nicht unterkriegen lassen. Und von diesem Orang-Utan schon gar nicht.*

Sie legte ihr Handy auf ihren Schreibtisch und ging ins Bad, um sich bettfertig zu machen. Danach schlüpfte sie in ihr Bett, löschte das Licht, deckte sich bis obenhin zu und schloss die Augen. Sie wollte schnell einschlafen. Morgen würde die Welt schon ganz anders aussehen und dann wäre auch dieser Kloß in ihrem Hals verschwunden.

Doch sie hatte die Rechnung ohne ihren Mitbewohner gemacht. Denn schon wenige Sekunden später hörte sie von unten aus dem Wohnzimmer Musik. Was durch die massive Decke hindurch zu ihr vordrang, war nicht besonders laut, aber dennoch hervorragend zu verstehen und zu verfolgen.

Schon nach den ersten Klängen setzte sich Madita erstaunt in ihrem Bett auf und spitzte ihre Ohren. Das durfte doch wohl nicht wahr sein! Dieser Orang-Utan hörte doch tatsächlich klassische Musik. War das möglich? Musste es wohl, jemand anderes war schließlich nicht im Haus.

Aber was hörte er da? Irgendwie kam ihr die Musik bekannt vor, aber sie konnte sie nicht einordnen. Es war ein Gesangsstück für Tenor und Sopran. Aus einer Oper? Wahrscheinlich. Aber welche? Eine der bekannteren Arien war es nicht. Vielleicht eine Gesamtaufnahme? Was sie da hörte, klang irgendwie nach Mozart. Die Musik hatte diesen leichten, verspielten Charakter. Aber welche Oper? Diese Frage ließ ihr keine Ruhe. Welche Oper konnte es nur sein? Die Zauberflöte? Nein, die kannte sie beinahe auswendig. Don Giovanni? Die Hochzeit des Figaro? Wohl auch nicht. Aber vielleicht Cosi fan tutte?

Für den Bruchteil einer Sekunde zog sie in Erwägung, einfach nach unten zu gehen und den Orang-Utan zu fragen. Aber sie verwarf es schon im gleichen Moment. Sie hatte nicht vor, mit diesem Wilden auch nur ein Wort mehr als nötig zu wechseln. Obwohl, so wild war er scheinbar doch nicht. Opernmusik. Das hatte sie ihm wirklich nicht zugetraut.

Sie legte sich wieder hin und kuschelte sich in ihr Kissen. Mit was für einem Menschen hatte sie es hier bloß zu tun? Und welche Oper war das nur? Sie lauschte weiter der herrlichen Musik. Und irgendwann schlief sie einfach ein.

Am nächsten Morgen, es war ein Mittwoch, stand sie wie gewohnt auf, um sich zum Frühstück nach Neuruppin zu begeben. Auf dem Weg durchs Erdgeschoss kam sie wie immer an der Wohnzimmertür vorbei. Plötzlich stutzte sie, blieb stehen und überlegte einen Moment lang. Dann öffnete sie vorsichtig die Tür. Der Raum war leer. Sie trat ein und begab sich zur Stereoanlage, schaltete sie ein und öffnete das CD-Fach. Cosi fan tutte, las sie und lächelte. *Mozart, wusste ich's doch,* dachte sie und schob die CD wieder hinein. Dann schaltete sie die Anlage wieder aus und wandte sich zum Gehen, erschrak jedoch im gleichen Moment ganz fürchterlich. Der Orang-Utan stand in seiner typischen Bekleidung in der Tür und schien zu ihr herüberzusehen.

„Kannst du mir sagen, was du an meiner Stereoanlage tust?“, fragte er scharf, so als hätte Madita ein Heiligtum entweiht.

Madita fühlte sich ertappt und konnte nicht gleich darauf antworten. Nach ein paar Sekunden aber hatte sie sich von ihrem Schrecken erholt und fand, dass Angriff der beste Weg der Verteidigung sei. „Wieso deine Stereoanlage?“, entgegnete sie zickig. „Hast du es vergessen? Was dein ist, ist auch mein! Wir sind nämlich verheiratet! Ich werde dein Zimmer nicht betreten, aber alles andere steht nicht nur dir, sondern auch mir zur Verfügung. So lautet die Abmachung. Oder hab ich da irgendetwas falsch verstanden?"

Samuel Spließgard antwortete nicht. Ein paar Sekunden lang stand er einfach nur so da, dann drehte er sich um und verließ wortlos den Raum.

Mann, dachte Madita. *Den Schlagabtausch hab ich wohl gewonnen.*

Aber irgendwie konnte sie sich heute nicht so recht darüber freuen. Warum hatte er so heftig reagiert, wo er doch gestern so ruhig und gelassen gewesen war? Bedeutete ihm seine Stereoanlage so viel?

Jetzt hör aber auf, Madita, dachte sie. *Fang bloß nicht an, mit diesem Krüppel auch noch Mitleid zu haben. Die Stereoanlage ist für beide da, so lautet der Vertrag und damit basta.*

Sie verließ jetzt ebenfalls den Raum, begab sich nach draußen zu ihrem Wagen und fuhr los in Richtung Stadt.

Beim Frühstück in dem kleinen Café, das mittlerweile zu ihrem Stammsitz geworden war, versuchte sie, sich auf die Zeitung zu konzentrieren. Leider hatte sie keinen großen Erfolg damit. Immer wieder musste sie über den Orang-Utan nachdenken. Was war er bloß für ein Mensch? Warum erschien er ihr so widersprüchlich? Und wie ertrug er ein Leben in völliger Einsamkeit? Sie selbst hatte ja schon nach ein paar Tagen genug davon. Ja, das hatte sie wirklich. Sie war mittlerweile so weit, dass sie den Kellner in ein Gespräch verwickelte, wenn er ihr das Frühstück brachte. Und vorhin hatte sie sich auf der Damentoilette doch tatsächlich mit der Putzfrau unterhalten! War das nicht völlig unter ihrer Würde? Sie seufzte. Im Moment wollte sie nichts lieber, als einfach nur ein paar Worte mit jemandem wechseln, egal mit wem. Und sie ertappte sich sogar bei dem Gedanken, dass sie lieber mit ihrem Mitbewohner streiten als hier so alleine herumsitzen würde. Wie tief war sie gesunken!

Sie schüttelte fassungslos den Kopf, holte ihr Handy aus der Tasche und wählte die Nummer ihrer Eltern.

„Maria Freifrau von Eschenberg", meldete sich ihre Mutter.

„Hallo, Mutter, ich bin's, Madita."

„Oh, Madita, was für eine Überraschung. Geht es dir gut?"

„Ja, danke", entgegnete Madita. Sie klang nicht sehr überzeugend, aber das schien ihrer Mutter nicht aufzufallen.

„Du möchtest sicher deinen Vater sprechen, nicht wahr?"

„Ja, ist er da?"

„Nein, leider nicht, er ist zum Golfen gefahren. Vor heute Abend wird er nicht zurück sein."

„Und Fabiola, kann ich die sprechen?"

„Auch nicht, Fabiola kauft ein. Am besten, du meldest dich morgen noch einmal."

„Ist gut", entgegnete Madita widerwillig. „Dann bis morgen." Sie zögerte einen Moment lang. „Ach, Mutter ...", begann sie hastig, doch Maria von Eschenberg hatte bereits aufgelegt. „... warum können wir nicht mal miteinander reden?", beendete sie leise ihren Satz und senkte den Kopf. Sie fühlte sich jetzt noch einsamer als zuvor.

Sie verbrachte fast zwei Stunden in dem kleinen Café. In der Stadt hatte sie ja auch schon alles gesehen und auch Einkaufen konnte auf Dauer langweilig sein. Aber irgendwann hatte sie ihre Zeitung bis auf den letzten Artikel durchgelesen und konnte nicht mehr sitzen. So ging sie aus lauter Verzweiflung doch noch bummeln. Dabei betrat sie auch ein Hifi-Geschäft und erwarb einen CD-Player mit Kopfhörer. Angeregt vom gestrigen Abend kaufte sie sich zudem ein paar Mozart-CDs. Sie hatte ihre eigene Sammlung an Klassik-CDs zwar mitgebracht, auf einmal aber besonders viel Lust auf Mozart. Und so war dann auch wenigstens ihr Abend gerettet.

Als sie am nächsten Morgen vor ihrem Kleiderschrank stand, wurde ihr zum ersten Mal bewusst, dass der Berg schmutziger Wäsche, der auf dem Boden des Schrankes lag, bedenklich angewachsen war. Sie zog ihre letzte blaue Jeans und ihre geliebte weiße Seidenbluse an und fragte sich, was aus ihrer Schmutzwäsche werden sollte. Dass es in diesem Hause keine Bediensteten gab, war mittlerweile zur traurigen Gewissheit geworden. Und dass sie niemanden einstellen durfte, war auch klar. So war es abgesprochen.

Aber wer sollte dann die Wäsche waschen? Der Orang-Utan vielleicht? Warum eigentlich nicht! Johannes hatte doch gesagt, dass sich sein Bruder selbst versorgte. Dann war die Wäsche doch sicher eingeschlossen. Da er keine Bediensteten in seinem Hause duldete, war es nur recht und billig, wenn er ihre Wäsche mitwusch. Außerdem würde er die kleine Erhöhung des Wäscheaufkommens wahrscheinlich gar nicht mitkriegen. Ja! Das war eine hervorragende Idee.

Sie nahm kurzerhand den Berg Wäsche unter den Arm und schlich sich ins Erdgeschoss. Es schien niemand dort zu sein.

Vorsichtig öffnete sie die Tür auf der rechten Seite, hinter der sie das Badezimmer vermutete. Und richtig, da war es. Es war ein sehr großes Bad, mit Toilette, zwei Waschbecken, Dusche und Badewanne. Es war hell gefliest und wahrscheinlich erst vor einigen Jahren renoviert worden. Mittig an der rechten Wand stand eine Waschmaschine und darüber ein Wäschetrockner, daneben schien ein Wäschesammler zu stehen.

Na also, dachte sie, betrat das Bad und schloss leise die Tür hinter sich. Dann ging sie zum Wäschesammler. Er bestand aus einem Metallgestell, das mit weißem Leinenstoff bezogen war und bei näherem Hinsehen drei Kammern beinhaltete. Madita sah zunächst in die linke Kammer. Darin schien sich Unterwäsche zu befinden. Die mittlere Kammer enthielt ein paar blaue Jeans, die rechte dunkle Socken und mehrere blaue Jeanshemden. Madita starrte einen Moment lang auf die Hosen und die Hemden, bevor sie begriff, dass der Orang-Utan wohl doch nicht so ungepflegt herumlief, wie es ausgesehen hatte. Sie konnte der Versuchung nicht widerstehen und nahm die Jeanshemden aus dem Sammler. Sie waren vollkommen identisch, die gleiche Farbe, die gleiche Größe, der gleiche Hersteller. Madita schüttelte den Kopf. *Wie langweilig,* dachte sie.

Plötzlich hörte sie ein Geräusch auf dem Flur. Eine Tür wurde geöffnet und dann wieder geschlossen. Sie hielt den Atem an. Der Orang-Utan würde doch jetzt nicht ins Badezimmer gehen? Madita rührte sich nicht vom Fleck und hoffte inständig, er würde sich auf sein Zimmer zurückziehen. Aber da öffnete sich auch schon die Badezimmertür und Samuel Spließgard kam herein. Er trug wie immer seine Jeanskluft und hatte seine Sonnenbrille auf der Nase.

Madita blieb vollkommen regungslos vor dem Wäschesammler stehen und starrte ihn mit weit geöffneten Augen an. Pure Panik stand in ihrem Gesicht geschrieben. Sie wagte kaum weiterzuatmen, während der Orang-Utan locker und selbstsicher den Raum durchquerte und zu einem der beiden Waschbecken ging. Auch heute machte er nicht den Eindruck, als wäre er blind. Er streckte seine rechte Hand nach dem großen Spiegelschrank aus, der über den beiden Waschbecken hing, und öffnete eine der beiden Türen. Dann griff er zielsicher nach der Zahnbürste und der Zahnpasta, die beide in einem Becher steckten. Ohne zu tasten bestrich er die Zahnbürste mit der Zahnpasta und begann, seine Zähne zu putzen. Die vielleicht zwei Minuten, in denen er das tat, kamen Madita vor wie eine kleine

Ewigkeit. Endlich war er fertig, spülte seinen Mund aus, trocknete sich ab und stellte dann alles wieder an seinen Platz. Dann steuerte er auf die Tür zu.

Madita atmete auf. Gleich würde sie ihn los sein. Aber im gleichen Moment hielt er plötzlich inne und schien zu stutzen. Ein paar Sekunden lang rührte er sich nicht. Dann wandte er seinen Kopf nach links. Madita hielt wieder die Luft an. Er konnte sie doch nicht gehört haben! Er hob den Kopf. Jetzt schien es, als würde er sie direkt ansehen, auch wenn Madita seine Augen hinter der Brille nicht erkennen konnte. Doch dann schüttelte er ein ganz kleines bisschen den Kopf, öffnete die Tür und ging hinaus.

Als die Tür hinter ihm zuschnappte, schloss Madita erleichtert die Augen. Das war noch einmal gut gegangen. Und was sollte sie jetzt mit ihrer Wäsche machen? Sie hatte absolut keine Lust, sie in irgendeiner Weise zu sortieren. Schließlich hatte sie auch ohnehin keine Ahnung, wie und wonach man Wäsche sortieren musste. Also entschied sie sich, alles gleichmäßig auf die drei Kammern zu verteilen. Als sie fertig war, nickte sie zufrieden und schlich sich wieder aus dem Bad hinaus.

Dann begab sie sich wie immer nach Neuruppin. Allerdings verdarb ihr dieser Donnerstag endgültig die Lust an der Stadt. Es regnete den ganzen Tag in Strömen und so blieb ihr nichts anderes übrig, als von einem Café oder Restaurant ins nächste zu wechseln.

Als sie abends gegen sieben zurückkehrte, war sie so voll, dass sie das Gefühl hatte, rollen zu müssen. Sie schleppte sich auf ihr Zimmer, machte es sich auf dem Bett bequem und vergrub sich hinter ihrem Arztroman. Bereits vor ein paar Tagen war sie zum letzten Kapitel vorgedrungen und war jetzt wirklich gespannt, wie das Buch enden würde. Natürlich endete es so, wie es Madita bereits nach dem ersten Kapitel vermutet hatte. Der durch einen Unfall schwer verletzte Patient wurde doch noch wieder gesund, heiratete die schöne Chirurgin, die ihm das Leben gerettet hatte, und alles war in bester Ordnung. Madita las die letzten Sätze, klappte den Roman dann zu, warf ihn ans Fußende des Bettes und rollte mit den Augen.

Was für ein klischeehafter, billiger Schund, dachte sie und schüttelte den Kopf. *Wie kann ich so etwas nur lesen?* Sie zuckte mit den Schultern und kramte ihren CD-Player aus dem Nachttisch hervor, um ein wenig Musik zu hören. Aber noch während sie ihre Lieblings-CD von Aragall einlegte, musste sie weiter über den Roman nachdenken. Das Buch hatte damit geendet, dass die beiden Hauptfiguren vor dem Altar ihre Ehe mit einem Kuss besiegelten. Diese Szene ging ihr einfach nicht mehr aus dem Kopf. Sie versuchte, die Gedanken einfach abzuschütteln, aber es gelang ihr nicht. Die Szene verfolgte sie.

Was ist bloß los mit dir, Madita?, fragte sie sich. *Warum liest du heimlich diesen Mist? Warum hast du dir zwei Dutzend dieser Hefte mitgebracht? Warum du – du bist doch gebildet und intelligent. Und du hast hochwertige Literatur immer zu schätzen gewusst!*

Sie schaltete ihren CD-Player an. Sie wollte nicht weiter darüber nachdenken. Das hier war einfach zu verwirrend. Und doch ...

„Du liest diese Romane, weil du dich über das Bild des Arztes in der Öffentlichkeit informieren willst“, sagte sie laut, wusste aber im gleichen Moment, dass sie sich selbst belog. Sie seufzte. Warum war sie süchtig nach Liebesromanen? Sie glaubte doch gar nicht an diesen Unsinn mit der „wahren“ Liebe, womöglich noch auf den ersten Blick, so wie in den meisten ihrer Romane! Liebe – das war doch nicht mehr als pubertäre Schwärmerei! Und Ehe – das war doch ein anderes Wort für eine Zweckgemeinschaft!

Sie nickte entschlossen. „Menschen heiraten, weil sie ein bestimmtes Ziel damit verfolgen. Weil sie versorgt sein wollen oder weil sie Angst vor der Einsamkeit haben! Menschen heiraten immer aus Berechnung, immer!“ Sie hatte das letzte Wort sehr stark betont und jetzt fiel ihr plötzlich auf, dass sie die ganze Zeit laut geredet hatte.

Jetzt fängst du schon an, Selbstgespräche zu führen, dachte sie. *Wo soll das nur hinführen?*

Sie schaltete den CD-Player aus und griff zu ihrem Handy. Dann wählte sie die Nummer ihrer Eltern. Sehr zu ihrer Überraschung war schon nach dem ersten Klingeln ihr Vater am Telefon.

„Von Eschenberg.“

„Oh, hallo, Papa“, rief Madita freudig. „Sitzt du neben dem Telefon?“

„Ja, Madita“, entgegnete ihr Vater ernst, „das tue ich. Deine Mutter hat mir erzählt, dass du mich sprechen wolltest. Ich hab schon gestern den ganzen Abend auf deinen Rückruf gewartet. Geht es dir gut?“

Madita schluckte und zögerte einen Moment lang. Dann aber

riss sie sich zusammen und antwortete fröhlich: „Natürlich geht's mir gut, Papa. Was dachtest du denn?"

„Ich weiß nicht, Kind. Ich weiß nur, dass ich pausenlos an dich denke und mich immer frage, ob es richtig war, dich gehen zu lassen. Er belästigt dich doch nicht, oder?"

„Nein, Papa. Er ist vollkommen harmlos. Du brauchst dir wirklich keine Sorgen zu machen."

„Das beruhigt mich ein wenig, mein Schatz. Aber wie kommst du sonst so zurecht?" Welf von Eschenberg klang noch immer furchtbar besorgt.

„Ich komme prima zurecht, Papa, wirklich. Das hier ist wie Urlaub. Ich sonne mich am See, lese viel, gehe ständig einkaufen. Besser könnte es gar nicht sein. Aber wie geht es dir?"

„Auch gut. Du hast ja gehört, dass ich schon wieder golfen war. Es ist kaum zu glauben, aber seit dem Infarkt hat sich mein Leben völlig verändert. Ich genieße jeden Tag, als wäre es mein letzter, und ich fühle mich, nun ja, als wäre ich wieder dreißig. Und deine Mutter", raunte Welf von Eschenberg ins Telefon, „ist an dieser Entwicklung nicht unschuldig."

Madita lächelte. Ihr Vater war wirklich wie ausgewechselt. Und ihre Mutter schien tatsächlich Wort zu halten. Einerseits freute sie das, andererseits war ihr bewusst, dass diese Tatsache auch für sie eine Verpflichtung darstellte. „Das freut mich, Papa", sagte sie warm.

„Und mich erst, mein Kind", entgegnete ihr Vater ernst. „Und mich erst! Manchmal hab ich nur Angst, dass ich träume und irgendwann aufwachen muss."

„Das kann ich gut verstehen", sagte Madita und fügte gedanklich hinzu: *Ich auch.*

„Aber sag doch mal, ob du alles hast, was du brauchst, mein Schatz. Sollen wir dir irgendetwas schicken? Bekommst du genug zu essen?"

„Ihr braucht mir nichts zu schicken, Papa. Ich hab wirklich alles, was ich brauche. Und ich schlemme hier von morgens bis abends. Wirklich. Ich hab nur mal angerufen, um deine Stimme zu hören." Madita versuchte, fröhlich zu klingen, rang aber in Wirklichkeit mit den Tränen. *Hol mich nach Hause, Papa,* schrien ihre Gedanken. *Hol mich hier raus. Ich kann hier nicht bleiben! Ich werd hier noch verrückt.* Aber sie riss sich mit aller Macht zusammen. Um nicht doch noch in Tränen auszubrechen, bemühte sie sich, das Gespräch zu beenden. „Ich höre gerade, dass es Abendessen gibt, Paps. Ich muss Schluss machen. Aber ich meld mich mal wieder. Bis später!“

Madita hörte noch, wie ihr Vater ein verdattertes: „Äh, ja, dann also bis später“, ins Telefon rief. Sie schaltete das Handy aus, so als wollte sie sicherstellen, nicht zurückgerufen zu werden. Dann stieß sie einen abgrundtiefen Seufzer aus und vergrub ihr Gesicht in den Händen. Dieses Gespräch hätte sie sich wirklich sparen können, denn jetzt ging es ihr noch schlechter als vorher. Warum musste sie sogar ihren Vater anlügen? Gab es denn niemanden auf dieser Welt, mit dem sie ihre Einsamkeit teilen konnte? Einen Moment lang spielte sie erneut mit dem Gedanken, Mareile anzurufen, aber auch dieses Mal entschied sie sich dagegen. Sie konnte ihrer Schwester, die sie die ganze Zeit gewarnt hatte, doch nicht vorheulen, wie schlecht es ihr jetzt ging! Nein, diese Blöße würde sie sich nicht geben, nicht einmal Mareile gegenüber. Oder vielleicht auch gerade nicht Mareile gegenüber!

Sie musste also selbst mit ihrer Situation fertig werden. Aber wie? Sie konnte doch nicht den gesamten Juni in Neuruppin verbringen! Aber im Haus war es auch nicht auszuhalten. Wer konnte es schon ertragen, sich den ganzen Tag lang vor jemandem zu verstecken? Man musste doch wenigstens mal in Ruhe im Wohnzimmer oder in der Küche sein können.

Sollte sie sich vielleicht doch mit dem Orang-Utan arrangieren? Sie musste ja nicht gerade Freundlichkeiten mit ihm austauschen. Aber vielleicht war es ja möglich, ihm zumindest gelegentlich zu begegnen und ein paar belanglose Sätze mit ihm zu wechseln. Ja, das ginge vielleicht. Das würde ihr Problem zumindest ein wenig entschärfen. Und es war die einzige Möglichkeit, um auf Dauer der Klapsmühle zu entgehen. Jawohl! Morgen würde sie zu Hause bleiben und sich ihrem Problem stellen!

Sie war einigermaßen erleichtert, einen Lösungsansatz gefunden zu haben. Jetzt war es ihr möglich, in Ruhe noch ein wenig Musik zu hören und dann entspannt ins Bett zu gehen.

❦

Am nächsten Morgen wachte sie bereits um kurz nach sieben auf. Sie erinnerte sich sofort an ihren Entschluss vom Vortag und nahm sich vor, ihn umgehend in die Tat umzusetzen. Sie ging duschen und zog sich dann eine schwarze Jeans und einen knallroten Baumwollpullover an. Ihre Haare ließ sie nach dem Fönen einfach offen.

Als sie mit ihrer Morgentoilette fertig war, schnappte sie sich ihre Kaffeemaschine nebst Kaffeepulver, Filtern, Milch und Tasse, polterte damit aus ihrem Zimmer heraus und hüpfte beschwingt die Treppe hinunter. Jetzt war Schluss damit, wie ein Indianer durchs Haus zu schleichen! Jetzt würde sie sich endlich wie ein normaler Mensch durch ihr Zuhause bewegen!

Als sie im Erdgeschoss angekommen war, steuerte sie ohne zu zögern auf die Küchentür zu und öffnete diese. Der Orang-Utan saß bereits am Frühstückstisch. Sein Erscheinungsbild hatte sich in den letzten Tagen kein bisschen verändert. Er trug auch heute seine Sonnenbrille und das Jeans-Outfit, von dem Madita jetzt allerdings wusste, dass es nicht sein einziges war.

„Guten Morgen", zwitscherte Madita in fröhlichem Tonfall.

„Guten Morgen", antwortete der Orang-Utan, der ein wenig verwundert klang.

Madita ging zur Spüle, stellte die Kaffeemaschine auf die Arbeitsplatte und setzte Kaffee auf. Dann nahm sie ein Frühstücksbrett aus dem Schrank und öffnete die Besteckschublade. *Was für ein vielversprechender Tag,* dachte sie lächelnd, als sie feststellte, dass tatsächlich noch Messer darin waren. Sie holte sich eine Tasse und stellte alles auf den Tisch. Anschließend nahm sie wie selbstverständlich den Klapphocker aus der Ecke, stellte ihn dort auf, wo sie auch beim letzten Mal gesessen hatte, und nahm Platz.

Auf dem Tisch standen auch heute frische Brötchen, Butter, Honig, Nutella und Marmelade. Sie nahm ein Brötchen aus dem Korb, schnitt es auf und bestrich es mit Butter und Nutella. Dann biss sie hinein und ließ es sich schmecken.

„Die Brötchen sind lecker", sagte sie beiläufig, als sie die zweite Hälfte mit Nutella bestrichen hatte. Den Honig hatte sie vorsichtshalber gar nicht erst angerührt. „Wer liefert die eigentlich?", fragte sie weiter und biss wieder ab.

Der Orang-Utan zögerte ein wenig, bevor er antwortete. „Niemand", antwortete er dann. „Ich backe sie selbst."

Im gleichen Moment hatte Madita sich verschluckt und begann, heftig zu husten. Es dauerte ein paar Sekunden, bis sie sich wieder beruhigt hatte. „Aha", antwortete sie dann. Die Brötchen waren wirklich lecker. Die konnte er doch nicht im Ernst selbst gebacken haben!

Na toll, schimpfte sie innerlich, *ich hatte vor, ein belangloses*

Gespräch zu führen. Und jetzt hab ich ihm auch noch Komplimente gemacht! Vielleicht sollte ich doch besser meine Klappe halten. Sie stand auf und holte sich ihren Kaffee. Dann aß sie schweigend weiter. Auch ihr Gegenüber sagte kein weiteres Wort.

Zweieinhalb Brötchen und vier Tassen Kaffee später stand Madita wie immer einfach auf, ließ alles stehen und liegen und ging nach draußen, um zu sehen, wie das Wetter war. Sie war angenehm überrascht. Die Sonne schien und es waren kaum Wolken am Himmel zu sehen. Maditas Laune hob sich. Sie atmete einmal tief durch und blickte auf den herrlichen See hinab. Was für ein idyllisches Fleckchen Erde das hier war! Aber was für eine Verschwendung für jemanden, der all das gar nicht sehen konnte!

Sie ging langsam die Treppenstufen hinunter. Ihr Blick wanderte nach rechts. Dort befand sich eine Wäscheleine, die sie vorher noch gar nicht wahrgenommen hatte. Jetzt aber hingen Kleidungsstücke daran. Sie sah wieder auf den See, dann stutzte sie. Irgendetwas war ihr gerade aufgefallen. Sie wandte ihren Blick wiederum der Wäscheleine zu. Was dort hing, kam ihr irgendwie bekannt vor. Ein paar Sekunden lang starrte sie auf die Leine. Da hingen ein paar Jeans und Jeanshemden, wie sie der Orang-Utan zu tragen pflegte. Sie entdeckte auch ein bisschen Unterwäsche: Herrenshorts, aber auch Damenunterwäsche – ihre Unterwäsche! Ein breites Grinsen bildete sich auf ihrem Gesicht. *Es hat also tatsächlich geklappt! Er hat meine Sachen mitgewaschen und aufgehängt. Jetzt muss er sie nur noch bügeln.*

Im gleichen Moment aber stutzte sie erneut. Sie hatte doch nicht nur Unterwäsche in den Sammler gesteckt. Und wieso hing dort Kinderkleidung an der Leine?

Sie war sonst nicht begriffsstutzig, aber dieses Mal dauerte es recht lange, bis sie das Ausmaß der Katastrophe erfasste. Was dort an der Leine hing und wie Kinderkleidung aussah, hatte ihr einmal gepasst. Aber jetzt war es fast bis zur Unkenntlichkeit eingelaufen. Ihre schöne Jeans, ihre beiden Blusen, ihr Lieblingspullover! Madita starrte fassungslos auf die Wäscheleine. Das durfte doch nicht wahr sein! Ein paar Sekunden lang war sie wie gelähmt, aber dann verwandelte sich ihre Lähmung in Wut. Das hatte er mit Absicht gemacht, ganz bestimmt hatte er das. Er wollte ihr eins auswischen, so viel war sicher.

Sie wollte gerade ins Haus rennen und ihm ihre ganze Wut

entgegenschleudern, als ihr die ersten Zweifel kamen. Er war schließlich blind und hatte gar nicht sehen können, was er in die Waschmaschine steckte. Und sie selbst hatte es versäumt, die Teile zu sortieren. Dass Wäsche einlaufen konnte, wenn man sie zu heiß wusch, war ihr schon zu Ohren gekommen. War sie am Ende doch selber schuld? Andererseits war ihr Mitbewohner längst nicht so unbeholfen, wie sie angenommen hatte. Wenn er in der Lage war, seine eigene Wäsche zu sortieren, dann musste er doch auch mitbekommen haben, dass ihre Sachen darunter waren. Oder vielleicht doch nicht? Vielleicht hatte er gar nicht aufgepasst. Oder vielleicht hatte er den Inhalt des Wäschesammlers auch einfach so in die Waschmaschine gestopft.

Madita zuckte resigniert mit den Schultern. Ob das nun Absicht gewesen war oder nicht – sie musste herausfinden, mit wem sie es hier zu tun hatte. War er ein ernst zu nehmender Gegner?

„Also gut, du komischer Kauz", sagte sie laut, „messen wir unsere Kräfte!"

Mit entschlossenem Gesichtsausdruck begann sie einen Spaziergang um den See herum. Sie hatte die Gegend schon seit längerem ein bisschen näher erkunden wollen und konnte jetzt das Angenehme mit dem Nützlichen verbinden. So ein Spaziergang war immer ein guter Rahmen, wenn man nachdenken wollte.

Nach ungefähr zwei Stunden kehrte Madita zum Haus zurück und hatte ein paar annehmbare Ideen auf Lager.

Sie schlich wieder einmal die Treppe hinauf und betrat vorsichtig das Haus. Dann ging sie auf leisen Sohlen durch den Flur und öffnete beinahe geräuschlos die Küchentür. Der Orang-Utan war nicht mehr dort und so trat Madita ein. Ihr fiel sofort auf, dass der Küchentisch vollständig abgeräumt und auch abgewischt war. Auch das Geschirr war abgewaschen.

Sie grinste zufrieden und öffnete den Schrank mit den Gewürzen. Es befanden sich sechs Schütten in dem Schrank. Neben Salz, Zucker und Mehl entdeckte sie Paniermehl, Kakao und Speisestärke.

Sie grinste frech und begann, alles zu vertauschen, was ihr in die Hände fiel. Das Salz wanderte von rechts nach links, der Zucker von links nach rechts. Das Paniermehl erhielt den Platz, den zuvor das normale Mehl innegehabt hatte und umgekehrt. Kakao und Speisestärke wurden ebenfalls vertauscht. Als das erledigt war, lächelte Madita zufrieden.

„Das macht Spaß", flüsterte sie und hatte nicht die Absicht, schon aufzuhören. Sie untersuchte die Gewürze. Alle befanden sich in unterschiedlichen Behältern, schienen aber unsortiert im Schrank zu stehen.

Dann erkennt er sie wohl an der Verpackung, dachte sie.

Sie nahm ihre Kaffeetasse, die abgewaschen neben ihrer Kaffeemaschine stand, öffnete den Behälter mit dem „rosenscharfen" Paprikagewürz und schüttete den Inhalt in die Tasse. Dann öffnete sie den Behälter mit dem Oregano und schüttete den Inhalt in den Behälter, in dem sich zuvor das Paprikagewürz befunden hatte. Auf diese Weise vertauschte sie anschließend noch Pfeffer und Curry, Thymian und Kümmel, Chinagewürz und Zwiebelpulver, Knoblauchgranulat und Muskatnuss. Dann stellte sie alles wieder in den Schrank und schlich sich leise in ihr Zimmer. Als sie unbehelligt dort angekommen war und die Tür hinter sich geschlossen hatte, atmete sie erleichtert auf. Das war doch gut gelaufen!

Dann begann sie zu warten. Schon nach zehn Minuten ging ihr allerdings auf, dass es schwer für sie sein würde, das Ergebnis ihres kleinen Schabernacks überhaupt mitzubekommen. Ihr Mitbewohner würde wohl kaum an ihre Tür klopfen und sich über das Vertauschen der Gewürze beschweren. Nein, so schätzte sie ihn nicht ein! Er würde sich bestimmt ärgern, aber anmerken lassen würde er es sich sicher nicht.

Komisch, dachte sie, *irgendwie hab ich das Gefühl, ihn schon ein bisschen zu kennen. Aber warten wir's ab, vielleicht täusche ich mich auch.*

Nach weiteren zehn Minuten, in denen auf dem Flur nichts passiert war, begann sie sich zu langweilen. Lesen wollte sie nicht, den Spaziergang hatte sie schon hinter sich und Musikhören war auch keine Ganztagsbeschäftigung. Außerdem verspürte sie einen ersten Anflug von Hunger. Aber was sollte sie jetzt essen? Im Kühlschrank war sicher nichts Anständiges und auf das Menü des Orang-Utans wollte sie angesichts der besonderen Umstände heute lieber verzichten. Also entschied sie sich seufzend, ein weiteres Mal nach Neuruppin zu fahren.

Eine gute Stunde später saß Madita in einem Chinarestaurant und verputzte ein Entengericht. Währenddessen musste sie ununterbrochen darüber nachdenken, wie es dem Orang-Utan wohl gerade erging. Was er wohl heute kochte? Ob er wohl gleich merken würde, dass mit seinen Gewürzen etwas nicht stimmte? Oder ob die Katastrophe erst über ihn hereinbrechen würde, wenn das Menü schon fertig war? Schon der Gedanke an all das erfreute sie ungemein. Sie grinste breit.

Am Nebentisch saßen zwei junge Frauen, von denen eine gerade herzhaft lachte. Madita sah zu den beiden herüber. Die Frau, die gerade gelacht hatte, erinnerte sie an Mareile. Sehnsüchtig dachte Madita an ihre Schwester. Wie gern würde sie jetzt mit Mareile an einem Tisch sitzen! Dann müsste sie sich auch nicht allein über ihren Streich freuen, sondern könnte ihn mit jemandem teilen.

Andererseits, so musste sie sich eingestehen, wäre Mareile sicher alles andere als erfreut über ihren Schabernack. *Das kann doch nicht dein Ernst sein, Madita*, würde sie sagen. *Der arme Mann! Hast du denn überhaupt kein Mitleid mit ihm?*

„Nein, Schwesterherz", sagte Madita laut. „Hab ich nicht."

Die Frauen am Nebentisch hörten abrupt auf zu reden, drehten sich zu Madita um und starrten sie an. Erst jetzt wurde Madita bewusst, dass sie wieder einmal Selbstgespräche geführt hatte.

Sie sah nun ihrerseits zu den beiden Frauen herüber, grinste blöd und riss für ein paar Sekunden übertrieben die Augen auf. Die beiden Frauen verstanden den Hinweis, wandten pikiert den Blick von ihr ab und setzten ihre Mahlzeit fort.

Madita fragte sich, wie das Gespräch mit Mareile weitergegangen wäre. *Es ist nicht meine Schuld, dass er blind ist,* würde Madita sagen. *Und es ist auch nicht meine Schuld, dass ich mit ihm in einem Haus leben muss. Wessen Idee war das denn? Meine jedenfalls nicht!*

Seine aber auch nicht, hörte sie Mareile einwerfen.

Vielleicht nicht. Aber wen kümmert das schon? Er hat bei diesem Spielchen mitgemacht. Und jetzt soll er mal sehen, was er davon hat! Ich werde dafür sorgen, dass er seine Entscheidung bereuen wird, und zwar bitter. Jawohl!

Mit entschlossenem Gesichtsausdruck schob sich Madita eine weitere Gabel Ente in den Mund. Schon bald würde dieser Orang-Utan seinen Vater anflehen, sie ihm wieder vom Hals zu schaffen. Schon sehr bald.

❦

Trotz allem traute sich Madita an diesem Freitag einfach nicht in das Haus am See zurück. Nach ihrem Aufenthalt in dem Chinarestaurant lief sie ziellos durch Neuruppin. Sie schaute nicht in ein einziges Schaufenster, sondern sah einfach auf die Straße vor ihren Füßen. Sie bemerkte noch nicht einmal, dass es anfing zu regnen. Zweimal ging sie sogar zum Auto zurück. Aber als sie davor stand, konnte sie sich einfach nicht zum Einsteigen durchringen. Irgendetwas hielt sie zurück. War es Angst vor seiner Reaktion, wenn er ihren Streich bemerkte? Würde er völlig ausrasten? Sie schlagen? Sie am Ende sogar umbringen?

Und wer würde ihr dann helfen? Wer würde sie vermissen? Ihre Eltern würden sicher erst nach Tagen auf die Idee kommen, mal nach ihr zu sehen. Und sonst gab es ja niemanden, wirklich niemanden, der überhaupt von ihrem Aufenthalt in dem Haus wusste! Madita musste ein bisschen weinen, als sie sich ihrer Lage bewusst wurde.

Irgendwann stand Madita zum dritten Mal zögernd vor ihrem Wagen. Es war bereits nach halb zehn. Madita war müde und erschöpft. Sie fror und hungrig war sie auch schon wieder. Im Dunkeln würde sie den Weg nach Hause wahrscheinlich gar nicht mehr finden. Und wo sollte sie dann übernachten? Und so gab sie sich einen Ruck, stieg ein und fuhr zurück.

Gegen zehn kam sie an. Sie stieg aus und ging auf das Haus zu. Jetzt war es schon so dunkel, dass sie kaum mehr die Hand vor Augen sah. Draußen gab es keinerlei Beleuchtung und auch aus dem Inneren des Hauses drang kein Licht nach draußen. Madita musste ihren Weg daher regelrecht ertasten. Unbeholfen tappte sie durch die Dunkelheit. Einmal erschrak sie fürchterlich, weil irgendein Tier in ihrer Nähe aufsprang und flüchtete. Sie ging schneller, stolperte dann aber, weil sie die Treppe nicht gesehen hatte, die zum Haus hinaufführte.

Das gibt einen ordentlichen blauen Fleck, dachte sie, während sie stöhnend ihr rechtes Bein hielt. Trotzdem war sie froh, endlich bei der Treppe angelangt zu sein. Jetzt musste sie sich nur noch am Geländer festhalten und konnte den Weg nicht mehr verfehlen.

Als sie oben angelangt war, griff sie nach dem Türknauf, zögerte dann aber einen Moment lang. Er würde doch nicht mit gezücktem Messer im Flur auf sie warten? Sie schüttelte energisch den Kopf. *Jetzt reiß dich aber zusammen, Madita*, dachte sie.

Dann öffnete sie leise die Haustür, die wie immer unverschlossen war. Schon im gleichen Moment war ihre Angst wie weggeblasen, denn sie hörte herrliche Musik aus dem Wohnzimmer. „La fleur que tu m'avais jetée", aus der Oper Carmen von Georges Bizet, gesungen von einem Tenor, den sie nicht kannte. Madita atmete auf. Unwillkürlich musste sie an den Satz denken, den ihr Vater immer so gerne zitierte: „Wo man singt, da lass dich ruhig nieder, böse Menschen kennen keine Lieder."

Sie schlich durch den Flur, in der Absicht, leise die Treppe zu ihrem Zimmer hinaufzugehen. Aber als sie an der Wohnzimmertür vorbeikam, hielt sie etwas auf. Die Musik war so schön, dass sie einfach stehen bleiben musste. Ja, sie erinnerte sie an früher, als sie ein kleines Mädchen gewesen und von ihrem Vater in die geheimnisvolle Welt der Musik eingeführt worden war.

Die Musik ist ziemlich laut, dachte Madita. *So laut, dass er außer ihr eigentlich gar nichts hören dürfte.* Und dann öffnete sie zu ihrem eigenen Erstaunen einfach behutsam und unendlich leise die Wohnzimmertür. Drinnen war es ziemlich dunkel. Der Raum wurde einzig und allein durch das Licht der angeschalteten Stereoanlage ein kleines bisschen erhellt. Madita konnte gerade eben erkennen, dass der Orang-Utan mit dem Rücken zu ihr auf dem alten Sessel saß, der sich der Stereoanlage gegenüber befand.

Eine ganze Weile stand Madita unentschlossen in der geöffneten Tür, dann trat sie ein, schloss die Tür wieder und schlich, ohne ein Geräusch von sich zu geben, nach rechts zur Rundecke. Dort ließ sie sich dann nieder, schloss die Augen und lauschte der Gesamtaufnahme der Oper Carmen. Dabei fühlte sich Madita so gut wie schon lange nicht mehr. Sehr zu ihrer Verwunderung störte sie auch die Anwesenheit des Orang-Utans nicht. Im Gegenteil, irgendwie beruhigte es sie sogar, dass außer ihr noch jemand da war.

Irgendwann war die CD zu Ende und es wurde urplötzlich totenstill im Raum. Madita hielt den Atem an. Erst jetzt fiel ihr auf, wie dumm sie sich verhalten hatte. Sie hatte nur an die Musik gedacht und gar nicht berücksichtigt, dass sie den Raum auch irgendwann wieder verlassen musste. Jetzt saß sie in der Falle!

Sie bewegte sich nicht. Würde der Orang-Utan jetzt nach oben gehen? Sie hoffte es, denn erst danach hatte auch sie eine Chance, den Raum unerkannt zu verlassen.

Aber Samuel Spließgard rührte sich nicht. Ob er eingeschlafen war? Madita wartete. Nach ein paar Minuten sah sie auf ihre Uhr. Sie betätigte das kleine Lämpchen darin und so konnte sie erkennen, dass es bereits elf Uhr war. Jetzt fiel ihr auch auf, wie müde sie war. Sie sehnte sich nach ihrem Bett und wäre am liebsten einfach aufgestanden. Aber das wagte sie nicht. Also blieb sie sitzen und wartete weiter. Die Minuten vergingen im

Schneckentempo. Nach einer halben Ewigkeit sah sie erneut auf ihre Uhr. Es war jetzt kurz vor halb zwölf. Sollte sie denn die halbe Nacht hier unten im Wohnzimmer verbringen? Nein, das hatte sie nun wirklich nicht vor! Außerdem hatte sich der Orang-Utan seit einer halben Stunde nicht mehr bewegt. Er musste doch ganz einfach eingeschlafen sein!

Sie gab sich einen Ruck, hielt den Atem an und stand ganz leise auf. Dann bewegte sie sich lautlos und in Zeitlupentempo auf die Tür zu. Als sie nach Minuten endlich an der Tür angelangt war, drückte sie vorsichtig die Türklinke herunter und öffnete die Tür. Sie wollte gerade in den Flur entschlüpfen, als jemand wie beiläufig sagte: „Gute Nacht, Madita."

Madita blieb beinahe das Herz stehen. Sie drehte sich um und machte sich jetzt auch nicht mehr die Mühe, leise zu sein. Der Orang-Utan saß noch immer bewegungslos in seinem Sessel.

Madita brauchte ein paar Sekunden, bis sie sich von ihrem Schrecken erholt hatte und den Gruß erwidern konnte. Dann betrat sie den Flur, schloss die Tür wieder hinter sich und ging nach oben auf ihr Zimmer.

Er konnte sie ganz einfach nicht gehört haben! Die Musik war doch so laut gewesen! Ihres Wissens hatte sie kein einziges Geräusch von sich gegeben! Wie also hatte er sie bemerkt? Dieser Mensch wurde ihr langsam immer unheimlicher. Hatte er so etwas wie einen siebten Sinn? Und warum hatte er ihre Anwesenheit geduldet und ihr dann auch noch freundlich eine gute Nacht gewünscht? Er musste doch sauer auf sie sein. Oder hatte er das mit den Gewürzen noch gar nicht bemerkt? Vielleicht war er auch einfach zu stolz, um seine Wut zu zeigen. Sie schüttelte den Kopf. Was war das nur für ein Mensch?

Mit diesen und ähnlichen Gedanken schlief Madita dann ein. Und mit den gleichen Gedanken wachte sie am nächsten Morgen gegen halb zehn auch wieder auf. Sie beschloss, mit ihren „Experimenten" erst aufzuhören, wenn sie ihren Mitbewohner aus der Reserve gelockt hatte.

Sie stand auf, ging wie immer duschen und öffnete dann den Kleiderschrank, um eine Jeans und einen Pullover rauszuholen. Sehr zu ihrer Enttäuschung stellte sie schnell fest, dass keine Jeans mehr zu ihrer Verfügung stand. Die schwarze Jeans von gestern war bei ihrem Spaziergang im Regen ziemlich dreckig geworden. Auch ihre blaue Jeans von vorgestern war nicht mehr ganz sauber. Und die anderen beiden Jeans, die sie noch besaß, waren in der Waschmaschine auf Kindergröße geschrumpft.

Madita zog missmutig die Stirn in Falten. Sie konnte es überhaupt nicht ausstehen, wenn das, was sie sich in den Kopf gesetzt hatte, nicht ausführbar war. Irgendwann nahm sie missmutig eine schwarz-weiß gestreifte Leinenhose aus dem Schrank und zog eine schwarze Bluse dazu an. Dann musterte sie sich im Spiegel. Eigentlich sah sie klasse aus, konnte sich aber nicht so recht darüber freuen. Wen kümmerte in dieser Einöde schon ihr Aussehen? Und eine Jeans wäre viel bequemer gewesen.

Aber was sollte sie jetzt tun? Sie konnte doch nicht jede Woche eine neue Jeans kaufen, nur weil die alte dreckig geworden war. Das ging selbst für ihre Verhältnisse zu weit! Aber was war die Alternative? Der Orang-Utan würde ihre Sachen bestimmt wieder einlaufen lassen. Und eine Haushälterin durfte sie nicht einstellen. Sollte sie sich etwa doch selbst mit der Waschmaschine vertraut machen? Einen Versuch war es wert, schon allein, um ihre Unabhängigkeit zu stärken und es dem Orang-Utan zu zeigen.

Entschlossen schnappte sie sich den großen Berg dreckiger Kleidungsstücke, der sich in ihrem Badezimmer angesammelt hatte, und schleppte ihn nach unten. Sie stopfte alles, was sie im Arm hatte, in die Waschmaschine und schloss das Bullauge.

Dann begab sie sich auf die Suche nach Waschmittel. In einem der Schränke fand sie ein Pulver, das stark danach aussah. Ein durchsichtiger kleiner Becher war auch dabei. Sie füllte den Becher bis zum Rand und schüttete das Pulver in eine der ausziehbaren Kammern der Waschmaschine.

Okay, dachte sie, *ich bin ja nicht blöd. Da werd ich wohl eine einfache Waschmaschine bedienen können. Wir wollen ja nicht, dass wieder etwas einläuft. Also wasche ich alles auf möglichst niedriger Temperatur, 30° sind sicher nicht schlecht.*

Madita nickte sich aufmunternd zu, stellte den Drehknopf auf 30 und drückte den Knopf, auf dem An/Aus stand. Ein paar Sekunden lang wartete sie darauf, dass etwas passieren würde, aber das tat es nicht. Es geschah überhaupt nichts. Irgendwann wurde ihr klar, dass sie etwas falsch gemacht haben musste. Sie rollte mit den Augen und versetzte der Waschmaschine einen kräftigen Stoß mit der Faust.

„Nun fang an zu waschen, du blödes Ding", sagte sie genervt. „Allein aus diesem Grund stehst du schließlich hier herum."

Diese Sprache schien die Waschmaschine allerdings nicht zu verstehen, denn es passierte auch jetzt nicht das Geringste. Madita seufzte. Es konnte doch nicht so schwierig sein, eine

Waschmaschine zum Laufen zu bringen. Sie hatte schließlich studiert.

Vielleicht war der Stecker nicht drin? Sie machte sich auf die Suche nach dem Kabel, fand es auch bald, musste aber feststellen, dass sich der Stecker bereits ordnungsgemäß in der Steckdose befand. Und jetzt? Sie betätigte noch einmal den An/Aus-Schalter. Wieder geschah nichts.

Erst jetzt fiel ihr auf, dass da noch ein weiterer Drehknopf war, neben dem Stichworte wie Schleudern, Abpumpen, Waschen, Wolle, Pflegeleicht, Koch, Bunt usw. standen. Madita seufzte wiederum herzzerreißend. Gab es hier keine Bedienungsanleitung? Sie suchte ein paar Schränke ab, fand aber nichts. Es blieb ihr daher nichts anderes übrig, als den Knopf einfach irgendwohin zu drehen. Sie entschied sich für die Einstellung „Pflegeleicht", das klang irgendwie am ungefährlichsten. Dann betätigte sie erneut den An/Aus-Schalter. Und tatsächlich. Die Maschine begann zu klicken und schien irgendwie in Bewegung zu kommen.

„Na also, du alte Schabracke", sagte Madita. „Es geht doch."

Diese Beleidigung schien die Maschine allerdings persönlich zu nehmen, denn sie hörte im gleichen Moment, in dem Madita dies gesagt hatte, wieder damit auf, Geräusche von sich zu geben.

„Wie jetzt?", fragte Madita, die nun ihrerseits anfing, sich persönlich angegriffen zu fühlen. „Das war alles? Mehr hast du nicht auf dem Kasten?" Sie stemmte ihre Hände in die Hüfte und sah die Waschmaschine herausfordernd an. „Mach sofort weiter, sonst wirst du verschrottet!"

Die Waschmaschine schien diese Drohung allerdings nicht besonders ernst zu nehmen und äußerte sich nicht weiter dazu. Sie stand still, vollkommen still.

Madita wurde jetzt langsam so richtig wütend. „Du blödes Scheißding. Glaub bloß nicht, dass ich auf deine Hilfe angewiesen bin", sagte sie aufgebracht. „Ich kann meine Wäsche auch woanders waschen!" Sie fasste an den Griff des Bullauges und zog daran. Die Tür ging allerdings nicht auf. „Gib sofort meine Sachen wieder her", keifte sie und zog weiter am Griff, immer wieder und immer kräftiger, aber die Tür ließ sich einfach nicht öffnen. Irgendwann war Madita so genervt, dass sie aufstand, mit dem Fuß ausholte und kräftig gegen die Maschine trat.

Schon im gleichen Moment bereute sie allerdings ihren Ausrutscher, denn ein heftiger Schmerz im rechten großen Zeh durchfuhr sie. Sie schrie auf. Dann musste sie sich erst einmal setzen und ihren Zeh halten. Stöhnend, fluchend und jammernd blieb sie ein paar Sekunden auf dem Fußboden sitzen. Dann mündete ihr Jammern in ein leises Weinen. Sie vergrub ihr Gesicht in den Händen und ließ ihren Tränen freien Lauf. Die letzte Woche war einfach zu viel für sie gewesen. Nach allem, was sie durchgemacht hatte, reichte jetzt schon eine Kleinigkeit aus, um sie aus der Fassung zu bringen. Und nun weinte sie ihre Einsamkeit, ihren Frust und ihre Hoffnungslosigkeit einfach heraus.

Erst Minuten später bekam sie sich wieder in den Griff. Die Tränen hörten auf, Madita atmete noch einmal tief durch und stand dann auf. Ohne die Waschmaschine eines weiteren Blickes zu würdigen verließ sie das Badezimmer. Sie musste erst einmal was essen. Vorsichtig durchquerte sie den Flur und öffnete die Küchentür. Der Raum war leer. *Ein Glück*, dachte Madita erfreut. *Dann kann ich ja wenigstens in Ruhe frühstücken.*

Sie kochte sich erst einmal einen Kaffee. Dann begab sie sich auf die Suche nach den Brötchen und ihrem Nutella. Sie war direkt überrascht, als sie in einem der Schränke tatsächlich ein paar frische Brötchen und neben dem Honig und dem Sirup auch ihr heißgeliebtes Nutella fand. Sollte der Orang-Utan über Nacht zum Wohltäter geworden sein? Das konnte sie sich irgendwie kaum vorstellen, aber dennoch deuteten die Umstände darauf hin. Warum sonst hatte er Brötchen für sie aufgehoben? Und warum hatte er das Nutella an einen vernünftigen Platz gestellt?

Ihre Laune stieg ein wenig, als sie sich mit dem Kaffee und ihrer Beute an den kleinen Tisch setzte. Nach dem ersten Schluck Kaffee ging es ihr noch besser und sie beschmierte ihr Brötchen mit Nutella. Dabei lief ihr das Wasser nur so im Munde zusammen und sie konnte den ersten Bissen kaum abwarten. Endlich war das Brötchen fertig und Madita biss genussvoll hinein. Doch sofort erstarb das Lächeln auf ihrem Gesicht und sie hörte abrupt auf zu kauen. Ihr Blick verwandelte sich von freudiger Erwartung in pures Entsetzen.

Was um alles in der Welt hatte sie da auf ihr Brötchen geschmiert?!?

Bei dem Gedanken daran, dass sie sich mit dem Glas versehen haben musste, kam Madita alles hoch und sie konnte nicht anders, als den gesamten Bissen voller Abscheu auf ihr Frühstücksbrett zurückzuspucken. Dann starrte sie entsetzt auf das vermeintliche Nutella-Glas. Es stand wirklich Nutella darauf! Und der Inhalt sah eigentlich auch aus wie Nutella. Sie steckte ihre Nase hinein. Das roch ganz wie Nutella! Aber warum schmeckte es dann salziger als Matjes-Salat???

Madita hatte den Gedanken kaum zu Ende gedacht, als ihr die Antwort auch schon schwante. Hatte er ... ? Ja, das hatte er wohl. Er hatte sich gerächt. Der Orang-Utan hatte das Nutella präpariert und es zusammen mit den Brötchen absichtlich für sie aufgestellt. So ein Mistkerl. So ein elender Mistkerl!

Aber noch während Madita so dachte, schlich sich der Hauch eines Grinsens auf ihr Gesicht. Der Mistkerl hatte Einfallsreichtum bewiesen, so viel war klar. Er hatte es ihr heimgezahlt und das so geschickt, dass sie einfach darauf hatte hereinfallen müssen. Und was noch bemerkenswerter war: Er hatte es ihr mit gleicher Münze heimgezahlt – mit dem Salz, das sie selbst vertauscht hatte. Wirklich, er hatte Stil, das musste sie ihm lassen. Und noch etwas wurde Madita jetzt klar. Wenn sie sich mit dem Orang-Utan anlegen wollte, dann musste sie wohl ein bisschen früher aufstehen.

Bei diesem Gedanken erwachten Maditas Energien zu neuem Leben. Sie liebte es, ihre Kräfte zu messen, und dazu brauchte man natürlich einen gleichwertigen Gegner. Genau den schien sie hier gefunden zu haben. Endlich würde das Leben in dieser Einöde ein bisschen interessant werden!

Sie warf das Brötchen in den Mülleimer und stellte das Nutellaglas an seinen Platz zurück. Dann holte sie sich die Marmelade und den Honig. Bevor sie beides allerdings auf die nächsten Brötchenhälften strich, steckte sie einmal kurz den Finger in jedes Glas, zog ihn wieder heraus und kostete daran. Beides schmeckte ganz normal.

Also hat er doch tatsächlich nur das Nutella präpariert. Nach einer Woche kennt er meine Vorlieben besser als Bertram nach zwei Jahren. Und das, obwohl er blind ist und ich kaum mehr als zwei Sätze mit ihm gewechselt habe. Wie erstaunlich, wie ausgesprochen erstaunlich!

Während Madita nun frühstückte, zerbrach sie sich den Kopf darüber, welchen Streich sie ihm als Nächstes spielen könnte. Witzig sollte er sein und originell. Und natürlich musste sie sich alles so geschickt ausdenken, dass er auf jeden Fall darauf hereinfiel.

Madita grübelte und grübelte. Mehrfach fiel ihr etwas ein, was sie dann aber wieder verwarf, weil er es bestimmt zu schnell spitzkriegen würde. *So komme ich nicht weiter,* dachte sie irgendwann. *Ich muss mir die Idee vor Ort holen.*

Sie schob sich den letzten Bissen ihres Brötchens in den Mund, trank ihren Kaffee aus und begann dann abzuräumen. Sie wollte vermeiden, dass er feststellen konnte, ob sie auf das versalzene Nutella hereingefallen war. Und so stellte sie alles, was sie hergeholt hatte, sorgfältig an seinen Platz zurück, wusch sogar Brett, Messer, Tasse und Löffel ab und legte auch diese Dinge wieder in den Schrank.

Nach getaner Arbeit ging sie wieder ins Badezimmer und öffnete den Spiegelschrank. Vielleicht gab es hier etwas, das man verwenden konnte.

Sie wurde schnell fündig. Die Zahnpastatube! Sie hatte so ziemlich die gleiche Form und Größe wie ihre Handcreme. Beides müsste man doch problemlos gegeneinander austauschen können! Madita grinste erfreut. Ja, das war eine gute Idee!

Aber halt! Ihr war mittlerweile klar, dass der Orang-Utan das Fehlen seines Augenlichtes ganz offensichtlich durch seine anderen Sinne kompensieren konnte. Bestimmt hatte er einen hervorragenden Geruchssinn. Und ihre Handcreme roch nicht gerade nach Pfefferminz. Also was tun? Vielleicht konnte sie seine Nase überlisten, wenn sie ein wenig Zahnpasta in den Deckel ihrer Creme schmierte.

Mit einem erwartungsvollen Grinsen auf den Lippen verließ sie das Badezimmer, holte von oben die Handcreme und betrat dann erneut das Bad im Erdgeschoss. Zunächst verglich sie ihre Tube mit der Zahnpasta-Tube. Tatsächlich, beide Tuben hatten beinahe die gleiche Größe und auch der Schraubverschluss war fast identisch.

Madita schraubte beide auf, reinigte den Deckel der Handcreme-Tube unter fließendem Wasser, trocknete ihn kurzerhand mit seinem Handtuch ab und gab dann ein wenig Zahnpasta hinein. Vorsichtshalber presste sie auch noch einen Hauch Zahnpasta von oben in die Handcreme-Tube selbst. Anschließend schraubte sie die beiden Deckel wieder auf und stellte das fertige Zahnpasta-Präparat in den Spiegelschrank neben Becher und Zahnbürste. Die echte Zahnpasta hingegen ließ sie in ihrer Hosentasche verschwinden.

Sie wollte das Badezimmer gerade wieder verlassen und hatte die Türklinke schon in der Hand, als sie wiederum Schritte auf dem Flur hörte. Erschrocken hielt sie den Atem an. Was, wenn er auch dieses Mal ins Badezimmer kommen würde? Sie musste sich verstecken. Aber wo? Panisch blickte sie im Badezimmer umher. Vielleicht in der Dusche? Lieber nicht, man konnte ja nie wissen, ob er nicht vielleicht duschen würde. Dann in der Badewanne? Ja, sie konnte sich hineinstellen und sicher sein, dass er sie nicht umrennen würde. Schnell schlüpfte sie aus ihren Hausschuhen, denn sie musste jetzt wirklich jedes Geräusch vermeiden. Sie hob die Schuhe auf, schlich ein paar Schritte von der Tür weg und stieg leise in die Badewanne.

Sie war gerade darin angekommen und hatte sich noch nicht wieder vollständig aufgerichtet, als sich auch schon die Badezimmertür öffnete und der Orang-Utan eintrat. Madita erstarrte. Sie fürchtete seinen siebten Sinn, mit dem sie schon bei ihrem letzten heimlichen Badezimmerbesuch Bekanntschaft gemacht hatte. Um auch wirklich nicht das geringste Geräusch von sich zu geben, hörte sie auf zu atmen und verharrte auch in ihrer gebeugten Haltung.

Noch schien der Orang-Utan sie nicht zu erahnen, denn er bewegte sich vollkommen locker und natürlich, so als fühlte er sich unbeobachtet und sicher. Er ging auf das Waschbecken zu.

Würde er etwa ...?

Ja! Madita hatte es kaum zu hoffen gewagt, aber der Orang-Utan öffnete den Spiegelschrank und nahm die Zahnbürste heraus. Madita richtete sich leise auf und musste sich zusammenreißen, um nicht schon jetzt laut loszuprusten. Es sah tatsächlich so aus, als würde sie das Vorrecht haben, das Ergebnis ihres kleinen Streiches direkt beobachten zu dürfen. Die Badewanne, die sich direkt neben dem Waschbecken befand, bot Madita einen Logenplatz allererster Güte. Besser hätte es eigentlich gar nicht laufen können!

Der Orang-Utan nahm jetzt auch die vermeintliche Zahnpasta in die Hand. Noch schien ihm nichts daran aufzufallen. Er schraubte den Deckel ab und gab ein wenig Paste auf seine Bürste. Dann schraubte er die Tube wieder zu und stellte sie in den Spiegelschrank zurück. Anschließend führte er die Zahnbürste an seinen Mund, steckte sie hinein und begann, kräftig zu bürsten.

Madita lauerte jetzt voller Anspannung auf das, was passieren würde.

Es dauerte einen Moment, bis die Reaktion kam. Zuerst hörte er einfach auf zu putzen, dann aber machte es den Eindruck, als würde er sich gleich übergeben. Er hustete, kämpfte mit einem Würgereiz und fing dann an, alles, was er im Mund hatte, auszuspucken, ja herauszuprusten. Dann schnappte er sich seinen Zahnputzbecher, füllte ihn hektisch voll Wasser und begann auszuspülen, erst einmal, dann nochmal und immer wieder.

Madita hielt sich den Mund zu und hatte weiter alle Hände voll zu tun, um nicht in voller Lautstärke loszulachen. Sie hatte es ihm prompt und gründlich heimgezahlt!

Der Orang-Utan schien sich jetzt langsam zu erholen. Er hörte mit dem Ausspülen auf, bewegte aber noch seine Zunge, so als würde er testen, ob der widerliche Geschmack endlich fort war. Er keuchte auch noch heftig, stand gebeugt und stützte sich mit beiden Händen am Waschbecken ab.

Irgendwann richtete er sich wieder auf und flüsterte: „Dieses Biest, dieses elende Biest."

Anschließend nahm er die vermeintliche Zahnpasta-Tube wieder aus dem Spiegelschrank, schraubte sie erneut auf, drückte ein paar Zentimeter der Paste in seine geöffnete linke Hand und roch dann daran.

„Creme", flüsterte er ärgerlich. Dann schüttelte er verständnislos den Kopf. „Warum hab ich das nicht gemerkt?"

Weil ich schlauer bin als du, entgegnete Madita lautlos.

Ihr Gegenüber wandte sich jetzt noch einmal dem Schraubverschluss zu. Er nahm ihn in seine rechte Hand, führte ihn an seine Nase und roch daran. Dann runzelte er die Stirn. Offensichtlich war er über das Ergebnis verwundert. Er steckte seinen kleinen Finger in die Kappe und roch dann an der Paste, die jetzt daran klebte. Dann berührte er mit dem kleinen Finger vorsichtig seine Zunge.

„Blöd ist sie nicht", flüsterte er anerkennend.

Darauf kannst du wetten, dachte Madita.

Der Orang-Utan schraubte die Tube wieder zu und warf sie dann zielsicher in den kleinen, oben offenen Mülleimer, der unter dem Waschbecken stand. Dann wandte er sich um und ging wieder auf die Tür zu.

Madita lächelte erleichtert. Sie war sicher, dass er das Bad jetzt wieder verlassen würde. Umso größer war der Schock, als sie feststellen musste, dass nicht die Tür, sondern vielmehr der Handtuchhalter neben der Tür sein Ziel war. Entgeistert sah Madita mit an, wie er ein großes Badehandtuch von dort heruntemahm und es sich über die Schulter warf.

Er will doch wohl jetzt nicht duschen, dachte sie entsetzt. *Ich kann mir wirklich etwas Schöneres vorstellen, als ihm beim Duschen zuzusehen.*

Aber es kam noch schlimmer. Samuel Spließgard näherte sich

nämlich nicht der Dusche, sondern bewegte sich schnurstracks auf die Badewanne zu.

Madita hielt einmal mehr den Atem an. Was hatte er denn jetzt nur vor?

Direkt vor der Badewanne blieb er stehen. Sein Gesicht war jetzt nur noch etwa 30 Zentimeter von Maditas entfernt. Madita war vor Schreck ganz bleich geworden. Sie rührte sich nicht, war wie zur Salzsäule erstarrt und sah ihr Gegenüber mit weit geöffneten Augen an. Für den Bruchteil einer Sekunde stand der Orang-Utan einfach nur so da. Sie konnte seine Augen hinter der Brille nicht erkennen, aber sie hatte trotzdem den Eindruck, als würde er ihr direkt in die Augen sehen.

Dann bückte er sich und schloss den Badewannenablauf, dessen Drehknopf sich am vorderen Rand der Wanne befand. Anschließend langte er über die Badewanne herüber an die Wand und zog am Hebel der Mischbatterie. Dabei verfehlte er Madita nur um Zentimeter.

Das Wasser begann nun in die Badewanne zu laufen und Madita starrte entsetzt auf ihre Füße, die jetzt mitsamt ihren Socken langsam aber sicher unter Wasser gesetzt wurden.

Madita war jetzt mehr als mulmig zu Mute. Gleich würde er sich ausziehen und in diese Badewanne steigen. Und dann? Sie musste hier raus, sie musste sofort hier raus!

Der Orang-Utan wandte sich jetzt wieder dem Spiegelschrank zu und holte eine elektrische Haar- und Bartschneidemaschine daraus hervor. Er stellte sie an und begann, seinen Bart damit zu bearbeiten.

Wie wär's, wenn du gleich alles abrasierst, dachte Madita mit einem schelmischen Grinsen.

Aber der Orang-Utan hörte nicht auf sie. So wie es aussah, wollte er seinen Bart lediglich kürzen.

Schade, dachte Madita. *Eigentlich hätte ich zu gern gewusst, wie du ohne Bart aussiehst.*

Srrrrrr! Erst jetzt wurde Madita bewusst, dass die Maschine wirklich einen fürchterlichen Lärm verursachte. Es musste sich um ein ziemlich veraltetes Modell handeln. Aber das brachte Madita auf eine Idee. *Das ist vielleicht meine einzige Chance*, dachte sie. *Das Ding ist laut genug.*

Vorsichtig stieg sie mit ihren platschnassen Füßen und ihrer mittlerweile fast bis zu den Waden durchnässten Hose aus der Wanne. Sie machte alles nass, aber das war ihr jetzt egal. Langsam, aber ohne den Blick vom Orang-Utan abzuwenden, bewegte sie sich auf die Tür zu. Sie hatte die halbe Strecke geschafft, als er die Maschine plötzlich ausstellte. Wieder stand Madita notgedrungen still.

Mach weiter, dachte sie flehend.

Aber der Orang-Utan legte die Maschine aus der Hand, drehte sich um und steuerte nun ebenfalls auf die Tür zu. Dabei kam er Madita erneut bedrohlich nahe, so nahe, dass Madita den Luftzug spüren konnte, der entstand, als er im Abstand von wenigen Zentimetern an ihr vorbeiging.

Als er die Tür erreicht hatte und nach der Türklinke griff, schloss Madita erleichtert die Augen. Im gleichen Moment allerdings hielt er plötzlich inne und wandte seinen Kopf nach links.

Madita hielt den Atem an. Konnte er nicht endlich nach draußen gehen?

Aber das tat er nicht. Stattdessen zog er seinen linken Hausschuh aus, bückte sich und nahm ihn in die Hand. Dann fuhr er mit der rechten Hand über die Sohle. Anschließend rieb er Daumen und Mittelfinger aneinander, führte dann seine Hand an seine Nase und roch an seinen Fingern.

Er hat gemerkt, dass er durch was Nasses gelaufen ist, dachte Madita erschrocken. *Gleich dreht er um und inspiziert den Fußboden!* Aber sie konnte ja nicht weg und so blieb sie einfach wie angewurzelt stehen und hoffte inständig, er würde der Sache nicht weiter auf den Grund gehen.

Und tatsächlich, er öffnete die Tür, ging hinaus und schloss sie hinter sich.

Ein paar Sekunden lang wusste Madita nicht, was sie jetzt tun sollte. Sie spielte mit dem Gedanken, sich hinauszuschleichen, verwarf ihn dann aber wieder, weil es ihr zu gefährlich erschien. Sicher würde er gleich wiederkommen und sie dann hören oder sie würde sogar an der Tür mit ihm zusammenstoßen. Hilflos sah sie sich im Badezimmer um. Dann hechtete sie kurz entschlossen auf die Dusche zu, öffnete vorsichtig die Schiebetür, die aus gemustertem Plexiglas bestand, stieg in die Duschwanne und schloss die Tür wieder.

Sie war gerade fertig, als die Badezimmertür erneut geöffnet wurde und der Orang-Utan mit einem Schrubber und einem Feudel wieder auf der Bildfläche erschien. Madita starrte durch das gemusterte Plexi-Glas hindurch. Sie sah die Umgebung zwar nur verschwommen und schemenhaft, konnte aber trotzdem erkennen, dass sie richtig getippt hatte und der Orang-Utan den Fußboden untersuchte. Er verfolgte die Wasserspur bis zur Badewanne. Dann kontrollierte er den Wasserstand in der Wanne. Da dieser noch längst nicht bedrohlich war, untersuchte er anschließend die geflieste Außenwand der Badewanne. Scheinbar vermutete er da ein Leck. Er fand aber nichts und so zuckte er ratlos mit den Schultern und wischte den Fußboden. Dann nahm er seine Brille ab und begann sich auszuziehen. Madita starrte jetzt noch angestrengter durch das Plexi-Glas hindurch, konnte aber nur erkennen, dass er offensichtlich stark behaart und auch recht kräftig gebaut war. Beides hatte sie allerdings auch vorher schon vermutet.

Dann stieg er in die Badewanne und machte es sich bequem.

Madita seufzte lautlos. Wie lange sollte sie denn jetzt in der Dusche stehen bleiben?

Die Zeit verging und Madita wurde es immer langweiliger. Irgendwann, nach vielleicht zehn Minuten, wurde es ihr zu bunt. Sie hatte schon die ganze Zeit ihr Gewicht von einem auf das andere Bein verlagert und konnte jetzt endgültig nicht mehr stehen. Vorsichtig bückte sie sich und nahm auf dem Boden der Dusche Platz.

Der Orang-Utan saß noch immer regungslos in der Wanne. Wollte er dort übernachten?

Madita legte ihren Kopf auf ihren Knien ab und versuchte, es sich nun ebenfalls bequem zu machen. Sie hatte aber nicht viel Erfolg. Duschwannen waren nun einmal nicht bequem.

Nach weiteren zehn Minuten tat sich etwas in der Wanne. Madita hoffte, dass der Orang-Utan nun genug hatte, wurde aber enttäuscht. Er ließ nur jede Menge heißes Wasser nachlaufen und begann sich abzuseifen. Gleichzeitig fing er an, eine Melodie zu summen. Madita hob neugierig den Kopf. Sie hatte die Melodie schon mal gehört, konnte sie aber nicht einordnen. Es war eine schöne Melodie und Madita hätte am liebsten mitgesummt. Aber es war auch nicht schlecht, einfach nur zuzuhören, denn der Orang-Utan hatte wirklich eine angenehme Stimme. Sie war dunkel und warm und in der Akustik des Badezimmers hallte sie kraftvoll und beeindruckend nach. Madita ertappte sich dabei, wie ihr ein warmer Schauer über den Rücken lief. Sie hatte wirklich nicht für möglich gehalten, dass er singen konnte. Und schon gar nicht, dass er so singen konnte.

Nach einer halben Ewigkeit verstummte er, erhob sich und griff nach seinem Handtuch. Dann stieg er aus der Wanne und zog sich wieder an. Er ließ noch das Wasser ablaufen, öffnete das Fenster und verließ tatsächlich das Badezimmer.

Madita blieb noch ein paar Minuten in der Dusche und stieg dann vorsichtig aus. Sie ging zur Tür, öffnete diese ganz leise und steckte ihren Kopf auf den Flur hinaus. Die Luft war ganz offensichtlich rein und so konnte sie das Badezimmer endlich wieder verlassen. Hastig schlich sie sich die Treppe hinauf in ihr Zimmer. Ihr Herz hörte allerdings erst wieder auf zu rasen, als sie ihre Zimmertür hinter sich geschlossen hatte. Erleichtert ließ sie sich auf ihr Bett fallen und schloss erst einmal die Augen.

Das war gerade noch mal gut gegangen! Und wie würde sie jetzt weiter vorgehen? Ihr kleiner Streich hatte hervorragend geklappt. Jetzt hieß es erst einmal abwarten, denn jetzt war der Orang-Utan am Zuge. Sie war mehr als gespannt, ob er noch einmal aktiv werden würde. Oder würde er schon aufgeben? Was würde er sich dieses Mal ausdenken? Wirklich, das Leben war mit einem Mal mehr als interessant geworden.

Mit neuen Energien ausgestattet beschloss Madita, nun endlich das Problem mit der Waschmaschine zu lösen. Sie rief Fabiola an und erfuhr, dass sie es lediglich versäumt hatte, den Wasserzulauf anzustellen. Und so machte sie sich nach Beendigung des Gesprächs erneut auf den Weg ins Erdgeschoss. Als sie zum dritten Mal an diesem Morgen das Badezimmer betrat, dachte sie grinsend: *Badezimmer sind doch was Schönes. Man möchte wirklich den ganzen Tag in ihnen zubringen.*

Madita fand sofort den Wasserhahn, der die Maschine mit Wasser versorgte. Sie stellte ihn an und schon begann sich auch die Trommel wieder zu drehen. Sie lächelte erfreut. „Das wäre geschafft", sagte sie zu sich selbst und machte auf dem Absatz kehrt, um das Badezimmer wieder zu verlassen.

Als sie sich umgedreht hatte, zuckte sie jedoch zusammen, denn der Orang-Utan hatte in der Zwischenzeit unbemerkt das Badezimmer betreten, stand jetzt am Fenster und war gerade dabei, es wieder zu schließen.

„Guten Morgen", sagte Madita nach ein bis zwei Schrecksekunden so fröhlich und unbefangen, wie sie nur konnte.

„Guten Morgen", entgegnete der Orang-Utan in seiner freundlichen Art.

„Ich habe mir erlaubt, die Waschmaschine zu benutzen. Du hast doch sicher nichts dagegen?", fragte Madita.

„Natürlich nicht", antwortete er und lächelte ein wenig.

Arschloch, dachte Madita. *Ich werde nicht zulassen, dass du meine Sachen ein weiteres Mal zerstörst.* „Dann bin ich ja beruhigt", sagte sie laut. „Und wenn wir schon mal organisatorische Dinge besprechen, hätte ich auch ganz gerne gewusst, wie die Telefonnummer dieses Ladens ist, der hier mittwochs immer die Lebensmittel anliefert."

Samuel Spließgard zögerte einen Moment. Er schien verwundert darüber zu sein, dass Madita von den Lieferungen wusste. „Die Nummer steht im Telefonbuch, der Laden heißt Wertkauf", entgegnete er. „Du kannst mir aber auch sagen, was du brauchst, dann bestelle ich es für dich mit."

„Besten Dank", flötete Madita und ging beschwingt auf die Tür zu. Bevor sie den Raum allerdings verließ, drehte sie sich noch einmal um und sagte: „Ach ja, vergiss bitte nicht, neues Nutella zu bestellen. Das alte ist irgendwie schlecht geworden."

„Sicher", antwortete er und lächelte wieder. „Nutella und Zahnpasta stehen schon auf meiner Liste."

Madita musste jetzt ebenfalls grinsen, hatte aber nicht vor, sich das anmerken zu lassen. Also sagte sie nur: „Gut, danke", und verließ das Badezimmer.

Mittlerweile hatte sich ihr Hungergefühl verstärkt und so begab sie sich schweren Herzens auf ihre einsame Reise nach Neuruppin. Dort besuchte sie ein griechisches Restaurant, das sie bei ihrer Parkplatzsuche durch Zufall entdeckt und zuvor noch nicht ausprobiert hatte. Sie bestellte Zwiebelsuppe, Gyros mit Reis und Salat und zum Nachtisch ein Eis. Alles war ausgesprochen lecker und so fragte sie den Kellner, ob man auch was zum Mitnehmen bestellen könne. Als dies bejaht wurde, ließ sie sich eine Riesenportion Gyros und Reis in einer Aluschale mit auf den Weg geben. Sie hatte vor, es sich morgen im Backofen aufzuwärmen, damit sie den Sonntag ausnahmsweise zu Hause verbringen konnte. Die Fahrten in die Stadt und die einsamen Restaurantbesuche widerten sie mittlerweile richtig an.

Auf dem Weg nach Hause grübelte sie einmal mehr darüber nach, was sich ihr Mitbewohner wohl als Nächstes einfallen lassen würde. Ob sie es rechtzeitig merken würde? Sie würde auf jeden Fall wachsam sein. Es musste doch möglich sein, ihm einen Strich durch die Rechnung zu machen und nicht darauf hereinzufallen!

Als sie ihr Zimmer betrat, sah sie sich erst einmal argwöhnisch um. Hatte sich irgendetwas verändert? Deutete irgendetwas darauf hin, dass er hier gewesen war? Es sah nicht so aus.

Alles schien noch genauso dazuliegen, wie sie es verlassen hatte. Sie ging ins Badezimmer. Auch dort war alles beim Alten.

Sie seufzte. Irgendwie hatte sie darauf gehofft, etwas Interessantes vorzufinden. Hoffentlich, hoffentlich hatte er nicht einfach so aufgegeben!

Sie ließ sich aufs Bett fallen. Und wie sollte sie jetzt die Zeit totschlagen? Sie konnte einen ihrer Liebesromane anfangen, aber darauf hatte sie jetzt irgendwie keine Lust. Die Welt der Ärzte und Krankenhäuser war im Moment in weite Ferne gerückt.

„Papa", flüsterte sie leise. „Ich vermisse dich so."

Und ich vermisse Mareile, fügte sie gedanklich hinzu, *und Fabiola.*

Erstaunt musste sie feststellen, dass ihre Aufzählung hier bereits endete. Außer ihrem Vater, ihrer Schwester und Fabiola fiel ihr niemand ein, den sie vermisste. Absolut niemand, nicht einmal Bertram. Ja wirklich, sie vermisste Bertram nicht, kein bisschen. In der vergangenen Woche hatte sie kein einziges Mal an ihn gedacht.

Na ja, dachte sie und zuckte mit den Schultern, *dann hat diese Hochzeit doch etwas Gutes gehabt. Sie hat dafür gesorgt, dass ich Bertram nicht geheiratet habe.* Jetzt meldete sich allerdings Maditas innere Stimme und sie verspürte deutlich so etwas wie Widerspruch. *Gut,* räumte sie ein, *jetzt bin ich auch mit einem Mann verheiratet, den ich nicht liebe. Aber bei dem bin ich mir wenigstens sicher, dass ich ihn nicht liebe. Und ich bin ja auch nicht verpflichtet, das zu tun.*

Sie seufzte wieder. Diese Gedanken mussten aufhören. Liebe war ein unangenehmes Thema, mit dem sie sich zur Zeit nicht beschäftigen wollte. Sie musste sich irgendwie ablenken. Aber wie? Gab es in diesem Haus vielleicht einen Fernseher? Sie suchte in Gedanken das Wohnzimmer ab. Nein, einen Fernseher hatte sie dort nicht gesehen. Aber da unten gab es Bücher, massenhaft Bücher, ein riesiges Regal voll, fast eine Bibliothek. Vielleicht konnte sie dort etwas finden, was sie interessierte. Sicher hatte sie das Recht, sich dort zu bedienen.

Sie erhob sich und ging nach unten. Vorsichtig öffnete sie die Tür zum Wohnzimmer. Wie immer atmete sie erleichtert auf, als sie feststellte, dass niemand dort war. Sie trat ein und steuerte auf die Regalwand zu. Schon von weitem fiel ihr auf, dass die Buchrücken irgendwie seltsam aussahen. Alle hatten neben der Aufschrift auch ein Feld, das eine deutliche Struktur erkennen ließ.

Neugierig zog sie eins der Bücher aus dem Regal und öffnete es.

Blindenschrift, dachte sie erstaunt. Sie hatte schon davon gehört, wusste auch, dass ein Herr Braille diese Schrift erfunden hatte. In Händen gehalten hatte sie ein solches Buch aber noch nie.

Ob all diese Bücher in Braille geschrieben waren? Sie zog ein Buch nach dem anderen aus dem Regal, öffnete es, sah hinein, klappte es wieder zu und stellte es zurück. Keines dieser Bücher enthielt normale Schriftzeichen, keins in dieser riesigen Regalwand mit hunderten von Exemplaren.

Also ist es tatsächlich seine Bibliothek, dachte sie verwundert. „Aber er kann doch nicht all diese Bücher gelesen haben!“, murmelte sie.

„Sicher kann er das“, antwortete da eine wohlbekannte Männerstimme.

Erschrocken wandte sich Madita um. Der Orang-Utan stand in der Tür und schien zu ihr herüberzusehen.

„Schleichst du dich eigentlich immer von hinten an?“, fuhr Madita ihn an.

„Nein, im Gegensatz zu dir schleiche ich nie in meinem Haus herum“, entgegnete Samuel Spließgard ruhig.

„Erstens schleiche ich nicht“, sagte Madita unwahrheitsgemäß, „und zweitens hatten wir doch schon vor ein paar Tagen geklärt, dass ich als deine ‚Ehefrau‘ auch deine Sachen mitbenutzen darf.“

„Ich stimme dir zu, dass es eine derartige Abmachung gibt“, antwortete er, „aber die von Eschenbergs halten doch große Stücke auf ihre gesellschaftliche Stellung und da hatte ich gewisse Umgangsformen vorausgesetzt. War das falsch?“

„Nein, das war es sicher nicht“, entgegnete Madita pikiert. „Aber an welche Umgangsformen dachtest du speziell?“

„An grundlegende jedenfalls, wie zum Beispiel daran, dass du mit mir abstimmst, ob und wann du gewisse Dinge benutzt oder mich zumindest vorher darüber informierst.“

„Ich denke, du bist bereits mit Vertragsabschluss über deine Rechte und Pflichten informiert worden, oder? Das dürfte doch genügen. Im Übrigen bin auch ich vorher nicht gefragt worden, ob ich in dieses Haus einziehen möchte, um mit jemandem ... wie dir ...“, sie betonte die beiden letzten Worte so, dass sie tiefste Abscheu und Geringschätzigkeit zum Ausdruck brachten, „zusammenzuleben.“

„Das sehe ich etwas anders“, konterte der Orang-Utan. „Ich war auch auf diesem Standesamt, falls du dich erinnerst. Und meines Wissens hat dich dort niemand mit einem Messer bedroht und dir eine Pistole an die Schläfe gehalten, damit du deine Unterschrift unter dieses Dokument setzt. Wir hatten beide die Wahl, nur dass meine Alternative sehr viel düsterer aussah als deine.“

„Ach tatsächlich? Das ist doch wohl relativ. Jeder von uns wollte doch nur so weiterleben, wie er es bisher getan hat. Und die Frage ist“, begann Madita zum nächsten Schlag auszuholen, „ob deine Art zu leben in irgendeiner Weise erhaltenswert ist. Das wage ich nämlich durchaus zu bezweifeln.“

„Was ... weißt du schon ... über mein Leben“, presste er wütend hervor, drehte sich um und verließ den Raum.

Madita blieb ein wenig nachdenklich zurück. Sie war ganz schön weit gegangen, das wusste sie. Aber sie fand es auch berechtigt. Hatte er den Schlagabtausch nicht herausgefordert? Es mochte schon sein, dass es nicht seine Idee gewesen war, sie zu dieser Hochzeit zu zwingen. Aber was konnte sie denn dafür, dass er seinem Vater nicht gewachsen war?

Sie stopfte das Buch achtlos ins Regal zurück, ging auf ihr Zimmer, warf eine CD in ihren Player und hörte ein wenig Musik. Allerdings verging ihr schnell die Lust daran.

„Es gibt wirklich nichts Furchtbareres, als Stunden allein in einem Zimmer zu verbringen“, flüsterte sie und seufzte. „Wie soll ich das noch drei Wochen lang ertragen?“ Ein solches Leben war doch nicht erhaltenswert! An einem solchen Leben konnte doch niemand hängen! Nicht einmal er! Nicht einmal dieser Orang-Utan, aus dem sie nicht schlau wurde. Was war er nur für ein Mensch? Was gab ihm die Kraft, ein solches Leben zu führen? Ein Leben in vollkommener Einsamkeit!

Irgendwann hatte sie ihre eigene Grübelei satt und beschloss, den Tag dadurch zu verkürzen, dass sie früh schlafen ging. Es war zwar erst kurz vor acht, aber das war ihr jetzt auch egal.

Sie zog sich um und ging ins Badezimmer. Dann nahm sie ihre Zahnbürste zur Hand, öffnete die Tube und drückte ein wenig Paste auf die Bürste. Bevor sie diese allerdings zum Mund führte, betrachtete sie sie argwöhnisch, roch daran und probierte einmal vorsichtig. Erst als sie ganz sicher war, dass sie es tatsächlich mit Zahnpasta zu tun hatte, begann sie, ihre Zähne zu putzen.

Dabei musste sie weiter über ihren Mitbewohner nachdenken. Ob er wohl niemals Besuch bekam? Und warum hatte er scheinbar kaum Kontakt mit seiner Familie? Johannes konnte ihn nicht leiden, so viel stand fest. Und auch Jochen Spließgard war ihm nicht gerade zugeneigt. Aber was war mit seiner Mutter? Kam die ihn denn nie besuchen?

Gedankenversunken spülte sie ihren Mund mit Wasser aus, wusch ihr Gesicht und trocknete es dann gründlich ab. Dann öffnete sie die Dose mit ihrer Nachtcreme, die auf der Ablage stand, und cremte ihr Gesicht damit ein.

Wie ist es wohl, wenn man blind ist?, fragte sie sich und schloss für ein paar Sekunden die Augen. *Und warum zieht die doofe Creme nicht ein?* Sie öffnete die Augen wieder und starrte entgeistert in den Spiegel. Ihr Gesicht war so weiß, als hätte sie eine Quarkmaske aufgelegt. Sie strich mit der linken Hand durch ihr Gesicht und betrachtete dann die Masse, die jetzt an ihren Fingern klebte. Ein Gedanke huschte durch ihren Kopf. Sollte das etwa ...?

Sie roch an ihren Fingern. Der Pfefferminzduft sprach Bände. Sie rollte mit den Augen und wollte gerade anfangen, sich aufzuregen. Doch irgendwie gelang es ihr nicht. Stattdessen bildete sich ein breites Grinsen auf ihrem schneeweißen Gesicht und sie fing an, laut zu lachen.

So ein Teufelskerl, dachte sie. *Er hat mich tatsächlich reingelegt. Und das auch noch mit Zahnpasta!*

Sie lachte auch noch, als ein paar Minuten vergangen waren und sie damit angefangen hatte, ihr Gesicht wieder von der Zahnpasta zu befreien. Und auch als sie schon längst im Bett war, lag noch ein fröhliches Grinsen auf ihren Lippen.

Morgen würde ein interessanter Tag werden. Morgen war sie wieder am Zuge. Und dann würde sie sich wieder etwas ausdenken, etwas noch Besseres, noch Originelleres, noch Witzigeres. Jawohl, er würde sein blaues Wunder erleben.

Kapitel 8

Als Madita am nächsten Morgen aufwachte und auf ihren Radiowecker sah, war es erst halb sechs. Sie runzelte die Stirn. Sie hatte ganz bestimmt nicht vor, an einem Sonntag schon um halb sechs aufzustehen. Unmöglich! So etwas war in ihrem ganzen Leben noch nicht vorgekommen. Sie schloss die Augen wieder, drehte sich auf die andere Seite und versuchte weiterzuschlafen.

Aber es wollte nicht so recht gelingen. Irgendwie war sie hellwach und voller Tatendrang. Als sie zum zweiten Mal auf die Uhr sah, war es fünf nach halb sechs. Sie seufzte. Das konnte doch wirklich nicht wahr sein! Aber es half alles nichts. Ihre Augen schienen sich immer wieder von alleine zu öffnen und um zwanzig vor sechs sprang sie entnervt aus ihrem Bett und ohne Umwege unter ihre Dusche.

Als sie wenig später noch halbnackt vor ihrem Kleiderschrank stand und nicht so recht wusste, was sie anziehen sollte, fiel ihr die Waschmaschine wieder ein, die sie gestern Morgen angestellt hatte. Die hatte sie ja völlig vergessen! Das Ding musste doch längst fertig sein mit Waschen. Ob der Orang-Utan die Sachen vielleicht aufgehängt hatte? Sie würde auf der Stelle nachsehen.

Sie nahm zur Feier des Tages ihren anthrazitfarbenen, knöchellangen Stretchrock aus dem Schrank und wählte eine kurze, hellgraue Bluse dazu aus. Als sie sich anschließend im Spiegel betrachtete, hob sich ihre Laune ein wenig. Sie beschloss, ihr Outfit zu komplettieren und legte noch ein dezentes Make-up auf. Endlich sah sie mal wieder richtig gut aus und dadurch fühlte sie sich auch gleich viel besser. Zu guter Letzt schlüpfte sie noch in ihre hellgrauen Pumps und machte sich dann beschwingt auf den Weg ins Erdgeschoss. Sie hatte heute keinen Grund, durch die Gegend zu schleichen und so klackerte sie lautstark durch den Flur. Als sie an der Zimmertür des Orang-Utans vorbeipolterte, grinste sie ein wenig, trat noch stärker auf und flüsterte kaum hörbar: „Oh, ich hab dich doch nicht geweckt?"

Als sie wenig später im Badezimmer angekommen war, fiel ihr Blick zunächst auf die Waschmaschine. Sehr zu ihrer Enttäuschung war diese noch voll beladen. Scheinbar hatte er es nicht für nötig befunden, sich ihrer Wäsche zu erbarmen.

Sie zuckte mit den Schultern, ging auf die Maschine zu und zog am Griff des Bullauges. Erfreulicherweise stieß sie dieses Mal nicht auf Widerstand. Die Maschine ließ sich problemlos öffnen und Madita zog mit spitzen Fingern das erste Kleidungsstück daraus hervor. Es war eine ihrer Jeans. Sie betrachtete sie kurz und lächelte dann erfreut. Die Hose schien sauber zu sein – jedenfalls war sie nass – und hatte auch noch ihre ursprüngliche Größe und Form.

Na also, dachte sie. *Waschen ist doch wirklich nicht so schwierig*.

Sie warf die Hose in einen der Wäschekörbe, die neben der Maschine standen, und kramte das nächste Teil aus der Maschine hervor. Es war eine rosafarbene Bluse. Etwas irritiert betrachtete sie sie. Sie konnte sich nicht erinnern, eine rosafarbene Bluse gewaschen oder überhaupt je besessen zu haben. Sie drehte die Bluse ein paar Mal hin und her. Die hübschen silberfarbenen Knöpfe erinnerten sie an irgendetwas ...

Oh nein, dachte sie erschrocken, *bitte nicht, das darf bitte nicht meine weiße Seidenbluse sein!*

Entsetzt betrachtete sie die Bluse noch einmal von allen Seiten. Es waren die Knöpfe der Seidenbluse und es war die Form der Seidenbluse. Und das Rosa war ziemlich unregelmäßig auf dem Stoff verteilt. Es war ihre Seidenbluse, da gab es keinen Zweifel!

Während diese traurige Gewissheit zu ihr vordrang, starrte Madita noch immer voller Entsetzen auf ihr Kleidungsstück. Irgendwann sank sie dann einfach auf ihre Knie und begann, hysterisch zu kichern.

Sie hatte diese Bluse wirklich geliebt. Sie hatte sie irgendwann einmal von ihrem Vater geschenkt bekommen und sie immer gehegt und gepflegt. Sie war so angenehm zu tragen gewesen und hatte zu jedem Anlass gut ausgesehen. Und jetzt war sie reif für die Mülltonne. Was für eine Katastrophe! Und das bei ihrem ersten Versuch, Wäsche in einer Waschmaschine zu waschen. Das konnte doch gar nicht sein! War sie denn zu blöd dazu, eine Waschmaschine zu bedienen? Was sollte unter diesen Umständen aus ihr werden? Wie sollte sie ihr Leben in den Griff bekommen, wie die nächsten Wochen überstehen, wenn sie nicht mal das hinbekam?

Madita saß verzweifelt auf dem Fußboden und steigerte sich immer mehr in dieses Gefühl der Aussichtslosigkeit hinein. Sie war verloren, hoffnungslos verloren. Gefangen in einer Situation, der sie nicht gewachsen war.

Irgendwann riss sie sich zusammen und begann, den Rest der Wäsche aus der Maschine hervorzuzerren und wütend auf den Boden zu werfen. Die übrigen Wäschestücke schienen auf den ersten Blick in Ordnung zu sein, aber das konnte Madita nicht trösten. Ihre gute Laune von vorhin war ganz einfach wie weggeblasen. Und der Tag war gelaufen.

Als sie ihren knallroten Baumwollpulli aus der Maschine zog, wurde ihr schlagartig bewusst, dass das der Übeltäter gewesen sein musste. Sie knallte ihn auf den Fußboden und stampfte mit ihrem Fuß darauf herum.

„Du blödes Ding“, schimpfte sie. „Du hässliches, knalliges,

aufmüpfiges Etwas. Ist das der Dank dafür, dass ich dich aus dem hinterletzten Regal dieses muffigen Ladens gerettet habe?" Madita geriet jetzt mal wieder ganz schön in Rage. „Ich hätte dich niemals kaufen dürfen, niemals! Du wärst in dem Laden versauert!" Madita stampfte noch immer auf dem Pullover herum. „Und das wäre dir recht geschehen!"

Madita trat ein letztes Mal auf das gute Stück und ließ dann davon ab. Aber sie war noch lange nicht befriedigt. Sie stemmte ihre Hände in die Hüften und sah sich im Badezimmer um. Gab es hier vielleicht irgendetwas, was zerstört werden konnte? Sie brauchte einfach noch mehr, um ihre Wut daran abzureagieren.

Ihr Blick fiel auf die Badezimmertür. Ein kalter, entschlossener Ausdruck bildete sich auf ihrem hübschen Gesicht. Hinter dieser Tür gab es jemanden, dem sie dieses ganze Dilemma zu verdanken hatte. Und mit dem hatte sie ohnehin noch ein Hühnchen zu rupfen. Es war an der Zeit, Rache zu üben!

Sie ließ alles stehen und liegen, zog ihre lauten Pumps aus und stürmte aus dem Bad. Vom Orang-Utan war keine Spur zu sehen.

Dann betrat sie das Wohnzimmer. Es war scheinbar sein Heiligtum und eignete sich daher am besten für einen Rachefeldzug. Sie sah sich um. Was war nun zu tun?

An seinen Büchern schien er ganz besonders zu hängen. Sollte sie die vielleicht umsortieren und auf diese Weise dafür sorgen, dass er nichts mehr wiederfinden würde? Das wäre ganz schön viel Arbeit und wenn sie Pech hatte, würde er es gar nicht so schnell merken. Sollte sie stattdessen die CDs vertauschen? Das war auch nicht viel besser. Es kam ihr irgendwie langweilig und einfallslos vor. Außerdem genügte es nicht ihrem Tatendrang. Aber vielleicht konnte sie ja das ganze Wohnzimmer ein bisschen umgestalten? Ja, das würde ihn sicher schocken.

Madita krempelte die Ärmel hoch und machte sich ans Werk. Zuerst musste natürlich sein hässlicher alter Sessel umgestellt werden. Sie schob ihn so leise, wie sie nur konnte, aus der linken Wohnzimmerhälfte in die rechte. Im Austausch wanderte der Couchtisch von rechts nach links. Anschließend verrückte sie auch noch die beiden Lautsprecher und das kleine Schränkchen mit der Stereoanlage. Dabei musste sie zwar ein paar Kabelverbindungen lösen. Aber die Anlage sollte ja auch gar nicht funktionsfähig sein und so war das kein Problem.

Anschließend betrachtete sie mit einem zufriedenen Lächeln

das Durcheinander, das sie angerichtet hatte. Sie fand es gar nicht schlecht, aber das i-Tüpfelchen fehlte irgendwie noch.

Im gleichen Moment fiel ihr Blick auf die hässliche kleine Fußbank, die vor dem alten Sessel gestanden hatte und jetzt ziemlich einsam aussah. Aber wohin damit? In einem Anfall von Gemeinheit stellte sie sie mitten in den Raum, direkt auf den Weg zwischen der Tür und dem alten Standort des Sessels.

„Hoffentlich stolperst du nicht, mein Schatz", flüsterte sie und grinste fies. „Wir wollen doch mal sehen, wie gut dein siebter Sinn funktioniert."

Und wenn er tatsächlich stolperte? Für den Bruchteil einer Sekunde überlegte Madita, ob sie jetzt nicht zu weit ging. Dann aber zuckte sie gleichgültig mit den Schultern, drehte sich um und verließ den Raum. Sie schlich wieder ins Bad und verwischte dort ihre Spuren, indem sie ihre nassen Kleidungsstücke achtlos hinter die Waschmaschine warf. Dann nahm sie ihre hellgrauen Pumps in die Hand und begab sich wieder nach oben auf ihr Zimmer.

Sie hatte sich so richtig ausgetobt und fühlte sich jetzt wesentlich besser als vorhin. Vielleicht konnte sie sich ja auch noch eine nachträgliche Mütze Schlaf gönnen? Sie warf sich in voller Montur auf ihr Bett, schloss die Augen und schlief auch tatsächlich nach ein paar Minuten ein.

Als sie wieder aufwachte, war es kurz nach neun. Sie setzte sich auf, räkelte sich ein bisschen und befand sich jetzt endlich in Sonntagmorgenstimmung. Gleichzeitig drang ein nicht unerhebliches Hungergefühl zu ihr vor. Das war auch kein Wunder, schließlich hatte sie am Vorabend nichts mehr gegessen.

Jetzt ein schönes Nutellabrötchen, dachte sie und da lief ihr auch schon das Wasser im Munde zusammen. *Ob schon neues Nutella im Haus ist? Er hat doch versprochen, welches zu bestellen.* Sie überlegte weiter. *Eigentlich kommt die nächste Lieferung erst Mittwoch. Egal, Hauptsache, ich bekomme ein paar Tassen Kaffee. Kaffee.*

Sie stand auf, zog ihre Pumps wieder an und klackerte durch den Flur, über die Treppe nach unten. Als sie im unteren Flur angelangt war, blieb sie plötzlich stehen und sog ein paar Mal Luft durch ihre Nase ein. *Wenn ich es nicht besser wüsste*, dachte sie erstaunt, *würde ich glauben, den Kaffee schon zu riechen. Ich muss schon ganz schön abhängig sein.*

Sie ging weiter. Als sie zur Küchentür kam, hörte sie drinnen Geräusche. Der Orang-Utan war also auch dort.

Sie öffnete die Küchentür, sah in den Raum hinein und ... glaubte zunächst, ihren Augen nicht zu trauen. Die Kaffeemaschine war gerade dabei, Kaffee aufzubrühen, es duftete nach frisch gebackenen Brötchen und der Tisch war doch tatsächlich für zwei Personen gedeckt. Da stand sogar ein zweiter Stuhl am Tisch – ein Stuhl, kein Klapphocker! Auch Nutella entdeckte Madita auf dem Tisch. Und der Orang-Utan stand neben der Arbeitsplatte und hantierte mit dem Eierkocher.

Ein paar Sekunden lang war sich Madita nicht sicher, ob sie wirklich eintreten sollte. Dann tat sie es aber doch.

„Guten Morgen", sagte sie.

„Guten Morgen", entgegnete er, ohne von seiner Arbeit aufzusehen.

„Bekommst du heute Besuch?", fragte sie ohne Umschweife.

„Nein", war die knappe Antwort.

„Nein?", wiederholte Madita erstaunt. „Wieso hast du dann für zwei Personen gedeckt?"

Der Orang-Utan antwortete nicht gleich. Die Antwort schien ihm irgendwie schwer zu fallen. Er widmete noch immer seine gesamte Aufmerksamkeit der Bedienung des längst arbeitenden Eierkochers, als er irgendwann betont beiläufig sagte: „Ich dachte, du würdest vielleicht auch frühstücken wollen."

„Ich?", sagte Madita, die jetzt aussah wie das personifizierte Fragezeichen. „Das hier ist für mich?" Ihr Blick wanderte noch einmal an der Kaffeemaschine und dem Eierkocher vorbei auf den reich gedeckten Frühstückstisch. *Das ist eine Falle,* dachte sie misstrauisch. *Er hat wieder irgendetwas präpariert, so viel steht fest, aber was?*

„Ja", sagte der Orang-Utan. „Setz dich doch einfach."

Madita folgte der Aufforderung und nahm vorsichtig auf dem vorderen Stuhl Platz. Entgegen ihrer ersten Befürchtung hielt er ihr Gewicht auch problemlos aus. Er war also nicht angesägt und scheinbar auch ansonsten nicht präpariert. Jedenfalls hatte sie sich nicht in Nadeln gesetzt, es war keine Bombe explodiert und es hatte auch weder Farbe noch sonst etwas geregnet. Sie war einigermaßen erleichtert, beschloss aber, weiter auf der Hut zu bleiben.

Der Kaffee war jetzt durchgelaufen und Samuel Spließgard nahm die Kanne aus der Maschine, brachte sie zum Tisch herüber und fragte höflich: „Darf ich dir was eingießen?"

„Sicher", entgegnete Madita in einem Tonfall, der deutlich machte, dass sie sich so langsam über gar nichts mehr wunderte.

Ihr Gegenüber griff zielsicher nach ihrer Tasse, hob sie hoch und goss den Kaffee ein. Verwundert beobachtete Madita, wie er auf Anhieb und ohne zu zögern die exakt richtige Menge in die Tasse goss. Madita schüttelte wieder einmal den Kopf und fragte sich, wie das möglich war. Er konnte doch gar nicht sehen, wie voll die Tasse schon war!

Der Orang-Utan trug die Kanne jetzt zur Maschine zurück und holte vorsichtig die Brötchen aus dem Ofen. Dann legte er sie in einen kleinen geflochtenen Weidenkorb und trug auch den zum Tisch. Er setzte sich, hielt Madita den Korb hin und fragte: „Möchtest du?"

„Das kommt darauf an", entgegnete Madita.

„Worauf?", fragte der Orang-Utan verwundert.

„Darauf, ob die Brötchen mit Senf gefüllt sind oder ähnlich nette Überraschungen enthalten", antwortete Madita.

Der Orang-Utan quittierte diese Bemerkung mit einem Lächeln. „Es sind normale Brötchen", sagte er dann.

„Ach tatsächlich?", fragte Madita misstrauisch. „Und wer garantiert mir das?"

„Ich garantiere es dir", entgegnete er. „Ich habe nachgedacht, weißt du. Ich denke, dass uns beiden diese Situation aufgezwungen wurde. Wir haben beide nicht freiwillig gehandelt und hassen jetzt den anderen für die Lage, in der wir uns befinden. Aber ich denke, wir machen uns das Leben nur noch schwerer, als es ohnehin schon ist. Es wäre doch vernünftiger, wenn wir einfach das Beste aus unserem Problem machen. Was hältst du also davon, wenn wir unsere Feindschaft begraben?"

Madita staunte. Er hatte den Nagel auf den Kopf getroffen. Sie hasste ihn dafür, dass sie in diesem Haus wohnen musste. Aber vielleicht hatte er Recht und er war genauso das Opfer wie sie. Aber mussten sie deswegen gleich Frieden schließen? Frieden schloss man doch selten freiwillig. Frieden wurde doch geschlossen, wenn niemand siegen konnte, wenn zwei Kontrahenten gleichwertig waren. Aber waren sie und der Orang-Utan denn gleichwertig? Niemals! Sollte sie etwa einen Mann als gleichwertig anerkennen? Noch dazu einen Mann wie diesen? Das konnte sie doch nicht! Sie war es gewohnt zu siegen und das hatte sie auch in diesem Fall vor!

Andererseits hatte sie das Leben, das sie zur Zeit lebte, gründlich satt. Diese Einsamkeit, das Herumschleichen im eigenen Haus, die ewigen Fahrten nach Neuruppin ... Sie sah erst auf den Orang-Utan, dann auf den Frühstückstisch. Während ihr zum wiederholten Male das Wasser im Munde zusammenlief, dachte sie: *Fest steht, dass er das beste Lockmittel benutzt, was es nur geben kann.*

Sehnsüchtig blickte sie auf die Brötchen, die ihr der Orang-Utan immer noch entgegenstreckte. Wenn sie jetzt ablehnte, musste sie auch die Küche verlassen. Ihr Widerstand bröckelte. „Also gut“, sagte sie endlich und nahm ein Brötchen aus dem Korb. „Begraben wir unsere Feindschaft.“

„Schön“, nickte der Orang-Utan und nahm sich ebenfalls ein Brötchen. Dann schob er das Nutella-Glas zu ihr herüber. „Es ist noch unangebrochen“, sagte er lächelnd.

Madita musste jetzt ebenfalls grinsen, nahm das Nutella und bestrich damit großzügig ihre beiden Brötchenhälften. Dann ließ sie es sich erst einmal schmecken.

„Backst du die Brötchen wirklich selbst?“, fragte sie, als sie sich ein zweites aus dem Korb nahm.

„Ja“, antwortete Samuel Spließgard. „Ich hab noch keinen Bäcker in der Gegend gefunden, der bereit war, für ein paar Brötchen hier rauszufahren. Und ich esse morgens nun einmal gern Brötchen. Da blieb mir nichts anderes übrig, als selbst tätig zu werden.“

„Aha“, nickte Madita mit vollem Mund. Vielleicht war die Idee mit dem Friedensschluss wirklich ganz gut gewesen.

Der Rest des Frühstücks verlief schweigend. Madita verleibte sich drei Nutella-Brötchen, ein Ei und natürlich jede Menge Kaffee mit Milch ein.

Als sie gesättigt war, fragte sie höflich: „Soll ich beim Abwaschen helfen?“

„Nein“, sagte er und schüttelte den Kopf. „Das mach ich schon. Ich habe schon mitbekommen, dass Hausarbeit nicht unbedingt deine Lieblingsbeschäftigung ist.“

„Du sagst es“, antwortete Madita.

„Vielleicht können wir uns so arrangieren, dass ich mich um die Hausarbeit kümmere und du mir dafür gelegentlich mal was aus der Stadt mitbringst.“

„Sicher“, entgegnete Madita, „das klingt fair. Ich lasse dich wissen, wann ich das nächste Mal hinfahre.“

„Okay“, sagte der Orang-Utan und erhob sich, um den Tisch abzuräumen.

Madita stand ebenfalls auf und ging auf ihr Zimmer. Dann setzte sie sich auf ihr Bett und überlegte. Hatte sie sich jetzt tatsächlich mit dem Orang-Utan angefreundet? Nein, angefreundet konnte man das nun wirklich nicht nennen. „Arrangiert“ wäre vielleicht das richtige Wort. Wenn sie es sich recht überlegte, war es doch genau das, was sie die ganze Zeit zu erreichen versucht hatte! Hatte sie vielleicht doch gewonnen? Irgendwie schon! Nur schade, dass sie ihre kleinen Gemeinheiten jetzt aufgeben musste.

Bei diesem Gedanken zuckte Madita plötzlich erschrocken zusammen. Sie hatte das Wohnzimmer ja ganz vergessen! Das war ihr angesichts des feudalen Frühstücks irgendwie entfallen. Was sollte sie jetzt machen? Sie hatte doch Frieden mit ihm geschlossen, da konnte sie diese letzte Gemeinheit doch nicht mehr aufrechterhalten! Aber sollte sie denn nach unten gehen und ihm die Umräumaktion beichten? Dazu war sie irgendwie zu stolz. Vielleicht konnte sie sich ja nach unten schleichen und heimlich alles wieder an seinen Platz räumen? Das war auch keine gute Idee. Sie hatte sich doch gerade darüber gefreut, dass sie jetzt nicht mehr durchs Haus schleichen musste, da konnte sie doch nicht gleich wieder mit allem von vorne anfangen. Außerdem würde er sie vielleicht dabei erwischen, und was sollte sie dann sagen? Aber –

Im gleichen Moment hörte Madita von unten ein Poltern. Sie verzog das Gesicht, so als ahnte sie Böses. Sie konnte sich denken, was sich gerade ereignet hatte. Bestimmt war er über die Fußbank gefallen. Sie hatte wohl zu lange nachgedacht und jetzt hatte sich die Sache von selbst erledigt.

Jetzt würde er bestimmt glauben, dass sie ihn reingelegt hatte! Und bestimmt würde er auch annehmen, dass sie das Wohnzimmer erst nach dem Frühstück präpariert hatte. War das das Ende des Friedens? Ganz sicher! Vielleicht konnte sie die Wiederaufnahme des Krieges verhindern, indem sie sich bei ihm entschuldigte und ihm erklärte, wie es dazu gekommen war. Aber wollte sie das überhaupt?

Madita war satt, und da sah die Welt für sie ganz anders aus als vor dem Frühstück. Jetzt konnte sie sich besser vorstellen, mit dem Orang-Utan weiter im Kriegszustand zu leben. Sie hatte den Frieden doch ohnehin nur halbherzig geschlossen, aufgrund von Bestechung sozusagen. Und außerdem war es doch auch ganz nett gewesen, sich kleine Gemeinheiten auszudenken und auf welche zu warten.

Andererseits plagte sie auch das schlechte Gewissen. Irgendwie hatte sie ihn ins offene Messer laufen lassen, und das war nun wirklich nicht die feine englische Art.

Sie beschloss, erst einmal das Weite zu suchen. Wenn sich die Wogen geglättet hätten, konnte sie immer noch über das weitere Vorgehen entscheiden. Sie schnappte sich ihre Handtasche, nahm die Pumps in die Hand und öffnete vorsichtig ihre Zimmertür. Dann schlich sie sich durch den Flur und ging leise die Treppe hinab. Sowohl die Küchentür als auch die Wohnzimmertür waren geschlossen und so konnte sie nicht erkennen, ob sie mit ihrer Vermutung richtig gelegen hatte. Hören konnte sie auch nichts.

Sie zuckte mit den Schultern und ging weiter, öffnete leise die Haustür und begab sich eilig nach draußen zu ihrem Wagen.

Ihr Ziel war wie immer Neuruppin. Als sie zum soundsovielten Male an den Ortsschildern des kleinen Städtchens vorbeifuhr, rollte sie genervt mit den Augen. Wie viele Tage sollte sie hier noch verbringen? Und wie sollte sie sich heute die Zeit vertreiben? Es war Sonntag und so konnte sie ohnehin nicht einkaufen gehen. Es blieb also wieder einmal nur der Besuch eines Restaurants.

Appetit hätte ich wohl, dachte sie und steuerte zur Abwechslung ein deutsches Restaurant an. *Wenn ich mal irgendwann keine Lust mehr habe, Kinderärztin zu sein, schreibe ich einen Restaurantführer von Neuruppin,* dachte sie und grinste breit. Mit den kulinarischen Gegebenheiten der Stadt kannte sie sich mittlerweile ziemlich gut aus.

Als ihr Essen aufgetragen wurde, fiel ihr plötzlich die riesige Portion Gyros wieder ein, die sie sich gestern mitgenommen hatte und die im Kühlschrank auf sie wartete. Die konnte sie ja auch morgen noch essen. Aber würde sie es denn morgen zu Hause aushalten? Würde die Stimmung nicht vielleicht noch schlechter sein als in der vergangenen Woche? Das war nicht mal unwahrscheinlich. Das hier würde er ihr bestimmt nicht verzeihen. Und das konnte sie auch gut verstehen. Schließlich musste er sie für ausgesprochen fies und hinterhältig halten.

Aber wie sollte es jetzt weitergehen? So wie bisher? Würden heute Abend vielleicht wieder ein paar kleine Gemeinheiten auf sie warten? Oder würde er sie lediglich mit Nichtbeachtung strafen?

Sie sah sich in dem kleinen Restaurant um. Es war gemütlich eingerichtet und gut besucht. Trotzdem fühlte sich Madita nicht besonders wohl. Am Tisch neben ihr saß ein offenbar frisch verliebtes Pärchen. Der Mann streichelte beim Essen fast ununterbrochen die Hand der jungen Frau. Einen Tisch weiter saßen drei ältere Damen, am Tisch daneben zwei Paare. Außer ihr war niemand ganz alleine dort. Wieder überkam Madita dieses Gefühl der Einsamkeit und Verlorenheit. Sie konnte doch nicht wochenlang allein von Restaurant zu Restaurant wandern!

Aber was war die Alternative? Sollte sie sich vielleicht doch bei ihm entschuldigen? Nein, eine Entschuldigung kam nicht in Frage. Aber vielleicht konnte sie ihm die Umstände ja ein wenig erklären? Aber würde er ihr überhaupt glauben?

Solche und ähnliche Fragen beschäftigten Madita auch noch, als sie um kurz vor drei wieder zu Hause ankam. Betont langsam und nur zögernd erklomm sie die Treppenstufen, öffnete vorsichtig die Haustür und spähte hinein. Es war niemand zu sehen. Enttäuscht trat sie ein. Insgeheim hatte sie gehofft, der Orang-Utan würde schon an der Tür auf sie warten und sie mit Vorwürfen überschütten. Dann hätte sie sich nur verteidigen müssen und das hätte die ganze Sache doch erheblich vereinfacht.

Unentschlossen sah sie in den Flur hinein. Sowohl die Küchentür als auch die Wohnzimmertür waren geschlossen. Sie spitzte die Ohren, vernahm aber absolut kein Geräusch. Einen Moment lang überlegte sie, was sie jetzt tun sollte. Dann zog sie ihre Pumps aus, nahm sie in die Hand, schlich auf leisen Sohlen zunächst zur Küchentür und hielt ihr Ohr daran. Auch jetzt hörte sie absolut nichts. Sie schlich weiter zur Wohnzimmertür und horchte auch dort – wieder nichts.

Madita seufzte. Wie gern hätte sie jetzt wie zufällig den Raum betreten, in dem er sich gerade aufhielt, um unauffällig die Stimmung zu testen. Aber scheinbar war er auf seinem Zimmer und das war für sie der absolute Tabubereich.

Immerhin hatte sie so die Möglichkeit, einen Blick ins Wohnzimmer zu werfen. Vorsichtig öffnete sie die Tür. Ihr Blick fiel zunächst auf die kleine Fußbank. Sie befand sich noch immer dort, wo sie sie platziert hatte, mitten im Raum. Allerdings lag sie auf der Seite. Scheinbar war er tatsächlich darüber gestolpert.

Madita ließ ihren Blick durch den Raum schweifen. Von der Fußbank abgesehen sah das Wohnzimmer noch genauso aus, wie sie es verlassen hatte. Keines der Möbelstücke, die sie verrückt hatte, stand wieder an seinem alten Platz. Er hatte sich also nicht die Mühe gemacht, den ursprünglichen Zustand wiederherzustellen. Sie zögerte einen Moment. Dann betrat sie den Raum, schloss die Tür hinter sich und begann, die Möbelstücke leise wieder an ihren Ursprungsort zurückzuräumen.

Als sie nach einer guten Viertelstunde damit fertig war, sah das Wohnzimmer wieder genauso aus, wie sie es am Morgen vorgefunden hatte. Sie atmete auf und hoffte irgendwie, dass sich die Wiederherstellung des ursprünglichen Zustandes nicht nur auf die Gegenstände beziehen würde.

Nach dieser Anstrengung war es Zeit für einen Kaffee und so wechselte Madita vom Wohnzimmer in die Küche.

Sehr zu ihrer Überraschung fand sie diesen Raum ganz anders vor, als sie es erwartet hatte. Der kleine Küchentisch war nur zur Hälfte abgeräumt, lediglich die Lebensmittel fehlten, aber das schmutzige Geschirr lag noch genauso da wie am Morgen. Auch die Arbeitsplatte sah ziemlich unaufgeräumt aus. In der Kaffeemaschine befand sich noch kalter Kaffee. Daneben standen der Brötchenkorb und eine leere Milchtüte. Nichts war abgewischt, nicht einmal die Spüle.

Madita schüttelte verständnislos den Kopf. Das war doch nun wirklich nicht seine Art! Was hatte das zu bedeuten? So sauer brauchte er doch nun auch wieder nicht auf sie zu sein. Eigentlich sah es auch eher so aus, als hätte er Hals über Kopf das Haus verlassen. Aber das ging doch wohl nicht. Oder doch?

Madita spitzte wieder ihre Ohren, konnte aber noch immer nichts von ihm hören. Sie sah sich noch einmal in der Küche um. Dann seufzte sie und begann widerwillig Ordnung zu machen.

Nach getaner Arbeit sah es in der Küche wieder genauso aus wie sonst. Madita allerdings war so erschöpft, dass sie erst einmal auf einen der beiden Stühle sank. *Was für eine blöde Arbeit*, dachte sie nur, *was für eine ermüdende, langweilige, hirnlose Arbeit.*

Nach ein paar Minuten hatte sie sich erholt und wollte gerade wieder nach oben gehen, als sie hörte, wie im Badezimmer die Toilettenspülung betätigt wurde. Sie blieb abrupt stehen und atmete auf. Also war er doch noch da! Dann wandte sie sich um und ging ein paar Schritte auf das Badezimmer zu. Kurz darauf blieb sie erneut stehen und zögerte.

Was machst du hier eigentlich, Madita?, fragte sie sich. *Du willst doch wohl jetzt nicht ins Badezimmer stürmen.*

Sie drehte sich um und wollte gerade wieder auf die Treppe zugehen, als sie im Badezimmer irgendetwas laut poltern hörte. Wieder hielt sie inne. Ein paar Sekunden lang stand sie einfach nur unentschlossen da. Dann überwog die Neugier. Sie fasste sich ein Herz, ging zur Badezimmertür und klopfte. Dann lauschte sie. Als sie nach ein paar Sekunden immer noch keine Antwort bekommen hatte, klopfte sie erneut.

„Hey! Ist bei dir alles in Ordnung?“, fragte sie.

„Sicher“, kam jetzt als Antwort. Die Stimme ihres Mitbewohners klang allerdings so gequält und die Antwort so gepresst, dass Madita dies nicht für besonders überzeugend hielt.

„Wirklich?“, fragte sie zweifelnd.

„Ja“, erklang es genervt aus dem Badezimmer. Es gab keinen Zweifel, dass hier jemand nicht weiter gestört werden wollte.

„Okay, okay“, murmelte Madita und hob kapitulierend die Hände. „Ich bin ja schon weg.“ Dann wandte sie sich endgültig der Treppe zu und ging nach oben.

Sie war gerade vor ihrer Zimmertür angelangt, als ihr einfiel, dass sie eigentlich einen Kaffee hatte trinken wollen. Während sie den unteren Flur durchquerte, spähte sie angestrengt auf die Badezimmertür.

Was macht der denn da drin so lange?, fragte sie sich und betrat gleichzeitig die Küche. Die Küchentür ließ sie einen Spalt offen. Sie hoffte, dass sie es mitkriegen würde, wenn er endlich das Badezimmer verließ. Vielleicht konnte sie ihm dann ganz zufällig auf dem Flur begegnen und ihn in ein Gespräch verwickeln. Vielleicht würde sie dann herausfinden, ob er sauer auf sie war.

Während sie ihren Kaffee aufsetzte, beobachtete sie ununterbrochen den Flur. Und auch als sie anschließend die Schränke nach Keksen oder Ähnlichem absuchte, sah sie immer wieder durch die Tür hindurch. In einem der Schränke, die sie vorher noch nie geöffnet hatte, fand sie ein paar Vorräte. Sie räumte alles heraus und fand Nudeln, Tee, Gemüsebrühe, ein paar Säfte und schließlich auch einige Schachteln Kekse. Erfreut stellte sie fest, dass auch Schokoladenkekse darunter waren. Der Tag war gerettet.

Jetzt war auch der Kaffee fertig und Madita machte es sich an dem kleinen Küchentisch mit Kaffee und Keksen gemütlich. Dabei setzte sie sich allerdings so hin, dass sie einen guten Blick auf den Flur hatte.

In der nächsten halben Stunde fühlte sich Madita dann so richtig wohl. Sie schlürfte ihren Kaffee, futterte zwei Packungen Kekse leer und wartete. Aber auch als sie mit dem Kaffeetrinken längst fertig war und schon alles wieder weggeräumt und abgewaschen hatte, war noch immer nichts passiert.

„Ist er jetzt ins Klo gefallen oder was?“, murmelte sie. „So lange kann doch selbst die intensivste Schönheitspflege nicht dauern.“

Sie stand auf und trat auf den Flur heraus, fest entschlossen, noch einmal an die Badezimmertür zu klopfen und auf diese Weise nach dem Rechten zu sehen. Aber das war gar nicht mehr nötig. Ein Blick nach links genügte, um festzustellen, dass er sich längst nicht mehr im Badezimmer aufhielt. Jedenfalls stand die Tür sperrangelweit offen und Madita vernahm auch keine Geräusche mehr von dort. Sie ging auf die Tür zu und sah hinein. Es war tatsächlich niemand mehr da.

❦

Am nächsten Morgen wurde Madita von einem fürchterlichen Poltern mitten aus dem Tiefschlaf gerissen. Sie schreckte hoch und musste sich erst einmal sammeln. Es dauerte ein paar Sekunden, bis ihr klar war, wo sie sich befand und was in den letzten Tagen vorgefallen war.

Woher war das Poltern gekommen?

Sie hatte den Gedanken kaum zu Ende gedacht, als es zum zweiten Mal rumpelte, dieses Mal aber sehr viel gemäßigter. Das kam von unten, so viel war sicher. Vielleicht aus der Küche?

Madita sprang aus dem Bett und wollte gerade nach unten stürmen, als ihr auffiel, dass sie ja noch ihren Schlafanzug anhatte. Und geduscht war sie auch noch nicht. Sie machte also kehrt, sprang kurz unter die Dusche, zog sich an und schlich kaum zehn Minuten später vorsichtig die Treppe hinunter. Wohn- und Badezimmertür standen offen, nur die Küchentür war geschlossen. Das Geräusch musste also von dort gekommen sein. Sie ging auf die Küchentür zu und öffnete sie. Sehr zu ihrer Enttäuschung war allerdings auch dieses Mal niemand dort! Aber immerhin konnte sie ohne Probleme feststellen, woher der Krach gekommen war. Auf dem Fußboden lag nämlich eine Art Römertopf, der in mindestens hundert Teile zerbrochen war. Er hatte zuvor auf einem der Küchenschränke gestanden und war offensichtlich von dort oben heruntergefallen. Zwischen den Scherben lagen lauter Krümel, die scheinbar von Keksen stammten. Einige der Krümel waren noch so groß, dass man die Reste selbstgebackener Nussecken daraus erkennen konnte.

„So, so“, sagte Madita laut. „Hier hast du also deine Schätze vor mir versteckt.“ Sie überlegte einen Moment lang. „Aber seit wann isst du zum Frühstück Kekse? Und warum machst du deinen Dreck nicht wieder weg?“

Madita schüttelte einmal mehr den Kopf. Das sah ihm doch alles überhaupt nicht ähnlich. Was war hier bloß los?

Nachdenklich fischte sie eine der halben Nussecken aus den Scherben, säuberte sie sorgfältig und steckte sie dann in den Mund. *Mhm, lecker,* dachte sie und kaute genüsslich. Dann holte sie sich einen Besen und begann, alles zusammenzufegen und in den Mülleimer zu befördern. Dabei dachte sie ununterbrochen darüber nach, was das alles nur zu bedeuten hatte und was sie jetzt tun sollte. Sollte sie ihn vielleicht geradeheraus fragen? Oder besser abwarten?

Sie wusste es nicht und so entschied sie sich, erst einmal zu frühstücken. Aber als sie anschließend auf dem Weg nach oben an seiner Zimmertür vorbeikam, blieb sie stehen und klopfte. Sie erhielt keine Antwort. Sie klopfte wieder. Auch dieses Mal antwortete niemand. Sie klopfte ein drittes Mal und fragte vorsichtig: „Samuel?“

Als sie das sagte, überkam sie ein befremdliches Gefühl. Sie hatte seinen Namen noch nie ausgesprochen, nicht einmal in Gedanken. Das lag wohl auch daran, dass sie den Namen irgendwie so komisch fand. „Orang-Utan“ war da schon gewohnter.

Auch jetzt erhielt Madita keine Antwort und so fragte sie noch einmal und dieses Mal recht eindringlich: „Samuel?“

„Was willst du?“, ertönte seine angenehme, aber überaus abweisend klingende Stimme hinter der Tür.

„Ich ... “, begann Madita zögernd, „ich wollte nur mal fragen, ob bei dir alles in Ordnung ist.“

„Lass mich bitte in Ruhe“, entgegnete er gepresst. „Ich komme schon zurecht.“

„Bist du sicher?“, fragte Madita.

„Ja“, antwortete Samuel genervt, „das bin ich.“

Madita war jetzt zwar immer mehr vom Gegenteil überzeugt, beschloss aber, sich erst einmal mit dieser Antwort zufrieden zu geben. „Dann ist es ja gut“, sagte sie pikiert. „Ich wollte dir eigentlich auch nur sagen, dass ich heute nach Neuruppin fahre. Soll ich dir was mitbringen?“

Samuel antwortete nicht gleich. Nach ein paar Sekunden sagte er leise: „Nein, danke.“

Madita nickte. Er war also tatsächlich noch sauer auf sie. Einen Moment lang überlegte sie, ob sie sich vielleicht doch entschuldigen sollte, aber dann siegte ihr Stolz und sie ging in ihr Zimmer, schnappte sich Schuhe und ihre Tasche und ging schnurstracks nach draußen zu ihrem Wagen.

Auf der Fahrt in die Stadt grübelte sie ununterbrochen über das Gespräch nach. *Was gibt ihm eigentlich das Recht, jetzt den Beleidigten zu spielen?*, fragte sie sich. *Es war doch nur ein kleiner Streich.*

Aber dieser Gedanke überzeugte sie nicht einmal selbst. Sie seufzte. Er musste sich veräppelt vorkommen und annehmen, dass sie nur so getan hatte, als wäre sie mit dem Friedensschluss einverstanden. Madita seufzte. Sie konnte ihr schlechtes Gewissen einfach nicht loswerden. Wie sie es auch drehte und wendete, das Ergebnis war immer, dass sie sich unmöglich benommen hatte. Und dass sie ihm eine Erklärung schuldete.

Nachdem Madita in der Stadt zu Mittag gegessen hatte, besuchte sie noch einen Bäckerladen, kaufte vier Stücke Marzipan-Mohn-Torte, zwei Makronen, zwei Mandelhörnchen und eine Rumkugel und schleppte alles zum Auto. Sie wusste selbst nicht so genau, wofür sie so viel Kuchen brauchte, aber man konnte ja nie wissen. Außerdem würde er bei ihr bestimmt nicht schlecht werden.

Gegen halb vier kam sie zu Hause an. Als sie das Haus betrat, war wie immer alles totenstill. Madita steuerte schnurstracks auf die Küche zu. Dieses Mal machte sie sich nicht die Mühe, zuerst an der Tür zu lauschen. Irgendwie wusste sie sowieso, dass sich niemand dort aufhielt. Sie legte den Kuchen auf dem Küchentisch ab und setzte sich erst einmal einen Kaffee auf.

Dann sah sie sich argwöhnisch um. Sie fragte sich, was er wohl heute gegessen hatte. In der Küche jedenfalls sah alles noch genauso aus, wie sie es heute Morgen verlassen hatte. Wenn er sich irgendetwas gekocht hatte, musste er alles picobello wieder weggeräumt haben. Sie ging zum Kühlschrank und öffnete ihn. Ob dort vielleicht irgendwelche Reste zu finden waren? Sie konnte nichts entdecken und so schloss sie den Kühlschrank wieder. Die Tür war gerade eingeschnappt, als sie stutzte und ihn erneut öffnete. Fehlte da nicht etwas? Sie überlegte.

Aber natürlich! Das Paket vom Griechen – es war nicht mehr da. Hatte er ihr Gyros gegessen? Nein, das konnte nicht sein. Diese Blöße würde er sich doch niemals geben!

Andererseits hatte sie es doch heute Morgen noch im Kühlschrank gesehen. Ja, ganz bestimmt war es heute Morgen noch da gewesen!

Sie schüttelte den Kopf und öffnete dann den Unterschrank, in dem sich der Mülleimer befand. Vorsichtig sah sie hinein. Zuoberst entdeckte sie dort zusammengeknülltes Zeitungspapier. Darunter kamen schnell die Reste der Gyrosverpackung zum Vorschein. Fassungslos starrte Madita darauf. Er hatte also tatsächlich ihr Gyros aufgegessen! Nicht dass sie es im Moment ernsthaft vermisste, aber seltsam fand sie es doch. Er, der sonst immer alles selbst gekocht hatte und so penibel darauf bedacht gewesen war, alles selbst zu bewältigen, sollte jetzt ihr Mittagessen verputzt haben? Warum in aller Welt?

Sie stopfte das Zeitungspapier zurück in den Mülleimer und beschloss, der Sache auf den Grund zu gehen. Sie war jetzt in der glücklichen Lage, dass aus ihrer schlechten Verteidigungsposition eine gute Angriffsposition geworden war, und diese Chance wollte sie sich nicht entgehen lassen.

Mit einem siegessicheren Lächeln ging sie nach oben. Als sie vor seinem Zimmer angelangt war, atmete sie noch einmal tief durch und klopfte dann beherzt an die Tür. Zunächst antwortete niemand und so klopfte sie nach ein paar Sekunden noch einmal, dieses Mal noch lauter und energischer. Jetzt bekam sie auch eine Antwort.

„Was willst du?“, fragte er. Obwohl er sich weit von der Tür entfernt aufzuhalten schien, registrierte Madita sofort, dass seine Stimme genauso abweisend klang wie beim letzten Mal.

„Ich möchte dich was fragen“, entgegnete Madita. „Darf ich reinkommen?“

Madita hatte ihre Hand schon an der Klinke, als er heftig, ja beinahe ängstlich rief: „Nein, bleib draußen!“

Erschrocken zog sie ihre Hand zurück und fragte: „Warum denn?“

Samuel antwortete nicht gleich. Nach ein paar Sekunden sagte er, dieses Mal in gemäßigterem Tonfall: „Dieser Raum ist mein Privatbereich. Ich möchte nicht, dass du ihn betrittst.“

„Na gut“, entgegnete Madita. „Aber dann komm du wenigstens raus. Man kann sich nicht gut mit jemandem unterhalten, den man nicht sieht.“

„Wem sagst du das“, antwortete er.

Erst jetzt begriff Madita, was sie da gerade von sich gegeben hatte. Angesichts seiner treffenden Antwort musste sie ein wenig lächeln. Dann fragte sie: „Touché! Kommst du trotzdem raus?“

„Nein“, sagte er.

„Warum nicht?“, fragte Madita verwundert.

„Weil ...", begann er, „ich meine ... "

„Ja?", ermutigte ihn Madita.

„Es ... es ist nur ...", stammelte er weiter. „Ich will eben nicht", sagte er dann einfach.

Maditas Verwunderung und Misstrauen hatten mit jedem seiner Worte zugenommen. Irgendetwas stimmte hier wirklich nicht. Er war doch sonst nicht um Antworten verlegen. Sie musste wissen, was hier gespielt wurde.

Ohne weiter darüber nachzudenken, öffnete sie die Tür. Sehr zu ihrer Verwunderung war sie nicht abgeschlossen und so konnte sie schon den Bruchteil einer Sekunde später zum ersten Mal in sein Zimmer sehen.

Ihr Blick fiel zunächst auf den Orang-Utan, der sich in etwa drei Meter Entfernung am anderen Ende des Raumes befand. Er saß neben dem Schreibtisch am Boden, den Kopf an die Wand gelehnt. Seine Augen waren geschlossen. Madita konnte das erkennen, weil er ausnahmsweise seine Sonnenbrille nicht trug. War das der Grund, dass er so anders aussah? Er sah irgendwie krank aus, aschfahl, eingefallen.

Madita starrte ihn erschrocken an. Dann sah sie sich in seinem Zimmer um. Es war ein einziges Durcheinander. Überall lagen Kleidungsstücke verstreut, daneben entdeckte sie Handtücher, Wasserflaschen, Zeitungspapier, Keksschachteln. Das Bett war zerwühlt, der Boden war nicht gesaugt.

Maditas Blick wanderte zurück zu dem Orang-Utan. Er hatte sich in der Zwischenzeit nicht bewegt, noch nicht einmal seine Augen geöffnet. Warum beschimpfte er sie nicht, weil sie gegen seinen Willen sein Zimmer betreten hatte? Madita stand einfach so da und starrte ihn an. Sie wusste nicht, was sie tun sollte und fühlte sich vollkommen verunsichert. Was war mit ihm los? Irgendwann hielt sie es nicht mehr aus, durchbrach die Stille und fragte: „Was ist denn mit dir?"

„Es ist nichts", antwortete er beinahe im Flüsterton. „Geh einfach weg."

„Ich gehe, wenn du mir sagst, was los ist", antwortete Madita mit fester Stimme und ging ein paar Schritte auf ihn zu. Dieses Häufchen Elend, was da auf dem Boden saß, weckte ganz plötzlich ihr Mitleid. Madita ging ganz zu ihm hin und kniete sich dann neben ihm nieder. Dann fragte sie ihn sanft: „Was fehlt dir denn?"

„Ich habe dich nicht hereingebeten, falls du dich erinnerst. Also verschwinde." Er atmete schwer, so als hätte er sich furchtbar verausgabt und fügte dann noch eindringlicher und abweisender hinzu: „Hau ab."

Madita richtete sich hastig auf. Sie drehte sich um und wollte wieder aus dem Zimmer stürmen, zögerte dann aber. Irgendwie brachte sie es nicht fertig, ihn allein zu lassen. Es war einfach nicht zu übersehen, dass er Hilfe brauchte, und sie war nun einmal Ärztin, der Gesundheit anderer verpflichtet. Außerdem war er so eklig zu ihr, dass sie das ungute Gefühl nicht los wurde, irgendetwas mit seinem Zustand zu tun zu haben.

Sie atmete einmal tief durch, schluckte ihren Ärger hinunter und kniete sich wieder neben ihn hin. „Ich gehe aber nicht", verkündete sie schlicht. Dann legte sie ihre Hand auf seine Stirn. „Du hast Fieber", stellte sie fest. „Tut dir irgendetwas weh?"

Samuel schien ihrer Hartnäckigkeit jetzt nichts mehr entgegensetzen zu können. Er zögerte noch ein paar Sekunden, dann seufzte er leise und sagte: „Mein linker Arm ist gebrochen."

Erst jetzt fiel Madita auf, dass sein linker Arm bewegungslos auf seinem Schoß lag. Und nun wurde ihr so einiges klar. Sie schüttelte den Kopf. Sollte er wirklich seit gestern Morgen mit einem gebrochenen Arm durch die Gegend gelaufen sein? Sie schluckte. „Seit du über die Fußbank gestolpert bist?"

Er nickte. „Du hast ganze Arbeit geleistet."

Madita sah ihn betreten an. „Ich ...", jetzt war sie es, die nach Worten suchte. „Das ... hab ich nicht mit Absicht gemacht, weißt du. Ich meine ... ich hab das Wohnzimmer natürlich umgeräumt, aber .... das war, bevor du mir dein Friedensangebot unterbreitet hast", verteidigte sie sich. „Und dann ... dann hab ich das Ganze einfach vergessen. Ich hab erst wieder daran gedacht, als ich unten das Poltern hörte. Aber ich konnte doch nicht wissen, dass es so schlimm ausgegangen ist. Es ... es ...", stammelte Madita, der es noch nie leicht gefallen war, sich zu entschuldigen, „... es tut mir sehr Leid." Sie atmete einmal tief durch. „Es tut mir wirklich Leid."

Samuel schien einen Moment lang zu überlegen. Dann nickte er. Er schien ihr zu glauben. „Ich nehme deine Entschuldigung an", sagte er dann.

Madita atmete erleichtert auf. „Dann bring ich dich jetzt ins Krankenhaus", sagte sie.

„Nein!", antwortete er heftig und schüttelte den Kopf. „Das kannst du vergessen. Ich gehe nirgendwohin. Und schon gar nicht in ein Krankenhaus. Du musst mir nicht helfen, weißt du. Ich komme schon klar."

„Jetzt fang nicht schon wieder damit an“, sagte Madita und beugte sich ein weiteres Mal zu ihm herunter. „Du solltest dich mal sehen!“

„Wenn du mich in ein Krankenhaus bringen willst, wirst du mich an den Haaren dorthin schleifen müssen. Freiwillig gehe ich jedenfalls nicht.“

„Und wie soll es dann weitergehen? Wie stellst du dir das vor?“

„Ich denke, du bist Ärztin“, antwortete er. „Und angeblich eine gute. Dann kannst du den Arm doch wieder in Ordnung bringen.“

„Das kannst du doch nicht ernst meinen“, brauste Madita auf. „Ich bin vielleicht Ärztin, aber Kinderärztin. Außerdem sind Knochenbrüche kein Pappenstiel. Wenn ich den Arm nicht röntge, wächst er möglicherweise schief zusammen und dann hast du zeitlebens Ärger damit. Außerdem brauchst du einen Gips. Das hab ich doch alles gar nicht hier.“

„Dann improvisierst du halt ein bisschen“, schlug er vor. „Gute Ärzte können das. Überleg doch mal, ich biete dir hier die einmalige Gelegenheit, deine Fähigkeiten unter Beweis zu stellen.“ Er grinste schwach. „Du darfst aus Scheiße Rosinen machen. Was sagst du dazu?“

„Dass du total verrückt bist“, entgegnete Madita. „Und dass du keine Ahnung hast, worüber wir hier reden. Du wirst schon an die Decke gehen, wenn ich deinen Arm nur anfasse. Wie willst du es da aushalten, wenn ich ihn noch richte?“

„Das schaffe ich schon, da mach dir mal keine Sorgen. Ich hab schon ganz andere Sachen ausgehalten. Ich werde nicht ins Krankenhaus gehen, verstehst du? Das ist mein letztes Wort. Wenn du mir helfen willst, dann tu es. Und wenn nicht, dann geh einfach wieder.“

Madita seufzte. „Ich habe dir die Suppe eingebrockt, da muss ich sie wohl auch wieder auslöffeln. Hast du Verbandmaterial da?“

„Jede Menge“, nickte er. „Du findest es in dem kleinen Schränkchen unten im Badezimmer, neben dem Waschbecken.“

„Und was soll ich zum Schienen nehmen?“

„Wie wär’s mit ein paar Stöcken?“, schlug er vor.

„Tolle Idee“, seufzte Madita und rollte mit den Augen.

„Gut, du findest welche draußen auf der Veranda, gleich neben der Tür zum Wohnzimmer. Sie sind für die Bohnenpflanzen gedacht.“

Während Madita loszog, um sich alles zusammenzusuchen, schüttelte sie über sich selbst den Kopf. Wie sie sich zu so etwas hatte überreden lassen können, war ihr irgendwie schleierhaft. Hatte er eine Ahnung, welches Risiko er da einging? Dennoch konnte sie nicht anders, als seinen Mut zu bewundern. Der Typ war scheinbar nicht von Pappe. Aber ob es damit auch noch so weit her war, wenn es tatsächlich zur Sache ging? Sie war direkt gespannt darauf. Wenn es um Krankheiten und Schmerzen ging, waren Männer doch die reinsten Weicheier! Bertram zum Beispiel, der hatte sich ewig geziert, bevor sie ihm einen Splitter aus seinem Finger herausoperieren durfte. Und dann hatte er immer wieder den Finger weggezogen und schon gejammert und geklagt, noch bevor die Nadel überhaupt in die Nähe des Fingers gelangt war. Und da wollte sich der Orang-Utan freiwillig den Arm richten lassen?

Madita fand alles dort vor, wo er gesagt hatte. Sie nahm noch ein scharfes Küchenmesser und eine Rolle Tesafilm mit und ging damit wieder nach oben. Als sie erneut sein Zimmer betrat, waren Samuels Augen noch immer geschlossen. Es sah fast so aus, als würde er schlafen. Madita ging zu ihm hin und kniete sich wiederum neben ihm nieder.

„Bist du bereit?“, fragte sie ihn.

„Ja“, entgegnete er, ohne sich zu bewegen. „Muss ich irgendetwas tun?“

„Eigentlich nicht“, sagte Madita. „Abgesehen davon, dass du dich ruhig verhalten musst und mir den Arm nicht wegziehen darfst.“

„Geht in Ordnung“, nickte Samuel, richtete sich ein wenig auf und stemmte seine Füße auf den Boden.

Madita knöpfte seinen linken Hemdsärmel auf und schob ihn vorsichtig nach oben. Der Arm war grün und blau und der Bruch unschwer dadurch zu erkennen, dass der Unterarm eine leichte Fehlstellung aufwies. Madita tastete den Knochen ab, indem sie gleichzeitig mit Daumen und Mittelfinger oben und unten kräftig über den Arm strich. Um sicherzugehen, wiederholte sie den Vorgang ein paar Mal und beobachtete dabei ihren Patienten. Er gab keinen Mucks von sich und so gewann sie den Eindruck, dass er das Richten vielleicht tatsächlich durchstehen würde.

„Sieht nach einem glatten Bruch aus“, sagte sie dann beiläufig und nutzte den Überraschungseffekt, indem sie blitzschnell zupackte und den Arm in die richtige Position drehte.

Samuel hielt sich tatsächlich prächtig. Er stöhnte nur einmal kurz auf und verkrampfte sich, ließ aber den linken Arm vollkommen locker. Ein paar Sekunden lang atmete er schwer, bis der Schmerz endlich nachließ. Dann presste er hervor: „Bist du immer so schnell?“

„Ja“, entgegnete Madita wahrheitsgemäß und lächelte. „Immer. Ich stehe auf dem Standpunkt, dass meine Patienten das Schlimmste schon überstanden haben sollten, wenn sie merken, dass es losgeht.“

„Hab ich denn das Schlimmste überstanden?“, fragte er zweifelnd.

„Das denke ich doch“, nickte Madita. Sie griff zu den vier Stöcken, nahm das Küchenmesser zur Hand und fing an, sie damit auf die richtige Länge zu sägen. Dabei entstand ein äußerst unangenehmes und seltsames Geräusch.

„Was machst du denn da?“, fragte Samuel skeptisch.

Madita musste grinsen. Hatte er jetzt etwa doch Angst bekommen?

„Ich schärfe das Küchenmesser“, log sie überzeugend.

„Warum?“, fragte er erschrocken.

„Damit ich den Arm besser abschneiden kann“, antwortete sie bierernst. „Was denkst du denn?“

Es dauerte ein paar Sekunden, bis Samuel begriff, dass sie einen Scherz gemacht hatte und sich seine Gesichtszüge glätteten. „Du verstehst es wirklich, einem Angst einzujagen, Frau Dr. Frankenstein“, sagte er mit einem erleichterten Lächeln. „Und was machst du wirklich?“

„Ich schneide die Pflanzstöcke auf die richtige Länge.“ Madita war jetzt damit fertig und legte einen nach dem anderen vorsichtig an verschiedenen Stellen neben den Arm. Dann riss sie ein paar Streifen Tesafilm ab.

„Das klingt ja fast wie Tesafilm“, bemerkte er.

„Es ist auch welcher“, lächelte Madita und fixierte die Blumenstöcke mit dem Tesafilm am Arm.

„Und du bist sicher, dass du Medizin studiert hast?“, fragte er zweifelnd.

„Ja“, grinste Madita. „Aber mir fehlt hier schließlich ein Assistent. Und da hielt ich Tesafilm für eine gute Alternative.“

„Ich könnte dir doch zur Hand gehen“, antwortete er.

„Das mag schon sein, aber ich brauche mindestens zwei weitere Arme und dir steht zur Zeit nur einer zur Verfügung, stimmt's?“

„Da hast du wohl Recht.“

Madita nahm jetzt das Verbandmaterial zur Hand und umwickelte den Arm samt der Stöcke damit. Anschließend bastelte sie noch eine Schlinge und legte sie ihm um den Hals.

„Fertig“, sagte sie dann.

„Und?“, fragte er. „Bist du zufrieden mit mir?“

„Ja“, nickte Madita. „Du bist zäher, als ich dachte.“

„Und du bist freundlicher, als ich dachte“, sagte er und fügte dann leise hinzu: „Danke.“

„Nichts zu danken“, entgegnete Madita ein wenig verlegen und erhob sich. Dann streckte sie ihm die Hand entgegen, um ihm hochzuhelfen. Erst als er nicht darauf reagierte, fiel ihr wieder ein, dass er ja blind war. Zögernd ließ sie die Hand sinken und fragte dann: „Kommst du mit runter? Ich hab jede Menge Kuchen aus der Stadt mitgebracht.“

Samuel schien einen Moment lang zu überlegen. „Nein, danke“, sagte er dann und schüttelte den Kopf. „Das musst du nicht tun, weißt du. Du hast mir schon genug geholfen.“

„Ach papperlapapp“, entgegnete Madita flapsig. „Ich tue das nicht für dich. Ich hab nur einfach keine Lust mehr, alleine Kaffee zu trinken. Wirklich, ich würde mich freuen, wenn du mit runter kämst.“

„Ich weiß nicht“, zierte er sich.

„Nun lass mich doch nicht lange betteln“, drängelte Madita. „Ich denke, wir haben Frieden miteinander geschlossen?“

„Also gut“, lächelte er. „Geh schon vor, ich komme gleich nach.“

„Okay“, nickte Madita und verließ sein Zimmer. Mit einem gelösten Lächeln auf den Lippen sprang sie die Treppe hinunter und stürmte in die Küche. Sie kramte den Wasserkocher hervor, befüllte ihn mit Wasser und stellte ihn an. Anschließend machte sie sich auf die Suche nach Tee, Teefiltern und einer Teekanne. Sie fand alles in einem der Oberschränke neben der Spüle. Die Bezeichnungen auf den Teeverpackungen sagten ihr allerdings nichts und so nahm sie einfach irgendeine davon zur Hand. Sie füllte zwei Löffel in einen der Filter und sah ihn prüfend an. Dann zuckte sie mit den Schultern und schaufelte drei weitere Löffel hinein.

„Viel hilft viel“, murmelte sie und hängte ihn in die Kanne. Dann packte sie den Kuchen aus und deckte den Tisch.

Kurze Zeit später kam Samuel zur Tür herein. Madita sah ihn verdutzt an, denn er hatte jetzt seine dunkle Sonnenbrille wieder auf der Nase. Sie verkniff sich aber jeglichen Kommentar.

„Ich hab schon Tee aufgesetzt", sagte sie stattdessen.
„Ja?", fragte er verblüfft. „Welchen denn?"
„Na ja", entgegnete Madita, die zugegebenermaßen von Tee überhaupt keine Ahnung hatte, „irgendeinen. Es stand auf allen Packungen so was Komisches drauf."
„Rooibosh", nickte Samuel. „Das ist ein afrikanischer Tee aus den Blüten des Rotbuschs. Er enthält kein Teein, man kann also so viel davon trinken, wie man will."
„Tatsächlich?", fragte Madita und grinste. „Man kann auch so viel Kaffee trinken, wie man will."
Samuel lächelte nur.
„Setz dich doch", sagte Madita höflich. „Ich hab Marzipan-Mohn-Torte, Makronen, Mandelhörnchen und Rumkugeln. Du hast freie Auswahl."
Samuel nahm Platz und sagte: „Ich nehm die Torte."
Madita bugsierte jeweils ein Stück davon auf seinen und ihren Teller und holte Tee und Kaffee.
„Guten Appetit", sagte sie dann und machte sich genüsslich über ihre Torte her. Auch Samuel ließ es sich schmecken.
„Was wolltest du mich eigentlich fragen?", erkundigte er sich irgendwann.
Madita blickte überrascht von ihrer Torte auf. „Wieso fragen?"
„Na, ich meine vorhin. Du hast gesagt, du wolltest mich etwas fragen."
„Ach, das meinst du. Ich wollte mich nur nach dem Verbleib meines Gyros erkundigen", sagte sie und grinste.
„Das mit deinem Gyros tut mir Leid", entgegnete er betreten. „Ich hätte es nicht essen sollen."
„Unsinn", sagte Madita lachend und staunte über seine ehrliche Betroffenheit. „Ich hab doch auch von deinen Sachen gegessen. Und in Wirklichkeit macht mir das überhaupt nichts aus. Ich wollte nur wissen, was hier los ist."
Samuel nickte ernst. „Und das hast du ja auch erfahren."
Madita sah ihn prüfend an. „Das war doch auch ganz gut so, oder?"
„Schon", antwortete er ausweichend.
„Aber?", fragte Madita, die ein feines Gespür dafür besaß, ob jemand wirklich das sagte, was ihm auf dem Herzen lag.
Samuel zögerte ein wenig. Dann sagte er: „Ich hab mich nur gerade gefragt, wie es jetzt weitergehen soll."
„Wie meinst du das?"

„Na ja, ich meine unseren ... meinen ... Haushalt. Ich fühle mich, wie soll ich sagen, etwas gehandicapt."

„Tatsächlich?", fragte Madita ernsthaft. „Ich war mir nicht mal sicher, ob dich ein gebrochener Arm behindern würde. Wo du doch noch nicht einmal durch deine fehlende Sehkraft eingeschränkt zu sein scheinst."

„Das ist ja auch keine Einschränkung für mich", entgegnete er.

„Warum nicht?", fragte Madita verwundert.

Er überlegte einen Moment lang. „Unter einer Einschränkung verstehe ich etwas, das man verliert. Ich bin aber von Geburt an blind. Daher habe ich nie etwas verloren."

„Heißt das, dass du dich nie danach gesehnt hast, sehen zu können?"

„Nein", antwortete er und schüttelte heftig den Kopf. „Das heißt es natürlich nicht."

Madita wartete darauf, dass er das weiter ausführen würde, aber er schien nicht mehr von sich preisgeben zu wollen und Madita wollte natürlich auch nicht neugierig erscheinen. Also griff sie lediglich das vorangegangene Thema auf und sagte: „Du musst dir um den Haushalt keine Sorgen machen. Ich bin mir durchaus im Klaren darüber, dass ich an deinem Dilemma Schuld habe. Also werde ich auch die Verantwortung dafür übernehmen und dich hier so lange unterstützen, bis dein Arm wieder okay ist."

Samuel überlegte einen Moment und sagte dann: „Vielleicht können wir es irgendwie zusammen machen." Er hielt inne, begann ein wenig zu grinsen und fuhr dann fort. „Ich ... na ja ... hab so den Eindruck, dass das ansonsten sehr zu Lasten meiner Garderobe gehen würde."

Auch Madita musste jetzt ein wenig grinsen. „Wie kommst du denn darauf?", fragte sie unschuldig.

„Oh, ich kann mich natürlich täuschen. Aber irgendwie hast du nicht gerade den Eindruck bei mir erweckt, dass du ... wie soll ich sagen ... große Erfahrungen in Sachen Haushaltsführung mit in die Ehe gebracht hast."

„Wo wir schon mal bei dem Thema sind", sagte Madita angriffslustig, „kannst du mir verraten, ob du meine Lieblingsjeans absichtlich hast einlaufen lassen?"

Samuel lachte amüsiert auf und schob sich ein weiteres Stück Torte in den Mund. „Welche Jeans?", fragte er dann. „Ich bin blind, vergiss das nicht."

„Das mag schon sein", konterte Madita. „Aber vielleicht hast du ja mal ein Korn gefunden."

„Boack, boack", ahmte er grinsend ein Huhn nach und aß weiter.

Madita verdrehte angesichts dieser Antwort die Augen und schüttelte den Kopf. Nach ein paar Sekunden musste sie dann aber doch grinsen. Und sie musste auch zugeben, dass man amüsante Gespräche mit Samuel führen konnte. *Samuel*, formulierte sie seinen Namen in Gedanken. Erst jetzt fiel ihr auf, dass sie ihn schon lange nicht mehr gedanklich mit „Orang-Utan" bezeichnet hatte. Sie sah zu ihm rüber und beobachtete ihn beim Essen. Mit seiner dunklen Sonnenbrille hatte er wieder mehr Ähnlichkeit mit einem Orang-Utan als vorhin. Auf der anderen Seite hatte er aber auch in ihren Augen etwas Menschliches bekommen. Sie nickte und dachte: *Ich werde ihn Samuel nennen.*

Sie hatte den Gedanken kaum zu Ende gedacht, als er aufsah und fragte: „Was guckst du denn so?"

„Du hast doch gerade betont, dass du blind bist. Wie kannst du dann wissen, dass ich dich angucke?"

„Ich weiß es eben einfach", entgegnete er schlicht.

„Du kannst einem ganz schön unheimlich werden, weißt du das?"

„Ja", antwortete er etwas genervt. „Mir ist durchaus schon zu Ohren gekommen, dass ich den Menschen Angst mache."

„So hab ich das doch nicht gemeint", wiegelte Madita ab. „Ich kann bloß nicht verstehen, wie du etwas sehen kannst, das ... du nicht siehst."

„Ich bin vielleicht blind, aber deshalb noch lange nicht blöd. Wenn du plötzlich aufhörst zu essen und dich nicht mehr bewegst, wirst du sicher nicht auf deine Torte starren."

„Ich wollte dich nicht anstarren", sagte Madita. „Ich hab mich nur gerade gefragt, warum man dich Samuel genannt hat. Johannes und Jochen, das passt gut zusammen. Aber Samuel fällt völlig aus dem Rahmen."

„Das hast du hervorragend formuliert", sagte er.

„Wieso?", fragte Madita vollkommen verständnislos.

„Weil ich tatsächlich vollkommen aus dem Rahmen falle. Und das ist wohl auch der Grund, dass mein Vater diesen Namen zugelassen hat. Er passt eben zu mir."

„Was meinst du denn mit ‚zugelassen'?", fragte Madita.

„Bist du immer so neugierig?", lautete Samuels Gegenfrage.

Madita überlegte einen Moment lang. Sie hatte den Eindruck,

dass er diese Frage nur gestellt hatte, um ihrer Frage auszuweichen. „Und bist du immer so verschlossen?“, fragte sie nun ihrerseits.

Samuel blickte überrascht auf und schluckte. Scheinbar hatte Madita den Nagel auf den Kopf getroffen. „Ich ...“, begann er zögernd, „... ich bin es nicht gewohnt, solche Fragen zu beantworten.“

„Dann kannst du es ja üben“, antwortete Madita frech.

„Auf den Mund gefallen bist du nicht gerade“, stellte er fest. Als sie nicht darauf antwortete, seufzte er ein wenig und fuhr dann fort. „Angeblich hat meine Großmutter den Namen ausgewählt. Er kommt aus dem Hebräischen und bedeutet ‚Erhört von Gott‘.“

„Und?“, fragte Madita spontan. „Erhört er dich?“

„Sicher tut er das.“

„Meinst du das im Ernst?“, fragte Madita überrascht.

„Ja, das meine ich im Ernst“, entgegnete er schlicht.

„Heißt das, dass du an einen Gott glaubst?“

„Ich glaube an einen Gott, ja. An einen ganz bestimmten sogar.“

„Und welcher soll das sein?“

„Jesus Christus“, antwortete er ruhig.

Madita sah ihn ein wenig mitleidig an. „Dann passt der Name wirklich gut zu dir.“

Dieses Mal war er es, der ihre Antwort nicht gleich verstand. „Wieso?“

„Na, weil du tatsächlich ziemlich aus dem Rahmen fällst.“

Samuel quittierte diese Antwort mit einem Lächeln. „Dann sind wir uns ja ausnahmsweise mal einig.“

Kapitel 9

An den darauf folgenden Tagen wurde Madita von Samuel in die Geheimnisse des Wäschesortierens, Waschens, Wäscheaufhängens, Bügelns, Kochens und Putzens eingeweiht. Das lief dann meistens so ab, dass Samuel die Anweisungen erteilte und sie unter seiner Aufsicht alles erledigte. Zwar ärgerte sie sich mehr als einmal darüber, derart primitive Tätigkeiten ausführen zu müssen und dabei auch noch gegängelt zu werden. Aber sie hielt ihr Versprechen und ließ alles widerspruchslos über sich ergehen. Sie stellte sich auch ganz geschickt an und so konnte sie am Ende der ersten Woche schon fast alles alleine bewältigen.

Nach einiger Zeit begann ihr manches sogar Spaß zu machen und sie freute sich darüber, dass sie immens an Selbständigkeit gewonnen hatte. Trotzdem bewegte sich Maditas Leben nicht in die Richtung, die sie sich vorgestellt hatte.

Zwar musste sie jetzt nicht mehr durch ihr Zuhause schleichen und sie hatte auch während der Mahlzeiten Gesellschaft, aber das war dann auch schon fast alles. Wenn sie geglaubt hatte, dass sie jetzt auch permanent nette Unterhaltung haben würde, dann hatte sie sich gründlich getäuscht. Mehr als einmal machte sie zum Beispiel den Vorschlag, auch mal einen Abend gemeinsam im Wohnzimmer zu verbringen. Doch Samuel lehnte immer dankend ab und er hatte auch immer irgendwelche Ausreden parat. Mal war er müde, mal fühlte er sich nicht wohl, mal wollte er lieber allein sein. Madita wusste ja, dass er es nicht gewohnt war, mit jemandem zusammen zu sein. Aber sie konnte nicht verstehen, dass er so krampfhaft an dieser Gewohnheit festhielt.

Im Übrigen verliefen auch die Gespräche während der Mahlzeiten nicht so, wie sie es gern gehabt hätte. Schon nach ein paar Tagen nämlich war sie es leid, sich über Banalitäten und Haushaltsdinge mit ihm auszutauschen. Sie hätte viel lieber tiefer gehende Gespräche mit ihm geführt und versuchte mehrmals, ihn über seine Familie, seine Vergangenheit und sein Gefühlsleben auszufragen. Je mehr sie sich jedoch bemühte, umso stärker blockte er ab. Und so stand Madita am Ende beinahe genauso einsam da wie vorher.

Irgendwann fing sie wieder an, sich in die Stadt zu flüchten. Da hatte sie zwar auch niemanden zum Reden, musste sich aber auch nicht abzappeln, um jemanden zum Sprechen zu bewegen.

Ihre Tage sahen dann meistens so aus, dass sie morgens die Hausarbeit erledigte und irgendetwas kochte, dann gemeinsam mit Samuel zu Mittag aß und anschließend nach Neuruppin fuhr. Dort bummelte sie bis zum Abend durch die Geschäfte, fuhr dann zurück, aß mit ihm Abendbrot und verzog sich anschließend auf ihr Zimmer, um in einem ihrer Liebesromane zu lesen. Aber auch die konnten auf Dauer ziemlich langweilig werden. Besonders schlecht ging es ihr, wenn sie dann auch noch von unten die wundervolle Musik vernahm, die er gerade hörte. Dann hätte sie nichts lieber getan, als das Heft einfach in die Ecke zu werfen und zu ihm nach unten zu gehen. Aber sie wusste ja, dass ihm das nicht recht gewesen wäre. Also blieb sie oben, lauschte von dort den herrlichen Klängen und nahm sich vor, am nächsten Tag die gleiche CD in Neuruppin zu kaufen. Das tat sie dann meistens auch. Wenn sie sie dann allerdings abends anhörte, war es irgendwie nicht mehr das Gleiche. Und dann fühlte sie sich noch einsamer als sonst und sehnte nichts mehr herbei als ihren Arbeitsantritt im Krankenhaus.

Eines Morgens – es war Mittwoch, der 19. Juni – wachte sie wie gewohnt gegen halb acht auf. Sie fühlte sich nicht besonders wohl, schob das aber auf ihr wie immer sehr reichhaltiges Abendbrot am Vortag.

Sie ging duschen, zog sich an und begab sich dann in die Küche, um Frühstück zu machen. Als sie allerdings den Kühlschrank öffnete und ihr der Geruch von Wurst und Käse in die Nase stieg, merkte sie, wie alles in ihr hochkam. Geistesgegenwärtig griff sie nach dem Eimer, der immer in dem Schrank unter der Spüle stand, und übergab sich. Danach war ihr zwar nicht mehr übel, aber sie fühlte sich so zittrig, dass sie alles stehen und liegen ließ und wieder nach oben schlurfte. Als sie ihr Zimmer betrat, überlegte sie einen Moment lang, ob sie das Bett oder die Toilette aufsuchen sollte. Sie entschied sich für Letzteres, was angesichts des Durchfalls, der ihr nun endgültige Gewissheit über die Art ihrer Erkrankung verschaffte, auch gut war.

Nach einer längeren und überaus unangenehmen Sitzung schleppte sie sich mit Eimer, Waschlappen und Handtuch bewaffnet zurück in ihr Bett und schlief sofort ein. Schon eine knappe halbe Stunde später wachte sie mit stärkster Übelkeit wieder auf. Ein paar Minuten wehrte sie sich dagegen, verlor diesen Kampf aber und erbrach den Rest ihres Mageninhalts. Danach sank sie erschöpft in ihre Kissen.

In den nächsten drei Stunden wechselten sich Erbrechen und Durchfall in regelmäßigen Abständen ab. Obwohl Madita schon längst nichts mehr im Magen hatte, wollte der Brechreiz einfach nicht aufhören. Immer und immer wieder musste sie hoch, um nur noch Magenflüssigkeit von sich zu geben. Auch ihre Bauchkrämpfe nahmen immer mehr zu. Sie war jetzt so geschwächt, dass sie kaum noch zwischen Bett und Toilette hin und her kam. Am schlimmsten war jedoch der Durst, den sie jetzt immer mehr verspürte. Sie fühlte sich ausgetrocknet, so ausgetrocknet, als hätte sie Wochen in der Wüste verbracht. Ein paar Mal hatte sie auf dem Weg von der Toilette zum Bett am Waschbecken Halt gemacht und ein paar Schlucke Leitungswasser getrunken. Die hatte sie dann aber schon wenige Minuten später wieder erbrechen müssen. Irgendwann gab sie es einfach auf und entschloss sich, einfach nur noch das Ende der Attacken abzuwarten. Das jedoch wollte und wollte sich nicht einstellen.

Gegen Mittag klopfte es an der Tür. Madita nahm es im Halbschlaf kaum wahr und hatte auch keine Kraft, in irgendeiner Weise darauf zu reagieren. Es klopfte wieder. Und dann noch einmal.

Das Nächste, was Madita spürte, war eine kühle Hand, die sich wohltuend auf ihre überhitzte Stirn legte. Sie öffnete kurz ihre Augen und sah Samuel mit seiner dunklen Sonnenbrille und besorgtem Gesichtsausdruck an ihrem Bett stehen.

War es ihm am Ende doch nicht egal, wie es ihr ging? Sie konnte den Gedanken nicht zu Ende denken, denn im gleichen Moment überkam sie wieder dieses Gefühl von Übelkeit, das, wie sie mittlerweile wusste, früher oder später über der Toilette enden würde. Sie kam hoch, schälte sich mühsam aus dem Bett und schaffte es auch, sich hinzustellen. Leider bereute sie das schon einen Augenblick später, denn nun drehte sich plötzlich alles um sie herum und das Schwindelgefühl drohte sie umzuwerfen. Bestimmt wäre sie unsanft auf dem Fußboden gelandet, wenn nicht jemand sie gestützt und mit einem kräftigen Griff ins Badezimmer geschoben hätte. Er hielt sie auch noch fest, während sie sich zum ungezählten Mal an diesem Tag aufs Heftigste übergab.

Erst als diese neuerliche Attacke zu Ende war, registrierte Madita, dass es Samuel war, der neben ihr hockte und ihr jetzt einen Waschlappen reichte, damit sie sich den Mund abwischen konnte.

„Danke“, brachte sie heraus und sagte dann: „Kannst du mir ans Waschbecken helfen?“

Er machte sich nicht die Mühe zu antworten, sondern half ihr einfach sich aufzurichten und zog sie ans Waschbecken. Dann machte er den Wasserhahn an und Madita konnte sich den Mund ausspülen, um den fürchterlichen Geschmack loszuwerden.

„Fertig?“, fragte er anschließend.

„Mhm“, brachte Madita mühsam heraus und schleppte sich mit seiner Hilfe zurück in ihr Bett. „Danke“, sagte sie nochmal, als sie wieder darin lag und er sie mit der Bettdecke zudeckte.

„Nichts zu danken“, antwortete er schlicht und setzte sich zu ihr auf die Bettkante. „Soll ich einen Arzt anrufen?“

„Nein", flüsterte Madita entkräftet und schloss die Augen, „es ist sicher nur eine Magen-Darm-Grippe. Die vergeht auch wieder."

„Und brauchst du sonst irgendetwas?", fragte er.

„Nein", hauchte sie.

„Vielleicht einen Kamillentee?", fragte er noch einmal.

Madita überlegte einen Moment lang. Sie leckte mit der Zunge über ihre trockenen Lippen. Sie hatte ja solchen Durst. „Das wäre toll", sagte sie dann.

„Ich bring ihn dir gleich", sagte er sanft, stand auf und verließ das Zimmer.

Madita nickte sofort wieder ein und deshalb kam es ihr so vor, als wären nur ein paar Sekunden vergangen, als er eine Viertelstunde später das Zimmer wieder betrat und ein Tablett neben ihrem Bett abstellte. „Möchtest du ihn jetzt gleich trinken?", fragte er sie leise.

„Gerne", entgegnete Madita.

„Kannst du dich aufsetzen?"

Madita richtete sich mühsam auf. Als sie es geschafft hatte, nahm er das Kissen, auf dem sie gelegen hatte, und stopfte es ihr in den Rücken. Dann goss er aus der Thermoskanne, die auf dem Tablett stand, Tee in die mitgebrachte Tasse und reichte sie ihr.

Madita nahm sie dankbar entgegen und trank einen Schluck. Dann wartete sie erst einmal ab. Falls sie schon den ersten Schluck wieder ausspucken musste, konnte sie sich den Rest auch sparen.

„Wie hast du das mit einem Arm geschafft?", fragte sie in der Zwischenzeit.

Ihr Gegenüber lächelte. „Man kann viel, wenn man es will."

Madita nahm einen zweiten Schluck aus der Tasse. „Selbst Kamillentee ist lecker, wenn man so richtig Durst hat."

„Du musst viel trinken", sagte er, „sonst trocknest du aus."

„Du hast gut reden – du musst ja auch nicht alles wieder ausspucken, was du zu dir nimmst", entgegnete Madita und horchte in sich hinein. Es fühlte sich fast so an, als könnte sie den Kamillentee bei sich behalten. Sie nahm noch ein paar weitere Schlucke, gab ihm dann die Tasse zurück und legte sich wieder hin. Sie war noch immer so zittrig, dass sie es nicht lange in aufrechter Position aushalten konnte.

Samuel wartete noch ein paar Minuten, bis Maditas Atemzüge ruhig und gleichmäßig geworden waren, und verließ dann leise das Zimmer.

Er sah an diesem Mittwoch noch mehrfach nach Madita, flößte ihr Unmengen von Kamillentee ein, brachte ihr kalte Waschlappen und kümmerte sich auch sonst rührend um ihr Wohlbefinden. Gegen Abend ging es Madita dann auch schon wesentlich besser. Sie musste sich nicht mehr übergeben, fühlte sich nicht mehr so zittrig und knabberte auch schon vorsichtig an den Salzstangen, die Samuel gebracht hatte.

„Darf ich dich was fragen?“, sagte sie irgendwann.

„Sicher“, entgegnete er freundlich.

„Warum schert dich auf einmal, wie es mir geht?“

Samuel wandte ihr verdutzt den Kopf zu. „Wie kommst du darauf, dass es mich vorher nicht geschert hat?“

„Das ist doch offensichtlich, findest du nicht? Du verbringst nur so viel Zeit mit mir, wie unbedingt notwendig ist. Ansonsten meidest du mich.“

„Ich meide dich nicht“, antwortete er. „Ich ... möchte mich dir bloß nicht aufdrängen.“

„Ach tatsächlich?“, fragte Madita skeptisch. „Du findest es aufdringlich, einen Abend mit mir zu verbringen, wenn ich dich darum bitte?“

„Ja“, sagte er nur.

Madita rollte mit den Augen. Musste er sich denn immer alles aus der Nase ziehen lassen? „Kannst du das vielleicht ein bisschen näher ausführen?“, fragte sie gereizt.

„Ich weiß einfach, warum du mich fragst, das ist alles.“

„Und warum frage ich dich?“

„Du fragst mich, weil du ein schlechtes Gewissen hast. Weil du dich für das mit meinem Arm verantwortlich fühlst.“

„Du hast Recht, ich fühle mich für deinen Arm verantwortlich. Und ich hab deswegen auch ein schlechtes Gewissen. Aber findest du nicht, dass ich das tagsüber ausreichend abarbeite? Da hab ich es doch wirklich nicht nötig, mich auch noch abends schuldig zu fühlen, oder?“

„Genau“, fiel er ihr ins Wort. „Genauso sehe ich das auch.“

„Wie schön, dass wir uns einmal einig sind“, sagte sie ironisch. „Aber dann hättest du ja auch schon mal auf die Idee kommen können, dass es möglicherweise noch einen anderen Grund dafür gibt, wenn ich mal einen Abend mit dir verbringen möchte!“

„Und was für ein Grund sollte das sein?“, fragte er verwirrt.

„Du weißt es wirklich nicht, oder?“, sagte sie fassungslos.

„Nein“, antwortete er ehrlich und schüttelte den Kopf.

„Ich bin einsam, Samuel“, hörte sie sich sagen und noch während sie es aussprach, spürte sie, wie Tränen in ihr aufstiegen. Es gelang ihr zwar, sie zu unterdrücken, aber sie hatte jetzt einen solchen Kloß im Hals, dass sie ein paar Sekunden brauchte, bis sie weitersprechen konnte. „Ich weiß nicht, ob du das verstehen kannst“, fuhr sie dann leise fort, „aber ich fühle mich allein hier, unendlich allein. Ich bin es nicht gewohnt, in einer Einöde zu wohnen. Und ich bin es auch nicht gewohnt, sieben Abende pro Woche allein in einem Zimmer zu verbringen. Ob du's glaubst oder nicht, aber ich spreche manchmal schon mit meinem Zahnputzbecher.“

Samuel musste lächeln. „Und was sagt er so?“, fragte er dann.

„Gar nichts“, entgegnete Madita, die jetzt ebenfalls anfing zu grinsen. „Das ist ja das Problem.“

„Na ja“, erwiderte Samuel spontan, „dann kannst du ihn ja mal zu meinem Zahnputzbecher in die Schule schicken. Spätestens in zwei Wochen hat er 'ne Menge zu erzählen.“

Madita sagte gar nichts und sah ihr Gegenüber nur erstaunt an. Hatte er jetzt gerade etwas von sich preisgegeben?

Samuel hatte es wohl auch gerade gemerkt und wandte sich verlegen ab. „Wenn das so ist“, beeilte er sich zu sagen, „können wir ja heute Abend ein bisschen Musik zusammen hören.“

„Also, heute Abend geht es wohl noch nicht“, entgegnete Madita und gähnte herzhaft. „Aber ein kritischer Blick in meinen vollen Terminkalender sagt mir, dass ich für morgen Abend noch keine Verabredungen getroffen habe. Wenn du also möchtest ...“

„Sicher“, entgegnete Samuel lächelnd und erhob sich.

❦

Der folgende Tag gestaltete sich so erfreulich für Madita, dass sie ihre Darmgrippe im Nachhinein beinahe als Segen empfand. Samuel benahm sich ganz anders als vorher, fragte häufig nach ihrem Wohlbefinden und war auch sonst viel aufgeschlossener als vorher. Zwar merkte sie deutlich, dass er persönlichen Fragen weiterhin auswich, aber immerhin gab er sich Mühe.

Abends verabredeten sich beide im Wohnzimmer zum Musikhören. Als Samuel den Raum betrat, hatte Madita es sich bereits auf der Rundecke bequem gemacht. Mit einem Schmunzeln verfolgte sie, wie Samuel am anderen, äußersten Ende der Rundecke Platz nahm. Scheinbar legte er Wert auf einen Sicherheitsabstand.

„Ich beiße nicht", hörte sie sich sagen.

Samuel räusperte sich verlegen und fragte: „Was soll ich denn auflegen?"

„Ich weiß nicht", entgegnete Madita. „Du hörst ja scheinbar gern klassische Musik. Leg doch einfach was auf, was du gerne magst."

„Was ich gerne mag?", fragte er zweifelnd. „Das würde dir sicher nicht gefallen."

„Warum denn nicht?"

„Ich mag am liebsten Operntenöre. Aber meine Mutter findet die zum Beispiel ganz furchtbar. Das ist wohl auch der Grund, warum sie sich hartnäckig weigert, mir weitere davon zu schenken. Stattdessen schleppt sie immer Operetten an. Ich hab den ‚Zigeunerbaron' von Johann Strauß. Möchtest du den vielleicht hören?"

„Nein", sagte Madita und lächelte.

„Nein?", fragte er und wartete auf die Begründung.

„Nein", wiederholte Madita und lächelte immer noch. Ihr war auf einmal die Idee gekommen, ihm auf diese Weise seine eigene Schweigsamkeit vor Augen zu führen.

„Aha", entgegnete er ein wenig irritiert. „Dann vielleicht den ‚Bettelstudent'?"

„Nein", sagte Madita wieder.

„Oder ‚Die lustige Witwe' von Lehár?", fragte er erneut.

„Nein", erwiderte Madita.

„Tja", sagte er, „dann hab ich nur noch das ‚Land des Lächelns'."

„Auch nicht", antwortete Madita und fing langsam an, über seine Engelsgeduld den Kopf zu schütteln. Sie selbst, das wusste sie genau, hätte schon beim zweiten Nein einen Schreikrampf bekommen.

„Vielleicht willst du gar keine Operette hören?", stellte er fest.

„Du hast es erraten", sagte Madita.

„Dann kann ich dir nur noch einen meiner Tenöre anbieten."

„Prima", freute sich Madita, „dann schmeiß doch einen rein."

„Welchen denn?", fragte er wieder.

Madita rollte mit den Augen. Er schien ihre Absicht einfach

nicht zu bemerken. Aber sie wollte jetzt auch nicht aufgeben und so beschloss sie, noch einmal von vorne anzufangen. „Leg doch einfach was auf, was du gerne magst."

Samuel, der bis dahin keine Miene verzogen hatte, fing jetzt plötzlich an zu grinsen. „Bin ich wirklich so schlimm?", fragte er.

„Schlimmer", entgegnete Madita lächelnd.

„Womit wir allerdings immer noch nicht weiter wären."

„Wie recht du hast", antwortete Madita.

„Warum schlägst du nicht einfach ein paar Sänger vor, dann such ich mir einen davon aus."

So ist das also, dachte Madita, *du bezweifelst, dass ich überhaupt weiß, worum es geht.*

„Von den Tenören, die noch aktiv sind, sind Luciano Pavarotti, Placido Domingo und José Carreras wohl die bekanntesten", begann sie ihren Vortrag, „aber natürlich haben die ihre besten Zeiten längst hinter sich. Und einem Enrico Caruso konnte ohnehin keiner das Wasser reichen. Richtig gut soll ja auch dieser Neue sein, wie heißt er noch? Ach ja, Cura, José Cura. Mal sehen, wen haben wir denn da noch", überlegte sie laut. „Zu den Großen aus den 50er und 60er Jahren gehören Mario Lanza, Nikolai Gedda ... Fritz Wunderlich, Mario del Monaco ... Carlo Bergonzi und, last but not least, Franco Corelli. Wie gut sie wirklich waren, darüber kann ich mir leider kein Urteil erlauben. Ich höre die alten Aufnahmen nicht gerne, weil ihre Qualität so schlecht ist. Stattdessen erfreue ich mich an weniger bekannten Stimmen, zum Beispiel an Giacomo Aragall. Den höre ich von allen am liebsten. Auch wenn seine Stimme natürlich schon hart an der Grenze zum Bariton ist. Aber ich finde, er singt mit Ausdruck und Hingabe. Wolltest du sonst noch irgendetwas wissen?"

Samuel schwieg ein paar Sekunden lang. „Nein", sagte er dann. „Tut mir Leid."

„Was tut dir Leid?", fragte Madita angriffslustig.

„Dass ich dich für inkompetent gehalten habe. Ich hätte wirklich nicht für möglich gehalten, dass sich Frauen für den Gesang von Männern begeistern könnten."

„Aber Männer begeistern sich doch auch für Frauenstimmen."

„Ich nicht", entgegnete er wahrheitsgemäß. „Ich mag allenfalls Altstimmen, Sopranstimmen empfinde ich beinahe als unangenehm."

„Ja", nickte Madita, „das geht mir auch so. Maria Callas zum Beispiel –"

Madita konnte ihren Satz nicht vollenden, weil in diesem Moment das Telefon läutete. Völlig erstaunt wandten sich sowohl Madita als auch Samuel in Richtung des Apparates. Madita konnte sich nicht erinnern, dass sie es in der Zeit, in der sie in diesem Haus lebte, jemals zuvor hatte läuten hören. Sie hatte es auch nur ein einziges Mal selbst benutzt, nämlich als sie mit Johannes gesprochen hatte. Seitdem hatte sie ihr Handy und somit beinahe vergessen, dass es auch noch einen Festanschluss gab.

„Soll ich rangehen?", fragte sie.

„Ja, geh nur", antwortete Samuel.

Madita erhob sich, ging auf die Anrichte zu, auf der sich das Telefon befand, und nahm den Hörer von der Station. Sie holte Luft und sagte: „von –" Sie hatte ihren Mund schon zum „E" geformt, als sie plötzlich stutzte und mittendrin innehielt. Sie brauchte einen kurzen Moment, um sich zu sammeln. Dann räusperte sie sich kurz und sagte tapfer: „Spließgard". Aber dieser Name, den sie jetzt zum ersten Mal in Bezug auf sich selbst ausgesprochen hatte, ging ihr so schwer über die Lippen, dass sie angewidert das Gesicht verzog und sich ein wenig schütteln musste.

„Sind Sie es, Madita?", fragte eine schüchterne Frauenstimme am anderen Ende der Leitung.

„Ja", entgegnete Madita und fügte dann ein wenig ungehalten hinzu, „und wer ist da?"

„Oh, entschuldigen Sie, hier ist Hannah Spließgard", piepste Samuels Mutter ins Telefon. „Kann ich bitte meinen Sohn sprechen?"

„Natürlich", entgegnete Madita knapp und sagte dann zu Samuel gewandt: „Es ist deine Mutter."

Samuel erhob sich, nahm den Hörer in Empfang und sagte: „Guten Abend, Mutter."

Madita schlenderte derweil zum Sofa zurück, machte es sich dort wieder bequem und spitzte ihre Ohren. Sie kam gar nicht erst auf die Idee, dezent den Raum zu verlassen. Dazu fand sie ein Gespräch zwischen Samuel und seiner Mutter einfach viel zu interessant und aufschlussreich.

Das Nächste, was Samuel ins Telefon sagte, war: „Ja, danke."

Danach entstand eine längere Pause, in der er ein paar Mal

leise seufzte und ansonsten scheinbar den Ausführungen seiner Mutter lauschte. Danach sagte er eindringlich, ja fast flehend: „Mutter, jetzt lass mich doch wenigstens dieses Jahr damit in Ruhe. Du weißt genau, wie ich dazu stehe."

Wieder sagte er einige Sekunden gar nichts. Dann: „Aber du tust mir keinen Gefallen damit."

Er seufzte noch einmal. „Ich weiß, dass dir viel daran liegt", beschwichtigte er dann.

„Also gut", schien er einzulenken, „wann kommt er?"

„Ja", sagte er ein wenig genervt, „bis dann."

Er legte auf und begab sich wieder zu seinem Sessesl.

Madita kämpfte einen Moment lang mit sich, ob sie ihn auf das Telefonat ansprechen sollte. Dann überwog jedoch die Neugier und sie fragte beiläufig: „Wer kommt?"

„Der Wagen, der mich abholt", entgegnete er leise und fast ein bisschen grimmig.

Madita wollte nicht allzu neugierig erscheinen und so wartete sie ab, ob er von sich aus noch mehr dazu sagen würde.

Und er tat es tatsächlich. „Meine Mutter hat am Sonntag Geburtstag", sagte er. „Sie möchte gern, dass ich komme." Samuel seufzte wieder. „Am Samstagmorgen werde ich von einem der Chauffeure abgeholt."

„Freust du dich denn gar nicht?", wollte Madita wissen.

Samuel schüttelte nur den Kopf.

„Warum denn nicht?"

„Das verstehst du nicht, Madita", sagte er.

„Dann musst du es mir wohl erklären", entgegnete Madita.

Samuel seufzte wieder. „Ich bin nun mal nicht gern unter Menschen", sagte er dann.

„Aha", entgegnete Madita und ließ durch ihren Tonfall erkennen, dass sie sich dadurch auch persönlich beleidigt fühlte.

Samuel bemerkte es und fügte eilig hinzu: „Jedenfalls mag ich Menschenansammlungen nicht besonders."

„Wer kommt denn alles?"

„Ich weiß es nicht genau", antwortete er ausweichend.

„Wer war denn früher immer dabei?", fragte Madita, die einfach nicht locker lassen wollte.

„Nur mein Vater und Johannes."

„Und das nennst du eine Menschenansammlung?"

„Nein", fuhr er sie an. „Aber mein Vater ist schlimmer als jede Menschenmenge."

Madita war es ganz und gar nicht gewohnt, dass Samuel seine ruhige, gelassene und überaus friedfertige Art aufgab. Deshalb war sie direkt ein wenig erschrocken und sagte erst einmal gar nichts mehr. Ein paar Minuten lang herrschte Schweigen.

Dann stand Samuel auf und schaltete den CD-Player an. Wenige Sekunden später erklang die angenehme Stimme Giacomo Aragalls, der „Che gelida manina“ aus der Oper „La Boheme“ von Puccini sang.

Besaß Samuel tatsächlich ihre Lieblings-CD? Und war es so etwas wie eine Entschuldigung, dass er sie nun eingelegt hatte?

Madita nahm das einfach mal an und als die CD eine knappe Stunde später zu Ende war, sagte sie: „Ich hätte wirklich nicht gedacht, dass du diese CD hast.“

„Dann hättest du auch sicher nicht gedacht, dass ich sie wunderbar finde“, entgegnete er. „Ich mag lyrische Tenöre auch sehr gern, jedenfalls in den Arien, die zu ihnen passen. Es ist einseitig, einen Sänger immer nur nach seinem Stimmvolumen zu beurteilen. Die Kunst liegt doch vielmehr darin, die Arie so zu interpretieren, wie der Komponist sie beabsichtigt hat. Andrea Bocelli zum Beispiel, der wird meistens verlacht, weil er zu viel populäre Musik gemacht hat. Aber hast du dir mal seine Verdi-CD angehört?“ Samuel war jetzt richtig leidenschaftlich. „Welcher Sänger ist schon in der Lage, das letzte hohe B in ‚Celeste Aida‘ mit derart voller Stimme zu singen und es dann so perfekt bis zur völligen Unhörbarkeit abzuschwächen?“

Madita hatte seine Rede mit erstauntem Gesichtsausdruck verfolgt. Sie hatte nicht gedacht, dass er so lebhaft sein konnte. Sie hatte es auch nicht für möglich gehalten, dass er sich so gut auskannte. Er hatte ja scheinbar mehr Ahnung als ihr Vater.

„Ich weiß nicht“, entgegnete Madita wahrheitsgemäß. „Ich wusste nicht, dass Verdi ‚Celeste Aida‘ so haben wollte. Ich hab CDs von Caruso, del Monaco und Bergonzi, in denen sie diese Arie singen. Wenn ich es mir recht überlege, beenden alle die Arie kraftvoll. Meistens legen sie zum Schluss sogar noch einen drauf.“ Sie hielt inne. „Aber du hast Recht, wenn du sagst, dass nicht jede Arie zu jedem Tenor passt. ‚Nessun Dorma‘ aus ‚Turandot‘ zum Beispiel ist nicht gerade für den typischen lyrischen Tenor geeignet. Da braucht man schon ein bisschen Power.“

Madita sah zu Samuel rüber, der jetzt zustimmend nickte.

„Aber findest du nicht, dass Aragall diese Arie hervorragend meistert?“ Jetzt war es Madita, die Begeisterung entwickelte.

Ihre Augen leuchteten. „Er hat eben beides. Aber es ist interessant, dass du gerade für Andrea Bocelli schwärmst."

„Weil er blind ist?"

„Ja", nickte Madita.

„Es hat nichts damit zu tun, glaube ich."

„Wärst du nicht gern wie er?"

„Ich hätte vielleicht gern seine Stimme", antwortete er lächelnd, „dann könnte ich mitsingen, ohne mein musikalisches Gehör zu verletzen."

Madita hoffte, dass er von sich aus noch mehr dazu sagen würde, aber er ließ sie wie immer vergeblich darauf warten. „Wärst du nicht gerne so erfolgreich und berühmt wie er?", fragte sie irgendwann.

„Nein."

„Samuel!", sagte Madita drohend und rollte mit den Augen. Sie würde sich nie daran gewöhnen, dass man ihm alles aus der Nase ziehen musste.

Er wusste, was sie meinte, und sagte seufzend: „Ich bin ganz einfach so zufrieden, wie es ist."

„Mit allem?"

„Natürlich", versicherte er.

„Das glaube ich dir nicht", entgegnete Madita und sah ihn forschend an. Er wollte ihr doch nicht allen Ernstes weismachen, dass es ihn zufrieden stellte, in völliger Einsamkeit und Abgeschiedenheit zu leben, ohne Freunde, ohne Höhen und Tiefen.

„Das musst du auch nicht", entgegnete er nur und erhob sich. „Ich gehe jetzt schlafen", sagte er dann und verließ ohne ein weiteres Wort den Raum.

Madita blieb kopfschüttelnd zurück. Er hatte gelogen, da war sie sich ganz sicher. Aber warum war er nur so furchtbar verschlossen? Irgendwie frustrierte seine Geheimniskrämerei Madita.

Sie erhob sich ebenfalls, schaltete die Stereoanlage aus, löschte das Licht und begab sich nach oben. Als sie im Bett lag, musste sie darüber nachdenken, dass sie das Wochenende nun quasi allein in dieser Einöde verbringen würde.

Na ja, dachte sie, *dann hab ich ja mal die Möglichkeit, in seinen Spuren zu wandeln.*

Sie wusste nicht, wie recht sie damit hatte ...

Kapitel 10

Madita und Samuel hatten sich für Samstagmorgen gegen 9 Uhr am Frühstückstisch verabredet. Samuel sollte um 10 Uhr abgeholt werden und so würde noch genügend Zeit für eine entspannte, gemeinsame Mahlzeit bleiben.

Madita, die am Vorabend schon früh eingeschlafen war, stand bereits um 7:30 Uhr in der Küche, kochte Tee und Kaffee und zur Feier des Tages auch ein paar Eier, deckte den Tisch und wartete auf Samuel.

Als dieser um 9:10 Uhr endlich die Küche betrat, hatte Madita schon beinahe zwanzig Minuten mit dem Frühstück auf ihn gewartet. „Mahlzeit", sagte sie provokativ.

Samuel wandte sich erstaunt zu ihr, öffnete den Deckel seiner Armbanduhr, ertastete die Zeit und sagte dann: „Es ist doch erst zehn nach neun."

„Das mag schon sein", entgegnete Madita, „aber sonst bist du pünktlicher."

„Tut mir Leid", antwortete er. „Ich war noch mit Packen beschäftigt."

„Ach tatsächlich?", fragte Madita angriffslustig und sah spöttisch auf die Jeans und das Jeanshemd, das er wie immer trug. „Was hast du denn gepackt? Solltest du etwa einen Smoking besitzen, von dem ich noch nichts weiß?"

„Nein", entgegnete Samuel ruhig. „Ich besitze keinen Smoking. Aber ich packe trotzdem Ersatzkleidungsstücke ein."

„Und eine Ersatzbrille natürlich", sagte Madita, die sich schon lange davon gestört fühlte, dass sie sich ständig einer dunklen Sonnenbrille gegenüber sah. Wie sollte man sich nur mit jemandem unterhalten, dessen Augen man nicht sehen konnte? Am meisten irritierte es sie, dass sie nicht erkennen konnte, wohin er sah. Ihr war zwar bewusst, dass er blind war, aber das änderte nichts an ihrem persönlichen Empfinden.

„Natürlich", antwortete Samuel kühl.

„Dann trägst du die Sonnenbrille zu Hause also auch?", fragte Madita.

„Sicher."

„Und warum?"

„Warum trägst du Kleidung, wenn es draußen 30 Grad warm ist?", beantwortete Samuel ihre Frage mit einer Gegenfrage.

Madita war erstaunt, dass er so schnell eine Antwort auf diese Frage parat hatte. „Das ist doch nicht dasselbe!"

„Wieso nicht?"

„Weil ...", begann Madita und zögerte. Normalerweise war sie ziemlich schlagfertig, aber in diesem Fall fiel ihr so schnell keine Begründung ein. „Weil ... man Blindsein und Nacktsein nicht miteinander vergleichen kann."

„Ach ja? Seit wann weißt du, wie es ist, wenn man blind ist?"

„Ich weiß es nicht, aber ich kann's mir denken", verteidigte sich Madita.

„Das freut mich zu hören", entgegnete Samuel. „Dann wird es dir sicher auch nichts ausmachen, es mir mal zu beschreiben."

Madita schluckte, holte Luft und – atmete resigniert wieder aus. Sie konnte es nicht beschreiben, beim besten Willen nicht. Und da war es wohl besser, die Klappe zu halten. Sie schüttelte den Kopf. Sollte sie, Madita, wirklich sprachlos geworden sein? Sollte sie dieses Wortgefecht wirklich verloren haben?

Auch Samuel sagte jetzt nichts mehr und so verbrachten sie den Rest des Frühstücks schweigend.

Um viertel vor zehn stand Samuel plötzlich auf und sagte: „Der Wagen ist da. Ich hole meine Sachen."

Madita spitzte erstaunt die Ohren. Sie hatte natürlich gar nichts gehört. Während Samuel nach oben verschwand, begab sich Madita ans Fenster und sah hinaus. Da stand tatsächlich eine schwarze Limousine mit verdunkelten Scheiben vor der Tür. Es war ein regelrechtes Schiff von einem Auto, irgend so ein amerikanisches Modell. Madita tippte auf einen Chevrolet. Die Fahrertür öffnete sich gerade und ein Mann stieg aus. Er trug einen dunklen Anzug und eine dunkle Sonnenbrille. *Wie passend,* dachte Madita spöttisch.

Sie hörte jetzt Samuel wieder die Treppe herunterkommen. Als er auf Höhe der Küchentür war, blieb er einen Moment stehen, so als würde er zögern.

„Ich fahre dann", sagte er leise.

„Nur zu", sagte Madita von oben herab.

Samuel nickte, so als hätte er verstanden, dass Madita noch sauer war.

Madita blieb nachdenklich zurück. Auf der einen Seite hätte sie sich gern richtig von ihm verabschiedet, aber auf der anderen Seite ... ja, was war eigentlich auf der anderen Seite? Sie seufzte. Warum hatte sie sein Entgegenkommen so mit Füßen getreten? Einen Augenblick lang kämpfte sie mit dem Impuls, hinter ihm herzulaufen und ihm zumindest ein „Auf Wiedersehen" mit auf den Weg zu geben.

Aber sie tat es nicht. Stattdessen blieb sie am Fenster stehen und sah ihm dabei zu, wie er langsam und vorsichtig die Holztreppe hinunterging. Er trug eine kleine, dunkelblaue Reisetasche über seiner rechten Schulter und hielt sich mit seiner gesunden Hand am Geländer fest. Am Fuß der Treppe wurde er von dem Mann mit dem dunklen Anzug angesprochen. Die beiden schienen ein paar Worte miteinander zu wechseln. Dann fasste der Mann Samuel am Arm und geleitete ihn zum Wagen.

Einige Sekunden später setzte sich der Wagen in Bewegung, wendete und fuhr davon. Madita sah ihm noch lange nach. Irgendwann gelang es ihr, sich loszureißen. Sie wandte sich wieder dem Frühstückstisch zu und begann mechanisch, ihn abzuräumen.

Jetzt war sie allein in diesem Haus, allein in dieser Einöde. Sie fröstelte. Irgendwie war ihr dieser Gedanke unheimlich. Sie war kein ängstlicher Mensch und es hatte ihr auch noch nie etwas ausgemacht, allein zu Hause zu bleiben. Aber das hier war etwas anderes. Hier war sie nicht nur allein, sondern auch fremd. Sie kannte die Gegend nicht, kannte nicht einmal das ganze Haus. Und überhaupt fühlte sie sich auch ganz und gar nicht heimisch hier. Wie also sollte sie zwei volle Tage allein hier überstehen?

„Jetzt reißt du dich aber zusammen, Madita", sagte sie laut und versuchte, solchen Gedanken damit ein Ende zu setzen. Doch so einfach ließen sie sich nicht verscheuchen. Sie kamen immer wieder und begleiteten Madita den ganzen Tag lang. Sie waren gegenwärtig, während sie bügelte, beschäftigten sie, als sie ihre Tiefkühlpizza aß und schienen neben ihr zu sitzen, während sie ein ausgiebiges heißes Bad nahm.

Abends hatte Madita so die Nase voll, dass sie nur noch auf der Suche nach Ablenkung war. Sie setzte sich an ihren Schreibtisch, kramte ein medizinisches Fachbuch daraus hervor und begann zu lesen. Irgendwie hoffte sie, dass ihr der Gedanke an die Arbeit Auftrieb geben würde. Leider funktionierte auch das nicht. Es war noch mehr als eine Woche hin, bis sie wieder arbeiten würde, und allein fühlte sie sich *jetzt*.

Irgendwann war Madita so genervt, dass sie einfach schlafen ging. Es war zwar erst kurz nach acht, aber das war ihr egal. Morgen war ein neuer Tag und dann würde die Welt bestimmt ganz anders aussehen. Sie schlief auch schneller ein, als sie es erwartet hatte. Schon nach ungefähr zehn Minuten war sie sanft ins Reich der Träume entglitten.

Leider musste sie es unsanft wieder verlassen. Mitten in der Nacht nämlich schreckte Madita plötzlich hoch, weil sie ein fürchterliches Poltern vernommen hatte. Sie sah auf ihren Radiowecker; es war 2:13 Uhr. Draußen war es stockfinster, der Wind peitschte gegen ihr Fenster und es regnete in Strömen. Wieder dieses Krachen! Es war so ohrenbetäubend, dass es Madita vor Schreck aus dem Bett trieb. Sie hechtete ans Fenster und sah hinaus. Und da zerriss auch schon ein Blitz die tiefe Dunkelheit. Madita konnte seine Zickzacklinie gestochen scharf am Himmel erkennen. Für den Bruchteil einer Sekunde wurde es taghell. Madita war wie geblendet. Aber was war das? Hatte sie da aus den Augenwinkeln heraus nicht zwei Gestalten in der Nähe des Sees stehen gesehen? Jetzt war es schon wieder dunkel und Madita sah gar nichts mehr. Hatte sie sich das eingebildet? Bei diesem Wetter würde sich doch niemand in diese Gegend verlaufen!

Maditas Herz raste und sie atmete heftig. Sofort kamen all die Ängste wieder, mit denen sie am Abend eingeschlafen war. Gleich musste wieder ein Blitz kommen, denn das Gewitter war augenscheinlich fast über ihr. Sie sah angestrengt in Richtung des Sees. Wieder wurde es hell, aber da waren keine Gestalten mehr. Der See war schwarz – und so aufgewühlt wie sie selbst. Sie versuchte, sich zu beruhigen. Sie musste sich das mit den Gestalten eingebildet haben. Aber war das möglich? Sie hatte doch sonst keine Halluzinationen. Und der Eindruck war immer noch so real.

Wieder donnerte und blitzte es. Madita suchte noch einmal mit den Augen den Bereich des Sees ab. Nichts. Sie schüttelte den Kopf. Was war nur los mit ihr? Eigentlich liebte sie Sommergewitter doch! Früher hatte sie förmlich darauf gewartet. Sie hatte jedes Gewitter mitgenommen, war mit ihrem Vater auf die Terrasse gegangen und hatte die herrliche Luft und das angenehme Prasseln des Regens genossen. Sie hatte niemals Angst gehabt, nicht einmal, als ein Blitz direkt vor ihren Augen in einen der Bäume im Park eingeschlagen hatte. Damals hatte sie sogar den Rauch gesehen und den Brandgeruch wahrgenommen. Nicht einmal das hatte ihr Angst eingejagt. *So, Madita!*, sagte sie sich. *Das hier ist ein ganz normales Gewitter. Und du gehst jetzt einfach wieder ins Bett.*

Sie befolgte ihren eigenen Ratschlag, ertastete den Weg zurück zu ihrem Bett und legte sich wieder hin. Sie kuschelte sich tief in ihre Bettdecke, schloss die Augen und versuchte, wieder einzuschlafen. Aber wie sollte das gehen? Ihr Herz klopfte noch immer wie verrückt, draußen war noch immer dieses Getöse zu hören und immer wieder wurde das Zimmer von Blitzen erhellt. Es dauerte bestimmt eine Viertelstunde, bis sich Madita so weit beruhigt hatte, dass sie wieder müde wurde und langsam zur nötigen Bettschwere zurückfand.

Sie war gerade dabei, wieder einzuschlafen, als sie ganz plötzlich erneut hochschreckte und angestrengt in die Dunkelheit hineinhorchte. Irgendetwas hatte laut gepoltert und geklirrt. Madita hatte den Eindruck, als wäre es von unten gekommen, aber als es Sekunden später das nächste Mal heftig blitzte und donnerte, war sie sich da nicht mehr so sicher. Hatte sie vielleicht nur ein Donnern falsch interpretiert? Sie schüttelte den Kopf. Das hier war anders gewesen, sie hatte doch noch immer dieses Klirren im Ohr! Einen Moment lang wollte sie sich einfach die Bettdecke über den Kopf ziehen und so tun, als wäre nichts geschehen. Aber sie hätte nicht Madita geheißen, wenn da nicht die Neugier gewesen wäre, die sie dann doch aus dem Bett trieb.

Sie schlich zu ihrer Zimmertür, öffnete sie leise und horchte auf den Flur hinaus. Nichts! Sollte sie das Licht anmachen? Sie erinnerte sich an die beiden Schatten, die sie vorhin zu sehen gemeint hatte. Wenn Einbrecher im Haus waren, war es wohl besser, das Licht aus zu lassen. Langsam und vorsichtig schlich sie auf den Flur hinaus. Sie versuchte, nicht das leiseste Geräusch von sich zu geben, obwohl sie auch wusste, dass man sie bei dem Lärm, der noch immer draußen herrschte, ohnehin nicht hören konnte. Barfuß und mit ihrem dünnen Nachthemd bekleidet tappte sie durch den kalten Flur. Sie gelangte zur Treppe und sah vorsichtig hinunter. Unten war es stockfinster, aber als wieder einmal ein Blitz die Dunkelheit durchbrach, konnte sie erkennen, dass alles ganz normal aussah.

Vorsichtig schlich sie die Treppe hinunter. Als sie unten angelangt war, hatte sie den Eindruck, dass das Gewitter langsam nachließ. Es blitzte seltener, der Regen prasselte nicht mehr ganz so heftig auf das Haus nieder und es war auch nicht mehr so laut wie vorher. Plötzlich kam es ihr auch so vor, als wäre doch irgendetwas anders als sonst. War da vielleicht irgendein Geräusch, das sie sonst nicht kannte? Sie zog die Stirn in Falten und überlegte, horchte und überlegte.

Hatte sie im Wohnzimmer vielleicht das Fenster offen gelassen? Sie schüttelte den Kopf. Sie konnte sich noch genau daran erinnern, es zugemacht zu haben.

Zögernd tastete sie sich weiter. Irgendwann stieß sie auf etwas, das sich wie eine Tür anfühlte. Sie fuhr mit der Hand abwärts und dann nach rechts. Kurz darauf hatte sie die Türklinke in der Hand. Jetzt merkte sie auch deutlich, dass sich die Tür ein wenig bewegte. Auch spürte sie an ihren Beinen einen leichten Luftzug, der scheinbar von dem kleinen Spalt unter der Tür herrührte.

Sollte sie es wagen, die Tür zu öffnen? Was würde sie dahinter erwarten?

Sie fasste sich ein Herz und drückte vorsichtig die Türklinke hinunter. Als sie die Tür dann aufschieben wollte, bemerkte sie einen nicht unerheblichen Widerstand. Scheinbar zog es dahinter wirklich. Mit entschlossenem Gesichtsausdruck und mit einem Ruck öffnete sie die Tür und spähte mit weit aufgerissenen Augen in den Raum hinein. Es war noch immer stockfinster und so konnte sie überhaupt nichts erkennen. Es blies ihr allerdings ein kräftiger Luftzug entgegen, fast so, als wäre das Fenster nicht nur gekippt, sondern als würde es vollständig offen stehen.

Sollte sie vielleicht doch Licht anmachen? Sie entschied sich dagegen und bewegte sich langsam weiter in den Raum hinein. Plötzlich durchfuhr sie ein stechender Schmerz. Sie schrie laut auf und hob ihren rechten Fuß. Sie war auf irgendetwas Scharfes getreten. Ihre Fußsohle brannte fürchterlich und sie wusste nicht, was sie machen sollte. Es war so dunkel und sie hatte keine Ahnung, was da vor ihr auf dem Boden lag. Sie hob ihr rechtes Bein und tastete mit der linken Hand ihre Fußsohle ab. Das Erste, was sie bemerkte, war Nässe. Scheinbar blutete sie ziemlich stark.

Sie tastete weiter. Dabei stieß sie auf einen harten Gegenstand, der noch immer in ihrem Fuß steckte. Er fühlte sich scharf und spitz an, wie eine Glasscherbe. Sie zog vorsichtig daran. Aber obwohl das furchtbar weh tat, bewegte sich der Gegenstand nicht. So einfach ließ er sich scheinbar nicht herausziehen.

In den nächsten Sekunden stand Madita einfach nur so da, unentschlossen und hilflos. Sie merkte, wie Verzweiflung in ihr hochkroch.

So geht es nicht weiter, dachte sie und beschloss, nun wohl oder übel doch das Licht anzuschalten. Sie streckte ihre rechte Hand nach hinten aus und hüpfte unbeholfen und vorsichtig auf einem Bein rückwärts, bis sie einen Widerstand ertastete. Sie drehte sich um und fuhr mit der Hand an ihm entlang. Er war kalt und relativ glatt. Es musste sich also um die tapezierte Wand handeln. Dann konnte der Lichtschalter ja nicht weit sein. Sie tastete weiter nach rechts, konnte den Lichtschalter aber nicht finden. Sie tastete weiter oben, dann weiter unten, noch weiter nach rechts – nichts. Jetzt versuchte sie es auf der linken Seite, oben, unten, noch weiter – immer noch nichts. Langsam wurde sie ärgerlich. Das durfte doch wohl nicht wahr sein. Irgendwo musste der Lichtschalter doch sein.

Im gleichen Moment blitzte es und Madita konnte für den Bruchteil einer Sekunde die Wand sehen, an der sie stand. Sie atmete erleichtert auf, der Lichtschalter war rechts von ihr, gar nicht weit weg. Warum hatte sie ihn nicht ertastet? Sie bewegte ihre Hand darauf zu und fand ihn jetzt auch. Gleich würde sie wissen, was hier los war. Sie betätigte den Schalter, doch zu ihrer Verwunderung passierte überhaupt nichts. Sie betätigte ihn noch mal, dann noch mal. Es tat sich überhaupt nichts. Madita starrte entgeistert in die Dunkelheit. Ein Stromausfall? Das war nun wirklich das Letzte, was sie jetzt gebrauchen konnte! Eine Taschenlampe, das wär's jetzt. Oder vielleicht eine Kerze. Aber so sehr sie darüber auch nachdachte, sie hatte einfach keine Ahnung, wo Samuel so etwas haben könnte. Und überhaupt, was sollte er damit auch anfangen?

Samuel, dachte sie. *Wenn man dich mal braucht, bist du nicht da. Du hast dir wirklich einen tollen Tag ausgesucht, um in der Weltgeschichte herumzugurken.*

Sie seufzte. Er war nun mal nicht da und so würde sie wohl oder übel allein zurechtkommen müssen. Das konnte doch auch nicht so schwer sein! Aber was sollte sie jetzt machen? Bestimmt war nur die Sicherung herausgeflogen. Sie musste den Sicherungskasten finden. Aber wo konnte der sein? Vielleicht war er im Keller, ja, bestimmt sogar ... Sicherungskästen waren immer im Keller.

Sie atmete noch einmal tief durch, dann hob sie ein zweites Mal ihren rechten Fuß, tastete sich mit der linken Hand bis zu dem scharfen Gegenstand vor und zog ihn todesmutig mit einem kräftigen Ruck heraus. Sie hatte mit Schmerzen gerechnet, aber dass es so wehtun würde, hatte sie nicht gedacht. Jammernd saß sie am Boden und hielt sich den Fuß. Er blutete jetzt noch wesentlich stärker als vorher. Wahrscheinlich war sie gerade dabei, den gesamten Teppich zu ruinieren.

Als der Schmerz langsam nachließ und sie wieder in der Lage war, klare Gedanken zu fassen, griff sie nach ihrem Nachthemd, riss es vom Saum aus einige Zentimeter nach oben auf und dann quer, bis sie einen ansehnlichen Streifen in Händen hielt. Anschließend wickelte sie es schniefend um ihren Fuß und verknotete es notdürftig.

Dann atmete sie noch einmal tief durch, sammelte ihre Kräfte und richtete sich mühsam auf. Auf dem linken Bein hüpfend ertastete sie sich den Weg bis zur Tür. Sie fand relativ schnell die Türklinke, drückte sie herunter und hüpfte und humpelte auf den Flur hinaus.

Und wie sollte sie jetzt in den Keller kommen? Sie sah sich um. Es war noch immer stockfinster und es hatte auch schon längere Zeit nicht mehr geblitzt. Sie sah also überhaupt nichts. Außerdem war sie noch nie im Keller gewesen. Sie vermutete den Zugang hinter der Tür, die sich rechts neben der Treppe befand. Um die Orientierung zu behalten bewegte sie sich an der rechten Wand entlang und ertastete dann die Tür, die in den Keller führen musste. Sie fand die Türklinke und drückte sie herunter. Langsam und vorsichtig bewegte sich Madita vorwärts. Als sie mit ihrem rechten Fuß einen Absatz ertastete, wusste sie, dass sich wirklich eine Treppe vor ihr befand. Sie fand auf der rechten Seite einen Handlauf, krallte sich mit beiden Händen daran fest und hüpfte vorsichtig Stufe für Stufe die Treppe hinab. Das funktionierte ganz gut und nach ein paar Stufen gewann sie an Sicherheit und ließ mit einer Hand das Geländer los.

Leider erwies sich das als Fehler. Als sie wieder eine Stufe tiefer hüpfte, kam sie ein kleines bisschen zu weit vorne auf, rutschte auf der Kante der Treppenstufe aus, verlor das Gleichgewicht und landete unsanft auf Po und Rücken. Danach versuchte sie zwar noch, sich festzuhalten, doch es gelang ihr nicht und so rutschte sie die restlichen Stufen in blitzartiger Geschwindigkeit hinab. Unten wurde sie unsanft dadurch gebremst, dass sie mit ihrem verletzten Fuß gegen eine Wand prallte.

Stöhnend, fluchend und jammernd blieb sie liegen. Das war alles ein einziger Alptraum! Wäre sie doch nur im Bett geblieben!

Als der erste Schmerz vorüber war, registrierte sie, dass es hier unten noch kälter war als oben. Sie fröstelte. Es war nicht nur kalt, sondern eiskalt! Sie legte die Hand auf den Boden. Scheinbar lag sie auf einem nicht ganz sauberen Steinfußboden. Er zog die letzte Wärme aus ihrem bibbernden Körper. Hier konnte sie jedenfalls nicht liegen bleiben.

Sie begann, sich vorsichtig abzutasten. Ihr gesamter Körper

tat weh, aber scheinbar war nichts gebrochen. Der Stofffetzen an ihrem rechten Fuß war mittlerweile durchgeblutet, aber was machte das schon. Sie wollte nur noch eins: zurück nach oben, zurück in ihr warmes, kuscheliges Bett.

Wieder nahm sie all ihre Kraft zusammen, stützte sich an der Wand ab und richtete sich mühsam auf. Wo war denn jetzt die Treppe? Wo ging es hier wieder nach oben? Sie streckte erst ihre rechte, dann ihre linke Hand aus, konnte aber nichts ertasten.

Denk nach!, ermahnte sie sich. Sicher lag die Wand, die sie gebremst hatte, der Treppe gegenüber. Sie musste sich also nur um 180 Grad drehen und ein paar Schritte vorwärts machen. Sollte sie es wagen?

„Dir bleibt nichts anderes übrig, Madita", sagte sie laut und drehte sich mit dem Rücken zur Wand. Dann hüpfte sie vorwärts, ganz vorsichtig und immer nur ein paar Zentimeter weit. Nach jedem Sprung streckte sie ihren rechten Fuß nach vorne aus, um festzustellen, ob sie die Treppe schon erreicht hatte. Sie hüpfte wieder und wieder, immer weiter und weiter. Nach einigen Minuten kam es ihr langsam verdächtig vor, dass sie die Treppe noch immer nicht erreicht hatte. Sie blieb stehen, kniff die Augen zusammen und versuchte noch einmal, irgendetwas zu erkennen. Aber es war noch immer stockfinster und so hüpfte sie einfach weiter.

Irgendwann, als sie wieder einmal den Fuß nach vorne ausstreckte, spürte sie einen Widerstand. Erleichtert atmete sie auf.

„Na endlich, das wurde aber auch Zeit", sagte sie laut, hob den Fuß etwas höher und versuchte, ihn auf die erste Treppenstufe zu setzen. Sehr zu ihrer Verwunderung stieß sie erneut auf Widerstand. Sie hob den Fuß noch höher, streckte ihn aus und – spürte Widerstand.

Jetzt ahnte sie Böses und streckte vorsichtig ihre linke Hand nach vorne aus. Und tatsächlich, auch dort war ein Widerstand. Etwas panisch tastete sie ihn ab. Vor ihr befand sich eine Wand!

Madita stand ein paar Sekunden lang einfach nur so da, mit der linken Hand an einer Wand, von der sie nicht wusste, wie die da hingekommen sein konnte. Dann begann sie zu kichern. Das war doch wirklich zu witzig! Sie, Madita, die erfolgreiche, intelligente Karrierefrau, hatte sich in einem Keller verirrt. In einem eiskalten, muffig stinkenden, stockfinsteren Keller!

Madita hörte jetzt auf zu kichern. Vielleicht war das Ganze doch nicht so witzig. Vielleicht würde sie hier umkommen, erfrieren vielleicht. Sie merkte, wie Panik sie zu überrollen drohte.

Sie wollte jetzt nur noch eins: Licht. Sie wollte endlich sehen, wo sie war, sehen, wo es wieder nach oben ging ... sehen!

Hektisch tastete sie die Wand ab. Wenn hier schon nicht der Treppenaufgang war, vielleicht konnte sie dann wenigstens den Sicherungskasten finden. Sie bewegte sich langsam nach links und tastete weiter. Da! Da war ein Absatz in der Wand. Und jetzt fühlte sich die Wand auch irgendwie anders an, wärmer und glatter. Holz? Hier musste also eine Tür sein. Aber was konnte ihr das nützen? War hinter dieser Tür vielleicht der Sicherungskasten?

Sie fand die Türklinke, drückte sie herunter und zog die Tür zu sich heran. Sie ließ sich tatsächlich öffnen. Sollte sie hineingehen? Sie entschied sich dafür und hüpfte mit nach vorn ausgestreckten Armen vorsichtig in den Raum hinein. Schon nach dem ersten Schritt stellte sie erfreut fest, dass der Raum mit Teppichboden ausgelegt war. Jetzt musste sie wenigstens an den Füßen nicht mehr ganz so stark frieren.

Sie hüpfte weiter, bis sie auf das erste Hindernis traf. Es war ein Plastikeimer, der scheinbar mitten im Raum auf dem Fußboden stand und sofort umkippte, als Madita dagegen hüpfte. Von nun an war sie noch vorsichtiger. Vor jedem Hüpfer beugte sie sich vor und wedelte erst einmal mit ihren Armen und dem rechten Fuß in der Gegend umher. Und das war auch gut so, denn das Gerümpel, auf das sie kurz darauf traf, wäre ihr sicher zum Verhängnis geworden, wenn sie es nicht vorher mit ihren Händen ertastet hätte. Allerdings war ihr nicht so recht klar, auf was sie da im Einzelnen gestoßen war. Sie ertastete lange, dünne Stöcke, rechteckige Bretter, etwas Kaltes, Schweres, Quadratisches, mehrere Dinge aus Stoff und noch vieles andere. Sie versuchte mehrmals, durch das Gerümpel hindurchzukommen, scheiterte aber kläglich. Der Fußboden lag so voll, dass sie keine Chance hatte, bis zur Wand vorzudringen. Wie sollte sie so den Sicherungskasten finden? Entnervt gab sie auf und trat den Rückzug an. Sie versuchte, zur Tür zurückzufinden, aber auch das gestaltete sich schwierig. Auch dieses Mal war die Tür irgendwie nicht mehr da, wo Madita sie vermutet hatte. Stattdessen stand sie plötzlich vor etwas, das sich wie ein Holzschrank anfühlte.

Madita seufzte abgrundtief. Was sollte sie denn jetzt bloß machen?

Sie startete noch einmal den Versuch, zur Tür zurückzufinden, indem sie weiter an der Wand entlanghüpfte. Dann blieb sie plötzlich stehen, so als wäre sie zur Salzsäule erstarrt. Sie hielt den Atem an und riss weit ihre Augen auf. Etwas war gerade in ihrem Gesicht gelandet! Ihr blieb beinahe das Herz stehen. Das hier musste sie nicht ertasten. Nein, sie wusste genau, um was es sich handelte: ein Spinnennetz, ein riesiges, widerliches, klebriges Spinnennetz. Als ihr das klar wurde, schrie Madita hysterisch auf und begann, sich panisch mit beiden Händen die dünnen Fäden aus dem Gesicht zu reißen. Wieder und wieder wischte sie durch ihr Gesicht, zappelte wie wild, schüttelte und wand sich, um das klebrige Etwas loszuwerden. Dabei schrie sie noch immer.

Wenn sie irgendetwas wirklich hasste, dann waren es Spinnen. Abgetrennte Gliedmaßen, verbrannte Haut, Pocken und Pusteln, all das störte sie überhaupt nicht – das war gar nichts gegen Spinnen.

Irgendwann hatte sie das Netz halbwegs aus ihrem Gesicht entfernt. Aber sie fühlte sich nicht mehr in der Lage, auch nur noch einen einzigen Schritt vorwärts zu tun. In ihren Gedanken wimmelte es nur noch so von Spinnen. Sie sah sie schon an ihren Füßen emporkriechen und sich von der Decke auf ihren Kopf abseilen. Bei diesem Gedanken bedeckte sie ihre Haare mit beiden Händen, duckte sich und fing an, wie ein kleines Kind zu jammern.

Irgendwie war das hier der berühmte Tropfen gewesen, der Tropfen, der das Fass der Verzweiflung zum Überlaufen gebracht und damit all ihre Energien ertränkt hatte.

Madita blieb einfach so liegen. Sie weinte noch eine ganze Weile weiter, dann wurde ihr Schluchzen leiser und seltener und irgendwann war sie einfach eingeschlafen.

❦

Ein paar Stunden später wurde sie davon wach, dass sie am ganzen Körper zitterte und ihre Zähne lautstark aufeinander klapperten. Sie schlug die Augen auf. Im ersten Moment hatte sie überhaupt keine Ahnung, wo sie sich befand. Es herrschte Dämmerlicht und sie erkannte schemenhaft ein paar Einrichtungsgegenstände: einen Schrank, einen alten Sessel, eine kleine Fußbank. Irritiert drehte sie den Kopf ein wenig zur Seite. Jetzt sah sie lauter Baumaterialien, Bretter, Stöcke, Eimer mit Farbe, alte Tapetenrollen. Der Anblick dieses Gerümpels rief eine Erinnerung in ihr wach ...

Der Keller! Sie war im Keller! Und sie konnte sehen! Es war hell, ein wenig zumindest.

Mühsam richtete sie ihren Oberkörper auf. Ihre Knochen fühlten sich so schwer und unbeweglich an wie Baumstämme. Auch bibberte sie noch immer am ganzen Körper. Jetzt war es ihr aber immerhin möglich, den gesamten Raum zu übersehen. Hinter ihr erkannte sie die Tür, die sperrangelweit offen stand. Sie schüttelte den Kopf. Jetzt war es beinahe undenkbar, dass sie sie ein paar Stunden zuvor nicht mehr wiedergefunden hatte.

Sie stand mühsam auf; alles tat ihr weh. Ganz zu schweigen von ihrem rechten Fuß, den sie natürlich noch immer nicht benutzen konnte. Aber jetzt konnte sie wenigstens alles sehen und so war es kein Problem mehr, sich an geeigneten Gegenständen abzustützen und hüpfenderweise auf die Tür zuzubewegen. Vergleichsweise schnell gelangte sie auf den Flur. Das Erste, was sie dort sah, war die Treppe nach oben. Sie befand sich links von der Tür, in nur etwa zwei Meter Entfernung. Wieder schüttelte Madita ungläubig den Kopf.

Dann jedoch hüpfte sie schnell darauf zu, klammerte sich mit beiden Händen am Handlauf fest und quälte sich mühsam Stufe für Stufe nach oben. Mit jedem ihrer Schritte wurde es ein bisschen heller. Und als sie oben angelangt war, konnte sie wieder alles ganz hervorragend sehen. Draußen war es ja auch schon fast taghell. Ein Blick auf ihre Uhr sagte ihr, dass es kurz nach sechs war.

Als sie von ihrer Uhr aufsah, fiel ihr Blick auf den Fußboden des Flures. Eine deutliche Blutspur führte vom Wohnzimmer an der Wand entlang einmal um den Flur herum und dann in den Keller hinein. Sie musste mehr Blut verloren haben, als sie gedacht hatte. Sie sah auf ihren Fuß. Der notdürftig darumgewickelte Stofffetzen war tiefrot und hatte keine helle Stelle mehr.

Einen Moment lang überlegte sie, was sie jetzt tun sollte. Sollte sie sich die Bescherung im Wohnzimmer ansehen? Neugierig war sie schon, aber angesichts ihrer Verletzung und der Tatsache, dass sie noch immer wie ein Schneider zitterte und außerdem ein starkes Schwindelgefühl verspürte, wandte sie sich doch lieber nach rechts und steuerte auf die andere Treppe zu, um sich oben erst einmal auszuruhen und aufzuwärmen. Sie stützte sich an der Wand ab und hüpfte weiter. Dabei kam sie an einem hellgrauen Kasten vorbei, den sie vorher eigentlich noch nie so recht registriert hatte. Jedenfalls hatte er einen kleinen Griff, der an der Stirnseite des Kastens versenkt war. Madita klappte ihn hoch, drehte ihn und zog dann daran. Jetzt öffnete sich die Tür und Madita sah sich einem gewöhnlichen Sicherungskasten gegenüber.

Sie lachte einmal kurz auf. *Dummheit muss eben bestraft werden*, dachte sie und setzte ihren Weg nach oben fort. Es dauerte ein paar Minuten, bis sie vor ihrer Zimmertür stand. Sie öffnete diese und hüpfte hinein. Stöhnend bewältigte sie die letzten Meter bis zu ihrem Bett und ließ sich mit einem Seufzer hineinfallen. Sie kuschelte sich tief in ihre Bettdecke und schlief schon wenige Sekunden später zum zweiten Mal ein.

Als sie erneut aufwachte, war es halb zwölf. Ihr war jetzt überhaupt nicht mehr kalt. Zwar tat ihr ganzer Körper weh, aber das taube Gefühl in Armen und Beinen war gänzlich verschwunden. Sie richtete sich auf. Jetzt fühlte sie sich kräftig genug, um sich ihrem Fuß zu widmen. Zuerst hüpfte sie allerdings zu ihrem Kleiderschrank, zog ihr Nachthemd aus und warf sich den dicksten Pullover über, den sie dort fand. Dann hüpfte sie weiter ins Badezimmer, öffnete den Spiegelschrank und kramte Verbandmaterial und Desinfektionsmittel aus ihrer Reiseapotheke hervor. Anschließend ließ sie sich auf dem Toilettenbecken nieder. Sie hob ihren rechten Fuß und wickelte vorsichtig die Reste ihres Nachthemdes ab. Dann untersuchte sie ihre Wunde. Sie blutete mittlerweile nicht mehr, doch stellte Madita fest, dass die Wunde bestimmt zwei Zentimeter lang und ziemlich tief war. Sie desinfizierte sie und legte einen dicken Verband an.

Nach getaner Arbeit erhob sich Madita wieder, humpelte zurück in ihr Zimmer, zog sich mühsam eine warme Hose und Socken an und machte sich auf den Weg ins Erdgeschoss. Sie wollte jetzt endlich wissen, was im Wohnzimmer passiert war.

Als sie am Fuß der Treppe angekommen war, fiel ihr aber zuerst der Sicherungskasten wieder ein. Sie humpelte auf ihn zu und öffnete ihn. Der Hauptschalter war als solcher gekennzeichnet. Er war herausgesprungen und Madita legte ihn wieder um. Dann betätigte sie testweise den Lichtschalter im Flur. Das Licht ging tatsächlich an. Madita schüttelte ein weiteres Mal fassungslos den Kopf. Sie hätte es so einfach haben können! In Zukunft, das nahm sie sich vor, würde sie mit offeneren Augen durch die Gegend laufen.

Sie verschloss den Sicherungskasten wieder und humpelte zum Wohnzimmer. Ihr Blick fiel zunächst auf die Fenster. Während die drei Elemente der riesigen Fensterfront vollkommen intakt waren, war die Scheibe des links daneben liegenden, kleinen Fensters beinahe völlig zerstört. Es hingen nur noch einzelne Scherben seitlich am Rahmen. Die restlichen Teile lagen auf dem Fußboden verstreut herum. Madita entdeckte auf dem Teppich einen ziemlich großen Blutfleck. Das war dann wohl die Stelle, an der sie in eine der Scherben hineingetreten war.

Aber was hatte all das ausgelöst? Womit war die Scheibe eingeschlagen worden? Madita suchte den Fußboden ab, fand aber nichts. Hatte jemand die Scheibe von außen mit einem Gegenstand eingeschlagen? Vielleicht. Aber wären die Scherben dann so weit in den Raum hineingeflogen? Das kam ihr eher unwahrscheinlich vor. Sie suchte weiter, bückte sich zum Schluss sogar und sah unter die Anrichte. Und tatsächlich! Irgendetwas Großes lag darunter!

Madita legte sich flach auf den Boden und schob ihren linken Arm unter die Anrichte. Sie ertastete etwas, das hart und kalt war und eine relativ glatte Oberfläche hatte. Es war allerdings so groß, dass sie es mit einer Hand nicht zu fassen bekam. Sie packte mit beiden Händen zu und zog das Objekt zu sich heran. Es war ganz schön schwer. Als es zum Vorschein kam, entpuppte es sich als großer Stein.

Madita betrachtete ihn argwöhnisch und ahnte Böses. So ein Riesending landete doch nicht durch Zufall in einem Wohnzimmer. Ob die beiden Gestalten, die sie letzte Nacht gesehen hatte, etwas damit zu tun hatten?

Einen Moment lang war sie sich nicht sicher, ob sie Angst bekommen oder wütend werden sollte. Dann entschied sie sich für Letzteres. Was waren das für Feiglinge, die die Fensterscheiben eines blinden Mannes einwarfen?

Madita dachte nach. Ob so etwas schon häufiger passiert war? Seit sie im Haus war, hatte sie nichts Außergewöhnliches bemerkt. Aber das hieß ja noch lange nichts. Samuel hätte ihr bestimmt nichts von solchen Ereignissen erzählt.

Und was sollte sie jetzt tun? Zur Polizei gehen? Die konnte hier draußen auch nicht viel ausrichten. Sollte sie Samuels Eltern davon erzählen? Das wäre ihm sicher nicht recht. Sollte sie es ihm überhaupt berichten? Sie wusste es nicht. Vielleicht war es besser, ihn nicht zu beunruhigen. Aber vielleicht war es auch besser, ihn wenigstens zu warnen. Er musste immerhin die Möglichkeit haben, selbst über das weitere Vorgehen zu entscheiden.

Sie entschied, erst einmal aufzuräumen und sich später weitere Gedanken darüber zu machen. Die großen Scherben sammelte sie ein. Dann entfernte sie die kleineren Stücke mit dem Staubsauger. Anschließend ging sie wieder in den Kellerraum, in dem sie die Nacht verbracht hatte, und schleppte von dort ein paar geeignete Bretter nach oben. Dann besorgte sie sich Hammer und Nägel und nagelte die Bretter auf den Fensterrahmen, bis das Fenster vollständig verbarrikadiert war. Anschließend machte sie sich daran, ihre Blutspur zu beseitigen.

Gegen 15 Uhr war sie mit allem fertig. Eigentlich hätte sie jetzt noch den riesigen Blutfleck auf dem Teppichboden im Wohnzimmer behandeln müssen, aber dazu war sie jetzt zu kaputt. Ihr war schwindelig und sie zitterte schon wieder am ganzen Körper. Außerdem hatte sie Hunger und Durst. Und ihr Fuß schmerzte natürlich auch nicht gerade wenig.

Sie ging also erst einmal in die Küche, durchwühlte das Eisfach über dem Kühlschrank und warf sich dann zwei Portionen Tiefkühl-Lasagne in den Backofen. Außerdem kochte sie sich eine Kanne Kaffee. Als die Lasagne fertig war, verspeiste sie sie genussvoll, trank drei Tassen Kaffee zum Nachtisch und schleppte sich dann nach oben auf ihr Zimmer. Dort ließ sie sich auf ihr Bett fallen und ruhte sich erst einmal ein wenig aus. Einschlafen konnte sie irgendwie nicht, dazu war sie zu aufgewühlt und dazu gingen ihr auch viel zu viele Gedanken durch den Kopf.

Sie fragte sich, wo Samuel wohl blieb. Müsste er nicht längst wieder zu Hause sein? Es war mittlerweile kurz nach vier. Hatte er nicht gesagt, er wollte zum Kaffee wieder hier sein? Konnte er sich nicht an seine Ansagen halten? Aber warum ärgerte sie sich überhaupt darüber? Eigentlich war es ja egal, wann er nach Hause kam. Aber dann auch wieder nicht. Schließlich saß sie hier ganz alleine herum. Und sie wollte auch nicht unbedingt eine zweite Nacht wie die gestrige erleben.

Noch während ihr diese Gedanken durch den Kopf gingen, hörte sie plötzlich, wie unten eine Tür klappte. Sie saß sofort senkrecht im Bett. Ihr Herz begann zu rasen. War das Samuel? Oder waren die beiden Gestalten von gestern zurückgekommen? Sie seufzte. Sie war ja normalerweise wirklich nicht schreckhaft, aber von dieser Nacht musste sie sich doch erst einmal erholen.

Schnell glitt sie aus dem Bett, schlich zur Tür und öffnete sie leise. Sie hörte nichts und so huschte sie auf den Flur hinaus und schlich bis zur Treppe. Dort sah sie angestrengt nach unten. Sie runzelte die Stirn. Warum sah und hörte sie immer noch nichts? Wenn Samuel wieder da war, würde er doch nicht durchs Haus schleichen, oder?

Unendlich langsam und vorsichtig bewegte sie sich die Treppe hinab. Dabei lauschte sie auf jedes Geräusch. Gerade als sie an der Wohnzimmertür vorbeikam, öffnete sich diese und jemand sagte: „Hallo!"

Wie vom Blitz getroffen fuhr Madita herum. Es dauerte den Bruchteil einer Sekunde, bis sie begriffen hatte, dass tatsächlich Samuel vor ihr stand und somit keine Gefahr drohte. Sie atmete noch ein paar Mal tief durch, bevor sie atemlos und in vorwurfsvollem Tonfall sagte: „Wie kannst du mich nur so erschrecken? Ich hätte beinahe einen Herzinfarkt bekommen!"

„Wieso?", fragte er verständnislos. „Hast du jemand anderen erwartet?"

„Nein", entgegnete Madita unwirsch. „Aber du hättest mir ja wenigstens mal mitteilen können, dass du wieder da bist."

„Aber ich bin doch gerade erst zur Tür hereingekommen", verteidigte sich Samuel. „Und du warst nirgends zu entdecken."

Madita seufzte. „Ist ja auch egal." Sie sah ins Wohnzimmer hinein. Dass eines der Fenster verbrettert war, schien Samuel noch nicht bemerkt zu haben – logisch eigentlich. „Hattest du ein schönes Wochenende?"

Samuel nickte nur, doch machte dieses Nicken auf Madita keinen besonders überzeugenden Eindruck. „So schlimm kann es doch auch nicht gewesen sein", sagte sie deshalb lächelnd.

Samuel zuckte mit den Schultern und meinte nur: „Das sagst du."

Madita sah ihn prüfend an. Scheinbar war sein Wochenende fast so schlimm gewesen wie ihres. „Soll ich dir einen Tee kochen?", fragte sie dann.

„Das wäre toll", entgegnete Samuel. „Ich bring noch schnell meine Sachen nach oben." Er ging ins Wohnzimmer zurück und kam mit seiner Tasche wieder heraus. Dann trug er sie die Treppe hinauf.

Als er außer Sichtweite war, humpelte Madita in die Küche, setzte Tee auf und deckte den Tisch. Kaffee brauchte sie nicht zu kochen, denn es war noch welcher in der Maschine.

Als Samuel wenige Minuten später die Küche betrat, streckte er Madita lächelnd einen riesigen Plastikbehälter entgegen und sagte: „Ich hab uns Kuchen mitgebracht."

Madita stellte den Behälter auf den Tisch und öffnete ihn. „Wow", sagte sie erfreut, „Bienenstich."

Dann humpelte sie zur Arbeitsplatte zurück, holte Tee und Kaffee, goss beides in die Tassen und nahm am Tisch Platz. Sie legte Kuchen auf die Teller, wünschte guten Appetit und griff nach ihrem Bienenstich. Sie wollte gerade gierig hineinbeißen, als ihr auffiel, dass Samuel überhaupt keine Anstalten machte, es ihr gleichzutun. Erstaunt sah sie ihn an.

„Ist was?“, fragte sie.

„Das frag ich dich“, antwortete er.

„Wieso?“

„Hast du dich verletzt?“, fragte er.

„Ach, das“, entgegnete Madita ausweichend. Sie hatte nicht damit gerechnet, dass es ihm gleich auffallen würde. Scheinbar konnte man nicht sehr viel vor ihm verbergen. „Das ist nur ein Kratzer.“

„Ein Kratzer führt doch wohl nicht dazu, dass man derart humpeln muss“, sagte er misstrauisch. Irgendwie schien er ehrlich besorgt zu sein. „Was ist denn passiert?“

„Ach, ich bin nur in eine Glasscherbe getreten“, antwortete Madita wahrheitsgemäß und musste jetzt wieder an all das denken, was letzte Nacht passiert war. Die Kälte, die Dunkelheit, die Orientierungslosigkeit, all das kehrte jetzt zurück und jagte ihr kalte Schauer über den Rücken. Es war so real, fast so real wie in der Nacht. Sie fröstelte und kuschelte sich unwillkürlich enger in ihren dicken Pullover.

„Was denn für eine Glasscherbe?“, hörte sie Samuel fragen.

In ihren Gedanken betrat sie wieder das stockfinstere Wohnzimmer und fühlte noch einmal den Schmerz, der in ihren Fuß geschossen war. Sie schluckte. Der Schmerz war gar nicht das Schlimmste gewesen. Das Schlimmste war die Ungewissheit gewesen. Dass sie nicht gewusst hatte, was passiert war, nicht gewusst hatte, welche Gefahren in der Dunkelheit noch auf sie lauerten.

„Willst du mir nicht antworten?“, fragte Samuel sanft.

„Hm?“, fragte Madita geistesabwesend.

„Ich hatte dich gefragt, was das für eine Glasscherbe war, in die du getreten bist“, erläuterte er geduldig.

Madita antwortete auch dieses Mal nicht gleich. Stattdessen sah sie ihr Gegenüber nachdenklich an. Er trug auch jetzt sein Jeanshemd und seine dunkle Sonnenbrille.

„Wenn ich dir deine Frage von gestern beantworte – die mit der Blindheit“, begann sie unvermittelt, „nimmst du dann deine Brille ab?“

Samuel ließ überrascht den Kuchen sinken, von dem er gerade abbeißen wollte. Er schien sofort zu wissen, wovon sie sprach. Trotzdem zögerte er einen Moment lang. Dann sagte er: „Wenn du es triffst ...“

Madita überlegte einen Moment lang. Dann sagte sie leise: „Blind zu sein bedeutet, Angst zu haben ... Du hast Angst, weil dir so vieles unbekannt ist, weil du so vieles nicht einordnen kannst und weil alles, was du nicht ganz genau kennst, eine Gefahr für dich bedeuten kann.“ Sie hielt inne und kämpfte mit genau diesem Gefühl der Angst, das sie gerade gestern selbst erlebt hatte. „Es ist die Hilflosigkeit, die dir zu schaffen macht, die Orientierungslosigkeit. Du hast das Gefühl, dass du allem ausgeliefert bist ... Niemals kannst du dich wirklich sicher fühlen. Zu oft hast du erlebt, wie die kleinste Kleinigkeit, die kleinste Veränderung dein ganzes Leben auf den Kopf gestellt hat.“ Wieder hielt sie inne. Erst jetzt, wo sie all das aussprach, wurde ihr klar, dass sie sich tatsächlich in Samuel hineindenken konnte. „Manchmal“, fuhr sie mit belegter Stimme fort, „wachst du auf und du weißt nicht, wo du bist. Du hörst Geräusche und weißt nicht, woher sie kommen ... Überall siehst du Gefahren lauern. Und weil dich deine Augen nicht vom Gegenteil überzeugen können, stellst du dir die schlimmsten Dinge vor.“ Madita brach ab, denn sie war so bewegt, dass sie ansonsten vielleicht losgeheult hätte. Sie atmete einmal tief durch und sah dann erwartungsvoll zu Samuel herüber.

Auch an ihm war Maditas Rede nicht spurlos vorübergegangen. Er saß bewegungslos da. Dann jedoch erwachte er aus seiner Starre.

„Entschuldige mich“, presste er hervor, stand auf und verließ ohne ein weiteres Wort die Küche.

Madita sah ihm verblüfft nach. Hieß das, dass sie den Punkt getroffen hatte?

„Wenn ja“, flüsterte sie, „dann steht dein Teil der Abmachung jetzt aber noch aus.“

Nachdenklich nippte sie an ihrem Kaffee. Wollte er denn gar nicht zurückkommen? Sie beschloss zu warten, lud sich noch zwei Stücke Kuchen auf ihren Teller und setzte das Kaffeetrinken alleine fort. Während sie genussvoll ihren Bienenstich verdrückte, fragte sie sich immer und immer wieder, wie es wohl in Wirklichkeit war, blind zu sein. Einen Teil davon hatte sie erlebt, aber auch nur einen Teil. Wie war es wohl, wenn man keine Aussicht hatte, aus einem solchen Alptraum wieder aufzuwachen? Konnte man das durchstehen, ohne verrückt zu werden?

Wäre ich in der Lage, so etwas durchzustehen?, fragte sie

sich. Sie kannte die Antwort nicht, aber irgendwie hatte sie das leise Gefühl, dass sie selbst die erforderliche Zähigkeit nicht besaß. Aber wie hatte Samuel das geschafft? Seine Familie jedenfalls schien keine große Stütze zu sein, eher ein zusätzliches Problem. Sie schüttelte sich angewidert. Das war wirklich eine Horrorfamilie. Eine Mutter ohne Rückgrat und ein Vater ohne Mitleid – da konnte man sich doch eigentlich gleich die Kugel geben!

Noch während Madita diesen Gedanken nachhing, öffnete sich die Tür und Samuel kam herein. Er trug noch immer seine Sonnenbrille. Madita sah ihn erwartungsvoll an. Er ging aber wortlos zu seinem Platz, setzte sich und aß seinen Kuchen weiter. Madita traute ihren Augen nicht. Er wollte doch wohl nicht so tun, als ob nichts gewesen wäre! Sie fing an, sich über sein Verhalten zu ärgern. Trotzdem wartete sie ab.

Irgendwann fragte er ganz unvermittelt und wie nebenbei: „Hast du auch eine Ahnung, warum ich die Brille trage?"

Madita überlegte ein paar Sekunden. Dann sagte sie schlicht: „Wenn du deine Brille abnimmst, dann bin ich im Vorteil. Dann kann ich etwas von dir sehen, was du nicht von mir sehen kannst."

Er nickte. „Du bist scharfsinniger, als ich dachte", entgegnete er anerkennend.

„Ich werde das einfach mal als Kompliment auffassen", sagte Madita und grinste ein wenig. „Aber wenn du glaubst, dass du mich auf diese Weise davon abhalten kannst, deinen Teil der Abmachung einzufordern, dann hast du dich getäuscht."

Jetzt musste auch Samuel grinsen. Wortlos nahm er seine Brille ab und ließ sie seine Augen sehen.

Madita wusste wirklich nicht, was sie erwartete. Aber insgeheim rechnete sie mit dem Schlimmsten, mit Augen wie aus einem Science-Fiction-Roman, mit milchigen Pupillen vielleicht oder einem widerlichen, abstoßenden Schielen.

Stattdessen sah sie in ein Paar ganz normal aussehende blaue Augen. Und sie staunte nur.

„Warum sagst du nichts?", fragte er vorsichtig, ja beinahe unsicher.

„Ich weiß nicht, ich ... bin wohl ein bisschen erstaunt", entgegnete Madita.

„Warum? Wie sehen meine Augen denn aus?"

„Sie sehen ganz normal aus", sagte Madita.

„Wirklich?", fragte Samuel anscheinend verblüfft.

„Ja", beteuerte Madita und sah ihn prüfend an. „Wusstest du das nicht?"

Samuel schüttelte nur den Kopf.

„Heißt das, dass du keine Ahnung hast, wie deine Augen aussehen?"

Er antwortete nicht.

Madita sah ihn fassungslos an. „Aber deine Mutter muss dir deine Augen doch mal beschrieben haben."

„Nein", antwortete Samuel leise, „dieses Thema war bei uns tabu. Mein Vater hat nicht geduldet, dass darüber gesprochen wird."

„Dann weißt du auch nicht, welche Farbe sie haben?", fragte Madita, die noch immer vollkommen fassungslos war.

Samuel schüttelte wieder den Kopf.

„Sie sind blau", sagte Madita.

Samuel zuckte verlegen mit den Schultern. „Ich weiß nicht einmal, wie Blau aussieht."

„Es ist eine schöne Farbe", entgegnete Madita sanft. „Wie der Himmel."

„Tatsächlich?", fragte Samuel und lächelte. „Ich habe also den Himmel in meinen Augen?"

„Ja", lachte Madita, „so ist das wohl."

Ihr Lächeln erstarb allerdings, als Samuel seine Sonnenbrille jetzt ganz plötzlich zur Hand nahm und wieder aufsetzte.

„Warum lässt du sie nicht einfach ab?", fragte Madita.

„Warum sollte ich?", antwortete Samuel.

„Weil ich es möchte", sagte Madita ernst.

„Warum möchtest du es?"

Madita seufzte. Musste er denn alles so genau wissen? Wieder überlegte sie einen Moment lang. „Ein Mensch, der sehen kann", begann sie, „sieht seinem Gesprächspartner immer in die Augen und sucht seinen Blick. Wenn ich mich andauernd mit einer Sonnenbrille unterhalten muss, ist das nicht sehr kommunikationsfördernd. Außerdem hab ich dann immer das Gefühl, du bist abwesend." Sie hielt inne und wartete darauf, dass Samuel etwas dazu sagen würde. Er tat es aber nicht und so fügte sie hinzu: „Bitte."

Samuel reagierte noch immer nicht. Er schien zu überlegen. Dann schüttelte er ein wenig den Kopf. „Du weißt nicht, was du da verlangst."

„Was ich da verlange?", wiederholte Madita aufbrausend. „Ich verlange rein gar nichts! Ich hab dich lediglich um etwas gebeten, schon vergessen? Ich hab dich darum gebeten, mir ein ganz kleines bisschen Offenheit entgegenzubringen, das ist alles. Wenn du da schon passen musst, dann tust du mir wirklich Leid."

„Du sprichst hier von Offenheit?", konterte Samuel. „Dass ich nicht lache. Irre ich mich oder spreche ich hier gerade mit der Frau, die mir nicht einmal erzählen wollte, wann und wieso sie während meiner Abwesenheit in eine Glasscherbe getreten ist?"

„Ja, das stimmt", fauchte Madita und erhob sich, „du sprichst mit der Frau, die sich das Wohnzimmerfenster in den Fuß gerammt hat und es dir nicht erzählen wollte, weil sie dich nicht beunruhigen wollte. Und jetzt entschuldigst *du mich.*" Maditas Augen funkelten und ihre Wangen glühten, während sie nach oben polterte. Sie ging schnurstracks in ihr Zimmer, knallte die Tür hinter sich zu und setzte sich mit verschränkten Armen auf ihr Bett.

„Was glaubt der eigentlich, wer er ist?", schimpfte sie laut. „Ist mir doch egal, ob er seine blöde Brille aufbehält oder nicht. Von mir aus kann er auch im Taucheranzug rumlaufen."

Sie öffnete ihren Nachttisch, kramte ihr aktuelles Romanheft daraus hervor und begann zu lesen. Dass der Inhalt dessen, was sie da las, nicht so recht zu ihr vordrang, störte sie dabei nicht weiter.

„So ein Idiot", schimpfte sie noch einmal und blätterte eine Seite weiter. Mechanisch las sie einen Satz nach dem anderen und dachte gleichzeitig darüber nach, was gerade geschehen war. Was bildete er sich eigentlich ein? Wie konnte er sie so eiskalt abblitzen lassen? Aber sie hatte ja auch selbst Schuld. Sie konnte sich wirklich nicht erinnern, jemals zuvor einen Mann um etwas gebeten zu haben. Und das hatte ja auch offensichtlich einen guten Grund. Ganz bestimmt würde sie so etwas nie, nie wieder tun. Dies würde ihr eine Lehre sein. Eine Lehre, jawohl!

Sie klappte das Heft wieder zu und warf es in den Nachttisch zurück. Dann zog sie ihre Beine zu sich heran, stützte ihre Ellenbogen darauf ab und legte schmollend ihr Kinn auf ihre Hände. Nein, so war sie noch nie behandelt worden. Sie schüttelte den Kopf und versuchte, ihre Fassung zu wahren. Aber es gelang ihr nicht und so kullerten erst ein paar und dann immer mehr Tränen ihre Wangen hinab.

Während sie immer tiefer in Selbstmitleid versank, klopfte es plötzlich an der Tür. Erschrocken sah Madita auf und wischte sich schnell die Tränen von den Wangen. Es klopfte noch einmal.

„Darf ich reinkommen?“, fragte Samuel auf der anderen Seite der Tür.

„Nein!“, entgegnete Madita unwirsch.

„Bitte“, sagte Samuel und betonte es so, dass Madita die Anspielung auf ihre Bitte von vorhin nicht überhören konnte.

Sie zögerte einen Moment lang. Dann sagte sie: „Also gut.“

Die Tür öffnete sich und Samuel trat ein. Zu Maditas Erstaunen trug er keine Brille mehr.

„Wo bist du?“, fragte er.

„Hier“, sagte Madita, deren Zorn schon verraucht war, „ich sitze auf meinem Bett.“

Während Samuel ein paar Schritte auf sie zuging, beobachtete Madita ihn. Erst jetzt, wo er seine Sonnenbrille nicht mehr trug, konnte sie an seinem Äußeren erkennen, dass er blind war. Es lag an seinen Augen. Obwohl sie vollkommen gesund aussahen, merkte man doch, dass sie nicht benutzt wurden. Sie waren starr geradeaus gerichtet und sahen weder nach unten noch auf das Ziel, das er ansteuerte.

Als Samuel nur noch wenige Zentimeter vom Bett entfernt war, blieb er ganz abrupt stehen und fragte: „Darf ich mich zu dir setzen?“

„Na, mach schon“, entgegnete Madita und rückte ein Stück nach rechts rüber.

Samuel bückte sich, tastete mit der Hand nach der Bettkante und nahm darauf Platz. Dann hob er seinen Kopf ein wenig und plötzlich sah es für Madita so aus, als würde er ihr direkt ins Gesicht sehen. Sie war fasziniert. Sie hätte schwören können, dass seine Augen sie interessiert ansahen. Wie war es ihm möglich, diesen Eindruck zu erwecken? Und wie konnte jemand, der blind war, derart durchdringende Augen haben? Allein aufgrund ihres Anblicks wäre wohl niemand auf die Idee gekommen, dass sie nicht funktionierten.

„Es tut mir Leid“, sagte er, „ich bin nicht so geübt im Umgang mit Menschen.“

„Nein, das bist du wirklich nicht“, entgegnete Madita mit einem Grinsen. „Aber vielleicht hast du ja Lust, es zu lernen.“

Samuel zuckte mit den Schultern. „Ich könnte es versuchen.“

„Heißt das, dass du deine Brille nicht wieder aufsetzen wirst?“, fragte Madita.

Samuel seufzte. „Ich werde sie nicht mehr aufsetzen, solange nur du anwesend bist. Aber ich werde sie aufsetzen, wenn wir zusammen zu meinen Eltern fahren. Ist das in Ordnung?“

„Ja“, nickte Madita verwundert, „aber warum sollten wir zu deinen Eltern fahren?“

„Das hab ich dir noch gar nicht erzählt“, begann er. „Meine Eltern haben ziemlich dicht aufeinander Geburtstag, meine Mutter am 22. Juni und mein Vater am 25. Juni, also Mittwoch. Er hat mir zu verstehen gegeben, dass er uns beide am nächsten Sonntag zu einer Nachfeier zu sehen wünscht. Deine Familie wird auch dort sein.“

„Tatsächlich?“, rief Madita erfreut. „Mein Vater auch?“

„Ja“, sagte er, „das nehme ich doch an.“

„Toll“, freute sich Madita. „Ich hab ihn schon so lange nicht mehr gesehen.“

Samuel schüttelte verwundert den Kopf. „Du vermisst deinen Vater?“, fragte er ungläubig.

„Ja“, sagte Madita ernst, „sehr sogar.“

„Dann muss er wohl anders sein als mein Vater. Netter.“

Madita sah Samuel ein wenig mitleidig an. „Das ist auch nicht besonders schwer“, sagte sie dann.

Samuel nickte nur. Dann fragte er: „Erzählst du mir jetzt, was mit deinem Fuß passiert ist?“

Madita seufzte, dann sagte sie: „Ich bin mitten in der Nacht aufgewacht, weil es so heftig gewittert hat. Dann hab ich draußen zwei Gestalten herumlungern sehen. Kurz darauf hat es unten geklirrt. Ich bin runter, um nachzuschauen. Im Wohnzimmer war das Fenster eingeworfen worden. Na ja, und dann bin ich in eine der Scherben gelatscht.“

„Warum?“

„Warum was?“, fragte Madita verständnislos.

„Warum bist du in eine der Scherben getreten?“

„Du kannst Fragen stellen, ich hab halt nicht aufgepasst“, entgegnete Madita.

„Warum hast du kein Licht angemacht?“, fragte Samuel.

Sie seufzte. Er war wirklich nicht auf den Kopf gefallen. „Die Sicherung war rausgesprungen.“

„Womit haben sie das Fenster diesmal eingeworfen?“, setzte er seine zielgerichtete Befragung fort.

Madita sah ihn verblüfft an. Dann fragte sie sanft: „Wie oft haben sie das denn schon gemacht?“

Samuel senkte den Kopf. „Ein paar Mal“, entgegnete er leise.

„Und macht es dir Angst?“, fragte Madita ernst.

Samuel schüttelte den Kopf. „Nein. Es gibt jemanden, der sehr gut auf mich aufpasst.“

„Dein komischer Gott?“, fragte Madita.

Samuel nickte nur.

„Jetzt geht das schon wieder los“, sagte Madita und rollte mit den Augen. „Meinst du, er schickt dir einen Engel, wenn's brenzlig wird?“

„Hat er vielleicht schon“, entgegnete Samuel und grinste frech zu ihr herüber.

„Erstens“, belehrte ihn Madita, die jetzt ebenfalls lächeln musste, „bin ich ganz gewiss kein Engel und zweitens kann ich dich auch nicht beschützen. Aber mal im Ernst: Wenn ich Gott wäre, hätte ich wirklich Besseres zu tun, als mich um das Wohlergehen eines einzelnen popeligen Menschen zu kümmern.“

„Jesus“, entgegnete Samuel, „hat sich um jeden einzelnen Menschen gekümmert. Er hat nie Politik gemacht, hat nicht einmal die Besetzung Israels angeprangert. Stattdessen ist er auf die Straße und in die Häuser gegangen, um sich des Einzelnen anzunehmen.“

„Ja“, stimmte Madita ihm zu, „er war schon ein interessanter Mensch.“

„Er war ein interessanter Gott“, widersprach Samuel.

„Hör mir mal zu, Samuel“, erwiderte Madita ein wenig von oben herab, „vielleicht ist es nicht unbedingt meine Aufgabe, es dir zu sagen, aber heutzutage weiß doch jedes Kind, dass die Bibel ein Märchenbuch ist. Und da macht es keinen Unterschied, ob sie in Tinte oder in Blindenschrift geschrieben ist.“

„Hör du mir mal zu, Madita“, entgegnete Samuel in ungewohnt scharfer Form. „Wenn man von einer Sache nichts versteht, dann sollte man sich kein Urteil darüber erlauben. Ich habe diesen Gott erlebt. Und ich habe erlebt, dass ich mich auf sein Wort verlassen kann.“

Madita schüttelte den Kopf. „Religion ist nichts für mich“, sagte sie. „Religion ist nur für Schwächlinge, für Leute, die allein im Leben nicht zurechtkommen.“

„So wie ich“, nickte Samuel.

„Nein“, beschwichtigte Madita, „so hab ich das auch wieder nicht gemeint. Ich finde es wirklich ganz bewundernswert, wie du dein Leben meisterst. Ehrlich. Es ist nur ... “, stammelte sie.

„Vielleicht hast du gar nicht so unrecht“, erwiderte Samuel. „Vielleicht war es mein Zustand, der mich dazu gebracht hat, nach Gott zu suchen. Aber glaub mir, es war nicht mein Zustand, der ihn mich hat finden lassen. Im Gegenteil. Hätte ich auf mein Schicksal gehört, das Gott immer wieder anklagen wollte, dann hätte ich ihn niemals gefunden."

„Wie hast du ihn denn ‚gefunden'?", fragte Madita.

Samuel zögerte. „Willst du das wirklich wissen?"

„Ja", nickte Madita.

„Ich war noch ein Junge", begann er ein wenig zögerlich, „als meine Großmutter mir eine Bibel in Blindenschrift schenkte. Ich habe sie genommen und mit Todesverachtung in meinen Bücherschrank gestellt. Damals nahm ich mir fest vor, sie niemals zu lesen. Mit einem Gott, der nicht einmal in der Lage war, mir Augenlicht zu schenken, wollte ich nichts zu tun haben. Aber immer wenn ich ein Buch aus dem Regal nehmen wollte, stieß ich zuvor auf die Bibel. Es war wie verhext. Wohin ich auch griff, ich kam an diesem Buch einfach nicht vorbei. Es war, als wollte mich jemand dazu bewegen, darin zu lesen. Aber ich sträubte mich dagegen. Es hat noch sehr, sehr lange gedauert, bevor ich es dann tatsächlich zur Hand genommen habe. Ich lebte schon hier und war schon längst erwachsen. Dann kam dieser Abend im Dezember." Er hielt inne und räusperte sich.

Madita wartete darauf, dass er weiterreden würde, aber er tat es nicht. „Ja?", hakte Madita nach.

Samuel stand auf. „Es ist schon spät. Ich erzähle ein anderes Mal weiter, ja?"

„Nein!", rief Madita empört und sah auf ihre Uhr. „Es ist erst halb sechs und ich möchte die Geschichte zu Ende hören."

„Halb sechs, genau", entgegnete Samuel. „Zeit fürs Abendessen."

„Wir haben gerade Kaffee getrunken", belehrte ihn Madita lächelnd.

„Ich hab trotzdem Hunger", erwiderte Samuel schnell und machte ein paar Schritte auf die Tür zu.

„Und ich werde nie wieder nachfragen", sagte Madita ernst.

Samuel blieb stehen und schien einen Moment lang zu überlegen. Dann seufzte er, drehte sich um und kam wieder zu Madita zurück. Er nahm zum zweiten Mal auf der Bettkante Platz, holte noch einmal tief Luft und sagte dann leise: „Eigentlich war es Heiligabend. Und ich war nicht gerade ... gut drauf", sagte er und zuckte mit den Schultern. „Ich war einsam. Am Tag zuvor hatte ich die erste Bekanntschaft mit den Steinewerfern gemacht. Und meine Mutter", sagte er mit einem geistesabwesenden Lächeln, „hatte mir mal wieder eine Operetten-CD geschickt." Er machte eine kleine Pause. „Sie hat es ja gut gemeint", fügte er dann hinzu. „Und dann hab ich einfach beschlossen ...“ Wieder hielt er inne. „... dem See einen kleinen Besuch abzustatten.“ Er lächelte verlegen. „*Du bist an allem schuld*, sagte ich zu Gott. *Dir hab ich das alles zu verdanken.*“ Wieder hielt er inne und Madita spürte, wie schwer es ihm fiel, das alles zu erzählen. „*Aber ich werde dir eine einzige Chance geben, mich davon abzuhalten*, sagte ich und nahm die Bibel zur Hand. Ich schlug sie irgendwo auf, legte meinen Zeigefinger auf die Schrift und fing an zu lesen. Ich las: ‚Saget den verzagten Herzen: Seid getrost, fürchtet euch nicht! Seht! Da ist euer Gott! Er kommt zur Rache; Gott, der da vergilt, kommt und wird euch helfen. Dann werden die Augen der Blinden aufgetan und die Ohren der Tauben geöffnet werden. Dann werden die Lahmen springen wie ein Hirsch und die Zunge der Stummen wird frohlocken. Denn es werden Wasser in der Wüste hervorbrechen und Ströme im dürren Land.‘“ Er hielt einen Moment lang inne. „Das ist aus Jesaja 35 ... Ich weiß nicht, ob du es nachvollziehen kannst, aber es sprach mich an, wie mich noch nie etwas angesprochen hat. Und das war erst der Anfang. Seitdem hat er nicht mehr aufgehört, zu mir zu sprechen. Seitdem ist er mir keine Antwort mehr schuldig geblieben. Und seitdem bin ich auch nicht mehr so einsam“, schloss er.

Madita sah ihn nachdenklich an. Sie nahm sich vor, bei Gelegenheit in der Bibel nachzusehen, wie viele Stellen über Blindheit es dort gab. Dann konnte sie vielleicht beurteilen, wie groß die Wahrscheinlichkeit war, eine davon durch Zufall herauszufischen. Aber sie konnte jetzt besser nachvollziehen, warum er an Gott glaubte, und so beschloss sie, seinen Glauben nicht länger anzuzweifeln. Stattdessen fragte sie: „Und hättest du es sonst wirklich getan?“

Samuel nickte. „Ja, hätte ich. Es war das erste und letzte Mal, dass ich so etwas tun wollte. Aber wenn ich etwas wirklich will, dann führe ich es auch durch. Und glaub mir, es wäre mir auch gelungen. Ich mache keine halben Sachen.“

„Dann bin ich froh, dass du an Gott glaubst“, hörte Madita sich spontan sagen. Doch dann biss sie sich erschrocken auf die Zunge. Sie konnte nicht glauben, was sie da gerade von sich gegeben hatte. Sie war doch sonst nicht so sentimental!

Auch Samuel schien nicht zu wissen, wie er mit einer solchen Aussage umgehen sollte. Er räusperte sich und stand auf. „Dann werd ich jetzt mal Abendbrot machen“, sagte er und ging auf die Tür zu.

Dieses Mal hielt Madita ihn nicht auf. Im Gegenteil, sie atmete erleichtert auf, als er ihr Zimmer verlassen hatte. „Was ist nur in mich gefahren?“, flüsterte sie, als er außer Hörweite war.

Sie seufzte, kramte ihren CD-Player aus dem Nachttisch hervor und flüchtete sich eine Weile in die Welt der Musik. Nach einer halben Stunde fühlte sie sich besser, legte den Player in den Nachttisch zurück und begab sich ebenfalls nach unten. Als sie in die Küche kam, war der Tisch schon fertig gedeckt. Samuel allerdings war nicht zu sehen. Sie nahm den Laib Brot, der auf dem Tisch lag, ging damit zur Brotschneidemaschine und schnitt ein paar Scheiben davon ab. Als sie damit fertig war, kam Samuel zur Tür herein.

„Du bist kein schlechter Handwerker“, sagte er zu ihr.

„Wieso?“, fragte Madita verständnislos.

„Weil du das Wohnzimmerfenster so vollständig verbrettert hast, dass es nicht einmal mehr zieht.“

„Ja“, lachte Madita, „da kannst du mal sehen, was in mir steckt. Ich wollte ja auch nicht, dass du es merkst. Aber jetzt, wo du ohnehin Bescheid weißt, können wir ja einen Glaser anrufen.“

„Da hast du Recht“, entgegnete Samuel. „Ich mache das gleich morgen früh, die Nummer kenn ich nämlich schon auswendig.“

„Wie oft war er denn schon hier?“, erkundigte sich Madita.

„Drei Mal“, erwiderte Samuel.

„Und wie oft soll er noch kommen?“

Jetzt war es Samuel, der nicht wusste, worauf sie hinauswollte. „Wie meinst du das?“

„Ich meine, dass wir vielleicht mal die Polizei rufen sollten, damit sie endlich damit aufhören.“

Samuel schüttelte den Kopf. „Das möchte ich nicht.“

„Warum nicht?“

„Weil die ohnehin nichts ausrichten werden“, entgegnete er dann.

„Das weißt du doch gar nicht.“

„Doch, das weiß ich. Sie kommen her, nehmen alles auf und gehen wieder. Damit hat sich dann die Sache.“

„Das ist doch längst nicht immer so. Wir sollten ihnen wenigstens eine Chance geben“, argumentierte Madita.

„Ich verbiete dir, die Polizei anrufen“, sagte er entschlossen.

„Ach, du *verbietest* es mir“, antwortete Madita pikiert. „Entschuldige, ich hätte beinahe vergessen, wer hier der Herr im

Haus ist.“ Madita war jetzt wirklich beleidigt. Sie fand, dass er kein Recht hatte, die Diskussion auf eine solche Weise zu beenden. Schließlich hatte sie es nur gut gemeint.

Samuel seufzte. „Ich hatte sie schon hier“, sagte er leise.

Madita horchte auf. Hatte er so heftig reagiert, weil er ihr mal wieder die Hälfte verschwieg? „Und?“, fragte sie vorsichtig.

„Sie haben sich nur über mich lustig gemacht“, sagte er und seine Stimme klang ziemlich belegt. „Sie wollten wissen, ob ich die Steinewerfer gesehen hätte. Das musste ich natürlich verneinen. Warum ich sie dann überhaupt in diese Einöde gerufen hätte, fragten sie.“

Madita sagte nichts dazu. Sie wurde das Gefühl nicht los, dass er wahrscheinlich Recht hatte. Und sie hatte auf einmal das starke Verlangen, Samuel einfach tröstend in den Arm zu nehmen. Aber das tat sie natürlich nicht. Sie stand einfach nur so da und wusste nicht, was sie jetzt tun sollte. Um das betretene Schweigen zu beenden, ging sie zum Fenster, sah hinaus und sagte: „Das Wetter hat sich ja seit gestern nicht sehr gebessert.“

„Nein?“, fragte Samuel. „Wie sieht es denn aus?“

„Es stürmt noch immer“, erwiderte Madita.

„Beschreib mir doch mal, was du siehst“, bat Samuel.

„Beschreiben?“ Madita zuckte mit den Schultern. „Es ist bewölkt, es ist windig, es wird bald regnen.“

„Ich wollte eine Beschreibung“, lächelte Samuel, „keine Wettervorhersage.“

„Was willst du denn hören?“, fragte Madita.

„Ich möchte, dass du mir die Landschaft, den Himmel und das Wetter so beschreibst, dass ich mir ein Bild davon machen kann. Dass ich es mir vorstellen kann.“

Madita seufzte. „Aber die Landschaft kennst du doch.“

Samuel schüttelte den Kopf. „Ich weiß, dass da ein See ist und dass da ein paar Bäume stehen.“

Madita sah ihn mitleidig an. „Hat dir denn noch nie jemand den Ort beschrieben, an dem du wohnst?“

„Nein“, entgegnete Samuel, „dazu hat sich noch nie jemand herabgelassen.“

„Aber du musst den See doch schon mal umwandert haben.“

Samuel schüttelte wieder den Kopf. „Ich würde mich verirren“, sagte er leise.

Madita seufzte betroffen. „Also gut“, sagte sie, „ich versuch’s mal.“ Sie holte noch einmal tief Luft. „Ich sehe einen See, der nicht besonders groß ist. Man kann von hier aus all seine Ufer erkennen. Er ist rundherum von Bäumen eingerahmt. Bei den Bäumen handelt es sich sowohl um Nadelbäume als auch um Laubbäume. Der See –“ Sie hielt inne, weil sie plötzlich feststellte, dass Samuel nicht gerade begeistert aussah. „Zu nüchtern, hm?“, fragte sie.

Samuel nickte lächelnd. „Sag mir einfach, was du siehst, was dir auffällt.“

„Also“, begann sie noch einmal, „wenn ich nach draußen sehe, fällt mein Blick –“ sie sah angestrengt nach draußen, „zuerst auf den Himmel. Ja“, nickte sie, „auf den Himmel. Da sind Wolken, aber sie sind irgendwie auch mehr als das. Es sind Wolken, die bedrohlich aussehen und mich doch faszinieren. Keine Wolke ist wie die andere. Die Formen sind unterschiedlich und auch die Farben. Manche sind klein und zart wie Wattebäusche und manche riesengroß und schwer. Die sehen dann aus wie ein dunkler Schwamm, der gleich alles wieder ausspuckt, was er in sich aufgesogen hat.“ Sie hielt inne und sah zu Samuel herüber. Der lächelte ihr aufmunternd zu und so fuhr sie fort. „Die Wolken bewegen sich. Sie bewegen sich sogar sehr schnell. Sie machen einem irgendwie Angst. Aber jetzt“, rief sie und starrte voller Begeisterung auf den Himmel, „hat der Wind ein kleines Loch in die Wolkendecke gepustet. Du kannst dir nicht vorstellen, was das ausmacht“, begann sie jetzt förmlich zu schwärmen. „Die Sonne guckt durch die dunkle Wolkendecke hindurch und mit einem Mal sieht alles anders aus. Man kann die Sonnenstrahlen vom Himmel bis auf die Erde verfolgen. Es sind gerade Linien, die wie Pfeile durch die Dunkelheit schießen. Sie fallen auf den See. Und sie tauchen ihn auf ein paar Quadratmetern in ein so helles, sanftes, goldenes Licht, dass alles andere bedeutungslos wird. Ich sehe jetzt nur noch diese Helligkeit und diesen Glanz.“ Madita beschrieb einen Glanz, der sich jetzt in ihren Augen widerspiegelte. Geistesabwesend sprach sie weiter. „Und der ganze See ist dadurch freundlich geworden. Er macht mir keine Angst mehr.“ Sie hielt plötzlich inne. Erst jetzt fiel ihr wieder ein, dass sie ja nicht allein war. Sie sah zu Samuel herüber, der ebenso fasziniert nach draußen zu sehen schien wie sie.

„Hab ich jetzt übertrieben?“, fragte sie zweifelnd.

„Nein“, antwortete Samuel. „Das hast du nicht. Du hast mich für ein paar Sekunden sehen lassen“, flüsterte er.

Madita konnte sich nicht erinnern, die Natur jemals so intensiv wahrgenommen zu haben. „Vielleicht hast *du mich* auch für ein paar Sekunden sehen lassen.“

Kapitel 11

Die nächste Woche verlief sehr harmonisch. Madita hatte ausgesprochen gute Laune, weil sie sich unheimlich aufs Wochenende freute. Sie würde endlich ihren Vater wiedersehen und aus dieser Einöde herauskommen. Gleichzeitig freute sie sich auf den Montag danach, an dem ihre Arbeit im Krankenhaus beginnen sollte.

Samuel schien sich zwar nicht sonderlich auf das Wochenende zu freuen, ließ sich aber von Maditas guter Laune anstecken. So redeten sie viel miteinander, stritten wenig und verbrachten die Abende gemeinsam vor der Stereoanlage.

Einmal überredete Madita Samuel sogar, mit ihr nach draußen zu gehen. Erst sträubte er sich, aber dann ließ er sich doch darauf ein. Madita zog ihn bis zum See. Dort brachte sie ihn dazu, seine Schuhe auszuziehen und auf diese Weise den Strand und die leichten Wellen zu begreifen. Samuel war davon so begeistert, dass er auf einmal täglich nach draußen wollte. Und so machten sie von da an jeden Tag einen kleinen Ausflug. Madita zeigte Samuel Bäume, Sträucher und Blumen, erklärte ihm geduldig jedes Geräusch, das er hörte, und schleppte ihn sogar einmal um den ganzen See herum.

Am Ende der Woche hatte Samuel gelernt, sich in unmittelbarer Nähe des Hauses allein zurechtzufinden. Das gab ihm die Sicherheit, die er brauchte, um auch ohne Madita an die frische Luft zu gehen. Jetzt passierte es mehr als einmal, dass Madita Samuel suchte und ihn letztendlich draußen fand, wo er irgendwelche Baumrinden abtastete und bei ihrem Erscheinen tausend Fragen über die jeweilige Baumart stellte. Madita staunte über sein reges Interesse, konnte diese Fragen aber fast nie zu seiner Zufriedenheit beantworten. Und so gingen sie meistens gemeinsam nach drinnen, wo Samuel alle diese Fragen in seiner umfangreichen Bibliothek nachschlug. Anschließend hatten dann beide das Gefühl, ziemlich viel dazugelernt zu haben.

Auf diese Weise verging die Zeit bis zum nächsten Wochenende wie im Flug und auf einmal war es Samstagmorgen.

Madita wachte gegen halb acht Uhr auf und sprang enthusiastisch und voller Vorfreude aus dem Bett. Sie und Samuel sollten gegen 10:00 Uhr vom Chauffeur abgeholt werden. Um halb zehn hatten sie sich zum gemeinsamen Frühstück in der Küche verabredet.

Madita sprang erst einmal unter die Dusche. Dann trocknete sie sich ab und stellte sich im Bademantel vor ihren Kleiderschrank. Sie öffnete ihn und sah prüfend hinein. Was sollte sie nur anziehen? Sie war so lange in Jeans und Pulli herumgelaufen, dass sie schon gar nicht mehr wusste, wie es war, sich schön zu machen. Ob sie es verlernt hatte? Auf jeden Fall freute sie sich unglaublich darauf, einfach mal wieder gesehen zu werden. Sie hätte sich jetzt sogar für ihre Mutter hübsch gemacht oder für diesen widerlichen Jochen Spließgard. Oder für Johannes. Ob er auch kommen würde? Ja, er würde bestimmt dort sein. Und er würde sie nicht nur wahrnehmen, sondern auch bewundern, da war sie sicher.

Sie nahm einige Kleidungsstücke aus dem Schrank und hängte sie anschließend mit einem Kopfschütteln wieder weg. Was um Himmels willen sollte sie nur anziehen? Schließlich fiel ihr Blick auf ihr schwarzes Stretchkleid. Es war schlicht, reichte bis zum Knie und hatte schmale Träger. Sie zögerte. Das Kleid war tiefer ausgeschnitten als alle, die sie sonst besaß. War das nicht ein bisschen zu viel des Guten? Sie schob noch einmal die Bügel mit den verschiedenen Kleidungsstücken im Schrank von rechts nach links und von links nach rechts. Dabei fiel ihr die durchsichtige, schwarz-weiß gestreifte Bluse in die Hand, die sie zuletzt getragen hatte, als sie den Heiratsantrag von Bertram bekommen hatte.

Sie schüttelte den Kopf. Sollte das wirklich vor ein paar Wochen gewesen sein? Und wie war es möglich, dass sie die ganze Zeit über keinen einzigen Gedanken an Bertram verschwendet hatte? Vermisste sie ihn denn gar nicht?

Sie zog die Stirn in Falten. Wieder schüttelte sie den Kopf. Nein, sie vermisste ihn wirklich kein bisschen. Aber eigentlich wollte sie jetzt auch gar nicht darüber nachdenken.

Sie nahm die Bluse aus dem Schrank. Ja, sie würde die Bluse über das Kleid ziehen. Dann konnte sie spontan entscheiden, ob und wann es Zeit war, das Kleid in vollem Umfang zur Wirkung zu bringen. Mit einem zufriedenen Lächeln auf den Lippen kramte sie eine schwarze Strumpfhose aus dem Schrank hervor und zog alles an.

Sie verwandelte ihre Haare mit Lockenwicklern und Föhn in eine Lockenmähne, die ihresgleichen suchte. Zufrieden sah sie in den Spiegel, legte Lidschatten auf und kramte ihre großen, sternförmigen Ohrringe aus ihrer Schmuckschatulle hervor. Die hatte sie vor vielen Jahren von ihrem Vater zu Weihnachten bekommen und liebte sie noch immer ganz besonders. Außerdem wusste sie, dass sich ihr Vater freuen würde, wenn sie sie trug.

Madita schlüpfte in ihre hochhackigen schwarzen Pumps und sah auf ihre Uhr. Es war jetzt bereits 9:40 Uhr und so schnappte sie sich noch schnell ihre Handtasche und hastete dann nach unten.

Samuel saß bereits am Frühstückstisch und wartete auf sie. Er hatte alles gedeckt und auch schon Kaffee und Tee gekocht. Madita musste ein wenig lächeln, als sie an ihm heruntersah. Auch zur Geburtstagsfeier seines Vaters wollte er scheinbar nicht auf sein Jeans-Outfit verzichten. Immerhin hatte er keine Sonnenbrille auf der Nase.

„Guten Morgen", zwitscherte Madita fröhlich und setzte sich.

„Guten Morgen", entgegnete Samuel weit weniger gut gelaunt. „Du hast wohl heute sehr viel Mühe auf dein Aussehen verwendet, hm?"

„Woher weißt du das?", fragte Madita verwundert.

„Erstens bist du sonst pünktlicher, zweitens steigt gerade der Duft von jeder Menge Haarspray in meine Nase und drittens hast du sonst selten hochhackige Schuhe an."

„Du bist wirklich scharfsinnig", entgegnete Madita spöttisch.

„Für wen machst du dich denn so schön?", wollte er wissen.

„Für mich."

„Das halte ich für unwahrscheinlich", sagte er lächelnd.

„Warum?", fragte Madita genervt. Ihr ging dieses Thema allmählich auf den Keks.

„Weil du dir sonst auch nicht so viel Mühe mit deinem Aussehen gibst."

„Also gut", entgegnete Madita. „Wenn du es so genau wissen willst, dann sollst du es auch wissen. Ich mache mich schön, weil ich weiß, dass mich heute jemand sieht. Bist du jetzt zufrieden?"

„Ja", erwiderte Samuel.

„Dann können wir ja frühstücken", sagte Madita und griff nach einem Brötchen, das sie anschließend großzügig mit Nutella bestrich. Sie wollte gerade davon abbeißen, als ihr auffiel, dass Samuel noch immer keine Anstalten machte, etwas zu sich zu nehmen. Stattdessen sah er ziemlich nachdenklich aus.

Sie ließ die Hand mit dem Brötchen wieder sinken. „Hast du keinen Hunger?", fragte sie vorsichtig.

„Bedeutet es dir wirklich so viel, dass man dich bewundert?", fragte Samuel.

Madita seufzte. Musste diese Frage wirklich beim Frühstück

diskutiert werden? „Natürlich. Jede Frau möchte gern bewundert werden, das ist doch ganz normal."

„Aber warum müssen es unbedingt Äußerlichkeiten sein?", fragte Samuel. Er hatte scheinbar nicht die Absicht, locker zu lassen. „Man sagt doch, dass das Wesentliche für die Augen unsichtbar ist. Warum genügt es nicht, wenn man jemanden für seine Fähigkeiten und Charaktereigenschaften bewundert?"

„Es genügt vielleicht", entgegnete Madita, „aber es geschieht ja nicht. Seien wir doch mal ehrlich. Eine Frau, die nicht wegen ihres Aussehens bewundert wird, wird meistens überhaupt nicht bewundert, so ist es doch in der Praxis. Die Menschen lassen sich nun einmal von Äußerlichkeiten leiten."

„Nicht alle", stellte Samuel fest.

„Du meinst, dass du da die rühmliche Ausnahme bildest?", fragte Madita, der es jetzt langsam zu bunt wurde. „Ich will dir schon zugestehen, dass du dich nicht von Äußerlichkeiten leiten lässt. Du hast ja auch nicht die Möglichkeit dazu. Aber wenn du behaupten willst, dass du Frauen für ihre inneren Werte Anerkennung zollst, dann muss ich lachen. *Ich* jedenfalls hab davon noch nichts mitbekommen."

Samuel antwortete nicht gleich. Nach ein paar Sekunden fragte er: „*Möchtest* du denn, dass ich meine Bewunderung für dich zum Ausdruck bringe?"

Was war das denn für eine Frage? „Ich könnte mir Schlimmeres vorstellen."

„Gut", sagte er und lächelte, „das wollte ich eigentlich nur wissen." Dann nahm er ein Brötchen aus dem Korb. Er machte jetzt den Eindruck, als wäre überhaupt nichts geschehen.

Madita dagegen sah ihn noch längere Zeit entgeistert an. Was war das denn gerade gewesen? Die Ankündigung eines Kompliments? Oder vielleicht die Einholung einer Erlaubnis zur Erteilung von Komplimenten? Sie schüttelte den Kopf. Was war er nur für ein seltsamer Mensch! Würde sie ihn jemals verstehen oder durchschauen?

Sie seufzte, zuckte mit den Schultern und aß weiter. Eine gute Viertelstunde lang nahmen beide schweigend ihr Frühstück ein. Madita hatte gerade ihr zweites Brötchen verputzt und sich die vierte Tasse Kaffee eingegossen, als Samuel sagte: „Die Limousine ist vorgefahren. Wir sollten abräumen."

Madita hatte mal wieder nichts gehört, aber sie vertraute mittlerweile seinem Gehör und so kippte sie ihren Kaffee hinunter und half ihm dann beim Abräumen.

„Ich stelle fest, dass ich dich in der Vergangenheit zu sehr verwöhnt habe“, sagte sie, als ihr plötzlich auffiel, wie geschickt er mit einer Hand einen sorgfältig aufgetürmten Stapel von zwei Frühstücksbrettern, zwei Tassen, Untertassen und Löffeln zur Spüle balancierte.

„Und ich bin hocherfreut, dass dir das erst jetzt auffällt, wo der Verband sowieso bald ab kommt“, entgegnete er lächelnd.

„Soll das heißen, dass du mich absichtlich in dem Irrglauben gelassen hast, du wärst hilflos?“, fragte Madita mit gespielter Entrüstung.

„Ja“, grinste Samuel, „das heißt es wohl.“

„Na, dann werde ich jetzt wohl aufhören müssen, dich mit Samthandschuhen anzufassen.“

„Mit Samthandschuhen?“, lachte Samuel. „Du machst wohl Witze! So etwas besitzt du doch gar nicht.“

„Da hast du vielleicht sogar Recht“, sagte Madita ein wenig nachdenklich. Sie wischte noch schnell den Tisch ab und fragte dann: „Gehen wir?“

„Gleich, ich muss nur noch schnell was holen“, erwiderte Samuel und eilte nach oben. Schon zwei Minuten später kam er die Treppe wieder herunter und Madita sah ihn überrascht und ein wenig kopfschüttelnd an. Sie musste ihn nicht fragen, was er geholt hatte, denn er hatte jetzt wieder die dunkle Sonnenbrille auf der Nase, die Madita so sehr an ihm hasste. Und jetzt, wo sie sich an den unbebrillten Samuel gewöhnt hatte, fand sie sie sogar noch schrecklicher als vorher. Trotzdem verkniff sie sich jeden Kommentar.

Er stellte sich neben sie, atmete noch einmal tief durch und sagte dann: „Auf in den Kampf.“

„Okay“, erwiderte Madita, hakte sich bei ihm ein und zusammen machten sie sich auf den Weg nach draußen. Als Madita mit Samuel aus dem Haus ging, erblickte sie die schwarze Limousine vom letzten Wochenende. Auch der Fahrer war der gleiche. Er bekam große Augen, als er sie neben dem blinden Mann entdeckte. Sekundenlang starrte er sie nur entgeistert an. Madita fasste das als Kompliment auf und lächelte ihm gönnerhaft zu.

Als sie mit Samuel beim Auto ankam, hatte sich der Chauffeur erholt und öffnete galant die rechte hintere Autotür.

Madita schob Samuel auf die Tür zu, wartete, bis er eingestiegen und weitergerückt war und setzte sich dann ebenfalls auf die großzügige, mit schwarzem Leder bezogene Rückbank. Das

Erste, was sie entdeckte, waren ein Autotelefon und ein kleiner Kühlschrank mit Getränken.

Sie sah nach vorne. Fahrer- und Beifahrersitz waren durch eine Glasscheibe vom hinteren Bereich des Wagens abgetrennt. Das hatte den unschätzbaren Vorteil, dass man sich hinten ungestört unterhalten konnte. Madita war direkt beeindruckt.

Der Chauffeur schloss die Tür hinter ihr, ging um den Wagen herum und nahm auf dem Fahrersitz Platz. Dann drehte er sich noch einmal um und sagte durch einen kleinen Lautsprecher: „Wenn's recht ist, fahre ich die Herrschaften jetzt in die Hauptstadt."

Madita nickte und schon ging es los. Eine Viertelstunde konnte sie sich noch im Zaum halten, dann aber machte sie sich über den Inhalt des Kühlschrankes her. Sie mied die alkoholischen Getränke und trank sich stattdessen durch das gesamte Sortiment an Schweppes, das dort zu finden war. Bitter Lemon und Bitter Orange liebte sie ohnehin ganz besonders, aber auch Ginger Ale und Tonic Water waren nicht zu verachten. Als sie nichts Geeignetes mehr fand, sah sie ein wenig aus dem Fenster. Dann versuchte sie, ein Gespräch mit Samuel anzufangen, hatte aber keinen besonders großen Erfolg. Er machte einen außerordentlich nachdenklichen Eindruck und schien nicht zum Reden aufgelegt zu sein. Madita blieb also nichts anderes übrig, als ein wenig die Augen zu schließen und zu dösen. Das war ohnehin die beste Taktik, um lange Fahrtstrecken zu verkürzen. Und tatsächlich, als Madita das nächste Mal die Augen öffnete, weil der Wagen zum Stehen gekommen war, waren sie bereits da.

Neugierig sah Madita aus dem Fenster. Und wieder hatte sie Grund zum Staunen. Das Anwesen der Familie Spließgard war nicht von schlechten Eltern. Es übertraf das, was Madita gewohnt war, noch um Längen.

Schon das Haupthaus hatte schlossähnliche Ausmaße, dazu kamen diverse Nebengebäude, die wahrscheinlich dem Personal zur Verfügung standen. Alle Gebäude umrahmten den großzügigen, gepflasterten Innenhof, auf dem die Limousine geparkt hatte. Die Gebäude waren hervorragend in Schuss und stilvoll zartgelb verputzt. Ihren besonderen Reiz hatten sie dem verspielten Baustil zu verdanken, der sich durch viele Gauben und kleine Türmchen auszeichnete.

Madita schüttelte allerdings ungläubig den Kopf, als ihr Blick zum Eingangsportal wanderte. Das hier war irgendwie zu viel des Guten. Das Portal war riesig, und die schneeweiße Tür wirkte durch den goldenen Türgriff und den verschnörkelten goldenen Türklopfer kitschig. Am schlimmsten allerdings war die pompöse, mit einem goldenen Geländer versehene Marmortreppe, die zur Tür hinaufführte und rechts und links mit Säulen aufwartete, die eher ins alte Rom als nach Deutschland passten. Das Ganze passte auch überhaupt nicht zu dem Rest des Gebäudes, und so spürte man schon auf den ersten Blick, dass es nachträglich hinzugefügt worden war, um den Gesamtkomplex aufzumotzen.

Also wirklich, dachte Madita, *wenn man will, kann man alles kaputtmachen.*

Der Chauffeur half ihnen heraus. Im gleichen Moment öffnete sich auch die Haustür und ein älterer Herr trat heraus. Er trug einen schwarzen Anzug mit weißem Hemd und schwarzer Fliege. Madita zog bei seinem Anblick amüsiert die Augenbrauen hoch. Das Outfit passte vielleicht zu einem Universitätsprofessor, aber bestimmt nicht zu dem Mann, der dort in der Tür stand. Er war ungefähr 60 Jahre alt, höchstens 1,65 groß und stark untersetzt. Auf den ersten Blick machte er einen etwas einfältigen Eindruck. Das lag vielleicht an seinen eng zusammenliegenden Augen und seiner knubbeligen Nase. Er hatte einmal rötliche Haare gehabt, die jetzt aber schon stark ins Graue übergingen und nur noch in Restbeständen vorhanden waren. Besonders im Stirnbereich waren nicht mehr viele Haare zu entdecken. Alles in allem wirkte der Mann irgendwie gemütlich.

Er lächelte ihr jetzt freundlich zu und bewegte sich flinker als Madita es für möglich gehalten hätte die Treppe hinunter. Dort nahm er Samuels Arm und drehte sich dann zu Madita um. „Wenn Sie mir bitte ins Haus folgen wollen“, sagte er.

Als sie das Haus betrat, hatte Madita wiederum Grund zum Staunen. Die Halle, die sich vor ihr auftat, war riesig! Leider setzte sich der pompöse Stil, den Madita schon vor dem Haus nicht gemocht hatte, hier drinnen fort. Alles schien irgendwie aus Marmor zu bestehen, der Fußboden, die Treppe, sogar die Wände. Daneben gab es überall irgendwelche goldenen Elemente, goldene Türklinken an den edlen Mahagonitüren, goldene Spiegel und goldene Bilderrahmen. Madita schauderte. Diese Art von Luxus gefiel ihr überhaupt nicht. Das Haus wirkte von innen kein bisschen einladend, so kalt und ungemütlich. Nein, hier fühlte sie sich alles andere als wohl.

Und natürlich wurde ihr Wohlbefinden auch nicht dadurch

gesteigert, dass sich jetzt eine der Mahagonitüren öffnete und Jochen Spließgard heraustrat. Er war wie immer hervorragend gekleidet, trug einen sündhaft teuren grauen Anzug, ein weißes Hemd und eine grauweiß karierte Krawatte.

Als Madita ihn sah, hätte sie am liebsten kehrtgemacht, doch sie wusste ja, was sich gehörte, und so riss sie sich zusammen.

Jochen Spließgard würdigte seinen Sohn keines Blickes, ging an ihm vorbei direkt auf Madita zu, streckte ihr die Hand entgegen und sagte: „Madita, wie schön, dich wiederzusehen."

Madita erwiderte seinen kräftigen Händedruck und sagte: „Herzlichen Glückwunsch zu deinem Geburtstag, lieber Schwiegervater, und vielen Dank für die uneigennützige Einladung."

„Gern geschehen", lächelte Jochen Spließgard und sah die Marmortreppe hinauf, auf der jetzt Hannah zu ihnen herunterkam. Sie trug ein langweiliges, hellblaues Kostüm mit einem Rock, der viel zu lang für sie war, und einem Blazer, aus dem sie beinahe unten herausrutschte. Sie ging schnurstracks auf Samuel zu und sagte: „Wie schön, dass du da bist, mein Sohn." Dann umarmte sie ihn, wandte sich zu Madita um und streckte ihr wortlos die Hand entgegen.

Madita ergriff sie und wollte sie gerade kräftig schütteln, als sie wieder bemerkte, dass sie keinen Gegendruck spürte. Und im gleichen Moment kehrte auch die Erinnerung an die letzte Begegnung mit Samuels Mutter zurück. Schon damals hatte der labberige Handschlag von Hannah Spließgard sie regelrecht angewidert. Doch die Tatsache, dass sie als Einzige aus der Familie Samuel mochte, sprach irgendwie für sie.

„Guten Tag, Frau Spließgard", sagte Madita freundlich.

„Guten Tag, Frau –", begann Hannah Spließgard leise, brach dann aber erschrocken ab. Scheinbar wusste sie nicht, wie sie Madita anreden sollte. Madita hatte ihr das „Du" noch nicht angeboten und verständlicherweise behagte es ihr auch nicht, sie ebenfalls mit „Frau Spließgard" anzureden.

„Madita", sagte Madita schnell und erntete dafür ein dankbares Lächeln von Hannah. Auch Samuel schien ihre Freundlichkeit bemerkt zu haben. Er machte einen überraschten Eindruck und nickte erfreut.

Der Einzige, der wenig erfreut zu sein schien, war Jochen. „Du kannst sie ruhig mit *Frau Spließgard* anreden", wies er seine Frau in scharfem Tonfall zurecht. „Ein Blick in ihren Pass wird dir diesen Namen bestätigen."

„Tja", sagte Madita, „und gerade deshalb lasse ich mich am liebsten beim Vornamen nennen."

„Es geht mich natürlich nichts an", entgegnete Jochen, „aber manchmal ist es angebracht, dass man den Tatsachen ins Auge sieht. Findest du nicht?"

„Ins Auge sehen, ja, ja, das finde ich auch", nickte Madita ein wenig geistesabwesend und musste darüber nachdenken, ob Jochen wohl mit gutem Beispiel vorangegangen war. Hatte er jemals seinem Sohn in die Augen gesehen?

„Wie auch immer", sagte Jochen ein wenig genervt. Es ärgerte ihn maßlos, wenn ihm jemand nicht seine volle Aufmerksamkeit widmete. „Sollen wir in die Lounge gehen?"

„In die *Lounge*?", fragte Madita mit einem ironischen Lächeln und fand, dass Jochen und ihre Mutter wirklich hervorragend zueinander gepasst hätten. „Nichts lieber als das."

Jochen Spließgard lächelte jetzt überhaupt nicht mehr. Mit grimmigem Gesichtsausdruck öffnete er die Tür, aus der er zuvor gekommen war, und bedeutete Madita hereinzukommen. Madita folgte seiner Aufforderung umgehend und betrat den Raum noch vor Hannah und Samuel.

Die „Lounge" war eine Mischung aus Wohnzimmer und Kaminzimmer. Sie war riesig, hatte mindestens 70, vielleicht sogar 80 Quadratmeter. Aber das bedeutete nicht, dass sie viel Platz bot. Denn sie war mit edlen Möbelstücken, Antiquitäten, Gemälden, Skulpturen, Wandteppichen, Lampen und allen möglichen anderen Gegenständen total vollgestellt. In dem ganzen Raum gab es kaum ein Fleckchen, das nicht genutzt war. Eigentlich gab es nur schmale Gänge, die von der Tür zur Couchgarnitur, von der Couchgarnitur zum Kamin, vom Kamin zum Wandschrank und von dort zurück zur Tür führten. Und dann erst die Wände! Nur an wenigen Stellen war überhaupt noch Tapete zu erkennen!

Madita fühlte sich auf den ersten Blick wie erschlagen. Alles war so bunt, so durcheinander. Sie ging ein paar Schritte in den Raum hinein, sagte keinen Ton und sah sich nur staunend um. Sie brauchte ein paar Minuten, bis sie alles einmal kurz überflogen hatte.

Dann zog sie die Augenbrauen hoch und sah skeptisch zu Jochen herüber. Dieser war ihrem Blick gefolgt und sah sie nun beifallheischend an. Er wartete ganz offensichtlich darauf, dass sie ihre Begeisterung zum Ausdruck brachte. Aber das brachte Madita einfach nicht fertig. Sie fand den Raum nur eines:

schrecklich. Und sie kam sich nicht vor wie in einem Wohnzimmer, sondern eher wie in einem Museum. Musste er seine Besitztümer denn so offensichtlich zur Schau stellen?

Vielleicht wäre das Überladene nicht so schlimm gewesen, wenn die Einrichtung wenigstens geschmackvoll gewesen wäre. Aber auch das war nicht der Fall. Vieles davon empfand sie als kitschig. Und der Rest verstärkte den Eindruck, den sie schon in der Eingangshalle gewonnen hatte: dass es keine gerade Linie, keine Stilrichtung gab, die hier verfolgt wurde. Alles war ein einziges schrilles Durcheinander. Die Kunstwerke schwankten zwischen Jugendstil, Expressionismus und Kubismus hin und her, die Antiquitäten entstammten den verschiedensten Epochen, ganz zu schweigen von den Teppichen, die wohl in aller Welt gefertigt worden waren.

Madita sah noch einmal vorsichtig zu Jochen hinüber. Dieser schien langsam ungeduldig zu werden. Als er ihren Blick auffing, nickte er ihr auffordernd zu. Scheinbar wollte er unbedingt einen Kommentar hören.

Madita räusperte sich kurz, brachte es aber noch immer nicht fertig, etwas Positives zu sagen. Daher entschied sie sich erneut dafür, besser ihren Mund zu halten.

„Das ist also die Lounge“, sagte stattdessen Jochen Spließgard. „Gefällt sie dir?“

Madita schluckte. „Nun“, erwiderte sie zögernd, „sie ist ... wie soll ich sagen ... unglaublich ... interessant.“

„Nicht wahr?“, entgegnete Jochen stolz. Er kam gar nicht erst auf die Idee, dass Maditas Interesse eher negativer Natur war. „Hier bewahre ich all meine Schätze auf.“

„Ja“, sagte Madita trocken, „das sieht man.“

Jochen machte ein paar Schritte auf die Sitzgarnitur zu, die aus drei völlig verschiedenen Sofas bestand. „Möchtest du dich nicht setzen?“

„Ich kann es ja mal versuchen“, lächelte Madita und schlängelte sich bis zum vorderen dreisitzigen Sofa vor. Es war für sich betrachtet ganz hübsch, hatte eine schlichte Form und war mit edlem grün-beige gestreiftem Stoff bezogen. Es stammte wahrscheinlich aus der Biedermeierzeit und Madita konnte sich ausrechnen, dass es sich hier um eine Antiquität aus dem Anfang des 19. Jahrhunderts handelte.

Sie nahm Platz und sah dann Hannah dabei zu, wie sie sich ebenfalls zu den Sofas durchzwängte und dabei Samuel am Arm hinter sich her zog. Sie bewegte sich schnurstracks auf das Sofa zu, das Maditas Sitzplatz gegenüberlag. Es war ein Zweisitzer und passte so gut zu dem anderen Sofa wie Christbaumkugeln zu einem Gummibaum. Der Zweisitzer entstammte wahrscheinlich dem Barock oder Rokoko, gehörte also ins 17. oder 18. Jahrhundert. Füße und Lehnen waren mit filigranen Ornamenten und Verschnörkelungen nur so übersät. Der Bezug war in dunkelrotem Samt gehalten.

Hannah setzte sich, zupfte für Samuel noch ein Kissen zurecht und flüsterte dann: „So, du kannst dich hinsetzen." Samuel sah etwas unglücklich aus, leistete ihrer Anweisung aber umgehend Folge.

Madita schüttelte leicht den Kopf. Sie sah das Ganze zwar nicht zum ersten Mal, verstand aber noch immer nicht, warum er sich von seiner Mutter wie ein kleines Kind behandeln ließ.

Jetzt näherte sich auch Jochen Spließgard der Sitzecke. Er wählte das dritte der vorhandenen Sofas für sich aus. Es war ebenso wie das erste ein Dreisitzer, ebenfalls eine Antiquität und ebenfalls nicht gerade ein Glücksgriff. Wohl um das Durcheinander perfekt zu machen, hatte er ein Jugendstilsofa ausgewählt. Es wies wellenförmige Ornamente auf und eine Unmenge von Ziernägeln. Trotzdem hätte Madita es vielleicht sogar hübsch gefunden, wenn da nicht der schreiend bunte, geblümte Bezug gewesen wäre, der unter Garantie erst nachträglich aufgezogen worden war. Madita musste sich direkt ein wenig schütteln, als Jochen darauf Platz nahm.

Da saßen sie nun, drei unterschiedliche Parteien auf drei völlig verschiedenen Sofas. Alle so weit voneinander entfernt, wie es nur ging. Und alle drei schweigend. Nicht einmal Jochen machte den Versuch, ein Gespräch in Gang zu bringen. Und auch Madita war noch immer so mit ihrer übermächtigen Umgebung beschäftigt, dass ihr nicht nach Reden zumute war.

Die Stille wurde erst unterbrochen, als sich wenig später die Tür öffnete und jemand den Raum betrat. Madita wandte sich neugierig um und erblickte zu ihrer Freude Johannes.

Er sah gut aus, genauso gut, wie sie ihn in Erinnerung hatte. Und das, obwohl er heute ganz leger angezogen war, mit schwarzer Jeans und einem edlen, beigen Rollkragenpullover.

Als er Madita sah, bildete sich ein breites Grinsen auf seinem Gesicht. Er schlängelte sich bis zu ihr durch, reichte ihr die Hand und sagte: „Ah, Madita! Du kannst dir gar nicht vorstellen, wie sehr ich mich darauf gefreut habe, dich wiederzusehen. Auch wenn es kaum möglich scheint, aber du bist noch schöner geworden. Die Männer müssen reihenweise ohnmächtig werden, wenn sie dich sehen." Er räusperte sich, wandte seinen Blick nach rechts zu Samuel hinüber und fügte achselzuckend hinzu: „So sie dich denn sehen."

Auch Madita strahlte jetzt. Es tat so gut, mal wieder von jemandem bemerkt und bewundert zu werden. „Ich freue mich auch, dich zu sehen, Johannes", sagte sie würdevoll.

„Der Platz neben dir ist ja noch frei", bemerkte er. „Darf ich mich dann vielleicht zu dir setzen?"

„Sicher", entgegnete Madita und rückte ein Stück. Schließlich wollte sie nicht, dass er bemerkte, wie laut ihr Herz jetzt auf einmal klopfte.

„Erzähl doch mal", forderte er sie auf, „wie gefällt es dir so in Neuruppin?"

„Nun ja", sagte Madita und sah ein wenig unsicher zu Samuel hinüber. „Es ist manchmal ein wenig ... einsam dort."

„Das kann ich mir vorstellen", nickte Johannes verständnisvoll und legte seine Hand auf die ihre. „Vielleicht kann ich dich ja mal besuchen kommen."

„Kommt nicht in Frage", mischte sich nun Jochen in das Gespräch ein. „Ich brauche dich hier in der Firma, das weißt du doch, mein Sohn."

„Natürlich, Vater", sagte Johannes und zog seine Hand zurück.

„Außerdem arbeitet Madita ab morgen ja auch wieder im Krankenhaus", fügte Jochen hinzu.

„Du bist wie immer hervorragend auf dem Laufenden, lieber Schwiegervater", lächelte Madita. „Hauptsache, ich finde nicht noch irgendwann ein paar Wanzen in meinem Schlafzimmer."

„Hm", erwiderte Jochen grinsend. „Im Moment sicher nicht, aber die Idee ... ist gar nicht so schlecht."

Madita sagte dazu nichts, verzog als Antwort aber ihr Gesicht. Gleichzeitig fragte sie sich ernsthaft, warum sie nicht tatsächlich schon einmal auf die Idee gekommen war, ihr Zimmer nach Abhörgeräten abzusuchen. Jochen, diesem Widerling, war doch schließlich alles zuzutrauen.

Sie war noch mit solchen und ähnlichen Gedanken beschäftigt, als sich die Tür öffnete und der ältere Herr mit der Fliege eintrat, der Madita und Samuel vorhin ins Haus geleitet hatte. Scheinbar hatte er hier die Funktion einer Art Butler. Er stellte sich neben die geöffnete Tür, nahm Haltung an und sagte: „Der Baron und die Baronin von Eschenberg."

Nachdem er Maditas Eltern so würdevoll angekündigt hatte,

wandte er sich der Eingangshalle zu. „Wenn die Herrschaften bitte näher treten wollen."

Kurz darauf erschien Maria an der Türschwelle. Sie hatte ihre Haare wie immer zu einem strengen Dutt hochgesteckt und trug ein elegantes silbergraues Kostüm. Sie betrat zunächst mit zackigen Schritten den Raum, blieb dann aber abrupt stehen, als sie die ganze „Pracht" erfasste. Zuerst machte sie einen erstaunten, dann einen leicht amüsierten Eindruck.

Jetzt erschien auch Welf von Eschenberg auf der Bildfläche. Madita sprang beim Anblick ihres Vaters freudig auf, musste aber gleichzeitig ein wenig grinsen. Maria hatte ihn in einen dunklen Nadelstreifenanzug gezwängt, in dem er sich unter Garantie nicht wohl fühlte.

Als Welf seine Tochter sah, breitete sich ein warmes Lächeln auf seinem Gesicht aus und er öffnete seine Arme. Und Madita machte sich sofort auf den Weg. Vergessen war Johannes, vergessen waren die Benimmregeln, die Maria ihrer Tochter früher immer so intensiv, aber manchmal auch vergeblich eingetrichtert hatte. Madita schlängelte sich flink an allen Hindernissen vorbei, ließ ihre Mutter achtlos stehen und stürzte sich einfach in die Arme ihres Vaters. Es tat so gut, einen Moment lang das ganze Drumherum zu vergessen.

„Geht es dir gut?", flüsterte Welf seiner Tochter ins Ohr.

Madita nickte nur.

„Guten Tag, mein Kind", hörte sie in diesem Moment die strenge Stimme ihrer Mutter.

Madita seufzte leise und befreite sich aus der Umarmung ihres Vaters. Ihr war sofort klar, dass ihre Mutter sie nur ansprach, weil sie ihr zu verstehen geben wollte, dass ihr Verhalten ungehörig war. „Guten Tag, Mutter", erwiderte sie und reichte ihrer Mutter artig die rechte Hand.

„Wie schön, dich zu sehen", sagte Maria.

Ich glaube dir kein Wort, dachte Madita und wandte sich demonstrativ wieder ihrem Vater zu.

Mittlerweile hatte sich auch Jochen Spließgard erhoben. Er ging jetzt schnurstracks auf Maria zu und begrüßte sie.

„Warum hast du dich denn nicht mal gemeldet?", flüsterte Welf von Eschenberg seiner Tochter zu.

„Ihr seid doch immer so schwer zu erreichen", entgegnete Madita ebenfalls im Flüsterton.

„Oder hattest du vielleicht Angst, ich würde bemerken, dass es dir nicht besonders gut geht?", fragte Welf geradeheraus.

Madita sah überrascht zu ihm herüber. Er kannte sie wirklich gut. Dann senkte sie ein wenig den Kopf und flüsterte: „Es ging mir zu Anfang wirklich nicht besonders. Aber jetzt ... komme ich ganz gut zurecht. Und das ist die Wahrheit."

Welf schenkte ihr ein Lächeln, das seiner Liebe zu ihr Ausdruck verlieh, und drückte dann fest ihre linke Hand. „Du bist ein tapferes Mädchen."

Madita erwiderte sein Lächeln und merkte, wie ihr die Tränen in die Augen schossen. Egal, was sie tat, ihr Vater war immer stolz auf sie. Das war heute so und das war immer so gewesen. Und genau das hatte ihr schon immer den Halt gegeben, den sie in dieser Welt brauchte.

Jetzt bekam Madita mit, wie Jochen zu Maria sagte: „Dein Anblick lässt Männerherzen noch immer höher schlagen, meine Liebe. Fühl dich bei mir wie zu Hause. Du weißt, es hätte dein Zuhause werden können."

Madita hob interessiert die Augenbrauen. Sie war gespannt, wie ihre Mutter auf diese Provokation reagieren würde.

„Tatsächlich?", fragte Maria. „Da muss ich aber eine kleine Einschränkung machen. Wenn das hier nämlich mein Zuhause wäre, würde es sicher anders aussehen."

Madita grinste. Eins zu null für ihre Mutter. Maria war bei dieser zweiten Begegnung mit ihrer Jugendliebe offensichtlich nicht mehr so durcheinander wie bei ihrer ersten.

„Nun ja", antwortete Jochen, „über Geschmack lässt sich ja bekanntlich nicht streiten." Mittlerweile hatte Maria auf dem Dreisitzer Platz genommen, während sich Madita zwischen Johannes und ihrem Vater niedergelassen hatte. „Du hast doch trotzdem nichts dagegen, wenn ich mich zu dir setze?", fügte Jochen hinzu.

„Natürlich nicht", entgegnete Maria würdevoll.

„Madita, gibt es schon wieder einen Grund zur Belustigung, von dem ich noch nichts weiß?", fragte Jochen.

„Die Gedanken sind frei", entgegnete Madita nur.

„Nur die Gedanken", antwortete Jochen und grinste jetzt ebenfalls.

Madita verzog das Gesicht. Sie hatte ihren Schwiegervater noch nie gemocht, aber jetzt fing sie langsam an, ihn richtig schrecklich zu finden. Wie hatte sich ihre Mutter nur in so jemanden verlieben können? Sie sah zu ihrer Mutter hinüber. *Andererseits*, dachte sie, *wie hat sich jemand in Mutter verlieben können?* Sie schüttelte verständnislos den Kopf.

Jochen hatte ihre Reaktion genau beobachtet und schien ihre Gedanken zu erraten. „Menschen verändern sich", sagte er zu ihr.

„Und doch ändern sich die Menschen nie", entgegnete Madita.

„Da hast du wohl Recht", stimmte ihr Jochen zu. Er wandte seinen Kopf nach rechts und sah Maria an. „Man kann sich immer darauf verlassen, dass sie dich enttäuschen werden. Sie schwören dir ewige Liebe und dann verraten sie dich. Sie sagen das eine und tun das andere. Sie denken nur an sich selbst und an ihren eigenen Vorteil. Sie sind treulos, opportunistisch und egoistisch."

Maria, die Jochens Blick zunächst gemieden und den Kopf gesenkt hatte, richtete sich jetzt auf und sah Jochen in die Augen. „Du hast mich doch auch nicht wirklich geliebt", sagte sie leise.

„Ach nein?", brauste Jochen auf. „Woher willst du das wissen?"

„Liebe", begann Maria und betonte das Wort auf eine besondere Weise, „die bei Enttäuschung und Zurückweisung in Hass und Rache umschlägt, ist keine Liebe. Das weißt du auch. Dein jetziges Verhalten zeigt mir nur eins: dass ich richtig gehandelt habe. Und dafür bin ich dir unglaublich dankbar. All die Jahre dachte ich, ich hätte einen Fehler gemacht. Und das hat mich fast umgebracht. Aber jetzt ist alles anders. Das ist dein Verdienst, Jochen. Du hast mich erlöst. Du hast mich von dir erlöst."

Jochen Spließgard sah Maria fassungslos an. Einige Sekunden lang sagte er überhaupt nichts. Der ganze Raum war in betretenes Schweigen gehüllt, und aller Augen waren auf Jochen gerichtet. Irgendwann holte er tief Luft, nickte und sagte mit einem bitteren Lächeln: „Und wahrscheinlich bist du auch dankbar dafür, dass dich diese Erlösung ‚nur' das Leben deiner Tochter gekostet hat."

Maria sagte nichts dazu. Es entging Madita aber nicht, dass sie Jochen den Hauch eines überheblichen Lächelns schenkte.

Madita sah fragend und auffordernd zu ihrer Mutter hinüber. Sie wartete auf einen Blick, auf eine Ermunterung von ihr. Und sie wartete darauf, dass sie Jochen widersprechen würde. Aber nichts dergleichen geschah. Maria sah ihre Tochter gar nicht erst an, sondern wich ihrem Blick aus. Madita schluckte und presste die Lippen aufeinander. Warum hatte sie ihre Mutter die Suppe nicht selbst auslöffeln lassen, die sie sich eingebrockt hatte? Hatte sie wirklich geglaubt, dass ihre Mutter die Aufopferung wert war?

Plötzlich spürte Madita, wie jemand ihre linke Hand nahm und diese fest drückte. Madita wandte den Kopf nach links und sah in das traurige Gesicht ihres Vaters. Und sofort fiel ihr auch wieder ein, für wen sie das alles getan hatte. Ihr Vater war es ganz bestimmt wert. Madita schenkte ihm ein tapferes Lächeln und erwiderte seinen Händedruck. Es gab nichts, was sie für ihren Vater nicht tun würde.

In den nächsten Minuten herrschte in der „Lounge" wieder einmal betretenes Schweigen. Niemand sagte ein einziges Wort.

Glücklicherweise kam irgendwann der Butler herein. „Es ist serviert", sagte er würdevoll. „Darf ich die Herrschaften in den Speisesaal bitten?"

Jochen Spließgard stand sofort auf. Scheinbar empfand er die Aufforderung als pure Erlösung. „Folgt mir bitte", sagte er knapp und ging strammen Schrittes auf die Tür zu.

Als Madita kurz nach ihm in den Speisesaal trat, stellte sie erstaunt fest, dass er das absolute Gegenteil der Lounge zu sein schien. Zunächst war der Raum wesentlich kleiner, er hatte vielleicht 25 oder 30 Quadratmeter. Dann war er auch nicht so überfüllt wie die Lounge. Im Gegenteil, Madita fand ihn im Vergleich beinahe spartanisch eingerichtet. Die einzigen Möbelstücke waren der wuchtige, ovale Eichentisch, die dazugehörigen Stühle und zwei eher bescheidene Sideboards aus Goldeiche. Auch die Wände waren längst nicht so überladen. Madita entdeckte lediglich zwei Gemälde mit Strandlandschaften, die sie noch dazu ganz ansprechend fand.

Sie stellte sich spontan die Frage, ob Jochen Spließgard wohl so widersprüchlich war wie seine Einrichung. Oder hatte Hannah den Raum vielleicht eingerichtet? Madita entschied sich nach einigem Nachdenken für Letzteres, denn zu der schlichten Hannah Spließgard passte der Raum wirklich wie der Hut zum Bettler.

Jochen bedeutete Madita, sich zu setzen. Sie folgte seiner Aufforderung und wählte den erstbesten Platz aus, der in ihrer Nähe war. Johannes, der die ganze Zeit nicht von ihrer Seite gewichen war, nahm wie selbstverständlich rechts neben ihr Platz.

Jetzt betrat Welf von Eschenberg den Raum, gefolgt von seiner Frau. Er nahm links neben seiner Tochter Platz, Maria links neben ihrem Mann.

Plötzlich kam auch Bewegung in Jochen. Er hatte die ganze Zeit regungslos am Tisch gestanden, hechtete jetzt aber zu

Johannes hinüber und sicherte sich den Platz neben ihm. Scheinbar wollte er auf jeden Fall vermeiden, sich erneut an der Seite von Maria wiederzufinden.

Nicht unerhebliche Zeit später betraten auch Hannah und Samuel den Speisesaal. Hannah schob Samuel an Madita und Welf vorbei und positionierte ihn dann links neben Maria. Dann nahm sie selbst zwischen ihm und Jochen Platz.

Madita zog die Stirn in Falten. Ihre Mutter neben Samuel – ob das gut gehen würde? Es war Madita nicht entgangen, dass sich Marias Augen entsetzt geweitet hatten, als es zur bösen Gewissheit geworden war, dass der Blinde neben ihr sitzen würde. Und jetzt rückte sie so weit wie möglich zu Welf nach rechts herüber. Außerdem hatte sie diesen angewiderten Zug um den Mundwinkel, den Madita nur allzu gut von ihr kannte.

Aber Maditas Sorge war unbegründet. Während der gesamten Mittagsmahlzeit sagte Maria kein einziges Wort. Und auch die anderen waren von dem heftigen Wortwechsel zwischen Jochen und Maria noch so geschockt, dass sie lieber schwiegen. Und so verlief das Mittagessen in eisiger Atmosphäre und fast ohne Gespräch.

Trotzdem war Madita gar nicht so unzufrieden damit. Sie hatte endlich einmal ihre Ruhe beim Essen und konnte sich ganz auf die Köstlichkeiten konzentrieren, die dort aufgetischt wurden.

Jochen Spließgard ließ sich ja auch nicht lumpen. Es wurde ein üppiges Fünf-Gänge-Menü serviert, mit allem Drum und Dran. Erst gab es Lachscremesuppe, dann gekochte Riesengarnelen in Knoblauchsoße, anschließend verschiedene Muschel- und Fischsorten mit Gemüse und Kroketten und zum Abschluss Eis in den verschiedensten Variationen. Madita übersah die missbilligenden Blicke ihrer Mutter geflissentlich und ließ es sich so richtig schmecken. Schließlich wusste sie nicht, wann ihr wieder einmal solche Delikatessen vergönnt sein würden.

Als die Mahlzeit knappe zwei Stunden später beendet war, verkündete Jochen, dass die Zeit bis 16:00 Uhr zur freien Verfügung stehe. Er selbst zog sich umgehend zurück und auch Hannah verließ mit Samuel im Schlepptau sofort den Raum.

Die Übrigen blieben ein wenig verwirrt zurück, beschlossen dann aber, einen kleinen Verdauungsspaziergang zu unternehmen. Madita hatte nichts dagegen einzuwenden, schließlich wollte sie beim Kaffeetrinken wieder ordentlich zuschlagen.

Also machten sich Welf und Maria, Johannes und Madita auf den Weg in die nähere Umgebung.

Zunächst klebte Johannes unentwegt an Maditas Seite. Doch Madita hatte viel mit ihrem Vater zu besprechen und ließ ihn deswegen links liegen. Er nahm daher notgedrungen mit Marias Gesellschaft vorlieb. Erstaunlicherweise entwickelte sich bald eine recht angeregte Unterhaltung über Kleidungsstile zwischen den beiden, an der scheinbar beide Gefallen fanden. Dabei bewegten sie sich recht zügig vorwärts und so blieben Welf und Madita mit ihrer gemütlicheren Gangart schnell zurück. Madita war allerdings auch nicht böse darüber. Im Gegenteil, sie freute sich, dass sie auf diese Weise mal wieder ein paar ungestörte Worte mit ihrem Vater wechseln konnte. Das Gespräch drehte sich anfangs natürlich nur um Maditas Situation. Erst als es ihr gelungen war, ihrem Vater glaubhaft zu versichern, dass es ihr wirklich gut ging, kamen auch andere Themen auf den Tisch.

„Warum hast du eigentlich Mareile noch nichts von der Hochzeit erzählt?“, fragte ihr Vater zum Beispiel.

„Woher weißt du, dass ich ihr nichts davon erzählt habe?“

„Sie war letzte Woche bei mir. Oder sagen wir mal so, die Tür wurde aufgerissen, deine Schwester stürmte in den Raum hinein, stellte sich breitbeinig vor mir auf und sagte: ‚Ich weiß, dass Mutter dir verboten hat, es mir zu erzählen. Aber ich lasse mich nicht mehr länger mit Ausreden abspeisen. Sag mir endlich, wo Madita ist!‘“ Welf hielt kurz inne, weil Madita laut aufgelacht hatte. Er konnte den entschlossenen Tonfall seiner älteren Tochter hervorragend nachahmen und dadurch hatte sich Madita den Verlauf des Gespräches bestens vorstellen können. Jetzt aber wurde Welf wieder ernst und fuhr fort: „Sie macht sich wirklich Sorgen um dich, Kind. Sie hat gesagt, dass sie seit Wochen versucht, dich telefonisch zu erreichen, und dass sie vor lauter Verzweiflung auch schon im Krankenhaus angerufen hat. Da hat man ihr natürlich gesagt, dass du schon vor Wochen gekündigt hast. Na ja“, sagte er ein wenig verlegen, „und dann ...“

„... hat sie dir natürlich auf den Kopf zugesagt, dass ich dieser Hochzeit zugestimmt habe.“

Welf nickte nur. „Du hättest es ihr sagen müssen.“

„Warum?“, brauste Madita auf. „Damit sie mich wieder für verrückt erklärt?“

„Das stimmt doch nicht“, widersprach ihr Vater. „Ich habe ihr gesagt, dass du es für deine Mutter und mich getan hast. Und ich hatte den Eindruck, dass sie dich dafür bewundert. Sie ist deine Schwester, sie liebt dich und sie respektiert deine Entscheidung."

„Meinst du wirklich?", zweifelte Madita.

„Ja, meine ich. Du wirst es feststellen, wenn du sie endlich anrufst."

„Ich werde es mir überlegen."

Nach diesem Gespräch gingen Vater und Tochter eine Weile schweigend nebeneinander her. Irgendwann aber fragte Madita ganz unvermittelt: „Hast du dir eigentlich jemals Gedanken darüber gemacht, wie Verdi ‚Celeste Aida' haben wollte?"

Welf sah seine Tochter erstaunt an. „Wie meinst du das?"

Madita lächelte ein wenig. „Hast du gewusst, dass Verdi den Schluss der Arie ganz anders haben wollte, als die meisten Tenöre ihn interpretieren? Die meisten halten das letzte hohe B kraftvoll bis zum Schluss, Verdi wollte es aber ausklingen lassen."

„Und woher hast du diese Weisheit?"

„Och", entgegnete Madita, „das hab ich gehört."

Jetzt kam das Anwesen der Spließgards wieder in Sicht und Madita sah kurz auf ihre Uhr. „Oh, oh", sagte sie, „gleich gibt's Ärger."

„Wieso?"

„Ist schon kurz nach vier", antwortete Madita und beschleunigte ihren Schritt. Irgendwie hatte sie doch mehr Respekt vor ihrem Schwiegervater, als ihr lieb war.

Die beiden bewegten sich strammen Schrittes auf das Haus zu und gingen hinein.

Als sie in der Halle standen, tauchte wie aus dem Nichts der Butler vor ihnen auf und sagte ohne Umschweife: „Hier entlang bitte." Dann ging er schnell in Richtung Speisesaal und öffnete die Tür. Vater und Tochter traten ein und mussten feststellen, dass alle anderen schon Platz genommen hatten und scheinbar nur noch auf sie warteten. Man hatte ihnen die Stühle freigehalten, auf denen sie schon beim Mittagessen gesessen hatten. Auch ansonsten war die Sitzordnung vollkommen identisch.

Ob sich die Gemüter ein wenig beruhigt hatten? Es sah fast so aus. Jochen hatte einen sehr viel entspannteren Gesichtsausdruck. Er lächelte sogar ein wenig. Und auch Marias Gesichtszüge hatten sich ein wenig geglättet. Der Abstand zwischen ihr und Samuel war zwar immer noch erstaunlich groß, aber das war ja auch nicht anders zu erwarten gewesen.

Jetzt steckte der Butler den Kopf zur Tür herein und sah zu Jochen Spließgard. Als dieser ihm zunickte, verschwand er wieder. Kurze Zeit später wurde die Tür erneut geöffnet und ein paar Angestellte trugen nacheinander so viele Sahnetorten herein, dass auf dem Tisch anschließend kaum mehr die Kaffeesahne Platz fand. Beim Anblick dieser Pracht erhellte sich Maditas Gesicht und das Wasser lief ihr nur so im Munde zusammen. Kuchen war ihre große Leidenschaft und die Marzipantorte, die sie sofort unter den Köstlichkeiten entdeckt hatte, war die absolute Krönung.

„Hast du etwa vor, uns zu mästen, Jochen?“, fragte da allerdings ihre Mutter kühl.

„Nein“, entgegnete dieser ein wenig pikiert, „ich möchte nur, dass ihr gut versorgt seid.“

„Sieht auch wirklich lecker aus“, mischte sich Madita in das Gespräch ein, woraufhin sie allerdings einen vernichtenden Blick von ihrer Mutter kassierte.

„Wie sagtest du doch vorhin so treffend?“, begann Maria und zog bedeutungsvoll die Augenbrauen hoch. „Über Geschmack lässt sich bekanntlich nicht streiten.“

Au weia, Mutter, dachte Madita nur, *willst du etwa unbedingt dort anknüpfen, wo du vorhin aufgehört hast?* Dann sah sie gespannt zu Jochen herüber.

Der tat so, als hätte er die Provokation nicht bemerkt, lächelte ihrer Mutter freundlich zu und sagte: „Wir werden einfach erst einmal anfangen und die Beurteilung dann der Mehrheit überlassen.“ Dann nickte er seinen Angestellten zu, die daraufhin sofort damit begannen, je nach Wunsch Kaffee oder Tee in die Tassen der Gäste zu füllen.

„Madita“, wandte sich Jochen an seine Schwiegertochter, „ich habe den Eindruck gewonnen, dass die Torte bei dir auf sehr viel mehr Wertschätzung stößt als bei deiner Mutter. Ich möchte daher, dass du entscheidest, welche wir zuerst anschneiden.“

„Dann bin ich für die Marzipantorte“, entgegnete Madita ohne lange zu überlegen.

„Eine gute Wahl“, lächelte Jochen, woraufhin eine der Angestellten sofort ein großzügiges Stück abschnitt und es auf Maditas Teller legte.

Maria hatte den Weg des Tortenstückes mit angewidertem Gesichtsausdruck verfolgt. Dann kommentierte sie: „Das ist ja fast wie zu Hause, nicht wahr, Madita?“

„Wie recht du hast, Mutter“, entgegnete Madita. „Dank dir bin ich hier ja auch fast wie zu Hause.“

Zuletzt hatte nur Maria von Eschenberg noch einen leeren Teller. Ein wenig zögerlich näherte sich die Angestellte auch ihr, streckte die Hand nach ihrem Teller aus und fragte: „Darf ich?"

„Nein", antwortete Maria schlicht und ergreifend.

Die Angestellte, die den Teller gedanklich schon an sich genommen hatte, zog erschrocken ihre Hand zurück und blickte fragend zu Jochen herüber. Dieser zuckte mit den Achseln, woraufhin die Frau den Raum wieder verließ.

„Na, dann guten Appetit", sagte er grinsend.

Madita ließ sich das natürlich nicht zweimal sagen und schob sich genussvoll ein großes Stück Torte in den Mund. Dann sah sie zu Samuel herüber, der mal wieder von seiner überbesorgten Mutter hingebungsvoll gefüttert wurde. Sie hörte auf zu kauen und sah ihn eine Weile mitleidig an. Ihr war noch immer nicht klar, warum diese Frau ihren Sohn derart verunselbständigen musste. Und warum nur ließ er sich das gefallen?

Auch Maria, deren einzige Beschäftigung darin bestand, hin und wieder an ihrem Tee zu nippen, sah mit angewidertem Gesichtsausdruck zu Samuel herüber. Wahrscheinlich fragte sie sich gerade, wer ihm überhaupt die Lizenz zum Leben erteilt hatte.

Ob Jochen von Maria genervt war? Oder ob er lediglich seinem Sohn eins auswischen wollte? Madita wusste es nicht. Aber sie sah ihm schon vor dem Luftholen an, dass er jetzt gleich Gift verspritzen würde.

„Na, Samuel", begann er denn auch, „wie läuft's denn eigentlich so in eurer Ehe?"

Madita fiel vor Schreck fast die Kuchengabel aus der Hand. Sie starrte Jochen ungläubig an. Was sollte das denn jetzt werden? Auch Samuel wandte erstaunt den Kopf in Richtung seines Vaters. Er sagte allerdings kein einziges Wort.

Also fuhr Jochen fort. „Warum so schweigsam, mein Sohn? Ich möchte doch nur wissen, ob ihr gegenseitig eure ehelichen Pflichten erfüllt." Er grinste anzüglich und fügte hinzu: „Du weißt schon."

Während Samuel weiterhin schwieg, sah Maria Jochen hasserfüllt an und fauchte: „Dieser Kerl wird seine Finger von ihr lassen! Wir haben einen Vertrag, vergiss das nicht."

Madita wusste nicht, was sie dazu sagen sollte. Sie war irgendwie sprachlos. Aus den Augenwinkeln beobachtete sie Samuel. Wie würde er reagieren?

Er verhielt sich so, wie Madita es erwartet hatte. Er tat einfach so, als würde ihn die Unterhaltung nichts angehen. Allerdings kannte Madita ihn mittlerweile so gut, dass sie – wahrscheinlich als Einzige – bemerkte, wie schwer es ihm in Wirklichkeit fiel, nicht die Beherrschung zu verlieren. Er atmete anders als sonst, schneller und tiefer. Außerdem hatte er sich mit seiner rechten Hand an der Tischkante festgekrallt.

Madita sah ein wenig beschämt auf ihren Teller. Sie fühlte sich schuldig, weil es ihre Mutter war, die ihn so beleidigte, obwohl sie ihn überhaupt nicht kannte. Und sie hoffte inständig, dass das Gespräch jetzt vorbei sein würde.

Leider erfüllte sich diese Hoffnung nicht.

Stattdessen sagte Jochen: „Wirklich, Maria, meine Liebste, du musst dir um deine Tochter keine Sorgen machen. Samuel weiß wahrscheinlich noch nicht einmal, wovon wir hier überhaupt reden." Er grinste so überheblich, dass Madita sein Gesicht am liebsten mit ihrer Marzipantorte verziert hätte. Aber auch dazu war sie im Moment einfach zu feige.

„Erstens", zischte Maria, „bin ich nicht deine Liebste. Dein Schatz ist die Lounge, das wollen wir an dieser Stelle nicht vergessen ..."

Jetzt musste Madita direkt ein bisschen grinsen. Sie hatte gar nicht gedacht, dass ihre Mutter so geistreich kontern konnte.

„... und zweitens", fuhr diese fort, „ist es mir ganz egal, ob er weiß, worum es geht oder nicht. Er ist dein Abkömmling und da ist es schon berechtigt, wenn ich mir Sorgen mache, nicht wahr? Also sieh zu, dass du deinen Teil der Abmachung einhältst, sonst wirst du unser Geschäft bitter bereuen."

„Jawohl, Herr General", rief Jochen Spließgard lächelnd und in militärischem Tonfall. „Sie können sich darauf verlassen." Dann wurde er ernst und fuhr fort: „Glaub mir, ich werde das befriedigendste Geschäft, das ich jemals abgeschlossen habe, nicht aufs Spiel setzen."

Maria sah ihn hasserfüllt an und erhob sich. „Dann hätten wir die Fronten ja geklärt", zischte sie. „Was im Übrigen den Vorteil hat, dass wir dieses unerträgliche Beisammensein nicht länger fortführen müssen. Du entschuldigst uns doch sicher, Jochen?" Sie sah auffordernd zu ihrem Mann herüber. „Welf?"

„Aber natürlich", stammelte der und stand auf.

Madita warf noch einen wehmütigen Blick auf die Marzipantorte und erhob sich dann ebenfalls. Auch sie war froh, den Nachmittag beenden zu können. Und sie war regelrecht erleichtert, als sie wenige Minuten später wieder in der Limousine saß. Kurz darauf schob Hannah dann auch Samuel in den Wagen.

Sie strich ihm noch einmal wie einem kleinen Jungen über das Haar und flüsterte: „Und denk dran, mein Liebling, wenn du einfach hier bleiben möchtest ..."

„Ach, Mutter", fiel Samuel ihr ins Wort. „Das Thema haben wir doch schon ausreichend diskutiert."

Hannah nickte traurig, dann schloss sie die Autotür und der Wagen setzte sich in Bewegung.

Madita sah forschend zu Samuel herüber. Sie fragte sich, wie jetzt seine Stimmung war. Ob es ihm wenigstens Freude gemacht hatte, seine Mutter zu besuchen? Oder ob es ihm einfach nur auf die Nerven ging, dass sie ihn wie ein kleines Kind behandelte? Freute er sich, nach Hause zu kommen?

Sie konnte es beim besten Willen nicht sagen. Samuel hatte ein absolutes Pokerface aufgesetzt. Wie schon vorhin machte er den Eindruck, als wäre er an allem vollkommen unbeteiligt. Selbst sie, die sie ihn doch mittlerweile ganz gut zu kennen glaubte, konnte keine wie auch immer geartete Gefühlsregung bei ihm feststellen. Allerdings schien auch Madita für ihn Luft zu sein, er ignorierte sie total und sagte kein Wort.

Es verging eine Weile, bis Madita leise zu fragen wagte: „Bist du sauer auf mich? Ich wusste einfach nicht, was ich dazu sagen sollte."

„Ach nein?", lachte Samuel bitter auf. „Dass ich nicht lache. Du bist doch sonst nicht auf den Mund gefallen. Hättest du ihr nicht einfach sagen können, dass ich gar nicht so übel bin?"

Dieses Mal war es Madita, die sich in betretenes Schweigen hüllte. Was sollte sie dazu sagen? Er hatte ja Recht!

„Nun sag halt was", forderte er sie auf. „Hab ich dir jemals auch nur ein Haar gekrümmt?"

„Nein", erwiderte Madita kleinlaut.

„Und weißt du denn nicht, dass ich so etwas auch niemals tun würde?", fragte er sie eindringlich.

Madita senkte den Kopf. Es machte sie erstaunlich betroffen, dass er so enttäuscht von ihr war.

Als sie nicht antwortete, fragte er plötzlich: „Oder bist du dir da am Ende gar nicht sicher?"

„Doch ...", begann Madita, während sie verzweifelt an einer Verteidigungsstrategie arbeitete, „aber ...", jetzt plötzlich kam ihr der rettende Gedanke, „sie ist halt meine Mutter. Und ich bin ja auch nicht die Einzige in diesem Wagen, die bei ihren Eltern den Mund nicht aufkriegt."

Samuel lachte verblüfft auf. „Eins zu null für dich! Tja, ich sag ja, dass du nicht auf den Mund gefallen bist." Dann nahm er wie selbstverständlich seine Brille ab, legte sie neben sich auf den Sitz und lehnte sich seufzend auf seinem Platz zurück. Scheinbar war er wieder versöhnt.

Madita nahm das erleichtert zur Kenntnis und wurde wieder mutiger. „Ich verstehe es bei dir übrigens auch nicht."

„Was denn?"

„Warum du deiner Mutter nicht mal verbietest, dich wie ein Kind zu behandeln."

Samuel schüttelte abwehrend den Kopf. „Das verstehst du nicht."

„Dann musst du es mir wohl erklären", beharrte Madita.

Samuel seufzte ein wenig hilflos. Dann sagte er leise: „Im Haus meiner Eltern bin ich der Mensch, den du gesehen hast, Madita."

„Wie meinst du das?"

„Ich ...", begann er und wandte den Kopf zum Fenster, „ich ... bestehe dort nur aus ... Angst und Unsicherheit. Ich kenne die Umgebung nicht, alles ist anders eingerichtet als früher ... und überall steht etwas herum, das nicht umgestoßen werden darf. Und dann erst mein Vater ..." Er hielt einen Moment lang inne und fuhr dann fort: „Ich bin dort einfach auf jede Hilfe angewiesen, die ich bekommen kann."

„Das hatte ich nicht bedacht", sagte Madita und nickte verständnisvoll. „Aber vielleicht könnte ich dir ja auch beim nächsten Mal helfen."

Samuel antwortete nicht gleich darauf, sondern schien darüber nachzudenken. Irgendwann schüttelte er den Kopf und sagte: „Sie würden dich auslachen. Und das könntest du nicht ertragen."

Verblüfft sah Madita zu Samuel herüber. Er war wirklich ganz schön direkt. Ihr erster Impuls war es, ihm vehement zu widersprechen. Aber dann tat sie es doch nicht. Ob er vielleicht Recht hatte? Hatte sie ihn deshalb ihrer Mutter gegenüber nicht verteidigt? Konnte er sie am Ende besser beurteilen als sie sich selbst?

Madita verbrachte die nächste halbe Stunde damit, über diese Frage nachzugrübeln. Beide hatten schon recht lange nicht mehr gesprochen, als Samuel plötzlich ganz unvermittelt sagte: „Du liebst deinen Vater wirklich sehr." Es war mehr eine Feststellung als eine Frage, und so antwortete Madita nicht.

Nach einer Weile fragte er: „Kannst du mir sagen, warum du ihn liebst?"

„Was ist das denn für eine Frage?"
Samuel wandte lächelnd den Kopf. „Sie ist doch nicht schwer zu verstehen, oder? Warum liebst du deinen Vater? Was liebst du an ihm?"
Madita dachte einen Moment lang nach. Dann sagte sie schlicht: „Ich liebe ihn, weil er mich liebt."
„Ist das alles?", fragte Samuel verwundert.
„Es ist vielleicht nicht alles, aber es ist das Entscheidende", erwiderte Madita.
Samuel zog die Stirn in Falten. „Du liebst doch nicht automatisch jeden Menschen, der dich liebt, oder?"
„Nein", musste Madita zugeben. „Aber ich denke, dass jedes Kind seine Eltern zurückliebt, wenn sie es zuerst lieben. Ist das bei dir nicht genauso?"
„Ich weiß nicht", sagte er zögernd. „So einfach ist das nicht, Madita. Ich denke, alles hängt davon ab, wie du Liebe definierst."
„Wie ich sie definiere?"
„Ja, ob du nur Zuneigung damit meinst oder ob du Respekt darin einschließt. Meine Mutter ist mir natürlich zugeneigt. Aber sie achtet mich nicht. Sie liebt nicht mich, sondern nur das, was sie in mir sieht: jemanden, der schutzbedürftig ist und unselbständig." Er sah wirklich traurig aus, als er hinzufügte: „Und sie hat sich nie die Mühe gemacht, mich wirklich kennen zu lernen."
„Dann hat sie aber einiges verpasst", sagte Madita ganz spontan. Im gleichen Moment bereute sie es auch schon. Er würde ihre Bemerkung doch hoffentlich nicht allzu ernst nehmen? Vorsichtig sah sie in seine Richtung und stellte erleichtert fest, dass er sich schon wieder auf seinem Platz zurückgelehnt und die Augen geschlossen hatte. Scheinbar hatte er gar nicht so richtig mitbekommen, was sie da gerade gesagt hatte.
Gegen acht Uhr abends kamen sie wieder zu Hause an. Der Chauffeur stieg aus, öffnete Maditas Tür und half ihr galant aus dem Wagen. Dann entschuldigte er sich und machte Anstalten, um den Wagen herumzugehen und auch Samuels Tür zu öffnen.
Madita jedoch hielt ihn zurück. „Lassen Sie nur", beeilte sie sich zu sagen. „Ich mach das schon." Dann ging sie zur anderen Seite hinüber, öffnete die Tür, fasste Samuel am Arm und sagte scherzhaft: „Gehen wir zu dir oder zu mir?"
Samuel stieg grinsend aus dem Wagen. „Das kann ich dir

nicht beantworten", sagte er. „Ich weiß ja noch nicht einmal, wovon du überhaupt sprichst."

Angesichts dieser Bemerkung gefror Madita das Lächeln auf ihren Lippen. Dass er die Bemerkung seines Vaters noch einmal erwähnte, machte deutlich, dass sie alles andere als spurlos an ihm vorübergegangen war. Jochen Spließgard war wirklich ein ekelhafter Kerl. Trotzdem musste Madita zugeben, dass er nur etwas ausgesprochen hatte, das sie sich ebenfalls schon lange gefragt hatte. Und was sie zugegebenermaßen brennend interessierte. Hatte Samuel schon jemals Sex gehabt? Wusste er überhaupt, worum es dabei ging?

Während sie mit ihm die Treppe hinaufging, schluckte sie ein wenig. Ob sie es wagen konnte, ihn danach zu fragen?

„Warum bist du denn so schweigsam?", fragte er, als hätte er ihre Gedanken erraten.

Madita räusperte sich ein wenig. „Darf ich dich was fragen?", sagte sie dann ernst.

„Nein."

„Nein?"

„Nein", entgegnete er ein wenig verlegen und schüttelte vehement den Kopf.

„Warum nicht?"

„Weil ich ahne, was du mich fragen willst."

„Und ist dir dieses Thema peinlich?"

„Madita", sagte er beschwörend. „Bitte sei nicht immer so penetrant."

Madita blieb abrupt stehen. „Und weich du mir nicht immer aus."

Samuel seufzte und errötete ein wenig. Dann sagte er schnell, so als wollte er es hinter sich bringen: „Also, wenn du es unbedingt wissen willst: Nein, ich habe noch nie mit einer Frau geschlafen. Aber das ist auch so in Ordnung für mich. Ich finde, dass Sex in den Rahmen einer Ehe gehört und ich war ja auch noch nie –"

Er brach seine Rede abrupt ab, schüttelte mit einem verlegenen Lächeln den Kopf und stammelte dann: „– richtig ... verheiratet."

Madita musste ein wenig grinsen. Seine Unsicherheit machte ihn ausgesprochen sympathisch. Er hatte so etwas Unschuldiges an sich.

„Und du?", versuchte Samuel die Aufmerksamkeit von seiner Person abzulenken.

Die beiden waren jetzt an der Haustür angelangt. „Ich?“, fragte Madita, während sie in ihrer Tasche nach dem Schlüssel kramte. Sie hatte irgendwie nicht damit gerechnet, dass auch sie Auskünfte über ihr Sexualleben würde erteilen müssen. „Ich hatte schon mehrere Beziehungen“, sagte sie dann. „Und ich bin nicht der Meinung, dass Sex auf die Ehe beschränkt sein muss.“

„Warum nicht?“, fragte Samuel.

„Na, weil –“ Jetzt war es Madita, die nicht mehr so recht weiter wusste und dadurch ein wenig ins Stammeln geriet, „– weil ein Mann und eine Frau ... wenn sie sich lieben ... halt auch miteinander schlafen wollen. Das gehört doch zusammen. Und außerdem macht es Spaß.“

„Dann hast du die Männer, mit denen du geschlafen hast, also geliebt?“, wollte Samuel wissen.

„Na ja“, erwiderte Madita ausweichend, „ich denke schon.“

„Und warum bist du dann nicht mehr mit ihnen zusammen?“

„Ist das ein Verhör?“, fragte Madita angriffslustig.

„Nein, aber ich denke, du bist mir eine Antwort schuldig. Schließlich hast du das Thema angeschnitten. Und ich habe deine äußerst intime Frage auch beantwortet.“

Madita seufzte resignierend. Irgendwie hatte er nicht ganz Unrecht. „Die Liebe hat halt irgendwann wieder aufgehört“, sagte sie abwehrend.

„Liebe hört niemals auf, Madita“, widersprach Samuel. „Das ist das Wesen der Liebe.“

„Das kommt wieder darauf an, wie du Liebe definierst“, verteidigte sich Madita in Anspielung auf ihre Unterhaltung von vorhin.

„Wie definierst du sie denn?“

„Ich kann dir das nicht beantworten“, sagte sie leise und hörte auf, die Tränen zu bekämpfen, die unbedingt ihre Wangen hinunterlaufen wollten. „Ich weiß ja noch nicht einmal, wovon du überhaupt sprichst.“

Sie ließ Samuel stehen und ging schnellen Schrittes die Treppe hinauf, durchquerte den Flur und flüchtete in ihr Zimmer. Dort ließ sie sich auf ihr Bett fallen und begann hemmungslos zu weinen. War es die Schlichtheit seiner Fragen gewesen, die ihr zum ersten Mal bewusst gemacht hatte, welche Leere und Gefühlskälte ihr Leben beherrschte?

Sie wusste es nicht und es war im Grunde genommen auch nicht von Bedeutung. Fest stand, dass in ihrem Leben etwas fehlte. Und dass sie keine Möglichkeit sah, es zu bekommen.

Kapitel 12

„Du bist also Merolina?“, fragte Madita sanft.

Das kleine blonde Mädchen mit dem Engelsgesicht nickte schüchtern.

„Das ist wirklich ein schöner Name“, sagte Madita. „Dann muss das hier deine Mutter sein.“

Merolina schüttelte den Kopf und Madita sah fragend zu der Frau hinüber, die neben ihr stand.

„Ich bin die Großmutter“, sagte die Frau lächelnd. Sie war Madita auf Anhieb sympathisch.

„Tatsächlich?“, wunderte sich Madita und sah prüfend an der Frau herunter. Sie sah nicht aus, als könnte sie die Großmutter des Kindes sein. Sicher, ihr ursprünglich fast schwarzes Haar war von silbergrauen Strähnen durchzogen und es gab auch schon ein paar Falten um ihren Mund und ihre Augen. Aber ansonsten strahlte diese Frau so viel Jugendlichkeit und Lebensfreude aus, dass sie einfach nicht in das Bild passen wollte, das Madita von Großmüttern hatte.

„Darf ich fragen, wie alt Sie sind?“, fragte Madita daher geradeheraus.

„Ich bin 48“, entgegnete die Frau auf diese freundliche, aber auch souveräne Art, die auf Madita so anziehend wirkte. „Meine Tochter war noch recht jung, als sie Mutter wurde“, fügte sie als Erkärung hinzu.

„Und wer ist erziehungsberechtigt?“, fragte Madita.

„Das bin ich. Meine Tochter starb bei Merolinas Geburt.“

„Oh“, erwiderte Madita, „das tut mir Leid.“ Und sie meinte es auch so. Sowohl die Großmutter als auch die Enkelin hatten es ihr irgendwie angetan. Sie waren so bescheiden und zurückhaltend.

Madita wandte sich jetzt wieder dem Mädchen zu, das laut Krankenblatt sieben Jahre alt war. „Wie geht es deinem Bauch denn heute?“

„Er tut immer noch weh“, entgegnete Merolina und sah hilfesuchend zu ihrer Oma, die ihr aufmunternd zunickte.

„Und hattest du auch immer noch Durchfall?“

„Und wie“, nickte Merolina.

Madita sah sich das Krankenblatt an. Die axillare und rektale Temperaturmessung hatte eine Differenz von 0,8 Grad ergeben. Das Labor hatte eine Vermehrung der Leukozyten festgestellt. „Darf ich deinen Bauch noch einmal abtasten?“, fragte sie.

Merolina nickte, legte sich brav zurück auf ihr Bett und zog das Krankenhaushemd hoch.

Madita tastete den Bauch eine ganze Weile lang ab. Wenn überhaupt, dann war er nur ein kleines bisschen verhärtet. Dann betastete sie an verschiedenen Stellen den Dickdarm, zuletzt strich sie in entgegengesetzter Richtung über den Querdarm.

„Tut das weh?“, fragte sie ihre kleine Patientin.

„Ein bisschen“, entgegnete Merolina.

„Und das hier?“, fragte Madita, während sie auf der rechten Seite in der Mitte zwischen Bauchnabel und Beckenkamm kräftig drückte und dann schnell wieder losließ.

„Auch ein bisschen.“

Madita seufzte. Dann bat sie Merolina, das rechte Bein auszustrecken und drehte es sanft nach innen. „Und wie ist das?“

Merolina zuckte mit den Schultern. „Das tut auch ein bisschen weh.“

Madita schüttelte dann ein wenig ratlos den Kopf. „Wir wissen immer noch nicht, was dir fehlt, Merolina. Du musst noch ein bisschen hier bleiben. Ist das in Ordnung?“

Merolina nickte wieder artig.

Madita wandte sich erneut der Frau zu. „Eine Nierenbeckenentzündung kann ich mittlerweile ausschließen, Frau Stolfer. Das ist die gute Nachricht. Aber ansonsten müssen wir noch ein wenig abwarten. Vielleicht liefert uns das Labor ja bald ein paar brauchbare Ergebnisse. Bitte haben Sie noch ein wenig Geduld.“

„Aber Sie haben doch schon so viele Tests gemacht“, wandte Frau Stolfer ein.

Madita seufzte. „Sie haben schon Recht. Aber der Blutuntersuchung können wir nur entnehmen, dass Merolinas Leukozyten erhöht sind. Das weist darauf hin, dass irgendeine Entzündung in ihrem Körper ist. Aber das könnte alles Mögliche sein. Und die Stuhlproben haben noch nichts ergeben. Aber wie sagt man doch so schön? Eine Stuhlprobe ist keine Stuhlprobe. Ich habe es häufig erlebt, dass erst in der dritten oder gar vierten Stuhlprobe etwas entdeckt wurde.“

„Worauf werden die Stuhlproben denn untersucht?“

„Auf Bakterien hauptsächlich, und natürlich auf Salmonellen.“

„Aber worauf tippen Sie denn, Frau Dr. Spließgard?“, fragte Frau Stolfer.

„Tja, schwer zu sagen", entgegnete Madita und wand sich ein wenig bei der Nennung dieses Namens. „Wir könnten es natürlich mit einem aggressiven Bakterium zu tun haben, mit Helicobacter zum Beispiel. Und Salmonellen kann ich auch nicht ausschließen. Trotzdem glaube ich nicht so recht an diese beiden Varianten. Ich verdächtige in erster Linie den Blinddarm. Wissen Sie, die Ultraschallaufnahme sah irgendwie danach aus. Aber eindeutig war sie halt auch wieder nicht. Und dann ist da noch Merolinas zweideutiges Schmerzempfinden. Wirklich, ich bin mir im Moment alles andere als sicher."

„Und wäre eine Blinddarmentzündung gefährlich?"

„Aber nein", beruhigte Madita sie. „Blinddarmentzündungen kommen alle Tage vor, wenn auch eher bei Jugendlichen als bei Kindern. Und sie sind nur problematisch, wenn sie unerkannt bleiben. Hier im Krankenhaus können Sie ganz unbesorgt sein."

„Was könnte denn schlimmstenfalls passieren?"

„Ein entzündeter Blinddarm könnte durchbrechen. In einem solchen Fall hören die Schmerzen meist plötzlich und vollständig auf. Der Patient glaubt an Besserung, weil der Druck mit einem Mal weg ist. Aber in Wirklichkeit wird es erst jetzt richtig gefährlich. Der Durchbruch kann nämlich eine Bauchfellentzündung hervorrufen. Und die ist tatsächlich lebensbedrohlich. Aber machen Sie sich bitte keine Sorgen. Hier im Krankenhaus würden wir einen Durchbruch ohnehin sofort bemerken."

„Und was wäre dann?"

„Dann müssten wir Merolina sofort operieren und den Blinddarm entfernen. Das Gleiche gilt aber auch für den akuten Blinddarm. Ich würde in solchen Fällen immer zur Operation raten. Die Erfahrung zeigt, dass Blinddarmentzündungen, auch wenn sie vorerst abklingen, später meist wiederkehren. Es wäre daher immer besser, den Blinddarm zu entfernen."

Frau Stolfer nickte.

„Aber das wäre eine reine Routineoperation", fügte Madita beruhigend hinzu.

Merolinas Großmutter nahm Maditas Hände. „Ich bin wirklich froh, dass Sie Merolinas Ärztin sind", sagte sie. „Ich habe wirklich vollstes Vertrauen zu Ihnen. Und ich weiß, dass Merolina bei Ihnen in den besten Händen ist."

Madita lächelte Frau Stolfer freundlich zu. Sie freute sich sehr über das Kompliment. Scheinbar beruhte die Sympathie auf Gegenseitigkeit.

In diesem Moment öffnete sich die Tür und Dr. Stefan Dirk betrat das Krankenzimmer. Er war das, was man einen langen Lulatsch nennen konnte, maß an die zwei Meter und war dabei spindeldürr. Er trug eine hochmoderne randlose Brille und hatte kurze, rötliche Haare.

Madita fragte sich, was der Typ nun schon wieder hier zu suchen hatte. Wenn es jemanden gab, den sie überhaupt nicht ausstehen konnte, dann war es dieser Oberarzt.

„Guten Morgen", sagte er in seinem typischen Singsang, der von Anfang an Maditas Nackenhaare zum Stehen gebracht hatte. Er hatte auch wieder dieses ekelhafte, gekünstelte Strahlen aufgesetzt, von dem er wohl glaubte, dass es eine positive Wirkung auf Kinder hatte. „Wie geht es denn unserer Darminfektion?"

Madita hielt den Atem an. Sie konnte einfach nicht glauben, dass er tatsächlich vorhatte, sich einzumischen.

Frau Stolfer sah fragend von Dr. Dirk zu Madita und wieder zurück.

„Haben Sie denn mittlerweile die Ergebnisse der letzten Stuhlproben?", fragte sie vorsichtig.

„Das nicht", meinte Stefan Dirk, „aber der Fall liegt doch wohl klar."

Frau Stolfer zog die Augenbrauen hoch. „Ihre Kollegin hier tippt aber eher auf den Blinddarm."

„Meine Kollegin hier", lächelte Dr. Dirk überheblich, „ist ja auch erst seit drei Wochen in diesem Krankenhaus tätig."

Madita schnappte einen Moment lang fassungslos nach Luft. Er war vielleicht ihr Vorgesetzter, aber das gab ihm doch noch lange nicht das Recht, sie vor ihren Patienten zu demütigen. Trotzdem musste sie sich vorsehen, das wusste sie. Sie erfreute sich in diesem Krankenhaus nicht der Beliebtheit, die sie von früher gewohnt war.

„Zum Glück", lächelte Madita, „denn auf diese Weise bin ich der Aus- und Weiterbildung noch ein wenig näher als manch anderer."

„Verehrte Kollegin", zischte Dr. Dirk und ersetzte sein Strahlen durch ein abfälliges Grinsen, „auch Ihnen sollte bekannt sein, dass es in unserem Beruf nicht auf theoretisches Wissen ankommt, sondern auf praktisches. Langjährige Erfahrungen retten Leben, nicht langjähriges Studium."

„Und Sie, Herr Kollege", zwitscherte Madita, die jetzt einfach nicht mehr an sich halten konnte, „sollten sicherstellen, dass Ihre Überheblichkeit nicht zu Lasten Ihrer Patienten geht. Wenn Sie das bedenken, werden Sie irgendwann bestimmt ein guter Arzt." Sie klopfte ihrem mehr oder weniger sprachlosen Kollegen aufmunternd auf die Schulter, lächelte Frau Stolfer entschuldigend zu und verließ dann eilig das Zimmer.

Als sie die Tür hinter sich geschlossen hatte, zitterten ihre Knie so sehr, dass sie sich erst einmal an die Wand lehnen musste. Sie atmete einmal tief durch.

„Es war richtig", flüsterte sie, um sich Mut zuzusprechen. „Du kannst nicht alles einstecken."

Trotzdem blieb das mulmige Gefühl. Was war, wenn man ihr kündigte? Sie konnte doch nicht wieder den ganzen Tag untätig zu Hause herumsitzen!

Der Gedanke an zu Hause veranlasste sie, auf ihre Uhr zu sehen. Es war bereits kurz nach fünf. *Dienstschluss*, dachte sie erleichtert und verließ schnell das Krankenhausgebäude. Sie begab sich ohne Umwege zum Parkplatz, stieg in ihren Wagen und fuhr los.

Auf dem Heimweg musste sie noch lange über den Vorfall mit Dr. Stefan Dirk nachdenken. Es war kein Zufall gewesen, dass sie so aneinander gerasselt waren. Schon seit ihrem allerersten Tag im Krankenhaus gärte etwas zwischen ihnen. Madita hatte den Lulatsch, wie sie ihn nannte, schon bei ihrer ersten Begegnung furchtbar unsympathisch gefunden. Und diese Antipathie hatte wohl auch auf Gegenseitigkeit beruht. Das hatte dazu geführt, dass er einen Sport daraus gemacht hatte, sie bei jeder Gelegenheit zu schikanieren.

Madita seufzte. Wenn das nur alles gewesen wäre! Dann hätte sie gut damit leben können. Aber das war es nicht. Im Gegenteil! Es war nur die Spitze eines riesigen Eisberges. Ihre Arbeit im Krankenhaus hatte sich von Anfang an nicht so entwickelt, wie sie es sich erhofft hatte.

Früher war sie immer die unangefochtene Nummer eins in „ihrem" Krankenhaus gewesen – jung und schön, reich und ledig, kompetent und begabt. Wenn nur ihr Name erwähnt worden war, hatten Augen zu leuchten begonnen und man hatte ehrfürchtig nach ihr Ausschau gehalten, besonders die Männerwelt natürlich. Das war jetzt ganz anders. Jetzt war sie nicht mehr Dr. Madita Freifrau von Eschenberg, sondern Dr. Spließgard. Und mit der Wandlung vom wohlklingenden zum abstoßenden Namen war scheinbar die ganze Person zur Unperson geworden. Sie war jetzt nicht mehr ledig, sondern eine brave

Ehefrau. Und sie galt jetzt auch nicht mehr als kompetent, sondern nur noch als „eingeschleust“ aufgrund von Beziehungen. Damit war sie irgendwie zum Freiwild für jeden geworden, der irgendwelchen Frust auszulassen hatte. Und das galt nicht nur für Ärzte, sondern sogar für die Schwestern und Pfleger. Konnte man tiefer sinken?

Madita seufzte bei diesem Gedanken ein weiteres Mal. Früher hatte sie immer nur müde mit dem Kopf geschüttelt, wenn sie in der Zeitung etwas über Mobbing gelesen hatte. Sie hatte allen Ernstes geglaubt, dass so etwas nur profillosen, inkompetenten oder duckmäuserischen Menschen passieren konnte. Jetzt musste sie am eigenen Leib erfahren, was es bedeutete, der Willkür eines Vorgesetzten ausgeliefert zu sein.

Und jetzt wusste sie auch, wie sich ein Ausgestoßener fühlte, ein Außenseiter. So wie Samuel. Sie lächelte bitter. Ja, sie war eine würdige Frau Spließgard geworden!

Sie hielt den Wagen an. Das Haus war schon in Sichtweite und Madita parkte wie gewohnt in ungefähr 30 Meter Entfernung.

Als sie den Motor ausgemacht hatte, kehrte eine Stille ein, die Madita als unglaublich wohltuend empfand. Einen Moment lang blieb sie einfach nur so sitzen, sah auf das Haus und genoss die Ruhe und Geborgenheit, die sie jetzt empfand. Das Haus am See war zu einem Zufluchtsort für sie geworden. Es war der einzige Ort, an dem sie sie selbst sein durfte, an dem sie akzeptiert und respektiert wurde.

Sie stieg aus dem Wagen und heftete ihren Blick als Erstes auf das Küchenfenster. Wie immer sah sie dort Samuel am Herd stehen. Sie lächelte ein wenig. Was er wohl für sie gekocht hatte? Seit er den Verband nicht mehr trug, hatte er wieder die gesamte Hausarbeit übernommen. Und das war eine riesige Erleichterung für sie. Und nun wurde sie auch endlich wieder fürstlich bekocht und auch sonst nach Strich und Faden verwöhnt. Eigentlich ging es ihr fast so gut wie früher bei Fabiola. Wirklich, sie kam gern nach Hause.

Sie war jetzt an der Holztreppe angelangt, ging so leise sie konnte hinauf und öffnete dann völlig geräuschlos die Haustür. Sofort schlug ihr ein kräftiger, würziger Duft entgegen, den sie gierig in sich aufsog. Gleichzeitig meldete sich auch ihr Magen. Sie hatte seit dem Frühstück nur von einem Apfel und einer Banane gelebt. Der Stress im Krankenhaus ließ nur selten eine vernünftige Mahlzeit zu.

Sie betrat das Haus, schloss leise die Tür hinter sich und schlich dann bis zur Küchentür. Mit einem Ruck riss sie sie auf und rief: „Buh!“

Enttäuscht musste sie allerdings feststellen, dass Samuel direkt hinter der Tür auf sie gewartet hatte und sie jetzt frech angrinste. Madita hatte sich schon seit einiger Zeit einen Sport daraus gemacht, ob und wie oft es ihr gelang, sich unbemerkt ins Haus zu schleichen und Samuel zu überraschen. Aber obwohl sie häufig Überstunden machte und deshalb nie zur selben Zeit nach Hause kam, war ihr das bisher nur beim allerersten Versuch gelungen und danach nie wieder. Auch heute hatte sie ganz offensichtlich wieder den Kürzeren gezogen.

„In Zukunft werde ich 100 Meter vom Haus entfernt parken“, sagte sie, ohne ihre Enttäuschung zu verbergen. „Gib es zu, du hörst das Auto.“

„Ich werde doch nicht das Geheimnis preisgeben, das mir den Sieg garantiert“, lächelte Samuel. „Da wäre ich ja schön dumm.“

„Ich werde es ohnehin bald rausfinden“, entgegnete Madita, „wart's nur ab.“

Währenddessen war Madita dem vielversprechenden Duft bis zum Backofen gefolgt. Sie sah hinein und entdeckte einen verschlossenen Bräter. „Sag mir, dass das Essen gleich fertig ist“, flehte sie.

„Natürlich ist es das“, lächelte Samuel. Er hatte es sich zur Gewohnheit gemacht, das Essen immer schon zum frühestmöglichen Zeitpunkt fertig zu haben und es dann nur noch warm zu halten. „Ich könnte es nicht ertragen, dich stundenlang wie einen hungrigen Wolf um den Herd herumschleichen zu hören. Also setz dich.“

Madita nahm erwartungsvoll am gedeckten Tisch Platz und fragte: „Was gibt's denn?“

„Der Gourmetkoch serviert ...“, begann Samuel, warf derweil mit einer eleganten Bewegung einen Untersetzer auf den Tisch und holte den Bräter aus dem Ofen, „Maccaroni mit feinem Gemüseallerlei und gekochtem Schinken in pikanter Rahmsauce oder ...“, er stellte den Bräter auf den Tisch, nahm mit einem Ruck den Deckel ab und sagte grinsend, „... Nudelauflauf.“

„Hmm, lecker“, freute sich Madita, die Samuels Kochkünste mittlerweile wirklich zu schätzen wusste.

„Und wie war's heute bei der Arbeit?“, fragte Samuel, während er erst Maditas und dann seinen eigenen Teller großzügig befüllte.

„Frag nicht“, entgegnete Madita düster.

„Tu ich aber.“

Madita seufzte. „Du willst mir doch nicht die Freude an deiner Kochkunst verderben, oder?“, fragte sie scherzhaft.

„Hat der Lulatsch dich wieder geärgert?“, lautete Samuels Gegenfrage.

„Könnte man sagen“, erwiderte Madita knapp und nahm ein wenig von dem Auflauf auf ihre Gabel. „Mhm, lecker“, freute sie sich. „Du kochst fast so gut wie Fabiola.“

„Fast?“, fragte er empört.

„Fast“, bestätigte Madita. „Aber bedenke, wie *Fabiola*. Ich vergleiche dich ja nicht mit irgendjemandem, sondern mit *der* Meisterköchin schlechthin. Damit kannst du wirklich zufrieden sein.“

„Na gut, akzeptiert“, erwiderte Samuel gönnerhaft. „Trotzdem muss ich fürs Protokoll dringend mal festhalten, dass du es heute bist, die mir ausweicht. Was war denn nun mit dem Lulatsch?“

Madita seufzte. „Die neue Patientin, von der ich dir erzählt habe“, begann sie, „sie wird mir immer sympathischer.“

„Tatsächlich?“, lächelte er. „Wie erstaunlich. Nicht auszudenken, was passiert, wenn dieser krankhafte Sinneswandel noch weiter fortschreitet. Dann erzählst du mir womöglich eines Tages, dass du Kinder gern hast.“

„Haha! Aber jetzt mal im Ernst“, sagte Madita. „Es macht mir zu schaffen, dass ich sie nicht diagnostizieren kann. Ihre Symptome passen einfach nicht zusammen. Und dann mischt sich auch noch der Lulatsch ein.“

„Was hat er denn gemacht?“

„Er spaziert einfach so herein und widerspricht meiner Diagnose.“

„Ich denke, du hast keine Diagnose.“

„Na ja“, entgegnete Madita, „aber ich hatte halt gerade eine Vermutung angestellt.“

„War er denn dabei?“

„Wobei?“

„Als du die Vermutung angestellt hast.“

„Nein“, musste Madita zugeben.

„Aber dann hat er dir doch auch nicht widersprochen.“

„Na, toll“, sagte Madita und rollte genervt mit den Augen,

„ich kann ja wirklich froh sein, dass ich in dir so einen sensiblen Zuhörer gefunden habe, der voll auf meiner Seite steht." Beleidigt nahm sie die Gabel wieder zur Hand und schob den nächsten Bissen in den Mund.

„Nun komm schon", beschwichtigte Samuel, „erklär mir doch einfach, was daran nicht in Ordnung war."

„Nicht in Ordnung", begann Madita und kaute dann erst einmal ihren Bissen zu Ende, „war, dass er mich in Gegenwart meiner Patientin der Unerfahrenheit bezichtigt hat. Oder hast du dafür auch irgendeine Entschuldigung parat?"

„Nein, das ist nicht besonders nett." Nach einer Weile fragte er ganz nebenbei: „Wie hat er das denn gemacht?"

„Er hat mich darauf hingewiesen, dass ich erst seit drei Wochen im Krankenhaus beschäftigt bin."

„Aha", sagte Samuel.

„Was, aha?", fragte Madita, indem sie seinen Tonfall bei dem Wort „aha" perfekt nachahmte.

„Na ja", sagte Samuel vorsichtig, „ich dachte nur gerade, dass das ja auch stimmt."

„Ja, und?", fragte Madita spitz.

„Vielleicht hat er es gar nicht so böse gemeint."

„Wirklich, Samuel", entgegnete Madita vorwurfsvoll, „es kann einem auf den Keks gehen, dass du die anderen immer irgendwie in Schutz nimmst. Wieso glaubst du mir nicht einfach und stellst dich hinter mich? Ich habe sonst immer das Gefühl, dass du nicht auf meiner Seite bist. Glaub mir, der Lulatsch ist wirklich ein arrogantes Arschloch." Sie schluckte, dann sagte sie leise: „Noch arroganter als ich."

Samuel hob erstaunt den Kopf. „Mit so viel Selbsterkenntnis hatte ich jetzt gar nicht gerechnet", sagte er dann.

„Das dachte ich mir", nickte Madita.

„Warum?"

„Weil mir nicht entgangen ist, wie wenig du von mir hältst."

„Ist das dein Ernst?", fragte Samuel kopfschüttelnd. „Dann kennst du mich aber schlecht."

„Ach ja?", begann Madita und fing schon wieder an, sich aufzuregen. „Dann erklär mir doch mal, woher es kommt, dass du andauernd nur das Schlechteste von mir annimmst. Oder warum sonst bist du nie auf meiner Seite, wenn ich mich bei dir über meine Kollegen beschwere?"

„Ich bin ja auf deiner Seite", sagte Samuel. „Aber ich kann

mir nicht vorstellen, dass deine Situation in diesem Krankenhaus wirklich so furchtbar ist, wie du sie mir immer darstellst. Es können doch nicht wirklich alle gegen dich sein!"

„Das ist aber so", jammerte Madita.

Samuel seufzte. Dann sagte er: „Wenn du das wirklich so empfindest, ist ja vielleicht auch etwas dran. Aber solltest du dann nicht mal darüber nachdenken, woran das liegt?" Er machte eine kleine Pause und fuhr dann ganz vorsichtig fort: „Wer bei allen unbeliebt ist, ist doch erfahrungsgemäß nicht ganz unschuldig daran, oder?"

Madita hatte ihre Gabel längst zur Seite gelegt. Jetzt war sogar für sie das Essen unwichtig geworden. Sie atmete schwer und hatte Mühe, die Tränen zu unterdrücken. „Glaub mir, darüber habe ich schon nachgedacht", presste sie hervor.

„Und was war das Ergebnis?", fragte Samuel gespannt.

„Das Ergebnis?", lächelte sie bitter. „Das Ergebnis war die Erkenntnis, dass eine Madita Freifrau von Eschenberg anscheinend sehr viel mehr Achtung und Anerkennung verdient als eine Madita Spließgard." Sie hielt inne, schniefte ein paar Mal und sagte dann mit weinerlicher Stimme: „Ich lebe dein Leben, Samuel. Ich lebe es in jedem Bereich meines beschissenen Daseins. Und verdammt", schimpfte sie, „ich will es nicht haben. Ich hab es mir nicht ausgesucht."

Jetzt verlor sie endgültig die Fassung. Sie rannte, ja stürzte aus der Küche. Wie in Panik lief sie die Treppe hinauf und eilte in ihr Zimmer. Dort begann sie hemmungslos zu schluchzen: „Es ist so unfair, es ist so unfair."

Fast zehn Minuten lang versank sie in Selbstmitleid, bis sie endlich anfing, sich langsam wieder zu beruhigen. Aber erst nach einer halben Stunde war sie so weit wiederhergestellt, dass sich ihr Hunger zurückmeldete und sie sich über die entgangene Mahlzeit ärgern konnte.

Sie spielte gerade mit dem Gedanken, wieder nach unten zu gehen und nachzusehen, ob Samuel ihr noch etwas übrig gelassen hatte, als es an der Tür klopfte.

Madita stand hastig auf, dann sagte sie so ruhig und gefasst wie möglich: „Komm ruhig rein."

Die Tür öffnete sich und Samuel steckte den Kopf in ihr Zimmer. Er sah so aus, als wüsste er nicht, was er jetzt tun sollte, und so wiederholte Madita freundlich: „Du kannst wirklich gern reinkommen. Ich hab mich schon wieder beruhigt."

„Dann ist es ja gut", grinste Samuel und trat ein. „Ich dachte schon, mir würde gleich ein medizinischer Wälzer oder so was an den Kopf fliegen."

„Keine Sorge", lächelte Madita, „meine medizinischen Wälzer sind mir heilig. Die würde ich nicht aufs Spiel setzen."

Samuel nickte ernst und auch ein wenig verlegen. „Ich wollte dir etwas sagen."

„Was denn?"

„Dass ich dich gut verstehen kann."

„Ach, tatsächlich?", fragte Madita ein wenig skeptisch.

„Ja", entgegnete Samuel. „Ich lebe nämlich auch mein Leben. Und ich habe es mir auch nicht ausgesucht."

Madita starrte Samuel verblüfft an. So offen hatte sie ihn noch nie erlebt. Das musste sie ausnutzen. „Aber du magst es doch wenigstens, oder?"

Samuel zuckte ein wenig mit den Schultern. „Geht so", sagte er dann.

Madita wusste sofort, was er damit in Wirklichkeit sagen wollte. „Und warum nicht?", fragte sie einfach.

Samuel quittierte ihre messerscharfe Interpretation mit einem verlegenen Lächeln. „Ich denke, der Mensch ist wohl ein Herdentier. Das gilt sogar für mich."

„Heißt das etwa, dass du dich über meine Gesellschaft freust?", fragte Madita mit einem erfreuten Lächeln.

„Das heißt", antwortete er grinsend, „dass ich lieber für zwei koche als für einen. Und damit wären wir auch beim eigentlichen Thema. Du hast deinen Auflauf nicht aufgegessen. Und wie ich dich kenne, bist du mittlerweile fast verhungert." Mit diesen Worten erhob er sich wieder und ging auf die Tür zu. Als er sie geöffnet hatte, drehte er sich noch einmal zu ihr um und fragte: „Kommst du?"

Madita seufzte und verdrehte kopfschüttelnd die Augen. Er war wirkliche ein Experte für Ablenkungsmanöver. Trotzdem wollte sie den Auflauf natürlich kein zweites Mal verpassen. Und so erhob sie sich und folgte ihm nach unten.

❦

Als sich Madita am nächsten Morgen ins Auto setzte, um ins Krankenhaus zu fahren, tat sie das mit klopfendem Herzen. Sie hatte vor, sich dem, was sie erwartete, tapfer zu stellen. Aber es machte sie doch nervös, dass sie nicht wusste, was es war. Ob man ihr kündigen würde? Sie konnte die Frage auch anders formulieren: War Stefan Dirk einflussreich genug? Er würde es versuchen, so viel war sicher.

Als Madita beim Krankenhaus angelangt war, fuhr sie auf den Parkplatz und musste wie immer feststellen, dass dort nichts mehr frei war. Und natürlich gab es für eine Dr. Spließgard auch keinen reservierten Parkplatz. Etwas anderes galt für den Oberarzt Dr. Dirk. Der Parkplatz mit seiner Autonummer war noch frei und schien Madita provozierend anzulächeln.

Madita zögerte einen Moment lang. In den ganzen drei Wochen hatte sie es nicht ein einziges Mal gewagt, einen fremden Parkplatz zu benutzen. Aber heute war Madita in einer ganz besonderen Stimmung. Vielleicht bot der heutige Tag die letzte Möglichkeit, um Stefan Dirk zu ärgern. Und vielleicht würde sie sogar zum letzten Mal in ihrem Leben hier parken. Da war der Parkplatz vom Lulatsch doch eine nette Henkersmahlzeit, oder?

Madita grinste frech und fuhr in die Parklücke. Dann machte sie sich auf den Weg ins Gebäude. Sie hatte die Kinderstation kaum betreten, als ihr auch schon Valentina über den Weg lief. Sie war Kinderkrankenschwester und erst vor wenigen Monaten aus Kasachstan ausgesiedelt. Wie Madita hatte sie erst vor drei Wochen im Krankenhaus angefangen. Und obwohl Madita für Russlanddeutsche früher nur ein überhebliches Lächeln übrig gehabt hatte, war Valentina eine echte Freundin für sie geworden. Sie war von Anfang an die Einzige gewesen, die zu ihr gehalten hatte.

„Mensch, Madita“, rief die kleine rundliche Valentina, als sie ihre Freundin sah. Sie war Anfang dreißig und die Gemütlichkeit in Person. In ihrem typischen Akzent sagte sie: „Was du hast wieder angestellt?“

Madita schüttelte nur genervt den Kopf. „Das kann sich doch noch gar nicht herumgesprochen haben!“

„Hat aber“, entgegnete Valentina und strich sich durch ihr mittelblondes, kurzes Haar, das sie in Form einer altmodischen Dauerwellenfrisur trug.

„Und was genau hast du gehört?“

„Ich habe gehört, dass du ... “, sie senkte die Stimme und sah sich ängstlich um, bevor sie fortfuhr, „dass du Lulatsch geohrfeigt haben sollst.“

„Was?“, rief Madita entsetzt und wurde umgehend von Valentina zu geringerer Lautstärke ermahnt. Und so fuhr sie flüsternd fort: „Ich hasse Klatsch und Tratsch. Und auch du solltest mittlerweile begriffen haben, dass man davon sowieso nur die Hälfte glauben kann."

„Ich weiß, ich weiß", flüsterte Valentina, „aber andererseits hat Gerücht meistens auch wahres Kern. Also was ist wahres Kern?"

„Na ja", druckste Madita herum, „der wahre Kern ist, dass ich ihm ein wenig die Meinung gesagt habe."

„Wie?", wollte Valentina wissen.

„Also ...", begann Madita, „wenn ich mich recht erinnere ..."

„Ja?"

„... dann hab ich ihn wohl überheblich genannt oder so."

„Aha", sagte Valentina nur.

„Jetzt fang du nicht auch noch an, ‚aha' zu sagen", meinte Madita im Hinblick auf ihr Gespräch mit Samuel.

„Häh?", fragte Valentina verständnislos.

„Ist schon gut, vergiss es einfach."

„Also du hast gesagt, dass er ist überheblich, und was noch?"

„Nichts, sonst nichts, wirklich nicht", beteuerte Madita. „Aber hast du denn schon gehört, ob sie mich rauswerfen?"

„Na ja", entgegnete Valentina, „nicht so direkt."

„Was soll das denn heißen?", brauste Madita auf. „Entweder du hast es gehört oder du hast es nicht gehört. Also was?"

Valentina zuckte mit den Schultern. „Ich weiß nur, er war schön wütend und ist sofort gerannt zum Chef."

Madita nickte. „Das sieht ihm ähnlich." Dann zog sie einen Schmollmund und fügte hinzu: „Blöde Petze."

Valentina musste ein wenig grinsen.

„Sag mal – eine ganz andere Frage: Du warst doch die ganze Nacht im Dienst, oder? Was macht denn Merolina? Hat sie gut geschlafen? Und wie haben sich ihre Bauchschmerzen entwickelt? Sind eigentlich die Laborergebnisse schon da?"

Valentina rollte mit den Augen und sagte dann lächelnd: „Ja, ich hatte Nachtwache ... nein, sie hat nicht sehr gut geschlafen ... ja, sie hat noch Bauchschmerzen ... nein, die Ergebnisse sind noch nicht da. Sonst noch Fragen?"

„Nein", grinste Madita, ließ Valentina einfach stehen und steuerte auf das Zimmer zu, in dem Merolina lag.

Sie wollte gerade klopfen, als sie Valentina rufen hörte: „Wo willst du denn hin? Du hast dich doch noch nicht einmal umgezogen!"

Madita drehte sich lächelnd zu Valentina um und wollte gerade fragen, seit wann sie sich solche Sorgen über ihr Outfit machte. Dann jedoch sah sie Valentinas entsetzten Gesichtsausdruck und die Frage blieb ihr regelrecht im Halse stecken. Madita sah ihre Freundin fragend an, erntete jedoch nur ein hilfloses und etwas zerknirschtes Schulterzucken.

„Hier ist doch etwas faul!“, murmelte Madita und stürmte kurz entschlossen in das Krankenzimmer.

Sie hatte es kaum betreten, da wusste sie auch schon, was das war. An Merolinas Krankenbett stand nämlich der Lulatsch und tastete gerade den Bauch der Kleinen ab. Merolinas Großmutter stand mit besorgtem Gesichtsausdruck daneben. Als sie Madita erblickte, lächelte sie ihr halb freudig, halb hilflos zu. Dr. Stefan Dirk dagegen tat so, als bemerke er sie gar nicht. Er fuhr seelenruhig damit fort, das kleine Mädchen zu untersuchen.

„Guten Morgen, Herr Kollege“, sagte Madita kampflustig, „lassen Sie sich etwa schon wieder dazu herab, Ihren Assistenzärzten die Arbeit abzunehmen?“

„So würde ich das nicht nennen, Frau Doktor Splissgard“, entgegnete der Lulatsch, der durchaus wusste, womit man Madita auf die Palme bringen konnte. „Ich möchte nur verhindern, dass diesem hübschen kleinen Mädchen hier“, er deutete auf Merolina, „wegen ein paar läppischen Salmonellen der Bauch aufgeschnitten wird. Das ist doch sicher in Ihrem Sinne, oder?“

Madita lächelte und schüttelte den Kopf. „Scheinbar bin ich in letzter Zeit etwas vergesslich, Herr Doktor Dünn, äh, Dick, äh, Dirk“, stammelte Madita gekonnt und erntete bei Frau Stolfer ein Lächeln, „aber können Sie mir sagen, wann ich eine Operation angeordnet oder auch nur vorgeschlagen habe?“

„Nun“, zischte der Lulatsch, „das kann ich natürlich nicht. Aber meines Wissens haben Sie in Gegenwart unserer Patientin eine Blinddarmentzündung diagnostiziert. In einem solchen Fall liegt eine Operation doch recht nahe, oder sind wir auch in dieser Hinsicht unterschiedlicher Meinung?“

„Nein“, sagte Madita, „aber im Gegensatz zu Ihnen pflege ich ‚Diagnosen‘ erst zu stellen, wenn sie ausreichend begründet sind. Und Frau Stolfer hier wird Ihnen sicher gerne bestätigen, dass es sich bei meiner Aussage, es könne eine Blinddarmentzündung vorliegen, lediglich um eine Vermutung gehandelt hat. Eine Vermutung, die zum gegenwärtigen Zeitpunkt ohne Frage weiterer Untersuchungen bedarf. Aber ich bin gespannt, worauf Sie Ihre Gewissheit gründen, dass wir es hier mit einer bloßen Darminfektion zu tun haben.“

„Erfahrung“, lächelte Stefan Dirk überheblich, „langjährige Erfahrung. Und da Sie diese Erfahrung augenscheinlich nicht besitzen, werde ich von jetzt an diese Patientin übernehmen. Und das ist eine Anordnung. Noch Fragen?“

Madita war wie vor den Kopf geschlagen. Dummerweise hatte der Lulatsch wirklich das Recht dazu. Aber sie konnte doch jetzt nicht einfach das Feld räumen! Was sollte dann aus Merolina werden?

Sie seufzte. Dann atmete sie einmal tief durch und sagte in sehr viel gemäßigterem Tonfall: „Hören Sie, Herr Kollege, wir mögen uns vielleicht nicht, aber wir sollten beide aufpassen, dass diese Antipathie nicht zu Lasten unserer Patientin geht. Lassen Sie uns doch gemeinsam herausfinden, was Merolina fehlt! Vielleicht haben Sie mit der Darminfektion ja sogar Recht. Ich bin durchaus bereit, mich eines Besseren belehren zu lassen. Es geht hier doch einzig und allein um das Wohl der Patientin.“

Sie sah gespannt zum Lulatsch hinüber. Besaß er die Größe, auf dieses Friedensangebot einzugehen?

„Sie haben Recht, Frau Kollegin“, entgegnete Dr. Dirk, „es geht hier einzig und allein um das Wohl der Patientin.“

Madita wollte gerade aufatmen, als er mit einem triumphierenden Lächeln fortfuhr: „... und weil mir dieses Wohl so am Herzen liegt, werde ich mich ihm persönlich widmen. Und zwar allein. Und ohne Ihre zweifelhaften Ratschläge. Sie wissen ja: Viele Köche verderben den Brei.“

Madita war den Tränen nahe. Mühsam presste sie hervor: „Welch treffender und vor allem anspruchsvoller Vergleich.“ Dann machte sie auf dem Absatz kehrt und steuerte auf die Tür zu. Doch dann wandte sie sich noch einmal um und sagte zu ihrem verhassten Kollegen: „Ich kann wirklich nur hoffen, dass Sie sich der Verantwortung, die Sie so leichtfertig an sich reißen, bewusst sind.“

Auf dem Flur wurde sie von Valentina erwartet, die noch genauso dastand, wie Madita sie vorhin verlassen hatte. Sie hatte einen sorgenvollen Gesichtsausdruck und sah fragend und ein bisschen unsicher zu Madita herüber.

„Lass mich in Ruhe“, zischte Madita ärgerlich und ging einfach weiter.

Valentina jedoch ließ sich davon nicht abschrecken, sondern eilte hinter Madita her, schloss zu ihr auf und sagte in ihrem leichten Akzent: „Du hast gar keinen Grund, sauer auf mich zu sein.“

Madita blieb abrupt stehen. „Ach nein?"

„Nein!", entgegnete Valentina. „Ich hatte doch gehofft, dass du gar nicht merken würdest. Dann wäre dir allerhand erspart geblieben."

„Falsch", wetterte Madita, „gar nichts wäre mir erspart geblieben. Wenn ich ihn nicht dort erwischt hätte, dann hätte er mir Merolina halt bei anderer Gelegenheit entzogen. Was macht das denn für einen Unterschied?"

„Er hat sie dir entzogen?", fragte Valentina betroffen. „Und was ist mit deinem Job?"

„Oh", lachte Madita bitter auf, „da hab ich eine gute und eine schlechte Nachricht."

Valentina sah sie nur erwartungsvoll an.

„Die gute ist", begann Madita, „er hat wohl nicht durchsetzen können, dass ich rausgeworfen werde."

„Und die schlechte?", fragte Valentina vorsichtig.

Madita seufzte, dann sagte sie traurig: „Er hat wohl nicht durchsetzen können, dass ich rausgeworfen werde."

Während Madita weiterging, blieb Valentina jetzt einfach stehen. Über diese Antwort musste sie erst einmal nachdenken.

Madita dagegen ging ihrer Arbeit nach und nahm sich vor, Merolina von jetzt an heimlich zu besuchen. Sie hatte nicht vor, schon die Segel zu streichen.

Immer, wenn sie an diesem Tag an Merolinas Zimmer vorbeikam, sah sie sich erst einmal um, ob irgendjemand in der Nähe war. Aber erst gegen Abend, kurz vor Dienstschluss, hatte sie zum ersten Mal Glück. Keine der Krankenschwestern war in Sicht. Madita beschloss, sich diese Gelegenheit nicht durch die Lappen gehen zu lassen. Unauffällig sah sie sich noch einmal nach allen Seiten um, dann drückte sie die Türklinke herunter und steckte vorsichtig den Kopf durch die Tür.

Schon innerhalb eines Sekundenbruchteils stellte sie allerdings fest, dass die Luft doch nicht so rein war, wie sie es sich erhofft hatte. Im Zimmer befand sich neben Merolina und ihrer Großmutter nämlich auch noch Dorothea Maiwald, die Oberschwester. Sie sah Madita fragend an und wollte wohl wissen, was Madita hier zu suchen hatte.

Na toll, dachte Madita. *Schlimmer hättest du es nicht treffen können.*

„Die Maiwald", wie Madita sie nannte, rangierte auf Maditas schwarzer Liste direkt hinter Stefan Dirk. Sie war ein Besen, fand Madita, hatte immer an allem etwas auszusetzen und nahm niemals ein Blatt vor den Mund. „Da hat sie doch was mit dir gemeinsam", hatte Valentina mal gesagt. Aber das konnte Madita nicht so recht nachvollziehen. Wenn es etwas gab, was sie mit dem Besen gemeinsam hatte, dann war es höchstens der Grad der Unbeliebtheit, denn auch Dorothea Maiwald stieß im Krankenhaus auf wenig Sympathien.

Da Madita auf den auffordernden Blick nicht reagierte, fragte Frau Maiwald: „Frau Doktor Spließgard, kann ich Ihnen irgendwie helfen?"

„Nein, danke", erwiderte Madita so unbefangen wie möglich, „ich suche nur Frau Schröder. Haben Sie sie irgendwo gesehen?"

„Valentina Schröder", entgegnete die Maiwald spitz, „hatte bereits vor einer Stunde Dienstschluss. Wussten Sie das nicht?"

Madita warf Frau Stolfer noch ein Lächeln zu und verließ dann schnell wieder das Zimmer. Draußen schüttelte sie sich ein wenig. Sie hasste Menschen, die immer über alles Bescheid wussten. Und die Maiwald gehörte dazu. Bestimmt war sie auch darüber informiert worden, dass Madita bei Merolina Stolfer nichts mehr zu suchen hatte. Und jetzt war die blöde Kuh auch noch gewarnt. Von jetzt an würde sie sich noch mehr vorsehen müssen.

Sie seufzte und beschloss schweren Herzens, es morgen noch einmal zu versuchen.

Als sie das Krankenhausgebäude verlassen wollte, musste sie zu ihrem Erstaunen feststellen, dass es draußen in Strömen regnete. Madita wartete. Als der Regen allerdings nach zehn Minuten immer noch nicht weniger geworden war, entschied sie sich doch dafür, schnell zum Auto zu laufen. Sie kramte den Autoschlüssel aus ihrer Jackentasche hervor, zog die Jacke wieder aus, hielt sie wie einen Regenschirm über ihren Kopf und rannte los. Als sie am Wagen angekommen war, schloss sie hektisch die Tür auf, ließ sich dann schnell in ihren Sitz fallen, klappte die Tür wieder hinter sich zu und warf die Jacke auf den Beifahrersitz. Obwohl die ganze Aktion nur ein paar Sekunden gedauert hatte, war sie ziemlich nass geworden.

Sie hatte gerade die Parklücke verlassen, als sie eine Gestalt mit einem Regenschirm auf ihren Wagen zulaufen sah. Die Gestalt winkte ihr zu und schien irgendetwas von ihr zu wollen.

Madita kniff die Augen zusammen und hielt an. Sie konnte beim besten Willen nicht erkennen, um wen es sich handelte. Den Umrissen nach zu urteilen schien es aber eine Frau zu sein, die sich jetzt Maditas Beifahrertür näherte, diese öffnete und dann ihren Kopf in den Wagen hineinsteckte.

„Frau Stolfer", rief Madita verblüfft, als sie Merolinas Großmutter erkannte.

„Können Sie mich vielleicht ein Stück mitnehmen?", keuchte Frau Stolfer ein wenig atemlos.

„Aber natürlich", entgegnete Madita, nahm die Lederjacke vom Beifahrersitz und warf sie auf den Rücksitz.

Frau Stolfer klappte ihren Regenschirm zusammen und stieg schnell in den Wagen. „Fahren Sie nur los", sagte sie dann, „es ist vielleicht besser, wenn uns hier niemand zusammen sieht."

Madita nickte nur und fuhr los. „Wohin darf ich Sie denn bringen?"

„In die Hauptstraße."

Ein paar Minuten lang saßen beide Frauen einfach nur schweigend im Wagen. Dann bog Madita in die Hauptstraße ein und Frau Stolfer sagte: „Es ist das rote Haus da hinten rechts."

Madita hielt vor einem hübschen alten Haus, das aus roten Backsteinen gemauert war. Das Haus war nicht unbedingt groß, hatte durch seine vielen kleinen Erker aber etwas Besonderes an sich.

Madita schaltete den Motor aus und sagte: „Hören Sie, Frau Stolfer. Es tut mir wirklich Leid, dass Sie diese persönlichen Differenzen zwischen mir und Dr. Dirk miterleben mussten. Das war nicht gerade ein professionelles Verhalten. Trotzdem sollten Sie wissen, dass Dr. Dirk ein wirklich guter Arzt ist. Und dass Sie sich um Merolina keine Sorgen machen müssen."

Madita sah zu Frau Stolfer herüber und wartete gespannt auf ihre Reaktion.

„Möchten Sie vielleicht einen Moment mit reinkommen?", fragte Merolinas Großmutter.

„Sicher", nickte Madita spontan und ließ sich ihre Überraschung nicht anmerken.

Es regnete immer noch und so hakte sich Frau Stolfer bei Madita ein und zog sie energisch einen schmalen, mit Natursteinen gepflasterten Weg entlang zu einer kleinen, überdachten Eingangstür.

Während Frau Stolfer die Tür öffnete, hatte Madita die Gelegenheit, das Haus von nahem zu betrachten. Obwohl es ausgesprochen gepflegt aussah, war alles daran alt – die Steine ebenso wie die Haustür und erst recht die Fenster, die so krumm und schief waren, dass man den Eindruck haben konnte, sie würden gleich herausfallen. Was sie hoffentlich nicht taten!

„Nun kommen Sie schon", rief Frau Stolfer und riss Madita damit aus ihrer intensiven Betrachtung, „Sie werden ja ganz nass."

Madita folgte Frau Stolfer in einen Flur, der zwar klein und eng war, aufgrund der hohen Decke aber doch wieder recht großzügig wirkte. Vom Flur gingen mehrere weiß lackierte Holztüren ab.

Frau Stolfer öffnete die ganz rechte und betrat das Wohnzimmer, dessen Anblick bei Madita regelrechte Begeisterungsstürme auslöste. Der Raum hatte eine ebenso hohe Decke wie der Flur und war an die vierzig Quadratmeter groß. Links neben der Tür befand sich ein deckenhoher, hellgrüner Kachelofen, der schon für sich allein eine anheimelnde Stimmung erzeugte. Aber auch der Rest der Einrichtung trug zur Gemütlichkeit bei und entsprach zudem genau Maditas Geschmack. Vielleicht war es die perfekte Mischung aus neu und alt, die das gewisse Etwas ausmachte. Der Fußboden bestand aus hellem Buchenparkett und war an einigen Stellen mit modernen, fransenlosen Teppichen belegt. Demgegenüber handelte es sich bei den Schränken ausnahmslos um Antiquitäten. Madita entdeckte zwei Bauernschränke, eine Anrichte und eine kleine Kommode. Alle diese Möbelstücke waren dunkelbraun und eher schlicht und hatten nur ein paar wenige, einander ähnelnde Verzierungen.

„Wow", sagte Madita nur und sah sich weiter um.

„Setzen Sie sich doch", sagte Frau Stolfer lächelnd und deutete auf die Couchgarnitur, die wiederum neueren Datums war und aus einer Rundecke und einem Sessel bestand. Sie hatte eine moderne Form und war mit dunkelgrünem Nappaleder bezogen. In der Mitte stand ein kleiner Tisch aus grünlich-milchigem Glas.

„Sie haben es wirklich schön hier", sagte Madita.

„Es freut mich, dass es Ihnen gefällt", erwiderte Frau Stolfer. „Trinken Sie einen Kaffee mit mir?"

„Nichts lieber als das!", freute sich Madita. „Im Krankenhaus bin ich permanent auf Entzug."

„Das geht mir ähnlich", lächelte Frau Stolfer und trat wieder auf den Flur hinaus.

Während Frau Stolfer Kaffee kochte, hatte Madita Gelegenheit, sich alles anzusehen. Erst jetzt entdeckte sie die hübschen wolkenförmigen Gardinen über den beiden Fenstern, die vielen alten Bücher auf der Anrichte und das faszinierende Ölgemälde über der Kommode. Es zeigte einen Hafen im Sturm und war so lebensecht und eindrucksvoll gemalt, dass es Madita richtig fröstelte.

„Nehmen Sie Milch und Zucker?“, rief Frau Stolfer aus der Küche.

„Nur Milch“, rief Madita zurück. „Aber wenn's geht, hätte ich gerne Dosenmilch.“

Als ihr Blick weiter über die Wände glitt, entdeckte sie eine alte Holztafel mit einer Aufschrift, die allerdings kaum noch zu erkennen war. Mit Mühe entzifferte sie:

„Ewigkeit – in die Zeit,
leuchte hell hinein,
dass das Kleine werde klein
und das Große groß erschein.“

Sie blickte noch fasziniert auf die Tafel, als sie Frau Stolfer plötzlich sagen hörte: „Die hab ich von meiner Großmutter geerbt“.

„Eigentlich halte ich ja nicht viel von Religion“, sagte Madita nachdenklich, „aber dieser Spruch gefällt mir. In letzter Zeit frage ich mich häufig, was groß und was klein ist.“

„Ja“, stimmte Frau Stolfer ihr zu, ging zum Tisch und deckte das Geschirr auf, das sie auf einem Tablett mitgebracht hatte. „Das ist wohl auch die wesentlichste Frage des Lebens.“

Madita sah Frau Stolfer beim Decken zu und stellte erstaunt fest, dass sie auch Kuchenteller mitgebracht hatte. Sollte es womöglich Kuchen geben?

„Und haben Sie diese Frage schon beantwortet?“, fragte Madita ihre Gastgeberin.

„Nun“, begann Frau Stolfer, „ich denke, dass die Antwort auf diese Frage ständig im Fluss ist und dass man sein Leben immer wieder neu überdenken muss. Aber es gibt schon ein paar Dinge in meinem Leben, die immer wesentlich sein werden. Dazu gehört mein Glaube und dazu gehört meine Enkeltochter.“

„Sie glauben an Gott?“, fragte Madita.

„Ja, das tue ich.“

„Warum?“, fragte Madita provokativ. Es ging ihr allmählich auf die Nerven, dass anscheinend jeder in ihrem Umfeld irgendwie an Gott glaubte. Zuerst Samuel, dann Valentina und jetzt auch noch Frau Stolfer.

„Dafür gibt es viele Gründe.“

„Und die wären?“, fragte Madita.
„Erstens kann ich nicht glauben, dass das Leben in seiner Schönheit, Ordnung und Kompliziertheit durch Zufall entstanden ist. Ich denke auch, dass ich selbst mehr als ein Zufallsprodukt bin. Zweitens kann ich nicht glauben, dass Jesus Christus ein Lügner oder Betrüger gewesen ist. Wissen Sie, er hat behauptet, Gott zu sein. Und er ist elendig am Kreuz zu Grunde gegangen. Wie kann er der größte Weltveränderer aller Zeiten geworden sein, wenn er nicht die Wahrheit gesagt hat? Ja, und drittens habe ich einen Gott kennen gelernt, der so lebendig ist, dass er einfach Realität sein muss.“
„Und wie soll dieser Gott sein?“, wollte Madita wissen.
„Ja, wie ist er?“, wiederholte Frau Stolfer nachdenklich. „Auf jeden Fall ist er so, dass ich noch zwei bis drei Millionen Jahre leben muss, um ihn auch nur ansatzweise erfassen zu können. Bisher habe ich nur ein paar leise Ahnungen von ihm.“ Sie hielt inne und überlegte einen Moment. Dann sagte sie: „Gibt es jemanden, mit dem Sie gern zusammen sind?“
Madita zog die Stirn in Falten. Frau Stolfer wusste ja nichts von ihrem Privatleben. Und so sagte sie einfach: „Ich bin natürlich gern mit meinem Mann zusammen.“ Und dann grinste sie ein wenig verlegen. Es hatte nämlich gestimmt!
„So ist es mit diesem Gott. Es ist einfach schön, mit ihm zusammen zu sein. Wenn man ein ganz kleines bisschen über ihn herausgefunden hat, dann will man immer mehr wissen. Und egal wie lange man ihn schon kennt, es gibt immer noch Neues über ihn zu erfahren. Alles, was man über ihn erfährt, löst Staunen und Begeisterung aus.“ Frau Stolfers Augen leuchteten. „Wissen Sie, dieser Gott hat so viel mehr zu bieten, als man sich in seinen kühnsten Träumen vorstellen könnte. So viel mehr Liebe, so viel mehr Kraft, so viel mehr Güte.“ Frau Stolfer sah jetzt wieder zu Madita herüber und registrierte ihren skeptischen Blick. „Glauben Sie mir, Ihnen entgeht etwas, wenn Sie ihn nicht kennen lernen.“
Madita seufzte. „Mit mir würde er ohnehin nichts zu tun haben wollen.“
„Da täuschen Sie sich aber“, widersprach Frau Stolfer. „Er würde vor Begeisterung jubeln, wenn Sie auch nur einmal mit ihm sprechen würden.“
Madita zuckte nur skeptisch mit den Schultern. Das Thema begann irgendwie unangenehm für sie zu werden und so fragte sie: „Haben Sie mich hereingebeten, um mir das zu sagen?“

„Aber nein", sagte Frau Stolfer ein wenig erschrocken. „Tut mir Leid, wenn ich Sie mit diesem Thema strapaziert habe. Ich hole jetzt erst einmal den Kaffee." Mit diesen Worten verschwand sie wieder und kehrte kurz darauf mit einer Thermoskanne Kaffee, einem Milchkännchen und einem Wickelkuchen zurück.

Madita ließ sich ihre Enttäuschung nicht anmerken. Wickelkuchen war so ziemlich der einzige Kuchen, den sie nicht ausstehen konnte. Sie fand ihn trocken und langweilig. Außerdem mochte sie keine Rosinen.

Frau Stolfer schenkte den Kaffee ein und schnitt den Kuchen an. „Darf ich Ihnen ein Stück auftun?"

Madita nickte tapfer und goss jede Menge Kondensmilch in ihren Kaffee. Dann biss sie von dem Kuchen ab.

„Mhmmm", sagte sie erstaunt und nahm den Kuchen erst einmal genauer unter die Lupe. Er schmeckte ganz anders, als sie es erwartet hatte, so saftig und nach Marzipan und Kakao. „Da sind ja gar keine Rosinen drin", stellte sie erfreut fest.

„Nein, vermissen Sie sie?", fragte Frau Stolfer.

Madita schüttelte den Kopf. „Ganz und gar nicht."

„Dann haben wir ja etwas gemeinsam", sagte Frau Stolfer, holte einmal tief Luft und fügte hinzu: „Und das ist nicht die einzige Abneigung, die uns verbindet."

„Ach nein?", fragte Madita und sah gespannt von ihrem Kuchen auf.

„Uns verbindet auch eine tief verwurzelte Abneigung gegen Dr. Dirk", sagte Frau Stolfer und lenkte damit abrupt auf das eigentliche Thema.

Madita seufzte. „Hören Sie, Frau Stolfer ...", begann sie.

Doch Frau Stolfer fiel ihr einfach ins Wort. „Ich weiß, ich weiß", sagte sie schnell. „Er ist ein guter Arzt und ich brauche mir um Merolina keine Sorgen zu machen. Das sagten Sie bereits."

Madita atmete wieder aus.

„Es ehrt Sie, dass Sie den Mann trotz seines unmöglichen Benehmens auch noch in Schutz nehmen", fuhr Frau Stolfer fort. „Ich habe auch nicht vor, mich über ihn zu beschweren. Ich möchte Sie lediglich um einen Gefallen bitten. Ich vertraue Ihnen, Frau Doktor Spließgard. Um genauer zu sein: Ich vertraue *nur* Ihnen. Und ich übertrage Ihnen die ärztliche Verantwortung für Merolina, niemandem sonst." Frau Stolfer war den Tränen nahe, als sie leise und mit gesenktem Kopf fortfuhr: „Ich mache mir große Sorgen um meine Enkeltochter, wissen Sie. Ich weiß nicht warum, aber da ist dieses ungute Gefühl, das mich einfach nicht loslässt. Bitte", sagte sie flehentlich, „bitte versprechen Sie mir, dass Sie sich weiter um sie kümmern werden."

Madita zog die Stirn in Falten. Dann sagte sie ernst: „Merolina ist mir entzogen worden, Frau Stolfer. Ich habe gar nicht mehr die Möglichkeit, sie zu behandeln."

„Wir wissen doch beide, dass Sie sowieso nie vorhatten, sich daran zu halten", entgegnete Maditas Gastgeberin. „Warum sonst hätten Sie vorhin versucht, uns aufzusuchen?"

Madita seufzte. Frau Stolfer hatte sie eindeutig durchschaut. „Ich habe nach Frau Schröder gesucht", sagte sie halbherzig.

Frau Stolfer sah sie nur leicht amüsiert an. Madita seufzte noch einmal und sagte dann einlenkend: „Merolina liegt auch mir ganz besonders am Herzen, Frau Stolfer. Und ich werde alles tun, was derzeit in meiner Macht steht, um für ihr Wohlergehen zu sorgen. Aber ich kann unter den gegebenen Umständen wirklich keine Versprechungen machen. Mir sind die Hände gebunden. Das gehört auch zu den Dingen, die wir beide wissen."

Frau Stolfer nickte. „Ich danke Ihnen sehr."

Sie schien mit dieser Antwort zufrieden zu sein und bedrängte Madita von nun an nicht weiter. Stattdessen schlug sie einen leichten Plauderton an und sprach auf nette Art und Weise mit Madita über Belanglosigkeiten.

Dabei stellte Madita einmal mehr fest, dass sie Frau Stolfer ausgesprochen sympathisch fand und voll auf ihrer Wellenlänge lag. Sie fühlte sich so wohl und Kaffee und Kuchen schmeckten so lecker, dass Madita noch fast eine Stunde blieb und sich erst nach mehreren Anläufen von Frau Stolfer verabschiedete.

Als sie endlich im Wagen saß und auf dem Nachhauseweg war, dachte sie noch einmal über das Gespräch nach. Sie fühlte sich jetzt noch stärker für Merolina verantwortlich und fragte sich, wie sie dieser Verantwortung gerecht werden sollte. Konnte sie die Weisung ihres Vorgesetzten einfach so ignorieren? Und selbst wenn, wie sollte sie dann vorgehen?

Als Madita in den kleinen Waldweg einbog, der zum Haus führte, sah sie auf die Uhr im Armaturenbrett. Es war jetzt halb sieben. Sicher wartete Samuel schon seit geraumer Zeit auf sie. Sollte sie trotzdem versuchen, ihn zu überraschen? Sie grinste frech und entschied sich dafür. Es machte einfach Spaß und außerdem war ihr jetzt nach ein wenig Ablenkung zu Mute.

Dieses Mal wollte sie in noch größerer Entfernung zum Haus parken, mindestens hundert Meter weit weg. Sie beschloss daher, den Wagen einfach am Wegesrand abzustellen. Leider war das Haus vom Waldweg aus nicht zu sehen, und da der Weg auch keine besonderen Anhaltspunkte bot, konnte sie nur schätzen, wann es an der Zeit war, anzuhalten. Sie parkte den Wagen und stieg aus. Es regnete jetzt nicht mehr, allerdings war der Himmel noch immer von dunklen Regenwolken verhangen. Der dichte Baumbestand machte es schon ganz schön düster um sie herum.

Madita nahm ihre Tasche aus dem Wagen, schloss ab und marschierte los. Pfeifend schlenderte sie den Waldweg entlang. Dieses Mal würde sie gewinnen, so viel war sicher. Den Wagen jedenfalls konnte er beim besten Willen nicht gehört haben.

Sie ging weiter. Als sie allerdings zu dem Knick kam, hinter dem sie das Haus vermutet hatte, musste sie feststellen, dass sie sich getäuscht hatte. Vor ihr lag ein weiteres Stück Waldweg und von dem Haus war noch nichts zu sehen. Sie seufzte. Einen Moment lang spielte sie mit dem Gedanken, wieder umzukehren. Aber die nächste Biegung war schon in Sicht und das Haus konnte nach ihrem Empfinden jetzt wirklich nicht mehr weit sein. Sie ging also einfach weiter.

Als nach dem nächsten Knick allerdings immer noch nichts vom Haus zu erkennen war, wurde ihr langsam mulmig zu Mute. Warum hatte sie sich den Verlauf des Weges nicht besser eingeprägt? War sie am Ende noch kilometerweit vom Haus entfernt? Angesichts dieser Unsicherheit war es vielleicht doch besser, umzukehren.

Sie blieb ganz abrupt stehen und wollte sich gerade umdrehen, um zum Wagen zurückzugehen, als sie plötzlich stutzte. Hatte sie da nicht gerade etwas gehört? Sie lauschte in die Dämmerung hinein und sah sich unauffällig nach allen Seiten um. Das hatte doch wie Schritte geklungen. Aber wer konnte das sein? Das Haus war so abgelegen, dass sie noch nie Spaziergänger hier gesehen hatte. Und wer würde bei diesem Wetter auch spazieren gehen?

Aber war es unter diesen Umständen ratsam, zum Wagen zurückzukehren?

Sie überlegte einen Moment, dann siegte ihre Angst und sie setzte sich wieder in Bewegung. Zügigen Schrittes ging sie weiter. Dabei spitzte sie die Ohren und versuchte, genau auf jedes Geräusch zu horchen. Aber obwohl sie so vorsichtig auftrat, wie es nur ging, hörte sie nichts außer den Geräuschen, die sie selbst verursachte. Und so blieb sie nach ein paar Metern erneut ganz abrupt stehen. Und tatsächlich. Da waren sie wieder, die Schritte, die ebenfalls ganz abrupt aufhörten.

Maditas Herz schlug schneller. Sie bückte sich und hob einen Tannenzapfen vom Boden auf. Wenn sie tatsächlich von jemandem verfolgt wurde, dann wollte sie nicht, dass dieser Jemand von ihrem Verdacht wusste. Sie ging weiter und begann, irgendeine Melodie zu summen, die ihr gerade einfiel. Als ihr einige Takte später allerdings bewusst wurde, dass sie das Lied „Im Wald, da sind die Räuber" zum Besten gab, musste sie doch ein wenig grinsen. Gleichzeitig öffnete sie im Gehen ihre Handtasche und kramte darin herum. Irgendwann hatte sie gefunden, was sie suchte. Es war ein kleiner silberfarbener Handspiegel. Komisch, sie hatte ihn lange nicht mehr benutzt. Dabei war er früher der wichtigste Bestandteil ihrer Handtasche gewesen; ein Geschenk von Mareile.

Mareile, dachte sie, *ich hätte dich wirklich mal anrufen können. Vielleicht hab ich jetzt nie mehr die Gelegenheit dazu.* Ein kalter Schauer lief ihr über den Rücken. *Jetzt mach aber mal halblang*, schalt sie sich, *bestimmt bildest du dir das Ganze nur ein!*

Sie öffnete den Handspiegel und tat so, als würde sie sich darin betrachten. In Wirklichkeit aber hielt sie ihn so, dass sie den Wald rechts und links hinter sich darin erkennen konnte. Leider ruckelte der Spiegel beim Gehen ziemlich stark hin und her und es war ja auch recht dämmerig. Sie hatte daher Schwierigkeiten, überhaupt irgendetwas zu erkennen. Trotzdem hatte sie das ein oder andere Mal das Gefühl, auf der rechten Seite eine Bewegung wahrgenommen zu haben.

Sie beschloss, lieber kein Risiko einzugehen. Sie klappte ihren Handspiegel wieder zusammen, warf ihn zurück in die Handtasche und machte den Reißverschluss zu. Dann zog sie den Riemen so über den Kopf, dass sie die Tasche beim Laufen nicht verlieren konnte. Anschließend holte sie noch einmal tief Luft und lief dann urplötzlich und wie von der Tarantel gestochen los.

Sie lief und lief und lief, so schnell sie konnte. Leider war das nicht sehr schnell, aber dem Überraschungseffekt hatte sie einen kleinen Vorsprung zu verdanken, und den galt es bis nach Hause zu halten. Die Frage war nur, wie weit es bis nach Hause war. In vielleicht hundert Meter Entfernung befand sich die nächste Biegung. Ob dahinter endlich das Haus stehen würde? Viel weiter würde sie es nicht schaffen, das wusste sie.

Am liebsten hätte sie sich umgesehen, aber sie wusste auch, dass sie das ihren Vorsprung kosten konnte. Schließlich musste sie sich voll und ganz auf ihre Füße konzentrieren, um in der Dämmerung auf dem matschigen Boden nicht hinzufallen. So mobilisierte sie ihre letzten Kräfte und raste weiter auf die Biegung zu.

Als sie diese erreichte und dahinter tatsächlich eine Lichtung und ein Ausläufer des Sees zum Vorschein kamen, wollte sie fast jubeln vor Freude. Sie rannte weiter, vorbei an dem Platz, an dem sie sonst ihren Wagen parkte, vorbei an den letzten Bäumen. Ohne Halt zu machen oder auch nur langsamer zu werden, hetzte sie die Holztreppe bis zum Haus hinauf, riss die Tür auf, sprang hinein, schmiss die Tür wieder zu und drehte mit zittrigen Händen den Schlüssel im Schloss herum.

Erst danach wagte sie es, durch das Türglas einen Blick nach draußen zu riskieren. Keuchend stellte sie fest, dass niemand zu sehen war. Hatten ihre Verfolger aufgegeben? Oder hatte es nie irgendwelche Verfolger gegeben?

Madita schloss die Augen und stützte ihren Kopf an der Tür ab. War sie jetzt auf dem besten Wege, verrückt zu werden?

Sie erschrak fürchterlich, als sie plötzlich jemanden direkt hinter sich sagen hörte: „Dieses Mal hast du es mir aber leicht gemacht."

Sie wirbelte herum und sah Samuel vor sich stehen, der ihr freundlich zulächelte.

„Machst du neuerdings Jogging?", fragte er ein wenig amüsiert.

Madita allerdings war noch so geschockt und auch noch so außer Atem, dass ihr darauf so schnell keine Antwort einfiel. Und so sagte sie überhaupt nichts.

Daraufhin erstarb das Lächeln auf Samuels Gesichts. Er zog die Stirn in Falten und machte einen Schritt rückwärts. „Du bist es doch, oder?", fragte er dann misstrauisch.

„Ja, ja, natürlich bin ich es", entgegnete Madita schnell.

Jetzt war es Samuel, der erleichtert aufatmete. „Jetzt hast du mich wirklich erschreckt. Ist alles in Ordnung?"

Madita überlegte. Was sollte sie ihm denn jetzt sagen? Sie wollte ihn doch nicht unnötig beunruhigen. „Natürlich ist alles in Ordnung", entgegnete sie wenig überzeugend.

„Warum bist du dann so gerannt?"

Madita schluckte. Der Schreck saß ihr noch immer in den Gliedern. „Ich wollte ... “, begann sie, brach dann aber ab, weil ihr einfach nichts mehr einfiel.

„Ja?“, fragte Samuel.

Madita räusperte sich verlegen. „Ich wollte ... “, begann sie, während sie noch immer nach Luft rang, „... nur mal wissen ... wie mein Puls ... bei stärkerer Belastung aussieht.“ Sie sah Samuel zweifelnd an. Würde er ihr diese Aussage abkaufen?

„Und?“, fragte er nur. „Wie sieht dein Puls aus?“

„Oh“, entgegnete sie, „er ist viel zu schnell. Ich muss wohl doch mal ein bisschen Sport treiben.“ Sie lachte gekünstelt, das merkte sie selbst. Und sie merkte auch, dass es Samuel kein bisschen überzeugte, sondern eher noch misstrauischer machte. Es war jetzt wirklich an der Zeit, das Thema zu wechseln. Also fragte sie so unbefangen, wie sie konnte: „Gibt's was zu essen?“

„Sicher“, antwortete Samuel, sah dabei aber immer noch ein wenig verwirrt aus. „Komm mit in die Küche.“

Madita folgte Samuel in die Küche und versuchte alles, um sich so normal wie möglich zu benehmen. Scheinbar gelang ihr das auch, denn allmählich wurde auch Samuel wieder ganz der Alte und erzählte Madita angeregt von dem Buch, das er gerade las. Madita bekam zwar nicht viel davon mit, stellte aber dennoch einigermaßen qualifizierte Fragen. In Wirklichkeit aber war sie mit dem Erlebnis von eben beschäftigt. Und noch immer stellte sich ihr die bohrende Frage, ob es denn nun Verfolger gegeben hatte oder nicht.

Mittlerweile war Madita auch siedendheiß eingefallen, dass ihr Dienst morgen schon um sechs Uhr früh begann. Das bedeutete, dass sie um viertel nach fünf am Wagen sein musste. Sie schluckte ängstlich. Der Wagen stand noch immer hunderte von Metern vom Haus entfernt. Sie konnte doch nicht mitten in der Nacht wieder allein in diesen Wald gehen!

Madita merkte, wie ihr dieser Gedanke den kalten Schweiß auf die Stirn trieb. Nein, sie würde niemals so früh am Morgen zum Wagen gehen! Sie musste sich krank melden, ja, das war die einzige Lösung! Sie fühlte sich ja auch schon ganz schlecht!

Aber was sollte dann aus Merolina werden? Sie konnte die Kleine doch nicht so einfach ihrem Schicksal überlassen! Dieser Dirk hatte seine Diagnose schon abgeschlossen, das wusste Madita. War sie da nicht die einzige Chance für Merolina?

„Ja, bin ich“, sagte Madita. Sie hatte mit halbem Ohr mitbekommen, dass Samuel irgendeine Frage gestellt hatte, die wie „Bist du nicht auch dieser Meinung?“ geklungen hatte.

„Was bist du?“, fragte Samuel.

„Na, deiner Meinung“, entgegnete Madita vorsichtig.

Samuel antwortete nicht. Er sah jetzt wieder ziemlich misstrauisch aus. „Hörst du mir überhaupt zu?“, fragte er dann.

„Sicher“, antwortete Madita.

„In welcher Hinsicht bist du denn meiner Meinung?“

„Na, in Bezug auf das, was du gerade gesagt hast.“

„Madita“, begann Samuel kopfschüttelnd, „ich hatte dich gefragt, ob du auch der Meinung bist, dass man blinde Menschen am besten einfach hängen, vierteilen, rädern, erschießen, steinigen, ersäufen, erschlagen, vergiften und enthaupten sollte.“ Er lächelte sanft. „Ich habe nicht den Eindruck, dass du mir zugehört hast. Und das gibt mir zu denken, denn du bist sonst wirklich eine gute Zuhörerin. Nun sag mir schon, was los ist.“

Madita seufzte. Er kannte sie einfach zu gut. „Tut mir Leid“, sagte sie. „Ich bin wirklich mit meinen Gedanken ganz woanders. Ich hatte heute nämlich ein Gespräch mit Frau Stolfer, und das geht mir einfach nicht aus dem Kopf.“

„Was hat sie denn gesagt?“

„Sie hat mir ihr Vertrauen ausgesprochen.“

„Das ist doch nett.“

„Wie man's nimmt“, entgegnete Madita. „Sie hat mir nämlich nicht nur ihr Vertrauen ausgesprochen, sondern gleichzeitig die Verantwortung für Merolina übertragen. Und das ist mehr eine Bürde als eine Ehre. Besonders, wenn es um einen Patienten geht, der einem gerade entzogen wurde.“

„Entzogen?“, fragte Samuel.

Madita seufzte. „Ja, der Lulatsch hat sie mir heute Morgen offiziell entzogen.“

Samuel nickte betroffen. „Und was hast du jetzt vor?“

„Keine Ahnung“, erwiderte Madita. „Was würdest du denn machen?“

„Ich denke, du musst dir darüber klar werden, was dir wichtiger ist. Die Verantwortung dem Kind gegenüber oder die Verantwortung deinem Arbeitgeber gegenüber.“

Madita sah dankbar zu Samuel hinüber. Er hatte die Sache mal wieder auf den Punkt gebracht. „Das Wohl des Kindes hat Vorrang vor allem anderen“, beantwortete Madita seine Frage.

„Dann rette es", sagte Samuel schlicht.

Madita seufzte. „Ich weiß nicht, ob ich die Möglichkeiten dazu habe."

„Versuch es."

Madita nickte. „Das werde ich." Sie stand auf. „Hast du was dagegen, wenn ich heute früh schlafen gehe? Ich muss morgen schon um sechs anfangen."

„Natürlich nicht", erwiderte Samuel, erhob sich ebenfalls und begann den Tisch abzuräumen.

„Dann bis morgen", sagte Madita und ging zur Tür.

„Ach, Madita", rief Samuel hinter Madita her.

Madita drehte sich um. „Ja?"

Samuel drehte ihr den Rücken zu und klapperte mit dem Geschirr herum, als er wie nebenbei sagte: „Ich bin richtig stolz auf dich."

Madita sah erstaunt zu ihm herüber. „Danke", hauchte sie und machte sich auf den Weg nach oben.

Kapitel 13

Am nächsten Morgen stand Madita sofort senkrecht im Bett, als der Wecker um viertel vor fünf klingelte. Sie sprang unter die Dusche, schlüpfte in ein weinrotes Kostüm mit ziemlich langem Rock und steckte sich wie immer die Haare hoch. Dann begab sie sich nach unten in die Küche, wo sie sich erst einmal Kaffee kochte und dann mühsam einen Nutella-Toast hinunterwürgte. So früh am Morgen hatte sie selten schon Appetit.

Um zehn nach fünf steckte sie dann vorsichtig den Kopf zur Haustür hinaus. Das Wetter hatte sich gebessert und so war es trotz der frühen Stunde schon ziemlich hell. Es sah jetzt überhaupt nicht mehr nach Regen aus, nur noch der starke Wind von gestern war geblieben.

Madita sah sich ängstlich nach allen Seiten um. Erst als sie sicher war, dass sie absolut niemanden entdecken konnte, wagte sie sich nach draußen. Langsam und in gebückter Haltung schlich sie die Holztreppe hinunter und ging auf den Waldweg zu. Dabei hielt sie sich an dem langen Küchenmesser fest, das sie sicherheitshalber in ihre Handtasche gesteckt hatte.

Als Madita den Waldweg erreicht hatte, beschleunigte sie ihren Schritt. Je kürzer sie für den Weg brauchte, desto kürzer war auch der Zeitraum, in dem sie überfallen werden konnte. Der Gedanke an einen Überfall trieb eine Gänsehaut auf Maditas Rücken und sie klammerte sich mit ihrer rechten Hand noch fester an das Messer. Dann aber bildete sich ein kalter, entschlossener Gesichtsausdruck auf ihrem Gesicht. Sie würde sich nicht ohne Gegenwehr überfallen lassen! Die Gangster sollten es zumindest schwer mit ihr haben! Madita ballte ihre linke Hand zur Faust und hob ihren Kopf. Nein, Madita von E-, äh, Madita Spließgard würde sich nicht so leicht ins Bockshorn jagen lassen! Wer etwas von ihr wollte, würde es erst einmal mit ihr und ihrer Bewaffnung aufnehmen müssen.

„Jawohl, ihr Gangster", flüsterte Madita, „kommt doch her, wenn ihr was von mir wollt."

Im gleichen Moment knackte und raschelte es rechts neben dem Waldweg ganz fürchterlich und Madita zuckte zusammen. Selten hatte sie sich in ihrem Leben derart erschrocken. Aber obwohl ihr fast das Herz stehen blieb, riss sie geistesgegenwärtig das Messer aus der Tasche und richtete es auf das Gebüsch, aus dem die Geräusche gekommen waren. Einige bange Sekunden lang stand Madita einfach nur so da, mit klopfendem Herzen und ausgestrecktem Messer. Dann raschelte es wieder und ein Kaninchen hoppelte aus dem Gebüsch hervor. Als es Madita sah, blieb es sitzen und sah mit großen Augen zu ihr herüber. Madita rührte sich nicht und hielt dem Blick des Tierchens mutig stand. Es dauerte ein paar Sekunden, bis sie begriffen hatte, dass der langohrige Nager die Geräusche hervorgerufen haben musste und dass ihr definitiv keine Gefahr drohte.

Langsam ließ Madita das Messer sinken, dann ließ sie es schnell wieder in ihrer Handtasche verschwinden.

„Du wirst dich noch verletzen, Madita, wenn du so weiter machst", sagte sie schmunzelnd zu sich selbst und schloss den Reißverschluss der Handtasche. Dann ging sie kopfschüttelnd ihres Weges. Sie war wirklich drauf und dran, eine ausgewachsene Paranoia zu entwickeln.

Unbehelligt gelangte sie zu ihrem Wagen, stieg ein und fuhr zum Krankenhaus. Sie war sich jetzt sicher, dass niemand hinter ihr her gewesen war und dass sie sich die ganze Geschichte nur eingebildet hatte.

❦

Als sie beim Krankenhaus angelangt war, holte sie das Messer aus der Tasche und ließ es unter dem rechten Beifahrersitz verschwinden. Sie wollte ja nicht auch noch Anlass zu Spekulationen über ihren Geisteszustand geben.

Dann stieg sie aus, verschloss den Wagen, ging hinten um ihn herum und begab sich frohen Mutes in Richtung Krankenhausgebäude. Sie war erst wenige Meter von ihrem Auto entfernt, als sie plötzlich stutzte und stehen blieb. War ihr da nicht gerade etwas aufgefallen?

Sie drehte sich um und starrte auf die Heckscheibe. Der Wagen war ziemlich dreckig und so konnte man deutlich erkennen, dass jemand darauf herumgemalt hatte. Zögernd trat Madita wieder einen Schritt näher an den Wagen heran. Und schon war der Optimismus, den sie noch vor ein paar Sekunden verspürt hatte, wie weggeblasen. Stattdessen machte sich Entsetzen breit. Mit weit aufgerissenen Augen und klopfendem Herzen starrte Madita auf das riesige Herz, das jetzt die Heckscheibe zierte. Ob es gestern Abend auch schon da gewesen war? Das war die einzige Frage, die Madita jetzt beschäftigte. War es möglich, dass sie es gestern beim Wegfahren vom Krankenhaus oder von Frau Stolfer übersehen hatte?

Madita schüttelte den Kopf. Das war nicht sehr wahrscheinlich. Schließlich hatte es noch geregnet, als sie von Frau Stolfer weggefahren war. Und das Herz war völlig intakt! Es musste also nach dem Regen aufgemalt worden sein. Madita schüttelte sich, weil ein kalter Schauer über ihren Rücken lief. Dann hatte sie sich das Ganze also doch nicht eingebildet! Sie war wirklich verfolgt worden!

Sie starrte weiter auf das Herz. Erst jetzt fiel ihr auf, dass sich in dessen Zentrum so etwas wie ein Fleck befand. Sie trat bis auf wenige Zentimeter an den Wagen heran und nahm den Fleck genauer unter die Lupe. Was sollte das nur darstellen?

Als ihr die Antwort auf diese Frage klar wurde, wandte sie sich angeekelt ab. Der Fleck in der Mitte des Herzens war nichts anderes als der Abdruck einer Zunge!

Was sollte sie denn jetzt bloß machen? Sollte sie die Polizei einschalten? Aber würde man sie dort überhaupt ernst nehmen? Wegen so einer kleinen Anzüglichkeit? Madita schüttelte frustriert den Kopf. Nein, den Weg zur Polizeiwache konnte sie sich sparen!

Stattdessen kramte sie kurz entschlossen ihren Schlüssel wieder hervor, öffnete damit die Beifahrertür und tastete unter dem Beifahrersitz nach ihrem Küchenmesser. Sie hatte es gerade zu fassen bekommen, als eine Stimme hinter ihr sagte: „Na, was verloren?"

Madita, die niemanden hatte kommen hören und sich irgendwie auch ertappt fühlte, erschrak fürchterlich, wirbelte herum und streckte der Person im Affekt drohend das Messer entgegen.

Als sie begriff, dass Stefan Dirk vor ihr stand, erholte sie sich jedoch schnell von ihrem Schrecken. Leicht amüsiert bemerkte sie nun auch das Entsetzen, das sich im Gesicht ihres Kollegen breitgemacht hatte. So konnte sie es sich absolut nicht verkneifen, mit dem Messer einen Schritt auf ihren Kollegen zuzumachen und dabei „Buh" zu rufen.

Diese Aktion verfehlte ihre Wirkung nicht. Dr. Stefan Dirk schrie auf, taumelte ein paar Schritte rückwärts, drehte sich dann um und lief in Panik vor ihr davon.

Zurück blieb eine junge Frau, die wusste, dass sie jetzt ein bisschen zu weit gegangen war, aber dennoch rein gar nichts bereute. Sie grinste breit und hatte ganz plötzlich ihr altes Selbstbewusstsein zurückgewonnen. Sie ließ das Messer wieder in ihrer Handtasche verschwinden, schloss das Auto ab und ging dann zügig in Richtung Krankenhaus.

Als Erstes steuerte sie ihren Spind an, zog sich um und begab sich anschließend auf Station. Dort lief ihr als Erstes Schwester Britta über den Weg.

Britta Meyer war erst Anfang 20 und so einfältig, dass sich Madita in ihrer Gegenwart ständig fragte, wie sie ihre Prüfung geschafft hatte. Obwohl sie hellblond war, passte sie ansonsten nicht so ganz ins Bild des blonden Dummchens. Sie war riesengroß, an die 1,90 Meter, und dabei knabenhaft dünn. Ihre glatten Haare, die ihr hinten fast bis auf den Po reichten, hatte sie stets zu einem langen Zopf zusammengebunden. Ebenso lang wirkte der Pony, der ihr viel zu tief in die Augen fiel und den Eindruck machte, als würde er ihr das letzte bisschen Durchblick rauben.

„Guten Morgen, Dr. Spließgard", piepste sie mit ihrem dünnen Stimmchen und lächelte Madita an.

Madita musste sich unwillkürlich ein wenig schütteln. Sie mochte das Mädchen nicht und sie wusste, dass sie hervorragend tratschen konnte und ihr auch alles andere als zugetan war. Sie wusste aber auch, dass sie sich ihre Abneigung nicht anmerken lassen durfte.

„Guten Morgen, Schwester Meyer“, entgegnete Madita. „Irgendwelche besonderen Vorkommnisse?“

„Ja, wir hatten zwei Neuzugänge heute Nacht, einen Fieberkrampf, der liegt auf der Drei, und eine Gehirnerschütterung, für die kein Platz mehr da war. Die haben wir dann einfach in die Acht gestopft.“

„Gestopft, aha“, entgegnete Madita. „Und hat die Gehirnerschütterung auch einen Namen?“

„Das nehme ich doch an“, erwiderte Schwester Britta ein wenig verwirrt.

„Und wie lautet der?“, fragte Madita mit einem genervten Augenrollen.

Schwester Britta zuckte mit den Schultern. „Hab ich vergessen“, sagte sie dann.

„Aber vielleicht können Sie sich ja daran erinnern, wer heute Nachtdienst hatte?“, probierte Madita.

„Natürlich“, sagte Schwester Britta erfreut. „Dr. Braun hatte Nachtdienst.“

„Und wo ist der?“

„Er ist bei Merolina Stolfer. Der geht es nämlich nicht besonders.“

„Nein?“, rief Madita entsetzt. „Und das sagen Sie mir erst jetzt?“

„Ja“, antwortete Schwester Meyer kühl. „Weil Sie meines Wissens nicht mehr für das Kind zuständig sind. Oder irre ich mich da?“

Langsam reichte es Madita wirklich. Wusste denn mittlerweile das ganze Krankenhaus über ihren Zusammenstoß mit dem Lulatsch Bescheid? Und wenn ja, war es wirklich erforderlich, dass man es ihr pausenlos aufs Butterbrot schmierte?

„Ich hoffe für Sie“, zischte Madita, „dass Sie nicht irgendwann einmal auf einen Notarzt angewiesen sind, der erst die Zuständigkeit prüft, bevor er Ihr Leben rettet.“

Madita machte sich nicht die Mühe, eine Antwort abzuwarten. Es bestand wenig Aussicht auf eine geistreiche Erwiderung und sie hatte jetzt außerdem andere Sorgen. Und so ließ sie die junge Schwester einfach stehen und stürmte in Merolinas Zimmer.

Dr. Heinz Braun stand mit besorgtem Gesichtsausdruck am Bett der Kleinen. Er war nicht mehr der Jüngste, Madita schätzte ihn auf Anfang fünfzig. Für sein Alter sah er allerdings noch immer ziemlich gut aus. Er hatte pechschwarze, gelockte Haare und war ein netter Kerl, hatte aber absolut kein eigenes Profil.

Bei seiner Arbeit wirkte er meist unsicher und vertraute stets der Einschätzung seiner Kollegen. Das war wohl auch der Grund dafür, dass er noch immer Assistenzarzt war und das wohl auch bis zu seiner Pensionierung bleiben würde.

Als er Madita sah, verfinsterte sich sein Blick. „Was wollen Sie denn hier?", fragte er.

„Ich will Sie ablösen", erwiderte Madita freundlich. „Mein Dienst fängt gleich an."

„Aber ...", stammelte Dr. Braun, „Sie sind doch gar nicht –"

„– zuständig", vollendete Madita seinen Satz, „ich weiß, ich weiß. Sie aber auch nicht, Herr Kollege. Ihr Dienst ist nämlich gleich zu Ende. Stimmt's?"

„Ja", nickte Dr. Braun, „Dr. Dirk muss auch jeden Moment hier sein. Ich sollte ihn nämlich anrufen, wenn mit Merolina Stolfer irgendetwas ist. Und das habe ich auch getan."

Deswegen also hab ich ihn auf dem Parkplatz getroffen, dachte Madita. *Aber warum ist er dann noch nicht hier? Vielleicht wurde er aufgehalten. Und vielleicht, wenn ich mich beeile ...*

„Dann können Sie jetzt ja beruhigt nach Hause gehen", sagte Madita lächelnd. „Ich werde mich um Merolina kümmern, bis Dr. Dirk hier ist."

Dr. Braun schüttelte den Kopf. „Das geht nicht."

„Warum nicht?"

Dr. Braun senkte ein wenig verlegen den Kopf und sagte dann zerknirscht: „Weil ich die Anweisung habe, Sie auf keinen Fall mit dem Kind allein zu lassen."

„Aha", sagte Madita. Dann machte sie ein paar Schritte auf Dr. Braun zu, schenkte ihm einen flehenden Blick und fragte: „Können Sie denn verantworten, dass ich in Ihrer Gegenwart mal einen Blick auf sie werfe?"

Dr. Braun druckste ein wenig herum. „Eigentlich nicht."

„Bitte", flehte Madita noch einmal.

Dr. Braun seufzte. „Also gut", willigte er ein, „aber machen Sie schnell."

Madita schenkte ihm ein dankbares Lächeln und wandte sich dann Merolina zu. „Guten Morgen, Merolina", sagte sie und lächelte dem kleinen Mädchen aufmunternd zu. Dann setzte sie sich zu ihr aufs Bett, legte ihre Hand auf Merolinas Stirn und meinte: „Es geht dir nicht besonders, hm?"

„Nein", erwiderte Merolina mit gequälter Stimme. „Ich hab so Bauchschmerzen."

Madita zog die Bettdecke zurück, schob Merolinas Nachthemd hoch und tastete sorgfältig ihren rechten Unterbauch ab. „Tut das weh?"

„Ja!", schrie Merolina und begann zu weinen. „Das tut ganz doll weh!"

Madita zog besorgt die Stirn in Falten. Dann nahm sie Merolinas rechtes Bein und drehte es sanft nach innen.

„Aua", schrie Merolina erneut, „das tut auch ganz doll weh."

Madita wandte sich zu Dr. Braun um. „Haben Sie das gesehen?"

Dr. Braun nickte nur.

„Und?", fragte Madita erwartungsvoll.

„Dr. Dirk ist sicher gleich da", sagte Dr. Braun ausweichend.

„Das mag schon sein", entgegnete Madita, „aber ich bin mir nicht sicher, dass er das Richtige tun wird. Sie müssen mir doch zustimmen, dass der Fall jetzt vollkommen klar ist. Merolina hat eine akute Appendizitis. Und sie muss sofort operiert werden. Sind Sie da anderer Meinung?"

„Nein", antwortete Dr. Braun mehr abwehrend als zustimmend.

„Dann ordnen Sie die Operation an!"

„Das kann ich nicht!", sagte Dr. Braun. „Ich bin nicht zuständig."

„Das stimmt doch nicht", regte sich Madita auf, „Sie sind für alle Patienten verantwortlich, die Sie während Ihrer Nachtschicht betreuen. Und Sie sind auf jeden Fall zuständig, solange Dr. Dirk noch nicht hier ist. Und Merolina muss *jetzt* operiert werden, jetzt sofort. Wir können doch keinen Durchbruch risikieren!"

„Aber ...", stammelte Dr. Braun, „ich ... kann Merolinas Fall doch gar nicht richtig beurteilen. Ich ... habe doch noch nicht einmal die Ergebnisse der letzten Stuhlproben gesehen."

„Stuhlproben?", fragte Madita fassungslos. „Wozu brauchen Sie denn jetzt noch Stuhlproben? Sie haben doch selbst gesagt, dass die Diagnose eindeutig ist!"

„Nein", fauchte Dr. Braun. „Das haben Sie gesagt!"

„Hören Sie", sagte Madita beschwörend und legte ihre Hand auf Dr. Brauns Oberarm, „Sie müssen jetzt wirklich mal Farbe bekennen, Herr Kollege. Das Leben dieses kleinen Mädchens hängt davon ab!"

Dr. Braun seufzte und überlegte einen Moment lang. Dann

nickte er und sagte: „Ich werde Ärger kriegen, großen Ärger sogar."

Madita atmete auf. Ihr Kollege schien tatsächlich einzulenken. „Trotzdem tun Sie das Richtige, glauben Sie mir", versicherte sie ihm und ging zur Tür. Dr. Braun folgte ihr.

Doch kaum hatte sie die Klinke heruntergedrückt, flog ihr die Tür schon entgegen und Dr. Dirk eilte ins Zimmer. Als er Madita sah, verfinsterte sich sein Blick. Ein paar Sekunden lang sah er sie hasserfüllt an. Dann wandte er sich Dr. Braun zu und sah ihn fragend an. Der wich seinem durchdringenden Blick verlegen aus und sah auf seine Schuhe. Der Lulatsch rollte mit den Augen, dann sah er den Kollegen weiter fragend an.

Irgendwann konnte Dr. Braun die Situation wohl nicht mehr ertragen. Er räusperte sich und sagte dann vorsichtig: „Wollen Sie sich nicht mal das Kind ansehen?"

„Nein", zischte der Lulatsch.

„Warum nicht?", fragte Dr. Braun ängstlich.

„Weil ich zuerst von Ihnen wissen möchte, was diese ... Person –", Dr. Dirk deutete auf Madita, „– in diesem Krankenzimmer macht."

„Frau Dr. Spließgard ist der Meinung, dass das Mädchen am Blinddarm operiert werden muss", sagte Dr. Braun so leise und unterwürfig, dass Madita Schwierigkeiten hatte, seine Worte überhaupt zu verstehen.

„Ach tatsächlich?", regte sich Dr. Dirk auf. „Und wen interessiert das?"

„Na ja", entgegnete Heinz Braun entschuldigend, „ich dachte halt, dass eine zusätzliche Meinung nicht verkehrt wäre."

„Sie sollen nicht denken, Herr Kollege", fauchte Stefan Dirk, „sondern *nach*denken. Und wenn Sie das getan hätten, wäre Ihnen sicher auch wieder eingefallen, dass ich Ihnen untersagt hatte, Frau Dr. Spließgard zu Merolina Stolfer zu lassen. Und was ich sage, das meine ich für gewöhnlich auch. Glauben Sie mir, Herr Kollege, das hier wird Konsequenzen für Sie haben." Der Lulatsch hatte sich jetzt ganz schön in Rage geredet und Heinz Braun sah immer unglücklicher aus. Allmählich wuchs daher bei Madita das schlechte Gewissen. Sie hatte ihren Kollegen wirklich in Bedrängnis gebracht.

„Lassen Sie es gut sein", sagte sie daher beschwichtigend zu Dr. Dirk. „Wirklich, ich hatte nicht vor, Ihnen in die Quere zu kommen. Ich weiß, dass Sie ein guter Arzt sind. Es ist nur so, dass Merolina mir wirklich sehr am Herzen liegt. Und ich möchte Sie ja auch nur bitten, noch einmal objektiv alle Möglichkeiten in Betracht zu ziehen. Merolina hat jetzt wirklich alle Anzeichen einer Appendizitis. Bitte, bitte prüfen Sie das wenigstens noch einmal."

Der Lulatsch grinste überheblich, öffnete die Tür des Krankenzimmers und sagte nur: „Vielen Dank für Ihr Engagement, Frau Kollegin." Dann machte er eine Handbewegung, die Madita unmissverständlich klar machte, dass ihre Anwesenheit nicht länger erwünscht war.

Madita wusste, dass sie zum gegenwärtigen Zeitpunkt nichts mehr tun konnte und so leistete sie seiner Aufforderung Folge. Auf dem Flur wartete bereits Schwester Britta auf sie und empfing sie mit einem triumphierenden Lächeln. Madita widerstand ein weiteres Mal der Versuchung, der jungen Frau eine runterzuhauen. Es gelang ihr sogar, das süffisante Lächeln zu erwidern und dem prüfenden Blick standzuhalten.

Anschließend rettete sich Madita auf die Damentoilette. Erst dort wollte sie ihren Gefühlen freien Lauf lassen. Aber als sie dann endlich die Tür hinter sich abgeschlossen hatte, wusste sie gar nicht, welche Gefühle sie denn nun zuerst ausleben sollte. Sie empfand eine Mischung aus so vielem! Da waren dieser Hass auf den arroganten Lulatsch und diese Wut auf Heinz Braun, der wieder einmal zu feige war, Stellung zu beziehen. Und dann dieses Gefühl der Ohnmacht und Hilflosigkeit. Sie wusste genau, dass Merolina ganz dringend eine Operation brauchte. Und doch konnte sie diese Operation nicht anordnen. Ihr waren ganz einfach die Hände gebunden.

Aber was sollte jetzt aus Merolina werden? Was konnte sie jetzt noch tun?

Madita spürte, wie Angst in ihr hochkroch. Und dieses Gefühl schnürte ihr regelrecht die Luft ab – Angst um dieses kleine Mädchen, das ihr aus irgendeinem Grund so sehr ans Herz gewachsen war.

Sie musste etwas unternehmen! Und so entschied sie sich einfach, ihre Gefühle hintenanzustellen und stattdessen alles daranzusetzen, eine Lösung zu finden. Sie musste nachdenken! Ihr Vater hatte immer gesagt, dass es für jedes Problem eine Lösung gab und dass man diese Lösung nur finden musste! Was also war die Lösung in diesem Fall?

Unruhig lief Madita in der kleinen Toilette hin und her. Sollte sie mit Dr. Perleberg, ihrem Chefarzt, sprechen? Sie schüttelte nur den Kopf. Der würde doch rückhaltlos auf der Seite des

Oberarztes stehen! Aber was dann? *Denk nach, Madita, denk nach!*

Vielleicht konnte sie mit Frau Stolfer sprechen? Aber natürlich! Das war es! Frau Stolfer vertraute ihr und als Erziehungsberechtigte hatte sie die Macht, eine Operation zu verlangen oder Merolina schlimmstenfalls sogar in ein anderes Krankenhaus einzuweisen. Ja, sie musste mit Frau Stolfer reden!

Nach dieser Erkenntnis hielt es Madita keine Sekunde länger in der Toilette. Wo sollte sie jetzt am besten telefonieren? Sie entschied sich für ein öffentliches Telefon und so rannte sie zu ihrem Spind, schnappte sich ihre Handtasche und begab sich dann strammen Schrittes in die Krankenhausvorhalle, in der es jede Menge Münzfernsprecher gab. Sie suchte sich das Telefon in der hintersten Ecke aus, fand im Telefonbuch die Nummer von Frau Stolfer und begann zu wählen. Als das Freizeichen ertönte, atmete sie erleichtert auf.

Aber es tutete und tutete und niemand meldete sich. Madita sah auf ihre Uhr. Es war jetzt kurz nach sechs. Da musste Frau Stolfer doch zu Hause sein! Sicher lag sie noch im Bett und musste erst aufwachen. Es tutete weiter und weiter. Als der Klingelton irgendwann zum Besetztzeichen wechselte, schlug Madita genervt mit der flachen Hand auf die Gabel und wählte erneut.

„Wachen Sie auf, Frau Stolfer“, flüsterte sie eindringlich, während sie es ein zweites Mal klingeln ließ.

Aber auch dieses Mal ging niemand ans Telefon und so blieb Madita nichts anderes übrig, als es ein drittes Mal zu versuchen. Noch fünf Mal ließ sie es klingeln, bis sie endlich einsah, dass es wohl keinen Zweck hatte.

Und jetzt? Die Sache war zu dringend, als dass sie einfach zur Tagesordnung hätte übergehen können. Nein, sie musste es weiter versuchen. Die Wohnung von Frau Stolfer war nicht sehr weit entfernt ... Ja, das war die einzige Möglichkeit!

Madita sah sich ängstlich um. Dann zog sie einfach ihren Kittel aus, hängte ihn über den Arm und verließ so unauffällig wie möglich das Krankenhausgebäude. Draußen rannte sie zu ihrem Wagen, versuchte einfach nicht weiter über dieses schwerwiegende Dienstvergehen nachzudenken und fuhr los.

Als sie beim Haus von Frau Stolfer angekommen war, war alles total zugeparkt. Sie musste daher ein Stück weiter die Straße herunter parken. Umso hektischer verließ sie den Wagen und stürmte auf den Fußweg. Dabei hätte sie beinahe eine junge Frau umgerannt. Madita entschuldigte sich fahrig und halbherzig und rannte weiter. Als sie auf der Höhe des Hauses angelangt war, hüpfte sie leichtfüßig über den Zaun und klingelte Sturm.

Doch auch jetzt öffnete niemand die Tür! Und auch sonst deutete nichts am und im Haus darauf hin, dass Frau Stolfer zu Hause war. Madita zappelte unruhig von einem Bein aufs andere, während sie ohne Unterbrechung weiter klingelte. Und als das nichts brachte, fing sie an zu klopfen und zu rufen, zuletzt sogar an die Tür zu trommeln.

Doch auch jetzt kam keine Reaktion. Wie war das möglich? Frau Stolfer konnte doch um diese Zeit noch nicht unterwegs sein! Und verreist war sie auch nicht, jedenfalls hatte sie Madita gestern nichts Derartiges berichtet. Wo war sie also?

Madita stieß einen abgrundtiefen Seufzer aus. Ob sich Frau Stolfer vielleicht im Garten aufhielt? Madita war nun einmal hier und hatte auch nicht vor, irgendetwas unversucht zu lassen. Sie eilte nach hinten in den Garten, doch auch hier war nirgends eine Spur von Frau Stolfer zu sehen.

„Mist", schimpfte Madita lautstark und stampfte dabei wie ein Kind mit dem Fuß auf. „Mist, Mist, Mist."

Sie überlegte. Konnte sie der Frau nicht wenigstens eine Nachricht hinterlassen? Sie öffnete ihre Handtasche, die sie sich in alter Gewohnheit umgehängt hatte und griff mit der rechten Hand hinein. „Autsch", schrie sie fast gleichzeitig und zog die Hand wieder heraus. Sie hatte nicht mehr an das Messer gedacht und sich natürlich prompt daran geschnitten. Ihr Mittelfinger blutete ziemlich heftig, aber um ihre Laune war es jetzt noch sehr viel schlechter bestellt. Fluchend kramte sie ein Papiertaschentuch hervor und wickelte es notdürftig um ihre Schnittverletzung. Anschließend konnte sie ihre Tasche endlich nach ihrem Notizbuch und ihrem Kugelschreiber absuchen. Sie fand beides recht schnell, riss ein Blatt aus dem Notizbuch heraus und versuchte, trotz ihres schmerzenden Mittelfingers ein paar Worte für Frau Stolfer darauf zu kritzeln.

Anschließend sah sie sich das Ergebnis noch einmal an. Und jetzt musste sie fast ein wenig darüber lächeln. Denn das Papiertaschentuch war mittlerweile durchgeblutet und hatte nicht unerhebliche Spuren auch auf dem Zettel hinterlassen. Darauf stand:

„Merolinas Leben steht auf dem Spiel.
Bitte rufen Sie mich sofort an.
Dr. Madita Spließgard"

„Ich wusste gar nicht, dass du so theatralisch sein kannst, Frau Doktor", sagte Madita kopfschüttelnd. „Aber egal, die Situation ist ja auch ernst."

So, wie sollte sie den Zettel jetzt an der Tür befestigen? Ein paar Sekunden lang stand Madita ratlos an der Tür. Dann jedoch kam ihr eine Idee, die zwar etwas ungewöhnlich war, aber dafür ausgesprochen gut zu ihrer derzeitigen Stimmung passte.

Sie nahm das Messer, hielt den Zettel mit der linken Hand an die Tür und stieß mit aller Kraft das Messer mitten durch den Zettel hindurch in die Tür hinein. Das Holz war relativ weich und so steckte das Messer schon beim ersten Versuch tief und fest in der Haustür.

Zufrieden betrachtete Madita ihr Werk und flüsterte dann schulterzuckend: „Ungewöhnliche Umstände erfordern nun einmal ungewöhnliche Maßnahmen. Das hier wird Frau Stolfer bestimmt nicht übersehen."

Als sie eine knappe Viertelstunde später die Glastür zur Station öffnete, stürmte augenblicklich Dr. Braun auf sie zu, der offensichtlich auf dem Flur auf sie gewartet hatte.

„Frau Kollegin", schimpfte er entrüstet, „wo um Himmels willen waren Sie denn? Sie können doch nicht einfach so ohne ein Wort verschwinden! Haben Sie vergessen, dass Ihr Dienst bereits um sechs Uhr begonnen hat? Ich möchte auch mal irgendwann Feierabend machen!"

„Ich weiß, ich weiß", entgegnete Madita zerknirscht, „tut mir sehr Leid." Sie schenkte ihrem älteren Kollegen den lieblichsten Augenaufschlag, den sie im Programm hatte. Dann streckte sie ihm ihre rechte Hand entgegen und fuhr mit mitleiderregender Stimme fort: „Sehen Sie mal, ich hab mir böse in den Finger geschnitten. Könnten Sie mir vielleicht noch schnell einen kleinen Verband anlegen?"

Das Ablenkungsmanöver schien zu funktionieren, jedenfalls machte Heinz Braun ein betroffenes Gesicht, verzichtete auf weitere Vorwürfe und schob Madita fürsorglich in den Raum mit dem Verbandmaterial. Dort sah er sich die Schnittwunde an, die tatsächlich ziemlich tief war, und legte einen fachgerechten Verband an. Madita war außerordentlich dankbar, dass er dabei nicht nach der Ursache der Verletzung fragte. Stattdessen informierte er sie schon mal im Schnelldurchgang über den Verlauf seiner Nachtschicht und die Dinge, die Madita bei den jeweiligen Patienten zu beachten hatte.

„So, das müsste genügen“, sagte Dr. Braun nach getaner Arbeit. „Meinen Sie, Sie können jetzt Ihrer Arbeit nachgehen?“

Madita nickte eifrig. „Aber natürlich. Ich danke Ihnen sehr herzlich.“

„Kein Problem“, lächelte Dr. Braun freundlich. „Ich gehe dann nach Hause.“

„Tun Sie das“, erwiderte Madita, erhob sich und verließ mit ihrem Kollegen den kleinen Raum. Und während Dr. Braun in Richtung Ausgang unterwegs war, stürzte sie sich erleichtert in ihre Arbeit. Sie war wirklich froh, dass ihr älterer Kollege so verständnisvoll reagiert hatte. Jeder andere hätte sich wahrscheinlich schon bei der Krankenhausleitung über sie beschwert. Glück gehabt. Der Vormittag verlief dann relativ ereignislos. Madita ging ihrer Arbeit nach, war aber gedanklich fast ununterbrochen bei Merolina und ihrer Großmutter. Einmal gelang es ihr, sich unbemerkt zu Merolina zu schleichen. Dabei stellte sie fest, dass der Zustand des Kindes unverändert bedenklich war. Ansonsten wartete Madita verzweifelt auf einen Anruf oder vielleicht sogar das Erscheinen von Frau Stolfer. Doch die Zeit verging und nichts dergleichen geschah. Madita stahl sich auch mindestens dreimal davon, um bei Frau Stolfer anzurufen. Aber es ging noch immer niemand ans Telefon.

Um die Mittagszeit lief ihr dann Valentina über den Weg, deren Dienst gerade begonnen hatte. Madita zog sie hinter sich her auf die Damentoilette und schüttete ihr dort im Flüsterton erst einmal das Herz aus.

„Und deswegen siehst du sicher auch ein, dass du unbedingt für mich nach Merolina sehen musst“, schloss Madita. Sie sah Valentina erwartungsvoll an, wobei sie natürlich mit uneingeschränkter Zustimmung rechnete. Aber schon ein einziger Blick in Valentinas Gesicht brachte die totale Ernüchterung. Ihre Freundin sah nämlich keineswegs be-, sondern eher entgeistert aus.

„Und du bist wirklich sicher, dass es Blinddarm ist?“, fragte Valentina zweifelnd.

„Ganz sicher“, nickte Madita.

„Aber was ist, wenn du dich irrst?“

„Hundertprozentige Sicherheit kann ich nicht garantieren. Ich bin ja schließlich nicht Gott.“

„Nein, der bist du wirklich nicht“, entgegnete Valentina abfällig.

„Was soll das denn jetzt heißen?", fragte Madita angriffslustig.

„Das soll heißen", zischte Valentina, „dass du Gott aus Spiel lassen sollst! Und das soll auch heißen, dass manchmal ich staune, mit was für Arroganz du deinen Beruf ausübst."

Madita schluckte und sagte erst einmal gar nichts mehr. Sie hatte noch nie erlebt, dass Valentina so verletzend wurde. Ein paar Sekunden dachte sie über Valentinas Anschuldigung nach, dann sagte sie leise: „Findest du mich wirklich arrogant?"

„Ich weiß nicht", erwiderte Valentina, deren Zorn mittlerweile schon fast wieder verraucht war. „Ich kann nur nicht verstehen, dass du dir in dieses Fall so sicher bist. Du hast Merolina heute nur zweimal kurz gesehen, du hast die Ergebnisse der Stuhlproben nicht und deine Einschätzung widerspricht auch noch der Meinung deines Kollegen. Und der hat zufälligerweise mehr Erfahrung als du und noch dazu allerbestes Ruf."

„Aber in diesem Fall irrt er sich", sagte Madita.

„Vielleicht du hast Recht", begann Valentina, „aber vielleicht auch nicht. Aber willst du dafür wirklich deinen Job aufs Spiel setzen?"

„Ich setze meinen Job nicht für meine Rechthaberei aufs Spiel, Valentina. Ich setze ihn für Merolina aufs Spiel. Wenn ich nämlich Recht habe, stirbt dieses Kind vielleicht. Und das werde ich nicht zulassen."

„Und wenn du nicht Recht hast?", beharrte Valentina.

„Dann schneiden sie ihr den Bauch auf und machen ihn unverrichteter Dinge wieder zu. Das ist zwar nicht besonders erfreulich, aber immer noch besser als Variante A. Findest du nicht?"

Valentina seufzte und nickte dann widerwillig. „So gesehen hast du wahrscheinlich Recht. Also gut, ich helfe dir."

Madita atmete auf. „Das werde ich dir nie vergessen, Valentina."

„Ja, ja", lächelte Valentina, „ist schon gut. Trag jetzt bloß nicht zu dick auf, sonst überlege ich es mir noch anders." Sie wandte sich der Tür zu. „Ich geh dann mal und sehe, was ich tun kann. Wenn ich noch länger hier drin bleibe, geben sie Vermisstenanzeige auf."

Madita wartete noch ein paar Minuten und schlich sich dann ebenfalls aus der Toilette. Sie hatte den Flur kaum betreten, als auch schon Dorothea Maiwald auf sie zustürmte.

„Gut, dass Sie endlich da sind", rief die Maiwald aufgebracht. „Wir haben Sie schon überall gesucht. Gerade ist eine schwere Verbrühung eingeliefert worden. Können Sie sich darum kümmern?“

„Sicher“, entgegnete Madita und eilte hinter der Oberschwester her.

In den nächsten anderthalb Stunden hatte sie dann alle Hände voll zu tun. Ihr kleiner Patient war ein neun Monate alter Junge, der den Wasserkocher seiner Mutter umgerissen und sich dabei ordentlich verbrüht hatte. Zum Glück konnte Madita die betroffene Hautfläche auf weniger als acht Prozent schätzen, so dass keine Lebensgefährdung vorlag.

Trotzdem gestaltete sich die Behandlung schwierig. Die Mutter des Jungen hatte starke Schuldgefühle und benahm sich vollkommen hysterisch. Und natürlich übertrug sich ihr Gemütszustand auch auf das Kind, das dementsprechend zappelte und schrie. Irgendwann gab Madita die Hoffnung auf, die beiden doch noch zur Kooperation bewegen zu können. Sie schickte die Mutter hinaus, wies die Maiwald an, das Kind einfach festzuhalten, und fuhr mit ihrer Behandlung fort.

Als sie es irgendwann endlich geschafft hatte, die in Fetzen herunterhängende Haut sauber abzuschneiden, die Salbe aufzutragen und einen ordentlichen Verband anzulegen, war sie schweißgebadet und vollkommen fertig. Zitternd schleppte sie sich in den kleinen Aufenthaltsraum, in dem bereits zwei Schwestern saßen und sich unterhielten. Madita nahm so weit von den beiden entfernt wie möglich an einem kleinen Tischchen Platz und trank erst einmal einen Kaffee.

Sie war noch so stark mit den Gedanken an den kleinen Jungen beschäftigt, dass sie es gar nicht so recht wahrnahm, als Valentina den Raum betrat und sich neben sie setzte.

„Ich habe eine gute Nachricht“, sagte Valentina leise.

„Ach ja?“, entgegnete Madita geistesabwesend.

„Sie ist gekommen.“

„Wer?“, fragte Madita.

„Na, Frau Stolfer“, zischte Valentina mit einem Augenrollen. „Ich bin ihr gerade eben auf dem Flur begegnet. Sie sucht dich. Möchtest du vielleicht mitkommen?“, fragte Valentina ein wenig amüsiert.

„Natürlich möchte ich das“, entgegnete Madita und war auch schon aufgesprungen und auf den Flur gelaufen.

Dort entdeckte sie dann auch sofort Frau Stolfer, die unruhig vor der Tür von Merolinas Zimmer auf und ab ging. Als sie

Madita erblickte, stürmte sie sofort auf sie zu und rief schon von weitem: „Ist mit Merolina alles in Ordnung?"

„Wie man's nimmt", entgegnete Madita mit unterdrückter Stimme. „Seit heute Nacht hat sie starke Schmerzen und ich bin mittlerweile der festen Überzeugung, dass es wirklich der Blinddarm ist. Aber natürlich ist Dr. Dirk da anderer Meinung."

„Und was bedeutet das?", fragte Frau Stolfer.

„Das bedeutet, dass Merolina nur operiert wird, wenn Sie darauf bestehen", sagte Madita ernst. „Und das ist auch der Grund, weshalb ich seit heute Morgen um sechs versuche, Sie zu erreichen."

„Ich war bei einer Freundin", entschuldigte sich Frau Stolfer. „Allein konnte ich es zu Hause einfach nicht aushalten. Aber sagen Sie schon, kann ich zu ihr?"

„Sicher", nickte Madita, „Ihnen kann das selbst Dr. Dirk nicht verwehren."

Auf diese Aussage hatte Frau Stolfer nur gewartet und stürmte in Merolinas Zimmer. Madita dagegen blieb erst einmal auf dem Flur stehen.

„Willst du nicht mitgehen?", fragte Valentina, die offensichtlich alles mitangehört hatte.

„Noch nicht", entgegnete Madita. „Sonst merkt der Lulatsch sofort, dass ich eine Verschwörung gegen ihn angezettelt habe."

„Ob er es merkt sofort oder erst in ein paar Minuten, ist doch auch egal, oder?", widersprach Valentina.

„So gesehen ... ", sagte Madita schulterzuckend und setzte sich langsam in Bewegung. Sie ging bis zu Merolinas Tür und sah sich dann noch einmal zögernd zu Valentina um. Erst als diese ihr aufmunternd zunickte, gab sie sich einen Ruck und öffnete forsch die Tür. Sie hatte sich vorgenommen, Dr. Dirk sofort zur Rede zu stellen und ihm gar nicht erst die Möglichkeit zu geben, auf sie loszugehen. Angriff war schließlich die beste Verteidigung.

Als Madita das Krankenzimmer dann allerdings betreten hatte, löste sich dieser Vorsatz ganz plötzlich in Luft auf. Denn es bot sich ihr ein Anblick, der so ziemlich das Gegenteil von dem war, was sie erwartet hatte.

Da saß Frau Stolfer an Merolinas Bett und lächelte glücklich. Der Lulatsch stand daneben und machte ebenfalls ein entspanntes Gesicht. Und Merolina? Die saß aufrecht in ihrem Bett, sagte gerade irgendetwas zu ihrer Großmutter und schien sich rundherum wohl zu fühlen. Jetzt lachte sie sogar lauthals.

Madita zog die Stirn in Falten. War sie jetzt im falschen Film?

Mittlerweile hatte der Lulatsch Maditas Erscheinen bemerkt. Er schenkte ihr ein arrogantes Grinsen und sagte: „Sieh an, sieh an, die geschätzte Kollegin. Wollten Sie sich von der Korrektheit meiner Diagnose überzeugen?“

Madita sagte nichts dazu, sondern ging langsam auf Merolina und Frau Stolfer zu.

Auch Merolinas Großmutter sah jetzt zu Madita herüber. Sie lächelte ihr freundlich zu und zuckte mit den Schultern, als sie sagte: „Grämen Sie sich nicht, Frau Dr. Spließgard. In diesem Fall konnte doch gar nichts Besseres passieren, als dass Sie sich irren. Finden Sie nicht auch?“

Madita sagte noch immer nichts. Ein paar Sekunden lang sah sie sich die Szene einfach nur an, dann sagte sie schlicht und völlig unvermittelt: „Ich bin der Meinung, dass wir Merolina sofort operieren müssen.“

„Sind Sie jetzt völlig übergeschnappt?“, erregte sich Dr. Dirk und fasste sich an die Stirn. „Man sollte sich wirklich überlegen, ob es nicht besser ist, Ihnen die Approbation zu entziehen.“ Er seufzte. Dann schüttelte er fassungslos den Kopf. „So ein penetranter Dilettantismus ist mir in meiner gesamten Laufbahn noch nicht untergekommen.“

Entgegen ihrer sonstigen Gewohnheit blieb Madita dieses Mal vollkommen ruhig. Sie tat so, als wäre Dr. Dirk gar nicht im Raum, und sah nur ernst und besorgt zu Frau Stolfer herüber.

Merolinas Großmutter sah Madita mit großen Augen an. „Warum?“, fragte sie erstaunt.

„Weil es meiner Meinung nach nur eine einzige Erklärung für Merolinas plötzliches Wohlbefinden gibt“, erwiderte Madita.

„Und die wäre?“, fragte Frau Stolfer ängstlich.

„Der Blinddarm muss durchgebrochen sein“, entgegnete Madita.

„Das ist nicht Ihr Ernst!“, ereiferte sich Dr. Stefan Dirk. „Das kann ganz einfach nicht Ihr Ernst sein.“ Er schüttelte wieder den Kopf. „Es ist schon schlimm, wenn man nicht in der Lage ist, sein Versagen einzugestehen.“

Einen Moment lang sah es so aus, als würde Madita die Beherrschung verlieren. Dann aber fasste sie sich und hauchte, noch immer ohne Stefan Dirk auch nur eines Blickes zu würdigen: „Einsicht, Herr Kollege, ist der erste Schritt zur Besserung.“

Noch während sie das sagte, ging sie auf Frau Stolfer zu,

setzte sich neben sie auf Merolinas Bett, nahm ihre Hände und sagte sanft: „Diese Entscheidung kann Ihnen niemand abnehmen, Frau Stolfer. Und ich kann mir vorstellen, in welcher Situation Sie sich befinden. Ich möchte nur, dass Sie eines wissen: Egal, wie Sie sich entscheiden, meine Unterstützung und Sympathie haben Sie."

„Wie sicher sind Sie sich, Frau Dr. Spließgard?", fragte Frau Stolfer nur.

„Ziemlich sicher", entgegnete Madita.

„Und Sie?", sagte Frau Stolfer zu Dr. Dirk gewandt.

„Hundertprozentig sicher."

Hilflos sah Frau Stolfer zu Madita. „Und was soll ich jetzt tun?"

„Verlassen Sie sich auf den diensthabenden Arzt", sagte Dr. Dirk energisch.

„Ich habe nicht Sie gefragt", sagte Frau Stolfer ungewöhnlich heftig und sah Madita ein weiteres Mal fragend an.

„Fragen Sie ihn, ob er Merolina heute Morgen untersucht hat, als sie so starke Schmerzen hatte", schlug Madita vor.

„Ich bitte Sie, Frau Kollegin", entgegnete der Lulatsch. „Das hat natürlich Dr. Braun gemacht. Der hatte nämlich Dienst."

„Und was hat er diagnostiziert?"

„Er war voll und ganz meiner Meinung", entgegnete Stefan Dirk triumphierend.

„Das ist er immer", fauchte Madita. „Er traut sich doch gar nicht, Ihnen zu widersprechen."

„Ja", lächelte der Lulatsch überheblich, „das hat er Ihnen voraus."

Madita seufzte. Sie sah ein, dass diese endlosen Diskussionen nicht sehr viel brachten. Der Lulatsch war anscheinend wirklich von der Richtigkeit seiner Diagnose überzeugt. Aber wie war das möglich? Wie konnte ein guter Arzt wie Dr. Dirk so verbohrt sein? Konnte seine Antipathie für Madita ihm so sehr den Verstand verwirren?

„Dann fragen Sie ihn, ob das Labor Bakterien oder Salmonellen in den Stuhlproben festgestellt hat", versuchte es Madita noch einmal voller Verzweiflung.

„Beides ist sehr schwer nachzuweisen, Frau Stolfer", antwortete Stefan Dirk, „das wird Ihnen sogar meine junge Kollegin bestätigen können."

Frau Stolfer sah jetzt wieder fragend zu Madita herüber.

„Wenn ich mich irre", begann Madita, „hat Merolina eine

Narbe, die nicht erforderlich gewesen wäre. Aber wenn er sich irrt, dann stirbt sie!"

„Frau Stolfer", sagte Dr. Dirk eindringlich, „Sie wollen doch nicht wirklich einem vollkommen gesunden Kind den Bauch aufschneiden lassen, oder? Ist Ihnen nicht bewusst, welche Risiken eine solche Operation für ein Kind in Merolinas Alter birgt? Außerdem ist eine Blinddarmentzündung wirklich unwahrscheinlich. Sie tritt meistens erst nach dem 10. Lebensjahr auf. In Deutschland wird immer viel zu schnell am Blinddarm herumoperiert. Laut Statistik stellen sich 20 bis 30 Prozent solcher Operationen im Nachhinein als Irrtum heraus! Und jede OP birgt ihre Risiken!"

Frau Stolfer seufzte abgrundtief und vergrub ihr Gesicht einen Moment lang in ihren Händen. Dann sagte sie: „Ich muss darüber beten. Bitte lassen Sie mir ein paar Minuten Zeit." Dann erhob sie sich, lächelte ihrer Enkeltochter noch einmal liebevoll zu und verließ den Raum. Zurück blieben ein verwirrtes kleines Mädchen und zwei verfeindete Ärzte.

„Beten?", fragte der Lulatsch verwundert und abfällig zugleich, ohne jedoch auf eine Antwort zu warten.

„Wo geht Oma hin?", fragte Merolina ein wenig ängstlich.

Madita lächelte dem Mädchen aufmunternd zu und sagte: „Deine Oma hat eine schwierige Entscheidung zu fällen. Und über die muss sie einen Moment lang nachdenken."

„Was für eine Entscheidung?", fragte Merolina und sah Madita erwartungsvoll an.

Madita räusperte sich verlegen. „Na ja", begann sie, „sie muss entscheiden, ob du operiert werden sollst oder nicht."

„Wieso muss Oma das denn bestimmen? Oma ist doch kein Arzt."

Madita seufzte. „Deine Oma muss das entscheiden, weil sich Dr. Dirk und ich darüber nicht ganz einig sind."

Merolina schien über diese Antwort einen Moment lang nachzudenken. Dann fragte sie: „Seid ihr denn keine guten Ärzte?"

Madita lachte einmal kurz auf. Dieses kleine Mädchen hatte gerade eine so treffende Diagnose gestellt, dass sich ihre Ärzte eine Scheibe davon abschneiden konnten. „Einer von uns liegt jedenfalls falsch."

„Und das sind Sie, Frau Kollegin", mischte sich Dr. Dirk in das Gespräch ein.

„Wir werden sehen", entgegnete Madita nur.

„Werden wir", zischte Stefan Dirk, „aber wenn das hier vorbei ist, werde ich nicht nur dafür sorgen, dass Sie rausfliegen. Ich werde auch dafür sorgen, dass niemand Sie jemals wieder einstellt."

„Ach tatsächlich?", lächelte Madita. „Sind Sie als Bundesgesundheitsminister vorgesehen? Da bin ich ja schwer beeindruckt."

„Das Lachen wird Ihnen schon noch vergehen", drohte er.

Madita zuckte als Antwort nur müde mit den Schultern und wandte sich wieder Merolina zu. „Kennst du das Spiel ‚Ich sehe was, was du nicht siehst'?"

„Na klar", entgegnete Merolina ein wenig altklug, „das kennt doch jeder."

„Und spielst du es mit mir?"

Merolina nickte. „Ich sehe was, was du nicht siehst, und das ist blau."

Madita fing an zu raten und brauchte ein paar Minuten, bis sie darauf kam, dass Merolina das Armband ihrer Uhr meinte.

Madita spielte noch fast zehn Minuten tapfer mit Merolina, bis sich die Tür des Krankenzimmers endlich wieder öffnete. Drei Augenpaare waren gespannt auf Frau Stolfer gerichtet, als diese ernst und nachdenklich den Raum betrat.

„Ich habe mich entschieden", begann sie und machte erst einmal eine längere Pause. „Ich möchte, dass meine Enkeltochter operiert wird."

Während Stefan Dirk bei dieser Antwort alles aus dem Gesicht fiel, schloss Madita erleichtert die Augen. Im gleichen Augenblick jedoch kroch auch ein Gefühl der Beklemmung in ihr hoch. Hatte sie jetzt plötzlich Angst vor ihrer eigenen Courage? Vielleicht. Bisher hatte sie nur ihre Meinung gesagt, aber jetzt hatte diese Meinung auf einmal Konsequenzen. Was sollte werden, wenn sie sich irrte?

Madita schüttelte ein wenig den Kopf. Sie war nicht bereit, diese Gedanken weiter zuzulassen. Sie war sicher, dass es der Blinddarm war. Sehr sicher. Und wenn das stimmte, war Merolinas Leben in höchster Gefahr. Wie hätte sie da anders handeln können?

„Dann werden Sie diesen Weg aber ohne mich beschreiten müssen", hörte sie jetzt den Lulatsch sagen.

„Heißt das, dass Sie sich weigern, die Operation anzuordnen?", fragte Frau Stolfer ruhig.

„Ja, das heißt es."

„Dann schlage ich vor, dass wir jetzt gemeinsam zu Ihrem

Vorgesetzten gehen", sagte Frau Stolfer, die jetzt scheinbar zu allem entschlossen war.

„Das können wir gerne tun", erwiderte der Lulatsch, „aber nur unter einer Bedingung."

„Und die wäre?"

„Wir gehen ohne diese Person hier, die sowieso mit dem ganzen Fall überhaupt nichts zu tun hat."

„Also gut", nickte Frau Stolfer. Dann sah sie zu Madita herüber und fragte: „Gibt es noch etwas, das Sie mir mit auf den Weg geben wollen?"

„Die Operation muss so schnell wie möglich durchgeführt werden", ermahnte Madita. „Morgen ist es zu spät."

„Verstanden", entgegnete Frau Stolfer und verließ mit Dr. Dirk das Krankenzimmer.

„Und was wird jetzt aus uns?", fragte Madita ihre kleine Patientin.

„Wir spielen weiter", antwortete Merolina wie aus der Pistole geschossen.

Madita überlegte einen Moment lang. Dann schüttelte sie den Kopf. „Das geht leider nicht. Ich muss mich ja auch mal wieder bei meinen anderen Patienten sehen lassen. Aber anschließend komme ich dann noch mal vorbei, okay?"

„Na gut", erwiderte Merolina artig. „Ich lese ein Buch und warte hier auf dich."

Madita war direkt verblüfft, wie einfach es war, Merolina zu vertrösten. Sie lächelte ihr noch einmal zu und verließ dann den Raum.

Auch dieses Mal hatte man sie schon gesucht. Bei einer Zweijährigen war plötzlich die Temperatur heftig angestiegen und bei einem achtjährigen Jungen musste ein Verband gewechselt werden. Madita war in der nächsten Stunde so ausgelastet, dass sie keine Gelegenheit fand, noch einmal bei Merolina vorbeizuschauen. Auch gelang es ihr nicht, Valentina von den neuesten Entwicklungen zu berichten.

Als Madita das nächste Mal auf die Uhr sah, war es bereits kurz nach vier und damit langsam Zeit für den Feierabend. Jetzt musste sie aber wirklich endlich wissen, was bei Merolina los war. Sie lief den Flur entlang und rannte in ihrer Eile beinahe Valentina um, die gerade aus dem Schwesternzimmer kam.

„Du hast aber eilig", lächelte Valentina, nachdem sie sich von ihrem ersten Schrecken erholt hatte. „Willst du etwa zu Merolina?"

Madita nickte nur.

„Das kannst du dir sparen“, sagte Valentina.

„Warum?“

„Ich weiß ja nicht, wie du geschafft hast, aber sie wird gerade operiert.“

„Wirklich?“, fragte Madita und machte dabei fast einen Luftsprung. „Das ist ja ... toll ... supertoll ... megasupertoll!“

„Ja“, nickte Valentina, machte dabei aber keinen besonders begeisterten Eindruck.

„Aber?“, fragte Madita denn auch.

„Aber ich finde, dass du dich erst freuen solltest, wenn sich herausgestellt hat, dass es wirklich Blinddarm war“, sagte Valentina.

„Es ist wirklich schön zu wissen“, zischte Madita sarkastisch, „dass wenigstens deine beste Freundin an dich glaubt. Vielen Dank dafür.“ Und nachdem sie das gesagt hatte, ging sie einfach weiter und ließ Valentina stehen.

Sie hörte noch, wie diese hinter ihr herrief: „Madita, nun warte doch mal“, aber sie war einfach zu gekränkt und beleidigt, um darauf noch reagieren zu können. Stattdessen ging sie schnurstracks zu ihrem Spind, zog sich um und verließ dann wie auf der Flucht das Krankenhaus. Sie wollte nichts mehr sehen und hören und schon gar nicht darauf warten, dass das Ergebnis der Operation bekannt gegeben wurde.

Aufgewühlt stieg sie in ihren Wagen und fuhr los. Was, wenn sie sich irrte? Diese Frage beherrschte sie wie kaum etwas zuvor. War das alles wirklich dieses Riskiko wert oder war sie dieses Mal doch zu weit gegangen? War sie eine schlechte Ärztin, weil sie zu sehr von ihren eigenen Fähigkeiten überzeugt war? Und würde sie nicht jegliches Selbstvertrauen verlieren, wenn sich ihre Diagnose als falsch herausstellte?

Madita seufzte abgrundtief. Ihr ganzes Leben hing vom Ausgang dieser Operation ab! Wenn es nur der Blinddarm war, wenn es doch nur der verdammte Blinddarm war! Sie seufzte ein weiteres Mal.

Als sie eine knappe halbe Stunde später in den kleinen Waldweg einbog, der direkt zu dem Haus am See führte, kamen zu dem inneren Tumult auch noch die Gedanken an den gestrigen Abend hinzu. Wieder fragte sich Madita, ob da wirklich jemand hinter ihr her gewesen war. Das Gekrakel auf ihrer Scheibe sprach ja wohl dafür. Aber warum? Und vor allem wer? Vielleicht die Typen, die auch das Fenster eingeworfen hatten? Auf jeden Fall würde sie kein Risiko mehr eingehen. Nie wieder würde sie so weit vom Haus entfernt parken, nie wieder!

Sie fuhr weiter und kam zu der Stelle, an der sie gestern geparkt hatte. Sie fuhr etwas langsamer, hielt aber nicht an. Gleichzeitig spähte sie so angestrengt wie möglich nach links und rechts in den Wald hinein. Entdecken konnte sie dabei aber nichts. Erleichtert bog sie um die nächste Kurve – und musste Sekunden später eine Vollbremsung hinlegen. Direkt hinter der Kurve lag nämlich ein Baum quer über dem Weg! Es war kein kleiner Baum, sein Stamm hatte einen Durchmesser von mindestens vierzig Zentimetern. Das war selbst für ihren Geländewagen zu viel, um einfach darüber zu fahren.

Madita war der blanke Schrecken in die Glieder gefahren. Ihr Herz klopfte jetzt so laut, dass sie es selbst hören konnte. Trotzdem besaß sie noch Geistesgegenwart und Reaktionsschnelligkeit. Sie war kaum zum Halten gekommen, da langte sie mit ihrem rechten Arm auch schon hastig nach links und betätigte den Knopf, mit dem gleichzeitig alle Türen ihres Wagens verriegelt werden konnten.

Dann sah sie sich ängstlich um. Sollte es nach dem gestrigen Abend wirklich ein Zufall sein, dass ihr plötzlich ein Baum den Weg versperrte? Es hatte doch kein bisschen gestürmt. Wie sollte da ein Baum auf die Fahrbahn gefallen sein?

„Jetzt bleib mal ruhig“, flüsterte sie, um sich selbst zu ermutigen. Dann beugte sie sich ein wenig vor, um den Baum näher zu betrachten. Da sie so nah an ihn herangefahren war, konnte sie vorne nicht viel davon erkennen. Ein Blick aus dem Fenster der Beifahrertür zeigte ihr aber, dass der Baum tatsächlich nicht zufällig auf den Weg gefallen sein konnte. Er war nämlich eindeutig sauber abgesägt worden.

„Also doch“, murmelte Madita. Dann atmete sie einmal tief durch und sah sich ein weiteres Mal nach allen Seiten um. Doch auch dieses Mal blieb alles ruhig und Madita konnte nichts Verdächtiges bemerken.

Was sollte sie denn jetzt bloß tun? Nach ihrer gestrigen Erfahrung wusste sie, dass das Haus längst nicht so nah war, wie sie gedacht hatte. Und auf einer längeren Strecke konnte sie leicht eingeholt werden. Aber was war die Alternative? Konnte sie vielleicht zurückfahren? Sie sah sich erneut um. Eine Möglichkeit zum Wenden gab es hier nicht. Madita schluckte. Rückwärtsfahren war nicht gerade ihre Stärke, und schon gar nicht über eine derartige Entfernung. Und was würde ihr das auch bringen? Wohin sollte sie denn fahren? Die andere Strecke zum Haus, die sie bei ihrem ersten Besuch mit dem Chauffeur gefahren war und die hinter dem Haus endete, bekam sie nicht mehr zusammen. Und im Krankenhaus konnte sie schlecht übernachten. Ihr blieb also gar nichts anderes übrig, als zu Fuß zum Haus zu laufen. Und vielleicht machte sie sich ja auch viel zu viele Gedanken. Vielleicht handelte es sich auch nur um einen Dummejungenstreich. Vielleicht wollte ihr irgendjemand bloß ein wenig Angst einjagen, genauso wie mit dem Herz auf ihrem Auto.

Ja, bestimmt war alles nur halb so schlimm!

Oder vielleicht doch nicht?

Unentschlossen blieb Madita im Wagen sitzen und sah sich ein weiteres Mal nach allen Seiten um. Dann kam ihr eine Idee. Sie griff nach ihrer Handtasche, öffnete sie und sah hinein.

Mist! Jetzt fiel ihr wieder ein, dass sie das Messer an Frau Stolfers Haustür zurückgelassen hatte. Blöd war auch, dass sie ihr Handy zu Hause in ihrem Nachttisch liegen hatte. Da lag es wirklich gut, besonders in einer Situation wie dieser! Jetzt konnte sie noch nicht einmal Hilfe herbeirufen.

Sie seufzte und blieb noch ein paar weitere Momente unentschlossen im Wagen sitzen. Aber sie konnte ja schlecht im Auto übernachten und so entschied sie sich schweren Herzens doch dafür auszusteigen.

Als sie noch immer nichts und niemanden entdecken konnte, hängte sie sich ihre Tasche um, betätigte den Schalter, der die Türen des Autos öffnete, und stieg aus. Jetzt hatte sie einen besseren Überblick nach allen Seiten, konnte aber noch immer nichts Ungewöhnliches entdecken. Zögernd warf sie die Autotür wieder zu und verschloss den Wagen. Dann setzte sie sich vorsichtig in Bewegung. Langsam und bedächtig stieg sie über den umgefallenen Baumstamm.

Dieses Mal war es noch relativ hell im Wald und so ging sie davon aus, dass sie etwaige Verfolger rechtzeitig entdecken würde. Um die Umgebung ausreichend im Auge behalten zu können, beschloss sie, nicht zu laufen, sondern lediglich schnell zu gehen. Sie marschierte also los, wobei sie sich immer wieder argwöhnisch nach hinten umsah.

Als sie vielleicht 200 Meter gegangen war und noch immer nichts geschehen war, wurde sie etwas ruhiger. Sicher war lediglich ihre Phantasie mit ihr durchgegangen.

Sie hatte diesen Gedanken kaum zu Ende gedacht, als plötzlich jemand hinter ihr herrief: „Entschuldigen Sie bitte."

Erschrocken wirbelte sie herum. In etwa hundert Meter Entfernung stand ein Mann, dessen Gesicht sie nicht so recht erkennen konnte. Der Stimme nach zu urteilen musste es aber ein noch recht junger Mann sein.

Ihr Herz klopfte schon wieder, als ob es zerbersten wollte, als sie mit ängstlicher Stimme zurückrief: „Ja?"

„Haben Sie Ärger mit Ihrem Auto?", rief der junge Mann. „Ich bin Mechaniker und könnte Ihnen vielleicht behilflich sein."

„Nein, danke", rief Madita schnell. „Ich bin schon fast zu Hause und mein Mann versteht auch eine Menge von Autos." Vielleicht hatte dieser Hinweis ja abschreckende Wirkung.

Der Mann kam langsam näher und so ging Madita langsam rückwärts. Sie wollte den Mann auf keinen Fall näher an sich herankommen lassen.

„Hey, Sie machen ja fast den Eindruck, als hätten Sie Angst vor mir", rief der junge Mann lachend und ging weiter auf sie zu.

Madita ging weiter rückwärts, während sie zu ihm hinüberrief: „Das sehen Sie ganz richtig."

„Wirklich?", fragte der Mann freundlich und unbefangen. „Aber warum denn?"

„Weil ich mir nicht vorstellen kann", entgegnete Madita wahrheitsgemäß, „dass ein sauber abgesägter Baumstamm durch Zufall auf einen Waldweg fällt." Maditas Nerven waren jetzt zum Zerreißen gespannt. Sie kniff die Augen zusammen und sah gespannt auf den Mann. Wie würde er auf diese offene Provokation reagieren?

„Und Sie glauben allen Ernstes, dass ich den Baum auf die Fahrbahn gelegt habe?"

„Ja", rief Madita und ging weiter rückwärts.

„Tja", sagte der Mann, „da haben Sie auch ganz Recht."

„Was?", rief Madita ungläubig.

„Ich sagte, Sie haben Recht", erwiderte der Mann und begann ganz plötzlich, auf sie zuzurennen.

Madita fuhr wie von der Tarantel gestochen herum und spurtete ebenfalls los. Sie lief und lief, so schnell sie konnte und beinahe mit Todesangst. Zwischendurch sah sie sich immer wieder kurz um, um festzustellen, wie weit der Mann noch von ihr entfernt war. Aber jedes Mal war der Mann näher an sie herangekommen. Mittlerweile trennten sie nur noch ungefähr vierzig Meter von ihrem Verfolger. Und es wurden immer weniger.

„Lassen Sie mich in Ruhe“, schrie Madita voller Panik.

„Ich denke nicht dran“, erwiderte der Mann atemlos. „Ich bin sowieso schneller.“

Madita keuchte und mobilisierte ihre letzten Kräfte.

Als sie sich das nächste Mal umsah, war der Mann wieder näher gekommen, dieses Mal aber nicht sehr viel. Dafür musste Madita feststellen, dass er eine dieser Masken über den Kopf gezogen hatte, die nur die Augenpartie freiließ. Madita sah wieder nach vorne. Die nächste Biegung war nur noch etwa hundert Meter entfernt und dahinter musste schon das Haus kommen. Sie schöpfte Hoffnung. Vielleicht konnte sie es schaffen. Ihre Angst verlieh ihr irgendwie Flügel.

Die Biegung war jetzt nur noch etwa fünfzig Meter entfernt. Madita sah sich ein weiteres Mal nach hinten um. Der Mann war immer noch hinter ihr her. Aber auch dieses Mal hatte er nur ein kleines bisschen aufgeholt, auf jetzt vielleicht zwanzig Meter.

Jetzt bloß nicht nachlassen, dachte sie panisch. Im gleichen Moment jedoch prallte sie gegen irgendetwas und wurde dadurch ganz abrupt gestoppt. Im ersten Moment war sie vollkommen verwirrt und verstand überhaupt nichts mehr. Dann sah sie auf und registrierte den Mann mit der Maske, dem sie geradewegs in die Arme gelaufen war. Das konnte doch nicht sein! Sie starrte ihn ungläubig an, dann wandte sie ihren Kopf erneut in die Richtung, aus der sie gekommen war. Da war er auch, der Mann, der sie verfolgt hatte. Er atmete schwer und hatte beide Hände in die Hüften gestemmt. Verwirrt sah Madita ihn an. Der Mann trug außer der Maske eine schwarze Lederjacke und eine blaue Jeans. Gequält wandte Madita ein weiteres Mal ihren Kopf und sah sich jetzt den Mann an, der sie noch immer an den Oberarmen festhielt. Auch dieser Mann trug eine schwarze Maske, eine schwarze Lederjacke und eine blaue Jeans.

„Wohin denn so eilig?“, fragte die dunkle, rauchige Stimme des Mannes, dem sie in die Arme gelaufen war.

Madita versuchte, sich mit einem Ruck von ihm loszureißen, hatte aber keinen Erfolg. Der Mann hatte einen Griff, der schon jetzt blaue Flecken versprach und aus dem es scheinbar kein Entkommen gab.

„Lassen Sie mich los“, zischte sie wütend.

„Dann läufst du uns ja weg", sagte jetzt der andere Mann. Er stand jetzt direkt hinter Madita und keuchte noch immer ein wenig. „Du bist ganz schön schnell, meine Süße."

„Wenn du glaubst, dass ich süß bin", fauchte Madita atemlos, „wirst du dich noch wundern."

„Soll das eine Drohung sein?", lachte der Mann, der sie festhielt.

„Ja", entgegnete Madita, holte kurzentschlossen aus und rammte ihr Knie mit aller Kraft in seine Genitalien. Sie hatte in dieser Situation überhaupt keine Hemmungen.

Der Mann schrie auf, ließ Madita los und sank in sich zusammen. Madita schubste ihn zur Seite, schrie so laut sie konnte um Hilfe und lief gleichzeitig los. Sie hatte jedoch kaum zwei Schritte gemacht, als sie einen heftigen Schlag im Rücken spürte, von dem sie zu Boden geworfen wurde. Als sie unsanft auf dem Waldboden landete, schoss ein heftiger Schmerz durch ihr linkes Knie. Sie war auf einer Baumwurzel gelandet und lag jetzt stöhnend am Boden. An Flucht war nicht mehr zu denken.

Der Mann, der sie geistesgegenwärtig niedergestreckt hatte, lachte höhnisch und wandte sich jetzt dem anderen Mann zu, der noch immer jammernd am Boden lag.

„Geht's?", fragte er.

Der andere nickte gequält und ließ sich aufhelfen. Dann ging er betont langsam auf Madita zu. Und obwohl Madita von seinem Gesicht nur die Augen sah, konnte sie die Wut erkennen, die darin zu lesen war. Entsetzt verfolgte sie jede Bewegung des Mannes. Jetzt war sie wirklich verloren.

Der Mann bemerkte ihre Angst und es bildeten sich höhnische Lachfalten um seine Augen. „Dann wollen wir doch mal sehen, ob das gute Stück noch funktionsfähig ist", zischte er hasserfüllt und öffnete den Reißverschluss seiner Jeans.

Madita blieb fast das Herz stehen. *Nur das nicht*, dachte sie entsetzt, *nur das nicht*. Voller Angst robbte sie ein paar Zentimeter rückwärts.

„Bleib doch hier", erfreute sich der Mann an ihrer Angst, „wir wollen doch noch ein bisschen Spaß miteinander haben." Dann öffnete er genussvoll auch den Knopf seiner Jeans.

Madita sah sich panisch nach allen Seiten um. Gab es denn nichts, was sie jetzt noch tun konnte? Als sie nichts fand, versuchte sie ein weiteres Mal, rückwärts zu robben. Dabei belastete sie allerdings ihr linkes Knie, was dazu führte, dass sie ein weiteres Mal vor Schmerz aufstöhnte.

„Tut's etwa weh?", lachte der Mann höhnisch, holte mit dem rechten Bein aus und trat noch einmal gegen ihr linkes Knie.

Madita schrie auf. Vor Schmerz wurde ihr schwarz vor Augen und es hätte nicht viel gefehlt, dann wäre sie sicher bewusstlos geworden. Aber vielleicht wäre das auch besser gewesen, denn der Mann stierte sie jetzt lustvoll an, wandte sich zu seinem Kumpel um und sagte: „Halt sie fest."

Lieber Gott, hilf mir, dachte Madita nur und schloss die Augen.

Sie spürte, wie einer der Männer hinter sie trat und ihre Arme auf ihren Rücken riss. Im gleichen Moment jedoch hörte sie hinter sich eine weitere Stimme, die ihr seltsam bekannt vorkam und die laut und drohend „Hey!" rief. Der Mann, der hinter ihr hockte, ließ sie los und sprang auf. Und noch bevor Madita begriff, was geschehen war, hatten ihre beiden Peiniger die Flucht ergriffen.

Erstaunt und verwirrt zugleich richtete sich Madita ein wenig auf und sah sich um.

„Heiner!", rief sie dann erleichtert und brach in Tränen aus.

Ihr Schwager stürmte auf sie zu und kniete neben ihr nieder. „Madita! Geht es dir gut?", rief er besorgt. „Bist du verletzt?"

„Ja, ja, es geht schon", schluchzte Madita. „Aber wenn du nicht gekommen wärst ..."

„... dann hätten sie dich vergewaltigt", nickte Heiner ernst. „Was waren das denn bloß für Typen?"

„Keine Ahnung", entgegnete Madita wahrheitsgemäß. „Ich hab sie nie zuvor gesehen."

„Also wirklich, Madita", scherzte ihr Schwager. „Man kann dich wirklich keine Minute allein lassen."

Madita nickte und wusste nicht, ob sie dabei lachen oder weinen sollte. „Was machst du denn überhaupt hier?", fragte sie dann.

„Das sollte ich dich fragen!", entgegnete Heiner. „Wo ist dein Auto?"

„Ich musste es da hinten zurücklassen", antwortete Madita und deutete in die Richtung, aus der sie gekommen war. „Da lag ein Baum auf der Fahrbahn."

„Der war vorhin aber noch nicht da", sagte Heiner skeptisch. „Meinst du, die beiden haben ihn da hingelegt?"

„Das nehme ich an", erwiderte Madita und seufzte. „Aber jetzt sag doch mal: Was tust du hier?"

Heiner tätschelte liebevoll ihren Arm und sagte: „Dich besuchen, was denn sonst?"

Madita brauchte noch eine ganze Weile, bis sie sich halbwegs wieder erholt hatte. Dann wischte sie sich die Tränen aus dem Gesicht und fragte: „Ist Mareile auch da?"

„Na klar", lachte Heiner, „glaubst du, ich komme dich alleine besuchen?"

„Und die Kinder?", fragte Madita weiter.

„Die haben wir bei meinen Eltern gelassen", entgegnete ihr Schwager.

„Hat Samuel euch nicht reingelassen?"

„Doch, natürlich hat er das. Wieso fragst du?", fragte Heiner verwundert.

„Na, weil ich mir nicht erklären kann, dass du dich hier draußen rumtreibst", entgegnete Madita.

„Ach so", nickte Heiner, „das ist eine längere Geschichte. Wollen wir nicht erst einmal reingehen?"

Madita schüttelte nur den Kopf.

„Also gut", begann Heiner, „wir sind so gegen drei hier angekommen und haben geklopft. Erst hat keiner aufgemacht, aber dann kam Samuel doch noch zur Tür. Anfangs war er ausgesprochen misstrauisch, aber nachdem wir ihm alles erklärt hatten, hat er uns sehr freundlich empfangen. Außerdem hat er uns auch noch zu Kaffee, Tee und Kuchen eingeladen. Wir haben dann eine ganze Zeit nett miteinander geplaudert. Er gefällt mir gut, dein Samuel."

„Und weiter?", fragte Madita.

„Na ja, irgendwann stand er ganz plötzlich auf und sagte, wir sollten mal still sein. Dann hat er angestrengt gehorcht. Es war aber absolut nichts zu hören und so haben Mareile und ich uns nur verwundert angeguckt. ‚Da war etwas', hat er irgendwann gesagt. ‚Was denn?', wollte ich wissen. Er sagte, er wisse es nicht, aber einer von uns müsse sofort nach draußen gehen und nachsehen. Wenn ich ehrlich sein soll, hab ich gedacht, er ist ein bisschen übergeschnappt. Aber er hat absolut nicht locker gelassen. ‚Wenn du nicht gehst', hat er gesagt, ‚geh ich halt selbst.' Na ja, da blieb mir dann wohl nichts anderes mehr übrig. Ich bin also gegangen, und als ich draußen war, hab auch ich Geräusche gehört. Ich bin ihnen gefolgt und – was soll ich sagen – hier bin ich."

Madita schüttelte ungläubig den Kopf. „Dann hat er tatsächlich meinen Hilferuf gehört."

„Hast du denn um Hilfe rufen können?“, wollte Heiner wissen.

Madita nickte geistesabwesend. Sie war mit ihren Gedanken ganz woanders. Sie fragte sich, ob Samuel wirklich erfahren sollte, was ihr gerade zugestoßen war. Würde er sich dann nicht permanent Sorgen um sie machen?

„Ich möchte, dass du mir einen Gefallen tust, Heiner“, sagte Madita entschlossen.

„Welchen?“

„Ich möchte, dass du Samuel verheimlichst, was hier passiert ist. Wenn er es erfährt, macht er sich so große Sorgen um mich, dass ich wahrscheinlich gar nicht mehr ruhigen Gewissens arbeiten gehen kann. Wirklich, er darf es auf gar keinen Fall erfahren. Tust du das für mich?“

Heiner zuckte mit den Schultern. „Von mir aus“, seufzte er und erhob sich. „Gehen wir jetzt zum Haus zurück?“

Madita nickte und ließ sich von Heiner aufhelfen. Als sie dann allerdings versuchte, ihr linkes Bein zu belasten, musste sie feststellen, dass das kaum möglich war. Es tat noch immer furchtbar weh. An Heiners Arm humpelte sie daher langsam und vorsichtig auf das Haus zu. Und so dauerte es eine ganze Zeit lang, bis sie endlich am Fuß der Treppe angekommen waren, die zur Haustür hinaufführte.

„Und wie soll ich da jetzt hochkommen?“, fragte Madita ratlos.

„Ganz einfach“, erwiderte Heiner, „ich trage dich.“ Ohne eine Antwort abzuwarten griff er mit der linken Hand unter ihre Knie und mit der rechten Hand hinter ihren Rücken und hob sie hoch. Dann trug er sie mühelos die Stufen hinauf.

Madita ließ es geschehen. Sie war jetzt doch ganz froh, dass sie einen derart kräftigen Schwager hatte. Heiner Koslowski maß bestimmt 1,95 Meter und hatte ein richtig breites Kreuz. Und wäre da nicht dieser unübersehbare Bauchansatz gewesen, dann hätte sein Körperbau bestimmt so manches Frauenherz höher schlagen lassen.

„Trägst du deine Frau auch immer auf Händen?“, witzelte Madita.

„Aber sicher“, lächelte Heiner und setzte Madita vor der Haustür wieder ab. Dann öffnete er die Tür und half Madita in den Flur hinein. Fast gleichzeitig öffnete sich auch die Küchentür und Mareile stürmte auf den Flur hinaus.

„Madita!“, rief sie und lief auf ihre Schwester zu. Dann

jedoch bemerkte sie, dass Madita humpelte. Sie blieb ganz abrupt stehen und fragte erschrocken: „Was hast du denn gemacht?"

Jetzt trat auch Samuel auf den Flur hinaus. Er hatte ganz offensichtlich mitbekommen, was Mareile gefragt hatte, und drehte sich ein wenig besorgt in Maditas Richtung.

Madita hatte nicht damit gerechnet, dass sie so schnell eine Erklärung würde abgeben müssen. Fieberhaft überlegte sie.

„Sie ist umgeknickt", kam ihr da plötzlich Heiner zur Hilfe.

Madita wandte sich dankbar zu ihrem Schwager um. „Genau", pflichtete sie ihm bei, „ich bin umgeknickt."

Ein einziger Blick in das Gesicht ihrer Schwester zeigte ihr jedoch, dass Mareile kein Wort glaubte. Sie hatte skeptisch die Augenbrauen hochgezogen und sah jetzt fragend zu ihrem Mann herüber. Heiner schüttelte vorsichtig den Kopf und legte seinen rechten Zeigefinger vor den Mund.

„Ich bin aus dem Wagen gestiegen", log Madita, „und muss dann irgendwie ausgerutscht sein. Jedenfalls ist irgendetwas mit meinem linken Knie. Wenn Heiner nicht gekommen wäre und mich aufgesammelt hätte, würde ich wahrscheinlich immer noch dort liegen."

„Dann leg dich doch erst einmal aufs Sofa", sagte Samuel und öffnete eilig die Wohnzimmertür.

Madita atmete auf. Scheinbar hatte er ihr die Geschichte abgekauft. Sie ließ sich von Heiner ins Wohnzimmer führen und ließ sich stöhnend und unter Schmerzen auf dem Sofa nieder. Alle anderen stellten sich besorgt um sie herum.

„Soll ich dir einen Arzt rufen?", fragte Samuel mit einem verschmitzten Lächeln.

„Nein, danke", grinste Madita, „Ärzte sind Quacksalber, denen vertrau ich sowieso nicht."

„Willst du dich etwa selber behandeln?", fragte Mareile.

„Wieso nicht?", entgegnete Madita und begann, sich vorsichtig die Hose auszuziehen. Das Knie war geschwollen und hatte schon Ansätze von grüner, blauer und violetter Farbe angenommen.

Heiner zog die Stirn in Falten. „Das sieht aber gar nicht gut aus", fand er.

Madita tastete ihr Knie vorsichtig ab. Dann sagte sie: „Ich glaube, es ist nur eine Prellung. Ich werde ein bisschen durch die Gegend humpeln und dann geht es wieder. Krieg ich 'nen Kaffee?"

Samuel quittierte diese Frage mit einem erleichterten Lächeln. „Kuchen willst du keinen?"

„Na ja", erwiderte Madita, „ehe ich mich schlagen lasse ..."

„Ich bringe dir welchen", nickte Samuel und verschwand in der Küche.

Er hatte kaum den Raum verlassen, als Mareile auch schon flüsterte: „Und was ist nun wirklich passiert?"

„Sie wäre fast vergewaltigt worden", flüsterte Heiner zurück.

„Was?", rief Mareile entsetzt.

„Bist du verrückt?", herrschte Madita sie im Flüsterton an. „Ich möchte nicht, dass Samuel davon erfährt, und ihr habt doch wohl mittlerweile mitbekommen, dass er Ohren hat wie ein Luchs!"

„Schon gut, schon gut", beschwichtigte Mareile leise, „wir reden später darüber." Dann beugte sie sich zu ihrer Schwester herunter und sagte: „Jetzt lass dich doch erst mal umarmen. Ich hab dich schließlich monatelang nicht mehr gesehen." Sie drückte Madita ganz fest und fragte dann: „Warum hast du dich denn nicht mal gemeldet?"

Madita senkte ihre Augen. Sie hatte ja selbst ein schlechtes Gewissen. „Ich dachte wohl, du würdest mich bloß mit Vorwürfen überschütten."

„Das hatte ich auch vor", entgegnete Mareile liebevoll, „du hast wirklich einen Knall, weißt du!"

Madita lächelte ein wenig. „Stimmt, aber ich befinde mich ja in guter Gesellschaft. Wenn's ums Heiraten geht, spinnen scheinbar alle von Eschenbergs ein wenig."

Auch Mareile musste jetzt grinsen. Sie warf Heiner einen liebevollen Blick zu und sagte: „Hm, ganz Unrecht hast du ja nicht."

Jetzt öffnete sich die Wohnzimmertür wieder und Samuel erschien mit einem Tablett. Er stellte es auf dem Couchtisch ab und sagte zu Mareile und Heiner: „Ich hab euch auch noch einen Kaffee mitgebracht. Ihr kennt ja Madita. Sie trinkt lieber in Gesellschaft."

Mareile sah zu Heiner hinüber und warf ihm einen bedeutungsvollen Blick zu. Madita verstand das nicht so recht. Sie dachte aber auch nicht weiter darüber nach, denn angesichts des saftigen Marzipankuchens, den Samuel ihr jetzt reichte, lief ihr schon das Wasser im Munde zusammen. Und während die anderen noch einen Kaffee mit ihr tranken, verdrückte Madita doch tatsächlich fünf Stück davon. Der Schock von vorhin hatte ihr den Appetit scheinbar nicht nehmen können. Im Gegenteil, Madita aß ihn sich erst einmal von der Seele.

Irgendwann fragte Samuel ganz unvermittelt: „Wie geht es eigentlich Merolina?“

Madita hatte ihre kleine Patientin nach den Vorkommnissen im Wald beinahe vergessen. Erst jetzt brach die Erinnerung an den furchtbaren Tag wieder über sie herein. Und vor Schreck blieb ihr dabei regelrecht der Bissen im Halse stecken. Sie verschluckte sich und begann, heftig zu husten.

Mareile stand sofort auf und klopfte ihr liebevoll den Rücken. „Wer ist denn Merolina?“

Madita hustete noch immer und so erzählte Samuel in kurzen Worten, was ihm Madita über den Fall des kleinen Mädchens berichtet hatte. Er schloss mit den Worten: „Madita hängt halt sehr an dem Mädchen.“

Mareile schüttelte nur den Kopf: „Du ... *hängst* an einer deiner Patientinnen?“

„Ja“, entgegnete Madita pikiert, „ist das verboten?“

Mareile zog grinsend die Augenbrauen hoch. „Verboten nicht“, begann sie, „aber ... unglaublich ... unvorstellbar ... unmöglich.“

„Dann kennst du mich halt nicht besonders gut“, fauchte Madita genervt.

„Stimmt“, entgegnete Mareile. „Jedenfalls erkenne ich dich nicht wieder.“

Madita holte gerade Luft, als Samuel ihr zuvorkam: „Aber wie geht es dem Mädchen denn nun?“

Madita seufzte. „Heute Morgen ging es ihr wesentlich schlechter. Aber ich habe mit Hilfe ihrer Großmutter durchgesetzt, dass sie operiert wird.“

„Na, das ist doch toll“, freute sich Samuel.

„Ja“, nickte Madita wenig euphorisch.

„Aber?“, wollte Samuel wissen.

Madita zuckte hilflos mit den Schultern. „Ich muss halt pausenlos darüber nachdenken, was passiert, wenn meine Diagnose falsch ist. Dann ... bin ich beruflich erledigt, vollkommen erledigt.“ Maditas Stimme hatte jetzt einen fast weinerlichen Tonfall angenommen. „Und wie soll ich dann Frau Stolfer jemals wieder in die Augen sehen?“ Sie schüttelte mutlos den Kopf. „Vielleicht hätte ich mich aus der ganzen Sache heraushalten sollen.“

„Glaubst du denn, dass deine Diagnose falsch ist?“, fragte Samuel.

„Nein, natürlich nicht", erwiderte Madita.

„Dann ist sie es auch nicht", sagte Samuel im Brustton der Überzeugung. „Du bist eine gute Ärztin, Madita. Und eine gute Ärztin zeichnet sich auch dadurch aus, dass sie Position bezieht und für ihre Patienten einsteht. Wenn du dir mit deiner Diagnose sicher warst, konntest du doch gar nicht anders handeln!"

Madita sah Samuel überrascht an. Was er da gesagt hatte, unterschied sich so stark von Valentinas Einschätzung, dass sie es kaum glauben konnte. Und sie hatte diese Ermutigung doch auch so bitter nötig. „Meinst du wirklich?", fragte sie unsicher.

„Ganz sicher", nickte Samuel.

Madita lächelte verlegen. Es tat so gut, dass mal jemand uneingeschränkt an sie und ihre Fähigkeiten glaubte.

„Und wenn du Recht hast", fragte Heiner dazwischen, „behältst du dann deinen Job?"

Madita überlegte einen Moment lang. „Wahrscheinlich nicht", sagte sie dann. „Der Lulatsch kann sich diese offene Meuterei auf keinen Fall gefallen lassen. Er wird dem Chefarzt irgendeine Geschichte auftischen und alles versuchen, um mich loszuwerden."

„Und was hast du dann gewonnen?", mischte sich Mareile ein.

„Merolinas Leben natürlich", erwiderte Madita. „Und außerdem mehr Selbstvertrauen. Ich werde irgendwo anders anfangen und nicht vor Scham im Erdboden versinken, wenn ich mein Spiegelbild treffe."

„Und wo", begann Heiner, „könntest du unter den ...", er fing an zu stammeln, „gegebenen ... Umständen ... sonst noch arbeiten?"

„Das", sagte Madita nachdenklich, „ist allerdings eine gute Frage."

„Kommt Zeit, kommt Rat", meinte Mareile. „Aber angesichts der fortgeschrittenen Stunde habe ich noch mal eine ganz andere Frage. Können wir eigentlich noch ein bisschen hier bleiben? Sagen wir bis übermorgen?"

„Natürlich", sagte Samuel sofort. „Wenn es euch nichts ausmacht, hier im Wohnzimmer zu schlafen?"

„Kein Problem", meinte Heiner.

Und so waren Heiner, Mareile und Samuel in der nächsten Stunde damit beschäftigt, ein Nachtlager im Wohnzimmer zu errichten. Als sie damit fertig waren, aßen alle zusammen Abendbrot. Es gab Lachslasagne, die Samuel für sich und

Madita gekocht hatte und die natürlich locker auch für vier Personen reichte. Was allerdings auch damit zusammenhing, dass Madita wegen des Kuchens doch ein wenig schwächelte.

„Und was machen wir jetzt?“, fragte Madita anschließend.

„Wir könnten doch ein Spiel miteinander spielen“, schlug Mareile vor. „So wie früher, was hältst du davon?“

„Tolle Idee!“, rief Madita voller Begeisterung. Sie hatte früher immer stundenlang mit Heiner und Mareile Monopoly, Tabu und andere Spiele gespielt. Aber dann fiel ihr plötzlich etwas ein. „Obwohl ...“, stammelte sie und sah erschrocken zu Samuel hinüber.

„Ich besitze nur ein Mensch-ärgere-dich-nicht“, entgegnete dieser.

„Oh, gut“, warf Heiner ein, „Mensch-ärgere-dich-nicht haben wir auch immer gerne gespielt. Nicht wahr, Madita?“

„Schon“, druckste diese herum. „Ich weiß bloß nicht ... ich meine ...“

„Es ist eine Blindenausgabe“, lächelte Samuel, der jetzt begriff, was Madita Sorgen bereitete.

„Ach wirklich?“, wunderte sich Madita. „So was gibt es?“

„Allerdings“, nickte Samuel und erhob sich. „Ich werd es mal holen.“

Wenig später saßen die vier um den Wohnzimmertisch herum und spielten Mensch-ärgere-dich-nicht. Das Spiel hatte viel Ähnlichkeit mit herkömmlichen Spielausgaben, unterschied sich aber dadurch, dass die verschiedenfarbigen Spielfiguren durch eine unterschiedliche Anzahl kleinerer Erhebungen gekennzeichnet waren. Außerdem waren durchsichtige Plastikröhrchen auf das Spielfeld montiert, in denen die Spielfiguren zum Stehen kamen. Dadurch konnte Samuel ihre Stellung ertasten, ohne sie umzuwerfen. Und so hatten alle vier ausgesprochen viel Spaß an ihrem kleinen Spieleabend.

„Wenn ich gewusst hätte, dass du gerne spielst, Madita, dann hätte ich dich schon früher mal dazu verurteilt“, meinte Samuel, als das Spiel vorbei war.

„Oh, keine Sorge“, grinste Madita, die als Einzige alle vier Spielfiguren nach Hause gebracht hatte, „jetzt, wo ich weiß, worin ich dich schlagen kann, werden wir alles nachholen.“

„Dann werd ich wohl besser ein paar Kräfte sammeln“, lächelte Samuel und erhob sich. „Es ist schon nach zehn. Ihr entschuldigt mich doch?“

„Klar“, beeilte sich Mareile zu sagen. Sie wollte endlich mit ihrer Schwester über das sprechen, was nicht für Samuels Ohren bestimmt war. Samuel hatte auch kaum den Raum verlassen, da ließ sie sich schon in aller Ausführlichkeit von dem Überfall durch die zwei Männer berichten. Während dieser Berichterstattung wurde sie abwechselnd hochrot und kalkweiß und Madita hatte alle Hände voll zu tun, um den Vorfall so weit herunterzuspielen, dass sich ihre Schwester wieder einigermaßen beruhigte. Trotzdem brauchte es noch drei Flaschen Wein, bis Mareile das Thema endgültig abgehakt hatte und aus ihnen eine richtig feucht-fröhliche Runde geworden war.

Gegen halb eins fiel Maditas Blick plötzlich auf die Uhr und sie sagte erschrocken: „Ach du meine Güte, so spät schon? Ich muss morgen schon wieder um sechs anfangen. Ich glaub, ich geh jetzt ins Bett."

Mareile war ziemlich angeheitert und fragte keck: „In wessen?"

„Na, in meins", entgegnete Madita, „was denkst du denn?"

„Ich dachte", kicherte Mareile, „dass eine Ehefrau in das Bett ihres Ehemannes gehört."

„Ich habe keinen Ehemann", antwortete Madita kühl.

„Ach nee?", fragte Heiner, der auch nicht mehr so ganz nüchtern war, „ob das der Standesbeamte genauso sieht?"

„Mir ist egal, wie das der Standesbeamte sieht", zischte Madita, „diese Ehe ist ein Geschäft, nicht mehr und nicht weniger."

„Ach wirklich?", fragte Mareile grinsend, „dann verstehst du dich aber außergewöhnlich gut mit deinem ‚Geschäftspartner'."

„Was meinst du damit?", fragte Madita angriffslustig.

„Sie meint damit nur", vermittelte Heiner ein wenig lallend, „dass ihr den Eindruck eines aufeinander eingespielten, harmonischen –"

„– Ehepaares abgebt", vollendete Mareile seinen Satz und fing wieder an, hemmungslos zu kichern. „Ihr wisst ja", ahmte sie Samuel mit tiefer Stimme nach, „Madita trinkt ihren Kaffee lieber in Gesellschaft."

Heiner fing bei diesen Worten ebenfalls an, wie ein Teenager zu kichern. Als er jedoch Maditas vernichtenden Gesichtsausdruck sah, nahm er mit gespielter Erschrockenheit die Hand vor den Mund. Schon wenige Augenblicke später prustete er aber wieder los. „Du bist eine gute Ärztin, Madita", zitierte jetzt auch er Samuel, „du konntest doch gar nicht anders handeln."

„Hört auf!", fauchte Madita. „Ihr seid ja besoffen."

„Mag sein", grinste Mareile und nahm noch einen Schluck Wein, „aber du brauchst trotzdem nicht so aggressiv zu sein. Es ist doch schön, wenn du dich endlich mal verliebt hast."

„Ich habe mich nicht verliebt", zischte Madita. „Ich verliebe mich nie, das weißt du doch."

Mareile hörte auf zu kichern und sah mit einem Mal vollkommen nüchtern aus. „Bist du sicher?"

Madita öffnete ihren Mund und schloss ihn wieder. Was war das denn für eine Frage? Nach einem Moment betretenen Schweigens schüttelte sie unwirsch den Kopf, stand auf und sagte: „Bombensicher. Und jetzt gehe ich wirklich ins Bett. Gute Nacht!"

Als sie kurz darauf in ihrem Bett lag, kam es ihr so vor, als drehte sich der Raum vor ihren Augen. Sie hatte wohl auch selbst ein bisschen zu viel getrunken. Sie quälte sich noch einmal aus der Waagerechten hoch, stellte ihren Wecker auf volle Lautstärke und ließ sich wieder ins Bett fallen. Einschlafen konnte sie allerdings nicht. Sie sah noch immer Mareiles ernsten Gesichtsausdruck vor sich, als sie ihr die letzte Frage gestellt hatte.

War sie sich denn sicher? Was verband sie mit Samuel? War es wirklich nur ein Geschäft? Sie mochte ihn, das musste sie zugeben. Sie mochte ihn wirklich. Und sie betrachtete ihn als einen Freund. Aber mehr?

Nein, sie schüttelte energisch den Kopf. Mehr war da sicher nicht. Sie, Madita, würde sich niemals verlieben, niemals. Und schon gar nicht in jemanden wie Samuel.

Er widersprach doch allem, aber auch wirklich allem, was ihr bisher bei einem Mann wichtig gewesen war! Er sah weder gut aus noch war er wohlhabend oder erfolgreich. Und er besaß noch nicht einmal ein Minimum an gesellschaftlicher Stellung und Akzeptanz. Im Gegenteil, er war ein Außenseiter, ein typischer, ewiger Außenseiter.

Madita zog die Stirn in Falten. Das Wort „Außenseiter" hatte sie irgendwie nachdenklich gemacht.

„Madita-Schätzchen", flüsterte sie in die Dunkelheit ihres Zimmers hinein, „so gesehen passt er im Moment hervorragend zu dir." Sie seufzte. Mittlerweile kannte sie das Gefühl, ein Außenseiter zu sein. Und sie hatte sich noch immer nicht daran gewöhnt.

Kapitel 14

Als nur wenige Stunden später der Wecker klingelte, baute sie das Geräusch lange Zeit in ihren Traum ein, bevor sie endlich registrierte, dass sie aufstehen musste. Sie war todmüde und hätte fast alles dafür gegeben, einfach liegen bleiben zu können. Der Gedanke an Merolina trieb sie dann aber doch unter ihrer warmen Bettdecke hervor. Sie musste jetzt einfach wissen, wie die Operation verlaufen war!

Sie sprang kurz unter die Dusche, machte sich zurecht und schlich dann leise nach unten, um niemanden zu wecken. Als sie dann aber die Küchentür öffnete, stellte sie mit Erstaunen fest, dass Mareile und Heiner bereits am gedeckten Tisch saßen und auf sie warteten.

Sie sah die beiden entgeistert an. „Wart ihr gar nicht im Bett?“, fragte sie ungläubig.

„Doch“, lächelte Mareile.

„Aber wir können dich ja schlecht allein zu deinem Wagen gehen lassen“, ergänzte Heiner.

Madita war direkt gerührt. „Das ist aber lieb von euch.“

Sie frühstückte mit den beiden und ließ sich dann zu ihrem Wagen geleiten. Und während Mareile und Heiner zusammen den Baum vom Weg wuchteten, stieg sie ein und schnallte sich an. Dann fuhr sie zum Haus, wendete dort und fuhr wieder zu den beiden zurück. Sie hielt noch einmal an und ließ die Fensterscheibe herunter.

„Ich danke euch wirklich ganz herzlich“, sagte sie.

„Das hier ist unsere Handy-Nummer“, entgegnete Heiner und reichte ihr einen kleinen Zettel. „Wir lassen das Telefon den ganzen Tag an.“

„Wenn du in Neuruppin losfährst, rufst du uns an. Dann kommen wir dir entgegen“, ergänzte Mareile.

Madita nickte dankbar und fuhr weiter. Während der Fahrt dachte sie dann ununterbrochen über Merolina nach. Ob es dem Mädchen gut ging? Ob die Operation gelungen war? Und ob es wirklich der Blinddarm gewesen war? Sie hoffte es so sehr, so sehr! Und sie mochte sich einfach gar nicht vorstellen, was sein würde, wenn sie sich geirrt hatte.

Je näher sie dem Krankenhaus kam, desto nervöser wurde sie. Ein paar Mal war sie drauf und dran, einfach wieder umzukehren. Aber weglaufen war keine Lösung, das wusste sie. Sie musste da jetzt durch, komme, was wolle!

Als sie auf den Parkplatz des Krankenhauses einbog, war sie so nervös und ängstlich, dass sie ihren Herzschlag noch in den Kniekehlen spüren konnte und ihre klatschnassen Hände regelrecht am Lenkrad festklebten. Irgendwann zwang sie sich auszusteigen und ging langsam zum Gebäude. Sie konnte sich nicht erinnern, jemals so angespannt gewesen zu sein.

Sie öffnete die Haupttür des Gebäudes und trat mit zitternden Knien ein. Ihr Blick fiel zunächst nach links auf den gläsernen Kasten, in dem die Empfangsdame saß. Sie nickte der Frau tapfer zu und ging dann langsam weiter. Irrte sie sich oder hatte die Frau sofort zum Telefonhörer gegriffen, nachdem sie Madita zurückgegrüßt hatte?

Sie fuhr mit dem Fahrstuhl in den zweiten Stock und stand dann vor der Tür, die zur Station 2b führte. Unentschlossen und mit einem großen Kloß im Hals starrte sie unentwegt auf die Tür.

Und sie erschrak fürchterlich, als sich die Tür wenige Sekunden später öffnete und Dr. Perleberg, der Chefarzt, aus der Station kam. Er machte ein äußerst ernstes Gesicht und schien nicht überrascht zu sein, Madita zu sehen. Er ging direkt auf sie zu, reichte ihr die Hand und sagte ernst: „Frau Dr. Spließgard, ich möchte Sie sofort in meinem Büro sprechen."

Madita starrte ihren Vorgesetzten mit weit aufgerissenen Augen an und nickte nur. Sie hatte ungeheuren Respekt vor dem Mann, der schon durch seine Erscheinung so etwas wie Überlegenheit ausstrahlte. Er war Ende fünfzig und nicht besonders groß. Doch seine markanten Gesichtszüge und sein ruhiges, überaus selbstsicheres Auftreten sorgten dafür, dass man ihm unweigerlich Respekt entgegenbrachte. Sein besonderes Markenzeichen war seine Lesebrille, die fast immer auf seiner Nasenspitze hing und über die er dann mit seinen wachen, dunklen Augen und seinem durchdringenden Blick hinwegsah. Dabei zog er fast immer seine Augenbrauen in die Höhe, wodurch er einen leicht amüsierten Eindruck machte. Im Moment jedoch konnte davon nicht die Rede sein. Dr. Perleberg sah einfach nur ernst und besorgt aus, während er mit Madita im Schlepptau auf sein Büro zusteuerte.

Dann war es nicht der Blinddarm, hämmerte es in Maditas Kopf. *Aber ich weiß doch, dass es der Blinddarm war. Es kann gar nichts anderes gewesen sein.* Madita war jetzt den Tränen nahe. Ganz sicher hatte ihr letztes Stündlein als Ärztin geschlagen. Sie hatte es ja auch geahnt.

Dr. Perleberg öffnete seine Bürotür und ließ Madita galant den Vortritt. „Setzen Sie sich doch", sagte er freundlich und deutete auf den Stuhl, der seinem großen, dunklen Mahagoni-Schreibtisch gegenüberstand. Madita nahm widerwillig Platz.

„Möchten Sie vielleicht einen Kaffee?", fragte Dr. Perleberg.

„Nein, danke", erwiderte Madita, der jetzt tatsächlich mal der Appetit auf alles vergangen war.

Dr. Perleberg nickte und setzte sich auf den Ledersessel, der hinter seinem Schreibtisch stand. Wenn Madita allerdings angenommen hatte, dass er jetzt sofort zur Sache kommen würde, hatte sie sich getäuscht. Scheinbar fiel es ihm schwer, das zu sagen, was er zu sagen hatte. Er schwieg sich eine ganze Zeit lang aus. Dann sah er Madita in die Augen und sagte: „Ich muss Ihnen eine traurige Mitteilung machen, Frau Kollegin."

Madita nickte tapfer. „Nur zu", ermunterte sie ihren Vorgesetzten mit belegter Stimme.

Dr. Perleberg sah forschend und ein wenig überrascht zu Madita herüber. „Das klingt ja fast so, als wüssten Sie bereits Bescheid."

„Ich nehme an, dass Sie mir die Kündigung aussprechen werden."

„Aber nein!", rief Dr. Perleberg. „Wie kommen Sie denn darauf?"

Madita sah ihren Vorgesetzten entgeistert an. „Nicht?", fragte sie ungläubig.

„Nein, natürlich nicht", beteuerte Dr. Perleberg. „Sie sind doch eine hervorragende Ärztin, Frau Kollegin. Ich wäre sehr traurig, wenn wir Sie verlieren würden."

„Da ist Dr. Dirk aber anderer Meinung", erwiderte Madita.

„Ach ja?", fragte Dr. Perleberg erstaunt. „Das würde mich aber sehr wundern. Er war doch erst heute Morgen bei mir und hat sich lobend über Sie geäußert."

Maditas Gesicht bestand aus einem einzigen Fragezeichen. Im Moment verstand sie überhaupt nichts mehr. „Warum sollte er mich gelobt haben?", fragte sie mit einem Kopfschütteln.

„Na, weil Sie erkannt haben, dass die kleine Stolfer einen akuten Blinddarm hatte", antwortete Dr. Perleberg so, als wäre es das Selbstverständlichste von der Welt.

„Dann war es wirklich der Blinddarm?", fragte Madita erstaunt.

„Aber natürlich, das sollten Sie doch am besten wissen."

Eine zentnerschwere Last war gerade dabei, von Maditas

Seele zu plumpsen. Sie hatte Recht gehabt, sie hatte wirklich Recht gehabt! Jetzt würde doch noch alles wieder gut werden!

Nach ein paar Sekunden hatte sie die sensationelle Nachricht einigermaßen verarbeitet und erinnerte sich daran, dass sie ja im Büro ihres Vorgesetzten saß. Sie blickte auf und sagte dann fröhlich: „Und warum wollten Sie mich dann sprechen?"

„Nun", begann Dr. Perleberg zögernd und sichtlich verwirrt, „Dr. Dirk hat mir verraten, dass Sie – wie soll ich sagen – einen besonderen Narren an Merolina Stolfer gefressen haben."

„Das ist wahr", entgegnete Madita verwundert, „ist das verboten?"

„Aber nein", erwiderte Dr. Perleberg schnell. Dabei machte er wiederum ein äußerst ernstes Gesicht, sprach aber noch immer nicht weiter.

Jetzt wollte Madita aber doch gern wissen, was hier gespielt wurde. „Jetzt sagen Sie mir doch bitte endlich, was hier los ist."

Dr. Perleberg atmete noch einmal tief durch, dann sagte er: „Merolina Stolfer ist tot, Frau Dr. Spließgard. Es tut mir sehr Leid."

Madita war wie vor den Kopf geschlagen und begriff gar nicht, was er da gerade gesagt hatte. Irgendwann stammelte sie nur: „Nein, nein, da müssen Sie sich täuschen."

Aber Dr. Perleberg schüttelte nur traurig den Kopf.

„Aber ... ", begann Madita, hielt dann aber inne, weil ihr die Tränen in die Augen schossen. Sie versuchte, sich zusammenzureißen, war aber nur mäßig erfolgreich und so fuhr sie mit brüchiger Stimme fort: „Sie sagten doch, es war wirklich der Blinddarm."

„Das war es auch", erwiderte Dr. Perleberg, „aber Sie kennen ja das Restrisiko von Operationen. Nach Auskunft der Kollegen verlief bei der OP zunächst alles planmäßig, fast wie im Lehrbuch. Aber kurz nachdem der Blinddarm entfernt worden war, sackte der Puls des Mädchens stark ab. Die Kollegen haben wirklich alles versucht, aber sie haben sie trotzdem verloren. Keiner weiß so recht, wie das passieren konnte."

Madita stöhnte auf und vergrub ihr Gesicht in den Händen. Dann begann sie bitterlich zu weinen. Sie hatte geglaubt, dass ihr gesamtes Glück von der Frage abhängen würde, ob sie Merolina richtig diagnostiziert hatte. Erst jetzt wurde ihr bewusst, dass es darauf überhaupt nicht ankam. Merolina war tot, darauf kam es an, nur darauf!

Mit einem Mal hatte sich alles verändert. Mit einem Mal

waren alle ihre Bemühungen nutzlos geworden. Nein, schlimmer – was musste Merolinas Großmutter jetzt von ihr denken? Hatte Madita nicht alles getan, damit diese Operation durchgeführt wurde? Und was war das Ergebnis? Merolina war tot, gestorben bei der Operation. Würde sich Frau Stolfer nicht für den Rest ihres Lebens darüber grämen, dass sie die Operation durchgesetzt hatte? Würde sie Madita nicht automatisch die Schuld an Merolinas Tod geben?

Während diese Gedanken Madita quälten, war Dr. Perleberg aufgestanden und zu Madita herübergekommen. Er legte jetzt sanft seine Hand auf ihre Schulter und sagte: „Ich kann mir sehr gut vorstellen, wie Sie sich jetzt fühlen."

„Das glaube ich nicht", schluchzte Madita trotzig, „Sie haben ja nicht versagt, das war ich."

„Erstens", sagte Dr. Perleberg verständnisvoll, „haben nicht Sie versagt, sondern die Chirurgen. Und zweitens muss jeder Arzt irgendwann lernen, dass er nicht perfekt ist und dass er nun mal nicht jedem Menschen helfen kann." Er reichte Madita fürsorglich ein Taschentuch.

Madita nahm es dankbar in Empfang, putzte sich lautstark die Nase und fragte dann verzweifelt: „Aber warum Merolina? Warum dieses kleine Mädchen, das noch sein ganzes Leben vor sich hatte? Warum musste gerade sie sterben? Warum?"

Dr. Perleberg zuckte nur müde mit den Schultern. Dann sagte er nachdenklich: „Irgendwie trifft es immer die, die es nicht verdient zu haben scheinen. Und ich frage mich schon fast mein ganzes Leben, warum das so ist. Wahrscheinlich wird man darauf niemals eine Antwort erhalten." Er seufzte und fuhr dann fort: „Ich schlage vor, dass Sie jetzt erst einmal nach Hause fahren, Frau Dr. Spließgard. Ich gebe Ihnen ein paar Tage frei. Versuchen Sie, ein wenig Abstand zu gewinnen. Und bitte machen Sie sich keine Vorwürfe. Die Kollegen haben mir bestätigt, dass Merolinas Blinddarm bereits durchgebrochen und die Operation daher dringend erforderlich war. Nur durch Ihren Einsatz hatte das Mädchen überhaupt eine Überlebenschance. Bitte vergessen Sie das nicht."

Madita riss sich zusammen und erhob sich. Sie reichte ihrem Vorgesetzten die Hand und sagte niedergeschlagen: „Manchmal macht dieser Beruf wirklich keinen Spaß."

„Wem sagen Sie das?", entgegnete Dr. Perleberg und geleitete Madita zur Tür.

Madita ging wie betäubt zu ihrem Auto und stieg ein. Jetzt

endlich konnte sie ihren Gefühlen freien Lauf lassen. Lange Zeit weinte und schluchzte sie bitterlich. Alles kam ihr auf einmal so sinnlos vor – ihre Arbeit im Krankenhaus, ihr Beruf an sich. Und dann waren da immer noch diese Schuldgefühle gegenüber Frau Stolfer.

Bei dem Gedanken an Merolinas Großmutter hob Madita den Kopf. Einen Moment lang spielte sie mit dem Gedanken, einfach zu ihr hinzufahren, um der Frau ihr Beileid auszusprechen und sie ein wenig zu trösten.

Aber dann verwarf sie die Idee ganz schnell wieder. War es wirklich ihre Absicht, Frau Stolfer zu trösten? Wohl kaum. Wie hätte sie sie auch trösten sollen? Sie wusste ja selbst nicht, wie sie mit Merolinas Tod fertig werden sollte. Und wenn sie ehrlich war, wollte sie auch nur dorthin fahren, um von Frau Stolfer getröstet zu werden, um sich so etwas wie Absolution von ihr erteilen zu lassen.

Sie seufzte und schüttelte resigniert den Kopf. Frau Stolfer würde sie höchstens mit Vorwürfen überschütten. Und wenn sie ehrlich war, konnte sie ihr das nicht verdenken. Verkraften konnte sie es im Moment aber auch nicht. Und so blieb ihr wohl nichts anderes übrig, als nach Hause zu fahren. Sie konnte ja schlecht den ganzen Vormittag heulend im Auto verbringen.

Während der Fahrt kreisten ihre Gedanken ununterbrochen um Merolina. Immer und immer wieder fragte sie sich, ob das Kind vielleicht überlebt hätte, wenn sie es Dr. Dirk überlassen hätte. Zwar kam sie zu dem Ergebnis, dass Merolina wahrscheinlich auch dann gestorben wäre, doch vermochte auch diese Erkenntnis sie nicht so recht zu trösten. Schließlich konnte niemand mit hundertprozentiger Sicherheit sagen, was geschehen wäre.

Als sie am Haus von Frau Stolfer vorbeifuhr, starrte sie angestrengt aus dem Fenster. Doch sie konnte niemanden dort entdecken. Im Gegenteil, das Haus sah vollkommen tot aus.

„So tot wie Merolina", flüsterte Madita. Sie stellte sich vor, wie Frau Stolfer am Bett ihrer toten Enkeltochter saß und um sie weinte. Wie musste der Frau jetzt zu Mute sein? Erst hatte sie ihre Tochter verloren und jetzt auch noch ihre Enkeltochter!

Madita schüttelte den Kopf. Das alles war so ungerecht, so furchtbar ungerecht. Sie erinnerte sich an die Worte von Dr. Perleberg. „Es trifft immer die, die es am wenigsten verdienen", hatte er gesagt. Und er hatte Recht, Merolina hatte es nicht verdient und ihre Großmutter schon gar nicht. Was war das für ein Schicksal, das so etwas zuließ? Oder war es tatsächlich ein Gott, der dafür verantwortlich war? Wieder schüttelte Madita den Kopf. Wie konnte ein normaler Mensch an einen solchen Gott glauben? Erst hatte er ihr die Tochter genommen und jetzt auch noch die Enkeltochter! Würde sie jetzt noch an ihrem Glauben festhalten? Nein, das konnte sich Madita beim besten Willen nicht vorstellen!

Madita blinkte und bog jetzt wieder in den Waldweg ein, der zum Haus führte. Ganz kurz erinnerte sie sich an ihr Erlebnis von gestern. Aber sie hatte heute keine Angst. Im Moment war es ihr ganz einfach egal, was mit ihr passierte. Im Moment zählte nur das, was Merolina zugestoßen war. Und es geschah auch nichts. Kein Baum lag auf der Fahrbahn, keine Spur war von den beiden Männern zu sehen. Madita fuhr unbehelligt bis zum Haus, parkte ihren Wagen und stieg aus.

Ihr Gesicht war noch immer tränenüberströmt, als sie leise die Außentreppe hinaufschlich. Sie wollte niemanden sehen und hoffte, dass Samuel durch Heiner und Mareile abgelenkt sein würde. Vorsichtig öffnete sie die Haustür und trat ein.

Aber ihre Hoffnung erfüllte sich nicht. Die Küchentür wurde geöffnet und Samuel steckte seinen Kopf auf den Flur hinaus.

„Madita?“, fragte er verwundert in ihre Richtung.

„Ja, ähm ... ich hab frei ... ich fühl mich nicht besonders“, stotterte Madita fahrig und mit zittriger, leiser Stimme. „Ich leg mich ein bisschen hin, ja?“ Und mit diesen Worten war sie auch schon die Treppe hinaufgestürmt und in ihrem Zimmer verschwunden.

Sie schloss ihre Zimmertür hinter sich ab und flüchtete sich auf ihr Bett. Eine gute halbe Stunde gab sie sich ihrer Trauer hin, dann klopfte es plötzlich an der Tür.

„Ich möchte allein sein“, rief Madita.

„Nein“, widersprach Samuel auf der anderen Seite der Tür, „ich glaube, du möchtest darüber reden.“

Madita sah zweifelnd in Richtung Tür. Wollte sie? Sie seufzte, stand auf und ging zur Tür. Dann drehte sie den Schlüssel im Schloss herum, machte aber nicht auf, sondern ging wieder zum Bett.

Es dauerte ein paar Sekunden, bis diese zaghaft geöffnet wurde und Samuel eintrat. „Heißt das, dass ich reinkommen darf?“, fragte er zögernd.

„Mhm“, bestätigte Madita wortkarg.

Samuel trat ein, kam zu Maditas Bett und ließ sich – wie immer bei solchen Gelegenheiten – auf der Bettkante nieder. Eine Zeit lang lauschte er forschend in ihre Richtung. Dann fragte er sanft: „Waren es doch Salmonellen?"

Madita schüttelte traurig den Kopf. „Nein", entgegnete sie, „es war der Blinddarm."

Samuel drehte sich überrascht zu ihr um. „Es war der Blinddarm?", wiederholte er.

„Mhm", antwortete Madita wieder und schon wieder rollten ein paar Tränen ihre Wangen hinunter.

„Ich verstehe nicht", sagte Samuel verwirrt.

Madita holte Luft, um ihn aufzuklären, brachte es dann aber einfach nicht fertig. Allein der Gedanke an die Worte „Merolina ist tot" löste so viel Verzweiflung in ihr aus, dass sie sich beim besten Willen nicht länger zusammenreißen konnte und einfach begann, hemmungslos zu schluchzen.

Samuel saß hilflos neben Madita und schien absolut nicht zu wissen, was er tun sollte. Irgendwann hob er zögernd seinen rechten Arm und bewegte ihn vorsichtig auf Madita zu. Dann legte er ihn tröstend um ihre Schultern.

Madita zuckte bei der Berührung erschrocken zusammen, aber dann schlang sie, ohne weiter darüber nachzudenken, einfach ihre Arme um seinen Hals und vergrub ihr Gesicht an seiner Schulter. Samuel schien lange Zeit nicht so recht zu wissen, wie ihm geschah. Irgendwann entspannte er sich etwas und legte später sogar vorsichtig und verlegen beide Arme um Madita.

Madita selbst beruhigte sich nur langsam. Samuels Anwesenheit hatte irgendwie dafür gesorgt, dass jetzt wirklich die ganze Palette ihrer Gefühle in voller Intensität aus ihr herausquoll. Irgendwann aber ließ ihr Schluchzen nach und es schossen keine weiteren Tränen mehr aus ihren Augen. Langsam registrierte sie die Situation, in der sie sich befand. Sie räusperte sich verlegen, ließ Samuel hastig los und rückte von ihm ab.

„Tut mir Leid", murmelte sie und wischte sich die letzten Tränen aus dem Gesicht.

„Sagst du mir, was passiert ist?", fragte Samuel, ohne auf ihre Entschuldigung einzugehen.

„Merolina ist während der Operation gestorben", entgegnete Madita krächzend.

„Warum?", fragte Samuel schockiert.

Madita schüttelte verzweifelt den Kopf. „Das weiß zur Zeit niemand. Ihr Herz hat einfach aufgehört zu schlagen."

„Aber dann war es doch nicht deine Schuld, oder?"

„Nein", erwiderte Madita traurig, „aber was nützt das jetzt noch?"

Samuel seufzte. Dann sagte er nachdenklich: „Wenig, da hast du Recht."

Madita sah Samuel prüfend an. Er sah jetzt fast so traurig aus wie sie selbst und schien am Tod des kleinen Mädchens Anteil zu nehmen. Und das ermunterte Madita, ihm weiter ihr Herz auszuschütten.

„Ich werde nicht damit fertig", jammerte sie. „Es ist so ungerecht, weißt du. Merolina hatte noch ihr ganzes Leben vor sich und Frau Stolfer hatte doch nur noch sie!"

Samuel nickte verständnisvoll. „Manchmal kann man einfach nicht verstehen, wie Gott so entscheiden konnte."

„Gott?", fragte Madita und lachte abfällig. „Glaubst du etwa immer noch an einen Gott, der über allem steht? Der niedliche, kleine Mädchen tötet?", provozierte Madita.

„An einen Gott, dessen Wege wir manchmal nicht nachvollziehen können", erwiderte Samuel.

„Och, so würde ich das nicht sagen", lächelte Madita verbittert. „Wenn ich davon ausgehe, dass dieser Gott Menschen nicht ausstehen kann, dann kann ich auch nachvollziehen, warum er immer die Guten tötet und die Arschlöcher leben lässt."

„Er hat sie nicht getötet, Madita, das war die Krankheit", widersprach Samuel gelassen.

„Er hat es aber zugelassen", zischte Madita.

„Ja, das hat er. Aber vielleicht hatte das einen guten Grund. Vielleicht geht es Merolina jetzt tausendmal besser, als es ihr jemals hier auf der Erde hätte gehen können. Vielleicht hat er sie so sehr geliebt, dass er sie bei sich haben wollte. Wer weiß das schon?"

„Genau", nickte Madita abfällig, „wer weiß das schon? Du jedenfalls nicht."

„Du aber auch nicht."

„Stimmt, und ich möchte es auch nicht wissen."

Samuel schüttelte den Kopf. „Das stimmt doch gar nicht, Madita. Gerade du machst dir so viele Gedanken über – na ja – Gott und die Welt. In Wirklichkeit interessiert es dich doch. In Wirklichkeit möchtest du liebend gern erfahren, ob es diesen Gott gibt, wie er ist und wie er zu uns Menschen steht. Gib es doch zu, tief in dir drin ist diese Frage nach Gott und die lässt dich einfach nicht los."

„Du irrst dich“, entgegnete Madita patzig, „der Gott, der Merolina umgebracht hat, interessiert mich überhaupt nicht.“

Samuel seufzte resigniert. Eine ganze Zeit lang saß er einfach nur so da, traurig und niedergeschlagen. Dann stand er auf und sagte zuversichtlich: „Du wirst ihn schon noch kennen lernen, diesen Gott.“ Er lächelte ein wenig. „Du hast ja sogar mir letztendlich eine Chance gegeben.“ Dann drehte er sich um und verließ den Raum.

Madita blieb ein wenig nachdenklich zurück. Wie hatte er denn das gemeint? Na ja, zu Anfang hatte sie ihn ja wirklich nicht besonders gemocht. Eigentlich hatte er sie sogar angewidert, und das, obwohl sie ihn gar nicht kannte! Je mehr Madita darüber nachdachte, desto mehr musste sie sich eingestehen, dass sie ihn wirklich ungerecht behandelt hatte und ihm ziemlich voreingenommen gegenübergestanden hatte. Und heute? Heute mochte sie ihn, sogar sehr. Tja, ob sie ihn jemals kennen gelernt hätte, wenn sie durch die Umstände nicht dazu gezwungen worden wäre? Madita lächelte ein wenig verlegen. Wohl kaum, das musste sie zugeben! Und wenn sie es sich recht überlegte, musste sie sich freuen, dass es so gekommen war. Sie hätte doch wirklich allerhand verpasst, wenn sie ihn nicht kennen gelernt hätte. Ob das mit Gott genauso war? Ob sie etwas verpasste, weil sie ihm keine Chance gab?

Sie seufzte. Vielleicht war es so, vielleicht aber auch nicht. Fest stand aber, dass sich dieser Gott zur Zeit nicht gerade beliebt bei ihr machte. Bisher jedenfalls brachte sie ihn nur mit negativen Ereignissen in Verbindung. Er hatte so viel Schreckliches zugelassen, Merolinas Tod, auch Samuels Blindheit, ja, und dann auch noch die Überfälle der beiden Unbekannten. Obwohl ... wenn sie es sich recht überlegte, erinnerte sie sich jetzt plötzlich an das Stoßgebet, das sie zum Himmel geschickt hatte. War kurz darauf nicht Heiner zu ihrer Rettung erschienen?

Madita zog die Stirn in Falten. Das war doch wohl ein Zufall gewesen, oder? Ein ziemlich glücklicher Zufall allerdings. Und ein ziemlich unwahrscheinlicher noch dazu. Madita seufzte wieder. Das war alles sehr verwirrend!

❦

Als Madita ihre Schwester und ihren Schwager zwei Tage später nachmittags verabschiedete, war ihr richtig schwermütig ums Herz. Sie hatte eine fröhliche Zeit mit ihnen verbracht und relativ wenig an Merolina denken müssen. Auch hatte sie es unwahrscheinlich genossen, endlich mal wieder eine enge Vertraute und Freundin um sich zu haben. Und sie hatte Mareile auch erst abreisen lassen, nachdem diese ihr hoch und heilig versprochen hatte, sie schon bald wieder zu besuchen. Trotzdem seufzte Madita aus tiefstem Herzen, als das Auto der Koslowskis im Wald verschwunden war.

„Sie kommen ja irgendwann wieder", tröstete Samuel, der ihre Traurigkeit bemerkte.

„Ja", entgegnete Madita frustriert, „mit der Betonung auf ‚irgendwann'."

Samuel nickte verständnisvoll. „Ich kann gut verstehen, dass du sie vermisst. Sie sind wirklich nett."

Madita seufzte ein weiteres Mal. „Sie sind die einzigen netten Leute weit und breit", jammerte sie.

„Vielen Dank", erwiderte Samuel ein wenig pikiert.

„Außer dir natürlich", beschwichtigte Madita lächelnd. „Aber weißt du, was das Schlimmste an ihrer Abreise ist? Jetzt hab ich niemanden mehr, der mich von Merolina ablenkt. Und davon, dass ich bald wieder zur Arbeit muss." Sie seufzte ein weiteres Mal. „Und ich weiß immer noch nicht, wie ich mich jetzt verhalten soll."

„Verhalten?"

„Ja, in Bezug auf Frau Stolfer. Irgendwie würde ich sie gern besuchen, aber ich hab auch Angst davor."

„Davor, dass sie dir Vorwürfe macht?"

„Genau."

„Du musst trotzdem zu ihr fahren", sagte Samuel, „sonst erfährst du nie, wie sie darüber denkt. Und dann quälst du dich für den Rest deines Lebens mit dieser Frage."

„Da hast du wohl Recht", entgegnete Madita dankbar. Samuel war wie immer ein guter Ratgeber. „Aber wie werde ich es überleben, wenn sie über mich herfällt?"

„Ganz einfach – du weinst dich bei mir aus und dann geht es bald wieder."

„Bin ich echt so eine Heulsuse?", lächelte Madita.

„Na ja", entgegnete Samuel mit einem amüsierten Grinsen, „du wohnst halt nah an einem ziemlich großen See ..."

„Vielleicht hast du Recht. In dem Fall solltest du aber schon mal die Taschentücher bereithalten. Ich fahre nämlich jetzt sofort, dann hab ich es hinter mir."

Entschlossen ging sie ins Haus zurück, um sich umzuziehen,

bevor sie es sich anders überlegen konnte. Sie zog die Jeans und das rote Sweatshirt aus und schlüpfte in eine elegante anthrazitfarbene Faltenhose. Dann kramte sie einen kurzen Strickpullover aus dem Schrank, der die gleiche Grundfarbe besaß, aber in Brusthöhe mit einem breiten schwarzen Streifen versehen war. Diese Farbwahl war zwar eher trist, erschien ihr für den Zweck ihres Besuches aber mehr als angemessen.

Sie griff noch ihre Handtasche, lief nach unten und fuhr los. Auch dieses Mal befuhr sie den Waldweg, ohne in irgendeiner Weise behelligt zu werden. Trotzdem hatte sie ein mulmiges Gefühl im Bauch. Wie würde Frau Stolfer reagieren? Würde sie sie überhaupt hereinlassen? Oder würde sie ihr die Tür vor der Nase zuschlagen?

Madita seufzte. Das war ja wirklich ein Gang nach Canossa. Und so klopfte Maditas Herz auch lauter und lauter, je näher sie Neuruppin und dem Haus von Frau Stolfer kam. Als sie in die Hauptstraße einbog, hatte sie einmal mehr schweißnasse Hände und das starke Bedürfnis, einfach wieder umzukehren. Aber es war nicht ihre Art zu kneifen, und so suchte sie sich tapfer einen Parkplatz. Sie stellte den Motor ab, atmete noch einmal tief durch und ging dann langsam auf Frau Stolfers Haus zu.

Als sie die Pforte erreicht hatte, blickte sie angestrengt auf das Haus, konnte allerdings keine Bewegung darin erkennen. Sie sah auf ihre Uhr. Es war jetzt kurz nach drei, eine angemessene Zeit für einen Besuch. Sie gab sich also einen Ruck, öffnete die Pforte und ging mit zitternden Knien den kleinen Weg entlang. Sie hatte jetzt so ein äußerst ungutes Gefühl in der Magengegend. Sollte sie nicht doch lieber umkehren? Frau Stolfer war ja vielleicht auch gar nicht da. Vielleicht hatte sie auch Besuch. Oder sie hatte sich hingelegt und wollte nicht gestört werden.

Madita seufzte. Sie musste es einfach hinter sich bringen. Und so nahm sie die drei Stufen auf einmal und betätigte, bevor sie es sich noch einmal anders überlegen konnte, mutig die Klingel. Ihr Herz begann noch heftiger zu klopfen und sie wünschte sich nichts mehr, als dass Frau Stolfer nicht zu Hause war.

Ein paar Sekunden tat sich im Inneren des Hauses gar nichts und es sah tatsächlich so aus, als würde sich Maditas Wunsch erfüllen. Dann jedoch sah Madita durch das getönte Glas der Haustür, wie die Tür des Windfanges geöffnet wurde und jemand langsam auf die Haustür zuging. Am liebsten hätte Madita jetzt auf dem Absatz kehrtgemacht und sich einfach wieder fortgeschlichen. Aber dafür war es jetzt zu spät und so blieb sie wie angewurzelt stehen. Gleich würde die Tür geöffnet werden und sie würde Frau Stolfer gegenüberstehen.

Madita merkte, wie sie weiche Knie bekam und ihr die Tränen in die Augen schossen. Sie hatte das Gefühl, dieser Begegnung einfach nicht gewachsen zu sein. Und als Frau Stolfer dahinter zum Vorschein kam, fühlte sich Madita in ihren schlimmsten Befürchtungen bestätigt.

Die Frau, die vor ihr stand, hatte nicht viel Ähnlichkeit mit der, die sie kannte. Sie war ganz in Schwarz gekleidet und schien um Jahre gealtert zu sein. Sie sah müde aus und traurig, furchtbar traurig. Das Leuchten war irgendwie aus ihren Augen verschwunden und das Leben aus ihrem Gesicht.

Madita hielt den Atem an. Gleich würde Frau Stolfer anfangen, sie zu beschimpfen.

Aber als Frau Stolfer registrierte, wer da vor ihr stand, fiel ihre Reaktion ganz anders aus, als Madita das erwartet hatte. Erst war sie nur überrascht, dann wurden ihre Gesichtszüge weich. Und während ihr die Tränen in die Augen schossen, breitete sie ihre Arme aus und drückte Madita ganz fest an sich.

Auch Madita konnte die Tränen nicht zurückhalten und so standen die beiden Frauen eine ganze Zeit lang Arm in Arm in der Tür und weinten.

„Es tut mir so Leid", flüsterte Madita immer wieder. „Es tut mir so Leid."

Irgendwann löste sich Frau Stolfer aus der Umarmung. Sie sah Madita liebevoll an und sagte: „Ich freue mich so, dass Sie gekommen sind. Bitte kommen Sie doch rein." Und so folgte Madita Frau Stolfer ins Wohnzimmer.

„Kaffee, nicht wahr?", fragte Merolinas Großmutter.

„Ach nein", entgegnete Madita abwehrend, „Sie brauchen mich nicht zu bewirten."

„Das ist reiner Egoismus", lächelte Frau Stolfer, „ich wollte mir nämlich selbst gerade welchen kochen."

Damit verschwand sie in der Küche und gab Madita die Möglichkeit, sich erst einmal die Tränen abzuwischen und darüber zu staunen, dass Frau Stolfer scheinbar kein bisschen wütend auf sie war.

Als Frau Stolfer wenig später mit Kaffee und Keksen zurückkam, hatte sich Madita etwas beruhigt. Sie sagte leise: „Ich hatte wirklich befürchtet, dass Sie mich mit Vorwürfen überhäufen würden, Frau Stolfer."

Frau Stolfer sah erstaunt zu Madita herüber und schüttelte den Kopf. „Warum sollte ich das tun, Frau Dr. Spließgard?"

„Madita", korrigierte Madita lächelnd. „Nennen Sie mich doch bitte Madita."

„Sie hatten doch Recht mit Ihrer Diagnose, Madita", sagte Frau Stolfer sanft.

„Schon", erwiderte Madita niedergeschlagen. „Aber wer weiß denn, wie die ganze Geschichte ausgegangen wäre, wenn ich Sie nicht zu dieser Operation überredet hätte?", seufzte Madita.

Frau Stolfer schüttelte den Kopf. „Bitte machen Sie sich keine Vorwürfe. Sie haben getan, was Sie konnten. Es ist nicht Ihre Schuld. Niemand hat Schuld."

„Können Sie das wirklich so sehen?", zweifelte Madita.

Frau Stolfer nickte tapfer. „Ich kann niemanden dafür verantwortlich machen. Wenn Gott es so zugelassen hat, dann ist es auch in Ordnung so."

„In Ordnung?", wiederholte Madita fassungslos. „Sie finden den Tod Ihrer Enkeltochter *in Ordnung*?"

„Gewissermaßen schon", nickte Frau Stolfer gequält. „Wenn Gott Merolina zu sich holen wollte, dann muss es einen guten Grund dafür gegeben haben."

„Und was sollte das für ein Grund sein?", brauste Madita auf. Sie fühlte sich jetzt stark an Samuels Worte erinnert und konnte einfach nicht glauben, dass Frau Stolfer genauso dachte. Dieser Gott hatte ihr die Enkeltochter genommen, da konnte sie ihn doch nicht auch noch verteidigen!

„Das weiß ich nicht", entgegnete Frau Stolfer ruhig. „Ich weiß nur, dass Gott keine Fehler macht. Und dass er es gut mit uns meint, auch mit Merolina. Und auch mit mir. Sie verstehen das vielleicht nicht, aber ich hatte einige wundervolle Jahre mit Merolina. Dafür danke ich meinem Gott. Und ich werde ihm jetzt auch für das Ende dieser Zeit danken. Merolina ist in den besten Händen, das weiß ich. Und das tröstet mich mehr, als ich es ausdrücken kann."

Madita konnte es noch immer nicht fassen und schüttelte weiter den Kopf. „Erst hat er Ihnen die Tochter weggenommen und jetzt auch noch die Enkeltochter. Und das soll ein Gott sein, der es gut mit Ihnen meint?"

Frau Stolfer schüttelte nun ihrerseits den Kopf. „Erst hat er mir eine wundervolle Tochter geschenkt. Und dann auch noch eine wundervolle Enkeltochter. Und es ist ja auch nicht so, dass

Merolinas Tod plötzlich für mich gekommen ist. Irgendwie wusste ich, dass es so kommen würde. Ich habe schon seit langer Zeit gespürt, dass ich ihm Merolina zurückgeben muss. Ich wollte es nur nicht wahrhaben, oder sagen wir, ich wollte es nicht akzeptieren. Ich dachte, meine Möglichkeiten würden ausreichen, um es zu verhindern. Darum hab ich mich auch an Sie gewandt, Madita. Ich dachte, Sie könnten sie gesund machen. Und Sie hätten es ja auch beinahe geschafft." Frau Stolfer seufzte. „Heute bin ich klüger. Mir ist wieder neu bewusst geworden, dass Gott nun einmal größer ist als wir. Wenn er eine Entscheidung trifft, dann können wir nichts dagegen tun. Gar nichts. Das weiß ich jetzt. Und ich weiß noch mehr. Ich habe erfahren, dass mich kein Ereignis und kein Verlust auf der ganzen Welt von Gott trennen kann. Er ist immer für mich da. Er kann mich über alles hinwegtrösten und – ob Sie es glauben oder nicht – er kann alles und jeden ersetzen. Er ist einfach genug. Wenn ich Gott habe, dann brauche ich nichts und niemanden sonst."

Frau Stolfer sah jetzt kein bisschen mehr müde und traurig aus. Stattdessen strahlte sie so viel Zuversicht und Stärke aus, dass Madita geneigt war, ihr diese Worte tatsächlich abzunehmen.

„Sie sind entweder verrückt, Frau Stolfer", begann Madita, „oder ... " Ja, was oder? Was war die Alternative?

„Oder?", wollte jetzt auch Frau Stolfer wissen.

Madita schüttelte den Kopf. *Oder es gibt diesen Gott wirklich*, dachte sie, wollte sich aber nicht die Blöße geben, es tatsächlich auszusprechen. Und das war ja auch undenkbar ... oder? „Ich weiß es nicht", sagte Madita. „Ich weiß es wirklich nicht."

„Sie wissen es schon lange", entgegnete Frau Stolfer sanft, „Sie wollen es nur nicht wahrhaben."

Madita erhob sich. „Ich muss jetzt wirklich gehen, Frau Stolfer."

Frau Stolfer nickte, so als wüsste sie genau, warum Madita so plötzlich aufbrechen wollte. „Ich würde mich sehr freuen, wenn Sie wiederkämen." Sie lächelte verschmitzt und fügte hinzu: „Zum Beispiel, um Ihren Kaffee auszutrinken."

Madita blickte ein wenig erschrocken auf ihre Kaffeetasse. „Tut ... tut mir Leid", stotterte sie verwirrt und nahm wieder Platz. „Ist da die Milch drin?", fragte sie und deutete auf das kleine Porzellankännchen, das auf dem Tisch stand.

Frau Stolfer nickte und reichte ihr die Milch herüber. „Dosenmilch", betonte sie lächelnd.

Madita erwiderte ihr Lächeln. „In dem Fall muss ich wohl wirklich noch ein bisschen bleiben."

Sie blieb tatsächlich, nicht nur ein bisschen, sondern geschlagene zwei Stunden. Und es wurde ein wirklich schöner Nachmittag. Frau Stolfer verlor kein einziges Wort mehr über Gott und ihren Glauben und erzählte stattdessen Geschichten über ihre gemeinsame Zeit mit Merolina. Und während Madita Kekse futterte und wie immer jede Menge Kaffee trank, staunte sie darüber, wie viel Liebe in Frau Stolfers Worten mitschwang und wie gefasst sie trotz allem über ihre Enkeltochter sprechen und sogar lachen konnte.

Gegen fünf Uhr verabschiedete sich Madita dann endgültig, musste aber hoch und heilig versprechen, bald wieder auf einen Kaffee vorbeizuschauen. Lächelnd und beinahe gut gelaunt verließ Madita das Haus von Frau Stolfer. Sie war nicht nur erleichtert, sondern wie von einer zentnerschweren Last befreit.

Als sie dann allerdings in den Waldweg einbog, kehrte die Erinnerung an die beiden Männer zu ihr zurück. Und jetzt empfand sie auch wieder so etwas wie Angst. Per Knopfdruck verriegelte sie alle Türen des Wagens und trat das Gaspedal noch ein bisschen stärker durch. Aber ihre Sorge war unberechtigt. Vollkommen unbehelligt gelangte sie bis zum Haus. Sie parkte den Wagen, stieg aus, sah sich noch einmal nach allen Seiten um und eilte dann schnell die Treppe hinauf.

Sie hatte kaum den Flur betreten, als auch schon die Wohnzimmertür geöffnet, ja regelrecht aufgerissen wurde. „Und?", rief Samuel gespannt, noch bevor er richtig auf den Flur gelangt war.

„Was und?", fragte Madita mit gespielter Unwissenheit. Sie war in der Stimmung, ihn ein bisschen auf die Folter zu spannen.

„Na, was hat sie gesagt?"

„Wer?", trieb es Madita auf die Spitze.

Samuel seufzte theatralisch, schien aber nicht böse zu sein. „Frau Stolfer."

„Ach die", nickte Madita. „Die hat gesagt, dass ich dich grüßen soll."

„Hat sie dir Vorwürfe gemacht?", fragte Samuel ernst und sichtlich besorgt.

„Nein", entgegnete Madita. „Hat sie nicht."

Samuel atmete erleichtert auf. „Da bin ich ja beruhigt."

„Und ich erst“, seufzte Madita. „Es ist wirklich völlig anders gelaufen, als ich es erwartet hatte. Ob du's glaubst oder nicht, aber sie ist mir regelrecht um den Hals gefallen.“

„Wirklich?“

„Ja, sie ist der Meinung, dass ich mein Bestes getan habe und dass –“, Madita hielt ganz plötzlich inne. ‚Dass Gott es wohl so wollte‘, hatte sie sagen wollen. Aber das konnte sie Samuel doch nicht erzählen! Das wäre ja Wasser auf seine Mühlen gewesen!

„Dass?“

„Ähm ... na ja“, stotterte Madita, „dass es eben nicht meine Schuld war“, vollendete sie dann ihren Satz.

„Meine Hochachtung“, entgegnete Samuel anerkennend, „dann ist sie wirklich eine reife und weise Frau.“

„Mhm“, nickte Madita nur und war froh, dass sie ihm nicht erzählt hatte, dass Frau Stolfer an Gott glaubte. Sonst hätte sie sich wahrscheinlich noch ganz andere Begeisterungsstürme anhören müssen. „Was machst du gerade?“, fragte sie dann, um das Thema zu wechseln.

„Ich lese ein bisschen“, entgegnete Samuel.

„Was denn?“, fragte Madita interessiert.

„Um ehrlich zu sein, lese ich ein fürchterliches Buch“, erwiderte Samuel.

„Ach ja?“, lächelte Madita. „Welches denn?“

„Es ist von Patrick Süsskind und heißt ‚Das Parfum‘. Es handelt von einem Mörder, der –“

„Jungfrauen tötet und Parfum aus ihnen macht, ich weiß“, fiel ihm Madita ins Wort, „ich hab's gelesen. Es ist zwar spannend geschrieben, aber auch nicht unbedingt mein Geschmack.“

„Es ist widerlich“, nickte Samuel und schüttelte sich ein bisschen.

„Warum liest du es dann überhaupt?“, lächelte Madita verwundert.

Samuel zuckte ein wenig verlegen mit den Schultern. „Ich hab halt nichts anderes“, sagte er dann leise.

„Du hast nichts anderes?“, lachte Madita. „Das kann doch nicht dein Ernst sein! Das ganze Wohnzimmer ist doch mit Büchern nur so vollgestopft.“

„Vollgestopft ist es, da geb ich dir Recht“, entgegnete Samuel niedergeschlagen, „aber ich kenne die meisten ja schon auswendig. Und vieles ist auch gar nicht so ganz nach meinem Geschmack.“

„Warum nicht?“

„Na ja, es gibt halt nicht sehr viele Bücher in Blindenschrift. Sagen jedenfalls meine Eltern. Und ich bin ja auch froh, dass sie überhaupt mal etwas schicken. Leider haben sie ein unglaubliches Faible für die Klassiker." Samuel seufzte. „Ich weiß nicht, wie oft ich schon Goethes Faust gelesen habe."

Madita sah Samuel fassungslos an. „Soll das heißen, dass du dir noch nie ein Buch selber ausgesucht hast?", fragte sie dann vorsichtig.

Samuel schüttelte den Kopf. „Wie soll ich das auch?"

Madita konnte es nicht fassen. Sie räusperte sich und sagte dann grinsend: „Du lebst ganz schön hinterm Mond, weißt du das?"

Sie hatte es kaum ausgesprochen, da versteinerten sich Samuels Gesichtszüge.

„Ja, weiß ich", entgegnete er kühl, wandte sich um, ging ins Wohnzimmer zurück und schloss die Tür hinter sich.

Madita rollte genervt mit den Augen. Musste er denn immer so empfindlich sein? Einige Sekunden stand sie unentschlossen auf dem Flur und kämpfte mit sich. Sollte sie ihm folgen und den Hausfrieden wiederherstellen? Sie zog die Stirn in Falten. So schlimm war ihre Bemerkung doch nun wirklich nicht gewesen. Oder hatte sie vielleicht doch ein bisschen arrogant geklungen? Er konnte ja auch wirklich nichts dazu, dass seine Möglichkeiten so beschränkt waren.

Sie stieß noch einen abgrundtiefen Seufzer aus, dann gab sie sich einen Ruck und öffnete die Wohnzimmertür.

Samuel saß mit dem Gesicht zur Tür auf dem hinteren Sofa. Er hatte sein Buch auf dem Schoß liegen, fuhr mit dem rechten Zeigefinger über die Schrift und hatte die Augen geschlossen. Auf Maditas Eintreten reagierte er überhaupt nicht. Im Gegenteil, er machte einfach weiter und tat so, als würde er sie überhaupt nicht bemerken.

Madita quittierte das mit einem amüsierten Grinsen. Sie schloss die Tür hinter sich, ging wortlos auf ihn zu und setzte sich dann einfach neben ihn. Aber auch jetzt ließ er sich kein bisschen stören.

Madita ließ sich das eine Weile gefallen und verbrachte die Zeit damit, ihn beim Lesen zu beobachten. Sie war erstaunt, dass sein Finger durchaus zügig über die Zeilen glitt. Sie hatte das Lesen der Braille-Schrift eigentlich für mühseliger gehalten.

Sie kniff die Augen zusammen und sah sich die Schrift genauer an. Sie schien nur aus kleinen erhobenen Punkten zu bestehen. Wie war es möglich, daraus so flink Buchstaben und Wörter zu entnehmen?

Als Samuel nach ein paar Minuten immer noch eifrig mit Lesen beschäftigt war, wurde es Madita langsam zu bunt. Wie lange wollte er denn noch die beleidigte Leberwurst spielen? Irgendwie musste es ihr gelingen, ihn aus der Reserve zu locken. Ohne etwas zu sagen, schubste sie ihn leicht mit der Schulter an. Samuel tat jedoch auch dieses Mal so, als würde er nichts bemerken. Madita blieb also nichts anderes übrig, als es ein weiteres Mal zu versuchen. Dann nochmal und nochmal. Beim vierten Versuch war es dann endlich um Samuels Beherrschung geschehen und es bildete sich ein klitzekleines, kaum sichtbares Grinsen um seine Mundwinkel.

Madita lächelte erleichtert. „Nun komm schon", flüsterte sie, „sei nicht beleidigt."

„War das gerade eine Entschuldigung?"

„Na ja", entgegnete Madita, „so ähnlich."

Samuel nickte. „Ist angenommen."

„Erzähl doch mal", begann Madita, „wie funktioniert diese komische Schrift?"

„Die Grundlage der Braille-Schrift sind sechs Punkte", erklärte Samuel, „drei übereinander und drei parallel daneben. Die verschiedenen Buchstaben ergeben sich daraus, dass man einzelne dieser Punkte einfach weglässt."

„Aha", entgegnete Madita, „und wie lange dauert es, bis man diese Schrift flüssig lesen kann?"

„Ziemlich lange, um nicht zu sagen Jahre."

„Und wo bekommt man Bücher in dieser Schrift?"

Samuel zuckte mit den Schultern. „Ehrlich gesagt, ich hab keine Ahnung."

„Dann sollten wir das schleunigst mal herausfinden. So kann es jedenfalls nicht weitergehen", sagte Madita entschlossen. „Was für ein Buch möchtest du denn gerne lesen?"

Samuel sah Madita erstaunt an. „Hast du etwa vor, mir eins zu besorgen?"

„Sicher hab ich das", erwiderte Madita. „Also, sag schon, welches Buch hättest du gerne?"

„‚Der Medicus'", antwortete Samuel wie aus der Pistole geschossen.

„Also gut", nickte Madita. „Gleich morgen früh mach ich mich an die Arbeit."

❦

Am nächsten Morgen sprang Madita voller Energie und hoch motiviert aus dem Bett. *Das wäre doch gelacht,* dachte sie, *wenn es sich nicht herausfinden ließe, wo man Bücher in Blindenschrift bekommen kann.*

Sie zog sich an, frühstückte kurz mit Samuel und hängte sich dann ans Telefon. Den halben Vormittag verbrachte sie mit Recherchieren. Nach dem letzten Gespräch lehnte sie sich mit einem zufriedenen Lächeln auf dem Sofa zurück. Sie hatte ganz beachtliche Erfolge erzielt. Alle Mitarbeiter der Institutionen, mit denen sie gesprochen hatte, waren ausgesprochen nett gewesen und hatten ihr gerne weitergeholfen. So hatte sie jetzt die Adressen und Telefonnummern zweier Blinden-Bibliotheken und Hörbüchereien in Hamburg und Marburg, der deutschen Blindenstudienanstalt sowie verschiedener Blinden- und Sehbehindertenverbände. Außerdem war es ihr schon gelungen, eine kleine Auswahl von Büchern für Samuel zu bestellen. Sie würden schon in den nächsten Tagen zugestellt werden. „Der Medicus“ war natürlich auch darunter. Und überhaupt hatte sie festgestellt, dass Samuels Einschätzung in Bezug auf Bücher für Blinde vollkommen falsch gewesen war. Es gab eine fast unerschöpfliche Auswahl und es bestand sogar die Möglichkeit, verschiedene Artikel aus Zeitschriften in Blindenschrift zu bekommen.

Jochen und Hannah Spließgard hatten ihren Sohn wirklich am ausgestreckten Arm verhungern lassen! Und das nicht nur in Bezug auf Bücher, sondern auch hinsichtlich anderer Hilfsmittel. Madita hatte nämlich herausgefunden, dass es auch im Computerbereich tolle Möglichkeiten für Sehbehinderte gab. Es war zum Beispiel gar kein Problem, sich sämtliche Bildschirmtexte sowie E-Mails und Internetseiten mit Hilfe spezieller Sprachprogramme einfach vorlesen zu lassen. Das eröffnete jede Menge Möglichkeiten. Wie konnten Eltern ihrem Sohn all das nur vorenthalten? Aber damit war jetzt ein für alle Mal Schluss!

Mit entschlossenem Gesichtsausdruck stand Madita auf und ging zur Tür. Sie hatte schon eine ganze Zeit lang aus der Küche Geräusche gehört und so wusste sie, wo sie Samuel finden konnte. Als sie dann auf den Flur hinaustrat, wurde sie von einem herrlichen Duft empfangen. Sie sah auf ihre Uhr. Es war jetzt kurz nach zwölf. Und schon fing auch Maditas Magen zu knurren an.

Voller Vorfreude öffnete Madita die Küchentür. Samuel stand am Herd und ließ gerade geschnittenen Kochschinken von einem Brett in einen Topf fallen.

Als Madita eintrat, wandte er ihr den Kopf zu und zog fragend seine Augenbrauen hoch. Madita jedoch ignorierte das. Stattdessen ging sie zum Herd und sah erst einmal in den Topf.

„Mhmm", kommentierte sie dann voller Begeisterung, „Nudeln in Käse-Sahne-Sauce."

Samuel grinste nur. „Und?", fragte er dann.

„Was und?", spielte Madita mal wieder die Unwissende.

Samuel seufzte. „Du kannst es sicher nicht nachvollziehen, aber ich würde trotzdem ganz gerne wissen, was deine Recherchen ergeben haben."

„Was für Recherchen?"

„Die Telefonrecherchen", erwiderte er geduldig.

„Ach die", entgegnete Madita. „Die haben allerhand ergeben. Aber was ich dich schon lange mal fragen wollte", lenkte sie vom eigentlichen Thema ab, „wann hast du eigentlich Geburtstag?"

„Am 16. Oktober, wieso?"

„Nur so."

Samuel seufzte wieder. Dann nahm er die Topflappen zur Hand, griff sich den Topf mit dem Mittagessen und machte Anstalten, den Inhalt des Topfes in die Spüle zu schütten.

„Was hast du denn vor?", rief Madita erschrocken.

Samuel hielt inne. „Ich gieße die Soße in die Spüle, das siehst du doch", antwortete er dann ernst.

„Aber warum denn?", fragte Madita entsetzt. „Die sieht doch ganz hervorragend aus!"

„Du meinst, du möchtest sie gerne noch essen?"

„Aber ja", beteuerte Madita eifrig.

Samuel konnte das Grinsen jetzt nicht mehr unterdrücken. „Dann sagst du mir besser, was deine Recherchen ergeben haben."

Jetzt wurde Madita so einiges klar und auch sie musste anfangen zu grinsen. „So ist das also", sagte sie mit gespielter Entrüstung, „ein Erpresser bist du, ein gemeiner Erpresser."

„Ja", lächelte Samuel, „das bin ich wohl. Aber was soll ich auch sonst machen? Freiwillig erzählst du mir ja nicht, was ich wissen will."

„Und du meinst, ich erzähle es dir jetzt?"

„Ja", entgegnete Samuel und grinste zuversichtlich. „Ich

würde sagen, dass man dir mit Essensentzug so ziemlich alles entlocken kann."

Madita fing jetzt lauthals an zu lachen. „Gut beobachtet", kicherte sie. „Jetzt stell endlich den Topf wieder hin. Ich ergebe mich ja schon."

Samuel stellte brav den Topf auf den Herd zurück und ließ sich dann haarklein erzählen, was Madita herausgefunden hatte. Immer wieder hakte er nach und stellte weitere Fragen. Madita ließ aber wohlweislich alles weg, was die Computer-Möglichkeiten betraf. Sie hatte da so eine Idee, die mit Samuels Geburtstag zusammenhing ...

„Du meinst wirklich, dass ‚Der Medicus' in den nächsten Tagen hier ankommt?", fragte er aufgeregt.

„Das haben sie mir jedenfalls versprochen", nickte Madita.

Samuel schüttelte fassungslos den Kopf. „Das wäre wirklich ... toll", sagte er dann und Madita spürte ihm die Begeisterung regelrecht ab. „Ich hätte wirklich ... nicht gedacht", stotterte er, „dass ... na ja ... dass du dich so für mich einsetzen würdest." Er drehte verlegen den Kopf zur Seite.

„Dann kannst du mich ja jetzt mit einem anständigen Mittagessen dafür belohnen", sagte Madita.

„Klar", lächelte Samuel und war sichtlich erleichtert, dass er sich dem Decken des Tisches zuwenden konnte. Madita half ihm und so konnten sie sich schon wenige Minuten später auf die Nudeln stürzen. Sie hatten den Topf gerade geleert, als es plötzlich an der Tür klopfte.

„Häh?", machte Madita erstaunt.

„Genau so", lachte Samuel, „hab ich reagiert, als plötzlich deine Schwester und dein Schwager vor der Tür standen."

„Das glaub ich dir gerne", entgegnete Madita und erhob sich. „Es verläuft sich ja auch wirklich selten jemand in diese Gegend. Soll ich trotzdem mal nachschauen, wer uns beim Mittagessen stört?"

Samuel nickte und so ging Madita langsam und ein wenig misstrauisch auf den Flur hinaus. Von dort aus konnte sie durch die kleinen Glaseinsätze in der Tür erkennen, dass tatsächlich eine Gestalt vor der Haustür stand, eine Männergestalt. Aber wer sollte das sein? Sie ging zur Tür und öffnete sie.

„Johannes?", fragte sie erstaunt, als sie sich plötzlich Samuels Bruder gegenübersah und ihr Herz auf einmal ganz heftig zu klopfen begann. Mit ihm hatte sie nun wirklich nicht gerechnet.

„Madita“, lächelte Johannes, „wie schön, dich zu sehen.“

„Ach tatsächlich?“, entgegnete Madita spitz. *Wenn es schön wäre, mich zu sehen, hättest du dich ja mal melden können*, dachte sie, sagte aber: „Was treibt dich denn in diese Einöde?“

„Darf ich vielleicht reinkommen?“, antwortete Johannes.

„Sicher“, erwiderte Madita und trat ein wenig zur Seite.

Während Johannes an ihr vorbeiging, trat auch Samuel auf den Flur hinaus. „Hallo“, sagte er misstrauisch und nicht gerade herzlich.

„Hallo“, entgegnete Johannes.

Madita sah mit leicht amüsiertem Gesichtsausdruck von Samuel zu Johannes und von dort wieder zu Samuel. Keiner von beiden schien über die Begegnung sonderlich erfreut zu sein.

„Wollen wir uns vielleicht ins Wohnzimmer setzen?“, durchbrach sie das betretene Schweigen.

Als Johannes nickte, ging sie voran und nahm auf dem Zweisitzer Platz. Johannes setzte sich wie selbstverständlich daneben. Samuel war ihnen zögernd gefolgt und nahm jetzt allein auf der Rundecke Platz. Und wieder herrschte betretenes Schweigen.

Madita räusperte sich und fragte: „Möchtest du vielleicht einen Kaffee, Johannes?“

„Gern“, entgegnete Johannes, woraufhin Madita aufstand und in der Küche verschwand. Als sie zehn Minuten später mit einem Tablett zurückkehrte, saßen Johannes und Samuel immer noch schweigend da. Offensichtlich hatten die beiden in der Zwischenzeit kein einziges Wort miteinander gewechselt. Madita deckte den Tisch und verschwand ein weiteres Mal in der Küche. Kurz darauf kehrte sie mit zwei Kannen ins Wohnzimmer zurück. Sie goss sich und Johannes aus der einen Kanne Kaffee in die Tassen, nahm dann die andere Kanne zur Hand und fragte in Samuels Richtung: „Möchtest du einen Tee?“

Als Samuel nickte, goss Madita auch seine Tasse voll. Sie wollte sich gerade wieder neben Johannes setzen, als sie dessen Blick auffing. Er sprach Bände, denn Johannes hatte überrascht und fragend die Augenbrauen hochgezogen. Madita ignorierte seinen Blick, denn es war ihr ausgesprochen peinlich, dass Johannes auf diese Weise mitbekam, wie sich ihre Beziehung zu Samuel entwickelt hatte.

„Was führt dich denn nun zu uns, Johannes?“, fragte sie, um davon abzulenken.

„Na ja“, lächelte Johannes, „in erster Linie bin ich natürlich hier, um meine hübsche Schwägerin einmal wiederzusehen.

Wirklich, Madita", fuhr er mit seinen Schmeicheleien fort, „du wirst mit jedem Tag schöner. Ich kenne kaum eine Frau, die dir das Wasser reichen kann."

„Und in zweiter Linie?", fragte Madita kurz.

„Nun", antwortete Johannes widerwillig, „in zweiter Linie bin ich hier, um euch beide zu einer kleinen Feierlichkeit einzuladen."

„Feierlichkeit?", fragte Madita interessiert.

„Eine Hochzeitsfeierlichkeit, um genau zu sein", entgegnete er.

„Ach wirklich?", wunderte sich Madita. „Wer heiratet denn?"

„Ich", entgegnete Johannes schlicht.

Madita fiel beinahe die Kinnlade herunter. Was hatte das denn jetzt zu bedeuten? Ihres Wissens hatte er doch noch nicht einmal eine Freundin. Wie war das dann so plötzlich möglich? Und überhaupt, hatte er nicht gerade gesagt, dass sie, Madita, für ihn die schönste Frau war?

Madita musste schlucken, bevor sie reichlich taktlos fragte: „Aber ... wen denn?"

„Du kennst sie nicht", entgegnete Johannes und sah dabei traurig aus. „Ihr Name ist Clarissa."

„Und ... warum ... ich meine ... seit wann ...?", stotterte Madita.

„Seit die Firma ihrer Eltern äußerst nützlich für Röspli ist", entgegnete Johannes und zuckte mit den Schultern.

Madita zog entgeistert die Augenbrauen hoch. So war das also. Heirateten denn hier alle nur aus Berechnung?

„Wann?", fragte sie dann.

„In knapp zwei Wochen – am Samstag, dem 10. August", antwortete Johannes und ergänzte: „Deine Eltern sind auch eingeladen."

Madita nickte. „Ich wäre auch so gekommen, schon rein aus Neugier. Ich bin doch wirklich äußerst gespannt auf deine Wahl."

Johannes sah Madita tief in die Augen. „Sie ist nicht meine Wahl. Hätte ich die Wahl ..." Er sah jetzt bedeutungsvoll zu Samuel hinüber und hielt mitten im Satz inne. Aber es war auch nicht nötig, dass er seinen Satz vollendete.

„Jeder hat eine Wahl, Johannes", korrigierte sie ihn.

Johannes schwieg zu dieser Bemerkung. Stattdessen wandte er sich seinem Bruder zu und sagte kalt: „Dir, Samuel, soll ich übrigens von Vater ausrichten, dass dein Erscheinen unbedingt erforderlich ist."

„Sonst?", fragte Samuel. Er ging scheinbar davon aus, dass Johannes auch eine Drohung mit auf den Weg bekommen hatte.

„Sonst kannst du dich darauf einrichten, dass du in den nächsten Monaten auf jede Art von Lektüre verzichten musst", erwiderte Johannes mit einem überheblichen Lächeln.

Madita konnte es nicht fassen. Das war ja die reinste Erpressung hier! Sie sah zu Samuel hinüber. Er hatte kein Wort dazu gesagt, aber der Hauch eines Lächelns lag um seine Mundwinkel. Und auch Madita musste jetzt plötzlich anfangen zu grinsen. Wie praktisch, dass sie seine Erpressbarkeit erst heute Morgen gerade in diesem Punkt immens reduziert hatte!

„Was gibt's denn da zu grinsen?", fragte Johannes verständnislos.

„Gar nichts", erwiderten Madita und Samuel zeitgleich und mussten kichern.

Johannes rollte die Augen und stand auf. „Ich muss wieder los", sagte er genervt. Dann kramte er einen Briefumschlag aus seinem Jackett und warf ihn lässig auf den Tisch. „Ich lasse euch eine Einladung da", fügte er knapp hinzu und setzte sich in Bewegung.

Madita nickte und folgte ihm dann eilig bis zur Haustür.

Dort drehte sich Johannes noch einmal zu ihr um. „Madita", begann er und machte dabei einen äußerst hilflosen Eindruck. Aber dann schüttelte er nur den Kopf. „Ach, vergiss es." Ohne ein weiteres Wort lief er die Treppe hinab und stieg in seinen Wagen. Dann brauste er eilig davon.

Madita zog die Stirn kraus. In dieser Familie waren doch eindeutig alle etwas neben der Spur – außer vielleicht Samuel. Sie zuckte die Achseln und ging zurück ins Wohnzimmer. Samuel hatte sich scheinbar nicht vom Fleck bewegt. Er saß noch immer auf dem Dreisitzer.

„Jetzt müssen wir wohl alleine Kaffee trinken", bemerkte Madita und setzte sich auf ihren alten Platz.

„Ja, das müssen wir wohl", lächelte Samuel.

„Und?", wollte Madita wissen. „Was sagst du zu der Einladung?"

„Ich staune", entgegnete Samuel ernst. „Ich hätte nicht gedacht, dass ihm das gleiche Schicksal widerfahren würde wie mir."

„Nein", entgegnete Madita nachdenklich, „ich auch nicht. Er ist doch schließlich das weiße Schaf der Familie."

Samuel lachte auf. „Das hast du hervorragend formuliert. Und das erklärt die Situation wahrscheinlich auch."

„Wieso?", fragte Madita verständnislos.

„Das mit dem Schaf stimmt", erklärte Samuel. „Er ist halt auch nur ein dummes Schaf. Außerdem haben es alle Schafe schwer, wenn ihr Vater ein Wolf ist."

„Und was ist mit dem schwarzen Schaf?", stieg Madita auf die Allegorie ein. „Begleitet es das weiße Schaf zur Schlachtbank?"

Samuel schüttelte heftig mit dem Kopf. „Keine zehn Schäferhunde kriegen es dorthin."

„Warum nicht?"

„Ich mag Menschenansammlungen nicht, Madita", erwiderte Samuel ernst. „Und ich hasse sie, wenn mein Vater darunter ist."

„Aber ich möchte nicht alleine gehen", protestierte Madita.

„Dann bleib doch hier."

„Auf keinen Fall!", rief Madita. „Ich werde mir doch die Gelegenheit nicht entgehen lassen, meinen Vater zu sehen. Außerdem muss ich unbedingt die Braut kennen lernen. Bist du nicht auch gespannt auf sie?"

„Na ja, ein bisschen schon", lächelte Samuel.

„Dann komm doch mit", bettelte Madita.

Aber Samuel schüttelte wiederum den Kopf. „Du weißt nicht, was du da von mir verlangst, Madita."

„Man wird dich schon nicht fressen."

„Nein, aber scheren", entgegnete Samuel leise.

Madita seufzte. „Du solltest dir eine dickere Wolle wachsen lassen, weißt du das?"

„Da hast du wahrscheinlich sogar Recht", erwiderte Samuel. „Aber das liegt leider nicht in meiner Hand."

Madita nickte. „Ich verstehe das. Aber ich werde trotzdem nicht locker lassen. Wenn ich nun hoch und heilig verspreche, während der gesamten Feier ununterbrochen und ganz hervorragend auf dich aufzupassen, kommst du dann mit?"

Samuel schüttelte schon wieder den Kopf. „Lass es einfach gut sein, Madita. Du hast ohne mich viel mehr Spaß."

„Ich möchte aber, dass du mitkommst!", quängelte Madita. „Es ist doch die Hochzeit deines Bruders. Da darfst du einfach nicht fehlen!"

„Bitte hör endlich auf", brach es ungewohnt heftig aus

Samuel heraus. „Ich will nichts mehr davon hören! Solche Veranstaltungen sind einfach nichts für mich! Ich fühle mich dort nicht wohl. Verstehst du das denn nicht? Ich kann nichts sehen! Ich kenne die Umgebung nicht, stolpere über jeden Stuhl. Ich weiß nicht, wo ich hingehen soll und was auf meinem Teller liegt. Und ich ...“, Samuel rang jetzt regelrecht um seine Fassung, „... habe es so satt, mich von meiner Mutter wie ein kleines Kind behandeln zu lassen.“

Madita schwieg betroffen. Sie erinnerte sich plötzlich an ihr Erlebnis im Keller. „Du hast Recht“, sagte sie leise. „Es tut mir Leid.“

In der nächsten halben Stunde sagte keiner der beiden mehr etwas. Sie tranken nur schweigend ihren Kaffee bzw. Tee und aßen die Kekse. Irgendwann aber durchbrach Samuel die Stille. „Darf ich dich was fragen?“

„Nur zu“, entgegnete Madita eifrig. Sie war froh, dass das Gespräch wieder in Gang kam.

„Bist du wirklich so schön, wie Johannes sagt?“

Madita fiel angesichts dieser Frage beinahe die Kaffeetasse aus der Hand. Sie war so perplex, dass sie nur stotterte: „Das ... weiß ich doch nicht. Das müssen andere beurteilen.“

„Ich leider nicht. Ich weiß ja nicht sehr viel über dein Aussehen.“

„Besser gesagt gar nichts“, korrigierte Madita ihn.

„So würde ich das auch wieder nicht sagen“, widersprach Samuel.

„Nein?“, fragte Madita verwundert. „Was weißt du denn schon?“

„Na ja“, begann Samuel, „ich weiß, dass du einige Zentimeter kleiner bist als ich, vielleicht knapp eins achtzig. Und du bist einigermaßen schlank.“ Er grinste. „Jedenfalls passen wir gemeinsam durch eine Tür.“

„Nicht schlecht“, sagte Madita anerkennend. „Und weiter?

„Du hast schulterlange Haare. Die ziehe ich nämlich immer aus der Staubsaugerbürste. Leider weiß ich nicht, welche Farbe sie haben.“

„Sie sind hellblond“, entgegnete Madita.

„Lockig?“

„Ein bisschen“, lächelte Madita.

„Und wie trägst du sie?“

„Manchmal stecke ich sie hoch, aber meistens hängen sie einfach nur so runter.“

Samuel nickte. „Das passt zu dir."
„Wieso?", fragte Madita ein wenig misstrauisch.
„Weil du auch sonst einen natürlichen Eindruck auf mich machst. Nehmen wir zum Beispiel deinen Geruch."
Maditas Augen weiteten sich. „Meinen Geruch? Wie um Himmels willen rieche ich denn?"
„Gut riechst du", beschwichtigte Samuel. „Wirklich gut. Frisch irgendwie, na ja, und unaufdringlich, eben natürlich. Ich wusste gar nicht, dass es Frauen gibt, die nicht nach irgendwelchen Parfums riechen."
Madita kam aus dem Staunen gar nicht mehr heraus. Sie hatte noch nie Parfum benutzt, aber auch noch kein einziges Mal erlebt, dass das jemandem aufgefallen war. Schon gar nicht einem Mann! „Deine Beobachtungsgabe ist toll", sagte sie kopfschüttelnd. „Ich benutze wirklich kein Parfum."
„Du tust gut daran", nickte Samuel. „Ich kann mir nichts Schlimmeres vorstellen als einen Menschen, den ich noch Stunden riechen muss, nachdem er den Raum verlassen hat."
„Ist Geruch wirklich so wichtig für dich?"
„Geruch ist für jeden Menschen wichtig", korrigierte Samuel. „Denk mal drüber nach. Es waren sehende Menschen, die zum Beispiel den Ausdruck geprägt haben ‚Ich kann dich nicht riechen'. Den meisten Menschen ist bloß nicht bewusst, wonach sie andere beurteilen. Und doch spielt der Geruch eine enorme Rolle. Versuch mal, darauf zu achten. Du wirst dich wundern."
„Trotzdem müsste der Geruch für jemanden, der nicht sehen kann, eine größere Rolle spielen", überlegte Madita.
„Da hast du sicher Recht", entgegnete Samuel. „Neben der Stimme ist er ja auch so ziemlich das Einzige, was ich von jemandem wahrnehmen kann."
„Und wie ist meine Stimme?", fragte Madita interessiert.
„Sie ist sehr angenehm", lächelte Samuel, „klar und warm. Und meine?"
„Deine?", fragte Madita. Sie überlegte eine Weile. Dann sagte sie: „Deine Stimme ist dunkel und ... sanft und sie wirkt irgendwie ... wie soll ich sagen ... beruhigend auf mich."
„Einschläfernd?", fragte Samuel lächelnd.
„Das habe ich nicht gesagt", widersprach Madita. „Und auch nicht gedacht", fügte sie hinzu.
„Wir sind ganz schön vom Thema abgekommen", bemerkte Samuel. „Eigentlich wollte ich ja wissen, wie du aussiehst."

„Und wie denkst du, dass ich aussehe?“

„Ich weiß nicht.“

„Aber du musst dir doch irgendein Bild von Menschen machen, mit denen du zu tun hast.“

Samuel schüttelte den Kopf. „Nein, mache ich nicht. Ein Mensch besteht für mich nur aus seiner Stimme und seinem Geruch. Mehr interessiert mich nicht.“

„Scheinbar doch.“

„Na ja“, grinste Samuel schelmisch, „mit dir ... bin ich ja schließlich auch verheiratet.“

Madita quittierte diese Bemerkung mit einem Lächeln. „Trotzdem kann ich mich nicht beschreiben“, sagte sie dann.

„Schade“, erwiderte Samuel und machte einen ziemlich enttäuschten Eindruck.

Plötzlich hatte Madita eine Idee. „Aber du kannst ja mal nachgucken“, sagte sie ganz spontan.

„Nachgucken?“, fragte Samuel verständnislos.

„Ja“, entgegnete Madita enthusiastisch, stand auf und setzte sich neben ihn aufs Sofa. „Gib mir mal deine Hand.“

Samuel sah sie entgeistert an und hob abwehrend die Hände. „Nein, nein, lass nur.“

Madita jedoch ließ sich davon überhaupt nicht beirren. Sie nahm einfach seine rechte Hand, die er ja ohnehin schon erhoben hatte, und zog sie an ihr Gesicht. „Komm schon, ich beiße nicht“, lächelte sie, als sie Samuels entsetzten Gesichtsausdruck registrierte.

„Ich möchte das nicht“, flüsterte Samuel, der mittlerweile aschfahl geworden war.

„Nun stell dich nicht so an“, entgegnete Madita und hielt seine Hand weiterhin fest. „Es ist doch nur mein Gesicht.“

Einige Sekunden später hatte sich Samuel ein wenig entspannt und Madita lockerte ihren Griff. Aber erst als sie feststellte, dass er seine Hand nicht länger von ihr wegzog, ließ sie sie endgültig los.

Er atmete tief durch, bevor er den Mut aufbrachte, mit seiner Hand zögernd und unendlich vorsichtig über ihr Gesicht zu fahren. Madita hielt den Atem an und ließ es geschehen. Seine Berührung war so sanft und zärtlich, dass sie es kaum glauben konnte. Warum war ihr nie zuvor aufgefallen, dass er so schöne Hände hatte? Seine Berührungen waren wie ein Streicheln, und während er ihr Kinn, ihre Wange, ihre Nase erkundete, schloss Madita genussvoll die Augen. Ihr Herz begann, immer schneller zu schlagen, und irgendwann fragte sie sich ernsthaft, ob sie jemals von einem Mann so berührt worden war.

Schließlich war Samuel fertig und nahm seine Hand wieder von ihrem Gesicht. Madita jedoch hielt ihre Augen noch eine ganze Zeit lang geschlossen und ließ das Gefühl seiner sanften Hände weiter nachklingen. Es dauerte eine ganze Weile, bis sie es über sich brachte, die Augen wieder zu öffnen und in die Realität zurückzukehren. *Wow*, dachte sie nur überwältigt.

Sie sah forschend zu Samuel herüber. Ob er genauso irritiert war wie sie selbst? Es sah fast so aus, denn er hatte seinen Kopf verlegen zur Seite gedreht und versuchte, einen unbeteiligten Eindruck zu machen.

Madita musste ein wenig lächeln. Es war diese Mischung aus Schüchternheit, Verlegenheit und Unschuld, die ihn so sympathisch machte.

„Und?“, fragte sie vorsichtig.

„Was und?“, entgegnete er und musste sich erst einmal räuspern, weil seine Stimme ein wenig versagte.

„Wie sehe ich aus?“

„Na ja“, begann er zögernd, „ich würde sagen, du hast feine Gesichtszüge ... eine schmale, nicht sehr lange Nase ... lange Wimpern ... hohe Wangenknochen. Dein Kinn liegt ein wenig zurück und du hast einen verhältnismäßig breiten Mund.“ Er zuckte mit den Schultern. „Ob sehende Menschen das schön finden, weiß ich eigentlich nicht.“ Er hielt einen Moment lang inne. „Aber du hast unglaublich weiche Haut. Das ist wunderschön.“

Jetzt war es Madita, die beinahe ein bisschen verlegen aussah. Sie hatte in ihrem Leben wirklich schon viele Komplimente bekommen, aber noch keines wie dieses. Dabei hatte er doch eigentlich gar nichts Besonderes gesagt. Es hatte nur so ... so echt geklungen. Sie fragte sich –

Madita wurde vom Läuten des Telefons jäh aus ihren Gedanken gerissen.

„Das geht hier ja auf einmal zu wie im Taubenschlag“, wunderte sie sich. „Erwartest du einen Anruf?“

Samuel schüttelte nur den Kopf. „Es wird wohl für dich sein.“

Madita erhob sich, ging zum Telefon und nahm ab. „Ja, hallo?“, fragte sie entgegen ihrer sonstigen Gewohnheit.

Am anderen Ende der Leitung herrschte für den Bruchteil einer Sekunde überraschtes Schweigen. „Madita?“, sagte dann eine Männerstimme, die sie nicht sofort einordnen konnte.

„Ja?“

„Jochen Spließgard hier“, sagte die Stimme. „Du siehst mich ein wenig überrascht, liebe Schwiegertochter. Ich dachte, Samuel würde ans Telefon gehen.“

„Du kannst ihn gerne sprechen“, antwortete Madita kühl.

„Nein, nein, nicht so eilig“, entgegnete Samuels Vater. „Ich kann es mir doch auf keinen Fall entgehen lassen, ein paar Worte mit meiner schönen Schwiegertochter zu wechseln. Wie geht es dir?“

„Danke der Nachfrage“, erwiderte Madita kühl. „Ich bin zufrieden.“

„Schön, schön“, lautete Jochens etwas geistesabwesende Antwort. „War Johannes eigentlich schon bei euch?“

„Mhm“, nickte Madita.

„Und kommt ihr?“

Madita zögerte einen Moment lang. Sie konnte sich denken, dass Jochen vor allem wissen wollte, ob Samuel zu kommen gedachte. Wie also sollte sie diese Frage beantworten? „Natürlich“, versuchte sie auszuweichen, „so etwas werde ich mir doch nicht entgehen lassen.“

„Ich fragte, ob *ihr* kommt“, sagte Jochen streng.

„Ich kann natürlich nur für mich sprechen“, antwortete Madita. „Deinen Sohn musst du schon selbst fragen. Soll ich ihn dir geben?“

„Bitte.“

Madita presste ihre Hand auf die Sprechmuschel und flüsterte in Samuels Richtung: „Es ist dein Vater. Ich glaube, er will wissen, ob du zu Johannes' Hochzeit kommst.“

Samuel seufzte. Dann ließ er sich von Madita das Telefon geben.

„Guten Tag, Vater“, sagte er reserviert.

Madita hielt den Atem an und spitzte die Ohren. Sie hätte jetzt zu gern auch Jochens Worte mitgehört. Leider war ihr das nicht vergönnt. Ihr blieb also nichts anderes übrig, als von Samuels Antworten auf den Verlauf des Gespräches zu schließen.

„Eine Bitte?“, lachte Samuel bitter auf. „Das wäre aber das erste Mal.“

Allerdings, dachte Madita.

„Und wenn ich dem nicht nachkomme?“, fragte er.

Dann gibt's nichts mehr zu lesen, dachte Madita lächelnd.

„Diese Drohung ist schon zu mir vorgedrungen“, sagte Samuel nur trocken.

Und sie zeigt leider keine Wirkung mehr, ergänzte Madita in Gedanken seinen Satz.

Im gleichen Moment aber verfinsterte sich Samuels Blick. Madita sah den Ärger förmlich in ihm aufsteigen. „Wir hatten eine Abmachung, Vater“, schimpfte er wütend.

Madita zog die Stirn in Falten. Was hatte sich das alte Ekel denn jetzt einfallen lassen? Besorgt hing sie an Samuels Lippen. „Kannst du nicht wenigstens Wort halten?“, presste er hervor.

Gespannt starrte Madita weiter auf Samuel. „Du ... du ...“, begann er voller Wut, schien dann aber nicht weiter zu wissen. Dann drehte er Madita den Rücken zu und warf das Telefon auf die Station zurück. Er stützte sich mit beiden Händen auf die Kommode auf und stand ein paar Sekunden lang einfach nur so da, gebückt, angespannt und schwer atmend. Dann schob er ganz plötzlich mit einer heftigen Bewegung das Telefon zur Seite. Es flog in hohem Bogen von dem Schränkchen und landete polternd in zwei Metern Entfernung auf dem Fußboden.

Madita erschrak fürchterlich. Sie hatte Samuel noch nie so erlebt. Mit weit aufgerissenen Augen starrte sie ihn an. Aber sein plötzlicher Ausbruch schien auch schon wieder vorbei zu sein. „Tut mir Leid“, murmelte er.

Madita stand auf und ging zu ihm hin. Dann legte sie ganz behutsam und vorsichtig ihre Hand auf seine Schulter. Samuel zuckte zusammen, ließ es aber geschehen. „Du musst ja nicht allein hingehen“, flüsterte sie tröstend.

Samuel wandte überrascht seinen Kopf in ihre Richtung. Er hatte wohl nicht damit gerechnet, dass Madita die Situation so schnell erfassen würde.

Er seufzte. „Du kannst dir nicht vorstellen“, begann er leise, „wie sehr ich es hasse, dass er immer gewinnt.“

„Dann lass nicht zu, dass er gewinnt“, entgegnete Madita.

Samuel schüttelte den Kopf. „Aber er hat mich in der Hand“, sagte er verzweifelt. „Wenn ich nicht hingehe, nimmt er mir das Haus weg und meine ganze Selbständigkeit.“

„Dann gehst du halt hin. Aber das heißt noch lange nicht, dass du ihn triumphieren lassen musst.“

„Wie meinst du das?“, fragte Samuel verständnislos.

„Na ja, die Frage ist doch, warum er unbedingt will, dass du zur Feier kommst.“

„Er will mich demütigen, das ist alles.“

„Dann wehr dich dagegen! Hör auf, dieses Spiel mitzuspielen!“

„Aber wie kann ich das?“, fragte Samuel hilflos.

„Für den Anfang könntest du damit aufhören, dich in der Öffentlichkeit wie ein Fußabtreter zu benehmen.“

Samuel musste jetzt direkt ein wenig grinsen. „Ich fühl mich aber wie ein Fußabtreter“, seufzte er.

„Um ehrlich zu sein, siehst du auch ein bisschen so aus“, lächelte Madita. „Und genau das müssen wir ändern. Wir stylen dich ein bisschen auf, stecken dich in einen teuren Anzug und feilen ein bisschen an deinem Auftreten. Wart's ab, dann wirst du dich ganz anders fühlen. Und deine liebe Verwandtschaft, die wird dich gar nicht erst wiedererkennen.“

Samuel schüttelte zweifelnd den Kopf. „Ich weiß nicht.“

„Ich aber“, entgegnete Madita entschlossen und stand auf, um das Telefon vom Fußboden aufzuheben. „Ich bestell dir für morgen einen Friseur und einen Maßschneider. Komm schon, einen Versuch ist es doch wenigstens wert!“

Samuel machte keinen besonders glücklichen Eindruck, widersprach aber auch nicht und so stürzte sich Madita zum zweiten Mal an diesem Tag mit Feuereifer auf das Telefon. Es dauerte eine Zeit lang und sie musste immense Honorare versprechen, aber irgendwann hatte sie tatsächlich zwei Zusagen für den nächsten Vormittag.

Zufrieden legte Madita das Telefon auf die Station zurück und sagte: „Das wäre geschafft. Der Friseur kommt um halb zehn und der Schneider um elf.“

„Und ich bin um zwölf von meinem Spaziergang zurück“, grinste Samuel.

„Von wegen“, lächelte Madita. „Morgen früh hast du Ausgangssperre. Nur damit du Bescheid weißt.“

❦

Samuel und Madita waren am nächsten Morgen gerade mit dem Frühstück fertig, als es pünktlich um 9:28 Uhr an der Haustür klopfte. Während Samuel vor Schreck zusammenzuckte, erhob sich Madita gut gelaunt. „Na, da bin ich ja beruhigt. Scheinbar war meine Wegbeschreibung doch nicht so schlecht.“

Dann ging sie zur Tür und machte auf. Der Mann, der ihr da freundlich zulächelte, war Madita auf Anhieb sympathisch. Er war vielleicht Anfang vierzig und trug eine schwarze Jeans und ein schwarz-weiß kariertes Seidenhemd. Über seiner rechten Schulter hing eine riesige bunte Stofftasche.

„Guten Morgen", lächelte der Mann. „Wenn ich Haare schneiden kann, bin ich dann hier richtig?"

„Das kommt darauf an", erwiderte Madita grinsend.

„Worauf?"

„Darauf, ob Sie Haare kürzer schneiden können als so", lächelte Madita und deutete auf die schulterlange, dunkle Lockenpracht des Mannes.

„Aber sicher", entgegnete der Mann fröhlich.

„Dann kommen Sie mal rein, Herr ...?"

„Oh, nennen Sie mich François", kicherte der Mann. „Sie wissen schon, Friseure heißen so."

„Gut, François", lächelte Madita, „dann verraten Sie mir doch mal, ob Sie Ihrer Arbeit lieber in der Küche, dem Bad oder dem Wohnzimmer nachgehen."

„Mir ist das egal. Aber wenn Sie den Raum danach noch mal benutzen wollen, wären Fliesen oder so was von Vorteil", grinste François.

„Dann gehen wir in die Küche", beschloss Madita und ging voran.

Als sie mit François im Schlepptau die Küche betrat, war Samuel noch damit beschäftigt, den Küchentisch abzuwischen. Sie wartete, bis er damit fertig war, und sagte dann: „Samuel, darf ich dir François vorstellen?"

„Guten Tag", nickte Samuel freundlich, aber reserviert.

„Mon dieu", rief François, als er Samuel von vorne sah. „Da brauch ich wohl nicht mehr fragen, wen ich hier frisieren soll. Wann waren Sie denn das letzte Mal beim Friseur?"

„Das ist schon lange her", entgegnete Samuel kühl.

François merkte, dass er sich ein wenig im Ton vergriffen hatte, und murmelte verlegen: „Na ja, macht ja nix."

„Ich möchte, dass Sie ihm den Bart abnehmen und ihm eine chice Kurzhaarfrisur verpassen", sagte Madita. „Wir gehen nämlich zu einer Hochzeit."

„Kein Problem", nickte François, „Sie werden ihn hinterher nicht mehr wiedererkennen, das garantiere ich Ihnen." Dann nahm er einen der beiden Küchenstühle, stellte ihn mitten in den Raum und sagte zu Samuel: „Nehmen Sie doch bitte Platz."

Als Samuel nicht darauf reagierte, ging Madita zu ihm hin, zog an seinem Arm und flüsterte: „Jetzt komm schon." Samuel seufzte, dann folgte er ihr widerwillig.

„Na also", lächelte Madita zufrieden, „dann kann es ja losgehen."

Sie sah auffordernd zu François hinüber und fing dabei seinen fragenden Blick auf. Erst verstand sie nicht, was er meinte, aber als er kurz darauf erst auf Samuel und dann auf seine Augen deutete, wurde es ihr klar. Scheinbar hatte François erst jetzt begriffen, dass Samuel blind war.

„Mein Mann ist blind, ja", nickte sie. „Aber daraus müssen wir kein Geheimnis machen."

Sie sah zu Samuel hinüber und stellte fest, dass er einen etwas irritierten Eindruck machte. Das wunderte sie allerdings wenig. Schließlich konnte sie selbst kaum glauben, dass sie ihn gerade als „mein Mann" bezeichnet hatte.

„Gut", entgegnete François erleichtert, „dann mache ich mich jetzt an die Arbeit. Ich muss Sie allerdings darauf hinweisen, dass ich volle Konzentration benötige. Am liebsten wäre es mir, wenn Sie so lange den Raum verlassen könnten."

Madita fing Samuels entsetzten Gesichtsausdruck auf, sagte aber trotzdem: „Kein Problem. Rufen Sie mich einfach, wenn Sie fertig sind."

Als sie die Tür hinter sich geschlossen hatte, atmete sie erleichtert auf und murmelte: „Ist das zu glauben? Du hast ihn wirklich so weit gekriegt, Madita." Dann verzog sie sich ins Wohnzimmer und begann zu warten ... und wartete ... und wartete. Erst saß sie einfach nur auf dem Sofa, dann wanderte sie ein bisschen im Raum umher, blätterte in ein paar von Samuels Büchern, setzte sich wieder hin, stand wieder auf, setzte sich wieder hin. Sie wartete und wartete.

Endlich, nach mehr als anderthalb Stunden, rief François von nebenan. „Ich bin fertig. Kommen Sie und staunen Sie!"

Sofort sprang Madita auf und eilte in die Küche. Als sie Samuel dann allerdings erblickte, hielt sie ganz abrupt in ihrer Bewegung inne und starrte ihn nur ungläubig an. Der Mann, der da auf dem Küchenstuhl saß, hatte so gar keine Ähnlichkeit mehr mit dem Samuel, den sie kannte. Er hatte ja auf einmal ein Gesicht! Und er sah gar nicht schlecht aus! Sein Gesicht war ebenmäßig und harmonisch, seine Nase relativ dezent, sein Kinn eher ausgeprägt. Und dann war da noch sein Mund. Maditas Blick blieb fasziniert daran hängen. Was war mit seinem Mund? Er wirkte ... irgendwie ... anziehend auf sie.

„Nun?", fragte François und riss Madita damit aus ihrer Faszination.

Madita schüttelte wieder den Kopf und krächzte: „Ich kann es einfach nicht glauben."

„Nicht wahr, nicht wahr!“, lachte François voller Begeisterung.

„Was ist denn?“, fragte jetzt Samuel ganz erschrocken. „Ist was nicht in Ordnung?“

Madita ging langsam auf ihn zu, starrte ihn dabei aber noch immer völlig verblüfft an. Dann hockte sie sich vor ihn und sagte sanft: „Wenn du dich nur sehen könntest!“ Dann streckte sie ihre Hand aus und fuhr ihm durch die streichholzkurzen Haare, die durch seine Naturkrause auch in dieser Länge noch voll wirkten. „Du siehst toll aus, weißt du das? Richtig toll!“

„Wirklich?“, fragte Samuel zweifelnd.

„Ja!“, entgegnete Madita begeistert. „Wirklich! Ob du's glaubst oder nicht, aber die Frauen werden dir scharenweise hinterherlaufen!“

„Na, hoffentlich nicht!“, grinste Samuel.

Ganz sicher sogar, dachte Madita und starrte fasziniert auf das aparte Lächeln, das sich um seinen Mund gebildet hatte. Er wirkte jetzt irgendwie schelmisch-jungenhaft und das machte ihn noch sympathischer.

„Dann sind Sie wohl mit meinem Werk zufrieden?“, fragte François und begann, seine Sachen zusammenzuräumen.

„Das kann man wohl sagen“, entgegnete Madita.

„Nun denn, ich schicke Ihnen eine Rechnung. Dann haben Sie meine Adresse und meine Telefonnummer schwarz auf weiß – für meinen nächsten Besuch“, grinste François geschäftstüchtig.

„Gut“, nickte Madita und geleitete ihn zur Tür.

Kapitel 15

Die anderthalb Wochen bis zur Hochzeitsfeier vergingen für Madita wie im Flug. Sie ging wieder zur Arbeit und freute sich sogar darüber. Die meisten Kollegen begegneten ihr nach ihrer Rückkehr ausgesprochen zuvorkommend. Scheinbar hatte sie sich durch ihre Beharrlichkeit einigen Respekt verschafft. Sogar Dr. Dirk verzichtete auf seine üblichen Gemeinheiten und behandelte sie beinahe nett.

Im Übrigen hatte Madita das Gefühl, den Tod von Merolina einigermaßen verwunden zu haben. Trotzdem fuhr sie nach Dienstschluss häufiger bei Frau Stolfer vorbei, einfach um einen

Kaffee und ein paar Kekse abzustauben und ein bisschen mit ihr zu klönen. Frau Stolfer war wirklich so etwas wie eine Freundin und Vertraute für sie geworden.

Der Maßschneider stand nach dem ersten Besuch zum Maßnehmen dann erst nach vielen Ermahnungen und sehr viel später als vereinbart, nämlich am Freitag, einen Tag vor der Feier, mit dem fertigen Anzug vor der Tür. Immerhin stellte sich bei der Anprobe heraus, dass er hervorragend gearbeitet hatte und keine Änderungen mehr erforderlich waren.

Madita hatte sich vorgenommen, als Vorbereitung auf die Feier am Samstagmorgen auszuschlafen. Trotzdem wachte sie bereits um neun Uhr auf und war dann auch nicht mehr im Bett zu halten. Gut gelaunt klopfte sie leise bei Samuel.

„Bist du schon wach?“, flüsterte sie durch die Tür.

Madita hatte den Satz kaum zu Ende gesprochen, als die Tür ruckartig nach innen aufgerissen wurde und das grinsende Gesicht von Samuel dahinter zum Vorschein kam. „Ja“, flüsterte er.

„Bist du verrückt?“, herrschte sie ihn an, als sie sich einigermaßen von ihrem Schrecken erholt hatte. „Willst du, dass mein Herz stehen bleibt?“

„Na ja“, entgegnete er und ging einfach an ihr vorbei in Richtung Treppe. „Jetzt, wo du’s sagst, wäre das vielleicht eine gute Möglichkeit, um der heutigen Tagesgestaltung zu entkommen.“

„Vergiss es“, grinste Madita. „Wenn ich es mir recht überlege, habe ich gar kein Herz. Es kann daher auch nicht stehen bleiben.“

Johannes’ Hochzeitsfeier sollte in Berlin, im Hotel Voyage, stattfinden. Der Empfang war für 16:30 Uhr geplant. Jochen Spließgard hatte ein paar Tage zuvor noch einmal angerufen und das Erscheinen des Chauffeurs für 14:30 Uhr angekündigt.

Beim Frühstück versuchte Madita immer wieder, ein Gespräch anzufangen, musste jedoch feststellen, dass Samuel heute Morgen ausgesprochen schweigsam und in sich gekehrt war. Mehr als ein geistesabwesendes „Ja“ oder „Nein“ war ihm einfach nicht zu entlocken.

Irgendwann wurde es Madita zu bunt und sie fragte: „Na, du freust dich wohl tierisch auf nachher, was?“

Jetzt hob Samuel zum ersten Mal den Kopf. „Ja“, seufzte er, „tierisch.“

„Jetzt komm schon“, entgegnete Madita aufmunternd. „Deine Bedenken sind nicht gerechtfertigt. Du wirst der Star des Abends sein, glaub mir.“

„Das ist es ja, was mir Sorgen macht", erwiderte Samuel nachdenklich. „Ich bin der Star jedes Abends, weißt du? Nur nicht in positiver Hinsicht."

„Heute Abend ist das anders", widersprach Madita. „Heute Abend wirst du einschlagen wie eine Bombe."

„Hauptsache, ich überlebe die Explosion", seufzte Samuel.

„Jetzt hörst du aber auf", mahnte Madita. „Ich hab dir doch gesagt, dass ich auf dich aufpassen werde. Und das meine ich auch so. An meiner Seite kann dir doch gar nichts passieren."

Samuel nickte und atmete einmal tief durch. „Das ist auch das Einzige, was mich noch aufrecht hält."

Sie setzten ihre Mahlzeit schweigend fort. Und auch das Abräumen und Abwaschen erledigten sie ohne ein einziges Wort.

Anschließend sagte Madita: „Ich gehe jetzt duschen. Wenn ich fertig bin, helfe ich dir mit dem Anzug."

Sie sprang gut gelaunt unter die Dusche. Anschließend widmete sie sich ihren Haaren. Sie drehte sie auf große Lockenwickler und fing an zu fönen. Zwischendurch legte sie ein dezentes Make-up und einen zarten hellblauen Lidschatten auf. Zufrieden blickte sie anschließend in ihren Spiegel. So konnte man sich sehen lassen.

Dann ging sie in ihr Zimmer, öffnete ihren Kleiderschrank und holte lächelnd ihr knöchellanges, leuchtend rotes Abendkleid daraus hervor. Es war das edelste Stück, das sie besaß, und sie hatte es bisher erst ein einziges Mal getragen. Es war eng geschnitten und bestand aus dem Kleid mit Corsage und einem kurzen Bolero, den sie allerdings nur dann trug, wenn ihr wirklich kalt war. Sie zog Strümpfe an, schlüpfte in das Kleid und stieg dann in die passenden Pumps. Anschließend legte sie noch eine goldene Uhr und ihre tropfenförmigen roten Ohrringe an, verzichtete aber auf jede Art von Halsschmuck. Dann betrachtete sie das Endergebnis im Spiegel.

Sie nickte zufrieden. Das Kleid war ein Traum und es wirkte besonders aufregend, wenn ihre hellblonden Haare auf ihre nackten Schultern fielen.

Sie probte ihr strahlendstes und verführerischstes Lächeln. „Das wäre doch gelacht, Johannes Spließgard, wenn du diese Eheschließung nicht schon heute Abend bereuen würdest."

Sie kramte ihre kleine rote Handtasche aus dem Schrank, legte Taschentücher, Make-up und Lidschatten hinein und verließ dann mitsamt der Tasche und dem Bolero ihr Zimmer. Dann klackerte sie mit ihren Pumps lautstark den Flur entlang, blieb vor Samuels Zimmer stehen und wollte gerade klopfen, als die Tür auch schon geöffnet wurde.

„Es ist auf jeden Fall beruhigend“, grinste Samuel, „dass ich immer wissen werde, wo du dich gerade befindest.“

„Wieso?“, fragte Madita mit gespielter Unwissenheit, freute sich aber doch, dass sich Samuels Laune offensichtlich ein bisschen gebessert hatte.

„Weil selbst Elefantenfüße weniger Geräusche machen als deine Schuhe“, entgegnete Samuel. „Also komm rein, du Dickhäuter.“

Madita trat lächelnd ein und musterte Samuel dabei erst einmal von oben bis unten. Er war schon halb fertig und hatte sich auch viel Mühe gegeben. Das weiße Oberhemd und die blaue Hose saßen perfekt. Schwarze Schuhe hatte er auch schon an.

„Mit der Fliege und dem komischen Gürtel bin ich nicht zurecht gekommen“, bemerkte Samuel, der Maditas prüfenden Blick scheinbar schon wieder erahnt hatte.

„Kummerbund“, korrigierte Madita.

„Aha“, nickte Samuel und fügte dann lächelnd hinzu, „sehr treffender Name.“

Währenddessen hatte Madita den schwarzen Kummerbund schon an sich genommen und war von hinten an Samuel herangetreten. „Still gestanden und Arme hoch“, befahl sie. Samuel gehorchte prompt und so schlang Madita den Kummerbund um seinen Bauch und seine Hüften. Dann zog sie ihn hinten durch die Gürtelschlaufen seiner Hose und befestigte die Schnalle.

„Schon fertig. Ist doch gar nicht so schwierig, oder?“

„Hm“, zweifelte Samuel und ertastete erst einmal die Art der Befestigung. „Sieht so aus, als würdest du mich heute auch auf die Toilette begleiten müssen.“

„Bange machen gilt nicht“, lächelte Madita. „Du bist doch sonst so selbständig.“ Dann holte sie die schwarz-blaue Fliege und befestigte sie an Samuels Hals.

„Willst du mich umbringen?“, röchelte Samuel, als sie damit fertig war. „Ich bin doch kein Hund!“

„Sitz, Hasso“, erwiderte Madita grinsend.

„Bitte“, jammerte Samuel, „das ist zu fest.“

„Papperlapapp“, entgegnete Madita. „Das muss nun einmal so sein. Außerdem kennst du doch sicher den Spruch: Wer schön sein will, muss leiden.“

„Erstens", widersprach Samuel, „will ich überhaupt nicht schön sein, das war nämlich deine Idee. Zweitens gilt dieser Spruch, soweit ich weiß, nur für Frauen und drittens solltest du das Ding lieber lockern. Wenn ich nämlich bewusstlos werde, sind all deine Bemühungen umsonst."

„Du kannst einem ja wirklich Leid tun", frotzelte Madita. „Aber meinetwegen, für die Fahrt mache ich es lockerer. Vorher will ich dich nur noch einmal richtig anschauen." Sie nahm die Jacke vom Bügel, half Samuel hinein und schloss die Knöpfe.

Dann trat sie ein paar Schritte zurück und ließ seine Erscheinung auf sich wirken. Da stand er nun also vor ihr, perfekt gekleidet, gut aussehend und stattlich. Und dann diese durchdringenden blauen Augen und der ausdrucksvolle Mund. Sie konnte es nicht fassen. War das wirklich Samuel? War das ihr Orang-Utan?

„Bist du zufrieden?", fragte Samuel unsicher.

„Bin ich", entgegnete Madita und versuchte, beiläufig zu klingen und ihre Begeisterung ein wenig zu verbergen. „Du musst bloß daran denken, dich gerade zu halten." Sie ging ein paar Schritte auf ihn zu und schob sanft seine Schultern ein wenig nach hinten. „Du weißt schon: Brust raus, Bauch rein." Dann legte sie zwei Finger unter sein Kinn und drückte es vorsichtig nach oben. „Deine Nase könntest du ruhig ein wenig höher tragen", lächelte sie. „Du bist schließlich der Sohn eines reichen und mächtigen Mannes."

Samuel seufzte. „Ich weiß nicht, ob ich das alles kann, Madita. Ich bin nicht der, den du aus mir machen möchtest."

„Vielleicht ja doch", widersprach Madita. „Vielleicht findest du heraus, dass du viel selbstbewusster bist, als du gedacht hättest. Probier es doch einfach aus."

Samuel seufzte wieder. „Lass mich bloß nicht allein."

„Ich lasse dich nicht allein", sagte Madita sanft. „Versprochen."

In diesem Moment klingelte es an der Tür. Samuel öffnete den Deckel seiner Armbanduhr, ertastete die Zeit und sagte: „Es ist schon zwanzig nach zwei. Das wird wohl unser Wagen sein."

„Bestimmt", nickte Madita und ging mit Samuel nach unten. Als sie die Haustür öffneten, stand der Chauffeur davor, den Madita bereits kannte.

„Guten Tag", sagte sie.

„Guten Tag, die Herrschaften", lächelte der Mann höflich.

„Ich habe den Auftrag, Sie zur Hochzeitsfeier zu fahren. Wenn Sie mir bitte folgen wollen."

„Gern", nickte Madita. Wie selbstverständlich hakte sie sich bei Samuel ein, schob ihn sanft durch die Tür, schloss noch ab und ging dann an seiner Seite die Treppenstufen hinab. Der Chauffeur schien es eilig zu haben und so fuhr er schon wenige Sekunden später los.

Madita machte es sich auf der bequemen Rückbank gemütlich und sah aus dem Fenster. Sie empfand es als ausgesprochen angenehm, nicht selbst fahren zu müssen. Und während der Wagen über den Waldweg fuhr, hatte sie endlich einmal die Gelegenheit, ganz intensiv die Umgebung zu betrachten. Etwas Außergewöhnliches oder Verdächtiges bemerkte sie aber auch heute nicht. Trotzdem schoss ihr wieder das Erlebnis mit den beiden Männern durch den Kopf und sie bekam eine Gänsehaut. Sie konnte nur hoffen, dass Heiner die beiden dauerhaft verschreckt hatte.

Als sie ungefähr eine halbe Stunde gefahren waren, fielen Madita langsam die Augen zu. Sie sah noch einmal nach links zu Samuel hinüber. Er hatte während der ganzen Fahrt noch kein einziges Wort gesagt und machte auch jetzt nicht unbedingt den Eindruck, als ob er sich unterhalten wollte. Er schlief zwar nicht, hatte den Kopf aber von ihr abgewandt. Madita zuckte mit den Schultern. Vielleicht war es ohnehin besser, wenn sie ein bisschen döste.

Als sie wieder aufwachte, war es schon viertel vor vier und der Wagen verließ gerade die Autobahn. Sie waren also fast da. Madita kramte ihren kleinen Spiegel aus der Handtasche und sah hinein. Erfreut stellte sie fest, dass ihr Styling kaum gelitten hatte.

„Wir sind gleich da", sagte sie.

„Ich hatte so etwas befürchtet", nickte Samuel.

Wenige Minuten später hielt der Wagen vor dem Haupteingang des Hotels. Madita wartete, bis der Chauffeur ausgestiegen war und ihre Tür geöffnet hatte. Dann ließ sie sich von ihm aus dem Wagen helfen. Anschließend ließ sie den Mann stehen, eilte um den Wagen herum, öffnete Samuels Tür und sagte galant: „Darf ich bitten?" Und als sie dabei in Samuels tiefblaue Augen sah, dachte sie zum hundertsten Mal an diesem Tag: *Wer hätte jemals gedacht, dass er so attraktiv sein kann?*

Samuel stieg lächelnd aus und hakte sich schnell bei ihr ein.

Erst jetzt fiel Madita auf, dass es nicht besonders warm in

Berlin war, vielleicht fünfzehn Grad. Der Himmel war bedeckt und es war windig. Madita fröstelte und zog Samuel daher sofort in Richtung Eingang.

„Ich stehe Ihnen selbstverständlich auch für die Rückfahrt zur Verfügung“, rief der Chauffeur noch hinter ihnen her. „Sie finden mich den ganzen Abend über an der Bar.“

Madita blieb stehen, wandte sich zu ihm um und sagte: „Das ist ja schön. Aber wie wollen Sie uns dann noch heil nach Hause kriegen?“

„Oh ... äh, na ja“, stotterte der Chauffeur, „ich werde natürlich nur Wasser trinken.“

„Das hoffe ich sehr“, erwiderte Madita nachdrücklich. „Wir möchten nämlich auf jeden Fall noch in der Nacht nach Hause zurückfahren. Darauf sollten Sie sich einstellen.“

Madita hatte am Telefon eisern mit Jochen Spließgard verhandelt. Auf Drängen von Samuel hatte sie ihm auch die Erlaubnis abgerungen, sofort nach Abschluss der Feier nach Hause zurückkehren zu dürfen. Und da sie wusste, wie ungern Samuel im Hotel übernachtet hätte, lag ihr jetzt sehr viel an der Einhaltung dieser Abmachung.

„Sehr wohl“, entgegnete der Chauffeur überhöflich.

Madita nickte würdevoll und setzte dann mit Samuel ihren Weg fort. Wenig später betraten die beiden durch eine gläserne Drehtür die Empfangshalle des Hotels.

„Wow“, flüsterte Madita in Samuels Richtung. „Dein Vater hat sich ja mal wieder das teuerste Hotel der Stadt ausgesucht.“

„Warum?“, flüsterte Samuel zurück.

„Allein die Lobby“, begann Madita, „ist wahrscheinlich größer als unser Haus. Und vor allem höher.“ Sie sah beeindruckt nach oben. „Ob du’s glaubst oder nicht, aber man kann von hier aus den Himmel sehen. Alles besteht aus Glas – das Dach, die Wände im Erdgeschoss und sogar der Fußboden.“ Sie schüttelte den Kopf. Ein solches Hotel hatte sie noch nie gesehen.“

Madita hielt jetzt inne, weil ein Mann im Anzug mit zackigen Schritten auf sie zugestürmt kam. „Herzlich willkommen im Hotel Voyage. Gehören Sie zu den Hochzeitsgästen?“ Als Madita nickte, sagte der Mann: „Dann folgen Sie mir doch bitte.“

Er führte Madita und Samuel durch die Hotelhalle und schließlich durch eine geöffnete Glastür. Dahinter kam ein riesiger, moderner Saal zum Vorschein, der kreisrund war und alles bot, was man zum Feiern benötigte. Dazu gehörten nicht nur verschiedene Bars an den Seiten, sondern auch eine professionell aussehende Bühne, auf der wahrscheinlich sogar Elton John gerne aufgetreten wäre. Der Saal war nett geschmückt und mit runden Tischen ausgestattet.

Madita entdeckte als Erstes Jochen und Hannah Spließgard. Sie standen mit Sektgläsern in der Hand in der Nähe der Tür und unterhielten sich gerade mit einer jungen Frau, die scheinbar zum Personal gehörte. Jochen Spließgard trug einen schwarzen Smoking und Hannah ein türkisfarbenes, knöchellanges Abendkleid. Obwohl Madita die Farbe sehr gut gefiel, schüttelte sie spontan den Kopf. Hannah hatte es mal wieder verstanden, sich möglichst unvorteilhaft zu kleiden. Das Kleid hatte oben zwei dünne Träger und einen leichten V-Ausschnitt. Ansonsten war es so schlicht und so gerade geschnitten, dass es auch als Nachthemd hätte durchgehen können.

Die beiden hatten Madita und Samuel noch nicht bemerkt und so flüsterte Madita: „Da vorne stehen deine Eltern. Da gehen wir jetzt mal zuerst hin." Und so zog sie Samuel energisch in Richtung der Spließgards. Sie hatten sich kaum in Bewegung gesetzt, als Jochen Spließgard kurz zu ihnen herübersah. Scheinbar erkannte er sie jedoch nicht und so wandte er seine Aufmerksamkeit wieder der jungen Bediensteten zu.

Dann aber stutzte er. Seine Augen weiteten sich, sein Gesichtsausdruck drückte seine Irritation aus. Ruckartig drehte er ihnen den Kopf wieder zu und starrte sie an. Auch Hannah hatte bemerkt, dass etwas nicht in Ordnung zu sein schien. Auch sie starrte jetzt verwirrt zu ihnen herüber.

Mittlerweile hatten Madita und Samuel die beiden erreicht. „Guten Tag, Schwiegervater", lächelte Madita. „Freust du dich gar nicht, uns zu sehen?"

Jochen Spließgard starrte sie weiter an, brachte aber kein einziges Wort heraus. Es war das erste Mal, dass Madita ihn sprachlos erlebte.

„Das gibt's doch nicht", flüsterte jetzt Hannah.

Es dauerte noch einige Sekunden, bis Jochen sich gefangen hatte. Dann räusperte er sich und sagte tapfer: „Madita, ich heiße dich willkommen. Du bist wie immer die Schönheit selbst."

„Danke, Jochen", entgegnete Madita und wartete darauf, dass er auch Samuel begrüßen und etwas zu seinem Erscheinungsbild sagen würde. Aber nichts dergleichen geschah. Jochen sah gar nicht erst zu Samuel herüber. Er tat einfach so, als wäre er Luft.

Madita schluckte. Sie kannte dieses Benehmen ja schon, aber heute störte es sie mehr als je zuvor. Sie hatte gehofft, dass Jochen von Samuels neuem Auftreten positiv überrascht sein würde. Sie hatte gehofft, dass er das vielleicht sogar zum Ausdruck bringen würde. Warum konnte er Samuel nicht wenigstens jetzt ein wenig von dem Respekt entgegenbringen, der ihm zustand? Dieser Jochen Spließgard war wirklich ein Prolet. Der wollte zur besseren Gesellschaft gehören? Das konnte er sich abschminken. Samuel hatte tausendmal mehr Stil als sein Vater!

Vorsichtig sah Madita zu Samuel herüber. Sein Gesicht war vollkommen versteinert. Es war keine, aber auch gar keine Gefühlsregung darin zu erkennen. Aber auch das wusste Madita zu interpretieren. Es sprach Bände über das, was sich gerade hinter der Fassade abspielen musste.

Jochen winkte jetzt einen Kellner zu sich heran, der ein Tablett mit Sektgläsern trug.

„Darf ich dir einen Pommery anbieten, Madita?“, fragte er galant.

„Gern“, nickte Madita und nahm vorsichtshalber gleich zwei Gläser von dem Tablett, das ihr gereicht wurde. Dann drückte sie eins davon Samuel in die Hand.

„Champagner“, flüsterte sie ihm zu.

„Auf deine Söhne“, sagte sie mit einem provokativen Lächeln zu Jochen und erhob ihr Glas.

„Auf die Hochzeit“, entgegnete Jochen kühl.

Madita nahm einen kräftigen Schluck und sagte dann lächelnd: „Wenn der Abend genauso gut wird wie der Champagner, werden wir uns sicher hervorragend amüsieren.“

„Worauf du dich verlassen kannst“, lächelte Jochen bedeutungsvoll. Madita fragte sich noch, was er damit meinte, als er sich ganz plötzlich entschuldigte und sich mit einer abrupten und irgendwie ausholenden Bewegung umdrehte. Madita sah nur, wie im gleichen Moment Samuels Glas in hohem Bogen durch die Luft sauste und am Boden in tausend Scherben zerbrach. Madita starrte erst fassungslos auf das Glas und dann Jochen hinterher. Wie hatte er das nur geschafft? Und wie hatte er auf eine derart gemeine Idee kommen können?

Madita spürte, wie die Zornesröte in ihr Gesicht stieg. Langsam wurde sie wirklich wütend. Was für ein armseliges Verhalten! Gleichzeitig stellte sie sich die Frage, ob es wirklich richtig gewesen war, Samuel mit herzuschleifen. Vielleicht hätte sie ihn dabei unterstützen sollen, zu Hause bleiben zu können. Ihr toller

Plan jedenfalls war schon nach fünf Minuten gründlich gescheitert.

„Hier, nimm meins", flüsterte sie und wollte Samuel ihr eigenes Sektglas in die Hand drücken.

Aber Samuel wehrte nur ab und zischte: „Lass mich."

„Mein armer Schatz", flüsterte jetzt Hannah mitleidsvoll und schlang beide Arme um Samuel. „Komm mit, ich bring dich zu einem der Tische." Dann zog sie ihn einfach hinter sich her.

Madita wusste jetzt überhaupt nicht mehr, was sie tun sollte. Sie fühlte sich vollkommen überfordert und hatte den Eindruck, dass die Situation immer mehr außer Kontrolle geriet. Und so stand sie einfach nur so da, allein, mitten im Saal und ziemlich unentschlossen.

Sie hatte sich gerade entschieden, hinter Samuel herzueilen und ihn wieder aus den Fängen seiner Mutter zu befreien, als sich eine der hinteren Türen des Saales öffnete und Johannes daraus hervortrat. Er trug einen schwarzen Smoking mit Schwalbenschwanz und sah wie immer hervorragend damit aus. Als er Madita erblickte, erhellte sich sein Blick und er eilte sofort auf sie zu.

„Madita", flüsterte er und umarmte sie, „ich freue mich ja so, dich zu sehen. Lass dich doch mal anschauen." Er trat einen Schritt zurück und betrachtete sie von oben bis unten. „Du siehst so hinreißend aus. Eindeutig die schönste Frau des Abends."

„Nach der Braut, hoffe ich."

Johannes beantwortete dies mit einem Seufzen. „Wohl kaum", murmelte er dann, „wohl kaum."

„Wann lerne ich sie denn kennen?"

„Ach ja, wann lernst du die kennen?", stammelte Johannes und machte dabei einen nervösen und fahrigen Eindruck. „Sicher früh genug."

„Wo ist sie denn jetzt?"

„Also wenn du es genau wissen willst", sagte Johannes entnervt, „sie steht schon seit ein paar Stunden mit ihrer Mutter im Badezimmer und feilt an ihrem Make-up. Können wir jetzt von etwas anderem sprechen?"

Madita nickte brav. „Worüber möchtest du denn sprechen?"

„Zum Beispiel darüber, dass du anscheinend doch allein hierher gekommen bist", lächelte Johannes. „Wusste ich doch gleich, dass mein wertes Brüderchen kneifen würde. Er hat einfach kein Rückgrat. Aber das wird ihn teuer zu stehen kommen."

Madita holte gerade Luft, um ihn über seinen Irrtum aufzuklären, als er auch schon eilig hinzufügte: „Nicht, dass es mir etwas ausmachen würde, Madita. So hab ich dich ganz für mich allein. Du versprichst doch, mit mir zu tanzen?"

„Ich tanze natürlich gern mit dir", begann Madita, „trotzdem solltest du wissen ..." Sie hielt inne, weil ihr bewusst wurde, dass Johannes ihr überhaupt nicht zuhörte. Er starrte seit einigen Sekunden intensiv nach rechts zu dem Tisch, an dem Hannah und Samuel saßen.

„Johannes", sprach sie ihn an.

„Entschuldige, ich glaub, ich hab dir nicht zugehört", entgegnete Johannes. Dann trat er noch näher an sie heran, deutete dezent nach rechts und flüsterte: „Hast du eigentlich irgendeine Ahnung, wer der Typ neben meiner Mutter ist? Ich hasse es, wenn ich meine eigenen Gäste nicht zuordnen kann."

„Oh, das ist der Mann ohne Rückgrat", grinste Madita und sah dann amüsiert dabei zu, wie Johannes so ziemlich alles aus dem Gesicht fiel.

„Das kann doch nicht ...", stammelte er fassungslos. „Das gibt's doch nicht."

„Jetzt komm und sag ihm wenigstens ‚Hallo'", drängelte Madita und versuchte, Johannes in Richtung des Tisches zu schieben.

„Nein ... ich muss unbedingt mal nach Clarissa sehen. Entschuldige mich", stotterte Johannes und eilte davon.

Madita sah ihm kopfschüttelnd nach und begab sich dann wohl oder übel allein an den Tisch, an dem Samuel mit seiner Mutter saß. Sie setzte sich neben Samuel und flüsterte: „Du siehst so gut aus, dass dein Bruder dich nicht einmal erkannt hat."

„Nicht gut genug", flüsterte Samuel zurück.

„Wie meinst du das?"

„Ich sehe trotz allem nicht gut genug aus, um eine Begrüßung verdient zu haben, Madita. Es hat sich nichts, aber auch gar nichts verändert."

Madita schwieg. Sie wusste, dass er Recht hatte, und sie schämte sich dafür, falsche Hoffnungen in ihm geweckt zu haben. Am liebsten hätte sie sich Samuel geschnappt und die Feier wieder verlassen. Aber das ging jetzt wohl nicht mehr.

Es war 16:45 Uhr und mittlerweile war alles bereit für den offiziellen Empfang. Jede Menge Kellnerinnen warteten mit Tabletts voller Sekt und Orangensaft auf die ersten Gratulanten.

Und schon öffnete sich auch die Tür und es trat ein älteres Ehepaar ein, das mit Geschenken nur so beladen war. Sofort eilte einer der Bediensteten los, um das Brautpaar und die Brauteltern zu holen.

Wenige Sekunden später erschien Jochen wieder auf der Bildfläche und eilte auf Hannah zu. Er zischte ärgerlich: „Ist Blindheit neuerdings ansteckend? Es sind Gäste da, das sieht man doch wohl! Jetzt heb deinen Hintern aus dem Stuhl und komm deinen Verpflichtungen nach!"

Hannah gehorchte sofort und sprang auf. Jochen warf ihr noch einen abfälligen Blick zu, dann reichte er ihr übertrieben galant seinen Arm, in den sich Hannah umgehend einhakte. Kurz bevor sich Jochen dann mit ihr zu seinen Gästen umdrehte, glättete sich sein Gesicht und der angewiderte Ausdruck wich einem freundlichen Lächeln.

Madita schüttelte den Kopf. Was war er doch für ein hervorragender Schauspieler. „Herrscht bei euch immer so ein Umgangston?", flüsterte sie Samuel zu.

„Nein", entgegnete Samuel, „normalerweise ist er wesentlich schlimmer."

Madita wollte noch etwas erwidern, kam aber nicht dazu, weil in diesem Moment Johannes und seine Braut den Saal betraten und ihre gesamte Aufmerksamkeit in Anspruch nahmen. Madita war wirklich neugierig auf die Frau gewesen, die Johannes gestern Morgen standesamtlich geheiratet hatte. Und das lag wohl in erster Linie daran, dass er schon im Vorfeld so respektlos und abwertend über sie gesprochen hatte. Aber in der Tat, Madita konnte das jetzt einigermaßen nachvollziehen. Denn die Frau war ihr schon auf den ersten Blick furchtbar unsympathisch.

Das lag allerdings gar nicht so sehr an ihr selbst als vielmehr an ihrem Aufzug. Denn das weiße Brautkleid, das Clarissa trug, war so ziemlich das Letzte, was sich Madita jemals ausgesucht hätte.

Das ist kein Brautkleid, dachte Madita kopfschüttelnd, *sondern eine überdimensionale Portion Zuckerwatte.* Soweit Madita das feststellen konnte, hatte Clarissa keine schlechte Figur. Sie war nicht besonders groß und recht schlank. Trotzdem wirkte sie in ihrem Kleid fast wie eine Kugel. Das war auch kein Wunder, denn das Kleid bestand fast nur aus Rüschen und Puffärmeln. Von Eleganz konnte da keine Rede sein.

Clarissa selbst sah gar nicht mal so schlecht aus. Sie hatte ein ebenmäßiges, aber noch recht kindliches Gesicht. Madita schätzte sie auf Anfang zwanzig. Ihre langen Haare waren voll und glänzten in einem kräftigen Rotton. Die Sommersprossen in ihrem Gesicht waren geschickt mit Make-up überdeckt worden, aber die vielen Pünktchen an ihren Armen verrieten sie.

Johannes und Clarissa hatten jetzt ihre ersten Gäste begrüßt, und immer mehr betraten den Saal. Schon nach kurzer Zeit reichte die Schlange weit in den Flur hinein. Madita beobachtete gerne Leute und so wurde ihr nicht langweilig, obwohl der Empfang weit über zwei Stunden dauerte.

Als irgendwann keine Gäste mehr auf ihre Begrüßung warteten, mischten sich Johannes und seine Eltern unter die Gäste. Die Braut hingegen verließ an der Seite ihrer Mutter schnurstracks wieder den Saal.

Wahrscheinlich muss sie ihre Nase neu pudern, vermutete Madita gehässig. Sie schätzte die Zahl der Anwesenden jetzt auf annähernd dreihundert. Allerdings ging sie davon aus, dass noch immer nicht alle da waren, denn auch ihre Eltern waren ja noch nicht eingetroffen.

„Langweilst du dich sehr?“, fragte sie Samuel, der in der ganzen Zeit kein einziges Wort gesagt hatte.

„Nein, im Gegenteil. Ich freue mich, dass die Zeit verrinnt, ohne dass irgendwelche Katastrophen passieren.“

Madita musste lachen. „Wie schön, wenn man allem etwas Positives abgewinnen kann.“

„Nicht wahr?“, lächelte Samuel.

Madita bekam seinen Kommentar aber kaum noch mit, denn sie war aufgesprungen, weil gerade ihre Eltern den Saal betreten hatten. Ihre Mutter trug ein schlichtes, knöchellanges Kleid aus hellblauer Seide, ihr Vater einen dunkelblauen Smoking.

Madita musste lächeln. Ihr Vater sah wirklich hervorragend aus, wenn er sich ausnahmsweise mal in Schale schmiss.

„Ist dein Vater gekommen?“, fragte Samuel.

„Woher weißt du das?“, entgegnete Madita verwundert.

„Was sonst könnte dich so vom Stuhl reißen?“

„Du hast Recht“, erwiderte Madita. „Hast du was dagegen, wenn ich hingehe und ihn begrüße?“

„Natürlich nicht“, lächelte Samuel.

Madita ließ sich das nicht zweimal sagen. Sofort verließ sie ihren Platz und stürmte auf ihren Vater zu.

Der sah sie schon von weitem kommen und öffnete seine

Arme. „Hallo, mein Mädchen“, sagte er und drückte sie ganz fest an sich. „Ich hab dich ja so vermisst.“

„Und ich dich erst, Papa“, entgegnete Madita zärtlich.

Welf von Eschenberg wollte seine Tochter gar nicht wieder loslassen. Fast eine Minute hielt er sie so fest in seinen Armen, dass Madita schon ganz schwindelig wurde. Dann schob er sie ein Stück von sich weg und betrachtete sie erst einmal von oben bis unten. „Du siehst wirklich atemberaubend aus! Ehrlich, du bist die Schönste auf der ganzen Feier.“

„Und du bist voreingenommen, Papa“, lächelte Madita. „Aber davon mal abgesehen, du siehst auch nicht schlecht aus. Vielleicht solltest du Mutter öfter dein Outfit bestimmen lassen.“ Sie wandte sich ihrer Mutter zu. „Guten Abend, Mutter.“

„Guten Abend, mein Kind.“

„Hör bloß auf“, jammerte Welf von Eschenberg. „Ich komme mir vor wie eine Wurst in der Pelle. Wirklich, ich bekomme fast keine Luft mehr.“

„Oh, du Ärmster“, grinste Madita. „Aber du weißt ja – wer schön sein will, muss leiden.“

„Ich will ja gar nicht schön sein“, beklagte sich ihr Vater, „das war die Idee deiner Mutter.“

Madita musste anfangen zu kichern. „So was Ähnliches hab ich heute schon mal gehört.“ Sie sah sich zu Samuel um. „Männer sind doch alle gleich.“

„Und doch kommt ihr nicht ohne sie aus“, lächelte Welf.

„Falsch“, widersprach Maria. „*Ihr* kommt nicht ohne *uns* aus.“

„Da hast du allerdings Recht, mein Schatz“, lächelte Welf und legte liebevoll seinen Arm um Maria. Und diese ließ es tatsächlich geschehen. Madita staunte. So etwas wäre früher vollkommen undenkbar gewesen. Ihre Mutter hatte den Austausch von Zärtlichkeiten in der Öffentlichkeit immer abscheulich gefunden. Scheinbar nahm sie ihren Handel mit Madita wirklich ernst.

„Kommt, wir setzen uns hin“, schlug Madita vor und deutete auf den Tisch, an dem Samuel saß.

„Das ist eine gute Idee, mein Kind“, entgegnete Maria säuerlich, „auf eine angemessene Begrüßung brauchen wir wohl nicht mehr zu warten.“

„Wir sind ja auch zu spät“, warf Welf vorsichtig ein.

„Zu spät oder nicht“, zischte Maria, „wir sind immer noch die von Eschenbergs.“

„Kommt ihr?“, fragte Madita, um die Sache zu verkürzen, und ging zielstrebig auf Samuels Tisch zu. Als sie dort angekommen war, flüsterte sie ihm leise zu: „Ich hab meine Eltern im Schlepptau. Sie sind in einer Sekunde hier.“ Samuel erhob sich und drehte sich um.

Maria, die den Tisch mittlerweile erreicht hatte, schenkte ihm ein freundliches Lächeln, streckte ihm ihre Hand entgegen und sagte: „Von Eschenberg, ich bin Maditas Mutter. Ich denke, wir hatten noch nicht das Vergnügen ... ?“

Samuel ergriff relativ zielsicher ihre Hand und sagte: „Sie haben Recht, ich hatte noch nicht das Vergnügen, Ihre Hand zu schütteln.“

Maria zog die Stirn in Falten und sah ihn verwirrt an.

„Madita, willst du uns den jungen Mann nicht vorstellen?“, fragte jetzt auch Welf.

„Ich dachte, das sei nicht nötig, Papa“, entgegnete Madita. „Ihr kennt meinen Mann ja bereits.“

Amüsiert beobachtete sie, wie Maria Samuel ruckartig ihre Hand entzog.

„Das gibt's doch gar nicht“, lachte Welf, ergriff jetzt seinerseits Samuels Hand und schüttelte sie heftig. „Nie im Leben hätte ich Sie wiedererkannt, nie im Leben. Wirklich, Sie haben sich enorm verändert. Nicht wahr, Maria?“

Maria hatte Samuel die ganze Zeit mit einer Mischung aus Erstaunen und Entsetzen angestarrt. Erst durch Welfs Frage wurde sie aus ihrer Lethargie gerissen und entgegnete: „Das kann man wohl sagen.“

Madita schüttelte den Kopf. Das war mal wieder typisch! Wie war es nur möglich, dass dieselbe Aussage bei ihrem Vater freundlich und bei ihrer Mutter herablassend klang?

„Setzt euch doch“, sagte sie schnell und nahm selbst wieder neben Samuel Platz.

Maditas Eltern waren dieser Aufforderung kaum nachgekommen, als sie auch schon wieder aufstehen mussten, weil Johannes mittlerweile ihr Erscheinen bemerkt hatte und jetzt mit seiner frisch Angetrauten im Schlepptau auf sie zueilte.

„Frau von Eschenberg“, sagte Johannes und streckte Maria die Hand entgegen, noch bevor er den Tisch überhaupt erreicht hatte, „Sie können sich gar nicht vorstellen, wie sehr ich mich freue, Sie auf meiner Hochzeitsfeier begrüßen zu dürfen. Ich hoffe, Sie hatten eine angenehme Anreise?“

Madita beobachtete, wie ihre Mutter angesichts dieser Begrüßung förmlich erblühte. „Danke der Nachfrage“, säuselte sie, „leider hat sich unser Chauffeur verfahren. Darum sind wir ein wenig spät.“

„Aber das macht doch nichts“, entgegnete Johannes. „Wichtig ist nur, dass Sie kommen konnten. Darf ich Ihnen meine Frau Clarissa vorstellen?“

Maria schüttelte Clarissas Hand und sagte: „Es freut mich sehr, Sie kennen zu lernen, Clarissa. Und natürlich beglückwünsche ich Sie beide aufs Herzlichste zu Ihrer Verbindung.“

„Vielen Dank“, entgegnete Clarissa. „Die Freude ist ganz auf meiner Seite.“

Madita zog die Stirn in Falten. Seit Clarissa den Mund aufgemacht hatte, fand sie sie noch unsympathischer als vorher. Ihre Stimme war irgendwie unangenehm und sehr hoch. Zudem hatte sie einen Tonfall angeschlagen, der auf Madita schrecklich affektiert wirkte.

Nachdem Johannes auch Welf begrüßt und ihn seiner Frau vorgestellt hatte, fragte diese: „Und verrätst du mir auch, woher wir die Herrschaften kennen, Johannes?“

„Aber sicher“, entgegnete Johannes, „Welf und Maria von Eschenberg sind die Eltern von Madita.“ Er trat einen Schritt zur Seite und deutete auf Madita, die noch neben Samuel auf ihrem Platz saß.

Madita verpasste selten ihren Einsatz und so erhob auch sie sich, streckte Clarissa brav die Hand entgegen und sagte: „Auch mich freut es sehr, Ihre Bekanntschaft zu machen.“

„Ganz meinerseits, Fräulein von Eschenberg“, kiekste Clarissa.

„Nein, nein“, sagte Johannes schnell und ein wenig erschrocken, „sie heißt jetzt Spließgard.“

Clarissas Augen weiteten sich. „Dann ist sie also ...“

Johannes nickte. „Deine Schwägerin.“

Clarissa zog die Augenbrauen hoch und musterte Madita einige Sekunden lang von oben bis unten. Dann wanderte ihr Blick zu Samuel herüber, der ihr allerdings den Rücken zuwandte. Clarissa quittierte das mit einem Grinsen. „Wie interessant.“

„Was genau ist interessant?“, fragte Madita angriffslustig.

„Es ist interessant“, entgegnete Clarissa, „wenn man die Menschen endlich kennen lernt, von denen man schon so viel gehört hat.“

„Und was genau haben Sie über mich gehört?“, fragte Madita, die sich vorgenommen hatte, auf gar keinen Fall locker zu lassen.

„Nur Gutes natürlich", beeilte sich jetzt Johannes zu sagen und zog gleichzeitig an Clarissas Arm. „Kommst du, Liebling? Wir müssen unseren Verpflichtungen als Gastgeber nachkommen." Damit zog er Clarissa energisch hinter sich her.

Madita sah ihnen nach und beobachtete amüsiert, wie Johannes schon nach ein paar Metern anfing, wütend auf seine frisch Angetraute einzureden. *Sechs Monate*, dachte sie lächelnd, *ich gebe dieser Ehe höchstens sechs Monate.*

Dann setzte sie sich wieder neben Samuel, beugte sich zu ihm hinüber und fragte: „Na? Du kannst sie nicht leiden, stimmt's?"

„Woher weißt du das?", flüsterte Samuel zurück.

„Na ja, sie hat in Parfum gebadet und klingt wie eine Möwe."

Samuel lachte. „Du hast Recht." Nach einer Weile fügte er hinzu: „Und wie sieht sie aus?"

„Ganz gut, würde ich sagen. Allerdings finde ich ihr Kleid ganz furchtbar, es ist genauso breit wie hoch und sieht aus wie ein Sahnebaiser."

„Das dachte ich mir", nickte Samuel.

„Wieso?"

„Weil es so irrsinnig rauscht", flüsterte er.

Mittlerweile hatten sich alle Gäste an die runden Tische begeben, die jeweils für sechs Personen gedeckt waren. In Ermangelung von Tischkarten hatte sich die Sitzordnung rein willkürlich ergeben. Soweit Madita das allerdings erkennen konnte, waren fast alle Plätze belegt. Auf den ersten Blick war ihr Tisch sogar der einzige, an dem nur vier Personen saßen.

„Ich hätte mein Opernglas mitnehmen sollen", sagte Maditas Mutter.

„Wieso?", fragte Welf verständnislos.

„Weil ich dann gelegentlich mal das Brautpaar hätte sehen können", entgegnete Maria pikiert.

Madita musste grinsen. Das Brautpaar saß mit den dazugehörigen Eltern im hinteren Teil des Saales, nahe der Bühne. Ihr eigener Tisch hingegen befand sich im vorderen Teil, nahe beim Eingang. Madita hatte also unabsichtlich einen der schlechtesten Plätze für sich und ihre Familie ausgesucht – und Maria von Eschenberg war es gewohnt, dass man einen Ehrenplatz für sie reservierte. Wenn Madita ehrlich war, erfüllte sie das durchaus mit Schadenfreude. Zudem war sie selbst ganz erleichtert darüber, mit Samuel ein wenig im Außenbereich sitzen zu können.

Johannes klopfte jetzt an sein Glas. Sofort verstummte das Gemurmel und es wurde mucksmäuschenstill im Saal. Er erhob sich und begann mit der Begrüßungsrede. „Verehrte Gäste, liebe Verwandte, Freunde und Bekannte. Es ist uns – mir und meiner Ehefrau – eine Freude, Sie und euch heute Abend hier begrüßen zu dürfen. Eine Hochzeitsfeier ist immer eine besondere Herausforderung. Für die Brautleute natürlich, aber auch für die Brauteltern und alle anderen, die bei der Gestaltung dieses Tages mitwirken. Darum gehört mein besonderer Dank ... "

Madita hörte jetzt schon gar nicht mehr zu. Sie hasste lange Reden und die Dankeshymnen fand sie am überflüssigsten. Stattdessen beobachtete sie Johannes interessiert und versonnen zugleich. Er sah schon gut aus in seinem Frack. Außerdem hielt er die Rede ausgesprochen professionell und souverän. Irgendwie war seine Clarissa durchaus zu beneiden.

„... Traumfrau."

Dieses Stichwort aus Johannes' Rede ließ Madita plötzlich aufhorchen. „Im Grunde seines Herzens ist doch jeder Mann auf der Suche nach ihr." Johannes ließ seinen Blick durch den Saal schweifen und blieb dann merkwürdigerweise ausgerechnet an Madita hängen. „... und ich bin wirklich überglücklich, dass ich heute sagen kann: Ich bin ein Glückspilz, denn ich habe sie gefunden." Er setzte sich wieder und alle Anwesenden begannen, heftig zu applaudieren.

Madita wurde ganz schwindelig. Bildete sie sich das ein oder hatte er jetzt eher sie als seine Clarissa gemeint? Nein, das konnte nicht sein.

Oder vielleicht doch? Hatte sie es nicht immer genau sagen können, wenn ein Mann hinter ihr her gewesen war? Und Johannes hatte von Anfang an diesen Eindruck erweckt. Außerdem hatte er Clarissa ja auch nicht ganz freiwillig geheiratet. Eins stand fest: Wenn er ihr tatsächlich einen Wink hatte geben wollen, dann hatte er wirklich Nerven!

Sie sah sich beiläufig nach links um und fing ganz plötzlich den bedeutungsvollen Blick ihrer Mutter auf. Schnell schaute sie nach rechts. Samuel hatte doch hoffentlich nichts davon mitbekommen? Nein, Madita atmete erleichtert auf. Er sah ganz normal und entspannt aus.

Aber jetzt beugte sich ihre Mutter zu ihr herüber und flüsterte: „Du hast es auch gemerkt, nicht wahr?"

Madita schluckte. „Schau mal!", versuchte sie abzulenken. „Da kommt unsere Vorspeise. Hmmm, ich glaube, es gibt einen Meeresfrüchte-Cocktail."

„Wie schön", flüsterte Maria. „Sag mir trotzdem, ob du es gemerkt hast."

„Ich weiß nicht, was du meinst", entgegnete Madita abwehrend.

„Ich meine", sagte Maria und wechselte dabei vom Flüsterton in eine nur noch leicht unterdrückte Stimmlage, „dass der Bräutigam dir schöne Augen macht." Sie lachte amüsiert auf und sah abfällig zu Samuel herüber. „Wenn wir die gegenwärtige Situation betrachten, kann es ja nur besser werden."

Madita stöhnte. Ihre Mutter konnte so beleidigend sein. Samuel hatte wieder diesen starren, unbeteiligten Gesichtsausdruck aufgesetzt, der nichts Gutes verhieß. Wirklich, sie hätte ihn niemals hierherschleifen dürfen!

In den nächsten zwei Stunden versuchte Madita alles, um Samuel den unguten Start in den Abend ein bisschen vergessen zu lassen. Sie beschrieb ihm jedes Detail der Köstlichkeiten, die nacheinander aufgefahren wurden, füllte seinen Teller, drückte ihm dezent das passende Besteck in die Hand und ließ es ihm auch ansonsten an nichts fehlen. Alles in allem war sie so mit ihm beschäftigt, dass sie mit ihren Eltern fast kein einziges Wort wechselte.

Als das Essen dann beendet war und der Saal für den anschließenden Tanz vorbereitet werden sollte, wurden die Gäste aufgefordert, im Nebenraum einen Kaffee zu sich zu nehmen.

Madita war natürlich mehr als begeistert von dieser Idee und so legte sie fragend ihre Hand auf Samuels Arm. Der verstand sie sofort und nickte zustimmend. Madita erhob sich und fragte in Richtung ihrer Eltern: „Na, Papa, das wirst du dir doch sicher nicht entgehen lassen, oder?"

„Ungern", entgegnete Welf von Eschenberg zögerlich. Dann sah er fragend zu Maria herüber.

„Geht nur", antwortete diese schulterzuckend. „Wenn ihr eure Gesundheit unbedingt ruinieren wollt, ist das ja eure Sache. Ich werde mich derweil ein bisschen frisch machen."

Madita fand es immer noch albern, wenn ihre Mutter von „frisch machen" sprach, obwohl sie lediglich ihren Lippenstift nachziehen wollte. Aber ihr sollte es recht sein. Wichtig war nur, dass sie sich mal in Ruhe mit ihrem Vater unterhalten konnte.

Und so scheuchte sie Samuel und Welf hoch, fasste beide am

Arm und zog sie in den Nebenraum. Dort wählte sie einen etwas abseits gelegenen Tisch aus, holte Tee und Kaffee und ließ sich dann erleichtert zwischen Samuel und ihrem Vater nieder.

„Na, Papa", fragte sie liebevoll, „wie gefällt dir die Feier?"

Welf von Eschenberg zuckte mit den Schultern. „Du kennst mich ja, im Grunde meines Herzens säße ich lieber zu Hause auf meinem Sofa. Aber ich muss ja auch an deine Mutter denken. Außerdem", lächelte er, „würde ich überall hingehen, wenn ich dich dort treffen könnte." Er streichelte Madita zärtlich über die Wange. „Ich vermisse dich mindestens so sehr wie Fabiola. Warum kommst du uns denn nicht mal besuchen?" Er sah zu Samuel herüber. Dann fragte er unsicher: „Oder ist das verboten?"

„Das müssen Sie mich nicht fragen, Herr von Eschenberg", entgegnete Samuel, ohne den Kopf zu heben. „Ich bin in diesem Spiel auch nur ein Statist."

Welf sah Madita fragend an, woraufhin diese zustimmend nickte. „Das stimmt, Papa. Auf seinem Mist ist die ganze Aktion bestimmt nicht gewachsen. Er würde mich lieber heute als morgen wieder los werden, nicht wahr, Samuel?"

„Unsinn!", lachte Welf. „Kein Mann auf dieser Welt würde dich freiwillig wieder hergeben."

„Bei Samuel ist das anders", entgegnete Madita und sah zu Samuel herüber. Der reagierte allerdings überhaupt nicht darauf.

Stattdessen fragte eine männliche Stimme von hinten: „Was ist bei ihm anders?"

Madita sah sich erschrocken um und blickte in das grinsende Gesicht von Jochen Spließgard.

„Als ob dich das etwas angehen würde, Jochen", zischte Madita. Sie konnte es überhaupt nicht leiden, belauscht zu werden. „Hast du nichts Besseres zu tun, als dich von hinten an deine Gäste heranzuschleichen?"

„Ich habe in der Tat nichts Besseres zu tun, als mich nach dem Wohlbefinden meiner erlesensten Gäste zu erkundigen", lächelte Jochen. „Habt ihr alles, was ihr braucht?"

„Ich schon", entgegnete Madita. „Aber deinem Sohn könntest du noch einen Tee holen." Madita wusste, dass sie Jochen damit provozierte, aber sie konnte einfach nicht anders.

Jochen hielt ihrem Blick stand, gleichzeitig aber verhärteten sich seine Gesichtszüge. Dann beugte er sich ganz langsam vor, bis sein Gesicht nur noch wenige Zentimeter von Maditas Ohr entfernt war. Madita rührte sich nicht. „Du solltest niemals vergessen“, flüsterte er ihr zu, „dass *du* jetzt sein Dienstmädchen bist.“

„Bist du jetzt auch schon mit meiner Tochter intim?“, fragte auf einmal eine spitze Stimme, die Madita sofort als die ihrer Mutter identifizierte.

Madita zog die Augenbrauen hoch. Schlich sich denn heute jeder an sie heran?

Jochen richtete sich betont langsam wieder auf, dann drehte er sich zu Maria um und sagte: „Sehr zu meinem Bedauern gehe ich davon aus, dass im Moment niemand mit deiner Tochter intim ist. Aber wenn du eifersüchtig bist, kann ich dich meiner ungeteilten Bewunderung versichern.“

Madita lehnte sich interessiert auf ihrem Stuhl zurück. Jetzt war sie aus der Schusslinie und freute sich auf den unvermeidlichen Schlagabtausch.

„Oh, danke, Jochen. Die offensichtliche Abneigung meiner Tochter gegen Menschen deines Schlages macht jede Eifersucht überflüssig.“

„Abneigung? Aber nicht doch, meine Teuerste. Madita und ich, wir sind ein Herz und eine Seele.“ Er lächelte Madita süßlich an. „Zumal sie ja beinahe meine richtige Tochter geworden wäre, nicht wahr, Madita-Schätzchen? Andererseits – wer weiß, was dann aus mir geworden wäre.“

„Ein Mensch womöglich“, konterte Madita.

„Oder ein Waschlappen“, lächelte Jochen und sah bedeutungsvoll zu Welf herüber.

„Lieber ein Waschlappen“, sagte Madita, „als ein Stück Schmierseife.“

Jochen schien dieses Wortgefecht zu gefallen. Jedenfalls lächelte er amüsiert, hob kapitulierend die Hände und sagte: „Touché. Leider muss ich jetzt gehen und mich den anderen Gästen widmen. Wir sehen uns.“ Dann ging er hoch erhobenen Hauptes davon.

„Arschloch“, flüsterte Welf, als Jochen außer Hörweite war.

„Arrogantes Arschloch“, nickte Madita.

„A-A-A“, murmelte jetzt Maria, „außerordentlich arrogantes Arschloch.“

Madita und Welf fiel beinahe die Kinnlade herunter, als sie das hörten. Hatten sie richtig gehört? Hatte dieses unschöne Wort tatsächlich den blaublütigen Mund der Maria von Eschenberg durchquert?

„Mutter!“, rief Madita mit gespielter Entrüstung.

Maria erschrak sichtlich, errötete bis unter die Haarwurzeln und stammelte: „Was? ... Ich ... äh ... ich geh mich mal besser frisch machen.“ Und schon drehte sie sich um und hastete wieder in Richtung der Toiletten.

Madita und Welf sahen sich an und fingen dann zeitgleich an loszuprusten. Sie lachten und lachten und konnten sich lange Zeit überhaupt nicht wieder beruhigen.

„Ist es zu fassen?“, kicherte Madita unter Tränen. „Ein Denkmal ist gefallen! Stell dir nur vor, sie ist am Ende vielleicht doch ein Mensch.“

„Ja“, entgegnete Welf und wurde auf einmal ernst, „den Eindruck hab ich in letzter Zeit öfter.“

„Es ist wohl wirklich besser geworden mit euch beiden, wie?“, fragte Madita.

„Ja“, nickte Welf und lächelte versonnen.

Madita nahm die Hand ihres Vaters und drückte sie ganz fest. „Du kannst dir gar nicht vorstellen, wie mich das freut.“

Welf nickte glücklich. „Vielleicht wird doch noch alles gut, Madita.“

„Ja“, flüsterte Madita. In letzter Zeit stellte sie sich immer häufiger die Frage, ob es wirklich richtig gewesen war, diesen Deal mit ihrer Mutter zu machen. Konnte etwas Bestand haben, was nur aus Berechnung geschah? Und durfte sie ihren Vater über die Wahrheit in Unkenntnis lassen? Was war, wenn die Harmonie eines Tages wie eine Seifenblase zerplatzte? Würde er das verkraften?

Welf erhob sich. „Ich werde wohl besser mal nach ihr sehen.“

„Tu das“, nickte Madita und sah ihrem Vater nach, bis er durch die Tür in Richtung der Toiletten verschwunden war. Dann stieß sie einen abgrundtiefen Seufzer aus. Sie liebte ihren Vater und wünschte sich so sehr, dass er glücklich war. All die Jahre hatte sie mitansehen müssen, wie er um die Liebe ihrer Mutter gebuhlt hatte. Und dann hatte Madita eine Chance gesehen, dass er sie endlich bekam. Diese Möglichkeit hatte sie doch nicht ungenutzt verstreichen lassen können, oder? Wieso war das Leben nur so kompliziert?

„Hast du eigentlich etwas damit zu tun?“, fragte Samuel ganz unvermittelt.

Madita wurde mitten aus ihren Gedanken gerissen. „Hm? Womit?“

„Na, mit der plötzlichen Besserung, die die Beziehung deiner Eltern erfahren hat", entgegnete Samuel.

Madita sah ihn erschrocken an. „Wie kommst du denn darauf?", fragte sie vorsichtig.

„Hast du?"

Madita schluckte. Scheinbar konnte man Samuel gar nichts verheimlichen. „Könnte sein", druckste sie herum.

„Wenn du nett zu mir bist, ist sie nett zu ihm?", brachte Samuel die Sache auf den Punkt.

„So in etwa", seufzte Madita. Dann fügte sie grinsend hinzu: „Allerdings hat niemand von mir verlangt, dass ich nett zu dir sein muss."

Samuel nickte. „Warst du ja anfangs auch nicht."

„Sag mal ganz ehrlich", bat Madita, „findest du, dass ich zu weit gegangen bin? Meinst du, ich hätte das von meiner Mutter nicht verlangen dürfen?"

„Du hast es gut gemeint."

„Schon, aber irgendwie hab ich meinen Vater doch auch belogen. Er wäre sicher nicht erfreut, wenn er die Wahrheit erfahren würde. Und ich hab Angst, dass er sich jetzt zu große Hoffnungen macht. Was passiert denn, wenn meine Mutter eines Tages nicht mehr mitspielt?"

„Wer weiß", entgegnete Samuel nachdenklich, „vielleicht gewöhnt sie sich daran, nett zu ihm zu sein. Vielleicht macht es ihr eines Tages sogar Spaß."

„Ich weiß nicht", zweifelte Madita.

„Mach dir nicht zu viele Gedanken", empfahl Samuel. „Du hattest das Beste im Sinn. Alles andere musst du jetzt ...", er zögerte kurz und fuhr dann fort, „... dem Schicksal überlassen."

„Du meinst eigentlich, ich soll es Gott überlassen?", lächelte Madita.

„Genau", grinste Samuel. „Du lernst schnell."

„Vielen Dank", erwiderte Madita augenrollend. Anschließend fügte sie so beiläufig wie möglich hinzu: „Dann vergiss aber nicht, deinem Gott zu sagen, dass er sich darum kümmern soll."

„Das werde ich nicht", entgegnete Samuel ernst.

In diesem Moment betrat Jochen wieder den Raum und sagte laut: „Sehr verehrte Gäste, unser Brautpaar möchte jetzt den Ehrentanz absolvieren. Es wäre schön, wenn Sie sich zu diesem Zweck wieder nach drüben begeben könnten."

Sofort verwandelte sich der Raum in ein unruhiges Durcheinander. Nach und nach leerten sich alle Tische.

„Gehen wir?“, fragte Madita, als sich der Raum zusehends gelichtet hatte.

„Es bleibt mir wohl nichts anderes übrig“, seufzte Samuel und stand auf.

Madita nahm seine Hand und führte ihn nach drüben, wo sich die Gäste schon erwartungsvoll rund um die Tanzfläche platziert hatten. Sie konnte sich denken, dass Samuel nicht unbedingt wild darauf war, sich inmitten dieses Gedränges aufzuhalten. Und so stellte sie ihre eigene Neugier hintenan und setzte sich mit Samuel an einen der Tische, die vom Personal in den Randbereich umgestellt worden waren.

Vom Ehrentanz bekam sie dann natürlich nicht sehr viel mit, außer dass ein Wiener Walzer gespielt wurde, den das Brautpaar scheinbar mit Bravour absolvierte. Anschließend wurde der Tanz für alle freigegeben. Angesichts der Gästezahl hatte das zur Folge, dass die Tanzfläche zu einem Gebilde mutierte, das einem Ameisenhaufen ähnelte.

Nach dem ersten Durchgang lichtete es sich etwas und auch Maria und Welf verließen die Tanzfläche. Gespannt beobachtete Madita, wie sich ihr Vater suchend nach allen Seiten umsah. Als er Madita erblickt hatte, lächelte er ihr zu, zog Maria energisch hinter sich her und nahm dann einfach direkt neben Madita Platz. Nach kurzem Zögern setzte auch Maria sich. Madita atmete auf. Sie hatte schon befürchtet, dass sie den ganzen Abend allein an dem Tisch hätte verbringen müssen. So aber hatte sie die Gelegenheit, sich noch ein bisschen mit ihrem Vater zu unterhalten und auch mit ihm zu tanzen. Und so verging die Zeit wie im Flug.

Irgendwann flüsterte Samuel ihr zu: „Es ist furchtbar heiß hier drinnen, findest du nicht auch?“

„Ja“, entgegnete Madita und sah ihn prüfend an. Er sah ziemlich blass aus. „Möchtest du ein bisschen frische Luft schnappen?“, fragte sie besorgt.

„Das wäre toll“, nickte Samuel und erhob sich auch sofort. Madita bugsierte ihn zwischen den Tischen hindurch, dann seitlich an der Tanzfläche vorbei in Richtung einer großen Glastür. Sie öffnete die Tür und fand dahinter einen riesigen Balkon vor, auf dem nur vereinzelte Gäste standen und frische Luft schnappten. Der Balkon sah aus, als gehörte er zu einem mittelalterlichen Schloss. Er hatte ein Geländer aus Stein, das nur in der

Mitte durchbrochen war, wo eine Treppe hinunter in den Garten führte.

„Wow“, sagte sie, „das ist ja richtig hübsch hier.“

„Ja?“, keuchte Samuel und sah noch immer richtig schlecht aus. Er schien sogar ein bisschen wackelig auf den Beinen zu sein.

„Was hast du denn?“, fragte Madita besorgt. Draußen strömte ihnen kühle, klare Sommerluft entgegen, die Samuel sofort tief in sich hineinsog. Erst im Vergleich mit draußen merkte man, wie furchtbar stickig und verraucht es im Saal gewesen war.

„Geht's besser?“, fragte Madita nach einiger Zeit.

Samuel nickte tapfer, machte aber keinen sehr überzeugenden Eindruck.

Jetzt öffnete sich die Glastür ein weiteres Mal und ein paar andere Gäste traten auf den Balkon hinaus.

„Schaffst du's bis nach hinten zum Geländer?“, fragte sie.

„Geht schon“, entgegnete Samuel und ließ sich von Madita über den Balkon führen. Das Geländer und der Fußboden waren noch ganz nass vom Regen. Trotzdem klammerte sich Samuel sofort mit beiden Händen ans Geländer, als er es erreicht hatte.

„Ist dir schwindlig?“, fragte Madita.

„Ein bisschen“, gab Samuel zu.

„Soll ich dir was zu trinken holen? Eine Cola vielleicht, die ist gut für den Kreislauf?“

Samuel schien einen Moment lang zu überlegen. „Wenn du ganz schnell wiederkommst ...“

„Natürlich“, versicherte Madita ihm. „Ich bin schneller als der Wirbelwind. Dann also bis gleich.“ Sie eilte in den Saal zurück. Sie hatte vorhin eine Flasche Cola bestellt und ging davon aus, dass der Rest davon noch auf ihrem Tisch stand. Sie kämpfte sich also bis zu ihren Eltern durch, musste dann aber feststellen, dass die Cola bereits leer war. Ihr blieb daher nichts anderes übrig, als zu einer der Bars weiterzueilen. Dort musste sie eine ganze Zeit lang warten, bis sie bedient wurde. Als sie endlich das Glas Cola in Händen hielt, war schon geraume Zeit vergangen. Sie trat also eilig den Rückweg an. Mit einem Getränk in der Hand gestaltete sich dieser allerdings weitaus schwieriger als der Hinweg. Immer und immer wieder musste sie das Glas gegen Rempler und andere wenig umsichtige Zeitgenossen verteidigen.

Und dann wurde sie plötzlich auch noch von hinten angetippt. „Na, wohin denn so eilig, schöne Frau?“

Madita zuckte zusammen und fuhr herum. Dabei hatte sie

etwas zu viel Schwung drauf, und so landete ein Teil der Cola im Gesicht und auf dem Anzug ihres Hintermannes.

„Was ist das denn für eine Begrüßung?", fragte Johannes und verzog sein Gesicht. „Willst du mich ertränken?" Dann kramte er ein Taschentuch aus seiner Hosentasche und begann sich damit abzutrocknen.

„Oh, tut mir Leid", rief Madita erschrocken, als sie begriff, dass sie gerade den Bräutigam verunstaltet hatte.

„Macht ja nichts", beschwichtigte Johannes und lächelte schon wieder. „Immerhin ist mir jetzt die aufregendste Frau des Abends zu einer kleiner Wiedergutmachung verpflichtet."

„Aufregendste Frau?", fragte Madita skeptisch. „Die aufregendste Frau auf einer Hochzeitsfeier trägt normalerweise Weiß."

„Falsch", widersprach Johannes, „weiß ist die Farbe der Unschuld, aufregende Frauen tragen Rot." Er sah genussvoll an Madita herunter. „Schenkst du mir den nächsten Tanz?"

Maditas Herz klopfte mittlerweile bis zum Hals. Es war schon aufregend, auf einer Hochzeitsfeier vom Bräutigam angemacht zu werden. Trotzdem entgegnete sie tapfer: „Später vielleicht. Jetzt hab ich erst noch eine andere Verpflichtung."

„Willst du damit sagen, dass du dem Bräutigam einen Korb gibst?", fragte Johannes entgeistert. „Hundert Frauen in diesem Saal warten darauf, dass ich sie auffordere, und du sagst einfach ‚nein'?"

„Na ja", begann Madita unentschlossen und sah auf das Cola-Glas, in dem sich mittlerweile sowieso nur noch eine Pfütze befand, „ein kurzes Tänzchen kann ja nicht schaden."

„Na also", triumphierte Johannes, nahm Madita einfach das Glas aus der Hand, stellte es auf einen der angrenzenden Tische und zog sie dann eilig auf die Tanzfläche. Dort ging gerade ein Foxtrott zu Ende und die Leute begannen zu klatschen.

Madita dachte noch: *Hoffentlich spielen sie jetzt nichts Langsames*, als auch schon das Lied „What a wonderful World" von Louis Armstrong angespielt wurde. Johannes zog Madita ganz dicht an sich heran, schlang seinen rechten Arm fest um ihre Hüfte und begann, einen langsamen Walzer mit ihr zu tanzen. Dabei sah er ihr tief in die Augen und lächelte sie versonnen an. Madita schluckte und sah sich unauffällig nach allen Seiten um. Sie fand Johannes' Benehmen völlig unangemessen und hatte das Gefühl, dass alle anderen Gäste es bemerken müssten. Aber niemand schien Notiz von ihnen zu nehmen.

Madita blieb nichts anderes übrig, als gute Miene zum bösen Spiel zu machen. Gleichzeitig aber sehnte sie das Ende des Liedes herbei. Schuldbewusst dachte sie an Samuel. Sicher wartete er schon lange auf ihre Rückkehr. Vielleicht hatte er sogar angefangen, sich Sorgen zu machen?

Als das Lied nach einer halben Ewigkeit endlich zu Ende ging, befreite sich Madita umgehend aus seiner Umarmung, murmelte: „Jetzt muss ich aber wirklich gehen", und wollte in Richtung Balkon enteilen. Johannes aber packte sie am Arm und zog sie einfach zu sich zurück.

„Kommt nicht in Frage", lächelte er. „Wir fangen doch gerade erst richtig an." Und schon hatte er sie wieder fest umschlungen und in Tanzstellung gebracht. Und noch bevor Madita so richtig protestieren konnte, begann auch schon der nächste Tanz.

Sehr zu Maditas Erleichterung war es dieses Mal ein Foxtrott. Johannes bewies allerdings, dass man auch dabei intensiv auf Tuchfühlung gehen konnte. Er presste Madita so nah an sich heran und hielt sie dabei so fest, dass sein Körper von Kopf bis Fuß an ihrem nur so zu kleben schien.

Wenn das anfangs für Madita noch ein wenig aufregend gewesen war, empfand sie es im Verlauf des Tanzes als immer unangenehmer. Der flotte Tanzstil brachte sie außer Atem, gleichzeitig schnürte Johannes ihr mit seinem unerbittlichen Griff immer mehr die Luft ab. Außerdem befand sich ihr Gesicht so nah an seinem, dass sie ständig seine Atemluft einatmen musste. Hinzu kam, dass er immer unappetitlicher roch. Hatte zu Beginn des Tanzes noch sein intensives Aftershave dominiert, so gewannen jetzt Alkohol- und Schweißgeruch immer mehr die Oberhand.

Irgendwann hatte Madita das Gefühl, als würde sie entweder gleich ohnmächtig werden oder sich übergeben müssen.

„So ist es richtig", hauchte Johannes in ihr Ohr, „mach die Augen zu und genieß diesen Tanz." Er festigte seinen Griff ein weiteres Mal. „Ich wusste, du fühlst genau wie ich, Madita. Wir beide, wir gehören zusammen. Wir zwei, niemand sonst. Und glaub mir, das kann uns nichts und niemand nehmen. Auch keine Hochzeit."

Madita hörte gar nicht so recht, was er sagte. Außerdem hatte sie auch nicht die Kraft zu widersprechen. Ihre Gedanken wurden nur von der einen Frage beherrscht: *Wann ist dieses Stück endlich zu Ende?*

Als die Musik dann endlich zu spielen aufhörte und Johannes

seinen Griff lockerte, gaben Maditas Knie einfach unter ihrem Gewicht nach. Bestimmt wäre sie wie ein Kartenhaus in sich zusammengefallen, wenn Johannes nicht sofort reagiert und sie aufgefangen hätte.

„Hey", flüsterte er lächelnd, „hat dich mein Geständnis so sehr umgehauen?"

Madita sah Johannes entgeistert an. Als die Bedeutung seiner Worte zu ihr vordrang, erwachte ihr Widerspruchsgeist und es floss neue Energie in ihre Muskeln. Sie richtete sich auf, dann schob sie Johannes von sich weg und stammelte: „Was ... was ... redest du da nur? Ich brauche ... frische Luft." Damit drehte sie sich um und flüchtete hektisch in Richtung Balkon.

Johannes war dieses Mal so überrumpelt, dass er gar nicht auf die Idee kam, ihr zu folgen. Und so erreichte Madita unbehelligt die Balkontür, riss sie auf und stolperte hinaus. Dann atmete sie erst einmal tief durch. Es dauerte einige Sekunden, bis das Schwindelgefühl nachließ. Erst jetzt sah sie auf und suchte mit den Augen das Geländer ab. Dort standen mittlerweile ziemlich viele Leute, doch konnte sie Samuel nicht darunter entdecken.

Sie zog besorgt die Stirn in Falten. Wo konnte er denn bloß hingegangen sein?

Sie ging langsam auf das Geländer zu und ging dabei noch einmal alle Personen durch, die dort standen. Sie schüttelte den Kopf. Nein, Samuel war definitiv nicht darunter. Jetzt wurde sie wirklich langsam nervös. Hektisch drehte sie sich um und suchte noch einmal den ganzen Balkon ab. Aber Fehlanzeige.

Sie ging zurück zur Balkontür und suchte von dort den gesamten Saal ab. Sie hatte einen guten Überblick und so entdeckte sie nach und nach alle Personen, die Samuel kannte, sowohl seine Eltern, die mittlerweile mit Johannes und Clarissa an der Bar standen, als auch ihre eigenen Eltern, die wieder am Tisch saßen. Aber auch dort – keine Spur von Samuel.

„Das gibt's doch nicht", flüsterte sie und machte sich auf den Weg zu ihren Eltern.

„Schön, dass du dich auch mal wieder sehen lässt", lächelte ihr Vater, als Madita den Tisch erreichte. Dann aber bemerkte er ihren besorgten Gesichtsausdruck und fragte: „Ist was nicht in Ordnung?"

„Hast du Samuel gesehen?"

„Nein", entgegnete Welf kopfschüttelnd. „Nicht mehr, seit du mit ihm nach draußen gegangen bist."

Madita nickte, machte auf dem Absatz wieder kehrt und eilte zurück zum Balkon. Dort suchte sie zum dritten Mal alles ab, fand Samuel aber noch immer nicht. Sie trat ans Geländer und sah in den Garten. Es war noch immer stockduster und so konnte sie nicht sehr viel erkennen. Sie schüttelte den Kopf. Sie kannte Samuel. Er würde nie freiwillig in einen fremden Garten gehen! Andererseits war sie mittlerweile so besorgt, dass sie auch diese Möglichkeit ausschließen wollte. Sie ging also zur Treppe und stieg langsam hinab.

Als sie unten angekommen war, rief sie mit unterdrückter Stimme: „Samuel?“ Dann noch einmal lauter und eindringlicher: „Samuel?“

Sie bekam keine Antwort.

Skeptisch betrachtete sie den kleinen, kaum befestigten Weg, der sich direkt an die Treppe anschloss und tief in den Garten hineinführte. Er bestand aus schwarzem Sand und war vom Regen völlig aufgeweicht. Madita konnte sich lebhaft vorstellen, wie ihre Schuhe aussehen würden, wenn sie da entlanggehen würde. Hinterher konnte sie den Saal bestimmt nicht wieder betreten. Außerdem war es ja auch mehr als unwahrscheinlich, dass Samuel im Garten war. Sie beschloss daher, doch besser im Saal weiterzusuchen.

Sie drehte sich um und wollte die Treppe gerade wieder hinaufgehen, als sie ein leises Geräusch vernahm. Es klang wie das Rascheln von Laub und kam aus der Nische, die sich zwischen der Treppe und der Mauer des Balkons befand. Diese Nische lag vollkommen im Dunkeln und so konnte man nichts erkennen. Und doch blieb Madita wie angewurzelt stehen. Einer Eingebung folgend flüsterte sie in Richtung der Nische: „Samuel?“

Sie bekam wieder keine Antwort. Einen Moment lang rang sie mit sich, doch es ließ ihr einfach keine Ruhe und so ging sie ein paar Schritte auf die Nische zu. Von dort aus war das Licht ein bisschen besser und jetzt hatte sie plötzlich den Eindruck, als würde sie einen Schatten sehen. Saß da jemand an die Mauer gelehnt?

„Verschwinde“, zischte eine Stimme, in der Madita sofort Samuel erkannte.

„Was machst du denn hier?“, fragte sie fassungslos.

„Lass mich in Ruhe.“

„Hast du dir was getan?“, erkundigte sich Madita besorgt. „Bist du verletzt?“ Samuel antwortete nicht und so sah Madita ihre schlimmsten Befürchtungen bestätigt. „Bist du die Treppe runtergefallen?“, fragte sie weiter.

Er antwortete nicht. „Samuel!“, herrschte Madita ihn an. „Es ist stockdunkel hier. Ich kann dich nicht sehen. Und ich mache mir Sorgen. Jetzt sag mir endlich, ob es dir gut geht!“

„Du machst dir Sorgen um mich?“, fragte Samuel in sarkastischem Tonfall. „Wenn du so besorgt um mich wärst, hättest du ja mal wiederkommen können!“

„Ich weiß ja, dass es lange gedauert hat“, verteidigte sich Madita. „Aber es ging einfach nicht schneller. Der Saal war so voll, an der Bar musste ich lange warten und dann hab ich deine Cola auch noch verschüttet.“ Sie wechselte den Tonfall und fuhr mit flehender Stimme fort: „Bitte sei mir nicht böse. Und sag mir endlich, ob du verletzt bist.“

„Ich hab nur ein paar Kratzer und blaue Flecken“, entgegnete Samuel leise.

„Dann bist du wirklich die Treppe runtergefallen?“

„Ja“, nickte er.

„Und wie ist das passiert?“

„Ich weiß auch nicht“, seufzte er. „Es waren ein paar Kinder am Geländer. Sie haben rumgealbert und immer mehr Platz in Anspruch genommen. Ich bin ein paar Schritte zurückgewichen, dann noch mal ein paar Schritte. Und ich wusste ja nicht, dass da eine Treppe ist.“

Madita schluckte. „Tut mir wirklich Leid, dass ich so lange gebraucht habe. Soll ich dir aufhelfen?“

„Okay“, erwiderte Samuel und begann, sich aufzurappeln. Es wollte ihm nicht so recht gelingen und Madita musste ihm ziemlich stark helfen.

„Vielleicht sind es doch ein paar mehr blaue Flecken“, stöhnte er, als er endlich stand.

„Immerhin“, scherzte Madita, „kann man sie unter dem Dreck nicht sehen.“ Jetzt, wo Samuel sich aufgerichtet hatte, fiel ein wenig Licht auf ihn und Madita konnte erkennen, dass er von oben bis unten voller Schmutz war. Und auch sie selbst hatte gerade allerhand davon abbekommen.

„Sehe ich sehr schlimm aus?“, lächelte Samuel. „Oder ...“ Er hielt ganz plötzlich inne und schien zu stutzen. Sein freundlicher Gesichtsausdruck verwandelte sich in einen Ausdruck puren Misstrauens. Ein paar Sekunden schien er zu überlegen. Dann fragte er unvermittelt: „Warum, sagtest du, hat es im Saal so lange gedauert?“

„Weil es so voll war", entgegnete sie vorsichtig.
„Oder weil du dich verplaudert hast?"
„Nein, nein", beeilte sie sich zu sagen, „ich hab mit niemandem gesprochen."
Er schluckte und wandte den Kopf zur Seite. Irgendwie schien er Mühe zu haben, nicht die Beherrschung zu verlieren. Und seine Stimme zitterte, als er abfällig sagte: „Du lügst doch, Madita."
„Nein!", widersprach Madita. „Wie kommst du darauf?"
„Du warst mit Johannes zusammen!"
Madita sah ihn entgeistert an und sagte gar nichts mehr. Wie konnte er das nur wissen?
„Du hast dich mit meinem Bruder vergnügt, während ich hier auf dich gewartet habe", fuhr Samuel fort. Er schien jetzt richtig wütend zu sein. „Stimmt das etwa nicht?", schrie er sie an.
Madita zuckte zusammen. Sie hatte Samuel noch nicht oft wütend erlebt. „Ich hab einmal mit ihm getanzt", gab sie zu. „Aber nur, weil er nicht locker gelassen hat."
Samuel nickte verbittert, sagte aber nichts dazu.
„Woher weißt du das denn?" Diese Frage brannte so sehr auf Maditas Nägeln, dass sie sie einfach loswerden musste.
Samuel zischte: „Ich rieche sein widerliches Aftershave an dir."
„Ich weiß, ich habe dich enttäuscht", begann Madita unglücklich. „Ich hätte früher wieder da sein sollen. Aber es war eine unglückliche Verkettung von Umständen. Und es tut mir wirklich sehr, sehr Leid."
„Du hast mich belogen, Madita", sagte Samuel und sah dabei todtraurig aus. Dann setzte er sich plötzlich in Bewegung. Er tastete nach dem Treppengeländer, ging bis zum Fuß der Treppe und begann, die Stufen hinaufzugehen.
„Was hast du denn jetzt vor?", rief Madita und folgte ihm.
„Ich fahre nach Hause", entgegnete er schlicht.
„Gute Idee", beeilte sich Madita zu sagen, „aber ich schlage vor, wir gehen außen um das Hotel herum. Da vorne rechts scheint es einen Weg zu geben."
Samuel stieg unbeirrt weiter die Treppe hinauf. „Ich gehe den Weg, den ich gekommen bin", sagte er nur.
„Jetzt warte doch mal", entgegnete Madita und hielt ihn am Arm fest. Samuel aber entzog ihr mit einem Ruck seinen Arm und ging einfach weiter.

„Samuel!“, rief Madita. „Kannst du nicht mal eine Minute stehen bleiben?“

„Nein.“

„Aber du kannst nicht durch den Saal gehen!“, rief Madita, während sie hinter ihm herlief.

„Warum nicht?“, fragte er, während er immer weiter ging.

„Weil du dich im Matsch gesuhlt hast“, entgegnete Madita. „Du solltest dich mal sehen. Du bist total verdreckt.“

„Das stört mich nicht“, erwiderte Samuel stur.

„Aber du findest den Weg doch gar nicht“, beharrte Madita.

„Dann kannst du mich ja begleiten“, entgegnete Samuel. Er blieb jetzt stehen und drehte sich zu ihr um.

„Ich bin auch vollkommen verschmiert“, antwortete Madita. „So gehe ich auf keinen Fall durch den Saal.“

„Auch nicht, wenn ich dich darum bitte?“, wollte Samuel wissen.

„Nein!“, rief Madita. „Natürlich nicht. Ich mach mich hier doch nicht zur Lachnummer.“

„Dann müssen wir wohl getrennte Wege gehen“, stellte Samuel fest und setzte sich wieder in Bewegung.

Madita glaubte ihren Ohren nicht zu trauen. „Bist du jetzt völlig übergeschnappt?“, rief sie hinter ihm her. „Ohne mich kannst du doch nicht gehen!“

„Und ob ich das kann“, lautete die Antwort.

Madita konnte es nicht fassen. Hatte er etwa tatsächlich vor, mitten durch den Saal zu spazieren? Er machte jedenfalls einen entschlossenen Eindruck. Und er hatte mittlerweile auch schon den Balkon erreicht. Sie musste sich beeilen, wenn sie diesen Wahnsinn noch verhindern wollte. Und so hastete sie in Windeseile hinter ihm her. Als sie oben ankam, stellte sie zu ihrer Erleichterung fest, dass der Balkon fast menschenleer war. Lediglich ein paar Kinder befanden sich dort und starrten neugierig auf die verdreckte Männergestalt.

„Samuel!“, rief sie noch einmal. Sie hatte ihn jetzt erreicht und verstellte ihm einfach den Weg zur Saaltür. „Ich weiß ja, dass du sauer auf mich bist“, beschwor sie ihn, „aber werd jetzt bitte wieder vernünftig. Wir können doch einfach außen herumgehen. Was macht das denn für einen Unterschied? Bitte komm mit!“

Aber Samuel schüttelte nur vehement den Kopf. „Ich werde die Feier auf dem gleichen Weg verlassen, auf dem ich gekommen bin“, sagte er ernst und entschlossen. „Und das ist dein

Verdienst! Du hast doch gesagt, dass ich mich nicht länger verstecken soll. Du warst der Meinung, dass ich mich meiner Familie stellen soll. Und genau das werde ich jetzt tun. Ich werde meinen Weg gehen. Egal, was es kostet." Er hielt inne. Dann fuhr er leise fort: „Aber es wäre sehr viel leichter für mich, wenn du mich begleiten würdest."

Madita senkte den Blick. Sie würde sich auf der ganzen Linie lächerlich machen! Vor den ganzen Gästen, vor Jochen, vor Johannes und vor ihrer Mutter. Nein, das konnte sie nicht ertragen! Sie schüttelte den Kopf. „Das kann ich nicht, Samuel."

Samuel nickte bitter. „Das dachte ich mir." Dann schob er Madita zur Seite und ging weiter in die Richtung, aus der die Musik kam.

Und Madita versuchte auch nicht länger, ihn daran zu hindern. Sie hatte begriffen, dass er es ernst meinte und sich durch nichts und niemanden aufhalten lassen würde. Ohnmächtig musste sie dabei zusehen, wie er den Saal betrat. Wenige Sekunden später hörte die Musik auf zu spielen. Ein Raunen ging durch den Saal und aller Augen richteten sich auf Samuel.

Madita hatte das Gefühl, als würde ihr Herz gleich aussetzen. Sie hatte es sich schlimm vorgestellt. Aber die Wirklichkeit übertraf ihre schlimmsten Befürchtungen.

Samuel ging jetzt weiter, langsam und vorsichtig, aber geradlinig. Dabei hielt er seine Hände nach vorne ausgestreckt, um etwaige Hindernisse zu ertasten. Er musste allerdings keine Sorge haben, mit Menschen zusammenzustoßen, denn die wichen ohnehin vor ihm zurück und bildeten eine Schneise. Gegen Tische und Stühle lief er dagegen häufiger, aber nur, um ihnen auszuweichen und seinen Weg anschließend unbeirrt fortzusetzen.

Madita sah sich das mit angehaltenem Atem an. *Hoffentlich ist es bald vorbei*, das war der einzige Gedanke, der sie beherrschte. *Hoffentlich ist er bald da*.

Aber dann streckte einer der Gäste, ein junger Mann von vielleicht Anfang zwanzig, der in Samuels Nähe stand, sein rechtes Bein aus.

Der Schreck fuhr wie der Blitz in Maditas Glieder. Sie sah das Unglück kommen und doch konnte sie es nicht mehr verhindern. „Pass auf", flüsterte sie, während Samuel schon stolperte und hinfiel. Entsetzt riss sie ihre rechte Hand vor den Mund. Er hatte sich doch nichts getan? Alles in ihr wollte jetzt durch die Saaltür laufen, zu ihm hin. Musste sie ihm nicht aufhelfen?

Musste sie ihn nicht von hier wegbringen? Von dem grellen Licht, von den gestylten Figuren, den gaffenden und grinsenden Gesichtern?

Und doch blieb sie wie angewurzelt stehen und rührte sich nicht. Wie in Zeitlupentempo nahm sie wahr, wie Samuel sich wieder hochrappelte und weiterstolperte, nur um nach wenigen Metern erneut hinzufallen. Aber jetzt kam plötzlich Bewegung in die Zuschauer. Von links schien sich jemand zu Samuel durchzukämpfen. Da, jetzt gelangte die Person in die Schneise. Es war Hannah! Sie stürzte auf Samuel zu, ließ sich neben ihm auf den Boden sinken und begann, tröstend über seinen Kopf zu streicheln und übertrieben an ihm herumzutätscheln.

Madita vergrub ihr Gesicht in den Händen. Konnte es noch schlimmer kommen? Sie hatte Samuels Aussage noch im Ohr. Er hasste es, wenn seine Mutter ihn wie ein Kleinkind behandelte. Wie hatte sie ihn so im Stich lassen können?

Als sie wieder aufsah, hatte Hannah Samuel aufgeholfen und war dabei, ihn zu stützen und aus dem Saal herauszuführen. Jeder musste jetzt den Eindruck gewinnen, als wäre diese armselige Kreatur zu hundert Prozent auf fremde Hilfe angewiesen.

Madita schüttelte den Kopf. Das war eine schlimmere Demütigung, als es seine verdreckte Erscheinung jemals hätte sein können. Und es war alles ihre Schuld! Ihre Augen füllten sich mit Tränen; sie machte auf dem Absatz kehrt, rannte über den Balkon, die Treppe wieder hinunter und tief in den Garten hinein. Aber erst, als sie sich außer Hörweite wusste, erlaubte sie sich, ihre Gefühle herauszulassen und bitterlich loszuheulen.

Sie kam sich so mies vor und so feige. Und sie konnte es ihm nicht verübeln, wenn er sich von ihr verraten fühlte. Ob er ihr jemals verzeihen würde? Bei diesem Gedanken fiel ihr ein, dass der Chauffeur sicher nicht vorhatte, zweimal nach Neuruppin zu fahren. Ob er noch auf sie wartete?

Sie wischte sich hastig die Tränen aus dem Gesicht und eilte wieder auf das Hotel zu. Dort fand sie dann tatsächlich einen Weg, der um das Gebäude herumzuführen schien. Er war nicht beleuchtet und auch recht schmal. An einigen Stellen reichte das Licht aus, das vom Gebäude auf ihn fiel, aber dort, wo der Weg im Schatten lag, musste sie sich regelrecht vorwärts tasten. Dabei rannte sie häufiger in irgendwelche Büsche und gegen die größeren Steine, die den Weg rechts und links begrenzten. Einmal rutschte sie sogar aus und landete im Matsch. So hatte sie einmal mehr die Gelegenheit, sich in Samuels Lage hineinzuversetzen.

Musste es nicht furchtbar gewesen sein, sich ganz allein durch den Saal zu kämpfen? Sie konnte sich jetzt vorstellen, wie er sich gefühlt haben musste. Und das ließ ihr schlechtes Gewissen noch weiter wachsen.

Es kam ihr wie eine halbe Ewigkeit vor, bis sie endlich an der Ecke angelangt war, hinter der sie die Vorderfront des Hotels vermutete. Sie blieb stehen und beugte sich vorsichtig vor, bis sie den Eingangsbereich des Hotels sehen konnte. Sie war mittlerweile genauso verdreckt wie Samuel und so wollte sie jede Begegnung mit anderen Gästen vermeiden. Zum Glück war es vor dem Eingangsbereich fast menschenleer. Madita erblickte lediglich die Limousine, mit der sie und Samuel hergefahren worden waren, und Hannah, die neben der rechten hinteren Tür stand und sich durch das geöffnete Fenster mit jemandem zu unterhalten schien. Madita konnte sich denken, dass es sich bei diesem Jemand um Samuel handelte.

Madita atmete einmal tief durch. Dann zog sie den Saum ihres Kleides hoch und lief, so schnell sie konnte, auf den Wagen zu. Sie riss die linke hintere Tür auf, warf sich in den Wagen und zog die Tür wieder zu.

Dann sah sie vorsichtig nach rechts. Dort saß tatsächlich Samuel. Er drehte ihr den Rücken zu und schien keine Notiz von ihr zu nehmen.

Na, das kann ja heiter werden, dachte Madita.

„Soll ich dich nicht doch lieber mit zu uns nach Hause nehmen?“, fragte Hannah besorgt.

„Nein“, entgegnete Samuel unwirsch und klopfte vorn gegen die Scheibe. Daraufhin ließ der Chauffeur umgehend den Motor an.

„Du musst auf jeden Fall sofort duschen, wenn du zu Hause ankommst“, mahnte Hannah.

„Leb wohl, Mutter“, entgegnete Samuel und ließ per Knopfdruck die Scheibe nach oben fahren. Fast zeitgleich setzte sich auch der Wagen in Bewegung. Samuel lehnte sich auf seinem Platz zurück und sah ziemlich erleichtert aus.

Eine ganze Zeit lang wagte Madita kein einziges Wort zu sagen. Dann hielt sie es nicht länger aus und fragte leise: „Wirst du mich jetzt ewig hassen?“

Samuel machte einen müden und traurigen Eindruck, als er den Kopf schüttelte und schlicht „Nein“ sagte. Damit war das Gespräch offensichtlich für ihn beendet.

Madita senkte den Blick. Sie hätte damit umgehen können,

wenn er ihr Vorwürfe gemacht hätte. Sogar Beschimpfungen hätte sie gern ertragen. Aber das hier? Das gab ihr nicht einmal die Möglichkeit, sich zu verteidigen oder wenigstens richtig zu entschuldigen. Wieder traten Tränen in ihre Augen. Sie hätte nicht gedacht, dass ihr seine Enttäuschung so viel ausmachen würde.

„Ich wollte nicht, dass es so kommt“, versuchte sie es noch einmal.

„Ich weiß“, entgegnete Samuel.

Madita wartete darauf, dass er mehr dazu sagen würde. Ungeduldig trommelte sie mit den Fingern auf ihrem rechten Bein herum. Aber nichts geschah. Das Gespräch schien aus Samuels Sicht schon wieder beendet zu sein.

„Hast du dir was getan, als du hingefallen bist?“, fragte sie erneut.

Samuel seufzte. „Lass es bitte gut sein, Madita. Ich möchte nicht weiter über diesen Abend reden.“

Madita schluckte. Sie hätte die unsichtbare Mauer, die sich zwischen ihnen aufgetürmt hatte, so gern wieder aus der Welt geschafft. Aber vielleicht war es besser, wenn sie beide erst einmal eine Nacht darüber schliefen und erst morgen darüber sprachen.

Und so respektierte sie seinen Wunsch und schloss nun ihrerseits die Augen. Schlafen konnte sie allerdings nicht. Zu viele Gedanken gingen ihr durch den Kopf. Immer und immer wieder fragte sie sich, warum sie nicht den Mut aufgebracht hatte, ihn durch den Saal zu begleiten. Weshalb hatte es ihr so viel ausgemacht? War es nur ihr ruiniertes Styling? War sie wirklich so eitel?

Je mehr sie darüber nachdachte, umso klarer wurde ihr, dass das nur ein kleiner Teil der Antwort war. Der größere Teil aber hatte mit Samuel zu tun. *Ihn* hatte sie nicht begleiten wollen. Aber warum nicht? Sie war doch so stolz auf ihn gewesen!

Sie seufzte. Das alles war so verwirrend. Warum nur wurde sie aus sich selbst nicht schlau?

Über all diesen Gedanken nickte sie letzten Endes doch noch ein. Und als sie wieder hochschreckte, weil der Wagen zum Stehen gekommen war, waren sie bereits zu Hause. Madita sah auf ihre Uhr. Es war jetzt viertel nach drei.

Samuel verschwand sofort in seinem Zimmer. Scheinbar wollte er sichergehen, dass er kein Wort mehr mit ihr wechseln musste.

Und so begab sich Madita niedergeschlagen in ihre Räume, machte sich bettfertig und legte sich hin. Sie hatte auch keine Mühe, einzuschlafen, schlief aber von Anfang an ausgesprochen unruhig. Ihre Träume drehten sich immerzu um Samuels Weg durch den Saal. Immer und immer wieder sah sie dabei zu, wie er hinfiel, sich wieder hochrappelte und erneut hinfiel. Dann sah sie die Gesichter der Gäste, die sich immer mehr zu Fratzen verzogen und schließlich lauthals grölten. Manchmal erkannte sie sogar eines dieser Gesichter. Jochen war darunter, auch Johannes, Clarissa und ihre eigene Mutter. Dann beobachtete sie Hannah, wie sie sich durch die Menge drängelte und letztendlich bei Samuel ankam. Aber als sie sich dann zu ihr umdrehte, war es ihr eigenes Gesicht, das ihr entgegenblickte.

Schweißgebadet wachte sie auf. Verwirrt sah sie sich in ihrem Zimmer um. War der nächste Tag schon angebrochen? Es war taghell, doch kam es ihr absolut nicht so vor, als könnte die Nacht bereits vorbei sein. Sie fühlte sich total gerädert, hatte Kopfschmerzen und war wirklich alles andere als ausgeschlafen.

Stöhnend richtete sie sich ein wenig auf und sah auf ihren Wecker. Es war 12:45 Uhr! Entnervt ließ sich Madita wieder in ihr Kopfkissen fallen und starrte unentschlossen die Decke an. Würde sie sich später besser fühlen, wenn sie jetzt weiterschlief? Ganz sicher nicht. Sie würde ihren Tag-Nacht-Rhythmus nur noch stärker durcheinander bringen und heute Nacht auch wieder nicht vernünftig schlafen können.

Jetzt hörte sie auch plötzlich Geräusche von unten. Samuel schien in der Küche beschäftigt zu sein. Samuel! Sie musste endlich mit ihm reden!

Ohne weiter auf ihre Kopfschmerzen Rücksicht zu nehmen, hüpfte sie aus dem Bett und sprang erst einmal unter die Dusche. Anschließend ging es ihr ein kleines bisschen besser. Sie ging auf ihren Kleiderschrank zu, um etwas zum Anziehen daraus hervorzuholen. Dabei fiel ihr Blick auf ihr rotes Kleid, das auf einem Bügel außen am Schrank hing. Nachdenklich näherte sie sich dem Kleid und fuhr mit ihrer Hand daran herunter. Es war das schönste Kleidungsstück, das sie besaß. Und was hatte ihr ihr makelloses Aussehen gestern gebracht?

Sie seufzte. Dann nahm sie das Kleid vom Bügel und warf es achtlos auf den Fußboden. Es war total verdreckt und musste ohnehin in die Reinigung.

Anschließend öffnete sie den Kleiderschrank, schnappte sich eine Jeans und eine taillierte Bluse und zog beides an. Sie fönte noch kurz ihre Haare trocken, band sich einen Pferdeschwanz und lief dann eilig die Treppe hinunter. Noch immer drangen Geräusche aus Richtung Küche und es duftete lecker.

Sie lugte in den Raum hinein. Samuel stand am Herd und rührte in irgendeinem Topf herum. Er nahm allerdings keinerlei Notiz von ihr. Madita trat zaghaft ein und sagte so unbefangen wie möglich: „Guten Morgen."

„Guten Morgen", entgegnete Samuel, ohne von seinem Topf aufzusehen.

„Das riecht ja mal wieder lecker", bemerkte Madita. „Krieg ich auch was ab?"

„Sicher", antwortete Samuel knapp.

Madita stand noch immer unentschlossen in der Nähe der Tür. Sie wusste nicht so recht, was sie jetzt tun sollte. Es war überdeutlich, dass die Ereignisse des gestrigen Abends noch immer zwischen ihr und Samuel standen. Doch wusste sie nicht so recht, wie sie es anfangen sollte. Dann aber gab sie sich einen Ruck.

„Reden wir?", fragte sie vorsichtig.

„Worüber?"

„Hör auf damit", entgegnete Madita eindringlich und ging ein paar Schritte auf Samuel zu. Sie legte vorsichtig ihre Hand auf seine Schulter und sagte: „Nimm meine Entschuldigung doch an!"

Samuel seufzte und Madita, deren Hand noch immer auf seiner Schulter ruhte, spürte, wie ein Zittern durch seinen Körper ging. Es schien ihm jetzt beinahe schwer zu fallen, seine Fassung zu wahren. „Es gibt nichts, wofür du dich entschuldigen müsstest, Madita", presste er mühsam hervor.

„Aber ich möchte nicht, dass du sauer auf mich bist."

„Ich bin nicht sauer auf dich", sagte er.

„Was dann?", beharrte Madita.

„Enttäuscht vielleicht."

Madita traten Tränen in die Augen. „Ich möchte aber nicht, dass du enttäuscht von mir bist", jammerte sie.

Samuel seufzte ein weiteres Mal. „Aber das kannst du nicht mehr ändern", sagte er dann leise.

„Ich hab einfach nicht eingesehen, warum du dich so erniedrigen musstest", begann Madita sich zu verteidigen.

„Und ich kann einfach nicht verstehen, warum du in der Öffentlichkeit nicht zu mir stehen kannst", entgegnete Samuel aufgebracht. „Wenn wir allein sind, dann bist du freundlich zu mir. Fast ...", er schluckte und hatte Mühe, seinen Satz zu vollenden, „als hättest du mich gern. Aber wenn wir unter Menschen sind, lässt du mich plötzlich fallen wie eine heiße Kartoffel. An diese zwei Gesichter gewöhnt man sich nicht so leicht."

„Das stimmt doch gar nicht, was du da sagst", widersprach Madita. „Ich war während der ganzen Feier an deiner Seite. Ich hab fast die ganze Zeit auf dich aufgepasst, dir mit allem geholfen."

„Du warst so lange an meiner Seite, Madita", presste er mühsam hervor, „wie ich der war, zu dem du mich ausstaffiert hast. Und als ich deinen ästhetischen Vorstellungen nicht mehr entsprach, konnte ich wieder alleine sehen, wie ich zurechtkomme."

Madita sah ihn entgeistert an. Es waren harte Worte, die er da gerade ausgesprochen hatte. „Aber ...", stammelte sie, „... aber ich dachte doch, dass ich dir einen Gefallen tue, wenn ich dein Äußeres verändere. Ich wollte doch nur ... dass du besser in die Feier hineinpasst und ... und dass du dich dort wohl fühlst."

„Ich werde mich auf solchen Veranstaltungen niemals wohl fühlen", entgegnete er. „Es hat auch gar keinen Zweck, mein Äußeres zu verändern. Egal, wie ich aussehe, ich bin nun einmal kein Mensch, den alle bewundern. Ich bin unbeholfen und unsicher. Je mehr ich darüber nachdenke, desto klarer wird mir, dass ich diese Rolle sehr viel lieber spiele als die des souveränen Mannes von Welt. Darin bin ich nämlich nicht sehr überzeugend." Er seufzte. „Ich bin nun einmal nicht so. Und ich kann es auch nicht werden."

„Das stört mich ja auch gar nicht", schniefte Madita, „wirklich nicht. Zu Hause bist du doch souverän." Ihr liefen jetzt schon wieder Tränen über die Wangen. „Glaub mir, ich werde nicht noch mal versuchen, dich zu verbiegen. Ich hab auch nichts dagegen, wenn du dir den Bart wieder wachsen lässt."

„Na ja", erwiderte Samuel und lächelte jetzt direkt ein wenig, „eigentlich fühle ich mich ohne Bart auch ganz wohl. Vielleicht kann ich mich sogar daran gewöhnen."

Madita lachte befreit auf. Dann kramte sie ein Taschentuch aus ihrer Hosentasche und putzte sich damit erst einmal die Nase. „Ich werd dich auch bestimmt nicht wieder enttäuschen", sagte sie dann.

Daraufhin wurde Samuel ganz plötzlich wieder ernst. „Das wird sich zeigen, Madita", entgegnete er nachdenklich, „das wird sich zeigen."

Kapitel 16

In den darauf folgenden Wochen dachte Madita noch häufig an die Ereignisse der Hochzeitsfeier. Immer und immer wieder ließ sie alles Revue passieren. Und sie dachte auch andauernd darüber nach, ob Samuel mit seiner Einschätzung Recht gehabt hatte. Kannte er sie wirklich besser als sie sich selbst? Hatte sie ihn allein durch diesen Saal gehen lassen, weil sie sich seiner schämte? War sie wirklich so oberflächlich und feige?

Es schien tatsächlich so zu sein. Und das gefiel ihr gar nicht! Nicht nur, weil sie das Bild, das sie von sich selbst hatte, nach unten korrigieren musste, sondern auch wegen der Auswirkungen, die ihr Verhalten gehabt hatte. Sicher, die Stimmung in dem Haus am See war seit ihrer Aussprache wieder gut. Alles schien so zu laufen wie bisher. Madita ging zur Arbeit und Samuel empfing sie abends mit einem leckeren Essen. Dann redeten sie über die Ereignisse des Tages und sie verbrachten auch sonst nicht unbedingt weniger Zeit miteinander als vorher.

Und doch hatte Madita das Gefühl, dass nicht mehr alles so war wie früher. Samuel war ihr gegenüber irgendwie anders geworden, reservierter vielleicht, misstrauischer. Er ließ sie nicht mehr so tief in sein Innerstes blicken, wie er es sonst getan hatte.

Und Madita stellte mit Erstaunen fest, wie sehr sie das störte! Sie merkte, dass sie etwas verloren hatte, und das wollte sie um jeden Preis zurückbekommen. Und so tat sie alles, was in ihren Kräften stand, um den ursprünglichen Zustand wiederherzustellen. Sie war die Freundlichkeit in Person, half ihm mehr als je zuvor im Haushalt und bestellte Unmengen von Büchern für ihn.

Aber es war ein Stück seines Vertrauens, das sie verloren hatte, und das ließ sich nicht so einfach wieder herzaubern. Trotzdem versuchte sie es weiter. Sie wusste, dass sein Geburtstag näher rückte, und da wollte sie ihm eine besondere Freude machen. Bei ihren Recherchen hatte sie einiges über die Möglichkeiten erfahren, die der Einsatz von Computern Sehbehinderten eröffnete. Und so telefonierte sie herum, besuchte verschiedene Firmen und sprach sogar mit ein paar Betroffenen. Letzten Endes entschied sie sich für den Kauf eines aufwändigen PCs, einiger sehbehinderten-spezifischer Programme und eines Zusatzgerätes namens Braille-Lite. Damit hatte man alle Möglichkeiten, die man sich nur wünschen konnte, einschließlich des Vorlesens von Büchern und der vollständigen Nutzung des Internets.

Madita bestellte alles aus einer Hand und organisierte die Lieferung und eine ausführliche Einführung für Mittwoch, den 16. Oktober – Samuels Geburtstag.

Natürlich sagte sie Samuel kein Sterbenswörtchen davon. Schließlich wollte sie ihn überraschen. Und dafür rechnete sie sich auch besonders gute Chancen aus. Sicher erwartete er noch nicht einmal, dass sie überhaupt an seinen Geburtstag denken würde.

Am 16. selbst hatte sie dann Urlaub. Trotzdem stellte sie ihren Wecker ganz besonders früh, schon auf 7:00 Uhr. Sie wusste schließlich, dass sie sprichwörtlich ein bisschen früher aufstehen musste, wenn sie ihm zuvorkommen wollte. Sie duschte schnell, zog sich leise an und trippelte dann barfuß und auf Zehenspitzen die Treppe hinunter bis in die Küche.

Dort bereitete sie liebevoll das Frühstück vor, deckte den Tisch, kochte Eier, Tee und Kaffee und presste frischen Orangensaft. Dann setzte sie sich an den Tisch und begann, auf ihn zu warten. Ihre Geduld wurde auf eine harte Probe gestellt, denn entgegen seiner sonstigen Gewohnheit erschien Samuel erst um halb neun zum Frühstück.

„'n Abend“, sagte Madita grinsend, als er die Küche betrat.

Samuel quittierte das mit einem Lächeln und erwiderte: „Tut mir Leid, ich bin heute einfach nicht aus dem Bett gekommen.“

„Macht ja nix“, entgegnete Madita.

Samuel sog den Duft, der in der Küche herrschte, ein paar Mal tief in sich hinein. „Ist das Frühstück etwa schon fertig?“, fragte er dann verwundert.

„Du sagst es“, erwiderte Madita. „Setz dich doch.“

Samuel ließ sich zögernd am Tisch nieder. Dann fragte er vorsichtig: „Ist heute irgendetwas Besonderes?“

„Nein, wieso?“, entgegnete Madita so unbedarft wie möglich.

„Weil du sonst nie Frühstück machst.“

„Du kommst ja sonst auch nie so spät runter“, antwortete Madita und erhob sich. „Möchtest du Tee?“

„Gern.“

Madita schenkte ihm ein und ließ es während des gesamten Frühstücks kein einziges Mal zu, dass es ihm an irgendetwas fehlte. Sie verwöhnte ihn sogar mehr, als sie sonst von ihm verwöhnt wurde.

Samuel schien dieses Verhalten ziemlich zu verwirren. Er machte mehrfach Anstalten, selbst aufzustehen, und hatte richtig Schwierigkeiten damit, sich bedienen zu lassen. Madita lachte sich ungeheuer ins Fäustchen. Es machte ihr wirklich Spaß, ihn so hinzuhalten.

Das Frühstück war fast beendet, als plötzlich das Telefon klingelte. Madita sprang auf. Das war doch hoffentlich nicht der Computer-Fritze, der absagen wollte?

„Ich geh schon“, beeilte sie sich zu sagen und ging in Richtung Wohnzimmer.

Sie nahm den Hörer von der Station und sagte: „Spließgard?“

Am anderen Ende der Leitung war nichts zu hören.

„Hallo, Spließgard hier!“, sagte Madita noch einmal, diesmal ungeduldiger.

„Ja, äh, hier auch“, antwortete eine piepsige Stimme, in der Madita sofort Hannah erkannte. „Ich möchte bitte meinen Sohn sprechen.“

„Kleinen Augenblick“, entgegnete Madita und ging mit dem Telefon zurück in die Küche.

„Es ist deine Mutter“, sagte sie zu Samuel und reichte ihm den Hörer.

„Guten Morgen, Mutter.“

Er lauschte ins Telefon und sagte: „Vielen Dank.“ Wieder hörte er auf das, was Hannah sagte. Dann antwortete er: „Nein, nein, das ist schon in Ordnung. Es geht mir gut, wirklich. Mach dir keine Sorgen.“ Nach einer kleinen Pause: „Ich frühstücke ... ja, tue ich.“ Dabei hatte Madita den Eindruck, dass er seine Antwort sorgsam gewählt hatte, damit Madita nicht mitbekam, worüber er mit seiner Mutter sprach. Das weckte natürlich erst recht ihr Interesse. Ging es etwa um sie?

Samuel lauschte jetzt wieder seiner Mutter. Was er zu hören bekam, schien ihm allerdings nicht sehr zu gefallen. Er schüttelte ein paar Mal missbilligend den Kopf und Madita sah deutlich, wie Ärger in ihm aufzukeimen begann. „Hör auf, Mutter“, mahnte er dann. „Ich will so etwas nicht hören.“

Hannah schien jedoch damit fortzufahren, denn Samuel wurde immer ärgerlicher, während er ihr zuhörte. Plötzlich stand er auf, legte seine Hand auf den Hörer und flüsterte Madita zu: „Ich komme gleich wieder.“ Dann verließ er eilig die Küche und machte die Tür hinter sich zu.

Anstatt auf seine Rückkehr zu warten, sprang Madita ebenfalls auf, rannte zur Küchentür und presste ihr Ohr daran. Und tatsächlich bekam sie noch mit, wie Samuel in genervtem Tonfall sagte: „Du kennst sie doch gar nicht.“

Dann hörte Madita, wie eine zweite Tür geschlossen wurde. Samuel war wahrscheinlich ins Wohnzimmer gegangen.

Sie seufzte. Ihr blieb also nichts anderes übrig, als sich wieder hinzusetzen und zu warten. Es dauerte eine ganze Weile, bis Samuel wieder in die Küche kam. Ohne ein Wort der Erklärung setzte er sich auf seinen Platz und fuhr mit dem Frühstück fort.

Nachdem sie sich eine Zeit lang darüber geärgert hatte, dass Samuel von sich aus kein einziges Wort sagte, fragte Madita so beiläufig wie möglich: „Was wollte deine Mutter denn?"

„Och", entgegnete Samuel, „sie wollte sich nur nach meinem Wohlbefinden erkundigen."

„Und was hat sie sonst noch gesagt?"

„Nichts Besonderes."

Madita fing langsam an zu kochen. Sie konnte es nicht leiden, wenn jemand Geheimnisse vor ihr hatte. Und sie mochte es erst recht nicht, wenn es sich bei diesem Jemand um Samuel handelte. Warum hatte er neuerdings sogar Geheimnisse mit seiner Mutter?

„Du sollst nicht lügen. Lautet so nicht das vierte Gebot?", fragte Madita und konnte ihren Ärger dabei kaum noch verbergen.

„Es ist das dritte", korrigierte Samuel ruhig.

„Ach ja?", entgegnete Madita spitz. „Und warum beachtest du es dann nicht?"

„Tue ich nicht?"

„Nein, tust du nicht", regte sich Madita auf, „ich hab nämlich durchaus mitbekommen, dass du mit deiner Mutter über mich gesprochen hast."

„Erstens habe ich dich nicht belogen", stellte Samuel fest, „sondern dir höchstens etwas verheimlicht. Und zweitens solltest du dich nicht unbedingt zum Moralapostel aufspielen, wenn deine Kenntnisse daher rühren, dass du jemanden belauscht hast. Das ist nämlich auch nicht unbedingt die feine englische Art."

„Mag schon sein", zischte Madita, „trotzdem habe ich ein Recht darauf zu erfahren, was du mit deiner Mutter über mich gesprochen hast."

„Wieso solltest du ein Recht darauf haben?", entgegnete Samuel kühl.

Madita war mal wieder den Tränen nah. „Ich gehe jetzt nach oben", presste sie mühsam hervor, stand auf und eilte aus der Küche. Dann stapfte sie die Treppe hinauf, stürmte in ihr Zimmer und warf sich auf ihr Bett.

Dort ärgerte sie sich dann noch geraume Zeit über das Gespräch mit Samuel. Wie konnte er nur so gemein und abgebrüht sein?

Madita hatte vielleicht eine halbe Stunde auf ihrem Bett verbracht, als es plötzlich an der Tür klingelte.

Der Computer-Fritze!, dachte sie erschrocken. Sie sprang auf, blieb dann aber unentschlossen neben ihrem Bett stehen. Was sollte sie denn jetzt bloß machen? Sie konnte doch nicht einfach nach unten gehen und Samuel freundlich ihr Geburtstagsgeschenk überreichen. Nein, das kam nun wirklich nicht in Frage! Nie und nimmer würde sie ihm jetzt noch eine Freude bereiten wollen! Sollte er den Typen doch einfach wieder wegschicken. Das war ihr jetzt auch egal! Und überhaupt, sie würde nie mehr auch nur ein einziges Wort mit Samuel sprechen, nie mehr!

Und so verbrachte Madita die nächsten Stunden einsam, beleidigt und zu Tode gelangweilt auf ihrem Zimmer. Mehrmals spielte sie mit dem Gedanken, sich einfach die Autoschlüssel zu schnappen und zu Frau Stolfer zu fahren, aber dann tat sie es doch nicht. Sie wollte sich nicht der Gefahr aussetzen, Samuel auf dem Flur zu begegnen. Sonst dachte er womöglich noch, sie hätte ihm verziehen!

Sie hatte schon eine kleine Ewigkeit auf ihrem Bett verbracht, als sie plötzlich Schritte auf dem Flur hörte. Gespannt spitzte sie ihre Ohren. Sie hätte es natürlich niemals zugegeben, aber sie wünschte sich jetzt wirklich nichts mehr, als dass Samuel kommen und mit ihr reden würde.

Und tatsächlich endeten die Schritte vor ihrer Zimmertür. Es klopfte. „Darf ich reinkommen?“, fragte Samuels Stimme.

„Nein!“, entgegnete Madita unwirsch.

„Bitte!“

Madita zögerte einen Moment lang. Sie wollte es ihm nicht zu leicht machen! „Meinetwegen“, sagte sie dann gönnerhaft.

Die Tür öffnete sich und Samuel trat ein. „Bist du auf deinem Bett?“, fragte er.

„Ja“, antwortete Madita.

Samuel näherte sich dem Bett und nahm dann wie immer auf der Bettkante Platz. „Ich ... habe da ein Geburtstagsgeschenk bekommen“, begann er. „Hast du irgendeine Ahnung, woher das stammen könnte?“

„Nein“, erwiderte Madita und unterdrückte ein Grinsen. „Du?“

„Na ja“, grinste Samuel, „einen Verdacht hätte ich schon.“

„Ach tatsächlich?“, fragte Madita und hörte im gleichen Moment, wie draußen ein Auto angelassen wurde. Scheinbar fuhr der Computer-Fritze erst jetzt wieder weg.

Samuel wurde jetzt wieder ernst. „Ich fühle mich wirklich beschämt, weißt du das?“, sagte er. „Ich kann mich gar nicht erinnern, wann ich zuletzt ... na ja, außer natürlich von meiner Mutter ... ein Geburtstagsgeschenk bekommen habe. Und dann auch noch so etwas!“ Er schüttelte fassungslos den Kopf. „Ich weiß einfach nicht, was ich dazu sagen soll.“

„Heißt das, du freust dich?“, fragte Madita leise.

Samuel nickte nur und flüsterte: „Sehr.“

„Meinst du, du kriegst das mit der Bedienung hin?“

„Ich glaube schon“, entgegnete Samuel. „Ich hab auch eine Nummer bekommen, bei der ich jederzeit anrufen kann.“

„Na dann“, lächelte Madita, „herzlichen Glückwunsch.“

„Danke“, erwiderte Samuel gerührt. „Und wegen meiner Mutter ...“

„Ist schon gut“, fiel ihm Madita ins Wort. „Du hast ja Recht. Es geht mich wirklich nichts an.“

„Doch, doch“, widersprach er, „du kannst es ruhig wissen. Es war nur nicht sehr freundlich, was sie über dich gesagt hat. Nur deswegen habe ich versucht, es dir zu verschweigen.“

„Was hat sie denn gesagt?“, fragte Madita, deren Neugier neu erwacht war.

„Na ja, sie mag dich halt nicht. Irgendwie könnte man fast den Eindruck haben, als sähe sie eine Konkurrenz in dir“, begann Samuel. Dann zögerte er einen Moment lang. „Sie hat dich ... Flittchen genannt.“

Madita musste schlucken. Solche Ausdrücke hatte sie der vermeintlich harmlosen Hannah gar nicht zugetraut. „Eigentlich hat sie gar nicht so Unrecht“, meinte sie nach einiger Zeit niedergeschlagen.

Aber Samuel schüttelte den Kopf. „Wenn du einen solchen Ausdruck verdienst, verdiene ich ihn auch. Wir haben uns halt beide verkauft.“

„Und auch noch beide an deinen Vater“, nickte Madita.

„Ja“, seufzte Samuel, „ausgerechnet an einen Mann, der immer bekommt, was er will.“

„Und der dabei über Leichen geht“, ergänzte Madita.

Samuel lachte bitter auf. „Was für ein treffender Vergleich. Meine Mutter zum Beispiel, die ist eine dieser Leichen.“ Er schüttelte den Kopf. „Kannst du dir vorstellen, dass ich mich nicht erinnern kann, sie jemals lachen gehört zu haben? Unser Haus war immer so eine Art Grabkammer. Und das ist wohl auch der Grund, dass ich irgendwann den Mut gefunden habe auszuziehen. Ich konnte es dort einfach nicht mehr ertragen."

„Und deine Mutter?", erkundigte sich Madita. „Hat sie dich freiwillig gehen lassen?"

Samuel schüttelte heftig den Kopf. „Ganz im Gegenteil. Für sie ist eine Welt zusammengebrochen. Sie hat mich regelrecht angefleht, sie nicht mit Vater allein zu lassen. Das tut sie heute noch manchmal." Er seufzte und es kam Madita so vor, als hätte er immer noch ein schlechtes Gewissen. „Sie hat mir wirklich Leid getan. Aber ich musste auch an mich denken. Kannst du das verstehen?"

„Aber natürlich!", entgegnete Madita und legte aufmunternd ihre Hand auf Samuels Arm. „Kinder gehören ihren Eltern doch nicht. Sie müssen sie irgendwann gehen lassen. Es ist falsch, wenn sie so besitzergreifend sind."

„Ich weiß nicht", grübelte Samuel. „Es war auch falsch, was bei uns abgelaufen ist. Mein Vater hat meine Mutter immer nur herumkommandiert. Und mein Bruder war von Anfang an sein Liebling. Da ist es doch nicht verwunderlich, dass sich meine Mutter voll auf ihr Nesthäkchen konzentriert hat. Besonders, wenn dieses Nesthäkchen auch noch überdurchschnittlich hilfsbedürftig ist."

„Du hast Recht", pflichtete Madita ihm bei, „verwunderlich ist das nicht. Deine Mutter tut mir auch ziemlich Leid. Aber deswegen solltest du kein schlechtes Gewissen haben. Du hast den Schlamassel ja nicht verursacht."

„Trotzdem stecke ich mittendrin", seufzte Samuel.

„Schon ...", begann Madita, wurde aber unterbrochen, weil es an der Tür läutete.

„Das wird nochmal der Mann von der Computer-Firma sein", vermutete Samuel. „Vielleicht hat er etwas vergessen. Ich sehe mal nach."

Madita nickte und ließ Samuel gehen. Dann blieb sie gedanklich bei Hannah Spließgard hängen. Die Frau verdiente wirklich ihr Mitleid. Sie konnte sich lebhaft vorstellen, dass man an der Seite von Jochen Spließgard nicht glücklich werden konnte. Und sie konnte auch nachvollziehen, dass sie Samuel nicht gern hergegeben hatte. Wer trennte sich schon freiwillig von einem Sohn wie diesem?

„Madita?", hörte sie jetzt Samuel von unten rufen.

„Ja?“, rief sie zurück und sprang auf.

„Kannst du mal bitte kommen?“

Madita fragte sich zwar, was der Computer-Mann von ihr wollte, aber sie leistete Samuels Bitte trotzdem Folge und machte sich zügig auf den Weg. Sie wollte gerade beschwingt die Treppe hinunterlaufen, als sie plötzlich stutzte und wie angewurzelt stehen blieb. Der Mann, der da unten neben Samuel an der Tür stand ...

Es dauerte ein paar Sekunden, bis sie herausbrachte: „Bertram?“

Ihr Ex-Verlobter nickte nur und warf ihr einen wütenden Blick zu. Er trug Jeans und einen dunkelblauen Baumwollpullover, der in Brusthöhe mit einem weißen Querstreifen versehen war. Darin sah er genauso gut aus, wie sie ihn in Erinnerung hatte. Und doch ... jetzt wo sie ihn direkt neben Samuel stehen sah, wusste sie plötzlich nicht mehr, wer von beiden attraktiver war. Beide waren ungefähr gleich groß, aber Samuel hatte eine kräftigere Statur. Und sein dunkles volles Haar ließ den blonden Bertram beinahe blass neben ihm wirken.

„Was ... was ... machst du denn hier?“, stotterte Madita.

„Du hast wohl gedacht, du wärst mich endgültig los?“, sagte Bertram.

„Nein“, widersprach Madita, der alle Farbe aus dem Gesicht gewichen war. „Natürlich nicht.“

„Sondern?“

Madita war viel zu überrumpelt, als dass sie eine Antwort auf diese Frage parat gehabt hätte. Und sie fühlte sich auch ganz schön in die Enge getrieben. „Ich ... ich“, stotterte sie, „dachte doch ... ich würde ... das hier ... ohnehin bald hinter mir haben.“

Sie hatte den Satz kaum ausgeprochen, als ihr auch schon bewusst wurde, was sie damit angerichtet hatte. Erschrocken sah sie zu Samuel herüber. Der räusperte sich jetzt einmal kurz. „Dann ... werd ich euch mal allein lassen“, sagte er und floh in Richtung Tür.

Madita verspürte den Impuls, ihm nachzulaufen und ihre unbedachte Äußerung zu relativieren. Sie wusste ja, wie untypisch es für Samuel war, sich nach draußen zurückzuziehen. Und es war ihrer Aufmerksamkeit auch nicht entgangen, wie verstört er gewirkt hatte. Aber nun stand ihr ja Bertram im Weg, der sie noch immer erwartungsvoll ansah. So stieß sie einen abgrundtiefen Seufzer aus und sagte: „Tja, ich schätze, wir müssen reden, Bertram. Komm mit, wir gehen in die Küche.“

Sie ging zu Bertram, schob ihn durch die Küchentür, platzierte ihn an dem kleinen Tischchen und kochte erst einmal einen Kaffee. Dann setzte sie sich ihm gegenüber und fragte im Plauderton: „Wie hast du mich überhaupt gefunden?"

„Die Gerüchteküche brodelt, Madita", antwortete er ernst. „Mein Vater hat mich immer mit den aktuellsten Informationen versorgt. Anfangs wollte ich es nicht wahrhaben. Aber du warst ja wie vom Erdboden verschluckt. Und deine Eltern haben mich auch abgewimmelt. Da hab ich alle Krankenhäuser im Bundesgebiet angerufen. Erst hab ich's mit Madita von Eschenberg versucht und dann mit Madita Spließgard. Und siehe da, ich bin fündig geworden."

Madita nickte. „Es tut mir Leid, Bertram", sagte sie und klang dabei ernsthaft geknickt. „Ich hab mich nicht gerade fair dir gegenüber verhalten."

„Da muss ich dir ausnahmsweise Recht geben", lächelte Bertram. Aber dann wurde er sofort wieder ernst. Er sah ihr in die Augen und sagte sanft: „Jetzt sag doch mal, Schneckchen, euch muss ja das Wasser bis zum Hals stehen, wenn du dich auf einen solchen Wahnsinn eingelassen hast. Warum bist du denn damit nicht zu mir gekommen?"

Madita schluckte und senkte schuldbewusst den Blick. Sie wagte nicht, Bertram anzusehen. Aber sie wusste, dass sie ihm jetzt die Wahrheit sagen musste. „Um ehrlich zu sein", begann sie stockend, „bin ich damit nicht zu dir gekommen, weil das dasselbe gewesen wäre." Sie hatte Tränen in den Augen, als sie jetzt zu Bertram aufblickte. Und es tat ihr unendlich Leid, als sie die abgrundtiefe Enttäuschung in seinen Augen sah.

„Was soll das heißen?", fragte er heiser.

„Du weißt es doch", erwiderte Madita leise.

„Sag's mir", zischte Bertram.

Madita hatte gehofft, es nicht so deutlich aussprechen zu müssen. Aber es ging wohl nicht anders. Das hier war die Stunde der Wahrheit. Und so sagte sie tapfer: „Ich liebe dich nicht, Bertram. Wenn ich dich geheiratet hätte, damit dein Vater unserer Firma finanziell unter die Arme greift, wäre das genauso eine Lüge gewesen."

„Aber *ihn* konntest du heiraten, um die Firma deiner Eltern zu retten?", fragte Bertram fassungslos.

„Ja!", rief Madita. „Verstehst du das nicht? Was ich getan habe, war ein Geschäft. Nicht mehr und nicht weniger. Und alle Parteien wussten das. Niemand hat etwas anderes erwartet.

Aber wenn ich dich geheiratet hätte, dann ... dann hätte ich dich doch unglücklich gemacht."

„So hast du mich aber auch unglücklich gemacht", sagte Bertram sachlich.

Madita seufzte. „Ich weiß", sagte sie leise und streichelte tröstend über Bertrams Hand. „Darin bin ich wohl ziemlich gut."

Bertram schloss angesichts ihrer Berührung die Augen. Dann aber öffnete er sie ganz plötzlich wieder, schüttelte den Kopf und sagte entschlossen: „Ich werde das auf gar keinen Fall so einfach akzeptieren! Gib es doch zu, Madita, du weißt selbst gar nicht so genau, was du willst. Schließlich warst du schon immer ein bisschen wankelmütig." Er hielt inne. Dann fuhr er eifrig fort: „Genau, die ganze Situation ist dir über den Kopf gewachsen. Du hattest Bindungsangst und dann ... dann ... bist du halt in diese Geschäfts-Ehe geflüchtet. Aber, Schneckchen", er sah ihr jetzt flehend in die Augen, „das ist nichts, was man nicht wieder rückgängig machen könnte. Es gibt immer einen Weg. Und ich werde dir helfen, ihn zu finden."

Madita senkte wiederum den Blick. Sie mochte Bertram und so fiel es ihr wirklich schwer, ihm all seine Illusionen zu rauben. „Es kann vielleicht mal so gewesen sein", antwortete sie leise, „anfangs. Aber dann", sie stockte, weil ihr jetzt tatsächlich Tränen in die Augen traten, „dann hab ich festgestellt, dass ... dass ich dich ... nicht sehr vermisse." Und während die ersten Tränen an ihren Wangen herunterkullerten, blickte sie wieder zu ihm auf und fügte mit fester Stimme hinzu: „Ich liebe dich nicht, Bertram. Das weiß ich jetzt."

Bertram sah sie einen Moment ungläubig an. Dann aber verwandelte sich seine Fassungslosigkeit in Zorn. „Ich kann mich an die Presse wenden", sagte er hasserfüllt, „ich kann ihnen alles erzählen, die ganze Geschichte. Was meinst du, was dann los ist? Hm? Was?"

„Das kannst du natürlich tun", erwiderte Madita ruhig. „Aber es wird nichts an meinen Gefühlen für dich ändern."

Als Bertram sah, dass seine Drohung nichts nützte, verschwand die Härte wieder aus seinem Blick. „Bitte, Madita", jammerte er, „überleg es dir doch noch mal. Manchmal kommt die Liebe etwas später, das hört man immer wieder. Und ich kann warten. Das hab ich doch schon bewiesen."

„Die Frau, die dich einmal heiratet", entgegnete Madita, „kann sich wirklich glücklich schätzen. Aber sie wird nicht Madita heißen."

Bertram seufzte. Allmählich schien er zu begreifen, dass Madita es wirklich ernst meinte. Er stand seufzend auf. „Bringst du mich noch zur Tür?“

Madita nickte und ging ihm voran. An der Tür umarmte sie ihn dann noch einmal und flüsterte: „Bitte verzeih mir.“

Bertram hielt sie sehr viel länger fest, als es Madita lieb war. Aber irgendwann ließ er sie dann doch wieder los und sagte mit belegter Stimme: „Auch wenn ich es mir nicht vorstellen kann ... aber ... ich wünsche dir wirklich, dass dein Weg dich glücklich macht.“

„Danke“, entgegnete Madita gerührt und sah ihrem Ex-Verlobten noch lange nach, während er mit gesenktem Kopf zu seinem Auto ging und dann davonfuhr.

Kapitel 17

„Trinkst du einen Kaffee mit mir?“, fragte Valentina, als sie Madita auf dem Flur begegnete.

Madita zögerte und sah auf ihre Uhr. Es war viertel nach elf. Die Visite war mittlerweile beendet und da im Moment auf der Station nicht sehr viel los war, konnte sie sich durchaus ein paar Minuten Pause leisten.

„Na gut“, entgegnete sie und folgte ihrer Freundin in den Aufenthaltsraum. Beide nahmen sich eine Tasse aus dem Schrank, gossen sich Kaffee aus einer der beiden Kaffeemaschinen hinein und begaben sich dann an einen der Tische.

Sie saßen kaum, als Valentina auch schon fragte: „Hast du eigentlich Frau Stolfer mal wieder besucht?“

„Ja, gestern“, entgegnete Madita. „Einmal die Woche fahre ich mindestens zu ihr.“

„Und wie kommt sie zurecht?“

„Ganz gut, denke ich.“

„Und wie kommst du zurecht?“

„Auch gut“, antwortete Madita. „Was soll die Fragerei?“

„Ich versuche nur herauszufinden, warum du in letzte Zeit bist so gereizt.“

„Ich bin nicht gereizt!“, entgegnete Madita ärgerlich.

„Du bist nicht gereizt. Klar, du bist überhaupt nicht gereizt. Das hört man. Gib doch zu, du bist immer noch sauer auf mich.“

Madita verdrehte die Augen. Sie wusste überhaupt nicht, worauf Valentina hinauswollte. „Und warum sollte ich sauer auf dich sein?"

„Na, wegen Merolina – weil ich nicht habe geglaubt, dass du mit deiner Diagnose Recht hast."

„Ach, das meinst du."

„Ja, das meine ich. Und ich habe mich auch schon oft genug dafür entschuldigt. Warum kannst du es dann nicht mal vergessen? Oder ist sonst was nicht in Ordnung?"

Madita seufzte. Sie hatte Valentina nie etwas über ihre private Situation erzählt. Valentina wusste nur, dass sie mit einem blinden Mann verheiratet war, nicht aber, wie diese Ehe zu Stande gekommen war. „Das ist eine lange Geschichte, Valentina", sagte sie leise.

„Willst du sie mir dann nicht endlich erzählen?"

Madita zögerte. Eigentlich hatte sie es sich zum Prinzip gemacht, niemandem im Krankenhaus etwas über ihr Privatleben zu erzählen. Aber das Bedürfnis, einmal jemandem ihr Herz auszuschütten, war auch noch nie so stark gewesen. Sie sah Valentina fragend an. „Schwörst du, dass du jedes einzelne Wort für dich behalten wirst?"

Valentina nickte eifrig.

Und so erzählte Madita ihrer Freundin im Flüsterton die ganze Geschichte, angefangen bei Bertram und den finanziellen Schwierigkeiten ihrer Eltern bis hin zur Eheschließung und ihrem Umzug in die Nähe von Neuruppin.

Valentinas Augen waren im Verlauf des Berichts immer größer geworden. Und als Madita geendet hatte, sagte sie kopfschüttelnd: „Du meine Güte, ich hatte ja keine Ahnung."

Madita senkte niedergeschlagen den Kopf. „Jetzt denkst du bestimmt, dass ich einen Knall habe."

„Aber nein, warum denn?"

„Na, weil ich ihn geheiratet habe."

„Du wolltest dein Vater helfen, das ist doch gut."

Madita stieß einen abgrundtiefen Seufzer aus.

„Und wie sieht eure Beziehung im Moment aus?", erkundigte sich Valentina.

„Die Beziehung zu meinem Vater?"

„Nein!", lachte Valentina. „Die Beziehung zu deinem Ehemann."

Madita zuckte mit den Schultern. „Ich weiß nicht", sagte sie ausweichend.

„Nun komm schon“, ermunterte Valentina sie lächelnd. „Du hast mir schon so viel gebeichtet. Jetzt will ich Rest auch noch wissen.“

Madita seufzte ein weiteres Mal. Dann erzählte sie Valentina auch noch von ihren Bemühungen, einen neuen Menschen aus Samuel zu machen, und von dem Desaster, das daraus hervorgegangen war. „Wir haben Ende November“, jammerte Madita zum Schluss. „Seit der Hochzeit sind nun schon fast sechs Monate vergangen. Und doch ändert sich nichts. Im Gegenteil. Manchmal habe ich den Eindruck, als würde er von Tag zu Tag immer noch stiller und verschlossener werden.“

„Du hast ihn wohl ziemlich gern, wie?“, fragte Valentina.

„Schon“, nickte Madita. „Wir sind Freunde.“

„Mehr nicht?“

Madita schüttelte heftig mit dem Kopf. „Natürlich nicht!“

„Es klang aber so“, begann Valentina vorsichtig, „als hättest du ihn *ausgesprochen* gern.“

„Hab ich ja auch. Wie einen guten Freund eben.“

„Es gibt Leute, die behaupten, dass Männer und Frauen nicht befreundet sein können.“

„Ach ja?“, brauste Madita auf. „Das sind dann wohl Leute, die nicht viel über Freundschaft wissen.“

„Reg dich nicht auf“, beschwichtigte Valentina. „Was willst du denn jetzt machen?“

„Wieso machen? Ich kann natürlich gar nichts machen“, entgegnete Madita. Sie deutete auf ihre Tasse. „Außer abwarten und Kaffee trinken vielleicht“, fügte sie hinzu.

„Du könntest mal dafür beten“, schlug Valentina vor.

„Beten?“, fragte Madita entgeistert. „Als ob das helfen würde!“

„Ich kann natürlich nicht versprechen, dass es hilft. Aber ich habe schon erlebt die verrücktesten Sachen, wenn ich für etwas gebetet habe. Wirklich! Ich glaube, dass ein ehrliches Gebet mehr bewirkt als die großartigste Tat.“ Sie lächelte vielsagend und fügte dann hinzu: „Besonders, wenn es nichts mehr gibt, was man noch tun kann.“

„Jetzt hör schon auf, Valentina. Du weißt doch, dass ich nicht an Gott glaube. Und so verzweifelt bin ich nun auch wieder nicht.“

„Komm doch wenigstens mal mit in den Gottesdienst.“

Madita schüttelte den Kopf. „Ich komme auch so zurecht.“

Valentina stand auf. „Man glaubt, dass man auch so zurechtkommt, Madita. Aber stimmt das auch?" Sie nahm ihre leere Kaffeetasse. „Ich muss wieder an die Arbeit. Wir sehen uns."

„Bis später", nickte Madita.

Sie trank noch ihren Kaffee aus und ging dann ebenfalls zurück an die Arbeit. Aber obwohl sie es eigentlich gar nicht wollte, musste sie dabei noch lange über Valentinas Worte nachdenken. Sie kannte mittlerweile ziemlich viele Menschen, die felsenfest von der Existenz eines Gottes überzeugt waren. Valentina war eine davon, Samuel gehörte auch dazu, ebenso Frau Stolfer. Waren die alle auf dem Holzweg? Glaubten sie nur an Gott, weil sie alleine nicht zurechtkamen und auf den Gedanken an eine übernatürliche Macht angewiesen waren?

Sie schüttelte den Kopf. Valentina passte nicht in dieses Muster. Sie war eine starke und bodenständige Frau. Und Frau Stolfer? Die strahlte diesen inneren Frieden aus, der Madita so beeindruckte. Vielleicht Samuel? Wenn jemand einen Gott nötig hatte, dann doch wohl er. Dass er an der Lieblosigkeit seines Elternhauses und seinen desolaten Lebensumständen noch nicht zerbrochen war, war wirklich ein Wunder. Aber vielleicht war gerade das ein Beweis für diesen Gott?

Sie seufzte. „Ich glaube aber trotzdem nicht an dich", flüsterte sie trotzig.

„Was?", fragte der sechsjährige Sebastian, dessen rechtes Bein sie gerade eingipste.

„Nichts, nichts", entgegnete sie schnell und nahm sich vor, während der Arbeit nicht weiter über solche Themen nachzudenken.

Eine Zeit lang gelang ihr das auch ganz gut, aber je näher der Feierabend rückte, umso intensiver musste sie wieder an Samuel denken. Ob er heute wieder so kurz angebunden sein würde? Gestern jedenfalls hatte er kaum ein Wort mit ihr gewechselt. So konnte das doch wirklich nicht weitergehen! Ob es Sinn machte, ihm mal so richtig die Meinung zu sagen?

Diese Gedanken beherrschten sie auch während der Rückfahrt. Immer und immer wieder stellte sie sich vor, wie er beim Abendessen vor ihr sitzen würde, geistesabwesend und wortkarg. Und als sie den Wagen vor dem Haus parkte, hatte sie sich so in diese Idee hineingesteigert, dass sie regelrechte Wut empfand. Nein, ein solches Verhalten würde sie sich nicht länger bieten lassen!

Mit entschlossenem Gesichtsausdruck stieg sie aus dem Wagen und ging forschen Schrittes auf das Haus zu. Während sie wie immer zwei Treppenstufen auf einmal nahm, meldete sich ihr Magen zu Wort. Was er wohl heute für sie gekocht hatte?

Bei diesem Gedanken verrauchte ihr Ärger ein wenig. Sie öffnete die Haustür und nahm voller Vorfreude erst einmal einen tiefen Atemzug. Aber was war das? Hier roch es ja heute so ... neutral!

Sie trat in den Flur, schloss die Tür hinter sich und ging ohne Umschweife auf die Küche zu. Mit einem Ruck öffnete sie die Tür und trat ein.

Samuel war nicht da. Alles war vollkommen aufgeräumt. Und was das Schlimmste war: Es gab keine Spur von irgendetwas Essbarem, weder im Backofen noch auf dem Herd.

Madita konnte es kaum fassen. Jetzt kochte er also nicht einmal mehr für sie! Na toll, das wurde ja immer schöner. Wütend verließ sie die Küche und riss die Tür zum Wohnzimmer auf.

Und tatsächlich! Samuel saß mit dem Rücken zu ihr auf seinem Lieblingssessel vor der Stereoanlage. Madita presste ihre Lippen aufeinander, baute sich breitbeinig vor ihm auf und stemmte ihre Hände in die Hüften.

„Hallo", sagte er freundlich.

„Hallo", erwiderte Madita kühl. „Gibt's heute nichts zu essen?"

„Nein, tut mir Leid. Ich fühle mich nicht besonders."

„Ach tatsächlich?", fragte Madita spitz. „Vielleicht hast du auch einfach keine Lust auf meine Gesellschaft!"

„Nein, nein, das ist es nicht", beeilte er sich zu sagen. „Mir geht es wirklich nicht gut. Ich ... mir ... ist schlecht. Eine Magen- und Darmgrippe vielleicht. Ich kann einfach nichts Essbares riechen."

Madita sah ihn prüfend an. Er war wirklich ziemlich blass um die Nase. Sollte sie ihm Glauben schenken? Sie hatte sich schon fast dafür entschieden, als ihr Blick auf sein Hemd fiel. „Und du hast heute noch gar nichts gegessen?", fragte sie misstrauisch.

„Nein", entgegnete er.

„Wie kommt es dann, dass du dich mit Ketchup bekleckert hast?", fragte sie angriffslustig und piekste dort, wo sie den roten Fleck entdeckt hatte, mit dem Finger in seinen Bauch.

Sie erschrak allerdings fürchterlich, als Samuel daraufhin vor Schmerzen aufstöhnte und sich nach vorn krümmte. Madita sah ihn entgeistert an. Was verheimlichte er ihr jetzt schon wieder?

Ohne weiter um Erlaubnis zu fragen, kniete sie sich vor ihn hin und begann einfach, sein Hemd aufzuknöpfen. Samuel ließ es geschehen. Er kämpfte noch immer mit seinen Schmerzen und hatte wohl gerade keine Energien frei, um sie daran zu hindern.

Was unter dem Hemd zum Vorschein kam, brachte Maditas Atem zum Stocken. Schon nach den ersten Knöpfen entdeckte sie, dass scheinbar sein gesamter Oberkörper voller Blutergüsse war. Dazu kamen jede Menge Striemen und blutverschmierter Schnittwunden. In Bauchnabelhöhe stieß Madita auf einen notdürftigen und unprofessionellen Verband, den er sich scheinbar selbst angelegt hatte und der mittlerweile fast durchgeblutet war. Die dazugehörige Verletzung schien sich seitlich an der Taille zu befinden. Der Blutmenge nach zu urteilen, schien es sich nicht nur um einen Kratzer zu handeln.

Sie stand auf. „Ich hole Verbandmaterial", sagte sie sachlich und verließ eilig den Raum. Dann lief sie nach draußen zum Wagen, kramte den Verbandkasten daraus hervor, nahm auf dem Rückweg noch einen sauberen Lappen und eine Schüssel mit Wasser aus der Küche mit und eilte damit zurück ins Wohnzimmer.

Sie kniete sich wieder vor ihn hin und öffnete vorsichtig seinen Verband. Die Verletzung war wirklich ziemlich tief. Auch blutete sie noch immer recht stark. Deshalb verzichtete sie darauf, die Wunde auszuwaschen, und legte stattdessen sofort einen Druckverband an.

Als sie damit fertig war, sagte sie halb fragend, halb feststellend: „Sieht aus wie eine Stichverletzung."

Samuel sagte nichts dazu und so widmete sich Madita den oberflächlicheren Verletzungen. Sie wusch sorgfältig das Blut ab und verklebte ein paar Pflaster.

Sie war beinahe fertig, als sie sich nicht länger gegen die Vorstellung wehren konnte, wie er all die vielen Verletzungen erlitten hatte. Bestimmt waren das die zwei Typen gewesen, mit denen sie schon selbst Bekanntschaft geschlossen hatte. Und bestimmt hatte einer Samuel festgehalten, während der andere ihn so brutal zugerichtet hatte. Wie konnten diese Feiglinge nur zu zweit einen hilflosen, blinden Mann zusammenschlagen? Gleichzeitig schwappte eine Welle von Mitleid über sie hinweg. Sie konnte plötzlich der Versuchung nicht widerstehen, tröstend und zärtlich an einer der wenigen Stellen, die unverletzt waren, über seine Brust zu streicheln.

Erschrocken beobachtete sie, wie er angesichts dieser Berührung wie unter einem Peitschenhieb zusammenzuckte. Sie schüttelte ungläubig den Kopf. Die Schmerzen, die sie ihm beim Verarzten zugefügt hatte, die hatte er ertragen, ohne auch nur mit der Wimper zu zucken. Und jetzt reagierte er so?

Sie räusperte sich verlegen und zog ihm das Hemd wieder an. Dann stand sie auf und sagte: „So, fertig, jetzt wirst du von der Qual meiner Gesellschaft wieder erlöst."

Samuel senkte schuldbewusst den Kopf. „Tut mir Leid. Ich habe nur versucht, es dir zu verheimlichen, weil ich dich nicht beunruhigen wollte. Und ich sehe ein, dass das nicht besonders klug von mir war."

„Nein, das war es wirklich nicht", pflichtete Madita ihm bei. „Du hättest verbluten können."

Samuel grinste ein wenig. „Jetzt übertreibst du aber."

„Nur ein bisschen", entgegnete Madita und musste ebenfalls anfangen zu grinsen. Sie behielt den strengen Tonfall bei, als sie fortfuhr: „Erzählst du mir jetzt, was passiert ist, oder nicht?"

„Was soll schon passiert sein?", versuchte Samuel den Vorfall herunterzuspielen. „Ich hatte einfach mal wieder Besuch von meinen beiden Freunden. Sie haben mich ein bisschen eingeschüchtert und sind dann wieder abgehauen. Das ist alles."

„So etwas nennst du ‚ein bisschen einschüchtern'?", brauste Madita auf. „Ich nenne das Körperverletzung, schwere Körperverletzung. Die hatten doch Messer dabei."

„Lass es gut sein, Madita", beschwichtigte Samuel. „Ich habe keine Angst vor den beiden. Es sind Halbstarke, die sich nur ein bisschen austoben wollen. Im Grunde genommen sind sie ungefährlich."

Madita seufzte. Sie fühlte sich auf einmal stark an ihr eigenes Erlebnis erinnert. „Einer von beiden hat eine dunkle, rauchige Stimme, der andere klingt heller und jünger", sagte sie leise.

„Du kennst die beiden?", fragte Samuel erstaunt.

„Ja, diese beiden ‚harmlosen Halbstarken' haben versucht, mich zu vergewaltigen. Und wenn du mich nicht gehört und Heiner losgeschickt hättest, dann hätten sie es wohl auch geschafft."

Samuel sah erst total entsetzt aus, dann schien ihm so einiges klar zu werden. „So etwas hatte ich doch geahnt", flüsterte er. „Warum hast du es mir nicht gesagt?"

„Ich wollte dich nicht beunruhigen, was denkst du denn?", lächelte Madita verzerrt.

„Vielleicht sollten wir doch die Polizei einschalten."

„Das sag ich doch die ganze Zeit", pflichtete Madita ihm bei. „Ich werde gleich morgen Anzeige erstatten."

Und das tat Madita dann auch. Sie hatte am nächsten Tag Frühschicht und fuhr gleich danach zum Polizeirevier.

Der Beamte, der ihre Anzeige aufnahm, war Madita auf Anhieb unsympathisch. Er sah überhaupt nicht aus wie ein Polizist, sondern eher wie ein Partylöwe. Er hatte hellblond gefärbte, igelkurze Haare und war so braungebrannt, dass er garantiert seine gesamte Freizeit im Sonnenstudio verbrachte. Darüber hinaus sah er sie pausenlos so an, als wollte er sie nach Dienstschluss umgehend vernaschen.

Und so fiel es Madita schwer, nett und freundlich zu bleiben, während sie alle Vorfälle, von denen Samuel ihr berichtet hatte, zu Protokoll gab und dann die beiden Männer beschrieb.

„Lassen Sie mich mal zusammenfassen", sagte Herr Meisloh. „Ihre beiden Schwerverbrecher sind also zwischen 20 und 30 Jahre alt und zwischen 1,75 und 1,90 groß. Außerdem hat einer von ihnen eine dunkle, rauchige Stimme und der andere klingt heller und jünger. Hab ich noch irgendetwas vergessen?"

Madita schüttelte den Kopf. „Nein."

„Das ist schlecht", stellte „Partyloh", wie Madita ihn heimlich nannte, trocken fest.

„Ach", entgegnete Madita spitz. „Sie hatten Masken auf. Was erwarten Sie denn?"

„Unter diesen Umständen kann ich Ihnen nicht viel Hoffnung machen, Frau Spließgard. Wir brauchen schon ein paar konkretere Hinweise, um Ihre beiden Freunde dingfest zu machen. An Ihrer Stelle würde ich nicht mit einer baldigen Verhaftung rechnen."

„Erstens", begann Madita genervt, „halte ich die Definition ‚Freunde' für etwas verfehlt und zweitens ist es doch wohl nicht zu viel verlangt, wenn man erwartet, dass die Polizei ein kleines bisschen der Arbeit auch noch selbst erledigt. Wenn man Ihnen jeden Verbrecher auf dem silbernen Tablett servieren würde, dann könnte man auf die Hälfte der Beamten, die in diesem Gebäude sitzen, sicher locker verzichten."

„Ihre Rechnung, Frau Doktor", entgegnete Partyloh von oben herab, „mag vielleicht aufgehen, wenn sich die Verbrechensquote auf ein halbwegs normales Maß reduzieren würde. Da sie sich aber schon seit Jahren beständig erhöht, werden die Beamten wohl weiter durchgefüttert werden müssen." Er stand auf. „Kann ich sonst noch etwas für Sie tun?"

„Aber sicher können Sie das", lächelte Madita und blieb sitzen. „Sie können mir zum Beispiel sagen, was Sie jetzt unternehmen wollen."

„Wir werden Sie anrufen, wenn uns ein Verbrecher über den Weg läuft, auf den Ihre Beschreibung passt."

„Ist das alles?", fragte Madita entgeistert.

„Ja", erwiderte Herr Meisloh. „Für weitergehende Ermittlungsarbeiten fehlen uns nämlich die Ansatzpunkte. Das muss Ihnen doch klar sein. Die beiden Kerle sind scheinbar nicht aktenkundig, wir haben keine Fingerabdrücke, kein Autokennzeichen. Was sollen wir da schon machen?"

„Was Sie da machen sollen?", fragte Madita aufbrausend. „Ist es wirklich erforderlich, dass ich Ihnen das sage? Sie haben doch sicher Computerdaten von vorbestraften Gewalttätern. Gleichen Sie die ab und überprüfen Sie die, die in Frage kommen. Das wäre doch sicher recht viel versprechend."

„Ich kann Sie ja verstehen", begann Meisloh und schlug dabei einen etwas versöhnlicheren Ton an, „aber beim derzeitigen Sachstand sind mir wirklich die Hände gebunden. Alle Maßnahmen, die ich treffen könnte, stünden außer Verhältnis zu der begangenen Tat. Wir haben es hier schließlich nur mit einem leichteren Fall von Körperverletzung zu tun."

„Ein leichterer Fall?", regte sich Madita auf. „Da muss ich Ihnen natürlich Recht geben. Die beiden haben ja auch nur auf meinen Mann eingestochen. Wann liegt denn ein ernst zu nehmender Fall vor? Wenn er verblutet wäre?"

„Zum Beispiel", seufzte Herr Meisloh.

„Hören Sie", beschwor Madita ihr Gegenüber, „diese beiden Männer kommen seit Monaten immer wieder zu uns. Sie schlagen unsere Fenster ein. Sie verprügeln meinen Mann und sie haben versucht, mich zu vergewaltigen. Reicht Ihnen das nicht? Was muss denn noch passieren?"

„Tut mir Leid", sagte Herr Meisloh und schien es tatsächlich ernst zu meinen.

„Es gibt keinen Grund, warum diese beiden mit ihren Aktionen aufhören sollten", versuchte es Madita noch einmal, „können Sie uns da nicht wenigstens ein bisschen beschützen?"

Herr Meisloh schüttelte den Kopf. „Ich kann doch nicht 24 Stunden am Tag einen Streifenwagen vor Ihr Haus stellen! Sie sagen doch selbst, dass die beiden nur alle paar Wochen bei Ihnen auftauchen. Wie lange soll ich Sie denn überwachen lassen?"

„Bis die beiden gefasst sind!"

Herr Meisloh schüttelte wieder den Kopf. „Das kriege ich nicht durch, ganz sicher nicht."

„Dann sagen Sie mir, was ich tun soll, Herr Meisloh! Mein Mann ist blind. Er hat keine Chance gegen die beiden. Wie kann ich in Zukunft noch ruhigen Gewissens zur Arbeit fahren?"

Herr Meisloh zuckte nur müde mit den Schultern.

Madita seufzte und erhob sich. Sie sah dem Beamten noch einmal herausfordernd in die Augen und sagte beißend: „Dann haben Sie vielen Dank für Ihre *Hilfe*, Herr Meisloh." Dann drehte sie sich um und verließ wütend das Büro.

Auf der Fahrt nach Hause wich diese Wut dann allerdings immer mehr einem Gefühl der Verzweiflung und Ohnmacht. Sie hatte nichts erreicht und bekam es allmählich wirklich mit der Angst zu tun. Früher oder später würden die beiden wieder bei ihnen auftauchen, so viel war sicher. Und was dann? Sie hatte gar nicht unbedingt Angst um sich selbst. Aber was war mit Samuel? Wie sollte er sich gegen die beiden wehren? Was, wenn sie ihn beim nächsten Mal noch schlimmer zurichten würden? Was konnte sie tun, um ihn zu beschützen?

Ihr fiel da nicht viel ein und so war ihre Laune nicht gerade die beste, als sie zu Hause ankam. Immerhin stand Samuel am Herd und rührte in einem Topf herum, als sie die Küche betrat.

„Hallo", begrüßte sie ihn missmutig.

„Hallo", entgegnete Samuel überrascht. „Du hast wohl nichts erreicht, wie?"

„Nein, gar nichts", erwiderte Madita. „Sie haben mir keinerlei Hoffnung gemacht, dass sie die beiden kriegen. Und sie haben auch nicht vor, uns zu beschützen."

„So etwas hatte ich schon befürchtet."

„Und was machen wir jetzt?"

Samuel seufzte. „Ich werde mit meinem Vater reden. Er wird zulassen müssen, dass du wieder zu deinen Eltern ziehst."

„Du willst mich loswerden?", brauste Madita auf.

„Nein!", widersprach Samuel. „Aber ich kann doch nicht zulassen, dass du ihnen noch einmal in die Hände fällst."

„Und wohin ziehst du dann?"

„Ich werde hier bleiben."

„Und dann?"

„Nichts und dann. Ich komme schon zurecht."

„‚Ich komme schon zurecht‘?“, wiederholte Madita ungläubig. „So ein Blödsinn. Du kommst überhaupt nicht zurecht. Das haben wir doch gestern gesehen!“

„Ich lebe doch noch“, verteidigte sich Samuel.

„Ja, zufälligerweise. Das nächste Mal stechen sie ein bisschen fester zu, ich bin nicht da, um die Blutung zu stillen – und dann war es das!“

„Ich lebe schon seit Jahren mit der Bedrohung durch diese zwei, Madita. Und ich werde auch weiter damit leben.“

„Aber sie werden doch immer brutaler!“, beschwor ihn Madita. „Das kann dir doch nicht entgangen sein!“

„Vielleicht ist es so“, räumte Samuel ein. „Aber ich habe trotzdem keine Angst. Gott wird mich beschützen.“

„Jetzt geht das schon wieder los“, jammerte Madita und schlug theatralisch die Hände vors Gesicht. „Dir ist wirklich nicht zu helfen. Hat dich dein Gott etwa gestern beschützt?“

„Ja, das hat er“, entgegnete Samuel voller Überzeugung. „Erst hat er dafür gesorgt, dass sie keine inneren Organe verletzt haben, und dann hat er auch noch eine hervorragende Ärztin vorbeigeschickt.“ Er grinste. „Mehr kann man doch wirklich nicht verlangen!“

„Er hätte die beiden schon vor Jahren bei einem Autounfall ums Leben kommen lassen können. Das hätte dir einiges erspart!“

„Gott handelt nun einmal nicht immer so, wie man es gerne hätte.“

Madita seufzte. „Woher soll man dann wissen, ob er überhaupt handelt?“

„Man weiß es einfach.“

„Ich nicht!“

„Weil du ihm gar keine Chance gibst, Madita.“

Madita seufzte. Sie überlegte eine Weile. Dann sagte sie entschlossen: „Wenn du hier bleibst, bleibe ich auch.“

Samuel schüttelte den Kopf. „Das kann ich nicht verantworten.“

„Mach dir keine Sorgen, Samuel“, grinste Madita, „Gott wird mich schon beschützen.“

Samuel atmete ein, um etwas dazu zu sagen, doch dann atmete er einfach nur resigniert wieder aus.

Madita grinste triumphierend. Sie hatte ihn mit seinen eigenen Waffen geschlagen.

Trotzdem gingen ihr ihre eigenen Worte in den folgenden

Tagen nicht mehr so recht aus dem Kopf. Es war, als hätten sie eine magische Wirkung entfaltet. Immer und immer wieder schlichen sie sich in ihre Gedanken und schienen sie auf ihre eigene Aussage festzunageln. Vielleicht gab es tatsächlich irgendwo einen Gott, der sie beschützte. Hatte sie sich nicht selbst gewundert, dass Heiner plötzlich auf der Bildfläche erschienen war, als die beiden über sie herfallen wollten?

Und als dann Valentina ein weiteres Mal nachfragte, ob sie nicht doch mal mit in den Gottesdienst kommen wollte, sagte sie zu ihrem eigenen Erstaunen einfach ja. Vielleicht konnte sie ja tatsächlich dort herausfinden, was es mit diesem Gott auf sich hatte.

Und so betrat sie am folgenden Sonntag zaghaft an Valentinas Seite das Gemeindehaus im Herzen der Stadt. Schon auf den ersten Blick war sie angenehm überrascht.

Das Gebäude war ziemlich neu und innen hell und freundlich. Auch war es modern und schlicht gestaltet. Nichts daran erinnerte sie an die alten, dunklen, aber auch pompösen und verschnörkelten Kirchen, die sie bis dahin mit Religion verbunden hatte.

Was sie nicht weniger erstaunte, waren die positive Offenheit, mit der sie empfangen wurde, und die herzliche Freundlichkeit, mit der sich die Gemeindemitglieder untereinander begegneten. Wenn sie früher bei besonderen Gelegenheiten mit ihren Eltern in eine Kirche gegangen war, dann hatte sie selten ein Wort mit jemandem gewechselt. Man hatte schweigend die Kirche betreten, leise auf den kalten Holzbänken Platz genommen, ehrfürchtig der Predigt gelauscht und die Kirche dann wieder ohne ein Wort verlassen. Das schien hier völlig anders zu sein. Der Vorraum des Gebäudes war von einem intensiven Gemurmel erfüllt. Die Menschen begrüßten einander, manche nahmen sich sogar in den Arm. Kein Zweifel, sie kannten sich, schienen sich zu freuen, einander zu sehen, und nahmen am Leben des anderen Anteil.

Dieser Eindruck durchzog auch den Gottesdienst selbst. Die Kinder zum Beispiel waren keineswegs ausgeschlossen, sondern durften am Gottesdienst teilnehmen, bis die Kinderstunde begann. Und keiner schien sich daran zu stören, wenn eines der Kinder gelegentlich herumalberte oder weinte.

Während der Einleitung wurden dann diejenigen beglückwünscht, die in der vergangenen Woche Geburtstag gehabt hatten. Anschließend wurde gefragt, ob Gäste anwesend waren, die sich vorstellen wollten. Madita erblasste vor Schreck und blieb stocksteif auf ihrem Platz sitzen. Valentina dagegen stand sofort auf und verkündete freudestrahlend, dass sie ihre Arbeitskollegin mitgebracht hatte. Und so blieb Madita nichts anderes übrig, als ebenfalls aufzustehen und allen freundlich zuzunicken. Sie wurde noch einmal besonders willkommen geheißen und konnte dann wieder Platz nehmen.

„Kommt sonst noch was, was ich vorher wissen sollte?“, flüsterte sie Valentina ängstlich zu.

„Ja“, flüsterte Valentina zurück. „Die Gäste werden am Schluss alle nach vorn gebeten und müssen dann einen mindestens 20 Zeilen langen Psalm auswendig rezitieren.“

Madita sah Valentina entgeistert an. Dann jedoch registrierte sie, wie der Schalk aus ihren Augen blitzte. Sie atmete auf. „Ha, ha!“

Kurz darauf ging der Pastor nach vorn und teilte mit ernster Miene mit, dass ein jüngeres Gemeindemitglied einen Autounfall gehabt hätte und mit lebensgefährlichen Verletzungen im Krankenhaus läge. Sofort ging ein geschocktes Raunen durch den Saal. Anschließend wurde eine Gebetszeit abgehalten, in der mehrere Gemeindemitglieder für das Unfallopfer beteten, ja beinahe flehten. Madita spürte ihnen ab, wie nahe ihnen das Ereignis ging und wie sehr sie sich wünschten, dass die Person wieder gesund wurde. Gleichzeitig gewann sie den Eindruck, dass all die Menschen tatsächlich mit einem Eingreifen Gottes rechneten. Sie schienen wirklich daran zu glauben, dass ihre Gebete gehört und vielleicht sogar erhört wurden.

Madita war davon so beeindruckt, dass sie von der anschließenden Predigt kaum noch etwas mitbekam. Immer wieder fragte sie sich, woher ein solcher Glaube rührte und was sie davon halten sollte. Wie konnten sich diese Menschen nur sicher sein, dass es diesen Gott wirklich gab? Und wie konnte man diese Sicherheit erlangen?

Als Madita im Anschluss an den Gottesdienst nach Hause fuhr, sagte sie zu sich selbst: „Ich kann mir nicht vorstellen, dass es dich wirklich gibt. Was hätten sonst Krieg und Gewalt, Krankheiten und Tod auf dieser Erde zu suchen?“ Sie schüttelte den Kopf. „Wenn es dich wirklich gäbe, dann sähe diese Welt doch anders aus!“

Sie seufzte. Aber warum glaubten die Menschen im Gottesdienst trotzdem an Gott? Hatten sie nicht gerade erfahren, dass einer von ihnen bei einem Autounfall lebensgefährlich verletzt worden war? Wie konnten sie im Angesicht dieser Katastrophe noch immer glauben? Wie?

„Ich bin halt anders“, flüsterte Madita, so als würde sie mit jemandem diskutieren. „Ich bin nicht so leichtgläubig wie andere Menschen.“ Sie schlug mit der Hand auf das Lenkrad. „Ich bin Ärztin, verdammt. Ich glaube nur, was ich sehe. Ich brauche Beweise.“

Sie atmete einmal tief durch. Dann sagte sie laut: „Also, hör mir zu, Gott. Ich gebe dir nur diese eine Chance. Wenn es dich wirklich gibt, dann beweise es mir. Beweise es mir!“

Nachdem sie den Satz zu Ende gesprochen hatte, sah sie erwartungsvoll gen Himmel. Ein paar Sekunden später aber schüttelte sie verständnislos den Kopf.

„Madita Spließgard“, schalt sie sich selbst, „hast du allen Ernstes damit gerechnet, dass ein Blitz aus den Wolken fährt oder eine Donnerstimme mit dir spricht? Langsam schnappst du wirklich über!“

Sie schaltete das Radio ein, um sich mit Musik ein wenig abzulenken. Es lief ein Lied, das sie ziemlich mochte. Sie sang ein bisschen mit und dachte bald nicht mehr an ihr Selbstgespräch.

Als sie in den Waldweg einbog, sah sie schon von fern, dass ihr ein Auto entgegenkam. *Na,* dachte sie misstrauisch, *wer hat sich denn jetzt schon wieder in diese Gegend verirrt?*

Instinktiv fiel ihr Blick auf das Nummernschild des Wagens. Der hintere Teil lautete HK 100. *Tja, Heiner*, dachte Madita und musste ein wenig grinsen, *das ist dann wohl das Nummernschild, das du gerne gehabt hättest.* Sie konnte sich noch gut daran erinnern, dass Heiner bei seinem neuen Dienstwagen unbedingt seine Initialen als Nummernschild hatte haben wollen. Und dass er sich tierisch aufgeregt hatte, weil es nicht geklappt hatte. Männer waren doch wirklich alle gleich!

Madita hatte jetzt das Haus erreicht. Sie parkte ihren Wagen, stieg aus und ging dann fröhlich aufs Haus zu. Sie war schon wieder ziemlich hungrig und wie immer gespannt, was Samuel heute gekocht hatte.

Als sie das Haus dann allerdings betrat, roch es wieder einmal verdächtig nach – rein gar nichts. Sie rollte mit den Augen. Was war denn nun schon wieder?

Auch dieses Mal ging sie zuerst in die Küche. Samuel war nicht dort. Auch sahen Herd und Backofen vollkommen unberührt aus.

„Ich hoffe, du hast eine gute Entschuldigung", murmelte Madita genervt. Im Angesicht der unberührten Küche hatte ihr Magen nämlich noch heftiger zu knurren begonnen, als er es ohnehin schon getan hatte.

Sie trat wieder auf den Flur. „Samuel?", rief sie durchs Haus, erhielt allerdings keine Antwort.

Mit einem Seufzer steuerte sie aufs Wohnzimmer zu. Sie öffnete die Tür und wollte eintreten, blieb dann aber vor Schreck wie angewurzelt stehen. Das Wohnzimmer war ein einziges Chaos. Möbelstücke waren umgestoßen, Bücher aus den Regalen geworfen, überall lagen Scherben. Und keine Spur von Samuel.

Jetzt ahnte Madita Böses. Sie drehte sich um und rief ängstlich: „Samuel?", dann noch einmal, voller Panik und so laut sie konnte: „Samuel!". Wieder erhielt sie keine Antwort.

Sie lief durchs Haus und suchte jedes einzelne Zimmer nach ihm ab – nichts! Sie durchkämmte den Keller – keine Spur von ihm! Sie war sich jetzt ganz sicher, dass etwas Furchtbares geschehen sein musste. Samuel hätte das Haus niemals freiwillig verlassen. Niemals!

„Wo bist du?", flüsterte sie, während ihr Tränen über die Wangen rollten. Dann kam ihr ein Gedanke. „Gott!", jammerte sie. „Er glaubt doch, dass du ihn beschützt. Warum tust du es dann nicht mal?" Die Tränen liefen jetzt noch stärker über ihre Wangen. „Hey!", schrie sie herausfordernd. „Hörst du mich nicht? Antworte mir!"

Aber es kam keine Antwort. Madita ließ sich auf den Fußboden fallen, schlug die Hände vors Gesicht und begann zu weinen.

Bestimmt hatten die beiden Kerle ihn mitgenommen. Vielleicht hatten sie ihn irgendwo im Wald verprügelt und getötet. Wochen würde es dauern, bis man seine brutal zugerichtete Leiche finden würde. Und sie würde ihn niemals lebend wiedersehen!

„Gott, ich kann nicht ohne ihn leben!", schluchzte sie. „Ganz sicher nicht!" Sie sah auf, als ihr plötzlich etwas ganz klar wurde. Sie hörte auf zu schluchzen. „Ich liebe ihn!", flüsterte sie. „Er darf ganz einfach nicht tot sein." Sie wischte sich die Tränen aus dem Gesicht. „Gott, bitte tu mir das nicht an. Bitte sag mir, wo er ist. Bitte, bitte, bitte", flehte sie.

Und dann schoss ein Gedanke in ihren Kopf, so klar und deutlich, als hätte es ihr jemand zugerufen. *Das Boot!*

Das Boot?

Sie rappelte sich auf und rannte hinaus. Ihr Blick fiel auf den Steg, an dem das Boot immer gelegen hatte. Jetzt war es verschwunden. Warum war ihr das nicht schon viel früher aufgefallen?

Angestrengt blickte sie auf den See hinaus, suchte mit den Augen alles ab.

Was war das? Da ragte doch etwas aus dem Wasser heraus! Vielleicht war das ein Teil des Mastes. War das Boot etwa gesunken? War Samuel auf dem Boot?

Ohne weiter darüber nachzudenken, rannte sie zum Wasser. Und schon auf dem Weg dorthin riss sie die Bluse auf, die sie anhatte, streifte sie ab und warf sie einfach von sich. Als sie dann am Ufer des Sees angelangt war, schlüpfte sie behände aus ihren Schuhen, zog ihre Hose aus und lief ins Wasser.

Im ersten Moment dachte sie, sie würde ohnmächtig werden, so kalt war das Wasser. Aber sie biss die Zähne zusammen und kämpfte sich weiter voran. Als ihr das Wasser bis zur Hüfte reichte, tauchte sie hinein und begann zu schwimmen. Das Teil, das aus dem Wasser ragte, war jetzt noch ungefähr dreißig Meter von ihr entfernt. Mit aller Kraft schwamm sie darauf zu. Als sie es fast erreicht hatte, konnte sie darunter die schemenhaften Umrisse des Bootes erkennen. Es war tatsächlich gesunken.

Er darf nicht tot sein, schoss es Madita durch den Kopf. *Bitte lass ihn nicht an Bord sein!*

Sie holte so tief Luft, wie sie konnte, und tauchte hinab. Das Wasser war recht klar und so konnte sie ganz gut sehen.

Das Bootsdeck sah aus ihrer Perspektive genauso aus, wie sie es in Erinnerung hatte. Den meisten Platz nahm der Mast mit seinen vielen Seilen und Tauen ein. Das Deck war aus Holzplanken gefertigt, ebenso die kleine Treppe, die im mittleren Teil des Bootes mit ein paar Stufen in die Kajüte hinunterführte. Die Reling glänzte metallisch.

Ruhig und friedlich lag das Boot vor Madita. Soweit sie das erkennen konnte, war es auch vollkommen intakt. Nichts deutete darauf hin, dass das Boot beschädigt oder mutwillig versenkt worden war. Auch gab es weder Spuren eines Kampfes noch Spuren von Samuel.

Ich muss in die Kajüte, hämmerte es in Maditas Kopf.

Noch ein paar kräftige Schwimmstöße und sie hatte die Kajütentür erreicht. Sie hielt sich am Türknauf fest und zog sich in eine aufrecht stehende Position. Dann drehte sie den Knauf und zog kräftig daran. Die Tür bewegte sich nicht! Sie versuchte es noch einmal kräftiger, dann mit Schieben statt Ziehen – nichts. Die Tür musste verschlossen sein.

Panisch sah sich Madita nach allen Seiten um. Gab es hier keinen Schlüssel? Sie suchte das Deck ab, tastete über dem Türrahmen entlang – nichts. Jetzt wurde ihr auch langsam die Luft knapp. Auch wenn sie es nicht wollte, aber es blieb ihr nichts anderes übrig, als erst einmal wieder aufzutauchen. Sie ließ den Türknauf los und schwamm wieder nach oben. Als sie die Wasseroberfläche erreicht hatte, rang sie gierig nach Luft. Es war wirklich allerhöchste Zeit gewesen.

Was soll ich denn jetzt machen?, dachte sie weinerlich. Sie spürte, wie die Panik allmählich die Oberhand zu gewinnen drohte.

„Reiß dich zusammen", flüsterte sie sich selber zu. „Und denk nach, denk nach!"

Die Kajüte hatte auf Steuerbordseite ein Fenster, das fiel ihr jetzt wieder ein. Vielleicht konnte sie hindurchsehen!

Sie atmete noch einmal tief ein, dann tauchte sie erneut hinab. Es dauerte nicht lange, bis sie das Kajütenfenster erreicht hatte. Sie hielt sich an einem Holzvorsprung fest und starrte angestrengt hindurch. Zuerst konnte sie gar nichts erkennen. Aber als sich ihre Augen nach ein paar Sekunden an die Dunkelheit zu gewöhnen begannen, nahm sie immer mehr Umrisse wahr. Sie erkannte den Tisch mit den beiden Stühlen, das kleine Schränkchen und das Etagenbett. Und da, lag da nicht eine Gestalt auf dem oberen der beiden Betten?

Sie ahnte Schreckliches. Wenn das Samuel war, dann war er mit Sicherheit tot. Die Gestalt jedenfalls bewegte sich kein bisschen.

Voller Panik begann sie am Fenstergriff zu ziehen und zu rütteln. Sie musste sofort da rein! Aber auch das Fenster ließ sich auf diese Weise nicht öffnen. Jetzt ging ihr auch schon wieder die Luft aus und sie war gezwungen, erneut nach oben zu schwimmen. Als sie auftauchte, prustete und schluchzte sie gleichzeitig. Sie befand sich inmitten eines fürchterlichen Alptraumes! Aber sie durfte jetzt nicht aufgeben. Sie musste ganz einfach Gewissheit haben. Sie erinnerte sich daran, dass sie im vorderen Bereich des Boots einen alten, vergammelten Werkzeugkasten gesehen hatte. Dort konnte sie bestimmt einen Hammer finden, mit dem sich das Fenster einschlagen ließ.

Sie tauchte zum dritten Mal hinab. Und genau dort, wo sie ihn vermutet hatte, fand sie auch tatsächlich den Werkzeugkasten.

Bestimmt ist er abgeschlossen, dachte sie in einem Anfall von schwarzem Humor.

Aber er war es nicht. Er ließ sich federleicht öffnen und gleich als Erstes kam ein Hammer zum Vorschein.

Sie packte ihn und schwamm damit in Richtung Kajütenfenster. Das war allerdings nicht so einfach, denn sie musste mit einem Arm vorwärtsrudern und wurde gleichzeitig durch das Gewicht des Hammers nach unten gezogen. Es kam ihr wie eine Ewigkeit vor, bis sie das Fenster endlich erreicht hatte. Sie war total erledigt, außerdem wurde wieder einmal ihre Luft knapp. Aber was sollte sie mit dem Hammer machen, während sie auftauchte? Sie wusste es nicht und so versuchte sie, ihre Luftnot zu ignorieren und einfach weiterzumachen. Sie nahm den Hammer in ihre rechte Hand und versuchte, damit auszuholen. Leider musste sie sehr schnell feststellen, dass das wegen des Wasserwiderstands nicht ging. Ihr blieb also nichts anderes übrig, als das Kajütenfenster mit kurzen, kräftigen Stößen zu bearbeiten. Anfangs schienen diese Schläge nichts auszurichten, aber dann zerbrach das Fenster doch. Hastig schlug Madita die gesamten Glasscherben aus dem Rahmen. Dann ließ sie den Hammer einfach fallen und schnellte in größter Eile nach oben. Nach Luft nur so japsend tauchte sie auf.

Dieses Mal dauerte es geraume Zeit, bis sie sich so weit wieder beruhigt hatte, dass an einen weiteren Tauchgang zu denken war. Mittlerweile hatte sie auch den Eindruck, dass sie ihre Arme und Beine gar nicht mehr so richtig unter Kontrolle hatte.

Trotzdem holte sie ein weiteres Mal Luft und tauchte in die Tiefe. Sie gelangte recht schnell zum Kajütenfenster. Dort wartete sie einen Moment, bis sich ihre Augen an die Dunkelheit gewöhnt hatten. Dann zwängte sie sich hindurch und schwamm in Richtung Etagenbett.

Als sie es erreicht hatte, zog sie sich daran in die Höhe. Sehr zu ihrer Verwunderung hatte sie ganz plötzlich das Gefühl, als würde sie auftauchen. Verwirrt wischte sie sich durch die Augen. Das Wasser war plötzlich verschwunden.

Sie atmete vorsichtig ein. Tatsächlich, eine Luftblase!

Sie sah sich um. Da war Samuel! Er lag auf dem Etagenbett, sein Oberkörper war in halb aufrechter Position an die Rückwand gelehnt. Während sein Körper fast vollständig von Wasser bedeckt war, befand sich sein Kopf in der rettenden Luftblase. Lebte er noch?

„Samuel!“, rief Madita zittrig und rüttelte an seinen Schultern. „Samuel!“ Er bewegte sich noch immer nicht. „Samuel!!!!“, schrie Madita voller Verzweiflung.

„Madita“, flüsterte er schwach zurück, ohne jedoch die Augen zu öffnen.

„Oh, Gott sei Dank!“, rief Madita erleichtert. Sie konnte kaum glauben, dass er tatsächlich am Leben war. „Geht es dir gut?“

„Das zu behaupten wäre übertrieben“, flüsterte er und öffnete einen Spaltbreit die Augen. „Was tust du denn hier?“

„Ich weiß nicht“, entgegnete Madita zitternd, „dich retten, schätze ich.“

Jetzt schien ein wenig Leben in Samuel zu kommen. Er versuchte, seine Arme zu sich heranzuziehen, wurde aber auf halbem Weg von irgendetwas festgehalten.

Madita starrte entsetzt auf seine Hände. Sie waren mit Handschellen an eine der Stangen des Etagenbettes gefesselt!

„Du wirst dir was Schlaues einfallen lassen müssen“, flüsterte Samuel.

Madita griff nach den Handschellen und zog daran. Aber sie saßen bombenfest. Sie rüttelte mit aller Kraft an der Stange des Etagenbettes. Aber auch da bewegte sich rein gar nichts.

„Was soll ich denn jetzt machen?“, fragte sie verstört.

„Es gibt nur eine einzige Möglichkeit“, flüsterte Samuel. „Du musst es bis in den Keller schaffen. Geh rechts entlang, in die zweite Tür auf der linken Seite. Da ist ein weißer Schrank. In der untersten Schublade findest du eine Eisensäge. Die musst du holen.“ Er hielt inne. „Und du musst dich beeilen. Das Wasser steigt nämlich.“

Madita schloss die Augen. Wie sollte sie das nur schaffen? „Unter einer Bedingung“, antwortete sie tapfer.

„Hm?“

„Versprich mir, dass du noch bei Bewusstsein bist, wenn ich wiederkomme.“

Er nickte schwach. „Versprochen.“

Madita schob sich dichter an ihn heran. Dann legte sie zärtlich ihre nasse Hand auf seine eiskalte Wange. „Und ich verspreche, dass ich rechtzeitig wieder da bin.“

Samuel nickte dankbar, woraufhin Madita einmal tief Luft holte und dann wieder abtauchte. Sie durchquerte die Kajüte, zwängte sich durch das Fenster und schwamm dann wieder bis zur Wasseroberfläche.

Draußen hatte es zu regnen begonnen. Sie warf noch einen Blick auf das Boot am Grund des Sees. Von hier aus konnte sie kaum glauben, dass Samuel dort unten war. Aber es war so und das gab ihr die Motivation, noch einmal ihre letzten Kräfte zu mobilisieren und wieder gen Ufer zu schwimmen. Sie beeilte sich, so sehr sie konnte, trotzdem dauerte es unendlich lange, bis sie das Ufer endlich erreicht hatte. Sie schleppte sich aus dem Wasser und eilte auf das Haus zu. Jetzt, an Land, fühlten sich ihre Beine noch hundertmal schwerer an, als sie es schon im Wasser getan hatten. Mehrfach knickte sie einfach ein und fiel auf die Knie. Am liebsten wäre sie liegen geblieben und hätte sich ausgeruht. Aber das ging nicht und so schleppte sie sich weiter. Sie hangelte sich am Geländer die Treppe hinauf, stieß die Haustür auf, stolperte durch den Flur, die Kellertreppe hinunter und in den Raum, den Samuel ihr genannt hatte. Dort fand sie dann auch sofort den weißen Schrank, von dem er gesprochen hatte. Sie riss die Tür auf und zog die unterste Schublade so heftig zu sich heran, dass sie polternd vor ihr auf den Fußboden fiel. Dann kippte sie sie einfach aus und wühlte in den vielen Werkzeugen herum, die sich darin befunden hatten.

Da! Da war eine Säge! Das musste die Eisensäge sein!

Sie nahm sie und trat sofort den Rückweg an. Als sie dieses Mal ins Wasser hineinlief, kam es ihr gar nicht mehr so kalt vor. Aber das war auch kein Wunder, schließlich war sie selbst ein einziger Eisklotz.

Als ihr das Wasser bis zur Hüfte reichte, schob sie die kleine Eisensäge unter ihren BH-Träger und begann zu schwimmen. Sie erlaubte sich nicht, darüber nachzudenken, dass sie eigentlich schon lange nicht mehr konnte. Sie schwamm einfach vorwärts, weiter und weiter, bis sie irgendwann tatsächlich das Boot unter sich entdeckte.

Wieder holte sie Luft und tauchte in die Tiefe. Sie gelangte zum Kajütenfenster, zwängte sich hindurch und tauchte am Bett wieder auf.

Ein Glück, war ihr erster Gedanke, als sie einatmete, *es ist noch Luft da!* Aber es war nicht mehr sehr viel. Der Abstand zwischen Wasseroberfläche und Kajütendecke war sichtbar geschrumpft. Sie sah zu Samuel herüber, der mittlerweile bis zum Kinn im Wasser lag.

„Samuel“, flüsterte sie.

Er öffnete die Augen, sagte aber nichts. Er sah jetzt noch schlechter aus als vorhin, mehr tot als lebendig.

„Ich hab die Säge“, beeilte sich Madita zu sagen und befreite sie aus ihrem BH. Dann tastete sie nach seinen Händen. Sie konnte unter Wasser nicht sehr viel davon sehen und so blieb ihr nichts anderes übrig, als die Säge blind anzusetzen. Dann begann sie zu sägen. Es ging furchtbar schwer und die Säge blieb pausenlos stecken. Trotzdem gab sie nicht auf, riss und zerrte immer weiter an der Säge.

„Geh ab! Geh ab!“, rief sie immer wieder voller Verzweiflung.

Und dann hatte sie es tatsächlich geschafft! Die Kette zerfiel in zwei Teile und die Handschellen lösten sich vom Bettgestell.

„Gerettet!“, jubelte sie voller Begeisterung. „Samuel, hörst du, sie sind ab. Jetzt müssen wir noch zurückschwimmen.“

Samuel schüttelte mutlos den Kopf. „Ich kann nicht mehr schwimmen, Madita“, hauchte er mit letzter Kraft. „Ich kann mich nicht bewegen. Ich spüre nicht mal mehr meine Beine. Schwimm allein zurück.“

„Spinnst du?“, herrschte Madita ihn an. „Ich werde dich doch nicht hier sterben lassen; schon gar nicht, nachdem ich mich so abgezappelt habe. Nie und nimmer. Du kannst doch noch die Luft anhalten, oder?“

Samuel nickte schwach.

„Dann schaffe ich dich schon irgendwie an Land.“ Sie presste gequält ihre blauen Lippen aufeinander. Sie hatte versucht, zuversichtlich zu klingen, aber in Wirklichkeit hatte sie nicht den blassesten Schimmer, wie sie ihn an Land bringen sollte. Eigentlich wusste sie nicht einmal, wie sie die Strecke allein ein weiteres Mal bewältigen sollte. Sie zitterte mittlerweile am ganzen Körper und sie hatte nicht unbedingt den Eindruck, dass sie noch Herr ihrer Gliedmaßen war.

Sie schloss für einen kurzen Moment die Augen. *Reiß dich zusammen, Madita. Und mach jetzt bloß nicht schlapp. Wenn du so weit gekommen bist, dann schaffst du den Rest auch noch.*

„Okay“, sagte sie entschlossen. „Bei drei atmest du ein und hältst einfach die Luft an. Vertrau mir!“

Samuel nickte und Madita packte ihn am Arm.

„Eins ... zwei ... drei.“ Madita atmete so tief ein, wie sie konnte, dann tauchte sie ab und zog Samuel hinter sich her. Es gestaltete sich allerdings unerwartet schwierig, ihn überhaupt vom Bett herunterzubekommen. Sie musste sich mit den Beinen am Bett abstützen und mit aller Kraft an ihm ziehen, um das hinzubekommen. Aber als es geschafft war, ging es ein bisschen besser. Trotzdem musste sie mit dem einen Arm, den sie zur Verfügung hatte, wie wild rudern, um überhaupt von der Stelle zu kommen.

Als sie dann endlich das Kajütenfenster erreicht hatte, war sie unglaublich erleichtert. Sie zwängte sich hindurch und versuchte dann, auch Samuel hindurchzuziehen. Sein mittlerweile vollkommen leblos wirkender Körper verhakte sich jedoch immer wieder an dem Tisch und den beiden Stühlen, die unter dem Fenster standen. Aber Madita konnte jetzt keine Rücksicht mehr darauf nehmen, ob er sich irgendwo verletzte. Ihr wurde langsam die Luft knapp und sie konnte sich denken, dass es Samuel nicht anders ging. Also zerrte sie mit aller Kraft an ihm herum, bis sie ihn letzten Endes tatsächlich frei bekam. Jetzt war es ein Leichtes, ihn auch noch durch das Fenster zu ziehen und dann so schnell wie nur irgend möglich in Richtung Wasseroberfläche zu rudern. Japsend tauchte sie auf. Gleichzeitig zog sie Samuels Arm zu sich heran, bis sie seinen Kopf zu fassen bekam und ihn ebenfalls über die Wasseroberfläche halten konnte.

„Samuel!“, keuchte sie. „Atme!“

Während sie wie verrückt mit den Füßen strampelte, um nicht unterzugehen, versuchte sie, in Samuels Gesicht eine Reaktion zu entdecken. Aber da war gar nichts. Seine Augen waren geschlossen und er regte sich nicht. Bestimmt war er bewusstlos geworden. Sie konnte nur hoffen, dass er dabei weiteratmete. Fest stand aber, dass er nur eine Überlebenschance hatte, wenn er so schnell wie möglich aus dem kalten Wasser kam.

Sie legte also ihre linke Hand unter sein Kinn und schwamm mit der rechten Hand vorwärts. Jeder Zug war eine Qual für sie, aber jetzt kam ihr ihre Kämpfernatur zugute.

Irgendwann spürte sie tatsächlich Boden unter den Füßen. Sie richtete sich auf und watete weiter vorwärts. Als ihr das Wasser nur noch bis zur Hüfte ging, packte sie Samuel im Rautekschen Rettungsgriff am rechten Unterarm und zog ihn weiter auf das Haus zu. Stöhnend und schluchzend mühte sie sich ab, obwohl sie eigentlich schon längst nicht mehr konnte.

„Weiter“, schrie sie sich selbst an, während sie Stufe um Stufe die Treppe erklomm.

Endlich, da war die geöffnete Eingangstür. Sie zerrte Samuel hinter sich her, durch den Flur, bis ins Wohnzimmer. Dort ließ sie ihn einfach auf den Teppichboden fallen und sank selbst neben ihm auf die Knie. Dann tastete sie an der Halsschlagader nach seinem Puls. Tatsächlich, sein Herz schlug! Sie legte ihre Hand auf seinen Brustkorb. Er atmete! Tränen der Erleichterung und der Erschöpfung rannen ihre ohnehin schon nassen Wangen hinunter.

„Gleich hast du's geschafft", flüsterte sie sich zu und richtete sich ein letztes Mal mühsam auf. Sie schleppte sich bis zur Heizung, stellte sie auf die höchste Stufe und taumelte dann ins Badezimmer. Dort riss sie die Tür des Schrankes auf, kramte einen Haufen Handtücher daraus hervor und schleppte sie zurück ins Wohnzimmer. Dann ließ sie sich neben Samuel auf den Boden fallen und begann, ihm seine nassen Sachen vom Körper zu reißen.

Sie schaffte es noch, ihn notdürftig trockenzurubbeln, die Wolldecke von der Couchgarnitur herunterzuziehen und ihn damit zuzudecken. Dann sank sie neben ihm auf den Fußboden und verlor das Bewusstsein.

Sie erwachte eine knappe Stunde später von ihrem eigenen Zittern. Dieses Zittern betraf ihren gesamten Körper und war so stark, dass man es eher als ein Schlottern bezeichnen konnte. Zuerst konnte sich Madita nicht daran erinnern, wo sie war und was geschehen war. Alles, was sie wusste, war, dass ihr kalt war, furchtbar, entsetzlich, unglaublich kalt.

Aber dann wandte sie ihren Kopf nach rechts und sah Samuel neben sich liegen. Jetzt fiel ihr alles wieder ein. Sie tastete mit ihrem Arm mühsam nach ihrer Kleidung. Sie hatte nur ihre Unterwäsche an, aber die war noch nass, klatschnass! Dann war es auch kein Wunder, dass sie so furchtbar fror. Sie musste die nassen Sachen loswerden!

Sie versuchte aufzustehen, schaffte es aber nicht. Also schälte sie sich mühsam im Liegen aus ihrer Unterwäsche, griff nach einem Handtuch und trocknete sich notdürftig ab. Dann robbte sie zu Samuel hinüber und legte sich mit letzter Kraft zu ihm unter die Wolldecke. Sekunden später war sie auch schon eingeschlafen.

Als sie das nächste Mal aufwachte, war es stockfinster. Wieder benötigte sie einige Sekunden, bis sie wusste, wo sie war. Neben sich hörte sie ruhige, gleichmäßige Atemzüge. Mittlerweile war ihr kuschelig warm, das Zittern hatte aufgehört, aber ihre Arme und Beine fühlten sich noch immer bleischwer an und schmerzten wie bei einem gigantischen Muskelkater. Aber darauf kam es jetzt nicht an. Samuel lag neben ihr. Er atmete und auch er fühlte sich warm an.

„Wir haben es geschafft", flüsterte sie in die Dunkelheit. „Wir haben es tatsächlich geschafft." Dann schloss sie die Augen wieder und schlief weiter.

Am nächsten Morgen wurde sie davon geweckt, dass warme Sonnenstrahlen auf ihr Gesicht fielen. Sie blinzelte ein paar Mal, dann öffnete sie ihre Augen einen Spalt breit. Sie konnte jetzt direkt durch das Fenster in den Himmel sehen. Er war strahlend blau, ganz anders als in den letzten Tagen. Scheinbar wurde das Wetter jetzt endlich wieder besser.

Sie räkelte sich ein wenig. Dabei stieß sie jedoch auf Widerstand. Verwirrt öffnete sie ihre Augen noch ein bisschen mehr und sah nach rechts. Dabei stellte sie fest, dass es sich bei dem Widerstand um Samuel handelte. Er lag direkt neben ihr, oder besser gesagt, sie direkt neben ihm. Schließlich war sie es, die ihren rechten Arm um ihn geschlungen und sich regelrecht an ihn geklammert hatte. Scheinbar hatte sie sich im Schlaf unbewusst in diese Position begeben.

Aber das war ja noch nicht alles! Madita riss entsetzt ihre Augen auf, als ihr klar wurde, dass sowohl Samuel als auch sie selbst vollkommen nackt waren.

Ihr erster Impuls war, hastig aufzuspringen. Aber dann blieb sie doch einfach liegen. Es war ja auch gar nicht so unangenehm in seiner Nähe. Im Gegenteil. Wenn sie es sich recht überlegte, war es sogar ausgesprochen kuschelig.

Sie war ja auch so froh, dass er hier neben ihr lag. Dass er atmete, dass er lebte. Und es war so knapp gewesen! Beinahe wäre dieses dunkle, kalte Boot zu seinem nassen Grab geworden. Daran mochte sie gar nicht denken! Dann hätte sie ihn niemals wieder gesehen. Dann hätte sie ihm nie mehr sagen können, wie viel er ihr bedeutete. Ja, er bedeutete ihr furchtbar viel. Das war ihr seit gestern klar. Seit sie ihn beinahe verloren hatte, wusste sie, wie sehr sie ihn mochte, wie gern sie mit ihm zusammen war und wie sehr er ihr fehlen würde. Mittlerweile konnte sie sich ein Leben ohne ihn doch gar nicht mehr vorstellen! Auf wen sollte sie sich abends denn freuen, wenn nicht auf ihn? Mit wem sollte sie auf ihrem Niveau streiten? Mit wem lachen und scherzen? Nein, sie konnte nicht mehr ohne ihn sein. Und sie wollte es auch nicht.

Bei diesem Gedanken kuschelte sie sich noch ein wenig enger an ihn heran. Jetzt spürte sie sogar seinen Herzschlag und sie konnte nicht anders, als zärtlich über seine warme, nackte Haut zu streicheln und mit den Fingern an seinen Brusthaaren herumzuzwirbeln. Sie begann, ein wenig schneller zu atmen. Es war schon aufregend, nackt an seiner Seite zu liegen. Auch ihr Herz schlug schneller und sie musste zugeben, dass sie jetzt so etwas wie Erregung verspürte. Sie runzelte die Stirn. Unter diesen Umständen war es wohl besser, wenn sie erst einmal eine Dusche nahm!

Sie krabbelte vorsichtig unter der Wolldecke hervor und schlich auf leisen Sohlen aus dem Wohnzimmer, die Treppe hinauf, bis nach oben in ihr Zimmer. Dort duschte sie erst einmal und schlüpfte dann in eine Jeans und einen schwarz-rot gestreiften Pulli.

Anschließend begab sie sich wieder nach unten. Sie ging ins Wohnzimmer, hockte sich neben Samuel auf den Fußboden und rüttelte sanft an seiner Schulter.

„Hey“, flüsterte sie zärtlich, „willst du nicht langsam mal aufwachen?“

Samuel warf unruhig den Kopf hin und her. Scheinbar träumte er irgendetwas.

„Samuel“, flüsterte sie noch einmal, „wach auf.“

Aber Samuel wachte nicht auf. Stattdessen nahm seine innere Unruhe noch zu. Er begann jetzt, heftig nach Luft zu ringen und mit den Armen herumzufuchteln. Gleichzeitig fing er an zu stöhnen und zu keuchen, so dass Madita angst und bange wurde.

„Samuel“, rief sie ängstlich und versuchte, ihn ruhig zu stellen, „du träumst nur, bitte wach auf.“

Und dann hörte der Spuk von einer Sekunde auf die nächste ganz plötzlich auf und Samuel lag still. „Madita?“, flüsterte er mit rauer Stimme.

„Ja!“, entgegnete Madita erleichtert. „Ja.“

Samuel tastete mit seinen Händen an seinem Körper entlang. „Ich bin nicht mehr nass“, stellte er sichtbar erstaunt fest.

„Nein, das bist du nicht“, bestätigte Madita.

„Leben wir denn?“

„Ja“, lächelte Madita, „das tun wir allerdings.“

Samuel schüttelte den Kopf. „Aber wie ist das möglich?“

„Ich hab dich aus dem Boot gezogen“, entgegnete Madita. „Weißt du das denn nicht mehr?“

Er schüttelte wieder den Kopf. „Du hast mich ganz allein an Land gebracht?“, fragte er ungläubig.

„Das musste ich wohl“, grinste Madita. „Du hast es ja nicht für nötig gehalten, mich irgendwie dabei zu unterstützen.“

„Aber ... wie ... konntest du das schaffen?“, stotterte er fassungslos.

„Keine Ahnung“, antwortete Madita, „aber vielleicht hat mir der geholfen, der mir auch zugeflüstert hat, wo ich dich finden kann.“

Samuel zog die Stirn in Falten. „Wie meinst du das denn jetzt?“

Madita sah versonnen nach draußen in den blauen Himmel. „Ich hätte es ja nie für möglich gehalten, weißt du. Aber ich glaube, ich kann ihn jetzt auch hören.“

„Wen?“

„Na, deinen Gott.“

Samuel fiel beinahe die Kinnlade herunter. „Du kannst Gott hören?“, wiederholte er irritiert.

Madita musste über seinen fassungslosen Gesichtsausdruck lachen. „Jetzt guck nicht so. Ich bin nicht verrückt geworden. Also, das war so: Ich kam nach Hause und konnte dich nirgends finden. Und das Wohnzimmer war total verwüstet. Da wusste ich, dass irgendwas passiert sein musste. Na ja, und dann schoss mir plötzlich dieser Gedanke in den Kopf: das Boot. Vorher war mir gar nicht aufgefallen, dass das Boot verschwunden war.“

„Und dann bist du sofort ins Wasser gesprungen?“

„Genau.“

Samuel schluckte. Dann fragte er mit ernster Miene: „Warum hast du das getan?“

„Warum ich das getan habe?“, wiederholte Madita kopfschüttelnd. „Na, weil ... weil ... ich dachte, du könntest vielleicht Hilfe gebrauchen.“

„Du hättest mich einfach sterben lassen können.“

„Bist du verrückt?“, brauste Madita auf. „Warum hätte ich das tun sollen?“

„Weil du mich dann losgewesen wärst“, entgegnete Samuel prompt. „Du hättest deine alte Freiheit wiedererlangt, hättest in dein altes Leben zurückkehren können. Du wärst all deine Probleme mit einem Schlag losgeworden. Warum hast du die Gelegenheit nicht beim Schopf gepackt?“

Madita sah ihn fassungslos an. War es das, was er von ihr dachte? Glaubte er, dass sie über Leichen gehen würde, über seine Leiche? Ihre Augen füllten sich mit Tränen. Sie hatte doch gedacht, dass er stolz auf sie sein würde, vielleicht sogar dankbar. Verstohlen wischte sie die Tränen ab. Nein, sie würde ihm nicht schon wieder etwas vorheulen. Diese Blöße würde sie sich kein weiteres Mal geben. Sie musste hier raus. Schnell stand sie auf.

„Ich werde dir was zum Anziehen von oben holen“, presste sie hervor und eilte zur Tür. Dort blieb sie dann aber noch einmal stehen, drehte sich zu ihm um und fügte hinzu: „... und um deine Frage zu beantworten: Ich hab wohl nicht richtig nachgedacht.“

Dann verschwand sie auf den Flur. Sie ging betont langsam und würdevoll die Treppe hinauf, begab sich in sein Zimmer und kramte Unterwäsche, eine Jeans und eines der Jeanshemden aus seinem Schrank hervor. Dann trug sie alles zur Tür.

Bevor sie diese dann allerdings öffnete, holte sie noch einmal tief Luft, wischte sich ärgerlich die Tränen aus dem Gesicht und murmelte: „Ist mir doch egal, was du von mir denkst.“

Dann machte sie sich wieder auf den Weg nach unten, warf seine Sachen neben ihn auf den Fußboden und sagte kühl: „Hier ist was zum Anziehen.“

Samuel schluckte und richtete sich mühsam auf. Dann zog er die Kleidungsstücke zu sich heran, suchte sein Unterhemd aus dem Stapel hervor und begann es anzuziehen.

Madita wollte ihm nicht unbedingt dabei zusehen und so sagte sie: „Ich bin oben, wenn du mich brauchst.“ Dann wandte sie sich zum Gehen.

„Ich wollte dich nicht beleidigen“, beeilte sich Samuel, hinter ihr herzurufen.

Madita blieb stehen, drehte sich aber nicht zu ihm um. „Ist schon gut“, entgegnete sie mit belegter Stimme. „Es ist deine Sache, wie du über mich denkst.“

Er schüttelte heftig den Kopf. „Aber ich denke ja gar nicht so. Ich ... hab nur ... wollte nur...“, stammelte er.

„Lass gut sein“, erwiderte Madita traurig und spürte, wie neue Tränen den Weg in ihre Augen suchten. „Ich möchte nicht weiter darüber reden.“

Sie ging nach oben und warf sich aufs Bett. „Ich hasse dieses Leben“, jammerte sie in ihr Kopfkissen. „Ich hasse ihn, ich hasse dieses Haus und ich hasse Boote.“

Der Gedanke an das Boot rief die Erinnerung an ihren kleinen Tauchgang wieder ganz neu in ihr wach. Sie fröstelte. Unglaublich, aber diese beiden Kerle hatten wirklich versucht, Samuel umzubringen! Und sie selbst hätte auch mit draufgehen können.

Hatte die Polizei da nicht endlich einen Grund, tätig zu werden? Ja, bestimmt hatte sie den!

Mit neuer Energie geladen sprang Madita auf, schnappte sich ihr Handy und rief bei Herrn Meisloh an. Und tatsächlich, angesichts der neuen Umstände war er sofort bereit zu kommen.

Zufrieden begab sich Madita wieder nach unten ins Wohnzimmer. Samuel hatte sich mittlerweile angezogen und mitsamt der Wolldecke auf die Rundecke gelegt.

„Wie geht es dir?“, fragte Madita.

„Besser“, entgegnete Samuel, „ich bin nur noch etwas wackelig auf den Beinen.“

„Soll ich dir vielleicht einen Tee kochen?“

„Das wäre toll“, nickte Samuel.

Madita brachte die Handtücher und nassen Sachen ins Bad und ging dann in die Küche. Bald darauf kam sie mit einem Tablett zurück. Darauf befanden sich vier Gedecke, eine Kanne Tee, eine Kanne Kaffee und ein eingeschweißter Schokoladenkuchen, den sie sehr zu ihrer Freude noch bei den Vorräten gefunden hatte.

Madita deckte den Couchtisch und ließ sich dann auf den Zweisitzer fallen.

„Erwartest du noch Besuch?“, fragte Samuel, der sich inzwischen aufgerichtet hatte.

Madita sah ihn erstaunt an. „Woher weißt du das denn schon wieder?“

„Ich kann zählen“, lächelte Samuel. „Du hast für vier Personen gedeckt.“

„Man kann dir wirklich nichts verheimlichen“, grinste Madita. „Wir bekommen gleich Besuch von Herrn Meisloh und seinem Kollegen von der Polizei. Ich hab ihn angerufen.“

Samuel sah nicht sehr glücklich aus. „Musste das sein?“

„Ja“, nickte Madita, „natürlich musste das sein. Jetzt wird er uns endlich ernst nehmen. Und er kann uns auch den Polizeischutz nicht mehr verweigern. Das ist doch eine gute Nachricht, oder?“

Samuel stieß einen abgrundtiefen Seufzer aus.

„Was ist?“, begann sich Madita aufzuregen. „Ist das schon wieder nicht richtig? Regel ich neuerdings gar nichts mehr zu deiner Zufriedenheit?“

„So ist das doch nicht gemeint“, beschwichtigte Samuel. „Mir graut nur vor den vielen Fragen, die sie stellen werden. Und davor, Tag und Nacht bewacht zu werden.“

„Ist es dir lieber, wenn dich die beiden Typen belauern und auf eine Gelegenheit warten, bei der sie ihr Werk vollenden können?“, provozierte Madita.

„Nein“, antwortete er abwehrend.

„Ich werd dich jedenfalls kein weiteres Mal retten, da kannst du ganz beruhigt sein“, zischte Madita ärgerlich.

„Madita, bitte hör auf“, beschwor Samuel sie, „ich hab es wirklich nicht so gemeint.“

„Ist mir ganz egal, wie du es gemeint hast“, sagte Madita nur und stand auf. Sie hatte gehört, dass ein Auto vorgefahren war. „Ich werde jetzt die Polizei reinlassen.“

Dann verließ sie ärgerlich den Raum und stapfte zur Haustür. Dort wartete sie geduldig, bis sie Schritte auf der Treppe hörte. Erst dann öffnete sie schwungvoll die Tür.

„Herr Meisloh“, strahlte sie ihn an. „Wie schön, dass wir jetzt endlich Ihre Beachtung finden!“

Herr Meisloh machte gute Miene zum bösen Spiel. „Nicht wahr?“, gab er lächelnd zurück.

„Und wen haben Sie da noch so plötzlich aus dem Büroschlaf geweckt?“, fragte Madita mit einem schelmischen Grinsen und deutete auf den Mann, der direkt hinter Partyloh die Treppe heraufkam. Er war schon etwas älter, Anfang fünfzig vielleicht, und sah tatsächlich so aus, als wäre er gerade geweckt worden.

Herr Meisloh war mittlerweile am oberen Ende der Treppe angelangt und schüttelte Madita die Hand. „Das ist Herr Trensik, der stellvertretende Leiter der Mordkommission“, sagte er und drehte sich zu seinem Kollegen um. Dieser schien fürchterlich aus der Puste zu sein. Er klammerte sich mit beiden Händen am Geländer fest und machte den Eindruck, als würde er in Kürze einen mittelschweren Herzinfarkt erleiden. Madita musterte ihn entgeistert. Den stellvertretenden Leiter der Mordkommission hatte sie sich etwas anders vorgestellt. Madita schätzte seine Größe auf höchstens 1,65 und fragte sich, ob sein Bauchumfang das gleiche Maß erreichte. Viel konnte daran jedenfalls nicht fehlen. Seine kleinen Augen waren mit überdimensionalen Tränensäcken unterlegt, die sich wiederum direkt und fast ohne Übergang an seine voluminösen Wangen anschlossen. Der einzige Lichtblick an seiner Erscheinung waren seine Haare, mittelblond und vielleicht auch auf Grund ihrer Naturkrause ausgesprochen voll.

„Wo ist denn nun das Boot?“, wollte Herr Meisloh wissen.

„Sehen Sie die beiden Stangen, die da drüben ganz leicht aus dem Wasser ragen?", fragte Madita und deutete auf den See.

Herr Meisloh sah angestrengt in die Richtung, in die Madita gezeigt hatte, und kniff dabei die Augen zusammen. „Vielleicht brauche ich doch bald eine Brille", seufzte er.

Ja, dachte Madita, *aber das würde Ihre Schönheit natürlich wesentlich schmälern.*

Jetzt war auch Herr Trensik oben an der Treppe angelangt und reichte Madita seine Hand. „Sie müssen Frau Dr. Spließgard sein", keuchte er atemlos.

„Richtig", nickte Madita. „Wollen Sie nicht reinkommen?"

„Gern", entgegnete Herr Meisloh und folgte Madita in den Flur.

„Wann kommen denn eigentlich Ihre Taucher?", erkundigte sich Madita.

Partyloh zuckte mit den Schultern. „Das kann noch eine Weile dauern, denke ich."

Madita öffnete jetzt die Wohnzimmertür und ging zu Samuel hinüber. Als die beiden Beamten ebenfalls den Raum betreten hatten, sagte sie: „Darf ich vorstellen, das ist mein Mann Samuel. Samuel, das sind Herr Meisloh und Herr Trensik."

Ein allgemeines Händeschütteln folgte.

„Setzen Sie sich doch", forderte Madita ihre Gäste auf. „Trinken Sie Kaffee oder Tee?"

„Polizeibeamte ernähren sich praktisch von Kaffee", grinste Partyloh und hielt Madita seine Tasse hin. Die schenkte allen ein und reichte anschließend auch noch jedem ein Stück Schokoladenkuchen.

„Dann erzählen Sie doch mal, Herr Spließgard", sagte Herr Trensik, nachdem er seinen ersten Schluck Kaffee getrunken hatte. „Was genau ist gestern passiert?"

Samuel nickte. „Das ist eigentlich schnell erzählt. Meine Frau hat gestern Morgen um kurz nach neun das Haus verlassen. Schon wenige Minuten später hat es an der Tür Sturm geklingelt. Ich nahm an, dass Madita etwas vergessen hatte, und öffnete die Tür. Die beiden Männer haben mich dann überwältigt, aufs Boot gebracht und in der Kajüte an das Etagenbett gefesselt. Sie selbst sind wieder an Deck gegangen und mit dem Boot ein Stück rausgefahren. Dann hörte ich lange Zeit ein seltsames Hämmern. Irgendwann kamen die beiden wieder, um mir mitzuteilen, dass ich jetzt ein wenig ‚tauchen lernen' würde. Sie haben sich köstlich amüsiert und mich dann meinem Schicksal überlassen. Aber wie Sie sehen, war der Tod noch nicht mein Schicksal."

„Das nenn ich einen straffen Bericht", staunte Herr Meisloh.

„Allerdings", lächelte Herr Trensik, „trotzdem müssen wir noch eine Menge mehr wissen. Wie sind die beiden zum Beispiel gekommen? Hatten sie ein Auto dabei?"

„Ich habe keine Ahnung", entgegnete Samuel, „ich hatte Musik an, als es klingelte."

„Und wie sahen sie aus?", erkundigte sich Herr Trensik.

Herr Meisloh warf seinem Kollegen einen irritierten Blick zu, dann schüttelte er den Kopf und deutete erst auf Samuel, dann auf seine Augen.

„Der Anführer der beiden ist Ende zwanzig und ungefähr 1,85 groß", antwortete Samuel. „Er ist ein starker Raucher und außerdem Linkshänder. Er trägt immer eine Lederjacke mit Nieten dran und auffallend spitze Stiefel. Seine Stimme ist rau und recht tief." Er hielt inne und überlegte einen Moment lang. „Der andere ist nicht sehr gesprächig. Er nimmt immer nur Befehle entgegen. Aber ich schätze ihn jünger als den anderen, vielleicht Anfang bis Mitte 20. Er ist auch ein bisschen kleiner, so um die 1,80. Er raucht nicht, benutzt aber ein intensives Aftershave. Und er ist Rechtshänder. Mehr kann ich Ihnen leider nicht sagen."

„Aber das ist doch schon ganz hervorragend", freute sich Herr Trensik und sah triumphierend zu seinem Kollegen herüber.

„Sie scheinen die beiden ja ganz gut zu kennen. Wie oft haben sie denn schon bei Ihnen ‚vorbeigeschaut'?", wollte Herr Meisloh wissen.

„Ein paar Mal", antwortete Samuel ausweichend.

„Wie oft genau?"

Samuel zögerte und schien forschend in Maditas Richtung zu horchen.

„Nun?", fragte Herr Meisloh noch einmal.

„Acht Mal."

Madita horchte auf. Acht Mal? Was man so alles nebenbei erfuhr!

„Und sicher haben sie Ihnen auch gedroht, nicht wahr?", fragte Herr Trensik.

Samuel nickte nur.

„Was haben sie denn gesagt?", fragte Herr Trensik weiter.

Samuel zögerte. „Sie haben ... mich aufgefordert ... die Gegend zu verlassen."

„Und was wollten sie tun, wenn Sie dieser Aufforderung nicht nachkommen?"

Samuel schluckte und wandte wiederum seinen Kopf verlegen in Maditas Richtung. „Sie haben damit gedroht, mich umzubringen."

Madita schloss für einen Moment die Augen. Er hatte sie belogen. Er hatte sie die ganze Zeit belogen! So wenig Vertrauen hatte er also zu ihr. Aber das durfte sie nicht wundern. Es passte ja auch alles zusammen. Er hatte ja seine Meinung von ihr vorhin deutlich gemacht. Woher sollte das Vertrauen dann auch kommen?

Sie stand auf. „Brauchen Sie meine Hilfe noch?", fragte sie mit belegter Stimme.

„Nein, eigentlich nicht", entgegnete Herr Meisloh.

„Dann entschuldigen Sie mich doch bitte. Ich fühle mich noch etwas angeschlagen." Mit diesen Worten verließ sie den Raum und ging nach oben auf ihr Zimmer. Ihr war jetzt ganz egal, was unten oder draußen vor sich ging. Sie wollte nur noch ihre Ruhe.

Kapitel 18

In den nächsten Tagen und Wochen hatte Madita eigentlich ununterbrochen Kontakt mit der Polizei. Rund um die Uhr stand ein Streifenwagen vor dem Haus. Und wenn sie irgendwohin fuhr, dann wurde sie ebenfalls von einem Polizeibeamten begleitet. Hinzu kam, dass Herr Meisloh andauernd anrief oder sogar vorbeikam, um noch irgendwelche Fragen zu stellen oder Madita über den Stand der Ermittlungen auf dem Laufenden zu halten.

Mit der Zeit wurde das zu einer regelrechten Belästigung und Madita begann sich zu fragen, ob es wirklich nur berufliche Gründe waren, die Partyloh zu einer derart intensiven Betreuung veranlassten. Er hatte es doch hoffentlich nicht auf sie abgesehen? Ganz unwahrscheinlich war diese Einschätzung nicht, denn je länger sie sich kannten, desto häufiger machte er anzügliche oder zweideutige Bemerkungen. Madita ging das fürchterlich auf die Nerven, denn sie hatte wirklich nicht das geringste Interesse an „Werner", wie sie ihn auf sein mehrfaches Drängen hin mittlerweile nannte.

Ihre Gedanken drehten sich ohnehin nur noch um Samuel.

Seit ihr klar geworden war, dass sie ihn liebte, wünschte sie sich nichts mehr, als dass diese Liebe erwidert würde. Aber je mehr sie sein Verhalten beobachtete und analysierte, desto überzeugter wurde sie, dass seine Gefühle ganz anderer Natur waren. Sie ging immer mehr davon aus, dass er ihr zutiefst misstraute. Also verbarg sie ihre Gefühle geschickt hinter einer Mauer aus Gleichgültigkeit und Zynismus. Das trug war zwar nicht gerade zu einer guten häuslichen Stimmung bei, ließ sie die Situation aber noch am ehesten ertragen.

Trost und Ablenkung suchte sie in Valentinas Kirchengemeinde. Seit ihrem Erlebnis mit dem Boot erschien es ihr immer wahrscheinlicher, dass es diesen Gott tatsächlich gab. Natürlich konnte ihre plötzliche Eingebung auch ein Zufall gewesen sein. Aber sie hatte so etwas noch nie zuvor erlebt. Noch jetzt, Wochen später, hatte sie die beiden Worte im Ohr: *das Boot.* Es war wie ein klarer, deutlicher Zuruf gewesen. Nein, sie glaubte nicht an einen Zufall. Und es ließ ihr keine Ruhe, dass diese ersten Worte, die sie Gott hatte sprechen hören, lebensrettende Worte gewesen waren. Vielleicht war es dieser Gott doch wert, dass man nach ihm suchte!

Und so ertappte sie sich dabei, dass sie immer häufiger in ein Zwiegespräch mit Gott trat. Und natürlich ging es darin fast immer um Samuel. Immer wieder jammerte sie Gott vor, wie ungerecht es war, dass ihr früher alle Männer zu Füßen gelegen hatten, ihre Gefühle aber jetzt, wo sie sich zum ersten Mal selbst so richtig verliebt hatte, nicht erwidert wurden. Manchmal horchte sie dann auf. Hatte ihr gerade jemand zugeflüstert, sie solle Samuel ihre Liebe endlich gestehen?

Aber dann schüttelte Madita immer heftig den Kopf und verwarf diesen Gedanken. Sie war doch nicht verrückt und würde sich die erste Abfuhr ihres Lebens holen! Nein, das hatte sie nun wirklich nicht nötig!

Ihr Problem gewann noch mehr an Brisanz, als sie eines Sonntags eine Predigt zum Thema „Ehe“ mit anhörte. Ehe begänne mit dem wahren „Ja“ zweier Menschen zueinander, sagte der Prediger. Daraufhin kam Madita noch heftiger ins Grübeln. Sie analysierte ihre eigene Ehe und kam zu dem Ergebnis, dass sie eigentlich gar nicht bestand. Musste sie eine solche „Ehe“ nicht sofort beenden? Konnte Gott wirklich wollen, dass sie einen derartigen Zustand aufrechterhielt?

Obwohl Madita sonst nach dem Gottesdienst noch gern mit den anderen Gemeindemitgliedern plauderte, war sie an diesem

Sonntag ziemlich schweigsam und nachdenklich. Auf dem Weg zum Parkplatz fragte Valentina: „Hast du irgendetwas?"

Madita seufzte. „Ich weiß auch nicht."

„Und was weißt du nicht?"

„Was ich machen soll."

Valentina sah lächelnd zu Madita herüber. „Du müsstest schon etwas konkreter werden."

Mittlerweile waren die beiden bei Maditas Wagen angelangt. Madita winkte noch einmal halbherzig den beiden Polizeibeamten zu, die mit ihrem Streifenwagen direkt neben ihr geparkt hatten und schon seit Stunden geduldig auf ihre Rückkehr warteten. Dann kramte sie ihren Schlüssel hervor, schloss ihren Wagen auf und stieg ein.

„Die Predigt heute", begann sie zögernd, während sie den Motor startete und losfuhr, „die hat mir ganz schön zu denken gegeben."

„Wegen Samuel?", fragte Valentina.

Madita nickte. „Meine Ehe ist das Papier nicht wert, auf dem sie geschlossen wurde", sagte sie niedergeschlagen.

„Dann lass dich doch scheiden", schlug Valentina vor.

„Aber das kann ich nicht, das weißt du doch. Der Spließgard-Clan hat uns nun einmal in der Hand."

„Trotzdem", erwiderte Valentina. „Es kann nicht richtig sein, dass man mit jemandem verheiratet ist, den man überhaupt nicht liebt. Gott will sicher nicht, dass du mit so einer Lüge lebst."

„Es ist ja keine Lüge", sagte Madita.

„Ist es nicht?", fragte Valentina verständnislos.

„Na ja", seufzte Madita, „eigentlich ist es nur zu fünfzig Prozent gelogen."

„Wie soll ich das denn nun wieder verstehen?"

Madita stieß einen weiteren abgrundtiefen Seufzer aus. „Weißt du noch, dass du mich mal gefragt hast, wie ich zu Samuel stehe?"

Valentina nickte.

„Ich hab gesagt, dass ich nur freundschaftliche Gefühle für ihn hege." Madita schüttelte traurig den Kopf. „Das stimmt wohl nicht mehr so ganz."

„Hab ich eh nicht geglaubt", lächelte Valentina verschmitzt.

„Hast du nicht?", fragte Madita entrüstet.

„Nö. Du hattest damals schon so einen verklärten Blick."

„Jetzt hör aber auf", regte sich Madita auf. „Verklärter Blick, dass ich nicht lache. Ich weiß doch selber erst seit kurzem, was ich für ihn empfinde."

„Ja", nickte Valentina, „man selbst findet es manchmal als Letzter heraus."

„Wie auch immer", jammerte Madita, „das macht die Sache jedenfalls auch nicht leichter."

„Das sehe ich anders", widersprach Valentina. „Du bist mit einem Mann verheiratet, den du liebst. Was willst du mehr?"

„Was ich mehr will?", echauffierte sich Madita. „Ich will mit einem Mann verheiratet sein, der mich auch liebt. Ist das zu viel verlangt?"

„Nein, natürlich nicht. Aber vielleicht liebt er dich ja."

Madita schüttelte traurig den Kopf. „Nein, tut er nicht."

„Und woher willst du das wissen?"

„Ich weiß es eben."

„Vielleicht irrst du dich."

„Ich irre mich nicht", beharrte Madita. „Ganz sicher nicht. Ich lebe seit Monaten mit ihm zusammen. Da lernt man einen Menschen ziemlich gut kennen."

„Ach, tatsächlich? Und wie lange lebst du mit dir selbst zusammen, hm? Bis vor kurzem wusstest du doch noch nicht mal über deine eigenen Gefühle Bescheid! Wie kannst du da behaupten, alles über jemand anderen zu wissen?"

Madita seufzte wieder. „Ich weiß es einfach", verteidigte sie sich störrisch.

„Du weißt es erst, wenn du es aus seinem eigenen Munde hörst", erklärte Valentina. „Und deshalb musst du mit ihm reden. Sag ihm doch, was er dir bedeutet."

„Das kann ich nicht", entgegnete Madita und schüttelte heftig den Kopf.

„Warum nicht?"

„Weil er mich dann auslachen wird, Valentina. Und das ertrage ich nicht."

„Das erträgst du nicht?", zweifelte Valentina. „Die gegenwärtige Situation erträgst du doch auch nicht, oder?"

„Schlecht", musste Madita zugeben.

„Dann gib dir einen Ruck und sprich mit ihm. Das ist deine einzige Chance."

Madita schüttelte wieder den Kopf. „Ich kann das nicht."

„Du *willst* es nicht", widerprach Valentina.

„Von mir aus auch das", schimpfte Madita. „Jedenfalls werde ich mich nicht zum Narren machen, niemals. Hast du eine Ahnung, wie viele Männer schon zu mir gekommen sind und mir ihre Liebe gestanden haben? Schrecklich, wie die sich erniedrigt haben! Ich habe dabei das letzte bisschen Achtung verloren, was ich noch vor ihnen hatte! Und ich hab mir geschworen, dass mir niemals so etwas passieren wird." Bei diesen Worten parkte sie vor dem Haus, in dem Valentina wohnte.

„Wie du meinst", entgegnete Valentina und stieg aus. Dann beugte sie sich aber noch einmal zu Madita herunter: „Dann beklag dich aber auch nicht bei mir, wenn du unglücklich bist. Wenn man im Leben etwas Besonderes erreichen will, dann erfordert das Einsatz. Und manchmal sogar hohen Einsatz. Wenn du dazu nicht bereit bist, musst du dich mit dem zufrieden geben, was du hast. Überleg es dir gut!"

„Hab ich schon", murmelte Madita trotzig, nachdem Valentina die Tür ins Schloss geworfen hatte.

Sie seufzte noch einmal, dann fuhr sie weiter. Dabei sah sie des Öfteren in den Rückspiegel, um zu sehen, ob der Polizeiwagen noch immer hinter ihr war. In letzter Zeit ging ihr die ständige Präsenz der „grünen Männchen" wirklich immer mehr auf die Nerven. Sie hatte das Gefühl, keinen Schritt mehr unbeobachtet tun zu können. Und sie fragte sich allmählich, wie lange diese Bewachung noch fortgeführt werden sollte. Die Polizei konnte doch nicht für den Rest ihres Lebens hinter ihr herfahren! Wieso wurden die beiden Kerle nicht endlich geschnappt? Wie lange sollten sie denn noch frei herumlaufen?

Mit solchen und ähnlichen Gedanken war Madita auch noch beschäftigt, als sie schon mit Samuel beim Mittagessen saß und an einem Entenbein knabberte.

„Du bist ja so schweigsam heute", bemerkte Samuel. „Hat dir der Gottesdienst nicht gefallen?"

„Doch, schon", entgegnete Madita. „Ich denke nur gerade darüber nach, warum die Polizei die Kerle immer noch nicht geschnappt hat. Wie lange soll das denn noch dauern?"

„Apropos Polizei. Dein Herr Meisloh war heute hier."

„Er ist nicht *mein* Herr Meisloh", korrigierte Madita mit leicht genervtem Unterton.

„Er benimmt sich aber manchmal so."

„Wie meinst du das denn jetzt?"

Samuel zuckte mit den Schultern. „Mir fällt nur auf, dass er sehr oft hier vorbeischaut, verdächtig oft."

„Ist mir auch schon aufgefallen", nickte Madita und sah auf. „Meinst du, er ist irgendwie ... hinter mir her?" Sie beobachtete jetzt gespannt jede Regung in Samuels Gesicht. Wie würde er auf diese Frage reagieren? Würde sie wenigstens einen Hauch von Eifersucht an ihm erkennen können?

„Bestimmt sogar", nickte Samuel und aß dabei mit bestem Appetit weiter.

„Und was soll ich jetzt deiner Meinung nach tun?"

„Keine Ahnung. Das hängt wohl davon ab, ob du auch an ihm interessiert bist."

Madita führte enttäuscht ihr Entenbein wieder zum Mund. Nein, er war wirklich nicht mal das kleinste bisschen eifersüchtig.

„Bist du?", erkundigte sich Samuel beiläufig.

„Bin ich was?", fragte Madita verständnislos.

„Na, interessiert an ihm."

„Nein", entgegnete sie unwirsch. Ihre Laune war mal wieder auf den Nullpunkt gesunken. „Was wollte er denn nun?"

„Ich soll dir ausrichten, dass er die Auswertung der Reifenspuren jetzt hat."

„Und?"

„Die beiden sind dieses Mal tatsächlich mit dem Wagen gekommen. Wahrscheinlich mit einem kleineren Wagen, möglicherweise einem VW Polo."

„Was für Schweine", regte sich Madita auf. „Kommen mit dem Auto, als würden sie zum Einkaufen fahren."

„Scheinbar waren sie sich sehr sicher, dass du nicht mehr da bist. Sie müssen dich wegfahren sehen haben."

Madita schüttelte sich ein wenig. Allein die Vorstellung, von diesen beiden Kerlen beobachtet worden zu sein, jagte ihr einen kalten Schauer über den Rücken. Da war es vielleicht doch besser, die Polizei vor der Haustür stehen zu haben.

Madita schob gerade den letzten Bissen in den Mund, als es an der Tür klingelte.

Samuel stieß einen Seufzer aus. „Das wird dein Herr Meisloh sein."

Madita verdrehte die Augen. „Er ist nicht mein Herr Meisloh", stellte sie zum zweiten Mal klar und erhob sich, um zur Tür zu gehen. „Was hast du überhaupt gegen Werner?"

„Werner?", fragte Samuel überrascht und angewidert zugleich.

„Ja, Werner", entgegnete Madita. „Er hat mir das Du förmlich aufgedrängt. Was dagegen?"

Samuel hob abwehrend die Hände. „Nein, natürlich nicht.

Aber bevor er hier einzieht, sagst du mir doch Bescheid, hoffe ich."

„Mal sehen", grinste Madita und ging bis zur Küchentür. Dort drehte sie sich noch einmal zu Samuel um. „Lass mich raten. Du magst ihn nicht, weil er so intensiv nach Aftershave riecht."

„Er riecht wie eine Frau", nickte Samuel.

„Er sieht auch so aus", grinste Madita und ging endgültig zur Eingangstür. Als sie diese öffnete, stand tatsächlich Werner davor. Er sah eigentlich nicht so aus, als wäre er heute im Dienst. Seine Jeans hatte er gegen eine dunkle Anzughose getauscht und seinen Pulli gegen ein Freizeithemd.

„Hallo", sagte Madita freundlich. Gleichzeitig blieb sie mitten in der Tür stehen. Sie hatte heute wirklich keine Lust, ihn hereinzubitten und womöglich den halben Sonntag mit ihm zu verbringen.

„Hallo", lächelte Werner und ergriff Maditas Hand, um sie auffällig lange zu schütteln. „Ich war heute Morgen schon mal hier."

„Ich weiß", entgegnete Madita nur.

„Wo warst du denn?"

„Muss ich jetzt über jeden meiner Schritte Rechenschaft ablegen?", fragte Madita in etwas patzigem Tonfall.

„Nein", grinste Werner und kramte ein Handy aus seiner Tasche hervor, „ich kann natürlich auch meine Kollegen fragen."

Madita seufzte. „Ich war in der Kirche."

„Ach ja", erwiderte Werner mit einem ironischen Lächeln. „Du bist ja neuerdings regelmäßige Kirchgängerin. Denkst du, dass du dort eine Erleuchtung hast und dir einfällt, wie wir eure Peiniger einbuchten können?"

„Na ja", schoss Madita zurück, „die Chancen sind so jedenfalls immer noch höher, als wenn ich auf die Hilfe der Polizei warte. Oder gibt es schon was Neues?"

„Du kannst mich ja hereinbitten, dann erzähle ich es dir", grinste er, schob sie zur Seite und spazierte auch schon an ihr vorbei in Richtung Wohnzimmer.

So viel Unverschämtheit war Madita nicht gewohnt. „Aber ... wir essen noch", rief sie hinter ihm her.

„Das stört mich nicht", erwiderte Werner lässig.

Madita rollte mit den Augen und folgte ihm widerwillig.

Als sie die Küche betrat, hatte Werner bereits auf dem Hocker Platz genommen, der immer zusammengeklappt in der Ecke stand, und fragte gerade halbherzig in Samuels Richtung: „Und, wie geht es Ihnen heute, Herr Spließgard?"

„Bis eben gut", antwortete Samuel.

Partyloh ignorierte die tiefere Bedeutung dieser Bemerkung, sog tief den Essensgeruch in sich hinein und sagte: „Das riecht aber lecker hier."

„Es hat auch hervorragend geschmeckt." Samuel stand jetzt auf und begann eilig, die Reste vom Tisch zu räumen.

Madita musste grinsen. Sicher war seine Angst, den ihm unsympathischen Beamten auch noch verköstigen zu müssen, nicht ganz unberechtigt.

„Was kann ich denn nun für dich tun?", fragte Madita ein weiteres Mal voller Ungeduld.

„Was du für mich tun kannst?", wiederholte Werner und grinste anzüglich. „Oh, da würde mir wirklich eine Menge einfallen ..."

Samuel schien bei dieser Bemerkung aufzuhorchen. „Zum Beispiel?", fragte er angriffslustig.

„Na ja", stotterte Werner ein wenig peinlich berührt, „ich komme wegen der Reifenspuren ..."

„Davon habe ich Madita bereits erzählt. Sie hat keinen Wagen bemerkt." Er wandte sich Madita zu. „Hast du doch nicht, oder?"

„Nein."

„Haben Sie sonst noch Fragen?", fuhr Samuel fort.

„Eigentlich nicht."

„Dann danke ich Ihnen herzlich für Ihren Besuch." Mit diesen Worten ging er auf die Küchentür zu und öffnete sie demonstrativ. Als Herr Meisloh nicht reagierte, fügte er hinzu: „Nach Ihnen."

Partyloh stand jetzt tatsächlich auf und ging langsam auf die Tür zu. Dabei warf er Madita einen hilfesuchenden Blick zu und sagte: „Wir könnten ja mal bei einem Glas Wein über den Stand der Ermittlungen sprechen."

„Meine Frau ist leider sehr beschäftigt, Herr Meisloh", antwortete Samuel an Maditas Stelle. „Dennoch wird sie Ihnen gern für eine Gegenüberstellung zur Verfügung stehen, sobald Sie die erste Verhaftung durchgeführt haben. Bis dahin sollten Sie ihr ein wenig Ruhe gönnen."

Herr Meisloh sah Madita fragend an. Als diese allerdings zustimmend nickte, verließ er mit griesgrämigem Gesichtsausdruck die Küche.

„Wow“, sagte Madita, als Samuel zurückkam. „Ich wusste ja nicht, dass er deine Geruchsnerven derart belästigt.“

„Wenn er mal seiner Arbeit nachgehen würde, anstatt verheirateten Frauen hinterherzusteigen, wären die beiden sicher schon gefasst“, schimpfte er.

Madita horchte auf. „Bin ich denn verheiratet?“, hörte sie sich spontan fragen.

„Na ja“, stammelte Samuel und machte sich hastig am Geschirr zu schaffen, „aus seiner Sicht bist du es natürlich schon.“

„Schon klar“, entgegnete Madita enttäuscht. Einen Moment lang hatte sie doch tatsächlich geglaubt, dass Samuel Besitzansprüche geltend machen wollte; dass er vielleicht sogar eine Spur eifersüchtig war. Aber da hatte sie sich wohl zu früh gefreut.

„Ich wünschte wirklich, dass sie die Typen bald kriegen“, lenkte Samuel das Gespräch in eine andere Richtung. „Dann würde hier endlich wieder Ruhe einkehren.“

„Hast du denn schon mal dafür gebetet?“, fragte Madita.

„Ich tue nichts anderes.“

„Vielleicht sollten wir mal gemeinsam dafür beten“, schlug Madita ganz spontan vor. „Ich hab vor kurzem diese Bibelstelle gelesen, du weißt schon, ‚Wo zwei unter euch eins werden‘ ...“, sie stockte ein wenig, „wie hieß es noch?“

„Wo zwei unter euch eins werden auf Erden, worum sie bitten wollen, das soll ihnen widerfahren von meinem Vater im Himmel“, zitierte Samuel, „Matthäus 18, Vers 19.“

Madita schüttelte erstaunt den Kopf. „Kennst du etwa die ganze Bibel auswendig?“

Samuel zuckte mit den Schultern. „Die ganze sicher nicht“, begann er, „aber ich habe viele einsame Abende hinter mir. Da kann man eine Menge lernen.“

„Und hast du schon mal mit jemandem zusammen gebetet?“

Samuel schüttelte den Kopf.

„Dann sollten wir es vielleicht lieber lassen“, entgegnete Madita schnell. Sie fühlte sich auf einmal weit weniger mutig als noch vor einer Minute. Sie selbst hatte auch noch nie in der Öffentlichkeit gebetet. Und die Vorstellung, vor Samuel mit Gott zu sprechen, schreckte sie plötzlich ab.

„Aber unser Problem ist es auf jeden Fall wert“, meinte Samuel.

Madita zog die Stirn in Falten. „Du hast sicher Recht“, sagte sie, „aber ich glaube, ich muss trotzdem kneifen. Wahrscheinlich ...“, stammelte sie, „... kannst du es nicht verstehen, aber ... es ist mir irgendwie peinlich.“

„Ich kann ja den Anfang machen“, schlug Samuel vor. „Dann kannst du dir immer noch überlegen, ob du mitmachen möchtest.“

Madita atmete auf. Er hatte doch immer eine gute Lösung parat. Sie schloss die Augen, rückte sich auf ihrem Stuhl in eine bequeme Position, atmete noch einmal tief durch und wartete dann gespannt auf das, was Samuel beten würde.

„Jesus Christus“, begann er leise, „ich möchte dir dafür danken, dass du jeden Tag so gut zu mir bist. Dass ich dich meinen Freund nennen darf, dass ich mit dir reden darf und dass ich mich auf dich verlassen kann. Tausendmal hast du mir das Leben gerettet, auch auf dem Boot. Dafür danke ich dir. Du kennst aber auch die Situation, in der wir uns jetzt befinden. Du siehst, dass wir ständig und ohne Unterbrechung überwacht werden. Dass die Polizei hier ein- und ausgeht und uns niemals in Frieden lässt. Darum bitte ich dich, dass die beiden Kerle jetzt endlich geschnappt werden. Dass sie der Polizei in die Hände fallen und hier endlich wieder Ruhe einkehrt.“

Madita schluckte. Jetzt war sie wohl an der Reihe. „Ich bitte dich das auch, Jesus“, flüsterte sie hastig und mit heiserer Stimme, „bitte bring die beiden ins Gefängnis. Bitte nimm diese ständige Bedrohung weg und gib uns unser altes Leben wieder. Amen!“ Ihr Herz klopfte jetzt so stark, als hätte sie gerade einen Hundert-Meter-Lauf hinter sich gebracht. Aber sie verspürte trotzdem so etwas wie ein Triumphgefühl. Sie hatte es geschafft!

„Na“, lächelte Samuel, „war doch gar nicht so schlimm, oder? Jetzt brauchen wir nur noch auf die Antwort zu warten.“

In diesem Moment klingelte das Telefon.

„Fein“, grinste Madita und erhob sich, „das werden die beiden Kerle sein. Sicher wollen sie sich stellen.“

Sie ging ins Wohnzimmer und nahm den Hörer zur Hand.

„Spließgard.“

„Hallihallo“, säuselte eine weibliche Stimme durchs Telefon.

„Mareile?“, fragte Madita.

„Wer sonst“, lachte ihre Schwester. „Ich dachte, ich geb mal ein Lebenszeichen von mir.“

„Das wird aber auch Zeit“, entgegnete Madita mit gespielter

Entrüstung. „Du hast dich schon seit Wochen nicht mehr gemeldet."

„Ich weiß", seufzte Mareile, „die Kinder halten mich ganz schön auf Trab. Was gibt's Neues?"

Madita zögerte einen Moment lang. Sollte sie ihrer Schwester alles erzählen, was vorgefallen war? Oder würde sie sich dann nur noch mehr Sorgen um sie machen?

„Na, das klingt ja nicht sehr gut", sagte Mareile erschrocken. Sie kannte Madita wirklich gut. So gut, dass sie sogar ihr Schweigen zu deuten vermochte. „Sind etwa die beiden Kerle schon wieder über euch hergefallen?"

„Über mich nicht", begann Madita und erzählte Mareile dann ausführlich, was geschehen war.

„Dann hast du ihn ganz allein aus dem Boot gezogen und an Land gebracht?", fragte Mareile anschließend.

Madita versuchte den Stolz, den diese Bemerkung in ihr hervorrief, zu verbergen und sagte so beiläufig wie möglich: „Ja, das hab ich wohl."

„So, so", erwiderte Mareile mit einer Betonung, die so seltsam war, dass sie Madita misstrauisch machte.

„Was soll das heißen: so, so?"

„Nichts Besonderes", wehrte Mareile ab.

„Sag es!", zischte Madita.

„Es ist wirklich nichts", begann Mareile, „ich dachte nur gerade ... dass Liebe ... anscheinend erstaunliche Kräfte freisetzen kann."

Madita sagte kein Wort.

„Bist du noch dran?", fragte Mareile.

„Ja", antwortete Madita ärgerlich.

„Willst du mir gar nicht widersprechen?", erkundigte sich Mareile vorsichtig.

Madita sagte wieder nichts. Sie konnte es auch nicht, denn in diesem Moment schossen ihr schon wieder Tränen in die Augen. Also gab sie besser keinen einzigen Mucks von sich.

„Hab ich was Falsches gesagt?", fragte Mareile schuldbewusst. „Tut mir Leid, wenn ich dich provoziert habe."

Jetzt war es vollends um Maditas Fassung geschehen. Es gelang ihr noch aufzustehen und die Wohnzimmertür zu schließen, dann begann sie leise und unterdrückt zu weinen.

Mareile sagte eine ganze Zeit lang gar nichts, dann fragte sie liebevoll: „Willst du mir nicht sagen, was passiert ist?"

„Nei-hein", schluchzte Madita. Sie ließ alles raus, den ganzen Frust, den sie verspürte, die Enttäuschung, die Hoffnungslosigkeit. Irgendwann presste sie schluchzend hervor: „Er ... liebt mich ... kein bisschen."

Jetzt war es Mareile, die erst einmal gar nichts mehr sagte. Es dauerte ziemlich lange, bis sie fassungslos murmelte: „Ich glaub's nicht, ich glaub's einfach nicht."

„Was ... glaubst du nicht?", schniefte Madita.

„Dass du dich tatsächlich verliebt hast."

„Was ... ist daran ... denn so ungewöhnlich?", schluchzte Madita.

„Es ist nicht nur ungewöhnlich, Madita", entgegnete Mareile ernst, „es ist regelrecht unglaublich, ja unvorstellbar." Sie fing an zu kichern. „Wenn ich das Heiner erzähle, bricht er ohnmächtig zusammen."

„Du erzählst es ihm aber nicht", befahl Madita wütend.

„Schon gut, schon gut", lenkte Mareile ein. „Ich werde ihm kein Sterbenswörtchen davon sagen." Sie hielt inne und seufzte. „Aber es wird mir ganz schön schwer fallen, eine derartige Sensation für mich zu behalten."

Madita entlockte diese Bemerkung fast so etwas wie ein Grinsen. Weinend und schmunzelnd zugleich stammelte sie: „Bin ich ... war ich ... wirklich so schlimm?"

„Na ja", begann Mareile ausweichend. Dann hielt sie inne und überlegte. „Willst du die Wahrheit hören?"

„Ja", antwortete Madita leise.

„Du warst noch schlimmer, Schwesterherz, viel schlimmer. Ein Vamp, wie er im Buche steht. Die Anwesenheit eines Mannes konntest du nur ertragen, wenn er dir zu Füßen gelegen hat. Und wenn er es nicht getan hat, dann hast du alle Register gezogen, um dafür zu sorgen. Und das nur, um ihn anschließend für seine Schwäche auch noch zu verachten. Wirklich, du warst unausstehlich."

„Und jetzt ...", schniefte Madita, „bekomme ich meine gerechte Strafe dafür."

„Wieso?"

„Weil ich mich ... in einen Mann verliebt habe ... der mich nicht liebt."

„Aber wie kommst du denn darauf?", protestierte ihre Schwester. „Wahrscheinlich ist er bis über beide Ohren in dich verschossen. Alle Männer sind das."

„Er ... nicht", weinte sie.

„Hat er dir das gesagt?"

„Nein ... aber ich weiß es trotzdem. Er hat ... überhaupt keine gute Meinung ... von mir. Wahrscheinlich ... ist er noch immer ... von mir enttäuscht ... wegen der Sache mit Johannes' Hochzeit." Madita putzte sich jetzt erst einmal die Nase. Es tat ihr gut, mit jemandem über alles zu sprechen, und so beruhigte sie sich langsam.

„Ich hab davon gehört", nickte Mareile.

„Von Mutter?", brauste Madita auf.

„Du sagst es."

„Wahrscheinlich hat sie es jedem erzählt und sich dabei königlich amüsiert."

Mareile schwieg dazu.

„Ich will es genau wissen", befahl Madita.

„*Du hättest den Abschaum kriechen sehen sollen*", ahmte Mareile ihre Mutter nach. „*Es war einfach göttlich. Der beste Teil der gesamten Hochzeit.*"

„Ich hab ihn im Stich gelassen", jammerte Madita. „Das wird er mir nie verzeihen."

„Bitte ihn doch darum", schlug Mareile vor. „Bitte ihn um Verzeihung und sag ihm gleichzeitig, dass du ihn liebst."

„Jetzt fängst du auch schon damit an", schimpfte Madita. „Willst du, dass ich mich zum Narren mache?"

„Ist er dir das Risiko nicht wert?", wunderte sich Mareile.

Madita stieß einen abgrundtiefen Seufzer aus. „Doch ... aber es hat doch sowieso keinen Zweck."

„Das weiß man immer erst hinterher."

Madita seufzte wieder. „Ich werd es mir überlegen. Können wir jetzt von deinem Liebesleben reden?"

„Von mir aus", lachte Mareile. „Ich wüsste allerdings kaum, was es da zu reden gibt. Heiner hat nämlich einen neuen Dienstwagen. Da bin ich natürlich abgeschrieben. Immerhin holt er jetzt sonntags sogar freiwillig Brötchen, stell dir das mal vor!"

„Unglaublich", kicherte Madita. „Welche Farbe hat der Wagen denn?"

Mareile lachte. „Gut, dass du das Heiner nicht gefragt hast. Dann würdest du dir jetzt stundenlang einen Vortrag über Sonderlackierungen anhören müssen!"

Madita prustete los: „Ich will aber trotzdem wissen, welche Farbe er hat."

„Er ist schwarz. Aber das Beste ist das Nummernschild. Du hättest ihn sehen sollen, als er damit vorfuhr, die Brust vor Stolz geschwellt. Dieses Mal hat es nämlich geklappt mit den Initialen: HK 333, was sagst du dazu?"

Madita sagte gar nichts. Sie erinnerte sich plötzlich, dass sie erst vor kurzem einen Wagen mit einem ähnlichen Nummernschild gesehen hatte. Wann war das noch gewesen?

„Hey, warum sagst du denn nichts?", wollte Mareile wissen.

„Endlich kriegen wir sie!", rief Madita voller Aufregung ins Telefon. „Ich habe sie doch gesehen, ich habe sie gesehen!"

Dann schaltete sie einfach das Telefon aus, warf es aufs Sofa und rannte in die Küche, wo Samuel noch mit dem Abwasch beschäftigt war.

„Du wirst es nicht glauben", rief sie ihm zu.

„Was denn?", fragte er überrascht.

„Das war gerade wirklich die Antwort auf unser Gebet! Hättest du das gedacht? Es ist wirklich unglaublich! Dabei hatte ich in Wirklichkeit gar nicht damit gerechnet. Ich hab die Typen nämlich doch gesehen, weißt du? Ich hatte es nur vergessen. Aber jetzt weiß ich es wieder. Und jetzt haben wir sie! Ganz bestimmt haben wir sie. Jetzt sind sie dran. Sie werden uns nie mehr etwas tun!" Sie drehte sich vor Begeisterung im Kreis und plapperte weiter wie ein Wasserfall, ohne Punkt und Komma. „Ich muss sofort Partyloh anrufen. Dann machen wir sie dingfest. Jetzt ist endlich Schluss mit der ewigen Überwachung. Jetzt werden wir auch die Polizei wieder los."

Ohne eine Antwort abzuwarten, rannte sie wieder aus der Küche, zurück ins Wohnzimmer. Dort nahm sie das Telefon vom Sofa und wählte hektisch die Privatnummer von Werner Meisloh, die sie mittlerweile auswendig kannte.

„Meisloh."

„Ich bin's", sagte Madita aufgeregt. „Darf ich dich zu Hause stören? Ich muss dir unbedingt was sagen!"

„Aber selbstverständlich!", säuselte Werner. „Ich freu mich doch, wenn du mich anrufst. Wusste ich doch gleich, dass es nicht deine Idee war, mich so einfach aus dem Haus zu vertreiben. Jetzt werden wir uns endlich verabreden, nicht wahr?"

Madita war erst einmal sprachlos und ihre Aufregung verflogen.

Partyloh schien ihr Schweigen etwas seltsam vorzukommen. Jedenfalls fragte er unsicher: „Du wolltest dich doch mit mir verabreden, oder?"

Madita unterdrückte ein Grinsen und entgegnete kühl: „Ich

wollte dir mitteilen, dass ich endlich die Erleuchtung hatte, von der du gesprochen hast."

„Welche Erleuchtung?", fragte Werner vollkommen verständnislos.

„Die Erleuchtung der Kirchgängerin, die uns sagt, wie wir unsere beiden Freunde dingfest machen können."

Werner Meisloh schluckte ein paar Mal. „Und?", presste er mühsam hervor.

„Wir müssen einen Wagen mit dem Kennzeichen HK 100 finden."

„Aha", entgegnete Werner mehr fragend als feststellend.

„Ich habe die beiden nämlich doch gesehen", erklärte Madita. „Ich hatte es nur vergessen."

„Und dann ist es dir ganz plötzlich wieder eingefallen?", erkundigte sich Werner in einem Tonfall, der größte Skepsis verriet.

„Genau", grinste Madita. „Und darum schlage ich vor, dass du den Wagen noch heute überprüfst. In Ordnung?"

„Na ja, von mir aus", begann Werner, „aber wiederhol doch bitte noch mal zum Mitschreiben: H Bindestrich K 100?"

„Nein", entgegnete Madita und versuchte sich zu erinnern. „HK 100 war auf jeden Fall der hintere Teil des Kennzeichens." Sie grübelte weiter. „Also, um ehrlich zu sein, ich weiß es nicht mehr. Aber ich vermute, dass es ein Wagen aus unserem Kreis war, also OPR für Ostprignitz-Ruppin. Sonst wär es mir doch bestimmt aufgefallen."

„Also gut", sagte Werner. „Ich werd es mal checken. Und was unsere Verabredung anbelangt ..."

„Fein", fiel Madita ihm ins Wort. „Dann melde dich doch bitte, sobald es etwas Neues gibt." Und damit schaltete sie das Telefon einfach aus.

Sie legte es zufrieden zurück auf die Station und ging wieder in die Küche. Dort erzählte sie Samuel erst einmal in Ruhe, was sich ergeben hatte. Er war natürlich ebenso erfreut wie sie und zusammen fieberten sie dem Rückruf von Meisloh entgegen.

❦

Leider mussten sie auf eine Reaktion der Polizei noch recht lange warten. Erst zwei Tage später, am Dienstagabend gegen sechs, klingelte es wieder einmal an der Tür. Und als Madita öffnete, stand Werner vor ihr.

„Wenn ich gute Nachrichten habe, darf ich dann reinkommen?“, fragte er zaghaft.

„Aber sicher“, nickte Madita eifrig und führte ihn ins Wohnzimmer. Samuel war noch in der Küche, und da sie mittlerweile begriffen hatte, dass er den Beamten nicht ausstehen konnte, wollte sie ein Zusammentreffen der beiden möglichst vermeiden.

„Habt ihr die beiden gefasst?“, fragte sie gespannt, kaum dass Werner Platz genommen hatte.

„Das ist eine längere Geschichte“, lächelte Partyloh. „Willst du mir nicht erst einmal was zu trinken anbieten?“

„Natürlich“, entgegnete Madita und erhob sich wieder. „Was möchtest du denn?“

„Ein Bier wäre nicht schlecht.“

Madita nickte, verließ das Wohnzimmer wieder und schloss sorgfältig die Tür hinter sich. Dann begab sie sich in die Küche und machte auch diese Tür hinter sich zu. Samuel stand noch an der Spüle und wusch Geschirr ab.

„Es ist Werner“, flüsterte sie ihm zu, während sie einen der Vorratsschränke öffnete und versuchte, eine Flasche Bier aus dem Sixpack zu zerren, der darin schon seit Ewigkeiten auf seine Verwendung wartete. „Er sagt, er hat gute Nachrichten.“

„Und warum bringst du ihn dann ins Wohnzimmer?“, fragte Samuel ungewohnt scharf.

Madita sah ihn überrascht an. Welche Laus war ihm denn jetzt schon wieder über die Leber gelaufen? „Ich ... dachte ...“, stammelte sie, „dass du ihm lieber nicht begegnen möchtest.“

„Das lass mal meine Sorge sein“, zischte Samuel.

„Schon gut, schon gut“, entgegnete Madita gereizt. „Ich dachte, ich tu dir einen Gefallen. Wenn du hören willst, was er zu sagen hat, dann kannst du ja rüberkommen. Der Abwasch läuft schließlich nicht weg.“ Sie hatte jetzt endlich das Bier aus der Pappverpackung befreit, kramte noch einen Flaschenöffner aus der Besteckschublade hervor und ging wieder zur Tür.

„Und seit wann trinkst du Bier mit unseren Gästen?“, fragte Samuel genauso unfreundlich wie zuvor.

Madita blieb abrupt stehen und seufzte. Was war nur heute los mit ihm? Und wie hatte er schon wieder gemerkt, dass sie Bier geholt hatte? „Seit sie nach welchem verlangen“, antwortete sie und ging zu Samuel herüber. Sie stellte sich direkt hinter ihn, dann streichelte sie freundschaftlich über seinen Arm und fragte sanft: „Stimmt irgendetwas nicht?“

Samuel senkte den Kopf und seufzte nun seinerseits. „Tut mir Leid“, sagte er dann, „ich kann ihn nun einmal nicht ausstehen.“

„Das weiß ich ja“, erwiderte Madita und sah auf das Bier, das sie noch immer in ihrer Hand hielt. Dann lächelte sie verschmitzt und fügte hinzu: „Vielleicht tröstet es dich ja, dass das Bier schon seit zwei Monaten abgelaufen ist.“

Erleichtert stellte sie fest, dass sie Samuel mit dieser Bemerkung wenigstens ein Schmunzeln entlockt hatte. „Darf ich jetzt gehen und meine Neugier befriedigen?“, fragte sie unterwürfig.

„Ja, geh nur“, lächelte Samuel. „Ich komme gleich nach.“

Madita ließ sich das nicht zweimal sagen und kehrte umgehend ins Wohnzimmer zurück.

„Musstest du das Bier erst brauen?“, fragte Werner, als sie den Raum wieder betreten hatte.

Madita stellte Werner lächelnd das abgelaufene Bier vor die Nase. „Das würde ich so nicht sagen ... “

„Trinkst du keins mit?“

„Nein, heute nicht. Heute konzentriere ich mich voll und ganz auf deinen Erfolgsbericht.“

„Erfolgsbericht, ach ja“, entgegnete Werner und nahm erst einmal einen Schluck Bier. „Also, wir haben den Halter des Wagens verhaftet.“

„Und weiter?“, fragte Madita interessiert.

„Na ja, viel weiter sind wir noch nicht. Bisher leugnet er die Tat.“

Madita sah Werner entgeistert an. „Ist das alles? Ist das deine längere Geschichte?“

„Na ja ... nein ... oder vielleicht doch“, stammelte Partyloh.

„Also was nun?“, fragte Madita ungeduldig. „Kommt der Mann denn überhaupt als Täter in Betracht?“

„Auf jeden Fall!“, erwiderte Werner im Brustton der Überzeugung. „Er ist Anfang zwanzig, hat für die fragliche Zeit kein Alibi und ist ... man höre und staune ... wegen Körperverletzung vorbestraft!“

„Aha“, entgegnete Madita, ohne Partylohs Begeisterung zu teilen. „Und was nun?“

„Nun brauch ich dich für eine Gegenüberstellung.“

Madita seufzte. Sie hatte so etwas befürchtet. „Ich weiß nicht, Werner. Sie hatten doch diese Masken auf. Ich weiß wirklich nicht, ob ich sie wiedererkennen würde.“

Währenddessen war die Tür aufgegangen und Samuel hatte den Raum betreten. „Guten Tag, Herr Meisloh", sagte er einigermaßen neutral.

„Ja, guten Tag", erwiderte Werner reserviert.

Samuel ging jetzt in Maditas Richtung und setzte sich neben sie aufs Sofa. „Hab ich irgendetwas verpasst?"

„Der Halter des Wagens ist ein Mann von Anfang zwanzig", wiederholte Madita. „Er hat kein Alibi und wurde verhaftet. Gestanden hat er aber nicht. Deshalb möchte Werner, dass wir zu einer Gegenüberstellung kommen."

„Nicht ihr", korrigierte Werner, „du."

Madita sah ihn überrascht an. „Aber wieso?", fragte sie verständnislos. „Samuel kennt die beiden doch viel besser als ich."

„Das mag schon sein", lachte Werner amüsiert, „aber eine Gegenüberstellung ist nun einmal per definitionem eine Veranstaltung für sehende Menschen."

„Ach tatsächlich?", begann sich Madita aufzuregen. „Wo steht das denn geschrieben?"

„Das sagt dir doch wohl dein gesunder Menschenverstand!", belehrte Werner sie von oben herab. „Gegenüberstellung, du weißt schon, Tatort, Derrick, das hast du doch bestimmt schon mal gesehen. Der Zeuge befindet sich im Nebenraum und sieht sich durch eine Glasscheibe hindurch die Verdächtigen an – *sieht* sie sich an. Comprende? Und so kannst nur du sie identifizieren!"

„Das kann ich aber nicht!", zischte Madita. „Begreifst du das denn nicht? Gesehen habe ich ungefähr genauso viel wie Samuel. Sie hatten Masken auf! Comprende?"

„Du hast ihre Statur gesehen", widersprach Werner.

„Genau", grinste Madita. „Wie sagtest du doch so schön", sie ahmte jetzt gekonnt Partylohs Stimme nach, „‚Ihre beiden Schwerverbrecher sind also zwischen 20 und 30 Jahre alt und zwischen 1,75 und 1,90 groß. Hab ich noch was vergessen?'"

Angesichts seiner eigenen Worte musste Herr Meisloh jetzt doch ein wenig grinsen. Dann seufzte er. „Damals hast du aber auch etwas über ihre Stimmen gesagt."

„Genau", lächelte Madita zufrieden. Sie hatte Werner jetzt genau da, wohin sie ihn haben wollte. „Aber der Experte in Sachen Stimmen sitzt hier neben mir." Mit diesen Worten deutete sie auf Samuel.

Jetzt seufzte Werner ein weiteres Mal. „Ihr könnt ja zusammen kommen. Dann sehen wir weiter", murmelte er resigniert.

„Prima", freute sich Madita.
„Sie sagten, der Verhaftete sei Anfang zwanzig?", mischte sich jetzt Samuel in das Gespräch ein.
„21", erwiderte Herr Meisloh knapp.
„Und wie groß ist er?"
„Ich weiß nicht genau", wich Partyloh aus.
„Und ungefähr?", fragte Samuel erneut.
„Na ja, so 1,75 vielleicht", antwortete Herr Meisloh unwirsch.
„Oder vielleicht auch kleiner?"
„Vielleicht", räumte Werner ein.
„Raucher?"
„Keine Ahnung", entgegnete Herr Meisloh und zuckte gleichgültig mit den Schultern.
„Rechtshänder?"
„Was weiß ich denn?", brauste Werner auf. „Was soll die Fragerei?"
„Ich versuche nur, mir ein Bild zu machen", erwiderte Samuel ruhig. „Und ich gewinne den Eindruck, als hätten Sie Ihre Hausaufgaben nicht gemacht. Was ist denn überhaupt Grundlage Ihrer Verhaftung? Die Tatsache, dass Madita seinen Wagen in der Nähe unseres Hauses gesehen hat, dürfte doch wohl nicht ausreichen."
„Er hat eine tiefe, rauchige Stimme", sagte Herr Meisloh triumphierend.
„Ach ja?", lächelte Samuel. „Dann sollten Sie ihn freilassen."
„Wieso das denn?", regte sich Partyloh auf. „Sie sagten doch, dass einer der beiden eine tiefe, rauchige Stimme gehabt hätte."
„Einer von beiden, richtig", nickte Samuel, „aber der ältere, größere von beiden!"
„Das sagen Sie", entgegnete Werner abfällig.
„Und ich habe es genauso in Erinnerung", kam ihm Madita zu Hilfe.
Werner verdrehte daraufhin theatralisch die Augen und stand einfach auf. Dann wandte er sich an Madita und sagte: „Also dann bis morgen früh zur Gegenüberstellung im Büro von Herrn Trensik. Passt dir 10 Uhr?"
„Sicher", lächelte Madita, „da kommen wir doch gerne."

❦

Als Madita mit Samuel im Schlepptau am nächsten Morgen an der Tür von Herrn Trensik klopfte, hatte sie alles andere als ein gutes Gefühl in der Magengegend. Sie wusste wirklich nicht, ob sie in der Lage war, jemanden wiederzuerkennen. Und sie wollte es ja auch eigentlich gar nicht. In den letzten Wochen hatte sie das Erlebnis mit den beiden Männern einigermaßen erfolgreich verdrängt und jetzt sollte alles wieder aufgewärmt werden? Schon in der Nacht hatte sie Alpträume gehabt und den Vorfall im Wald noch einmal durchleben müssen. Reichte das nicht? Musste sie den Männern jetzt auch noch zum zweiten Mal begegnen?

Hinzu kam, dass sie nicht wusste, ob es richtig war, Samuel hier mit herzubringen. Sie hatte ihn regelrecht anflehen müssen, mit ihr zu kommen. Und wenn sie ihm nicht von ihrer Angst erzählt und an sein Verantwortungsbewusstsein appelliert hätte, dann hätte er sich wahrscheinlich gar nicht davon überzeugen lassen. Aber was war, wenn Werner ihn zum zweiten Mal so herablassend behandelte? Konnte sie ihm das zumuten?

„Einen Augenblick", ertönte jetzt die Stimme von Herrn Trensik hinter der Tür.

Madita seufzte. Sie hasste es, dass man bei Behörden immer das Gefühl vermittelt bekam, als wäre man ein Bittsteller.

Sie sah zu Samuel herüber. „Alles klar?", fragte sie ihn leise.

Samuel nickte nur.

Jetzt öffnete sich auch schon die Tür und Herr Trensik kam dahinter zum Vorschein. Er sah heute ein wenig entspannter aus als beim letzten Mal.

„Schön, dass Sie kommen konnten", sagte er freundlich und reichte Madita und Samuel die Hand. „Kommen Sie doch rein."

Und so betraten beide das Büro. Es hatte ein großes Fenster und war daher angenehm hell. Ansonsten war es genau so, wie Madita sich den Arbeitsplatz eines Beamten immer vorgestellt hatte. Der Raum von vielleicht gerade mal zehn Quadratmetern war rechts und links an der Wand mit hohen Schränken ausgestattet, die mit Aktenordnern nur so vollgestopft waren. Dazwischen gab es einen Schreibtisch aus grauem Kunststoff, einen dazugehörigen grauen Drehstuhl und zwei weitere Stühle auf der anderen Seite des Schreibtisches.

Herr Trensik ging auf seinen eigenen Bürostuhl zu und bot Madita und Samuel die anderen beiden Stühle an.

„Ich werde meinem Kollegen Bescheid sagen, dass Sie da

sind“, sagte er, nahm den Telefonhörer ab und wählte eine Nummer.

„Trensik. Hallo, Werner, ich wollte dir nur sagen, dass du jetzt rüberkommen kannst.“ Es entstand eine kleine Pause. Dann fügte er hinzu: „Ja, genau, sie sind jetzt da – ja, beide.“ Dann legte er auf. Anschließend wandte er sich Madita zu und fragte: „Ihr Mann möchte also tatsächlich an der Gegenüberstellung teilnehmen?“

„Ich möchte, dass er dabei ist“, korrigierte Madita wahrheitsgemäß.

„Warum?“

„Weil ich der Meinung bin, dass mein Mann sehr viel besser beurteilen kann, ob es sich um einen der Täter handelt oder nicht. Und Sie möchten doch sicher, dass der richtige Mann gefasst wird, nicht wahr?“

„Sicher möchte ich das“, nickte Herr Trensik. „Das Ganze ist nur etwas ungewöhnlich. Herr Meisloh hat schon Recht, Ihr Mann ist nun einmal blind. Und wir sehen nicht ein, warum er den Täter unter diesen Umständen besser identifizieren könnte als Sie.“

„Wenn Sie Ihren rechten Arm durch einen Autounfall verloren hätten, Herr Trensik, meinen Sie nicht, dass Sie dann sehr viel besser mit Ihrem linken umgehen könnten als ich?“, fragte Madita.

„Schon möglich“, nickte der Beamte.

„Sehen Sie, und so ähnlich ist das mit den Sinnesorganen. Das Gehör eines Blinden ist sehr viel sensibler und besser ausgebildet als das eines sehenden Menschen. Zudem verfügt mein Mann über eine außerordentliche Beobachtungsgabe. Probieren Sie es doch einfach aus. Was verlieren Sie schon dabei?“

In diesem Moment klopfte es kurz an der Tür und Herr Meisloh stürmte in das Büro.

Als er Madita erblickte, strahlte er. „Wie schön, dich zu sehen.“ Dann wandte er sich seinem Kollegen zu. „Zehn Minuten noch, dann können wir gehen.“

„Alles klar“, entgegnete Herr Trensik. „Aber wir werden Herrn Spließgard nun doch mitnehmen.“

„So ein Blödsinn“, fauchte Werner seinen Kollegen an, „wir machen es so wie besprochen und damit basta.“

„Basta?“, wiederholte Herr Trensik ungläubig. „Ich glaub, ich hör nicht richtig. Leitest du die Mordkommission oder bin ich das?“

„Herr Rothenbaum leitet die Mordkommission", antwortete Partyloh patzig.

„Der Rothenbaum ist im Urlaub", belehrte Herr Trensik seinen Kollegen. Man konnte ihm jetzt deutlich anmerken, dass er langsam wütend wurde. „Und solange das der Fall ist, leite ich die Mordkommission. Möchtest du einen Vertretungsplan haben?"

In diesem Moment klopfte es ein weiteres Mal kurz an der Tür und ein Mann betrat das Büro. Er war um die vierzig, klein und schmächtig und trug eine runde Nickelbrille. Als er sah, dass Herr Trensik Besuch hatte, sagte er: „Oh, entschuldige, Rolf, ich wusste nicht, dass du Besuch hast. Ich wollte dir nur die Akte bringen, die du angefordert hast."

Er hatte gerade die Tür erreicht, als Samuel plötzlich sagte: „Auf Wiedersehen, Herr Schrader. War nett, Ihnen mal wieder begegnet zu sein."

Der Mann blieb ganz abrupt stehen und drehte sich noch einmal um. Dann sah er verwirrt zu Samuel herüber. „Kennen wir uns?", fragte er verunsichert.

„Sicher", lächelte Samuel. „Erkennen Sie mich nicht wieder?"

„Um ehrlich zu sein, nein", entgegnete der Mann und machte ein paar Schritte auf Samuel zu. Dann grinste er ein wenig verlegen, sah zu Herrn Trensik herüber und sagte: „Nun hilf mir doch mal, Rolf."

„Sein Name ist Spließgard", entgegnete Herr Trensik.

„Oh", sagte Herr Schrader und schien sich plötzlich zu erinnern. „Der Blinde mit der eingeworfenen Fensterscheibe."

„Ja", nickte Samuel, „der Sie vollkommen grundlos in eine Einöde gerufen hat."

Jetzt weiteten sich die Augen von Herrn Schrader und er errötete bis unter die Haarwurzeln. „Ja ... ach ja ... na, dann", stammelte er verlegen und drehte sich hastig um: „Bis später." Und schon hatte er das Büro verlassen und die Tür wieder hinter sich zugemacht.

Alle sahen ihm verdattert nach. Dann sagte Herr Trensik: „Einöde?"

„Ich habe Ihnen doch erzählt, dass die beiden Männer mehrfach Steine in mein Fenster geworfen haben", erklärte Samuel. „Anfangs hatte ich auch mal die Polizei angerufen. Aber Herr Schrader hat mich nicht sehr ernst genommen."

„Tatsächlich?", fragte Herr Trensik. „Dem werde ich wohl mal nachgehen müssen. Aber jetzt sollten wir trotzdem erst einmal die Gegenüberstellung vornehmen." Dann wandte er seinen Kopf und sah Werner Meisloh direkt in die Augen, als er fortfuhr: „Wollen Sie dann bitte mit mir kommen, Herr und Frau Spließgard?"

Kapitel 19

Madita stand in ihrem langen, weißen Nachthemd auf der Veranda und sah auf den See hinaus. Es war noch früh am Morgen und die Dämmerung war gerade erst in das graue Licht des Tages übergegangen. Der See lag vollkommen ruhig und bewegunglos vor ihr. Nicht einmal den Hauch einer Luftbewegung konnte sie wahrnehmen. Dafür war die Oberfläche des Sees noch mit weißen Nebelschwaden überzogen. Im Moment regnete es nicht, aber die dunklen Regenwolken am Himmel kündigten schon neuen Niederschlag an.

Sie atmete einmal tief durch und sog die kalte, feuchte Luft in sich hinein. Es war Ende Januar und die Temperaturen lagen um den Gefrierpunkt. Aber heute störte sie das irgendwie nicht. Sie war so seltsamer Stimmung und die Umgebung hier draußen passte hervorragend dazu. Die absolute Stille, die gespenstisch kahlen Bäume, die Kälte und das Grau in Grau machten den Eindruck, als hätte die Welt alle Farbe und Lebendigkeit verloren.

Sie seufzte und musste wieder an den Traum denken, mit dem sie vor wenigen Minuten aufgewacht war. Was für ein Gegensatz!

Sie hatte geträumt, dass Samuel in ihr Zimmer gekommen war. Er hatte sie zärtlich geküsst, aus dem Bett gehoben und nach draußen getragen. Es war warm gewesen und sie hatte den See gesehen, wie er tiefblau im hellen Sonnenschein funkelte. Samuel hatte sie auf das Boot gebracht, dessen Deck über und über mit roten Rosen ausgelegt war. Er hatte sie auf ihre Füße gestellt und dann war aus ihrem Nachthemd ein wunderschönes weißes Brautkleid geworden. Samuel hatte auf einmal einen Smoking angehabt und plötzlich war auch ihre ganze Familie da. Alle sahen zu und lächelten glücklich, als sie Samuel vor einem Priester ihr Jawort gab.

Und dann war sie aufgewacht! Und die Realität war ihr auf einmal noch kälter und grausamer erschienen als je zuvor. Sie hatte sich ihr Leben so anders vorgestellt! Im Moment jedenfalls bestand es nur aus Angst und Verzweiflung.

Vor ein paar Wochen waren die Polizeibeamten abgezogen worden, die bis dahin für ihre Sicherheit garantiert hatten. Und das, obwohl die Täter noch immer nicht gefasst waren und sich bei der Gegenüberstellung herausgestellt hatte, dass der Verhaftete keiner der Attentäter war. Herr Rothenbaum, der wirkliche Leiter der Mordkommission, war ein Hardliner und hatte nach seiner Rückkehr aus dem Urlaub entschieden, dass weiterer Polizeischutz nicht zu rechtfertigen wäre. Und so hatte man sie erneut mit ihren Problemen allein gelassen. Auch Partyloh hatte begriffen, dass er bei Madita nicht landen konnte, und blitzartig das Interesse an dem Fall verloren.

Dadurch war zwar wieder ein bisschen Ruhe in dem Haus am See eingekehrt, aber die hatte sich nicht unbedingt positiv auf Madita ausgewirkt. Jetzt, wo sie sich nicht mehr über Partyloh und den Polizeischutz ärgern konnte, stand immer mehr die Angst vor einer Rückkehr der beiden Männer im Vordergrund. Und auch das Problem mit Samuel war mit ungeahnter Wucht in ihre Gedanken- und Gefühlswelt zurückgekehrt.

Und so grübelte sie pausenlos darüber nach, ob und wie sie ihm die ganze Wahrheit beichten sollte. Immer mehr wurde sie von diesen Fragen beherrscht. Es war ihr erster Gedanke am Morgen und ihr letzter am Abend. Es war da, während sie unter der Dusche stand, während sie arbeitete – und es wurde unerträglich, während sie mit Samuel zusammen war.

Das eine oder andere Mal war sie kurz davor gewesen, ihm die ganze Wahrheit zu sagen. Aber dann hatte sie sich vorgestellt, wie fassungslos Samuel gewesen wäre, wie er versucht hätte, ihr vorsichtig beizubringen, dass er diese Gefühle nicht erwidern konnte. Und das war einfach nicht zu ertragen.

Dennoch war ihr mit der Zeit immer klarer geworden, dass es so genauso wenig weitergehen konnte. Sie konnte nicht Tag für Tag nach Hause kommen, mit ihm zusammen sein und sich nach etwas sehnen, das sie nicht haben konnte. Früher war es einfacher gewesen. Da hatte sie ihn als Geschäftspartner gesehen und sich mit ihrem Aufenthalt in seinem Haus arrangiert. Aber jetzt? Jetzt war ihr das nicht mehr genug. Jetzt wollte sie wahrhaftig seine Frau sein, und dass das nicht ging, zerriss ihr mit der Zeit fast das Herz.

Und heute Morgen, nach diesem wunderschönen Traum, war es wieder einmal besonders schlimm.

Madita seufzte wieder und ging dann ins Haus zurück. Sie schaute in die Küche; das Frühstück war schon fertig, allerdings war Samuel nicht zu entdecken. Madita machte sich daher im Wohnzimmer auf die Suche nach ihm. Und dort wurde sie auch fündig. Samuel saß wie so oft an dem Computer, den Madita ihm geschenkt hatte.

„Bist du schon auf?", fragte er, als sie das Wohnzimmer betrat.

„Mhm", nickte Madita.

„Das ist wirklich unglaublich, weißt du das?", sagte er voller Begeisterung. „Ich hab mich gerade mit einem Japaner unterhalten, der ebenfalls seit seiner Geburt blind ist. Er hat so viele Tipps parat, was man noch alles mit dem Internet anfangen kann. Ich glaube, ich werde noch ein Computer-Freak. Wirklich, du hättest mir kein besseres Geschenk machen können."

„Das freut mich", sagte Madita und schlurfte zurück in die Küche, wo sie sich erst einmal einen Kaffee einschenkte.

Wenig später betrat auch Samuel die Küche und setzte sich ebenfalls. „Wie geht es dir so?", fragte er beiläufig.

„Ganz gut, danke", sagte Madita mit belegter Stimme.

Samuel goss sich seinen Tee ein und schnitt ein Brötchen auf. „Und wie geht es dir wirklich?", fragte er dann.

Madita hatte mit so einer Frage nicht gerechnet. „Wirklich gut", log sie fahrig, „es geht mir ganz hervorragend."

Samuel seufzte ein wenig. Dann legte er Messer und Brötchen zur Seite und sagte sanft: „Willst du mir nicht endlich sagen, was dich bedrückt? Vielleicht kann ich dir ja helfen."

Madita sah ihn voller Entsetzen an. War es wirklich so offensichtlich? „Es ist nur ...", begann sie und brach dann ab, weil schon wieder die ersten Tränen aus ihren Augen schossen. Sie vergrub ihr Gesicht in ihren Händen und weinte einfach.

Samuel ließ sie gewähren. Erst nach ein paar Minuten stand er auf, legte tröstend seine Hände auf ihre Schulter und sagte leise: „Manchmal ist es wirklich hilfreich, wenn man seine Sorgen mit jemandem teilt. Ich bin doch dein Freund, Madita."

Ich will aber nicht, dass du mein Freund bist, schrie sie in Gedanken. *Ich will, dass du mein Mann bist.*

Du musst es ihm sagen!

Madita hörte jetzt wieder diese leise, aber deutliche Stimme, von der sie mittlerweile wusste, dass sie Gott gehörte. Und sie hatte ganz plötzlich auch den starken Eindruck, dass diese Stimme Recht hatte.

„Ich weiß einfach nicht ...“, schluchzte sie, „... wie ich es dir sagen soll. Aber ... ich halte es auch einfach ... nicht länger aus ... es für mich zu behalten.“

„Ich weiß es sowieso schon lange“, entgegnete Samuel ruhig, aber irgendwie traurig.

„Ja?“, fragte Madita geschockt und erstaunt zugleich.

„Ja. Ich bin vielleicht blind, aber doch nicht in jeder Beziehung. Es ist nicht zu übersehen, dass du hier nicht glücklich bist. Und es ist auch nicht zu übersehen, dass es mit jedem Tag schlimmer wird. In letzter Zeit bist du wirklich kaum noch wiederzuerkennen.“ Er schüttelte den Kopf. „So kann es auf keinen Fall weitergehen.“

Madita seufzte. Er wusste überhaupt nicht, worum es eigentlich ging.

Samuel dagegen schien Maditas Schweigen als Zustimmung zu deuten. Jedenfalls fuhr er fort: „Ich werde mit meinem Vater reden. Vielleicht lässt er dich ja doch nach Hause zurückkehren.“

Ein neuer Schwall Tränen ergoss sich über Maditas Gesicht. Er wollte sie wirklich wegschicken! Dann konnte ihm ja nicht viel an ihrer Gesellschaft liegen!

Sie stand auf. „Ich muss hier raus“, schluchzte sie. „Ich fahre für ein paar Stunden weg.“

Dann lief sie nach oben in ihr Zimmer, zog sich weinend um, schnappte sich ihre Handtasche und rannte nach draußen zu ihrem Wagen. Fast wie in Panik riss sie die Tür auf, warf sich hinein und fuhr los. Es war ihr egal, wohin. Sie musste nur weg, weg von diesem Haus und weg von seiner Gegenwart.

Während der gesamten Fahrt ließ sie ihren Gefühlen freien Lauf. Sie wurde von Weinkrämpfen nur so geschüttelt, aber wen kümmerte das schon? Als sie sich der Stadt näherte, wurde es langsam besser und die Tränen begannen zu versiegen.

Sie suchte sich einen Parkplatz, wischte die letzten Tränen aus ihrem Gesicht und ging in Richtung Innenstadt. Dort lief sie dann ziellos umher, als eine von vielen in einem Gewühl von Menschen. Madita fragte sich bei fast jeder Frau, wie wohl ihr Privatleben aussah und ob sie den Mann ihrer Träume gefunden hatte. Wie es wohl war, wenn man mit jemandem verheiratet war, den man tatsächlich liebte? Musste das nicht das vollkommene Glück sein?

Sie seufzte und wandte sich den Schaufenstern zu, die zu ihrer Rechten auftauchten. Schon das dritte Geschäft war ein Goldschmied. Madita hatte Schmuck schon immer gemocht und so konnte sie nicht umhin, die Auslagen zu bewundern. Ihr Blick glitt über die Colliers und blieb dann an den Trauringen hängen. Sie sah auf ihre rechte Hand, an der sie keinen einzigen Ring trug. Wie gern hätte sie jetzt einen Trauring am Ringfinger gehabt! Sie erinnerte sich an den Tag ihrer standesamtlichen Trauung. Warum hatte sie den Ring, den Jochen ihr gegeben hatte, nur so achtlos beiseite gelegt?

Andererseits ... konnte sie nicht einfach mal so tun als ob? Konnte sie sich nicht einfach mal selbst belügen und so tun, als würden all ihre Wünsche Wirklichkeit?

Ein Lächeln bildete sich auf ihrem Gesicht und schon Sekunden später zog sie entschlossen an der Eingangstür und betrat den kleinen, schmalen Laden. Er war edel und geschmackvoll eingerichtet. Die Glasvitrinen waren aus hellem Birkenholz gefertigt, ebenso der Tresen, der den vorderen Kundenbereich begrenzte. Was Madita allerdings noch stärker auffiel, war der Geruch. Es roch irgendwie neu, nach einer Mischung aus Holz und Chemikalien.

Während sich die Tür unendlich langsam wieder schloss, läutete eine kleine Klingel über der Tür und sofort stürmte ein junger Mann mit Brille aus dem hinteren Teil des Ladens auf sie zu.

„Was kann ich für Sie tun?“, fragte der junge Mann und schien dabei vor Aufregung zu zittern.

„Ich habe Ihre Trauringe im Schaufenster gesehen“, entgegnete Madita. „Haben Sie die selbst hergestellt?“

„Ja“, nickte der junge Mann eifrig, „das hab ich. Sie wollen heiraten?“

„So ungefähr“, lächelte Madita.

„Ich hole Ihnen die Ringe aus dem Fenster“, entgegnete der junge Mann und hechtete förmlich zu seiner Auslage. Schon Sekunden später kehrte er mit einem Tablett aus schwarzem Samt zu ihr zurück.

„Kommen Sie doch bitte mit zum Tresen“, sagte er atemlos und ging voran. Als er dann allerdings um den Tresen herumging, stolperte er und warf Madita das Tablett in hohem Bogen vor die Füße.

„Tut mir Leid, tut mir Leid“, rief er und sammelte die Ringe hektisch wieder ein, „Sie sind meine erste Kundin, wissen Sie. Ich habe erst gestern eröffnet. Bitte lassen Sie sich von mir nicht abschrecken. Ich bin sonst nicht so tolpatschig.“

„Kein Problem“, beruhigte Madita ihn, „ich werde Sie nach Ihrer Arbeit beurteilen, nicht nach dem ersten Eindruck.“

Mittlerweile hatte der junge Goldschmied die Ringe aufgehoben und mitsamt dem Tablett auf den Tresen gestellt. Madita konnte sich daher einen nach dem anderen aus der Nähe ansehen.

„Gefällt Ihnen einer davon?“, fragte der junge Mann gespannt.

„Um ehrlich zu sein, nein“, entgegnete Madita. „Aber Ihr Stil gefällt mir. Vielleicht könnten Sie mir ja das, was ich suche, nach meinen Angaben herstellen?“

„Aber sicher!“, beeilte sich der Goldschmied zu sagen. „Ich kann so ziemlich alles herstellen.“

„Prima“, lächelte Madita. „Ich stelle mir zwei schlichte Goldreife vor, die Sie mit jeweils einem Namen versehen –“

„Kein Problem“, fiel ihr der junge Mann voreilig ins Wort.

„– allerdings von außen und in Blindenschrift.“

„Wie bitte?“, fragte der Goldschmied entgeistert.

„Ich möchte, dass die Namen außen auf dem Ring geschrieben stehen und das in Blindenschrift“, wiederholte Madita ruhig.

„Aber ...“, stammelte der junge Mann und wurde dabei ganz blass, „... ich weiß nicht, wie das genau aussehen soll.“

„Ich aber“, lächelte Madita und kramte die Broschüre mit dem Braille-Alphabet aus der Handtasche, die sie bei der Suche nach Samuels Computer irgendwo mitbekommen hatte und die seitdem in ihrer Handtasche schlummerte. „Soll ich es Ihnen aufmalen?“

Der junge Goldschmied nickte nur und holte einen Zettel und einen Kugelschreiber hinter dem Tresen hervor. Madita nahm beides an sich, schrieb ihren eigenen und Samuels Namen darauf und malte dann das jeweilige Pendant in Blindenschrift darüber. Als sie fertig war, reichte sie den Zettel an ihr Gegenüber zurück.

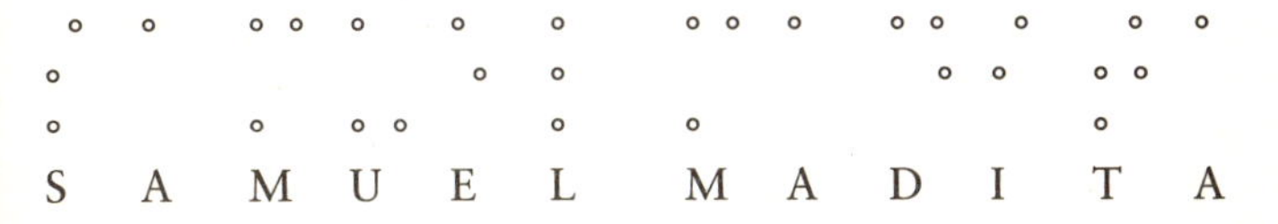

„Das ist alles?“, freute sich der junge Mann und gewann seine alte Farbe zurück.

„Im Grunde schon. Wichtig ist nur, dass beide Namen deutlich mit dem Finger ertastet werden können und dass sie auch dann vollständig von oben lesbar sind, wenn man den Ring auf dem Finger hat."

„Das krieg ich schon hin", nickte der junge Mann. „Bis wann sollen die beiden Ringe denn fertig sein?"

„Ich weiß nicht", antwortete Madita. „Wie lange brauchen Sie?"

„Zwei Wochen?", schlug der junge Goldschmied unsicher vor.

„Einverstanden", freute sich Madita.

„Dann müssen Sie mir nur noch die Ringgrößen sagen."

„Ich habe 56, mein Mann ... na ja ...", sie versuchte, sich Samuels Hände vorzustellen, „sagen wir ... 62."

„Vielleicht sollten Sie Ihren Mann besser mal hier mit herbringen."

„Nein, nein", erwiderte Madita schnell. „Das ist nicht nötig."

„Nein?", fragte der Goldschmied verwundert. Man sah ihm an, dass ihm seine erste Kundin langsam etwas seltsam vorkam. „Aber es wäre doch schade, wenn der Ring am Ende nicht passt."

„Das lassen Sie mal meine Sorge sein", entgegnete Madita schärfer als geplant.

„Okay, okay", sagte der junge Mann und hob beschwichtigend seine Hände. Dann fragte er vorsichtig: „Soll auch ein Datum eingraviert werden?"

„Ja", nickte Madita.

„Innen?", fragte der junge Goldschmied total verunsichert.

„Ja", lachte Madita, „innen, und zwar der 31. Mai."

„Gut", entgegnete der junge Mann und schrieb etwas auf seinen Zettel.

„Letzten Jahres", fügte Madita hinzu.

„Äh?"

„Ich möchte, dass Sie den 31. Mai letzten Jahres in die beiden Ringe gravieren", erklärte Madita.

„Ach so, gut", erwiderte der junge Goldschmied und zuckte mit den Schultern. Mittlerweile wunderte er sich wohl über gar nichts mehr.

Als Madita wenig später den Laden verließ, umspielte ein Lächeln ihre Lippen. Es hatte ihr zum Schluss richtig Spaß gemacht, den jungen Ladenbesitzer zu verwirren. Gleichzeitig freute sie sich unglaublich darüber, dass sie schon bald einen wundervollen Trauring besitzen würde, einen Trauring, auf dem Samuels Name geschrieben stand. Und das Beste daran war, dass sie ihn ungehindert tragen konnte, weil niemand ihn als solchen erkennen würde.

Allerdings fragte sie sich ernsthaft, warum sie zwei Ringe bestellt hatte. Sie war sich sicher, dass Samuel den anderen nicht tragen würde. Warum also hatte sie ihn in Auftrag gegeben? Wollte sie nicht wahrhaben, dass Samuel sie nicht liebte? Oder hatte sie im Grunde ihres Herzens doch vor, ihm alles zu beichten? Sollte sie ihm vielleicht den Ring schenken und damit sozusagen um seine Hand anhalten?

Bei diesem Gedanken musste sie sich regelrecht schütteln. „Wie peinlich", flüsterte sie entsetzt, „du hast doch nicht wirklich vor, dich derart zum Narren zu machen, oder?"

Sie seufzte, denn sie war sich der Antwort eigentlich gar nicht mehr so sicher. Sollte sie das Risiko nicht vielleicht doch eingehen? Vielleicht war es eine Abfuhr wert, endlich Klarheit zu bekommen?

Noch während des gesamten Heimweges dachte sie über dieses Problem nach. Sollte sie es ihm sagen? Oder sollte sie einfach seinem Vorschlag folgen und Neuruppin verlassen? Irgendwohin gehen und von vorne anfangen, weit weg von hier, von ihm und von dem Haus am See, das sie mittlerweile so sehr mochte?

„Mist", fluchte sie plötzlich. Sie war so in Gedanken gewesen, dass sie an der Einfahrt zu dem kleinen Waldweg vorbeigefahren war. Jetzt musste sie sich eine Möglichkeit zum Wenden suchen. Es kam nur leider keine. Mehrere Kilometer dauerte es, bis sie endlich auf der linken Seite einen kleinen Feldweg entdeckte.

Sie blinkte und fuhr hinauf. Sie wollte gerade wieder zurücksetzen und rückwärts in die Hauptstraße einbiegen, als sie stutzte und sich noch einmal genauer umsah. War sie hier nicht schon einmal gewesen? Sie versuchte sich zu erinnern. War das hier der Weg, den sie beim allerersten Mal gekommen war, damals, als der Chauffeur sie gebracht hatte? Es sah fast so aus!

Kurz entschlossen schaltete Madita den Blinker wieder aus und fuhr geradeaus weiter. Je länger sie fuhr, desto besser erinnerte sie sich. Ja, das hier musste der Weg sein, der von hinten an das Haus heranführte! Sie musste zweimal abbiegen, dann wurde aus dem Feldweg ein kleiner, huckeliger Waldweg. Und nach ein paar weiteren Kilometern sah sie tatsächlich die alte, verkommene Fassade des Hauses vor sich liegen.

Eine Welle von Erinnerungen schwappte über sie hinweg. Wie entsetzt war sie damals gewesen, als der Chauffeur angehalten hatte. Sie schmunzelte. Das war eigentlich auch kein Wunder. Das hier sah wirklich aus wie das Ende der Welt. Und die Rückseite des Hauses erinnerte auch mehr an das Hexenhäuschen von Hänsel und Gretel als an ein Wohnhaus. Wer hätte je gedacht, dass sie dieses Haus einmal so lieben würde? Und wer hätte je gedacht, dass hinter der Fassade eine vollkommen neue Welt auf sie gewartet hatte?

Kapitel 20

Aus irgendeinem Grund benutzte Madita von nun an nur noch den Weg, der am hinteren Teil des Hauses endete. Sie mochte einfach den Effekt, der eintrat, wenn sie das bedrückende Dunkel des Unterholzes hinter sich ließ und von einer Sekunde auf die nächste diesen paradiesischen Blick auf den See vor sich auftauchen sah.

Auf jeden Fall ließ Madita auch an diesem Sonntag nach dem Gottesdienst den Waldweg links liegen und bog auf den Feldweg ein. Leider ließ das Wetter heute keine idyllische Aussicht erwarten. Im Gegenteil, Madita konnte froh sein, wenn sie das Haus überhaupt trocken erreichte. Es war nämlich ein ordentliches Gewitter im Anmarsch. Der Himmel hatte sich schon so sehr bezogen, dass es richtig dunkel geworden war. Man hätte nicht geglaubt, dass es erst kurz nach Mittag war.

Auf dem Feldweg bot Maditas Auto dem Wind eine starke Angriffsfläche und so spürte sie immer wieder, wie ihr Wagen zur Seite gedrückt wurde. Sie musste richtig dagegenhalten. Schon prasselten auch die ersten dicken Regentropfen auf Maditas Windschutzscheibe nieder. Sie schaltete den Scheibenwischer ein und sah noch angestrengter auf den Weg, der vor ihr lag. Durch die Belüftungsanlage drang jetzt immer mehr die Außenluft zu ihr ein. Sie sog sie tief in sich hinein. Da war der intensive, herrliche Duft eines Regens nach längerer Trockenzeit.

Madita blinkte und bog links ab. Jetzt kam der unangenehmste Teil des Weges. Er führte mitten durch den Wald und war besonders fahrunfreundlich. Eigentlich konnte man kaum von einem Weg sprechen, eher handelte es sich um einen Pfad. Madita wurde wie immer ziemlich durchgeschüttelt. Doch das war sie ja gewohnt. Das Wetter machte ihr da schon mehr Sorgen. Die ersten Blitze zuckten bereits vom Himmel und inzwischen war ein regelrechter Sturm im Anzug. Madita hoffte inständig, dass die Bäume dem standhielten. Vorsichtshalber fuhr sie ein bisschen schneller.

Sie hatte Glück und gelangte unbeschadet bis an die Stelle, an der sie auch sonst immer ihren Wagen parkte. Jetzt waren es nur noch etwa zehn Meter bis zum Haus. Leider regnete es mittlerweile in Strömen. Sie lehnte sich zurück und machte es sich auf ihrem Sitz bequem. So ein Gewitter hatte doch etwas Gemütliches. Ihr Blick fiel auf den Ring, der an ihrem rechten Ringfinger steckte. Sie trug den Ring nun schon seit zwei Wochen, konnte sich aber immer noch wie ein kleines Kind darüber freuen. Er war wirklich toll geworden!

Sie tastete nach der Kette, die sie unter ihrem Pullover trug. Daran hing das Pendant zu ihrem Ring, der Ring in Größe 62, auf dem ihr eigener Name in Blindenschrift geschrieben stand.

Sie seufzte. Wie oft hatte sie in den letzten zwei Wochen mit dem Gedanken gespielt, ihn Samuel einfach zu geben? Und wie oft hatte sie dann in letzter Minute gekniffen! Es war einfach zum Mäuse melken. Wie oft sie es sich auch vornahm, sie schaffte es einfach nicht. Sie brachte den Mut nicht auf.

Der Regen schien etwas weniger geworden zu sein. Genau konnte sie das allerdings nicht erkennen, denn die Windschutzscheibe war ohnehin klatschnass. Sie drehte am Zündschlüssel und schaltete den Scheibenwischer ein. Jetzt konnte sie auch wieder etwas sehen.

Was war das? Kam da nicht jemand um die Ecke?

Tatsächlich, da kam Samuel hinter dem Haus hervor. Aber was wollte er hier hinten? Staunend beobachtete Madita, wie er sich vorsichtig ein paar Meter vom Haus weg bewegte und dann an einem der Bäume stehen blieb.

Was sollte das nur? Was machte er hier im Regen? Er wurde doch nass und würde sich am Ende noch einen Schnupfen holen! Madita war schon drauf und dran, aus dem Auto zu stürmen und ihn wieder ins Haus zu bringen. Aber dann hielt die Neugier sie zurück. Irritiert starrte sie auf das Schauspiel, das sich ihr nun bot.

Samuel hatte sich mit beiden Händen an dem Baum abgestützt. Jetzt trat er mit dem Fuß gegen den Baum, hämmerte mit den Fäusten darauf ein und schien dabei irgendetwas zu brüllen. Madita konnte ihn nicht hören, aber das, was sie sah, sprach Bände. Sein Gesicht war verzerrt und kaum wiederzuerkennen. War das ihr Samuel?

Fassungslos sah sie dabei zu, wie Samuels Wut jetzt plötzlich in Verzweiflung umschlug. Er hörte auf, den Baum zu malträtieren und brach schließlich schluchzend zusammen.

Währenddessen rührte sich Madita nicht. Sie atmete kaum, starrte ihn einfach nur an. Sie empfand jetzt so viel Liebe, so viel Zärtlichkeit und so viel Mitleid wie nie zuvor. Trotzdem widerstand sie dem Impuls, ihn tröstend in den Arm zu nehmen. Sie wusste einfach nicht, ob es richtig war. Sie wusste eigentlich gar nichts. Hatte sie nicht geglaubt, ihn zu kennen? Aber solche leidenschaftliche Wut und Trauer hatte sie ihm gar nicht zugetraut! Was war nur geschehen? Was konnte ihn derart aus der Bahn geworfen haben?

Was es auch war, es musste furchtbar sein. Das Furchtbarste, was man sich nur vorstellen konnte. Ob jemand gestorben war? Das konnte sie sich noch am ehesten vorstellen. Aber wer? Gab es überhaupt einen Menschen, dessen Tod ihm derart nahe gehen würde? Vielleicht seine Mutter?

Sie war sich nicht sicher. Eigentlich hatte er nicht den Eindruck gemacht, als würde er so an seiner Mutter hängen. Aber an wem dann?

Samuel wurde jetzt ruhiger. Madita sah ihm an, wie er um seine Fassung rang, sich mit aller Macht zusammenriss. Dann richtete er sich mühsam auf. Jetzt war er fast wieder der Alte, ruhig und souverän wie eh und je. Nur der unendlich traurige Zug um seinen Mund verriet noch etwas von der Verzweiflung, die in ihm war.

Er wischte sich jetzt noch einmal durch das Gesicht, fuhr durch seine Haare und trat dann den Rückweg an. Vorsichtig tastete er sich vorwärts, bis er das Haus erreicht hatte und um die Ecke verschwand.

Madita ließ die aufgestaute Luft so durch ihren Mund entweichen, dass es wie ein Stöhnen klang. 220 Volt Anspannung fielen jetzt von ihr ab. Was zum Donnerwetter war mit Samuel los?

Sie blieb noch einige Minuten etwas zittrig im Wagen sitzen, bis sie tatsächlich aussteigen und langsam auf das Haus zugehen konnte. Mittlerweile hatte es sogar aufgehört zu regnen und so gelangte sie einigermaßen trockenen Fußes durch das Unterholz bis zur Vorderfront des Hauses.

Dort wartete schon die nächste Überraschung auf sie. Vor dem Haus entdeckte sie nämlich einen regelrechten Fuhrpark. Der Wagen ihres Vaters war dabei, das erkannte sie auf Anhieb. Der kleine Flitzer von Johannes stand direkt daneben. Und dann war da noch ein drittes Auto, ein blauer BMW, den sie noch nie gesehen hatte. Wem konnte der denn nur gehören? Ganz automatisch sah sie auf das Nummernschild des Wagens. Es hatte ein Berliner Kennzeichen. Ob es sich um ein Auto der Spließgards handelte?

Das war nicht unwahrscheinlich. Und es passte ja auch zusammen. Samuels heftige Reaktion und dieses seltsame Familientreffen. Es musste wirklich etwas Schreckliches passiert sein! Sie hatte gerade ein paar Schritte auf das Haus zu gemacht, als sie plötzlich innehielt und sich noch einmal zu den Autos umwandte. Was stimmte da nicht? Was stimmte nicht mit dem blauen BMW?

Sie sah noch einmal auf das Nummernschild und las es ganz bewusst. B – HK 100, so lautete es. HK 100, das war das Kennzeichen, das sie damals auf dem Waldweg gesehen hatte!

Sie erschrak. Konnte das ein Zufall sein? Gab es solche Zufälle? Bisher war sie wie selbstverständlich davon ausgegangen, dass es ein Kennzeichen aus der Gegend gewesen war. So hatte sie es auch bei der Polizei zu Protokoll gegeben. Aber jetzt? Jetzt war sie auf einmal vollkommen verwirrt. War es möglich, dass sie ein Berliner Kennzeichen gesehen hatte?

Sie wusste es nicht, sie wusste es einfach nicht mehr! Ob sie es drinnen erfahren würde? Wieder wandte sie sich um. Und dann ging sie langsam und mit laut klopfendem Herzen auf das Haus zu. Was würde sie drinnen erwarten? Was war hier nur los?

Sie hatte einen dicken Kloß im Hals. Vor der Haustür blieb sie stehen. Sollte sie wirklich hineingehen? Wollte sie überhaupt wissen, was los war?

Sie atmete einmal tief durch und öffnete dann mutig die Tür. Ja, sie musste wissen, was geschehen war. Schon um Samuels willen.

Sie betrat leise den Flur und schloss dann vorsichtig wieder die Tür hinter sich. Jetzt hörte sie Stimmen aus dem Wohnzimmer. Jochens Stimme war darunter und die ihrer Mutter. Was gesprochen wurde, konnte sie allerdings nicht verstehen.

Sie drückte die Türklinke herunter und machte die Tür auf.

Ihr Blick fiel zuerst auf Samuel. Er stand ganz links im Raum, neben der Stereoanlage, und machte einen ruhigen und gefassten Eindruck. Gleichzeitig wirkte er so, als ginge ihn das Drumherum überhaupt nichts an. Er sah desinteressiert aus und irgendwie unbeteiligt. Was hatte das zu bedeuten?

Maria war die Erste, die Madita bemerkte. „Madita, mein Kind“, säuselte sie ihr entgegen. „Wie schön, dich zu sehen.“

Madita nickte nur benommen. Ihre Mutter saß ihr gegenüber auf der Rundecke. Vor ihr war ein ganzer Haufen von irgendwelchen Papieren ausgebreitet. Rechts neben ihr saß Welf, dann kam Johannes. Jochen und Hannah saßen mit dem Rücken zu ihr auf dem Zweisitzer.

Es sind doch alle da, dachte Madita verwirrt. *Niemand fehlt. Und sie sehen alle gesund und munter aus, eigentlich sogar fröhlich und gut gelaunt.*

Johannes war sofort aufgesprungen, als sie in Sicht kam, und sagte begeistert, ja fast mit Inbrunst: „Hallo, Madita. Wir haben uns lange nicht mehr gesehen, viel zu lange.“

Madita lächelte mechanisch und schüttelte dann seine Hand, die Johannes allerdings gar nicht so recht wieder loslassen wollte.

„Du wirst wirklich mit jedem Tag schöner“, hauchte er ihr zu.

Madita quittierte dieses Kompliment mit einem Gesichtsausdruck, der eher totale Verwirrung als Begeisterung verriet. Sie wusste mittlerweile überhaupt nicht mehr, was sie denken sollte. Was sollte das alles?

Sie entzog Johannes ihre Hand, ging um den Zweisitzer herum und dann auf Hannah zu. Jochen beachtete sie überhaupt nicht, stattdessen streckte sie Hannah ihre Hand entgegen und fragte: „Geht es Ihnen gut?“

Hannah sah ziemlich verdutzt aus, ergriff aber in ihrer typischen, alles andere als beherzten Art Maditas Hand und entgegnete leise: „Äh, ja – sicher, danke.“

Madita bestand noch immer aus einem einzigen Fragezeichen. Und jetzt konnte sie auch die Frage nicht länger zurückhalten, die ihr so sehr unter den Nägeln brannte. „Ist irgendetwas passiert?“, fragte sie mit belegter Stimme.

„Aber nein“, entgegnete Johannes im Brustton der Überzeugung. „Wie kommst du denn darauf?“

„Hab ich ... irgendeinen ... Geburtstag oder so was vergessen?“, stammelte sie.

„Nein, nein“, erwiderte jetzt ihre Mutter. „Aber wir sind in der Tat nicht einfach nur zum Vergnügen hier. Komm, setz dich doch zu mir.“

„Wir haben nämlich eine Überraschung für dich“, ergänzte ihr Vater und grinste dabei breit. Er schien voller Vorfreude zu sein.

Madita zog die Stirn in Falten. Sie verstand wirklich nur Bahnhof. Trotzdem oder vielleicht auch gerade deswegen leistete sie der Aufforderung ihrer Mutter Folge und setzte sich zu ihr aufs Sofa.

„*Ich* werde es ihr sagen“, mischte sich nun Jochen mit seinem typischen Befehlston in das Gespräch ein.

„Kommt gar nicht in Frage“, fiel ihm Johannes ins Wort. „Ich werde es ihr sagen. Das ist doch wohl klar.“

„Was sagen?“, zischte Madita genervt und ungeduldig zugleich.

Johannes kam auf sie zu. Dann kniete er plötzlich vor ihr nieder, nahm ihre Hand, sah in ihre verdatterten Augen und sagte: „Madita, ich war ein solcher Esel. Ich hätte es von Anfang an wissen müssen, von dem Tag an, an dem ich dir zum ersten Mal begegnet bin. Aber damals hab ich es noch verdrängt. Heute bin ich schlauer. Und weißt du was? Ich hab es ausgerechnet bei meiner Hochzeit begriffen.“ Seine Augen begannen zu strahlen. „Du, Madita, du allein warst die Königin dieser Hochzeit, niemand sonst. Clarissa ist neben dir vollkommen verblasst. Deswegen werde ich mich auch von ihr trennen.“ Er drückte Maditas Hand jetzt noch fester. „Ich habe einen Fehler gemacht, Madita. Und den möchte ich jetzt korrigieren.“ Er räusperte sich theatralisch. „Madita, möchtest du meine Frau werden?“

Madita zog irritiert die Augenbrauen hoch. Sie begriff noch immer nicht. Erst sah sie Johannes fragend an, dann wanderte ihr Blick zu Samuel hinüber. Der stand noch immer bewegungslos neben dem Kamin und hatte seinen Kopf betont in eine andere Richtung gewandt. Madita sah allerdings, wie angespannt er seinen Kiefer zusammenpresste. Hinter dieser Fassade brodelte es, daran gab es keinen Zweifel.

Johannes war ihrem Blick gefolgt. „*Er* ist kein Problem“, lächelte er.

Madita sah ihn überrascht an.

„Unser Anwalt sagt, dass eure Ehe ohne weiteres annulliert werden kann. Schließlich ist von Anfang an nie eine echte Lebensgemeinschaft beabsichtigt gewesen. Ihr müsst das nur beide bestätigen. Hier sind die entsprechenden Papiere." Er deutete auf den Tisch. „Samuel hat schon unterschrieben. Jetzt fehlt nur noch deine Unterschrift." Er grinste überheblich. „Und wenn du mich heiratest, ist auch die Fusion gerettet. So einfach ist das!"

Madita sagte kein einziges Wort. Sie sah Johannes an, der ganz offensichtlich nicht den geringsten Zweifel daran hegte, dass Madita sein Angebot annehmen würde. Und sie verspürte nur eines: Abneigung – tiefgreifende, fundamentale Abneigung gegen diesen selbstgefälligen, arroganten Kerl.

Und dann sah sie zu Samuel hinüber. Sie konnte jetzt verstehen, warum er vor Wut geschäumt hatte. Schließlich empfand sie jetzt selbst regelrechte Wut auf Johannes. Aber es war doch nicht nur Wut gewesen, die sie an ihm wahrgenommen hatte. Nein ... sie hatte ihn traurig gesehen ... und vollkommen verzweifelt. Aber warum?

Und dann schwante ihr plötzlich der Grund. Sein Verhalten ließ doch nur einen einzigen Schluss zu! Aber war das möglich? War es möglich, dass er ... ihretwegen ...? Sie hielt den Atem an. Und dann ging ein Zittern durch ihren Körper. Aber natürlich, es gab doch gar keine andere Möglichkeit! Er hatte ihretwegen geweint! Weil er angenommen hatte, dass sie ihn verlassen würde! Das war die Wahrheit, die er so geschickt vor ihr verborgen hatte!

Er liebt dich, Madita, dachte sie gerührt. *In Wirklichkeit liebt er dich*. Bei diesem Gedanken stiegen ihr schon wieder Tränen in die Augen. Und wie hätte sie die in einer solchen Situation unterdrücken können? So ließ sie sie einfach kullern. Wieder einmal floss alles aus ihr heraus, die Verzweiflung der letzten Wochen und dann ... diese Freude und Erleichterung.

„Oh, mein liebes Kind", freute sich Maria und legte ihren Arm um Madita, „ich wusste, dass du glücklich sein würdest. Du glaubst gar nicht, wie froh ich darüber bin, dass wir dich endlich hier herausholen können. Jetzt wird alles wieder gut."

Durch ihre Tränen hindurch sah Madita auf zu Samuel. Sie bekam gerade noch mit, wie er kurz die Augen schloss und dann wieder diesen starren, gleichgültigen Gesichtsausdruck aufsetzte. Das konnte sie nicht länger mit ansehen. Es war Zeit, alldem ein Ende zu bereiten.

„Du hast ja keine Ahnung, Mutter", sagte sie und wischte sich ihre Tränen aus dem Gesicht. Dann wandte sie ihre Aufmerksamkeit Johannes zu.

„Das ist ein sehr großzügiges Angebot von dir, Johannes“, sagte sie freundlich und gefasst. „Aber ich bin nicht interessiert.“

Auf einmal war es im Wohnzimmer mucksmäuschenstill. Niemand sagte mehr ein Wort. Niemand schien überhaupt zu atmen. Johannes’ Gesicht bestand aus einem einzigen Fragezeichen. „Wie bitte?“, fragte er verwirrt.

„Ich werde dich nicht heiraten – auf keinen Fall“, erklärte sie.

„Aber warum denn nicht?“, fragte Johannes, dessen Gesicht von vollkommener Fassungslosigkeit gezeichnet war.

„Weil ich dich nicht liebe“, antwortete Madita schlicht.

„Das gibt’s doch nicht“, brach es jetzt aus Jochen heraus. „Das glaube ich einfach nicht.“ Er fasste sich an den Kopf und fing an zu lachen. Dann wandte er sich Maria zu. „Hast du nicht gesagt, du hättest alles im Griff?“

„Das habe ich auch“, zischte Maria, „gib mir eine Minute.“ Sie wandte sich ihrer Tochter zu. „Madita, mein Schatz, jetzt mach aber keinen Blödsinn“, beschwor sie sie, „seit wann ist es von Interesse, wen man liebt?“

„Seit, Mutter“, entgegnete Madita ruhig, „... seit ich gesehen habe, was geschieht, wenn man aus bloßer Berechnung heiratet. Ich will nicht so enden wie du.“

Maria von Eschenberg lachte einmal kurz auf. Dann sagte sie mit eisiger Kälte: „Du bist schon so wie ich, mein Kind. Erinnere dich, du bist bereits mit einem Mann verheiratet, den du nicht liebst.“

Madita sagte nichts dazu. Aber es bildete sich der Hauch eines Lächelns auf ihrem Gesicht. Wie Mütter sich doch manchmal täuschen können!

Maria seufzte. Sie schien jetzt zu begreifen, dass sie auf diese Weise nichts erreichen konnte. Also versuchte sie es mit einer anderen Taktik, schlug einen versöhnlicheren Tonfall an und sagte: „Hör zu, Madita, du bist jetzt vielleicht ein bisschen aufgebracht. Aber wenn wir die Sache bei Licht betrachten, wirst du unschwer ihre Vorzüge erkennen. Denk doch mal nach. Wenn du Johannes heiratest, kannst du ohne Einschränkungen in dein altes Leben zurückkehren. Du wärst die Frau eines reichen und angesehenen Mannes, könntest wieder an Society-Veranstaltungen teilnehmen. Das muss dir doch gefehlt haben! Und mit der Liebe, Madita, ist das ohnehin so eine Sache.“ Sie senkte den Blick, dann warf sie Welf einen beinahe liebevollen Blick zu. „Sieh mich an. Ich habe dreißig Jahre gebraucht, um mich in deinen Vater zu verlieben. Und wenn du mich nicht dazu gezwungen hättest, ihm anders zu begegnen, dann wäre es vielleicht niemals dazu gekommen."

Madita glaubte ihren Ohren nicht zu trauen. Sie warf ihrem Vater einen überraschten Blick zu.

„Ja, mein Schatz", nickte dieser und lächelte dabei glücklich, „sie hat mir die Wahrheit gesagt. Und ich muss sagen, dass ich dir zu größtem Dank verpflichtet bin. Ich bin ja eigentlich kein Freund von Erpressung. Aber in diesem Fall hat sie unbestreitbar etwas Gutes bewirkt."

Madita schloss erleichtert die Augen. Ihr Vater wusste Bescheid. Und er war nicht böse auf sie. Ihr fiel eine zentnerschwere Last von den Schultern.

„Du siehst also, mein Kind", meldete sich jetzt wieder Maria zu Wort, „dass Liebe auch später noch kommen kann."

Madita schüttelte ein wenig den Kopf und sah zu Samuel hinüber. Dann sagte sie gedankenverloren: „Wem sagst du das, Mutter, wem sagst du das."

„Ach, du meine Güte", entfuhr es jetzt Welf von Eschenberg.

Madita sah zu ihm herüber. Ihr Vater hatte alles durchschaut. Sie lächelte glücklich und sah ihn fragend an, so als wollte sie um seine Zustimmung bitten.

Welf grinste breit und nickte ihr aufmunternd zu. Daraufhin stand Madita auf und ging langsam zu Samuel herüber. Und sie blieb erst stehen, als sie direkt vor ihm stand. Sie sah ihn an. Sein unbeteiligter Gesichtsausdruck hatte sich mittlerweile in gespannte Verwirrung verwandelt.

Madita atmete noch einmal tief durch. Dann sagte sie heiser: „Ich ... also, Samuel ... ich hab hier was für dich."

„Ja?", flüsterte er.

Madita griff nach ihrer Kette und zog sie unter ihrem Pullover hervor. Dann öffnete sie den Verschluss, nahm Samuels rechte Hand, öffnete sie zärtlich und legte den Ring hinein.

Samuel stand wie angewurzelt da und rührte sich nicht.

„Willst du ihn dir nicht ansehen?", fragte Madita ungeduldig.

Jetzt endlich nahm Samuel ihn in die Finger und ertastete seine Aufschrift. Es dauerte ein paar Sekunden, aber dann hatte er die Buchstaben ertastet. Er schluckte. „Was bedeutet das?", flüsterte er verwirrt.

„Ich ... ähm ... ich hab auch so einen", stotterte Madita, zog ihr Exemplar vom Finger und reichte ihm den.

Samuel ertastete auch dessen Aufschrift, dann schüttelte er ein wenig den Kopf.

„Ist das ein Nein?“, fragte Madita schockiert.

„Nein?“, stammelte Samuel. „Nein! ... Nein, ich meine ... ist es nicht ... ich weiß nur nicht ...“

„Möchtest du denn nicht, dass ich bleibe?“, flüsterte Madita.

Samuel schien mit den Tränen zu kämpfen. „Du würdest wirklich ... hier bleiben?“, fragte er ungläubig. „Freiwillig?“

„Ja“, entgegnete Madita leise, „aber nur, wenn du meinen Antrag annimmst. Ich kann nicht als Geschäftspartnerin hier bleiben, weißt du? Ich bleibe nur, wenn du mit mir verheiratet sein willst. Richtig mit allem Drum und Dran. Du weißt schon, sich lieben und ehren, füreinander sorgen und das alles. Und Kinder ...“

Jetzt rollten tatsächlich zwei Tränen Samuels Wangen hinunter. „Du meinst das wirklich ernst?“

Madita antwortete nicht auf diese Frage. Stattdessen legte sie zärtlich ihre Hand um seinen Hinterkopf und zog vorsichtig sein Gesicht zu sich heran. Zuerst musste sie direkt Kraft aufwenden, aber dann gab Samuel seinen Widerstand auf und ließ es geschehen, dass Madita ihn auf den Mund küsste.

Ein paar Sekunden lang rührte er sich nicht, aber dann erwiderte er zaghaft und unbeholfen den Kuss und legte sogar seine Arme um Madita. Dabei zitterte er am ganzen Körper, das konnte Madita spüren. Aber es störte sie nicht. Im Gegenteil, ihr lief ein warmer Schauer über den Rücken und sie hatte das Gefühl, als würde sie zum ersten Mal in ihrem Leben geküsst werden.

„Nein, nein, nein“, sagte in diesem Moment Jochen und schüttelte vehement den Kopf. „Nein!“

Samuel zuckte zusammen, ließ Madita los und trat unwillkürlich einen Schritt zurück.

Mittlerweile war Jochen aufgesprungen und hatte ein paar Schritte auf sie zu getan. „Du wirst das sein lassen. Ich habe das nicht erlaubt. Ich habe es nicht erlaubt“, schimpfte er wütend. „Hast du mich verstanden?“

Madita drehte sich zu ihm um. Ihre Augen blitzten, als sie hervorpresste: „Gar nichts wird er sein lassen. Gar nichts.“

„Hast du eine Ahnung, Kindchen“, entgegnete Jochen hasserfüllt. „Du vergisst wohl, dass ich hier das Sagen habe. Ich allein. Und ich sage, dass du Johannes heiraten wirst. Und zwar sofort. Sonst lasse ich die Fusion platzen.“

„Ach, tatsächlich?“, lachte Madita. „Das möchte ich sehen. Wir haben einen Vertrag, erinnerst du dich? Und der ist eindeutig. Ich bin verpflichtet, eine Ehe mit Samuel aufrechtzuerhalten – und genau das habe ich vor. Du kannst nichts dagegen tun!“

Jochen schäumte jetzt regelrecht vor Wut. Wahrscheinlich sah er ein, dass Madita Recht hatte. Ein paar Sekunden lang sagte er nichts, dann wandte er sich an Samuel und zischte: „Sag ihr, dass sie sich zum Teufel scheren soll. Sag es ihr sofort!“

Aber Samuel schüttelte nur den Kopf.

„Sag es ihr!“, schrie Jochen ihn an. „Sag ... es ... ihr!“ Er war mittlerweile puterrot geworden und sah aus, als stünde er kurz vor einem Herzinfarkt.

Samuel schüttelte wieder den Kopf. Dann sagte er ruhig: „Nein, Vater, das werde ich nicht tun. Ich will, dass sie bleibt. Ich hab mir niemals etwas so sehr gewünscht.“

„Es interessiert mich nicht, was du dir wünschst“, schrie Jochen. „Du wirst ihr jetzt sagen, dass sie gehen soll. Sonst ... sonst ... nehme ich dir das Haus weg.“

Samuel nickte. Dann sagte er ruhig und gelassen: „In dem Fall werden wir wohl umziehen müssen.“

Ein breites Grinsen bildete sich auf Maditas Gesicht. Sie war so stolz auf ihren Samuel. Er hatte seinem Vater die Stirn geboten! Und das, obwohl sie wusste, wie sehr er an seinem Zuhause hing. Und das konnte sie gut verstehen. Denn es war mittlerweile auch ihr Zuhause geworden.

In diesem Moment erhob sich Hannah vom Sofa und ging auf Samuel zu. Madita sah sie überrascht an. Ihr Gesichtsausdruck war irgendwie gequält und sie hatte jetzt ein sehr viel forscheres Auftreten, als Madita ihr jemals zugetraut hätte. Sie blieb direkt vor Samuel stehen, packte ihn am Arm und sagte voller Vehemenz und Eindringlichkeit: „Samuel! Dein Vater hat Recht! Du musst diese Frau wegschicken, hörst du?“

Madita konnte es nicht fassen. Sie hatte angenommen, dass sich Hannah für ihren Sohn freuen würde.

„Mutter?“, fragte Samuel nicht minder verwirrt. „Warum sollte ich das tun?“

„Sie ist nicht gut für dich, mein Sohn, glaub mir. Sie meint es nicht ernst. Sie kann dich gar nicht lieben. Das muss dir doch klar sein! Eine Frau wie sie und ein Mann wie du. Das kannst du doch nicht wirklich glauben!“

Madita standen Mund und Nase gleichzeitig offen. Wie

konnte diese Frau so etwas sagen? Sie ging an Hannah vorbei, stellte sich neben Samuel, ergriff seine Hand und drückte sie ganz fest. Dann sah sie ihn an. Reichte ihm diese Bestätigung?

Sie tat es. Samuel atmete sichtlich auf, dann sagte er: „Du irrst dich, Mutter. Sie hat gesagt, dass sie mich liebt, und ich glaube das."

„Nein", widersprach Hannah und schüttelte so wild den Kopf, dass sie einen fast irren Eindruck machte. „*Ich* liebe dich, weißt du das denn nicht? Außer mir hat dich nie jemand geliebt. Niemals! Und du gehörst hier auch gar nicht her. Du gehörst zu mir, nach Hause. Ich hab dir schon so oft gesagt, dass du hier in der Fremde überhaupt nicht alleine zurechtkommst. Warum hörst du nicht endlich auf mich? Warum kommst du nicht endlich zu mir zurück?"

Madita sah Hannah fassungslos an. Wie konnte sie sich derart an ihren Sohn klammern? War sie noch ganz normal? Madita hatte diesen Gedanken kaum zu Ende gedacht, als sie plötzlich eine Art Eingebung hatte. Vielleicht ... ja vielleicht war diese Frau wirklich krank. Und vielleicht ... wenn ihr der Wagen gehörte?

„Der blaue BMW draußen", hörte sie sich sagen, „gehört der Ihnen, Hannah?"

Als ihr Name ausgesprochen wurde, wandte Hannah ihren Kopf zu Madita. Sie schien jedoch gar nicht zu begreifen, was sie gefragt worden war. Jedenfalls starrte sie nur stumpfsinnig geradeaus und sagte gar nichts.

„Warum fragst du das?", fragte Samuel verständnislos.

„Das frage ich mich auch", fauchte Jochen. Doch als Madita nicht antwortete, erwachte seine Neugier und er sagte: „Ja, es ist Hannahs Wagen. Und warum willst du das wissen?"

„Weil ich ihn schon einmal gesehen habe", entgegnete Madita. „Ich hab ihn hier auf dem Waldweg gesehen, kurz bevor das Boot unterging, an das Samuel gekettet war."

„Bitte?", machte Jochen nur. Er schien überhaupt nichts zu verstehen.

„Was?", flüsterte Samuel ungläubig. „Aber ... das Nummernschild ..."

„Das Nummernschild deiner Mutter lautet B-HK 100", antwortete Madita. „Und wenn ich es mir recht überlege, kann ich mich auch gar nicht daran erinnern, ein Kennzeichen von hier gesehen zu haben."

Samuel schüttelte den Kopf. Dann fasste er seine Mutter mit

beiden Händen an den Oberarmen und fragte in atemloser Eindringlichkeit: „Hast du jemanden engagiert, der mich umbringen soll?"

Hannah senkte den Blick. Tränen traten in ihre Augen, dann schüttelte sie den Kopf und antwortete in weinerlichem Tonfall: „Ich konnte doch nicht wissen ... sie sollten dir doch nur Angst machen ... damit du endlich wieder nach Hause kommst. Es war ... nur zu deinem Besten."

Samuel ließ sie los und trat einen Schritt zurück. Sein Gesichtsausdruck spiegelte vollkommene Fassungslosigkeit wider.

Jetzt meldete sich auch Jochen wieder zu Wort. „Was hat sie getan?", fragte er entgeistert.

„Sie hat zwei junge Männer engagiert, die Samuel seit Jahren das Leben hier zu Hölle machen", erklärte Madita in scharfem Tonfall. „Erst haben sie nur seine Fensterscheiben eingeworfen und ihn verprügelt, aber zum Schluss haben sie versucht, ihn umzubringen." Sie seufzte. Dann fügte sie leise hinzu: „Und beinahe wäre ihnen das auch geglückt."

Jochen sah fassungslos von Madita zu Hannah und wieder zurück. „Stimmt das?" Als Hannah nicht antwortete, schrie er noch einmal: „Stimmt das?"

„Ja!", schrie Hannah ihn an. „Ja!" Dann brach sie in Tränen aus und ging mit ausgestreckten Armen auf Samuel zu. „Verzeih mir, bitte verzeih mir!"

Samuel zögerte einen Moment lang. Aber als Hannah noch verzweifelter ihre Bitten wiederholte, sagte er: „Ist schon gut. Schon gut."

Jochen sah sich die Szene ungläubig an und brach dann ganz plötzlich in Gelächter aus. „So eine Irre, so eine bescheuerte Irre", lachte er kopfschüttelnd.

„Vielleicht hast du Recht, Schwiegervater", sagte Madita, „aber die Frage ist natürlich, wer sie zu dem gemacht hat, was sie ist."

„Ich bestimmt nicht!", entgegnete Jochen.

„Das sehe ich anders", erklärte Madita abfällig. „Und weil ich das tue, wirst du ein bisschen dafür büßen."

„Ach ja?", grinste Jochen.

„Ja!", lächelte Madita. „Was glaubst du wohl, was morgen los ist, wenn ich der Polizei alles erzähle. Hast du so viel Vorstellungskraft? Ach ja, den Zeitungen werde ich auch einen kleinen Wink geben. Wie wär das?"

Jochen sah Madita entgeistert an. Man sah, wie es in seinem Kopf arbeitete. Einen solchen Skandal konnte sich seine Firma auf keinen Fall leisten. „Was verlangst du?“, fragte er dann.

Madita grinste breit. Sie hatte den Mann in der Tasche. „Erstens wirst du Samuel und mir dieses Haus hier überschreiben, und zwar schnellstmöglich. Und zweitens ...“, sie hielt inne und sah zu Hannah hinüber. Sie konnte sich lebhaft vorstellen, dass Jochens unglaubliche Lieblosigkeit der Auslöser für Hannahs Verzweiflungstat gewesen war. Sie empfand plötzlich auch gar keine Wut mehr auf diese Frau, sondern nur noch Mitleid. „Hannah“, sagte sie sanft, „Jochen ist bereit, Ihnen jeden Wunsch zu erfüllen. Sie müssen nur sagen, was Sie wollen.“

Hannah sah verblüfft zu Madita herüber. Scheinbar konnte sie kaum fassen, dass sie ihr nach allem, was geschehen war, noch so freundlich begegnete. Und als sie begriff, was für ein Angebot ihr da gerade gemacht wurde, schien sie irgendwie aufzuwachen. „Ich...“, stammelte sie, „ich will die Scheidung und ... und Unterhalt. Und ... wenn ... wenn es euch recht ist ... wenn ihr mir ... eine Chance geben wollt ... möchte ich ein Haus in Neuruppin ... damit ich euch mal besuchen kann ... ich meine ... ab und zu ... und ... ich frage auch vorher.“

Madita sah fragend zu Samuel herüber. Dieser schien das zu spüren und nickte ein ganz kleines bisschen. Und auch sie selbst verspürte den Drang, Hannahs Wunsch nachzukommen. Trotz allem war sie ja immer noch ihre Schwiegermutter. „Du hast es gehört, Jochen“, sagte sie an die Adresse ihres Schwiegervaters. „Wenn du alles erledigt hast, kannst du dich ja melden.“

Jochen schluckte. Dann nickte er bitter und verließ hoch erhobenen Hauptes das Anwesen. Johannes eilte hinter ihm her.

Madita verabschiedete sich lange und unter Tränen von ihrem Vater. Und nachdem sich auch Maria einen kargen Glückwunsch abgerungen hatte, verließen ihre Eltern das Haus am See. Auf Maditas Wunsch nahmen sie Hannah mit und setzten sie an einem Luxushotel in der Innenstadt Neuruppins ab.

Madita und Samuel verbrachten diesen Abend eng aneinander gekuschelt auf Samuels Lieblingssessel vor der Stereoanlage. Immer und immer wieder betrachteten sie ihre Trauringe und staunten darüber, wie es möglich war, dass sie ein Missverständnis beinahe ihre gemeinsame Zukunft gekostet hätte.

„Du?“, fragte Madita irgendwann vorsichtig.

„Ja?“

„Darf ich mir was wünschen?“

„Aber natürlich", entgegnete Samuel liebevoll. „Du darfst dir alles wünschen, was du nur willst."

„Also", begann Madita, „wir ... wir sind doch jetzt eigentlich ein Ehepaar ... aber so richtig geheiratet haben wir nicht. Da hab ich gedacht ... wenn du damit einverstanden bist ..."

„Nun sag schon", ermunterte Samuel sie.

„Ich hätte gern eine kleine Hochzeitsfeier", traute sich Madita. „Wirklich nur eine ganz, ganz kleine mit den engsten Angehörigen und natürlich ohne deinen Vater." Jetzt war es heraus. „Was sagst du dazu?", fragte sie erwartungsvoll.

Samuel nickte. „Unter einer Bedingung."

„Und zwar?"

„Es ist mir ganz wichtig, dass wir unsere Ehe unter Gottes Segen stellen. Vielleicht könnten wir ja in der Gemeinde heiraten, die du immer besuchst. Ich würde sie ohnehin gern mal kennen lernen."

„Einverstanden", freute sich Madita. Sie atmete einmal tief durch. „Da fällt mir aber ein Stein vom Herzen."

„Warum?", erkundigte er sich grinsend. „Hast du gedacht, ich würde nie mehr in meinem Leben eine Hochzeitsfeier besuchen?"

„Na ja", entgegnete Madita betreten. „So ähnlich."

„Im Grunde genommen hatte ich es mir auch geschworen", nickte Samuel. „Aber wenn es um meine eigene Hochzeit geht, werde ich wohl mal über meinen Schatten springen müssen."

Madita wurde jetzt plötzlich wieder ernst. „Ich schätze, wir werden in Zukunft noch ziemlich viele Schatten überspringen müssen."

„Da hast du wohl Recht", pflichtete Samuel ihr bei. „Aber zum Glück hat man zu zweit mehr Sprungkraft."

„Sehr viel mehr", nickte Madita vergnügt und küsste ihren Ehemann zärtlich auf den Mund.